À PROPOS DE L'AUTRICE

Autrice à succès, **Janice Maynard** est tombée dans les livres lorsqu'elle était enfant ! Elle habite la magnifique région des Great Smoky Mountains avec son mari. Tous deux aiment randonner et voyager ensemble, et passer du temps en famille...

Une situation si troublante

*

Un nouveau départ à deux

*

Un play-boy énigmatique

Collection : SAGAS

Titre original :
AFTER HOURS SEDUCTION

Ce roman a déjà été publié en 2021

HARPERCOLLINS FRANCE
83-85, boulevard Vincent-Auriol, 75646 PARIS CEDEX 13
Service Clients — https://www.harlequin.fr/contenu/contactez-nous
ISBN 978-2-2805-2439-1 — ISSN 2426-993X

Édité par HarperCollins France.
Composition et mise en pages Nord Compo.
Imprimé en octobre 2025 par ScandBook UAB en Lituanie
en utilisant 100% d'électricité renouvelable.
Dépôt légal : novembre 2025.

MIXTE
Papier | Pour une gestion forestière responsable
FSC® C021394

Pour limiter l'empreinte environnementale de ses livres, HarperCollins France s'engage à n'utiliser que du papier fabriqué à partir de bois provenant de forêts gérées durablement et de manière responsable.

JANICE MAYNARD

Une situation si troublante

INTÉGRALE
LES HÉRITIERS DE STONE RIVER

Traduction française de
YVES CRAPEZ

SAGAS
HARLEQUIN

1

P-DG à vingt-huit ans de Stone River Outdoors, l'entreprise familiale d'équipements sportifs, Quinten Stone avait bien d'autres soucis en tête que de revivre, ne serait-ce qu'une journée, avec Katie, celle qui l'avait si brutalement laissé choir, deux ans plus tôt.

Or, Farrell et Zachary, ses frères aînés, voulaient lui imposer la présence de son ex-amoureuse, pendant plusieurs semaines, dans cette maison isolée sur la côte sauvage du Maine, où tous trois discutaient présentement.

— Si nous agissons ainsi, c'est pour ton bien, déclara Farrell, l'aîné de la fratrie, le concepteur de la plupart de leurs équipements.

— Oui, pour que tu puisses te soigner et guérir, ajouta Zachary, l'autre frère un peu plus jeune.

— Vous me fatiguez ! dit-il, énervé et frustré.

Le pire était que Katie, bras droit de Farrell à Stone River Outdoors, avait donné son accord.

— Nous agissons pour ton bien, uniquement pour ton bien, insista Farrell.

— Pour mon bien, vraiment ? demanda-t-il avec une moue ironique.

Farrell le regarda dans les yeux.

— Reconnais au moins que, dernièrement, tu as eu un comportement irresponsable.

Plus jeunes, lui et Zachary faisaient bloc contre l'aîné, le « petit génie » doué pour les maths et la physique, futur inventeur de la plupart des équipements sportifs qui avaient fait leur succès.

— Irresponsable ? C'est vite dit !

— Quelle idée, Quin, de refaire du ski alors même que ton genou n'était pas cicatrisé. Le chirurgien t'avait expliqué que tu risquais une invalidité permanente.

Ne plus skier, son cauchemar !

Après l'amour qu'il portait à ses frères et l'attachement à leur société, le ski de compétition était sa troisième passion et, sans ce stupide accident, il aurait pu être sacré champion.

— Farrell n'a pas tort, dit Zachary. Regarde dans quel état est ton genou.

Sous la longue cicatrice se nichait une prothèse en acier censée remplacer l'articulation défunte.

Tout avait commencé dix-huit mois plus tôt, alors qu'il se trouvait en voiture avec son père.

Un accident terrible.

Son père avait été tué sur le coup et lui, transporté à moitié mort à l'hôpital. Là, les chirurgiens lui avaient sauvé la vie et sa jambe droite, broyée en plusieurs endroits.

Après les funérailles du père, plusieurs opérations lui avaient rendu sa mobilité, au prix de grandes souffrances.

Seul comptait alors pour lui de remonter sur les skis et il avait fait fi des recommandations du chirurgien qui le poussait à ménager sa jambe jusqu'à la cicatrisation complète des tendons et des ligaments.

Le jour du nouvel an, il avait emprunté la piste la plus dangereuse de cette montagne du Vermont, une piste noire réputée mortifère, pourtant.

Un défi !

Il avait percuté un bosquet de sapins, se fracassant une seconde fois la jambe.

Les secours étaient intervenus alors qu'il respirait avec difficulté et, à l'hôpital, on lui avait annoncé qu'il resterait handicapé à vie.

Une rotule artificielle avait remplacé l'originale réduite en miettes lors de l'accident.

— Plus question de skier comme avant, avait déclaré le chirurgien. La rotule tiendra mais vous traînerez désormais la jambe.

Semaine après semaine, il s'était astreint à une sévère rééducation, d'abord avec des béquilles, puis sans béquilles.

Il remarchait depuis peu, assumait ses responsabilités de P-DG, espérait refaire du ski un jour et n'attendait plus des femmes que de saines distractions d'où toute passion serait absente.

— Vous auriez quand même pu me demander mon avis avant d'appeler Katie à la rescousse !

Zachary lui tapota le bras.

— Le toubib te veut au repos pour encore six semaines, afin que la cicatrisation se fasse. Qui mieux que Katie pourrait te seconder dans cette baraque isolée que tu affectionnes tant ?

— J'aurais pu me débrouiller seul. Le télétravail...

— Tu as besoin d'une aide, frérot, fit Farrell avec un sourire. Katie est tout indiquée.

Katie Duncan, une splendide blonde au QI fulgurant, avait d'abord été la collaboratrice de leur père, six ans plus tôt. Depuis la mort de ce dernier, elle était devenue le bras droit de Farrell.

Ni son aîné ni Zachary n'étaient au courant de sa liaison passée avec la belle blonde, aussi mit-il de l'eau dans son vin pour ne pas éveiller les soupçons des intéressés.

— En supposant que j'accepte, vous rendez-vous compte du sacrifice demandé ? J'aime être mon maître et je déteste avoir à mes côtés une présence inopportune.

— Tu t'y habitueras, déclara Zachary. Et puis, franchement, qualifier Katie de « présence inopportune » est outré.

Farrell approuva du chef.

— Tout le monde aime Katie, à commencer par moi qui l'emploie. Je m'en sépare à regret et toi, en retour, tu as intérêt à lui faire bon accueil.

Bon accueil, alors qu'elle l'avait « largué » sans préavis et sans jamais répondre à ses questions ?

Deux ans plus tôt, Katie lui avait annoncé que tout était fini entre eux sans lui donner la moindre explication, sans justifier cette décision qui l'avait blessé, et dans son cœur et dans son orgueil de mâle.

Heureusement, aucun membre du personnel, et surtout pas ses frères, n'avait semblé être au courant de cette relation aussi discrète que secrète, ce qui lui avait permis de garder la tête haute.

Que faire aujourd'hui ?

Tout avouer à Farrell, à Zachary, afin qu'ils comprennent la raison de ses réticences à héberger Katie chez lui pendant six semaines ?

Il brûla ses dernières cartouches.

— Pourquoi Katie et pas Mme Brown ?

Cette dernière, une femme grisonnante et peu énergique, avait été la secrétaire de leur père avant de devenir la sienne à la mort du fondateur de Stone River Outdoors.

Farrell soupira.

— Parce qu'elle est incompétente.

— Papa avait confiance en elle, remarqua-t-il.

— Papa avait peut-être ses raisons mais nous, frérot, nous avons une société à faire tourner, dit Zachary. Pourquoi ne pas aider cette chère Mme Brown à prendre une retraite méritée ?

Farrell sourit.

— Quand tu auras le feu vert des médecins pour reprendre ta place parmi nous, Katie s'occupera de te trouver une secrétaire compétente et efficace.

Katie, encore elle !

La renarde dans *son* poulailler.

Depuis leur rupture, ou plutôt, depuis que Katie l'avait quitté, tous deux s'étaient évités, excepté lors des funérailles de son père auxquelles la jolie blonde avait tenu à assister.

Il lui en avait été reconnaissant.

Zachary se leva à son tour.

— Frérot, nous te supplions, Farrell et moi, de ne pas faire la fine bouche. Il y va de la pérennité de notre entreprise et tu le sais mieux que quiconque, n'est-ce pas ?

— C'est bon, vous avez gagné, répondit-il, à bout d'arguments.

D'une mimique, Farrell exprima sa satisfaction.

— Katie est une perle. Faut-il que, pour accepter de tenir compagnie, pendant six semaines, à un ours dans ton genre, la destinée de Stone River Outdoors lui importe !

— Je ne te le fais pas dire, fit en écho Zachary.

Farrell consulta sa montre.

— J'ai rendez-vous dans vingt minutes avec l'un de nos

fournisseurs. En ce qui concerne la possibilité qu'un espion ait infiltré notre entreprise, restons vigilants.

Car des copies plutôt grossières de projets mis au point par Farrell avaient été commercialisées récemment par la concurrence.

Coïncidence ?

Idées dans l'air du temps ?

Pas plus que Farrell, il ne croyait au hasard et, en tant que P-DG, son intention était de tirer les choses au clair.

En attendant, il avait été décidé que Farrell travaillerait à la conception de leurs produits chez lui, et non au siège social de Portland, comme il en avait l'habitude, d'où ce rendez-vous discret, hors des bureaux, avec le fournisseur en question.

— Bon, je te laisse car, moi aussi, j'ai un rendez-vous, fit Zachary avec un sourire donjuanesque.

Il se sentit abandonné.

— Écoutez, tout ceci est absurde. Ce confinement, Katie que vous me jetez dans les jambes. Ne suis-je pas P-DG du groupe et maître de ma destinée ?

— Dis plutôt que tu es un casse-cou qui a besoin d'être surveillé, rétorqua Farrell en enfilant sa veste. Toujours à chercher l'exploit et à pousser la machine à bout, n'est-ce pas ? Katie saura te tenir à l'œil et t'éviter un nouvel accident, le temps pour ton genou de cicatriser.

— Bon, d'accord, mais six semaines...

— La recommandation des médecins, déclara Farrell. Et puis, six semaines sont vite passées. Oh ! je comprends que tu sois frustré mais pense aussi à nous, à l'entreprise.

Zachary lui adressa un grand sourire.

— Aie confiance, frérot. Dans six semaines, tu seras un homme neuf.

Devait-il le croire ?

En donnant son accord à Farrell et à Zachary, Katie avait eu conscience qu'elle se tirait une balle dans le pied, mais avait-elle le choix, l'un étant son patron et l'autre, celui qui signait son chèque mensuel ?

Enfin, et c'était là sans doute la raison profonde de sa décision, Quinten avait besoin d'elle.

Sur la route bordée de pins qui menait au domicile du cadet des frères Stone, dans les feux de ce crépuscule d'été, elle eut du mal à maîtriser sa nervosité croissante.

Arrivée à Ellsworth, un peu avant le parc national d'Acadia prisé des touristes, elle bifurqua sur une voie secondaire et mit le cap sur Stone River, au sein d'un paysage féerique de forêts, de lacs et d'étangs.

Qu'en serait-il de cette confrontation avec l'homme qui, deux ans plus tôt, avait été son amant et qu'elle n'avait jamais pu oublier ?

Quinten !

Elle le revoyait au début de leur liaison, fier, sûr de lui, grand et baraqué, avec cette expression heureuse sur ses traits virils.

Tout aurait dû les rapprocher, donc, mais si pour elle l'argent devait contribuer à aider les autres, le richissime play-boy, lui, aimait le dilapider avec l'arrière-pensée d'impressionner l'employée qu'elle était.

Les voyages en jet au bout du monde autant que les bijoux des grands joailliers l'indifféraient, et jamais Quinten n'avait cru bon de s'ouvrir à elle, ce qui avait contribué à fragiliser leur relation.

Avec le recul, force lui était d'admettre qu'elle regrettait d'avoir rompu avec Quinten, l'un des êtres les plus fermés aux émotions qu'elle avait pu connaître.

Et son GPS devenu aveugle et muet !

Jamais elle ne s'était encore aventurée dans cette partie nord du Maine, si peu fréquentée, aussi poussa-t-elle un soupir soulagé devant le panneau marquant l'entrée de la route privée conduisant chez Quinten.

Entre cahots et branches basses, elle aperçut enfin, édifiée sur un promontoire rocheux, une belle et grande maison qui dominait la mer.

Près de deux siècles plus tôt, un ancêtre des Stone avait acquis, pour une bouchée de pain, des centaines d'hectares dans cette région sauvage.

Les générations suivantes avaient peu à peu revendu les terres tout en gardant quelques centaines d'hectares où trois maisons, dont celle de Quinten, avaient été construites.

Ah, le portail !

Elle en avait le code et put en franchir les hautes grilles tout en déplorant, pour une fois, de ne pas avoir une Range Rover ou une jeep.

Un sourire lui vint aux lèvres quand elle se remémora la Ferrari noire de Quinten et leur virée nocturne, après un dîner dans un restaurant de luxe.

Capote baissée, le vent fouettant ses cheveux blonds, elle avait savouré le plaisir d'être menée par ce mâle viril et un brin fanfaron.

Plus tard, dans un coin de campagne, tous deux avaient fait l'amour sur le capot encore brûlant du bolide italien.

Ses seins avaient durci sous les caresses et Quentin l'avait prise brutalement jusqu'à ce qu'elle jouisse.

Bien des femmes sans doute auraient aimé être à sa place mais, pour sa part, elle avait déploré l'insensibilité de son amant qui, entre plaisir sexuel et dépenses effrénées, semblait imperméable aux sentiments profonds.

Alors même que tout la poussait à aimer Quinten, et à vouloir une relation durable avec lui, elle avait néanmoins décidé de le quitter.

Peu après, Stone père l'avait convoquée dans son bureau et ce qu'il avait eu à lui dire l'avait remplie de confusion et de honte, au point qu'aujourd'hui encore, elle en rougissait.

Enfin, la maison !

Après avoir garé sa Honda Civic près d'une familiale Toyota d'un certain âge, elle gravit les marches de l'escalier conduisant à la porte d'entrée.

Vingt-quatre mois déjà s'étaient écoulés depuis sa rupture avec Quinten, et dix-huit mois plus tôt, elle n'avait pu faire autrement que d'assister aux funérailles du père.

À cette occasion, Quinten et elle avaient échangé quelques mots et un peu plus d'un an après, le destin la poussait de nouveau vers celui qu'elle aurait voulu oublier.

L'antre du lion !

Elle était encore perméable aux émotions passées et l'idée de se retrouver seule, dans une maison isolée, avec l'homme qu'elle avait aimé – qu'elle aimait encore – n'était pas sans la perturber.

Quinten !

Ses mains puissantes et douces.

Cette sensualité et ce sourire ravageur.

Son odeur mâle qui, quand elle la respirait, la rendait brûlante de désir…

— Quelqu'un ?

N'obtenant pas de réponse, elle s'approcha d'une fenêtre et risqua un coup d'œil à l'intérieur de la maison.

La pièce était grande, meublée de fauteuils luxueux et confortables et ses murs décorés de tentures chatoyantes.

La tête bourdonnante de pensées contradictoires, elle allait appuyer sur la sonnette de l'entrée quand, dans son dos, une voix familière la fit sursauter.

— Aurais-tu pour projet de cambrioler ma maison ?

De surprise, elle glissa et fit une chute heureusement sans gravité.

Encore une chance qu'elle n'ait pas porté une jupe !

— Tout va bien ? demanda Quinten en s'approchant, la jambe raide.

Elle se releva et s'épousseta, ce qui lui permit de maîtriser son émotion.

— Oui, ça n'est rien. Et toi, cet accident ?

Une expression butée s'afficha sur le visage viril.

— Une vraie tuile. J'ai encore du mal à marcher et j'enrage.

2

Quinten en voulait à la terre entière et le regard que Katie posait sur lui n'était pas de nature à arranger les choses.

— Et si tu cessais de gémir sur ton sort ? déclara la jolie blonde en croisant les bras. Tu l'as bien cherché, non ? Refaire du ski en pleine convalescence, quelle folie !

Quel culot de lui parler sur ce ton !

— Attends un peu, je...

Elle le coupa.

— Tu as risqué ta santé et ta vie sur une impulsion idiote. Estime-toi encore heureux de ne pas être mort ou paralysé.

Belle, bronzée, vêtue de rose et de noir, ses grands yeux marron le scrutant sous la chevelure dorée, Katie ne manquait pas de le troubler.

— Tu ne manques pas d'audace, dit-il, sans savoir encore s'il devait ou non se formaliser de la liberté avec laquelle son ex-amante s'adressait à lui.

Katie le défia du regard.

— Farrell m'a confié une mission et je suis ici pour l'accomplir, point à la ligne.

Proposer à la jeune femme de lui porter sa valise lui traversa l'esprit mais, handicapé qu'il était par son genou encore douloureux, il y renonça.

— Alors, bienvenue, dit-il en grimaçant un sourire. Quand Farrell et Zach ont eu cette idée, j'aurais juré que tu refuserais.

Curieux comme il était ému...

— Et moi, répondit Katie, j'aurais parié que tu refuserais de me recevoir chez toi.

À cause de leur relation passée, bien sûr, car la jolie blonde ne pouvait avoir oublié ces fougueuses étreintes entrecoupées de gémissements et de cris.

— Stone River Outdoors passe avant le reste. Merci en tout cas d'être venue. Farrell et Zachary te sont eux aussi très reconnaissants.

Une main en visière au-dessus de ses yeux, Katie se tourna vers l'océan scintillant, en contrebas, puis reporta son attention sur la maison.

— Tout est donc pour le mieux. Au fait, Quin, quelle chance tu as de vivre ici !

— Oh ! ça ne vaut pas la montagne ni la neige, mais oui, j'aime cet endroit à l'écart du monde.

Un silence.

Katie, si élégante et sexy, ses pieds nus aux ongles roses dans des sandales argentées...

Comme il avait aimé, naguère, embrasser ces orteils délicats puis lécher cette jambe galbée en suscitant chez l'intéressée des gémissements de plaisir.

— Entre ! dit-il, en s'effaçant pour laisser passer la jeune femme. Mme Peterson, la gouvernante, te conduira à ta suite, à l'étage. Je ne peux monter les marches. S'il te manque quoi que ce soit, préviens-moi.

Peut-être en souvenir du passé, les joues de Katie prirent une coloration presque aussi rose que son chemisier.

— Très bien.

Il s'éclaircit la voix afin de dissiper son trouble.

— Nous dînons à 19 heures. Si tu es prête avant, n'hésite pas à aller te servir un verre au bar et, au cas où tu voudrais me voir, je serai dans la bibliothèque.

Après le départ de Quinten, encore emplie d'émotions contradictoires, Katie suivit Mme Peterson dans le grand escalier en pin massif.

Aimable et grisonnante, la gouvernante se retournait de temps à autre pour lui adresser un sourire.

— Pas trop fatiguée par le voyage ?

— Non, et la nature ici est si belle… Vivez-vous à proximité, madame Peterson ?

— Appelez-moi Lydia. Nous avons, mon mari et moi, une maison non loin de celle-ci. Il est pêcheur, mais la profession connaît des jours de chômage, alors j'ai pris cet emploi chez M. Quinten, il y a cinq ans.

C'est-à-dire avant que le P-DG et elle ne deviennent amants.

— M. Quinten avait publié une petite annonce et il m'a engagée tout de suite. Pour moi, c'était la solution idéale, déclara Mme Peterson.

— Jusqu'à il y a peu, M. Quinten voyageait beaucoup, n'est-ce pas ?

— En effet mais, depuis l'accident, M. Quinten ronge son frein et il n'est pas toujours de bonne humeur.

La suite luxueuse comprenait une salle de bains dotée de tout le confort, un salon équipé d'un mini-réfrigérateur et d'un bar, une kitchenette avec four à micro-ondes et une très grande chambre.

— Comment se déroule la convalescence de M. Quinten ? demanda-t-elle.

Mme Peterson eut un instant d'hésitation.

— M. Quinten n'aime pas se sentir diminué. Il a son caractère. Le dernier masseur en date a déclaré forfait.

Elle ne put retenir un sourire.

— M. Quinten n'est pas du genre patient.

— Ça, on peut le dire. Heureusement, M. Quinten a poursuivi sa rééducation dans la salle de gymnastique qu'il a fait construire, au rez-de-chaussée.

Savoir que son futur patron n'était pas inconscient au point de compromettre son rétablissement, fut au moins une bonne nouvelle.

— Tant mieux ! Et dites-moi, madame Peterson, avez-vous une idée de l'endroit où je pourrais installer mon bureau ?

— Tout a été prévu. Les trois frères Stone ont réarrangé l'espace pour que vous vous sentiez aussi à l'aise qu'à Portland.

— Parfait.

Mme Peterson lui adressa un grand sourire.

— Voulez-vous que j'aille chercher le restant de vos bagages ?

— Non merci. Après ces heures de conduite, un peu d'exercice me sera bénéfique.

— Très bien, alors je vous laisse. Et si vous désirez quoi que ce soit, M. Quinten ou moi sommes là pour vous aider.

Elle remercia et suivit des yeux la robuste silhouette de la gouvernante descendant les marches.

Trois voyages lui furent nécessaires pour apporter à l'étage tout ce qu'il lui faudrait pour un long séjour dans cette maison inconnue : son oreiller favori, des vêtements variés, quelques articles de lingerie fine, son ordinateur bien sûr, des parfums et des cosmétiques, et une valise entière de documents de travail.

Une fois ses affaires rangées, elle explora les lieux, impressionnée malgré elle par ce silence presque oppressant qui l'environnait.

La présence de la Toyota sur le parking indiquait que Mme Peterson était encore là, sans doute occupée à préparer le dîner, mais de Quinten, elle n'eut aucun écho.

Se reposait-il ?

Quinten !

Le revoir après ces mois de silence avait été pour elle une redoutable épreuve car, à présent elle pouvait bien se l'avouer, cet homme beau, bien bâti, viril, suscitait toujours en elle la même émotion, le même désir.

Du désir, oui !

Comment oublier leurs corps à corps torrides, peau contre peau, ces élans qui les avaient poussés dans les bras l'un de l'autre ?

Elle, en tout cas, s'en souvenait encore et, à la façon dont Quinten l'avait regardée, la réciproque était forcément vraie.

Quels arguments avaient développés Farrell et Zachary pour que le cadet accepte sa présence chez lui, six semaines durant ?

Par quel prodige les deux frères aînés avaient-ils obtenu son accord, sachant combien Quinten pouvait être soupe au lait, emporté, prêt à bondir sur celui qui lui tiendrait tête ?

Il avait envie de te revoir, voilà pourquoi...

Plus troublée que jamais, elle se rendit sur le balcon circulaire et choisit de s'installer dans l'un des rocking-chairs afin d'y savourer les rayons du soleil déclinant.

Enfin, un peu de repos !

Mais à peine eut-elle fermé les yeux que l'inquiétude la reprit car, bientôt, il lui faudrait retrouver Quinten pour le dîner et alors...

Alors quoi, au juste ?

Quinten et elle avaient été amants et, pour sa part, ce qu'elle avait ressenti pour lui était proche de l'amour, ce qui ne l'avait pas empêchée, pourtant, de rompre leur relation.

Peut-être auraient-ils pu faire encore un bout de chemin ensemble, passer outre leurs natures respectives si, lors d'un entretien qu'elle avait eu avec Stone père, ce dernier ne l'avait mise au pied du mur.

Le souvenir suscita en elle un malaise tel que le panorama féerique, sous ses yeux, en perdit de son charme.

La réalité des choses, voilà ce qu'était la vie, et chacun à sa place, elle comme Quinten et les deux autres frères Stone.

N'y pense plus, va !

Facile à dire, moins facile pourtant d'oublier un homme aussi viril, aussi sensuel que Quinten Stone.

En tombant amoureuse de lui, elle avait voulu croire au bonheur, à une perspective de vie familiale, et bien sûr, elle avait compris assez vite que Quinten n'était pas l'homme de ses rêves.

Elle avait déjà décidé de le quitter quand Stone père l'avait convoquée dans son bureau.

Quelle claque, ce jour-là !

Et quelle honte avait-elle alors ressentie...

Aujourd'hui, deux ans après avoir coupé les ponts avec Quinten, l'énergie mâle du P-DG, sa faculté de récupération, la fascinaient toujours autant.

Très jeune, Quinten avait remporté des victoires nationales et internationales en ski et il se destinait alors à une carrière sportive prometteuse.

Le revoir aujourd'hui la jambe raide, incapable de grimper un escalier, lui inspirait de la compassion et le regret aussi de ne jamais avoir su quelle personne se cachait derrière le masque du séducteur.

Quentin n'avait voulu que le plaisir qu'elle lui donnait durant l'amour et chaque fois qu'elle avait tenté de parler sentiments avec lui, il s'était empressé de changer de sujet.

Tout ce qu'elle pouvait souhaiter, aujourd'hui, était de ne pas succomber une fois de plus au charme de l'homme qu'elle n'avait jamais pu oublier.

Alors qu'approchait l'heure du dîner, elle ne résista pas à l'envie de libérer ses cheveux et de les brosser afin de leur redonner tout leur éclat.

Idiote ! Tu ne vas pas au bal et seul le travail justifie ta présence ici. Alors pas question d'évoquer le passé avec Quinten ou de te faire des idées...

Facile à dire, moins facile à mettre en pratique.

Et quand elle descendit l'escalier, ses belles résolutions fondaient déjà comme neige au soleil.

Elle trouva Quinten dans la bibliothèque dont les rayonnages hébergeaient de nombreux ouvrages d'histoire ainsi que des biographies et des romans qu'elle aurait pu choisir pour elle-même.

— Bonsoir, Katie.

Vêtu d'un élégant pantalon bleu marine et d'une chemise blanche, le nez chaussé de lunettes à monture d'écaille, Quinten était décidément très sexy.

— Ces livres, dit-elle en montrant les rayonnages, sont-ils ceux de ton père ?

— Non, ce sont les miens, répondit Quinten avec un sourire. Tu me croyais abonné aux revues sportives ? Le genre tout dans les jambes, rien dans la cervelle ?

— Bien sûr que non, mais...

— Mais quoi ?

Devait-elle lui avouer qu'elle le trouvait changé, bien différent de l'homme qu'elle avait fréquenté et aimé naguère ?

Cette gravité nouvelle, cette humilité qui lui avait fait défaut, au temps de leurs amours, rendaient le P-DG plus humain, et elle en vint à se dire que, peut-être, tout n'était pas fini entre eux.

— Ce que tu penses de moi est-il si difficile à exprimer ? demanda Quinten sans cesser de l'examiner.

— Nous en reparlerons plus tard, dit-elle. Pour l'heure, sais-tu ce qui me ferait plaisir ?

— Dis toujours.

— Quelque chose à boire.

Comme s'il n'avait attendu que sa réponse, Quinten se dirigea vers le bar et en rapporta deux coupes de champagne.

Son vin favori !

— Santé ! dit-il d'un ton bourru sans cesser de la regarder.

— Santé.

Leurs doigts se frôlèrent et une vague d'émotion la submergea.

— Je ne pensais pas que tu te souviendrais de mes préférences, dit-elle après avoir savouré le pétillement des bulles sur ses papilles.

Car elle imaginait mal Quinten sans partenaire.

Le regard mâle se fit plus tendre, plus intense aussi.

— Et bien sûr, tu croyais que j'avais oublié.

— Oui.

Quinten vint plus près d'elle.

— Je me souviens de chaque instant passé avec toi, de chaque repas partagé, de chacun de tes mots.

— Voyons, c'est impossible, et je...

— Très possible, au contraire, la coupa-t-il. Et en t'accueillant ici, je savais que, tôt ou tard, nous parlerions du passé.

La façon qu'avait Quinten de la dévisager, ou plutôt, de la déshabiller des yeux, enflamma ses sens comme jamais.

Un peu plus et elle se serait précipitée dans ses bras !

— Je n'aurais pas dû prendre le risque de venir ici, auprès de toi, n'est-ce pas ?

Le regard mâle la détailla de la tête aux pieds.

— Tout dépend, ma belle.

— Tout dépend de quoi ?

— De toi. Veux-tu jouer une fois de plus avec le feu ou as-tu peur de t'y brûler définitivement les ailes ?

Lors du dîner, Quentin ne sut quelle attitude adopter face à celle qu'il avait mise au défi de céder au désir qui les poussait l'un vers l'autre.

Jouer avec le feu ! Idiot que tu es...

Si quelqu'un était piégé, c'était bien lui.

Et cette attente dans les yeux de Katie...

Deux ans plus tôt, quand ils étaient amants, chaque nuit passée avec sa belle était une fête et, au réveil, il la retrouvait nue entre ses bras, encore et toujours consentante.

N'était-ce pas ça, le bonheur ?

Quand elle lui avait signifié que tout était fini entre eux, ç'avait été pour lui un choc dont il subissait aujourd'hui encore les effets.

Alors, pourquoi avoir tenté le diable ?

Pourquoi avoir suggéré à son invitée de « jouer avec le feu » sinon parce qu'il voulait la ramener dans ses filets ?

Imbécile ! Tu n'es qu'un imbécile !

Une mise au point en forme d'excuse le tirerait-elle de ce mauvais pas ?

— Écoute, je suis désolé pour tout à l'heure. Je n'aurais pas dû dire ce que j'ai dit. Promis, ça ne se reproduira plus.

Une rougeur soudaine embrasa les joues de Katie qui avait à peine touché à sa viande et s'était contentée de picorer dans sa salade.

— Tu dis ça, oui, mais devrais-je te croire alors que nous allons cohabiter pendant des semaines ?

Évidemment !

— Je me suis comporté comme un idiot, mais c'est fini, Katie. Le travail, uniquement le travail et rien d'autre.

Elle lui sourit.

— Comment peux-tu en être si sûr ?

Alors qu'il brûlait de prendre cette ravissante blonde dans ses bras, de la caresser, de lui faire de nouveau l'amour, de sentir frémir ce corps de rêve, il s'obligea à la fermeté.

— Parce que je me tiens toujours à mes décisions.

— Pourquoi tant de grands mots, Quentin ? Pourquoi ne pas nous accorder le plaisir des retrouvailles surtout si celles-ci sont temporaires ?

Et voilà ! Bel et bien piégé !

— Tu tires sur ma chaîne en sachant très bien que ta présence m'excite. Que je voudrais te retrouver comme avant, même au prix du danger.

Katie eut une mimique ironique.

— Au siège social, chacun tremble devant toi, mais moi, je te connais *intimement* et tu ne m'impressionnes plus.

Tout en parlant, Katie caressait du doigt le rebord de son verre, produisant un son feutré qui mettait ses nerfs à vif.

À quoi donc jouait son invitée ?

À te faire du mal, idiot, comme il y a deux ans, quand elle t'avait signifié que c'était fini entre vous !

— Admettons que nous laissions parler nos corps. Que se passera-t-il, ensuite ?

Katie eut un soupir.

— Qui peut le dire ? N'est-ce pas là l'intérêt de cette expérience ?

En être réduit aux suppositions l'agaça.

— Bon, parlons travail.

— Je ne te plais plus ? demanda Katie avec une mimique aguichante.

Elle voulait le pousser dans ses retranchements, mais l'arrivée de Mme Peterson fit échouer la tentative.

— Des crèmes brûlées, une recette de ma grand-mère aux propriétés aphrodisiaques, annonça fièrement la gouvernante.

— Vraiment ? demanda Katie avec une fausse candeur.

— C'est ce qu'elle me disait quand j'étais jeune fille. Et maintenant, régalez-vous.

— Doux Jésus ! Mais c'est délicieux ! déclara Katie en coulant dans sa direction un regard qui mit le feu à ses sens.

Mme Peterson affichait une mine radieuse.

— Heureuse que vous aimiez ma recette. Bon, le temps de ranger la cuisine et je m'en vais.

Ce qu'elle fit quelques minutes plus tard après leur avoir souhaité une bonne nuit.

— Ce dessert est fameux ! dit-il en remplissant leurs verres d'un vin californien léger.

— Plus que fameux, oui, répondit Katie, le regard troublé.

Certes, il avait envie de cette femme, mais n'avait-il pas assez souffert, à l'époque, quand Katie lui avait froidement annoncé que tout était fini ?

La dernière bouchée de crème brûlée faillit lui rester en travers de la gorge.

— Je vais aller m'exercer dans ma salle de gym, dit-il en se levant brusquement. Et toi ? Bien installée ?

Katie lui adressa un regard songeur.

— Très bien. Alors à demain, Quin ?

— À demain. Mme Peterson aura préparé le petit déjeuner pour 8 h 30 précises et ensuite, nous nous mettrons au travail.

— Entendu. Au fait, la maison est-elle protégée par une alarme ?

— Ne t'inquiète pas, ici, nous ne risquons rien.

— Qui te dit que j'ai peur ? S'il me prenait envie de faire une promenade nocturne, je ne voudrais pas déclencher une alerte à mon retour, quand j'ouvrirai la porte d'entrée.

— Eh bien, non, pas d'alarme, mais je préférerais te savoir à l'intérieur plutôt que dehors.

— Pourquoi donc, puisque nous ne risquons rien ici ?

En plus de devoir batailler avec ses frères, s'il devait en plus se lancer dans d'interminables discussions avec Katie, où allait-il ?

— La nature est sauvage et nous avons parfois la visite d'ours bruns ou encore, d'élans, deux animaux au comportement imprévisible.

Katie se mit à rire.

— Avec quel sérieux tu me fais la leçon, Quin ! Bon, si ça te rassure, j'ai souvent campé en famille dans des forêts autrement moins hospitalières.

— Et tu te crois capable de tenir tête à un ours ?

— N'est-ce pas ce que je fais avec toi, depuis déjà quelques minutes ?

Il se dérida.

— Bon, je l'ai bien cherché. Accorde-moi une heure, le temps pour moi d'accomplir mes exercices de rééducation, et je me joindrai à toi.

Katie le contempla avec surprise.

— Mais... Ne crains-tu pas de te fatiguer ? Ta jambe...

— Quoi, ma jambe ? À t'entendre, on jurerait que je suis

invalide. La cicatrisation est en bonne voie et je peux marcher comme tout un chacun.

— Tu es d'une telle imprudence. Chausser tes skis à peine remis de ce terrible accident, il y a dix-huit mois...

— Encore des reproches ?

Le regard de Katie se fit plus dur.

— Ne compte pas sur ma compassion, Quin. Tu t'es conduit en tête brûlée, imprudent au dernier degré, et aujourd'hui, tu en paies le prix.

— Je t'ai connue plus compréhensive.

Et plus gentille, surtout !

— Je n'ai pas changé, Quin. Je suis la même.

Disait-elle vrai ?

— Alors rendez-vous ici dans une heure, pour une promenade au clair de lune ?

Katie hésita.

— OK. Et puis, avec toi, je me sentirai plus rassurée.

— Les ours ?

— Non, la crainte de m'égarer dans la forêt. Ou de chuter du haut de la falaise qui domine l'océan...

Comme si le vrai danger n'était pas avant tout de laisser parler leurs sensualités respectives, ce que cette promenade romantique allait sûrement favoriser.

3

Katie passa un pull-over car les nuits étaient fraîches dans cette partie nord du Maine.

Était-ce cette promenade avec Quin au clair de lune qui la rendait anxieuse ou le fait de se retrouver seule dans cette maison isolée, avec son ex-amant ?

Tu as accepté ta mission, alors va jusqu'au bout maintenant.

Sa mission, vraiment ?

Dans ce cas, pourquoi s'autoriser ce marivaudage avec Quin, ce long échange de regards ?

Et cette promenade !

En laissant entendre qu'elle sortirait après dîner pour se dégourdir les jambes, qu'espérait-elle d'autre sinon une réaction de Quin, toujours prêt à prendre l'initiative, à imposer ses choix ?

Ils se connaissaient à peine quand, déjà, Quin avait décrété qu'ils passeraient un week-end à Paris, ce qu'elle avait jugé extravagant.

— Mais pourquoi, Kate ? Je suis riche. J'ai les moyens de nous emmener au bout du monde.

Justement !

Riche, Quin l'était un peu trop à son goût.

Son luxe ostentatoire, cette façon de dépenser à outrance lui déplaisait car elle venait d'une famille modeste où chaque dollar comptait.

Un jour, une amie lui avait fait remarquer qu'elle était snob « à l'envers » parce qu'elle supportait difficilement les riches et leurs manières.

Même outré, ce jugement n'en possédait pas moins une part de vérité.

Et pour en revenir à Quin, ma foi, elle aurait préféré qu'il s'ouvre davantage à elle, qu'il lui permette de mieux comprendre sa personnalité, ses envies, ses craintes aussi, plutôt que de se cacher sans cesse derrière sa fortune ou de lui offrir ces somptueux cadeaux qui ne lui faisaient ni chaud ni froid.

Elle le rejoignit sur le perron de la maison et admira la beauté de la forêt engourdie par la nuit.

— C'est impressionnant, dit-elle.

— J'aime ce calme, répondit Quin.

Voyant qu'il peinait à descendre l'escalier, elle voulut l'aider mais il la repoussa.

— Je peux marcher seul, merci. Que dirais-tu d'aller admirer l'océan sous la lune ?

Un peu vexée par l'attitude de Quin, elle se contenta de hocher la tête, et ils cheminèrent vers l'est.

— Ton genou ? demanda-t-elle.

— Ça va.

Qu'il marche normalement tenait de la performance... ou de la survie morale, tant il était clair qu'un battant de son espèce, grand sportif de surcroît, supportait mal ce qui limitait son champ d'action.

— Nous nous enfonçons dans la forêt, dit-elle, un peu inquiète.

— Le chemin a été défriché il y a peu de temps. N'aie crainte, la route fait un détour puis pique sur l'océan un peu plus loin.

— Et tu te repères dans l'obscurité ?

— Bien sûr. Les lieux n'ont plus de secrets pour moi.

Sous ses pieds craquaient les aiguilles de pins et, au-dessus de leurs têtes, la canopée laissait entrevoir la clarté du ciel et de la pleine lune.

— Nous arrivons, dit Quin sans ralentir l'allure.

Sa claudication, presque imperceptible, témoignait de son tempérament de fer, d'un refus de montrer ses émotions, ses joies ou ses peines, alors que pour elle la confiance mutuelle était la clé d'une vraie relation.

Quin !

Elle aurait tant voulu rester avec lui mais, après cet entretien avec Stone père, elle n'avait pu faire autrement que d'aller au terme de leur rupture.

— C'est beau ! dit-elle. Ces arbres, ce silence...

Dans la pénombre, les yeux de Quin brillèrent.

— C'est toi qui es belle, Katie.

Durant son séjour ici, aurait-elle la force de renouer avec cet homme sans pour autant finir dans son lit ?

Les arbres se firent plus rares, dévoilant une portion toujours plus grande de ciel étoilé qu'éclairait la lune.

Enfin, une grande clairière et l'odeur saline de l'océan.

— Reste près de moi, dit Quin. Ne t'approche pas du bord de la falaise.

Elle se serra contre lui, regardant en contrebas les vagues aux éclats d'argent.

— C'est magnifique, dit-elle en frissonnant.

Par inadvertance, à l'âge de sept ans, elle était tombée dans la piscine des voisins de ses parents, et elle avait cru se noyer.

Par la suite, la fille de ces voisins, à peu près de son âge, lui avait permis de jouer sur le piano familial.

Que de souvenirs !

— J'aime venir ici et regarder l'océan, dit Quin en prenant sa main dans la sienne.

Au contact de cette paume tiède, elle en oublia sa quasi-noyade d'alors et se promit d'apprendre à aimer la mer autant que Quin semblait l'aimer.

— À quoi penses-tu ? demanda Quin.

À toi, à moi, à tout ce que nous aimions faire, naguère...

— Oh ! à des choses et d'autres.

Si tu crois qu'il a changé ou qu'il changera un jour, tu te trompes, ma fille.

Pourtant, comment nier qu'elle était troublée de se retrouver seule à seul avec cet homme.

— Quin ?

— Oui ?

— J'aimerais que tu me parles de l'accident.

Un silence.

— Je garde surtout le souvenir du choc… Notre chauffeur conduisait et papa et moi étions à l'arrière. L'automobiliste, en sens opposé, a franchi la ligne jaune pour une raison que j'ignore. J'ai senti un choc terrible et ma jambe a été broyée.

— Et ton père ?

— Projeté en avant, mort sur le coup. Le chauffeur, lui, était indemne.

Une boule d'émotion obstruait sa gorge.

— Où alliez-vous, ce jour-là ?

— Nous regagnions Portland après avoir rendu visite à Farrell, et l'accident a eu lieu à l'est de Bangor. Quand j'ai appris que papa était mort, j'ai eu le choc de ma vie car il avait beau être sévère et ronchon, je l'aimais…

— Je comprends ça, Quin. Et ta jambe ?

— Des dizaines d'opérations. Des broches en acier. Les os broyés qu'il a fallu reconstituer.

Elle poussa un soupir.

— Et au lieu d'attendre d'être tout à fait rétabli, tu as chaussé tes skis et dévalé la piste la plus dangereuse de la station…

— Eh bien, oui. Pour moi, skier était vital, plus précieux que tout. Je me suis fracassé contre des sapins, et ce que la chirurgie avait réparé a été anéanti en une fraction de seconde. Cette fois, ma jambe était dans un tel état que même les plus grands spécialistes ne me donnaient guère d'espoir de remarcher normalement. J'ai eu droit à de nouvelles et douloureuses opérations et à une rotule artificielle.

Elle ne pouvait que compatir.

— Et il te fallait aussi faire le deuil de ton père.

Comme s'il avait des fourmis dans les jambes, Quin lâcha sa main pour faire quelques pas.

— Oui, ça n'a pas été facile. Tu te souviens de lui, n'est-ce pas ? Sa réputation de mauvais coucheur n'était pas usurpée, et entre nous, rien n'aura été simple.

— Tu étais son fils.

Quentin leva sur elle un regard presque désespéré.

— Maman est morte à ma naissance et c'est mon père qui

nous a élevés, mes frères et moi, et de quelle façon ! Il avait tout d'un sergent des marines.

En ce moment précis, la sincérité de Quin ne faisait aucun doute.

— Je suis avec toi, dit-elle avec l'espoir d'apaiser la souffrance de son ex-amant.

Stone père…

Jamais elle n'oublierait les mots cruels que cet homme strict et sévère avait eus pour elle, pour la stigmatiser sans se soucier de la blesser, mais se trouver là, sous la lune, avec Quin, remettait tout en question, ses résolutions de garder ses distances avec lui, ses griefs contre Stone père, contre Quin lui-même.

— Et si nous rentrions ? dit-elle enfin. Je me suis levée aux aurores, le voyage m'a fatiguée et j'ai besoin de dormir.

— Bien sûr, répondit Quin.

Elle contempla une fois encore l'océan opaque et ténébreux comme l'étaient ses pensées présentes, puis tous deux rebroussèrent chemin à travers bois.

De retour à la maison, elle prit les devants.

— Je monte me coucher. Passe une bonne nuit.

— Katie…

— Oui ?

Un long regard échangé qui en disait long, bien plus que des mots, et si Quin avait alors tenté de l'embrasser, sans doute l'aurait-elle laissé faire.

Mais son hôte se contenta de lui serrer le bras, dardant sur elle son regard flamboyant.

— Je suis heureux que tu sois là, Katie. Bonne nuit.

Et il fit demi-tour.

En dépit de sa fatigue, Katie eut du mal à trouver le sommeil et, tard dans la nuit, c'était encore et toujours à Quin qu'elle pensait.

En acceptant de venir le seconder ici, dans cette maison isolée, sans doute avait-elle présumé de ses forces, cru qu'elle pourrait se tenir à distance d'un homme qu'elle avait aimé, désiré, et que, finalement, elle continuait de désirer.

De son côté, Quin n'avait rien fait pour lui faciliter la tâche et elle avait senti qu'elle aussi lui inspirait toujours du désir, de quoi les pousser dans les bras l'un de l'autre, une décision aussi stupide qu'irréfléchie.

Pars ! Retourne à Portland !

Au risque de provoquer un séisme dans une entreprise à laquelle elle était très attachée ?

Le matin la trouva mal reposée, les yeux cernés.

Au petit déjeuner, Quin ne fit aucun commentaire.

— Qu'y a-t-il, ma belle ? Vous n'aimez pas ma cuisine ? demanda la gouvernante en la voyant picorer dans ses œufs au bacon.

— Si, beaucoup.

— J'aime mieux ça, déclara Mme Peterson.

Une fois la gouvernante partie, elle se pencha vers Quin.

— Garde-le pour toi, mais j'ai l'habitude de prendre du müesli et du yaourt au petit déjeuner !

Le sourire complice de son hôte allégea enfin l'atmosphère et, peu après, Quin et elle se mirent au travail dans un bureau aménagé à cette intention.

— Je t'envoie par e-mail toute une série de documents, dit-elle en pianotant sur le clavier de son ordinateur.

Des comptes d'exploitation préparés par Zachary, notamment ceux des premier et deuxième trimestres, et aussi des projets en cours dont Farrell attendait beaucoup.

Une fois les fichiers chargés, Quin entreprit de les étudier un par un et elle en profita pour mettre à jour d'autres documents en souffrance.

La matinée passa vite et ce qui aurait pu être une situation embarrassante – travailler à moins de deux mètres d'un homme qui avait été son amant – s'avéra plus aisé qu'elle ne l'aurait cru.

Un peu avant l'heure du déjeuner, Zachary vint leur rendre visite.

— Je ne m'attendais pas à te voir si vite, déclara Quin. Et d'abord, comment es-tu venu ?

— En hélicoptère puisque nous disposons d'une aire d'atterrissage proche de ta maison, répondit Zachary tout en lui jetant un coup d'œil prudent. As-tu déjà parlé à Katie de ce qui nous préoccupe ?

Quin soupira.

— Elle est arrivée hier et nous n'avons pas encore fait le point.

Sa curiosité fut plus forte que tout.

— Qu'y a-t-il de si grave ? Vous parlez comme deux conspirateurs...

Zachary fit la moue.

— Nous pensons que Stone River Outdoors est la cible d'un espionnage industriel, et qu'un membre du personnel tente de pirater nos comptes.

Personne n'avait jugé utile de la tenir informée.

— Et qu'est-ce qui vous laisse penser ça ? demanda-t-elle.

Après un échange de regard avec Quin, Zachary reprit la parole.

— Farrell a vu plusieurs de ses projets copiés, presque à l'identique, par la concurrence.

Elle se sentit trahie.

— Pourquoi ne m'avoir rien dit ? Je pensais qu'après toutes ces années, la confiance était établie entre nous.

Zachary sourit.

— Elle l'est, n'en doutez pas, mais si nous voulons démasquer un coupable éventuel, il faut lui laisser croire que nous ne nous sommes aperçus de rien.

Quin eut un geste d'excuse à son intention.

— Je n'ai été mis au courant que tardivement, mes frères ne voulant pas troubler ma convalescence. Et pas question de te voir courir le moindre danger.

— Du danger ? Quel danger ?

Zachary intervint.

— Nous nous demandons si l'accident dans lequel papa est mort, et qui a failli tuer Quin, n'aurait pas été provoqué, justement, par un concurrent.

Le fait que Quin se fût assez soucié d'elle pour ne pas lui faire courir de risques ne pouvait que lui inspirer de la reconnaissance.

Se pouvait-il qu'il ait toujours des sentiments pour elle, en dépit de la façon dont elle avait rompu avec lui, près de deux ans plus tôt ?

— Je comprends, dit-elle, mais j'avoue avoir des doutes sur une telle éventualité car sinon, la police aurait ouvert une enquête. Et ces rumeurs d'espionnage industriel demandent à être confirmées.

Zachary lui sourit.

— Nous avons toute confiance en vous, Katie. Qui sait, vous remarquerez peut-être LE détail qui nous aura échappé, et qui pourrait nous aider à confondre un traître éventuel agissant en interne.

Toute cette histoire lui paraissait tirée par les cheveux.

— On se croirait dans un film d'espionnage ! Tout ça pour percer le mystère des nouveaux agrès, d'un rameur, d'une planche à abdos ?

Alors que Quinten souriait, Zachary fit grise mine.

— Ne riez pas, Katie, car ça n'est pas drôle du tout. Bon, peut-être sommes-nous paranoïaques, mais quelqu'un pourrait vouloir la perte de Stone River Outdoors.

— Quelqu'un ? Mais qui ?

— C'est toute la question, fit Quin, pensif. Et pour ma part, j'abonderai dans le sens de Zachary. Qui sait si notre père ne s'était pas fait des ennemis mortels…

Connaissant la personnalité du patriarche, l'hypothèse n'était, après tout, peut-être pas infondée.

Tous trois se retrouvèrent autour de sandwichs au corned-beef et de larges quartiers de pastèques préparés par Mme Peterson.

Tout en mangeant, elle prit le temps d'examiner les deux frères qui avaient en commun une taille svelte et des épaules larges mais pas du tout le même caractère.

Si Quin avait privilégié le ski de compétition, Zachary, épris d'aventures, ne jurait que par l'Amazonie et les raids motorisés dans les déserts d'Arabie.

— Je veux regagner Portland avant la nuit, déclara ce dernier en se levant.

— Sans même aller voir ta maison ? intervint Quin.

Car chacun des frères avait la sienne dans ce vaste périmètre.

— Pas le temps, fit Zachary.

Sa curiosité fut la plus forte.

— Votre maison est-elle comme celle de Quin ?

— Si vous voulez, je vous la ferai visiter une prochaine fois, répondit Zachary.

Elle s'engouffra dans la brèche.

— Une visite ? Mais je serais ravie.

— Dans ce cas, nous demanderons aussi à Farrell de nous ouvrir les portes de la sienne, déclara Quin d'un ton bougon.

— D'ici, nous pourrions aller à pied et chez Farrell, et chez moi, déclara Zach. Trois frères, trois terrains, trois maisons.

— En tant qu'aîné, Farrell a choisi le plus bel emplacement, déclara Quin d'un ton amer.

— J'ai eu le second choix, dit Zachary, et Quin s'est contenté du terrain le plus exposé aux ouragans. Étant le cadet, il était normal qu'il soit aussi le moins favorisé.

Les deux frères éclatèrent d'un rire auquel elle mêla le sien.

— J'en prends bonne note, dit-elle en pliant sa serviette puis en se levant. Et sachez que, en ce qui concerne ces rumeurs d'espionnage, je veux vous aider autant que je le pourrai.

Quin échangea un regard avec Zach.

— Nous le savons, Katie, et nous t'en sommes reconnaissants. Autant Zach que Farrell, que moi, nous avons depuis longtemps estimé tes compétences et ta présence ici, aujourd'hui, en est la preuve la plus éclatante.

Le compliment lui fit plaisir mais ne l'empêcha pas de redouter ce séjour de six semaines, avec son ex-amant, dans cette maison isolée entre océan et forêt.

Zachary lisait-il dans ses pensées ?

Elle aurait été bien en peine de le dire mais le regard qu'il porta soudain sur elle lui parut changé.

— Merci de seconder Quin, Katie. J'étais sûr que vous vous entendriez bien ensemble. Du reste, vous vous tutoyez déjà...

— C'est-à-dire que..., commença-t-elle, gênée.

— Oh ! je n'y vois aucun inconvénient, fit Zachary avec un petit sourire. Tenez-moi informé de tout ce qui pourrait vous paraître inhabituel dans le fonctionnement de Stone River Outdoors, et bonne chance.

4

L'intérêt manifesté par Zachary envers Katie avait exacerbé la jalousie de Quin.

Cette remarque de son frère sur le fait que Katie et lui se tutoyaient n'était pas pour l'apaiser et ce, d'autant qu'il sentait croître son désir pour cette jolie blonde.

Qu'était-il censé faire ?

Renvoyer Katie à Portland au risque de décevoir Farrell et Zachary qui avaient déjà tant fait pour lui, non seulement après l'accident de voiture, mais aussi après sa fracassante descente qui l'avait laissé à moitié estropié ?

Grâce au travail déjà accompli, il reprenait le contrôle de la société et assumait de nouveau son rôle de P-DG mais il restait, bien sûr, à régler ce conflit intérieur qui le minait, cette attirance mêlée d'aversion pour celle qui l'avait chassé de sa vie, deux ans plus tôt, en lui signifiant qu'il ne serait jamais capable de la rendre heureuse.

Aujourd'hui, il continuait de désirer cette femme, de vouloir refaire l'amour avec elle, ce qui, bien sûr, était hors de question, car seule devait lui importer la bonne marche de l'entreprise familiale.

N'as-tu pas déjà assez fait de dégâts comme ça ?

Une fois sorti de l'hôpital, il avait eu tout loisir de ruminer sur son inconscience, et c'était en partie pourquoi il avait accepté d'accueillir Katie chez lui, pour six semaines, comme le lui avaient demandé ses frères.

Katie !

Chaque jour, il devait se faire violence pour brider sa virilité exubérante.

— Tout va bien, Quin ?

La voix était douce et pleine de fraîcheur.

— Oui, un peu tendu, dit-il sans intention ironique.

— Ah...

Il se leva et fourragea nerveusement dans sa tignasse.

— Je vais en salle de gym... Besoin d'exercice.

Ouf !

Une fois loin de la tentatrice blonde, sa tension redescendit d'un cran et il s'échina à ramer pendant une demi-heure, de quoi sculpter ses abdos ramollis.

Que vas-tu imaginer ? Qu'elle a envie de refaire l'amour après t'avoir largué ?

Si grand était son désir pour Katie qu'il en perdait son orgueil et ne songeait qu'à la remettre dans son lit.

— Et maintenant, les jambes.

La « presse à cuisses » remplit son office.

Ses forces revenaient, autant que sa mobilité et sa capacité musculaire.

— Tu récupères, vieux ! Et tu marches de mieux en mieux.

N'importe qui d'autre aurait crié victoire, mais pas lui car ce qu'il visait était le « top niveau », la performance extrême, exactement comme ce jour où il avait dévalé la piste noire avec un genou blessé.

Le terme « normal » équivalait pour lui à une insulte et, seul ce qui était *extraordinaire* trouvait grâce à ses yeux.

Comme Katie dont la beauté était sidérante.

D'où lui venait ce goût de l'exploit, ce besoin de vaincre, d'aller toujours plus loin ?

Était-ce au fait de n'avoir pas connu sa mère – morte à sa naissance – qu'il devait son apparente insensibilité, comme s'il lui avait manqué le lait et l'amour d'une femme ?

Élevé dans un milieu masculin et autoritaire, en compagnie de frères plus âgés, il avait reçu plus souvent qu'à son tour des coups de ceinture, ravalant ses larmes pour mieux tenir tête à ce père qui le battait et devant qui il n'avait jamais baissé les yeux.

Ne s'était-il pas mutilé de sa sensibilité naturelle pour « devenir un homme » selon le vœu paternel, faisant fi de sa part sensible et romantique ?

Aujourd'hui, force lui était de reconnaître que l'influence de Stone père l'avait conduit à nier ses émotions, à ne pas faire étalage de ses sentiments et, en définitive, à interdire à quiconque, y compris à Katie, de deviner sa nature profonde.

C'était pourtant avec elle que, pour la première fois, il s'était posé la question de ses sentiments pour une femme.

Il ajouta quelques poids à la machine, reprit place sur le banc et n'arrêta qu'une fois au seuil du tolérable, tout ruisselant de transpiration.

Tension, rythme cardiaque, tout était parfait ce qui ne l'empêcha pas de jurer tout bas en pensant qu'il lui faudrait bientôt retrouver Katie, son ex qui lui inspirait un si puissant désir.

Serre les dents, fais le gros dos...

Dans cinq semaines, son genou serait enfin cicatrisé et Katie n'aurait plus aucune raison de rester ici.

Poings serrés, il fila sous la douche puis, rassemblant son courage, il revint prendre sa place au bureau.

— Ah, enfin ! fit Katie en souriant. J'ai besoin de toi pour une foule de dossiers.

Comment pouvait-elle afficher une telle sérénité après avoir été sa fougueuse maîtresse ?

— Je suis là. J'avais besoin de me dérouiller les muscles...

Et la tête !

Dix minutes plus tard, assis à côté de Katie, il s'appliqua à remplir son rôle de P-DG, examinant tel document, en modifiant tel autre, paraphant trois contrats et, finalement, reprenant en main les rênes de Stone River Outdoors.

Curieusement, en dépit de sa frustration sexuelle, travailler lui fit le plus grand bien et il en aurait presque oublié le passé si le parfum discret de Katie n'avait pas ranimé de tendres souvenirs.

Allait-il tenir le choc pendant les semaines à venir, résister à l'envie de prendre sa collaboratrice dans ses bras pour l'étreindre et l'embrasser comme il mourait d'envie de le faire ?

Jour après jour, le même scénario se répéta, Katie étant toujours maîtresse d'elle-même alors qu'il devait sans cesse brider en lui le désir qu'elle lui inspirait.

Chaque matin, elle sortait faire du jogging dans la forêt – ce qui lui était encore interdit – puis elle revenait, rose et essoufflée, montait l'escalier et prenait sa douche.

Entendre couler l'eau faisait naître en lui des visions de Katie nue, de son corps splendide tel qu'il l'avait caressé naguère, de quoi le tourmenter encore un peu plus.

Au petit déjeuner, elle était souriante et la conversation s'engageait, puis le travail commençait, coude à coude, dans la chambre aménagée en bureau.

Katie incarnait la parfaite collaboratrice, et en la voyant, nul n'aurait pu dire qu'elle avait été pour lui la plus brûlante des amantes.

Trois semaines de ce régime exacerbèrent ses sens et, un matin, il se dirigea vers le bureau où Katie travaillait déjà avec la ferme intention de crever l'abcès.

— Du nouveau dans cette affaire d'espionnage industriel ? demanda-t-il.

Katie leva les yeux sur lui.

— Rien. Et selon moi, il s'agit d'une simple coïncidence.

— Peut-être as-tu raison, après tout.

Les e-mails du matin venaient de partir et sa collaboratrice scanna une série de documents.

— Ce sont les expertises sur plusieurs de nos produits vedettes qui pourraient intéresser ce nouvel acheteur, dit-elle. Une visite de notre atelier de fabrication est prévue dans deux mois.

— Très bien.

— Au fait, Farrell vient de m'appeler. Il est inquiet d'être sans nouvelles de toi.

Le remords le prit.

— Eh bien, je m'occuperai de ça plus tard.

— Farrell se fait du souci, déclara Katie.

Se sentir couvé en permanence le mit sur les nerfs.

— Et si vous me laissiez un peu tranquille, tous autant que vous êtes ? Ne suis-je pas le boss ?

— En effet, mais tu as failli mourir ou finir tes jours paralysé, alors mets-toi à la place de tes frères.

— Bon, oui, tu as raison, mais Farrell et Zach devraient savoir que je peux vivre sans chaperon.

Katie le scruta.

— Ma présence te dérange-t-elle autant que ça ? Peut-être devrais-je repartir à Portland, pour un week-end, afin de te laisser respirer ?

Un départ qui n'arrangerait rien.

— Il n'en est pas question.

— Mais pourquoi ? Ainsi, tu pourrais te sentir de nouveau totalement chez toi.

— Qui te dit que j'en ai envie ? Tu… Ta présence me manquerait trop, Katie.

L'étonnement qui se peignit sur le visage de la jeune femme n'était pas feint.

— Parles-tu sérieusement ? Depuis plusieurs jours, j'avais l'impression de te gêner. Tu semblais vouloir m'éviter.

— Oui, peut-être, mais pas pour les raisons que tu crois.

— Ah, première nouvelle. Donc, ma présence ne te pèse pas ?

— Bien sûr que non, mais j'ai envie de m'aérer. Aussi, si tu acceptes, j'ai pensé que nous pourrions passer un week-end à New York. Zachary a des billets pour la comédie musicale *Hamilton* qui se donne actuellement à Broadway.

La vie d'Alexander Hamilton, Père fondateur des États-Unis d'Amérique, intéresserait-il la jeune femme ?

Le regard de Katie se mit à briller.

— S'agit-il d'une proposition désintéressée ?

— Bien sûr.

— Alors, je serais ravie d'aller à New York, une ville que je ne connais pas.

— Rien de plus facile puisque les Stone disposent d'un avion privé.

— Je ne sais comment te remercier, dit Katie, plus rougissante que jamais.

Il ne put s'empêcher de rire.

— C'est moi qui devrais te remercier car, grâce à toi, je vais enfin pouvoir sortir d'ici. Nous passerons deux soirées là-bas.

— C'est que…

— Quoi donc ?

— Je n'ai emporté que quelques affaires…

— Nous ferons les magasins et tu trouveras tout ce qu'il te faut sur place.

Pensive, Katie laissa échapper un long soupir.

— Dis-moi, Quin ?

— Oui.

— Il faut que je te dise… Eh bien, j'ai toujours envie de toi.

Il la fixa intensément.

— Moi aussi, Katie.

Vivre ici, sans distraction, loin de tout, stimulait la libido mais pas question de mélanger sensualité et travail, et encore moins de se lancer dans une course aux sentiments.

Katie lui sourit.

— Peut-être pourrions-nous profiter de ce week-end à New York pour refaire connaissance, toi et moi ?

— J'ai eu aussi cette idée, Katie, mais attention, ni romance ni sentiments…

Le regard de la jeune femme se fit pensif.

— Ni romance ni sentiments, c'est entendu.

Depuis qu'elle avait donné son accord à Quin, Katie n'en menait pas large, elle qui, depuis le début de leurs retrouvailles, s'efforçait de garder une attitude neutre, propice au travail.

Passer deux jours à New York, avec son ex-amour, risquait fort de compromettre son fragile équilibre mais, trop tard, elle avait fait son choix.

Quin !

Combien de fois, le soir, n'avait-elle pas pensé à lui, à leur passé d'amants fougueux…

Si elle avait rompu, c'était par dépit de ne pas être aimée pour elle-même et de passer après le ski, la vraie passion de ce grand sportif, mais aussi à cause de leurs vues diamétralement opposées sur l'argent et l'usage qu'il convenait d'en faire.

Quin vivait en grand seigneur, sans souci de la dépense, ce qui hérissait son sens des priorités car, en ce qui la concernait, elle avait le souci d'aider les moins fortunés et en tout cas, sa famille.

Sachant que, dans quelques semaines, sa mission terminée, elle regagnerait Portland et reprendrait ses fonctions auprès de Farrell, était-il opportun de se laisser tenter par une aventure avec Quin, durant leur séjour à New York ?

Le jour du départ arriva enfin.

Voler pour la première fois dans ce luxueux Cirrus Vision Jet fut pour elle une expérience unique.

Aux petits soins, Quin lui servit du vin frais, des crackers, du fromage et des fruits.

— Quel festin ! Mais, ne venons-nous pas de déjeuner ? objecta-t-elle.

— Mange ! Qui sait si, une fois l'appareil posé à LaGuardia, nous n'aurons pas à patienter avant de pouvoir débarquer.

Là-haut dans les nuages, grisée par ce savoureux vin frais, elle eut l'impression de glisser sur un tapis volant.

Tout était si beau !

Le ciel d'un bleu pur, éclatant, et cette luminosité extraordinaire.

— Dis-moi, Quin...

— Oui ?

— Quand tu dévales une piste, sur tes skis, que ressens-tu au juste ?

— Une formidable sensation de liberté et, à ce jour, rien n'a jamais pu égaler pour moi ce bonheur.

La réponse l'attrista, tant pour Quin qui pensait à son paradis perdu, que pour elle, désormais sans espoir de jamais pouvoir supplanter, dans le cœur de cet homme, ce sport de glisse qui comptait plus que tout le reste.

Ainsi, Quin n'avait pas changé comme elle avait pu, un temps, l'espérer.

Au moins était-il toujours aussi séduisant et ses lunettes à monture d'écaille lui conféraient un charme ravageur.

— Naguère, tu lisais le journal sans lunettes, dit-elle, le désir au ventre.

Quinten se tourna vers elle.

— Je souffre d'une légère myopie. Les médecins s'en sont rendu compte entre deux opérations du genou. Je vois bien de loin mais moins bien de près, la faute peut-être à des éblouissements répétés quand je pratiquais le ski.

Et quand tu pratiques l'amour, les gardes-tu seulement ?

L'air à la fois intellectuel et hyper sportif de Quin la faisait littéralement craquer.

L'arrivée à New York et le débarquement se déroulèrent sans encombre et, dans le taxi jaune qui les conduisait à destination, elle ouvrit des yeux éblouis devant ce paysage urbain mille fois admiré dans des films et qu'elle découvrait grandeur nature pour la première fois.

Leur hôtel – le Carlyle, dans l'Upper East Side, proche de Central Park et du Metropolitan Museum of Arts – lui plut d'autant plus que la princesse Diana y avait séjourné.

Une fois dans sa chambre qui donnait sur le parc, elle prit le temps de défaire sa valise et de rêver, devant le miroir, à ce que serait ce séjour à New York avec son ex-amant.

Céderait-elle à l'envie qui la taraudait de refaire l'amour avec lui, ne serait-ce qu'une dernière fois ?

Quand elle rejoignit Quin, ce dernier avait troqué son costume de voyage pour un autre, en alpaga, qui lui donnait une allure d'acteur des années 1950, de quoi la faire doublement craquer car, du coup, elle se faisait l'effet à son tour d'être l'une de ces actrices mythiques qui l'avaient fait rêver.

— Je suis si heureuse ! Mon premier séjour à New York… Merci pour tout.

Un sourire naquit sur ce visage viril.

— Tant mieux si tu es heureuse, Kate. Et maintenant, que dirais-tu de courir les boutiques ? À moins que tu ne préfères déjeuner ?

— Déjeunons. Et je rêve d'un hot-dog acheté à un vendeur ambulant, comme dans ces films des années 1950.

Aucun vendeur de hot-dogs n'étant en vue, ce fut dans une pizzeria haut de gamme qu'ils firent halte.

Tout en savourant sa part de pizza à l'exquis assaisonnement italien, des idées folles lui traversèrent l'esprit, l'une d'elles étant de savoir si Quin lui proposerait de refaire l'amour.

Peu avant leur rupture – voulue par elle – ils s'étaient disputés à propos de l'argent. Elle lui avait reproché sa prodigalité et lui, en retour, de trop donner à des proches, à des amis en difficulté.

« Tu ne comprends donc pas que ces gens te prennent pour une vache à lait, Katie ? »

Des propos qui l'avaient profondément blessée car, dans sa famille, elle était la seule à avoir pu poursuivre des études et à obtenir une reconnaissance professionnelle.

Leur discussion avait pris un tour plus violent et, à la fin, Quin avait explosé.

« Ils se moquent de toi, Katie ! Tu es juste bonne à réparer leurs erreurs. »

Car plus d'une fois, elle était venue en aide aux siens, payant pour telle opération, remboursant un crédit arrivé à terme ou encore, avançant l'argent quand le petit ami de sa sœur était entré en cure de désintoxication.

Sa réponse n'avait pas tardé.

« Au moins suis-je utile, altruiste, alors que vous, les Stone, vous ne pensez qu'à vous offrir de coûteux gadgets et à vivre dans un luxe écœurant. »

Quin avait reniflé avec dédain.

« Joue les philanthropes si ça t'amuse mais arrête de me donner des leçons. »

Un propos d'autant plus acide qu'il détenait une part de vérité.

Eh oui, sa famille n'était guère reluisante, et ceux qui la félicitaient pour sa belle réussite professionnelle étaient aussi les premiers à la solliciter pour un oui ou un non, et comme elle se sentait privilégiée, ma foi, elle donnait et donnait encore.

« Tu n'as pas de cœur ! » avait-elle rétorqué.

Quin l'avait alors traitée de « naïve, crédule et inconsciente ».

Le coup fatal donné à leur relation, l'humiliation suprême,

avait été porté par Stone père, lors d'un entretien dans le bureau de ce dernier.

En quittant le patriarche, elle avait décidé d'aller au bout de sa décision de rompre avec Quin et de l'éviter chaque fois qu'elle le pourrait.

Jusqu'à aujourd'hui...

5

La joie visible de Katie enchantait Quin qui n'avait peut-être jamais autant apprécié, chez la jeune femme, cette bonne humeur teintée d'optimisme qui, dans sa propre existence, lui faisait cruellement défaut.

Les souvenirs avaient afflué, d'abord bien sûr leur première rencontre à Stone River Outdoors, puis la fascination qu'avait exercée sur ses sens cette jolie blonde au corps svelte, et enfin, leur première nuit d'amour.

Et maintenant, dans ce restaurant italien, avec quel enthousiasme Katie mordait-elle dans sa pizza !

— Que regardes-tu ? demanda-t-elle entre deux bouchées.

— Mais toi, voyons.

Cheveux flottant sur ses épaules graciles, ses grands yeux pétillants de joie, en veste noire, pantalon assorti et chemisier de soie, Katie pouvait rivaliser avec n'importe quelle femme d'affaires de Manhattan.

Quand, rougissante, elle se tourna en souriant vers un serveur visiblement troublé par sa beauté, ce qu'il éprouva fut bien de la jalousie.

Si le comportement de cet employé l'agaçait, il ne pouvait accuser Katie de l'avoir provoqué puisqu'elle se contentait d'écouter le jeune homme qui évoquait ses rêves de théâtre (devenir acteur à Broadway !) ou qui l'entretenait de sa famille restée au Kansas.

Katie attirait les confidences et gardait en toutes circonstances une bienveillance envers autrui qui lui faisait défaut, lui qui n'aimait précisément pas se confier.

Quand elle l'avait quitté, il s'était interrogé sur la vraie raison de son départ sans jamais obtenir de réponse satisfaisante.

Avant Katie, il avait eu des aventures, connu des femmes parfois très belles et même, il s'était cru amoureux, mais elle seule avait compté, elle seule l'avait marqué au fer rouge d'une passion qui n'avait jamais dit son nom.

Depuis, il ne se passait pas un jour sans qu'il tentât de comprendre les raisons de son échec auprès d'elle.

— Si un jour je joue dans une pièce de Broadway, il faudra venir me voir, disait le serveur énamouré à Katie.

Soudain jaloux, il demanda l'addition, paya avec sa carte « Gold » puis entraîna Katie à sa suite.

— Que se passe-t-il ? Pourquoi tant de hâte ? lui demanda-t-elle, un peu surprise.

— L'heure tourne, ma chère. Si nous voulons faire du shopping sur Madison Avenue, il est temps.

Katie le scruta.

— Très bien, Quin, mais tu sais, ce genre de boutiques de luxe ne m'a jamais attirée. Et pour la représentation de ce soir, une tenue ordinaire ferait très bien l'affaire.

Encore frustré par la façon dont elle s'était entretenue avec le serveur, il fit halte à la caisse pour récupérer sa carte « Gold » et la note.

— Pour une fois que nous sortons ensemble, je te veux dans la plus belle des robes, Katie.

Comme deux ans plus tôt, à l'époque où tous deux formaient un couple.

— Toujours l'argent, Quin ! Toujours l'apparence...

— Enfin, quoi, tu es belle et j'ai pensé que t'offrir une robe pourrait te rendre heureuse !

— J'ai emporté de quoi me vêtir, répondit Katie. Et tu sais très bien que le luxe ne m'a jamais attirée.

Et lui, l'attirait-il encore ?

— Je ne veux pas te forcer la main.

Katie hésita.

— Comme toutes les femmes, j'aime les jolies robes mais... la dépense !

N'était-ce pas plutôt la crainte de dépendre de lui ?

— Et alors ? Ne suis-je pas le P-DG de Stone River Outdoors ? En outre, je ne demande rien en échange, sois-en convaincue.

Katie se détendit.

— J'avoue que ta proposition me tente mais ces vendeurs hautains, tu sais bien, le genre nez en l'air et petit doigt dressé, ont le don de me mettre mal à l'aise.

Il ne put s'empêcher de rire.

— Alors, j'ai la solution. Une ex-amie de Zach travaille dans une boutique de mode, à deux pas d'ici, et sera sûrement heureuse de s'occuper de toi.

Une lueur de méfiance s'alluma dans les prunelles de Katie.

— Une ex-amie de Zach, dis-tu ? Comment s'appelle-t-elle ?

— Katiya. Elle vient de Bulgarie, et je suis sûr que tu l'apprécieras.

Katie fronça les sourcils.

— Curieux qu'elle et moi ayons presque le même prénom, n'est-ce pas ? Au fait, tu n'aurais pas eu avec elle une petite aventure ?

— Bien sûr que non ! Je l'ai rencontrée lorsqu'elle et Zach séjournaient dans le nord du Maine, sur notre terrain commun.

— Très bien, mais ne m'oblige pas à des essayages interminables car j'entends profiter de ma venue à New York pour visiter le Met, le fameux musée d'Art moderne.

— Promis !

Peu après, un texto de Farrell et Zach lui parvint.

— Mes frères participent à un meeting à Manhattan et demandent si nous voudrions dîner avec eux avant leur retour à Portland.

Et bien sûr, avant le spectacle, ce qui réduirait d'autant le temps qu'il aurait à passer avec Katie !

— Pourquoi pas ! répondit la jeune femme.

La réponse ne le satisfaisait qu'à moitié mais, d'un autre côté, la présence de deux « chaperons » pouvait lui éviter un passage à l'acte prématuré.

— Rien ne nous oblige à accepter, ajouta-t-il.

Katie le regarda avec ce qui lui sembla être une expression de défi.

— Dînons avec eux. Et ainsi, j'aurai l'occasion de mieux connaître Zachary.

Et qui sait, peut-être même de s'engager dans une aventure avec le plus cavaleur de la famille, se dit-il, frustré et mécontent.

Un autre serveur, plus âgé, vint leur ouvrir la porte et, une fois sur le trottoir, il se trouva ébloui par le soleil de juillet autant qu'accablé de chaleur.

— Cette ville me plaît, et de plus en plus, dit Katie en regardant autour d'elle tandis qu'un brouhaha ponctué de sirènes de police les enveloppait.

— Tant mieux. Et maintenant, trouver un taxi…

Katie lui prit le bras.

— Je préfère marcher.

Sa grimace dut la surprendre car elle ajouta.

— Oh ! je suis désolée. Ton genou, bien sûr…

Pourquoi se sentit-il blessé ? Humilié ?

— Bon sang, Kat, je ne suis pas paralysé, et une promenade digestive sera, après tout, bienvenue.

Frustré et mécontent, il entraîna Katie à sa suite non sans regretter leurs nuits torrides, quand tout lui paraissait simple et naturel.

Pendant qu'ils déambulaient, Katie avait retiré sa veste et jamais sa silhouette ne lui était apparue plus belle, svelte et musclée.

Faisait-elle du sport ?

Finalement, même quand ils avaient été amants, Katie lui était restée étrangère, peut-être parce que le point fort de leur relation était le sexe et non les sentiments, du moins de sa part.

La boutique de Madison Avenue proposait en vitrine des créations françaises dont les prix firent bondir son invitée.

— Quin, voyons, c'est de la folie ! Essayons plutôt ailleurs…

— Pas question, dit-il en poussant pour elle la lourde porte vitrée frappée de lettres dorées.

Une fraîcheur bienfaisante les accueillit après la promenade au soleil et, pour achever de convaincre Katie d'accepter le « cadeau » qu'il entendait lui faire, il se pencha à son oreille.

— Soigneuse comme je te connais, dans dix ou douze ans, tu

porteras encore cette robe, de quoi amortir largement son prix. Toi qui es si bonne en maths…

Katie allait répondre quand l'ex-amie de Zach, vêtue avec sophistication, perchée sur des escarpins vertigineux, vint à leur rencontre, le sourire aux lèvres.

— Quin ! Quel plaisir de te revoir.

Katiya s'informa de sa santé, lui présenta ses condoléances pour la mort de son père et, après avoir salué Katie, sélectionna pour cette dernière quelques robes en tissu léger.

— La météo annonce un temps d'enfer pour le week-end, plus de 40° à l'ombre. Ces modèles sont confortables par cette chaleur… et aussi très sexy.

— J'aime les robes sexy, dit-il avec une expression concupiscente.

— Laisse-moi faire mon choix tranquillement ! fit Katie en lui décochant une bourrade.

Katiya se tourna vers lui.

— Du champagne et des petits fours sont à ta disposition dans le salon, à droite. Nous ne serons pas longues, promis.

Et il se le tint pour dit.

Devant cette élégante vendeuse aux longs cheveux noirs, la confiance qu'avait Katie en sa féminité s'effondra en bloc.

N'était-ce pas là le genre de femmes – sûrement un ancien modèle – qu'affectionnaient les Stone ?

En comparaison, elle faisait figure de parente pauvre avec son pantalon soldé et son chemisier « petit prix », un choix n'ayant rien à voir avec l'avarice mais avec le fait qu'elle détestait jeter l'argent par les fenêtres.

— Le salon d'essayage, déclara Katiya en ouvrant puis refermant une lourde tenture en velours.

Des fauteuils, des chaises Louis XVI, meublaient l'espace et plusieurs grands miroirs reflétaient leurs deux silhouettes.

Une question lui brûlait les lèvres.

— Avez-vous bien connu Zachary Stone ?

— Pas tout à fait un an, mais nous sommes restés bons amis. Depuis, je me suis mariée à un professeur.

Un professeur !

Elle aurait juré qu'une femme aussi emblématique que la jolie Katiya aurait préféré un roi de la jet-set.

— Qu'enseigne-t-il ?

— L'histoire, mais nous ne voulons pas faire trop attendre Quin, n'est-ce pas, alors je vous laisse pendant que vous procédez à l'essayage.

Son reflet en culotte et soutien-gorge ordinaires de coton blanc lui rappela, à bon escient, qu'elle avait apporté plusieurs dessous affriolants dans ses bagages.

Et tu prétends encore ne pas vouloir séduire Quin ? Refaire l'amour avec lui, ne serait-ce qu'une dernière fois ?

Katiya fut bientôt de retour les bras chargés de nouveaux modèles.

— Que pensez-vous de ces premières robes ? demanda la vendeuse.

— Elles me plaisent mais ne sont pas tout à fait mon style.

— Alors en voici quelques autres, longues et mi-longues, certaines dos-nu, d'autres plus habillées.

— Je vais essayer la robe noire dos-nu...

Katiya eut un sourire.

— Elle vous ira très bien car vous avez une superbe silhouette. Et par cette chaleur, toutes les audaces sont permises.

Léger comme une caresse, le crêpe délicat glissa sensuellement sur sa peau et elle s'admira dans le miroir.

Et je suis seins nus...

Car, compte tenu de la coupe minimaliste du vêtement, il ne pouvait être question de porter un soutien-gorge, fût-il noir.

— Le verdict ? demanda Katiya.

Sa quasi-nudité faisait naître en elle une envie d'amour, de caresses et il lui sembla que le regard de la vendeuse exprimait à présent un respect certain, voire une sorte d'envie.

— J'aime bien, mais...

— Cette robe vous va à merveille. Et le noir se marie avec votre blondeur.

— N'est-elle pas un peu osée ?

La vendeuse ajusta un second miroir de façon à ce qu'elle puisse se voir de dos comme de face.

— Oui, si l'on veut, mais vous avez un corps de rêve, Katie, alors pourquoi ne pas le montrer ?

Aucune des autres robes qu'elle essaya ne trouva grâce à ses yeux et, toujours, elle revenait à la première, la dos-nu si affriolante.

Cependant, le courage lui manquait de se montrer ainsi devant Quin, et devant les frères Stone.

— Aidez-moi à choisir parmi celles qui sont moins échancrées, dit-elle à regret.

Katiya soupira.

— En mon âme et conscience, la robe dos-nu est faite pour vous.

Elle s'examina une fois de plus sous toutes les coutures.

La coupe était audacieuse mais allait si bien à sa sveltesse, à son ventre ultraplat, et puis, pour peu que, ce soir, après le spectacle, Quin et elle se retrouvent dans sa chambre, ou dans la sienne, avec quelle joie elle lui demanderait de la mettre nue.

— Vous avez raison, dit-elle avec un brin d'appréhension.

Katiya afficha un sourire radieux.

— Il ne reste plus qu'à choisir les escarpins et quelques accessoires.

Encore des dépenses !

Un instant, elle caressa l'idée d'aller se fournir dans une boutique aux prix plus raisonnables mais l'envie de se faire plaisir fut plus forte que tout.

Outre les escarpins qui, vraiment, étaient très beaux, elle s'arrêta sur une pochette en cuir assortie à la robe et sur un collier qui faisait ressortir le galbe de ses seins mais coûtait plus d'un mois de son salaire, pourtant confortable.

— Alors ? déclara Quin quand elle l'eut rejointe dans le salon.

— Je... J'ai honte. Je tiens à payer sinon pour la robe, au moins pour les chaussures et les accessoires.

— Pas question et puis, n'oublie pas que tu es mon invitée.

Katiya eut tôt fait d'emballer ses emplettes.

— Dans une heure, tout sera livré à votre hôtel.

Discrètement, elle s'écarta de quelques pas pendant que Quin réglait la facture.

L'heure de vérité approchait.

Ni romance, ni sentiments, avait dit Quin, avant le départ, mais, elle, y trouverait-elle son compte ?

L'homme qui occupait ses pensées n'avait guère changé depuis qu'elle avait rompu avec lui, deux ans plus tôt, et percer à jour sa vraie personnalité relevait de la gageure.

Bah, trois semaines sur les six que comportait sa mission étaient déjà écoulées et, bientôt, elle retrouverait son appartement de Portland... et sa routine solitaire.

Verrait-elle encore Quin, alors ?

Et ce soir, si elle acceptait de recoucher avec lui, en tirerait-elle une vraie satisfaction ?

Quin lui fit signe et elle revint vers le comptoir derrière lequel Katiya souriait.

— Il paraît que ta robe est fantastique. Tu aurais pu quand même me faire un « show » privé, non ?

Vite, se mettre au diapason.

— Oh ! je vois. Le style Richard Gere et Julia Roberts ? Cabine d'essayage et miroirs...

Les sourcils de Quin se soulevèrent d'un cran.

— Je plaisantais, voyons. Les Stone ont bien des défauts mais, en tout cas, pas celui de jouer les Pygmalion.

Katiya s'approcha et lui tendit la main.

— Nos prénoms sont presque identiques et nous pourrions peut-être devenir amies ?

Elle jaugea la vendeuse.

— Eh bien, pourquoi pas ?

Elles échangèrent leurs téléphones, puis Katiya les raccompagna.

— Profitez de votre jolie robe, lui dit cette dernière, et appelez-moi bientôt.

— Entendu. Je suis curieuse de faire la connaissance de votre mari, le professeur d'histoire.

Une fois dehors, alors que la sensation de fraîcheur apportée par la climatisation s'estompait déjà, Quin se pencha vers elle.

— J'ignorais tout du mariage de Katiya.

— Eh bien, à présent, te voilà au courant. Ils filent le grand amour et elle dit de lui qu'il est l'homme de sa vie.

— Ah...

Le ton désenchanté de Quin l'agaça.

— Eh oui, que ça te plaise ou non, il existe encore des hommes et des femmes qui recherchent l'amour, le partage voire la fusion. Deux êtres unis par un même sentiment...

Quin interrompit sa marche et la fixa dans les yeux.

— Sérieusement, Katie Duncan, seriez-vous à la recherche de ce genre d'amour-là ?

6

La minute de vérité !

Soumise au regard de Quin – Dieu que ses yeux étaient bleus, étincelants ! – Katie hésitait à s'avancer plus avant, à dévoiler ses batteries.

Reconnaître qu'en effet, elle recherchait l'homme de sa vie, le seul, l'unique, celui avec qui ne former qu'un seul être, reviendrait à se tirer une balle dans le pied puisque, à l'évidence, son interlocuteur ne jurait que par la liberté et l'indépendance de chacun.

Ni sentiments ni romance !

Et cette circulation intense, les vapeurs d'essence dans le sillage des taxis jaunes typiques de la Grosse Pomme...

— Eh bien ? fit Quin en lui souriant.

— Eh bien, quoi ?

— Ma question...

— Je n'y répondrai pas.

Le doigt mâle effleura sa lèvre inférieure.

— Dans ce cas, peut-être pourrais-tu me dire si, oui ou non, tu as encore envie de moi.

Lui aurait-il demandé de se déshabiller en public qu'elle n'aurait pas manifesté plus d'embarras.

— Je... De quoi parles-tu ?

— Tu le sais bien, alors cesse ce petit jeu, répondit Quin. Avant le départ, tu m'avais bien dit avoir envie de moi, n'est-ce pas ?

Impossible de nier !

— Oh ! je plaisantais. J'aurais mieux fait de me taire.

— Charmante Katie ! Viens là, dans mes bras.

— Quin !

Trop tard, il l'enlaçait déjà, caressant tendrement son visage au risque de la faire fondre tant le désir montait en elle.

— Je n'ai toujours pas compris, déclara Quin, ce qui t'avait poussée à rompre avec moi, il y aura bientôt deux ans. Qu'avais-je donc fait de si terrible ? Certaines de mes paroles t'auraient-elles blessée ?

Temps de remettre les pendules à l'heure.

— Oh Quin, tu n'y étais pour rien, crois-moi. Je suis seule responsable.

L'émotion...

Les larmes prêtes à couler.

— Explique-toi, voyons ! J'aimerais comprendre, déclara Quin sans desserrer son étreinte.

Tout en sachant que ça ne durerait pas toujours, elle la savoura pourtant.

— Toi et moi, nous ne serons jamais des âmes sœurs. Trop de différences nous séparent, et à l'époque, je rêvais de cette impossible fusion alors même que tout, dans ton comportement, m'interdisait cet espoir.

— Tout ? De quoi parles-tu ?

— Ta passion du ski, Quin. Rien d'autre ne comptait à tes yeux, et j'ai mis un certain temps à le comprendre.

— Mais nous faisions si bien l'amour !

— Oui, un amour purement physique, sans sentiments, sans romance. Et moi, vois-tu, j'aurais voulu poser ma tête sur ton épaule, me confier à toi, t'entendre aussi te confier à moi, bref former avec toi...

— ... Un seul être ?

— Un seul être, oui, dit-elle, la gorge serrée par l'émotion, et comme ça n'était pas envisageable, alors j'ai préféré me séparer de toi plutôt que me bercer d'illusions pour, au final, avoir le cœur brisé.

Elle ne parla pas de l'entretien avec Stone père, qui l'avait définitivement convaincue de fermer la porte à une relation avec le fils.

Quin la regarda avec une certaine dureté.

— Je ne t'ai jamais menti et j'admets avoir été plus qu'imprudent en dévalant cette pente avec un genou blessé. Mais toi, pourquoi m'avoir laissé entendre, récemment, que tu me désirais toujours ?

Elle soupira.

— J'ai commis une erreur, c'est sûr.

— Une erreur ? Ou bien exprimais-tu ce qui est vraiment en toi ? Ce que tu ressens quand nous sommes ensemble ?

Quin n'était-il pas en train de lui tendre une perche ? De lui donner une chance, la dernière peut-être, de se retrouver avec lui, vraiment, dans la fusion sinon des sentiments, au moins de leurs sens ?

Leur dernière nuit d'amour lui revint en mémoire, l'odeur mâle de Quin, ses mains caressant ses seins, sa puissance virile qui lui arrachait des plaintes et des gémissements...

— Embrasse-moi, dit-elle, le souffle court, et tant pis si nous commettons une erreur.

Quin l'enlaça avec force et quand leurs lèvres entrèrent en contact, la Grosse Pomme et ses huit millions d'habitants s'évaporèrent pour laisser place à la fulgurance du désir.

Quel bonheur !

Dès le début, dès la première étreinte, elle avait su que l'accord entre eux serait total, qu'ils étaient faits pour se donner des caresses, des baisers, et s'aimer sensuellement et de mille façons possibles.

— Quin, oh Quin...

Elle avait envie de lui, à un point !

Mais, après l'avoir embrassée, Quin recula et l'expression de ses yeux la glaça.

Lui en voulait-il donc d'avoir été si sincère, un instant plus tôt ?

— Si nous voulons visiter le musée et avoir encore le temps de nous reposer à l'hôtel, avant le dîner et le spectacle, alors mettons-nous en route.

— D'accord, dit-elle en cachant son trouble et, plus encore, sa déception.

— Katie ?

— Oui...

— Ne nous déchirons pas inutilement. Tu es qui tu es, et moi qui je suis.

— Je le sais, Quin. Alors, faisons la trêve.

— Faisons la trêve, répondit-il avant d'arrêter un taxi en maraude.

Elle aurait préféré marcher, découvrir encore New York, mais d'un autre côté, passer quelque temps à l'hôtel avant les obligations mondaines de la soirée impliquait de ne plus traîner.

Le taxi les déposa au coin de la Cinquième Avenue et Quin l'entraîna dans le Metropolitan Museum of Arts, familièrement appelé Met, dont la brochure qu'elle avait consultée rappelait qu'il avait été fondé en 1970.

— C'est immense ! dit-elle.

Quin saisit sa main dans la sienne.

— N'aie crainte, je suis là et tu n'auras pas à jouer au Petit Poucet.

— Sais-tu que le fonds de ce musée est riche de deux millions de pièces et d'objets d'art dont une fraction seulement est exhibée ? dit-elle, non sans regarder autour d'elle avec curiosité.

— Tu me l'apprends, répondit Quin, et comme il faut faire un choix, par où veux-tu commencer ?

— Les lampes et les vitraux de Louis Tiffany.

Quin lui lança, amusé :

— Au moins, tu sais ce que tu veux, n'est-ce pas ?

— Bien sûr !

Chacune des pièces exposées était si belle qu'elle rêva d'avoir un jour, elle aussi, une lampe « Tiffany » avec son abat-jour en mosaïque de verres colorés.

— Et maintenant ? demanda Quin.

— Les peintres. Van Gogh, Manet...

Découvrir ces paysages, ces portraits seulement connus à travers des reproductions, lui donna envie de découvrir encore d'autres peintres, dans ce fabuleux musée, et elle s'arrêta plusieurs fois devant les œuvres de Cézanne, Cassatts, Degas, Pissarro.

Toutes ces merveilles réparties au second étage du bâtiment étaient presque trop abondantes pour une seule visite, et elle se promit de revenir un jour.

Avec Quin ?

Section après section, les toiles colorées formaient de lumineuses passerelles entre hier et aujourd'hui, toutes marquées du talent de ces grands artistes qui, sans souci des frontières, des nationalités, contribuaient chacun pour sa part au patrimoine de l'humanité.

— Ah, voilà enfin le tableau que je cherchais, dit-elle devant une grande peinture à l'huile.

Quin se pencha pour lire le nom du tableau.

— *Jeunes filles au piano*, d'Auguste Renoir. Pourquoi celui-ci en particulier ?

Devait-elle tout lui dire ?

— Eh bien, ça remonte à mon enfance, quand j'avais, voyons... huit ans. Je rêvais de jouer du piano et, dans ma rue, les parents d'une camarade d'école en possédaient un. Parfois, j'allais tapoter les touches du vieil instrument qui avait appartenu à la grand-mère.

— Je comprends mieux, à présent.

— N'est-ce pas ? Et le piano de mon amie ressemblait beaucoup à celui-ci.

— L'une des jeunes filles est blonde et, tu sais quoi, il y a une certaine ressemblance entre vous deux, déclara Quin d'une voix douce.

— Tu dois me trouver nunuche ?

— Très touchante au contraire. Et cette amie d'enfance, qu'est-elle devenue ?

— Sa famille et elle ont déménagé, emportant le vieux piano avec eux. Quelques années plus tard, j'ai reçu une carte postale du tableau de Renoir, celui devant lequel nous nous trouvons actuellement. Mon amie avait visité le Met et avait pensé à moi, à ma passion laissée insatisfaite.

Quin lui sourit.

— Et aujourd'hui, la boucle est bouclée.

— Exactement.

— Mais dis-moi, reprit Quin, as-tu finalement appris à jouer du piano ?

— Non, mais j'y pense encore et je me dis qu'un jour...

Sur sa bouche, le baiser de Quin eut une saveur suave.

— Un jour, Katie, tes rêves deviendront réalité, sois-en certaine.

Comme elle aurait voulu le croire !

Quin se sentait pris entre deux feux.

D'un côté, il désirait passionnément Katie et, de l'autre, il n'aurait pas su définir ce qu'il ressentait vraiment pour cette jeune femme.

En comparaison, les pistes noires de naguère étaient moins tortueuses que ses pensées d'aujourd'hui, après trois semaines de cohabitation avec cette jolie blonde qu'il n'aurait jamais imaginé revoir un jour.

Pourquoi l'avait-elle quitté, un beau matin, sans explication, alors même qu'ils avaient encore fait l'amour la veille, et de quelle façon !

Peut-être attendait-elle plus de ta part que des caresses et des baisers ? Peut-être aurais-tu dû te soucier davantage d'elle, de sa personne ?

Sentait-il enfin, aujourd'hui, combien son attitude triomphante, son recours systématique à l'argent comme instrument de séduction, avaient pu choquer Katie, la délicate Katie qui rêvait d'effleurer de ses doigts les touches ivoire d'un piano ?

Elle lui apparaissait désormais comme une femme complexe, à multiples facettes, dotée d'une riche personnalité et bien éloignée de ces bimbos qui, parfois, lui avaient tenu lieu de compagnes.

— L'heure tourne, dit-il, et si nous voulons nous reposer un peu avant la représentation, il serait temps de partir.

Dans le taxi, le silence entre Katie et lui rendait leur double désir presque palpable.

Une fois à l'hôtel, Katie récupéra ses achats puis l'ascenseur les amena à leur étage.

Comme leurs regards se cherchaient !

— Quin ?

— Oui.

— J'ai peur.

— De moi ?

— Non, de moi. J'ai tellement envie de toi, mais, d'un autre côté...

— D'un autre côté, tu as peur de ton propre désir. Ou plutôt, tu en as honte, par amour-propre. Par orgueil...

— Oui.

Ce petit jeu devenait lassant.

— Et si nous cessions de nous faire du mal inutilement ? Souviens-toi combien nous nous entendions bien au lit, avant.

— Je n'ai pas oublié, répondit Katie.

— Dans ce cas, vivons ce que nous avons à vivre.

— Il faut que je réfléchisse encore, répondit Katie. À quelle heure dois-je être prête pour sortir ?

— Nous avons rendez-vous au théâtre à 18 heures mais il y aura foule, aussi mieux vaudrait arriver en avance.

Katie ouvrit sa porte et se tourna vers lui.

— Je serai prête pour 17 heures. Maintenant, je n'aspire plus qu'à une bonne douche.

Une douche !

Imaginer l'eau ruisselant sur le corps nu de Katie mit ses sens en émoi.

— Hum... Et n'aurais-tu pas besoin, par hasard, d'une main secourable pour te savonner le dos ?

— Une autre fois, répondit Katie avant de poser un baiser sur sa joue. Mais pense à moi comme moi, je penserai à toi.

Et elle ferma sa porte non sans lui avoir adressé un sourire.

Une fois dans sa chambre, il fut envahi d'envies latentes, d'un désir fou pour cette femme qui savait si bien incendier ses sens.

Sa rêverie se prolongea et, quand il jeta un coup d'œil à sa montre, il n'eut que le temps de se préparer.

Coup d'œil rapide dans le miroir.

Sa pâleur lui tira une grimace car, la faute à l'accident, aux opérations et à son confinement dans la maison du Maine, son hâle de naguère tirait à présent sur le pâle.

Encore trois semaines et tu seras libre.

Libre de quoi ?

De ne plus voir Katie ?

De reprendre une vie solitaire ?

Ou encore d'affréter un avion privé pour une lointaine station de ski où il pourrait reprendre l'entraînement et tester la résistance de sa rotule en acier ?

Et après, qu'auras-tu gagné, idiot que tu es ?

Plus encore que la honte de décevoir ses frères ou de gâcher le travail des médecins et chirurgien, ce fut la peur de perdre Katie, et définitivement, qui le dissuada de partir sur un coup de tête.

Quand elle lui ouvrit, il ne put qu'admirer son éblouissante beauté.

— Cette robe te va à ravir !

— Merci.

Le timide regard contrastait avec la coupe audacieuse de la robe.

— Tu es belle, tu sais...

Le front pâle s'empourpra.

— Et toi, tu es beau en smoking.

Il s'en moquait bien et dévorait la jeune femme d'un regard concupiscent.

— Mais... Tu ne portes rien dessous, n'est-ce pas ?

— Quin, voyons !

— Ne te fâche pas.

Katie se mordit la lèvre.

— La robe est serrée, comprends-tu ?

Oh oui, il comprenait fort bien que, dessous, elle était nue.

— Tu es radieuse, Katie, et te voir ainsi me donne bien des idées. Que dirais-tu si nous annulions le dîner, la soirée ? Si nous restions ici, à l'hôtel, toi et moi ?

La jeune femme hésita.

— C'est que...

— Quoi donc ? Je ne te plais plus ?

— Si, bien sûr que si, mais j'ai envie de voir cette comédie musicale et je rêve d'aller admirer avec toi, ensuite, Time Square illuminé.

— Nous pourrions voir Time Square demain, dit-il en s'approchant de Katie et en l'enlaçant. Ou une autre fois.

— Non, Quin...

Cette bouche pourpre le tentait et il effleura d'un baiser ces lèvres encore closes.

— Sûr ?

Le visage de Katie exprimait le doute, le désir, la peur aussi.

— Tu me tentes, Quin… Oh oui, j'ai envie de toi comme tu as envie de moi, mais ne précipitons pas les choses. Laisse-moi le temps de m'habituer.

Calmer sa tension virile.

Ne plus penser que, sous cette robe, Katie était nue, comme l'attestaient ses seins qui pointaient fièrement à travers le fin tissu.

Katie !

Il avait follement envie d'elle et bien des fantaisies lui traversèrent l'esprit, dont l'une où ils auraient inversé les rôles, où, en robe noire, sa belle blonde aurait joué les dominatrices et lui, le soumis.

— Très bien, nous ferons comme tu veux, dit-il, résigné.

Ils prirent l'ascenseur puis un taxi afin de rejoindre Farrell et Zachary dans un restaurant célébré récemment par les plus grands critiques gastronomiques du pays.

Durant le trajet, la présence de Katie à ses côtés, le fait que, quand elle bougeait, sa robe s'entrouvrait sur une cuisse nue et dorée, eut pour effet de lui mettre l'eau à la bouche.

Il voulait cette femme, il la voulait plus que tout autre être au monde, et son érection devint si gênante qu'il lui fallut déployer des prodiges d'imagination pour parvenir à la masquer.

Lorsqu'ils furent rendus à destination, il aida Katie à descendre du taxi, conscient que le portier du restaurant, mais aussi les passants, n'avaient d'yeux que pour la jolie blonde.

Pendant qu'il réglait le chauffeur, et sous la force d'un désir toujours plus intense, il faillit rattraper Katie, la ramener dans le taxi, et la conduire illico à l'hôtel et au lit.

Le portier fit une courbette.

— Par ici, madame et monsieur Stone. Vous êtes attendus…

Et tandis que Katie rougissait jusqu'à la racine de ses cheveux blonds, un maître d'hôtel les conduisit jusqu'à leur table.

7

Se trouver en compagnie des trois frères Stones, pour sa première soirée à New York, ne manqua pas de troubler Katie.

Si Farrell et Zachary ne manquaient pas de charme viril, aucun ne rivalisait avec leur cadet, décidément le plus séduisant du trio.

Profitant de ce que Quin et Zachary allaient saluer l'une de leurs connaissances, quelques tables plus loin, Farrell se pencha vers elle.

— Savez-vous, Katie, que votre retour est ardemment attendu au siège ? Sans vous, je coule, et c'est la stricte vérité.

Elle ne put s'empêcher de rire.

— Vous exagérez, mais, merci quand même.

— Vous êtes la tête pensante du Département de recherches et développement. Dès votre retour, je vous augmente.

La nouvelle ne pouvait que la satisfaire.

— En tout cas, sachez que je suis heureuse de contribuer au succès de l'entreprise.

Farrell baissa la voix.

— Comment se passe la cohabitation avec mon frère ? Je sais qu'il n'est pas toujours facile à vivre, et c'est un euphémisme.

Quin !

Elle se revit avec lui, quelques heures plus tôt, sur ce trottoir brûlant de soleil, près de Madison Avenue.

Cette étreinte, l'érection contre son ventre impatient et enfin, ce long baiser enchanteur...

— Tout va bien, dit-elle, et notre cohabitation est fructueuse puisque Quin et moi avons rattrapé le retard accumulé pendant sa convalescence. À mon retour à Portland, je pourrai me remettre au travail et m'occuper de nouveau du Département recherches.

— C'est formidable, Katie. Et, avez-vous constaté certaines irrégularités dans le fonctionnement de Stone River Outdoors ?

La question ne la surprit pas.

— Rien de significatif. Aucune preuve que l'entreprise aurait été espionnée.

Farrell parut soulagé.

— Tant mieux ! Zachary n'est pas loin d'avoir abouti aux mêmes conclusions que vous. Après tout, peut-être sommes-nous paranoïaques ?

— L'espionnage industriel est devenu monnaie courante, aussi n'avez-vous pas tort de prendre des précautions, répondit-elle.

— Heureux de vous l'entendre dire, répondit Zachary. Et moralement, comment va Quin ? Renoncer au ski de compétition a été pour lui un déchirement.

— Il sait qu'il n'a plus le droit à l'erreur et qu'une nouvelle chute pourrait lui être fatale ou le laisser paralysé mais, bien sûr, son moral n'est pas toujours au beau fixe.

Farrell soupira.

— J'aimerais tant qu'il tourne enfin la page.

— Pour l'homme passionné qu'il est, renoncer à ses rêves est difficile.

— Quin est un chic type mais mieux vaut se garer que de se trouver sur sa route quand ses obsessions le reprennent.

Elle ne put qu'approuver.

— Parfois, il ne dit rien pendant une journée et l'approcher me fait peur.

— Si vous en avez assez, faites-le moi savoir, et je vous rapatrierai à Portland. Après tout, l'idée de vous envoyer en exil au fond des bois est de mon fait.

— J'aurais pu refuser…

— Mais vous avez accepté et vous devez subir le sacré caractère de mon cadet alors même que vous le connaissez si peu.

Elle décida d'être franche.

— Farrell, il faut que vous le sachiez : Quin et moi, nous avons été amants.

L'aîné des Stone cacha mal sa stupéfaction.

— Première nouvelle ! Dois-je comprendre que vous êtes désormais séparés ?

— Oui.

Farrell afficha une mine navrée.

— Vous auriez dû me parler plus tôt, et jamais je n'aurai eu l'idée de vous envoyer chez celui qui vous avait laissée choir.

— Ça n'est pas Quin qui m'avait quittée, mais moi qui étais partie.

— Tiens !

— Vous semblez surpris. Est-ce donc si incroyable qu'une femme puisse quitter votre frère ?

— Jusqu'à présent, autant que je sache, cette initiative lui revenait toujours.

Elle décida d'être franche avec cet homme qui lui avait toujours témoigné du respect.

— Quin est avare de marques d'affection, et les femmes sont souvent sentimentales.

Le regard de Farrell se teinta d'ironie.

— Les femmes ont souvent l'œil sur le compte en banque de l'homme qu'elles convoitent...

— Je ne vous savais pas aussi cynique, Farrell.

— Dites plutôt que je suis réaliste, et ça vaut autant pour Quin, que pour moi et Zach. Que pensez-vous donc ? Qu'une femme pourrait nous aimer pour nos beaux yeux ? Pour notre intelligence ?

— Mais oui, pourquoi pas !

— Eh bien, détrompez-vous, ma chère. L'argent avant tout.

De quoi faire frémir la femme romantique et en quête d'amour vrai qu'elle était restée.

— Dans ce cas, fermez le robinet à dollars et, qui sait, vous aurez peut-être une bonne surprise avec votre prochaine conquête !

Le retour de Zachary et de Quin interrompit l'échange.

— Surtout, pas un mot ! dit-elle à voix basse à Farrell.

Zachary s'assit, déplia sa serviette.

— Eh bien, de quoi parliez-vous, tous les deux ?

Vite, rassembler ses esprits.

— De cette comédie musicale, *Hamilton*, que j'ai hâte d'aller applaudir. Vraiment, Zachary, c'est très gentil à vous de nous avoir offert ces places. Et désolée que vous et votre amie n'ayez pu assister à la représentation de ce soir.

Le sourire sensuel et sexy qu'elle obtint en retour aurait comblé bien des femmes.

— J'ai déjà vu le spectacle deux fois puis, mon amie est moi, nous ne sommes plus ensemble. Vous adorerez cette comédie musicale.

Le maître d'hôtel puis le sommelier vinrent prendre les commandes.

Quand Quin et ses frères entamèrent une discussion de travail, elle en profita pour aller se refaire une beauté et la vision de son reflet dans le grand miroir l'incita à préciser ses choix.

Soit elle passait la nuit avec Quin, soit seule...

Quin ne la relancerait pas, de ça elle en était certaine, mais si elle hésitait tant, c'était aussi parce que sa conversation avec Farrell n'avait fait qu'aviver ses doutes.

Deux ans plus tôt, rompre avec Quin avait été presque au-dessus de ses forces et il lui avait fallu plusieurs mois pour, peu à peu, se remettre de cette décision.

L'homme qui comptait toujours tant pour elle avait-il changé depuis lors ?

Elle ne le pensait pas et renouer avec lui serait un peu comme si, au beau milieu d'un régime sans sucre, elle se jetait goulûment sur des barres chocolatées hyper caloriques.

Nul doute qu'après, rien ne serait plus pareil et que sa vie entière serait de nouveau en péril car, à l'évidence, elle retomberait amoureuse de Quin, souffrirait autant qu'avant sinon plus de ne pas recevoir de lui ce qu'elle aurait été en droit d'attendre, et en définitive, elle sortirait de cette histoire profondément blessée.

Quin !

Il était beau, bon amant, agréable sur bien des plans, mais également verrouillé de l'intérieur, chiche de sentiments et de gestes affectueux, en un mot terriblement égoïste.

La seule passion qu'elle lui eût jamais connue, son seul amour peut-être, dans la vie, semblait être le ski, ce satané sport de glisse qu'il pratiquait avec la fougue d'un conquistador et qui ne laissait que peu de temps pour le reste, la romance, l'amour.

Comme elle aurait aimé captiver cet homme, lui donner envie de l'aimer autant qu'elle était prête à l'aimer !

Obnubilé par ses performances sportives, Quin l'avait rendue heureuse physiquement sans jamais s'ouvrir à elle, sans avoir jamais eu la curiosité de découvrir la véritable Katie.

Si, ce soir, tu succombes, tout recommencera comme avant. Rien n'aura changé...

Oui, mais Quin lui faisait envie, elle avait envie de lui, de ses mains sur elle, sur ses seins, de son souffle sur sa nuque.

Au moins était-elle désirable dans cette robe près du corps, avec son chignon torsadé qui lui avait coûté des efforts... et quelques jurons.

Elle faisait illusion, à n'en pas douter, et aurait pu passer pour une richissime héritière, ou une épouse comblée, mais était-elle à sa place dans ce restaurant luxueux, avec ces trois frères millionnaires ?

Chez elle, chez les Duncan, chaque dollar comptait.

Un pneu crevé, une machine à laver à remplacer, grevaient le budget de la maisonnée.

En comparaison avec ses débuts, son salaire à Stone River Outdoors était mirobolant, mais sa fidélité aux siens et à son enfance restait intacte, ce que sans doute Quin n'aurait jamais pu comprendre.

Elle voulait qu'il la *voie* enfin exister et être.

Quand elle revint à la table des Stone, les trois frères se levèrent poliment pour la saluer et cette marque de courtoisie – privilège de leur éducation bourgeoise – ne fit que marquer un peu plus encore l'écart entre eux et elle.

Alertée par la sonnerie familière de son portable, elle lut le message qui lui était adressé.

— Ma sœur, dit-elle en réponse à l'interrogation muette de Quin.

— Rien de grave, j'espère ?

Par politesse, les deux autres frères Stone avaient interrompu leur conversation et, sous leurs regards curieux, elle ne put que dire la vérité.

— Des ennuis de famille. Ma sœur cherche un appartement et, en attendant, elle dort chez une amie. Elle aurait besoin que je lui avance l'argent de la caution.

Quin fronça les sourcils.

— N'es-tu pas fatiguée de jouer les vaches à lait ?

Elle le foudroya du regard.

— D'abord, ce sont mes affaires puis, je fais ce que je veux avec mon argent.

Si elle avait informé Farrell de son intimité passée avec Quin, Zachary, lui, n'était au courant de rien et son expression témoigna de sa surprise à l'entendre parler aussi brutalement au P-DG de Stone River Outdoors.

— Ne te fâche pas, déclara Quin, conciliant. Et méfie-toi des pique-assiette.

— Ma sœur n'est pas une pique-assiette ! J'ai eu plus de chance qu'elle et que le reste de ma famille, alors il est normal que je les aide.

Quin tapa du plat de la main sur la table.

— En quoi as-tu eu plus de chance que les autres ? Ce que tu possèdes aujourd'hui, tu le dois à ta volonté.

Farrell intervint.

— Et si nous en restions là ? Katie n'a sûrement pas envie d'exposer plus longtemps sa vie privée, n'est-ce pas ?

— Sans doute, répondit Quin tandis qu'elle adressait un regard reconnaissant à Farrell, et qu'elle remarquait une fois de plus l'étonnement de Zachary, le seul à ignorer encore qu'elle ait pu nouer des liens avec son cadet.

Leur commande arriva à point nommé pour dissiper la gêne qui s'était établie entre eux, et elle savoura l'un des meilleurs repas de son existence.

Quand Quin et elle prirent congé pour se rendre au théâtre, elle remercia les deux aînés.

— La météo annonce des orages et même, un risque de tornade dans cette partie nord du Maine, déclara Zachary, soucieux.

— Nous veillerons au grain, répondit Quin avant de l'entraîner à sa suite.

Cette fois encore, elle n'avait pas été sans remarquer combien les manières de Zachary avec les femmes en général, et elle en particulier, avaient le don d'agacer le cadet des Stone.

Dans le taxi qui les conduisait au théâtre, Quin prit sa main dans la sienne et la serra fort.

— Désolée pour l'incident de tout à l'heure, Katie. J'aurais dû m'abstenir de commenter ta vie privée.

— Tu es pardonné.

— Sans doute ne suis-je pas très psychologue. Aujourd'hui encore je me demande encore ce qui a pu te pousser à me quitter si brusquement, il y aura un peu plus de deux ans.

Un temps, elle envisagea de lui confier la teneur de sa conversation avec Stone père, six mois avant l'accident qui devait emporter ce dernier, et puis, non, mieux valait se taire.

— Je crois qu'il serait bon d'oublier le passé, Quin. Vivons le moment présent, vivons-le bien et laissons les fantômes là où ils sont.

Quin serra sa main avec force, et quand le chauffeur les déposa près du théâtre, il eut avec lui un rapide conciliabule avant de la rejoindre devant l'entrée.

— Que disais-tu au chauffeur ? demanda-t-elle, intriguée.

— Je me suis arrangé pour qu'il nous attende quand nous sortirons car, avec cette foule, trouver un taxi relèvera de l'impossible.

Son pouls battit plus vite et plus fort.

— Nous aurions pu prendre le métro.

— Trop lent, répondit Quin. N'as-tu donc pas envie d'être avec moi, cette nuit ?

D'être si bien devinée lui mit le rouge au front.

Après avoir vérifié leurs billets, l'hôtesse les installa au balcon et, durant toute la durée du spectacle – fabuleux – ses pensées dérivèrent sans cesse vers Quin.

Choisiraient-ils sa chambre ou bien la sienne, tout à l'heure ?

— À quoi penses-tu ? chuchota Quin tout en caressant son dos nu.

— Peut-être à la même chose que toi, répondit-elle, ses sens incendiés de désir.

À la fin du spectacle, le rideau tomba et chacun applaudit à tout rompre cette excellente comédie musicale bien dans l'esprit de Broadway.

Le taxi était au rendez-vous et ils furent rendus à leur hôtel rapidement.

Avant d'ouvrir la porte de sa chambre, elle s'approcha de Quin et lui tendit ses lèvres.

— Embrasse-moi. Et viens me rejoindre dans une demi-heure.

8

Retirer son smoking, se doucher, enfiler un pantalon de détente et un T-shirt, ne prirent à Quin que quelques minutes.

Enfin, il quitta sa chambre et se dirigea vers celle de Katie.

Si leur relation passée n'avait pas toujours été au beau fixe, une fois au lit, rien d'autre ne comptait que ce désir qui les unissait.

Katie lui ouvrit en déshabillé de dentelle noire, ses cheveux blonds encore luisants de la douche.

Avait-elle jamais été plus belle, plus désirable ?

— Entre !

— J'espère ne pas te décevoir car, depuis l'accident, je n'ai plus fait l'amour, dit-il, soudain intimidé.

Ah, ces seins opulents à peine voilés !

— N'aie crainte, tu ne me décevras pas, répondit Katie visiblement surprise et heureuse.

Il caressa ses cheveux odorants puis, au comble de l'érection, chercha sa bouche.

Ce baiser !

Il y avait si longtemps.

— Tu m'as manqué, Quin, et de bien des façons, déclara Katie avec douceur.

— Toi aussi, tu m'as manqué.

Ce soir était l'occasion où jamais de lui prouver qu'il avait changé et qu'il pouvait penser d'abord à elle, et non à lui.

Ses lèvres au goût de miel...

— Viens encore dans mes bras, murmura-t-il.

Katie était brûlante.

Plus il la touchait, plus son désir croissait.

— Je suis maladroit ! Je veux tellement bien faire, dit-il avec cette franchise qui était sa marque.

Le petit rire cristallin de Katie rendait cette dernière délicieusement sexy.

— Tu me plais, Quin ! Viens me montrer ce que tu sais faire...

En proie à une fantastique érection, il conduisit Katie au lit.

— Tu vas voir !

Coussins et couette voltigèrent.

Katie, sa Katie, si belle, si sexy, dans son déshabillé qui cachait si peu d'elle.

Tant de nuits, il avait rêvé de la voir ainsi, puis de la caresser, de la prendre virilement...

Pas question cependant de se montrer trop impatient, bref de gâcher ce moment unique par un empressement trop marqué.

— Jamais tu ne m'as autant plu, Katie.

Discrètement il sortit des préservatifs de sa poche et les déposa sur la table de chevet.

— Quel homme prévoyant, dit-elle d'un ton malicieux.

D'un geste souple, il retira son T-shirt et s'offrit aux regards de Katie qui, sans vergogne, le détailla de la tête à la ceinture.

— Tu es beau, Quin, aussi beau qu'avant et peut-être même plus. Retire donc ton pantalon...

Son boxer ne dissimulait qu'à peine son impressionnante érection.

— Te ferais-je donc autant d'effet ? demanda-t-elle d'une voix coquine.

— Juge par toi-même...

Les beaux yeux marron exprimèrent de la tendresse puis du désir.

— Je veux tout de toi, Quin, tout.

Sous leur double poids, le matelas s'incurva et Katie lui offrit ses seins glorieux.

— Tu es si belle...

Et ces globes laiteux qui frémissaient aux moindres de ses caresses.

— Continue ! J'aime ce que tu me fais, dit la jeune femme en ondulant sous ses paumes moites.

Son regard sur elle se fit tendre et sans cesser de la caresser, il étreignit avec force celle qui lui avait tant manqué.

— Oh ! Quentin...

Blottie entre ses bras, sa tête blonde sur son épaule, Katie n'avait jamais été plus désirable.

— Je suis bien avec toi, dit-elle en changeant de position.

Le déshabillé laissait apparaître le haut des cuisses et l'adorable sexe nacré.

— Moi aussi, je suis bien, murmura-t-il tout en embrassant et caressant la jeune femme.

Les gémissements se firent plus intenses.

— Je suis prête, dit-elle

Ouvrir l'étui du préservatif. En gainer son sexe douloureux...

— Katie...

Comme il regrettait de ne pas savoir dire, là, maintenant, tout ce que cette femme lui inspirait de sentiments.

Katie lui tendit ses bras.

— Viens !

Une plainte fusa, et Katie contracta ses muscles pour mieux le sentir en elle.

Dire enfin ces mots de tendresse qui lui brûlaient les lèvres mais qu'il ne pouvait se résoudre à prononcer.

— Plus vite et plus fort, Quin !

— Katie !

Ses assauts virils se faisaient plus intenses et en lui montait un plaisir qu'il se devait, pour le moment, de contenir.

— C'est si bon ! dit Katie en l'agrippant par les épaules sans se soucier de le griffer.

À la ferveur de sa voix, il la sentait proche du but, proche de cette jouissance qui, déjà, s'inscrivait en filigrane sur son beau visage crispé par le plaisir.

— Katie...

— Oh ! Quin, je... je vais venir bientôt ! Prends-moi plus fort.

Galvanisé, il se retira presque complètement puis revint à la charge, accélérant son rythme et accentuant ses coups de reins avec comme seul objectif le plaisir de sa partenaire.

Et le sien ?

Ma foi, il crut bien avoir franchi le point de non-retour jusqu'au moment où l'expression d'extase sur le doux visage illuminé eut pour conséquence de mettre le feu aux poudres.

— Katie !

Sa jouissance emplit la jeune femme au moment où elle-même laissait libre cours à un plaisir qui dilatait ses traits et la rendait encore plus belle que de coutume.

— Oh ! Quin !

Les muscles tendus, il mordilla l'épaule ronde de Katie puis sa bouche chercha la sienne et tous deux s'embrassèrent dans les derniers soubresauts de leurs corps enfin délivrés.

Si, naguère, tous deux avaient fait l'amour avec une certaine sauvagerie, allant même jusqu'à casser le sommier du lit, jamais ils ne s'étaient donnés l'un à l'autre avec ce mélange de passion et de sentiments.

Deux ans de séparation les auraient-ils rendus plus proches qu'il ne l'aurait cru ?

L'effort l'avait épuisé et il roula sur le côté avant de saisir la main fine dans la sienne.

— Katie ?

— Oui...

— As-tu fréquenté d'autres hommes après m'avoir quitté ?

Le demander était inélégant, mais quoi, il voulait savoir.

— Oui.

Katie était belle, et Portland ne manquait pas d'amateurs de jolies femmes, alors, qu'avait-il espéré d'autre comme réponse ?

Appuyée sur son coude, la jeune femme à qui il venait de faire si sauvagement l'amour le fixa de son regard brûlant.

— Et toi, Quin, es-tu allé au lit avec d'autres femmes ?

Le moment de vérité !

— Au début, après ton départ, oui, et même avec plusieurs car je t'en voulais, j'étais en colère.

Les grands yeux marron le fixèrent.

— Tu m'en voulais d'être partie ?

— C'était ton choix et, même si je n'en comprenais pas à la raison, je n'avais pas à le discuter. En revanche, j'aurais aimé que tu me donnes la possibilité de te montrer que...

— Quoi donc ? demanda Katie.

— Eh bien, que tu comptais beaucoup pour moi.

— Vraiment ?

— Oui, vraiment. Oh ! à l'époque, j'admets que je pouvais te paraître lointain, peut-être même indifférent, alors même que je m'étais attaché à toi.

— Le ski comptait plus que tout dans ta vie, Quin, et à l'époque, rien n'était simple, du moins pour moi.

Encore des mystères !

— Qu'est-ce qui n'était pas simple ? Tu parles par énigmes.

Un long soupir suivit.

— J'ai mes raisons. Et au risque de te choquer, je ne regrette pas d'être partie. Crois-moi, mieux vaut que nous soyons restés amis.

Katie, une amie ? Alors qu'elle était nue à ses côtés, qu'elle venait de se donner à lui avec ferveur ?

Les mots lui manquèrent et il compensa son silence par des caresses, des regards.

Katie lui sourit et se leva.

— Je reviens.

Ses reins nus, son adorable dos incurvé... Et ses jolies fesses ondulantes tandis qu'elle marchait vers la salle de bains.

Katie !

Pourquoi n'arrivait-il pas à lui parler comme il mourait pourtant d'envie de le faire ?

À son retour, drapée dans le peignoir de l'hôtel, Katie s'assit sur le bord du lit.

— Quin, nous ne serons jamais un couple, mais je suis d'accord pour faire l'amour avec toi pendant les trois semaines qu'il nous reste à vivre ensemble.

Le dépit l'envahit.

— Et c'est à prendre ou à laisser ?

Elle n'eut qu'un instant d'hésitation.

— Oui.

Donc, foin de sentiments mais, puisque Katie s'offrait si volontiers, il n'allait pas faire la fine bouche.

— Dans ce cas, j'ai encore envie de toi. Allez, retire ce peignoir et viens au lit.

Il doit me prendre pour une garce, c'est sûr !

Tout en retirant son peignoir, Katie se remémora le jour terrible où Stone père l'avait humiliée et même, bafouée.

Si, à l'époque, elle avait pu penser qu'elle représentait pour Quin plus qu'une simple conquête, sans doute se serait-elle battue pour leur couple et aurait-elle eu le courage de tenir tête au patriarche.

Les mots terribles de ce dernier avaient sapé la confiance qu'elle pouvait avoir en elle et, en désespoir de cause, la seule solution envisageable avait été de rompre avec Quin.

Hélas !

Au moins s'était-elle fait le serment que jamais Quin n'apprendrait la vérité car elle l'estimait et ne voulait pas le mêler à cette sordide affaire, préférant garder pour elle son terrible secret.

— Je m'impatiente ! fit Quin avec une morgue nouvelle.

Les traits durs, la lippe gourmande, il la regardait se mettre nue.

— Voilà, dit-elle, soumise et rougissante.

Quin la faisait bien trop vibrer pour qu'elle se soucie de ses changements d'humeur, de son incapacité à exprimer des sentiments.

En ce qui la concernait, le point de non-retour avait été atteint ce fameux jour, dans le bureau de Stone père, et depuis lors, elle n'avait plus jamais été la même.

— Eh bien, approche, fit Quin en lui tendant les bras.

Ce sourire mi-ange, mi-démon…

C'est sûr qu'il doit te prendre pour une fille facile. Pour une garce, peut-être même !

N'avait-elle pas besoin de se protéger face à cet homme dont elle se sentait toujours amoureuse ?

— Je suis à toi, dit-elle en s'offrant à son amant.

— Seigneur, tu es si belle, Katie Duncan !

Happée par une poigne d'acier, elle se retrouva couchée en travers du lit où Quin la chevaucha jusqu'à ce que tous deux fussent à bout de souffle.

— C'était bon, murmura-t-elle.

Le regard de Quin s'adoucit.

— J'avoue mal comprendre les femmes. Que veulent-elles ? Que ne veulent-elles pas ?

— Pourquoi compliquer ce qui est si simple ? Tu avais envie de moi, et moi de toi, voilà tout.

Un long silence puis sur elle le regard soudain attendri de Quin comme si deux personnes distinctes cohabitaient en lui.

— Viens, dit-il en souriant et en la prenant dans ses bras.

Blottie contre son torse, elle huma son odeur mâle tandis qu'il approchait son visage du sien.

— Katie...

Cette bouche sensuelle qui l'avait si bien embrassée, tout à l'heure...

— Oh ! Quin, dit-elle, les seins frémissants, le ventre en chaleur.

Si les sentiments manquaient à l'appel, au moins Quin savait-il s'exprimer par son corps.

Et ce parfum mâle, viril, qui avait le don de l'exciter.

— Embrasse-moi ! dit-elle en tendant ses lèvres.

Quin s'exécuta tout en caressant ses seins et son ventre moite.

— J'ai envie de toi, Katie.

— Moi aussi, j'ai envie de toi, mais, crois-tu que nous aurons assez de...

Quin désigna les protections sur la table de nuit.

— Regarde.

Rassurée, elle laissa libre cours à son désir.

Ah, chevaucher ce mâle, se laisser aussi prendre par lui, s'offrir et dans toutes les positions imaginables, tour à tour soumise et dominatrice.

— Je te veux, Quin Stone !

— Katie... Katie Duncan...

Devançant le geste de Quin, elle insista pour gainer de ses propres doigts sa fantastique érection.

— Tu es grand, si fort !

Le rire masculin fusa.

— Aucune autre femme ne me fait cet effet-là, Katie, je te jure que c'est vrai.

Son regard croisa celui de Quin et ce qu'elle lut au fond de ses prunelles l'incita à rougir, non de honte mais du plaisir à venir.

Tout en lui caressant doucement la nuque, Quin posa un baiser sur ses lèvres.

— Ma parole, mais tu rougis !

Ce qui la rendit encore plus écarlate.

— Je ne pensais pas que nous nous entendrions si bien et puis, tu sais, je manque de confiance en moi.

Le regard sur elle se fit plus tendre.

— Depuis l'accident, tu es la première.

Son regard fébrile sur le sexe gainé de latex.

Ses doigts enserrant la hampe virile puis soumettant celle-ci à un va-et-vient d'abord lent et enfin plus rapide.

— Petit démon !

— Un gentil démon, murmura-t-elle en approchant ses lèvres de l'objet de ses désirs.

Jamais elle ne se serait crue aussi imaginative !

— Encore ! s'exclama Quin alors qu'elle faisait une pause.

Elle improvisa donc et, à force de variantes, sentit se tendre toujours plus ce sexe fièrement dressé, puis Quin échappa à sa bouche avide et roula sur le côté, le regard enfiévré.

— Ma magicienne ! dit-il en la contemplant d'un œil neuf.

— Je t'adore, Quin, et je veux te rendre heureux. Laisse-moi te rendre heureux.

— Il me semble que tu te passes fort bien de ma permission, Kat, alors à toi l'initiative et n'aie pas peur d'utiliser toutes tes ressources.

Quin n'allait-il pas perdre de sa force virile si elle prolongeait les préliminaires au-delà du raisonnable ?

— N'oublie pas que je te veux en moi, dans tous les cas…

Un bras musclé vint se nouer autour de sa taille.

— N'aie crainte, ma belle, je resterai dans ces dispositions aussi longtemps qu'il le faudra.

9

Quin était décidé à mettre à profit les trois semaines qu'il restait pour faire l'amour avec Katie, et de toutes les façons possibles.

Comme toujours, le spectacle de ses seins merveilleux le remplissait d'émotion, et il chassa de son esprit une pensée mélancolique, celle de devoir bientôt se séparer de cette femme.

— Kat, j'ai envie, tu sais… Et avec tes doigts magiques…

Car ses caresses improvisées avaient le don de l'exciter à un point jamais atteint.

— Patience !

Cette fois, ce fut avec ses longs cheveux qu'elle effleura son corps, tout son corps, à l'exception de sa virilité, ce qui, bien sûr, ne fit qu'augmenter un peu plus la force de son érection.

— Petit démon !

— Tu aimes ?

— Oh oui… Continue.

Posant sa bouche sur son ventre, Katie y déposa son souffle tiède, puis ses lèvres sur sa peau nue lui donnèrent la chair de poule.

C'était tout simplement fantastique.

Et toujours sans toucher ou même effleurer son sexe durci par l'attente.

— Je ne sais pas si j'aurai la force de patienter !

Le regard de Katie se teinta d'ironie.

— Et ça, Quin, tu aimes ?

Oh oui, il aimait ! Mais quelle honte pour lui s'il laissait jaillir son plaisir trop tôt, se privant et privant Katie d'une fusion plus attendue que jamais ?

Longuement, elle le toucha, le frôla, la caressa ici et là mais jamais bien sûr là où il en aurait tant eu besoin, ce qui le rendit toujours plus impatient d'être délivré.

— J'en fais trop, Quin ? Veux-tu que je cesse ?

Car, non contente de frôler son ventre et la périphérie de son sexe dressé, Katie s'attaquait à ses cuisses, à ses mollets et à la plante de ses pieds sur laquelle elle soufflait puis qu'elle titillait du bout de la langue, une sensation qu'il n'avait jamais expérimentée et qui, ma foi, était sûrement digne de figurer dans le Kamasutra.

— Non, continue.

— Comme ça ?

Elle le mordillait, à présent, alternant les taquineries et provoquant chez lui un déferlement de volupté.

— Quin, Quin !

Cette voix sexy, rauque et douce à la fois, ambivalente, stimulait ses sens un peu plus encore, et quand Katie l'embrassa sur la bouche, quand sa langue pénétra l'anneau de ses lèvres mâles, alors ce fut presque l'apothéose.

Qui aurait pensé que Katie se montrerait aussi directive, sauvage, passionnée ?

Pas lui en tout cas, pas au regard de ce qu'ils avaient vécu deux ans plus tôt.

— Katie, tu me rends fou ! dit-il sans plus savoir s'il devait fermer les yeux ou, au contraire, les garder grands ouverts afin de jouir du spectacle de cette nudité offerte.

— Encore un peu de patience, répondit-elle en se juchant sur lui sans presque le toucher sinon pour l'effleurer de la pointe de ses seins.

Quand, n'y tenant plus, il laissa échapper une longue plainte, Katie lui sourit.

— Tu vois que je peux te faire crier, si je veux.

Aucun triomphalisme dans son ton, pas même celui d'avoir maté en lui cette part bien réelle de machisme, non, mais le constat d'avoir atteint son but.

— Je rends les armes, tu es la plus forte, dit-il en haletant, et sans la moindre amertume.

Tout hétéro au sang chaud qu'il était, se soumettre à la magie des caresses d'une telle maîtresse n'était pas déchoir, loin de là, et son seul regret était de se dire que, dans trois semaines, telle une bulle magique qui éclate, ce qu'il vivait avec Katie prendrait fin, et sans doute à jamais.

Et s'il voulait davantage que du plaisir, que des caresses, que ces échanges sensuels ?

Si Katie prenait dans sa vie une place toujours plus grande ?

N'as-tu pas droit, enfin, à un peu de bonheur ?

À peine était-il né que sa mère mourait.

Plus tard, l'accident, la mort de son père, sa jambe broyée.

Les chirurgiens si peu rassurants, sa hantise de devoir renoncer au ski, sa stupide imprudence qui lui avait coûté son genou et de nouvelles opérations toutes plus douloureuses les unes que les autres.

L'annonce que, s'il récidivait, alors ça serait peut-être la jambe qu'il perdrait.

— Deux êtres qui se comprennent doivent se donner tout ce qu'ils peuvent, murmura Katie.

Cette voix chaleureuse, ce regard si sincère, comment avait-il pu se passer d'elle ?

D'un mouvement lent, elle le happa et le contact entre son sexe douloureux et sa féminité mit le feu à ses sens exacerbés.

— Oui, continue ! Plus profond, plus vite...

Voilà qu'il commandait à présent !

— C'est bon, j'aime te sentir en moi, répondit Katie, en montant et descendant sur son sexe tendu.

Heureusement qu'ils avaient déjà fait l'amour sinon, comment aurait-il pu se contenir aussi longtemps, résister à l'envie de se libérer sans attendre ?

Des yeux, il dévorait Katie, fasciné qu'il était par ses seins lourds, le plus délicieux des spectacles, et c'était si bon qu'il en perdait presque la tête.

— Veux-tu encore ? demanda-t-elle d'une voix rauque, tentatrice.

— Oh oui !

Elle imprima alors son rythme à leurs va-et-vient et lui, cantonné au rôle de passif, jouait au mieux de la force de son érection mais sans jamais pouvoir prendre l'initiative.

Ce ballet érotique, ces ondulations des hanches, de la croupe, les mains féminines caressant des seins épanouis, Katie s'était-elle conduite ainsi avec un rival ?

Soudain, une fulgurance jaillit de lui, de tout son être, et il eut beau lutter, vouloir garder le contrôle, son plaisir fut plus fort que tout.

— Oh ! je viens, désolé, je...

— Pas grave, Quin, moi aussi, je...

Les yeux mi-clos, Katie ondulait sur le pivot de son sexe et ses mouvements désordonnés lui confirmèrent que, tout comme lui, elle atteignait aussi à ce nirvana espéré.

— Katie, je ne veux pas que ça finisse, jamais !

Les mots avaient fusé malgré lui.

Il achevait de se libérer en pleine brume érotique quand la voix de sa belle le cueillit au plus profond de ses émotions.

— Moi... non plus, Quin !

Parlaient-ils de la même chose ? De ce merveilleux orgasme partagé, ou bien...

Stimulé par l'incertitude, il donna d'ultimes coups de reins tandis qu'une expression d'extase illuminait les traits fins de Katie.

Leur histoire se prolongerait-elle après cette parenthèse enchantée ?

À peine troublé par le ronronnement du climatiseur, un long silence suivit, puis Katie plaça la couverture sur leurs corps nus.

Combien de temps perdit-il conscience ?

Des minutes, des heures ?

À son réveil, Katie dormait, et comme les rideaux n'étaient pas tirés, l'éclat des néons de New York jetait dans la pénombre des ombres colorées.

D'autres couples semblables au leur s'étaient-ils aimés, ce vendredi soir, aussi bien qu'ils venaient de le faire ?

Katie !

Il huma son parfum, effleura son front d'un baiser puis, en prenant garde de ne pas la réveiller, se rendit à la salle de bains, non sans se retourner plusieurs fois pour contempler sa maîtresse endormie.

Un couple, un vrai ?

Tu te fais des illusions ! Katie a besoin d'un homme sachant exprimer ses sentiments, et ça n'est pas ton cas.

Une fois de plus, il se sentit coupable mais, était-ce sa faute si le fait de dévoiler ses sentiments revenait à se mettre en danger ?

En danger de quoi ?

Sur une piste noire, il ne pensait jamais au risque d'une chute possible, mais en amour…

Au moins, Katie serait sienne pour trois semaines et ça n'était déjà pas si mal.

Katie se réveilla avant l'aube.

Vers 2 h 30 du matin, Quin et elle avaient refait l'amour et rien que le fait d'y penser lui redonnait des chaleurs au creux du ventre.

Quel amant… Et quel bonheur d'avoir cédé, en fin de compte, à son envie de renouer, ne serait-ce que provisoirement, avec un homme capable de lui faire tant de bien.

Dehors, la lumière diffuse – propre des métropoles qui semblaient ne jamais dormir – l'incita à se rendre dans la salle de bains où elle procéda à une toilette rafraîchissante.

Quin !

Tant de fois, par le passé, quand ils sortaient ensemble, elle avait procédé à un semblable rituel après l'amour, l'esprit en effervescence, débordant de sentiments pour cet homme qui avait su lui donner du plaisir.

Elle n'avait alors qu'une expérience limitée avec les hommes et quand Quin l'avait prise pour la première fois, un tsunami avait déferlé en elle, vrai tourbillon qui l'emportait sans lui laisser la moindre chance de se raccrocher à un repère connu.

Sauvage, viril, décidé, obstiné, autant de qualificatifs qui auraient pu définir celui à qui elle s'était alors donnée, heureuse de jouir comme elle n'avait encore jamais joui de sa vie entière.

Sa décision de rompre s'expliquait-elle uniquement par des arguments financiers – ceux que lui avait opposés Stone père en assortissant ses propos de menaces – ou bien, était-ce elle qui avait eu peur de poursuivre une relation pas assez sentimentale à son goût ?

Quand elle revint se mettre au lit, Quin marmonna quelques mots indistincts et, serrée contre lui, elle se laissa aller une fois de plus à rêver.

La vitalité de cet homme, cette force incroyable qui l'avait longtemps poussé à dévaler les pistes noires, comme elle aurait voulu les voir transposées dans le domaine des émotions et de l'amour vrai.

Hélas, si Quin semblait l'aimer au lit, il ne lui avait jamais confié qu'il l'aimait dans la vie.

Encore trois semaines, et elle reprendrait sa routine à Portland, loin de Quin, loin de la tentation croissante qu'il incarnait à ses yeux.

Mais aurait-elle la force de le quitter une seconde fois ?

Le ciel était gris quand Katie se réveilla mais, en dépit de l'absence de soleil, son moral n'avait jamais été aussi euphorique.

— Quin ?

Là où son amant était censé dormir, la place était vide, provoquant chez elle un début de panique qui s'atténua quand elle aperçut le mot griffonné à la hâte.

Katie,

Suis allé acheter des croissants et des protections. De retour bientôt. Baisers.

Suivait la signature agrémentée d'un dessin naïf mais explicite qui lui arracha un sourire.

Elle s'empressa de se doucher et elle venait juste de finir de s'habiller quand Quin apparut, souriant jusqu'aux oreilles, porteur de croissants et d'un sac au sigle d'une pharmacie.

— Le petit déjeuner est servi, madame.

Elle ne put s'empêcher de rire.

— Un hôtel comme le Carlyle propose sûrement un service en chambre, non ?

— Bien sûr, mais pas encore ces préservatifs indispensables.

La mine gourmande de son amant l'aurait fait fondre de désir.

Peu après, un employé stylé vint apporter ce que Quin avait commandé avant de sortir.

— Quel festin ! dit-elle devant l'abondance de jus de fruits, bacon, fruits secs, céréales, fromages, servis dans des plats en argent.

Après avoir donné un pourboire au serveur, Quin vint la rejoindre.

— Notre nuit m'a donné faim...

Il l'aida à s'asseoir en l'embrassant derrière les oreilles, ce qui déclencha chez elle une série de frissons tandis que tous deux engloutissaient les bonnes choses que contenaient leurs assiettes.

— Ces croissants que tu as achetés sont merveilleux ! dit-elle en mordant dans la pâte feuilletée.

— Tu as raison, fit Quin, après avoir goûté au sien. Presque aussi bons qu'à Paris.

Paris !

La tour Eiffel, Montmartre, le Sacré-Cœur...

— Vas-tu souvent en France ?

— Trois ou quatre fois par an. Stone River Outdoors a investi dans un appartement près de la butte Montmartre, ce qui est pratique quand nous nous rendons là-bas pour affaires.

Quin en parlait comme s'il s'agissait d'une vague cabane à lapins du côté de Portland, autrement dit, comme si l'argent n'était rien pour lui, ou plutôt, juste bon à être dépensé.

L'opposé absolu de sa philosophie personnelle, mais à quoi bon émettre des doutes, des critiques, puisqu'ils ne seraient bientôt plus ensemble.

— Je suis heureuse, dit-elle, une fois avalé la dernière bouchée de ce délicieux petit déjeuner.

Quin lui sourit.

— Veux-tu visiter les musées ? L'Empire State Building ? La statue de la Liberté ?

Dans trois semaines, elle rentrerait seule à Portland, de quoi lui donner déjà du vague à l'âme.

— C'est toi que je veux, Quin. Et puis, ne venons-nous pas de prendre des forces ?

Un sourire complice lui répondit.

— Avec ce que j'ai acheté à la pharmacie, nous avons largement le temps de voir venir.

Katie n'aurait jamais rêvé vivre un tel après-midi de folie amoureuse et, si elle redoutait de payer par la suite le prix de son imprudence, au moins son rêve était-il devenu réalité.

Entre les bras d'un Quin tour à tour tendre ou macho, elle était passée par toutes les couleurs de l'arc-en-ciel érotique, et avec quelle ferveur encore !

Ce qui la touchait le plus, peut-être, avait été de découvrir chez son amant une personnalité bien plus complexe qu'il n'y paraissait.

— Seigneur, Kat, déjà l'après-midi ! s'exclama Quin en roulant sur le côté.

— Est-ce si grave ? demanda-t-elle après avoir jeté un coup d'œil à l'extérieur.

Quin prit appui sur un coude et la regarda.

— C'est à toi que je pense, Kat. Nous devions visiter New York.

— Et si je te disais que je suis mieux dans tes bras que dans ceux de la statue de la Liberté ?

Quin se mit à rire.

— Peut-être n'est-il pas trop tard pour réserver dans un grand restaurant.

Un grand restaurant !

— Quin, veux-tu me rendre une fois de plus *très* heureuse ?

— Bien sûr.

— Alors offre-moi un hot-dog, tout simple, avec moutarde et cornichons. Et allons le dévorer à Central Park.

Une grimace suivit.

— Central Park ? Les bancs sont salis par les pigeons sans compter tous ces gens qui courent dans les allées en survêtement fluo.

— Si tu cessais de jouer les nababs ? À t'entendre, on jurerait que hot-dogs et hamburgers sont responsables de la peste.

— Je m'incline, fit Quin, et, quitte à mourir bientôt d'indigestion, allons donc acheter nos hot-dogs.

Elle ne put s'empêcher de rire et, heureuse comme elle l'avait rarement été, elle se leva.

— Le temps d'aller prendre une douche et je serai prête.

Quin leva sur elle un regard suppliant.

— Si nous la prenions *ensemble* ? Je pourrais te frotter le dos, et réciproquement.

Une petite pique ne lui parut pas superflue.

— Tout à fait d'accord, Quin, mais seulement quand j'aurai eu mon hot-dog.

10

Comme Katie l'avait voulu, Quin se plia de bonne grâce au rituel consistant à héler l'un de ces taxis jaunes en maraude sans lesquels New York ne serait pas New York.

Satisfaire sa si jolie maîtresse lui faisait réellement plaisir et ce fut avec le sourire qu'il sortit son portefeuille avant de s'adresser au chauffeur.

— Cette dame a envie d'un hot-dog, vous savez, ceux que vendent les marchands ambulants. Pourriez-vous nous en dénicher un ?

L'étonnement du chauffeur fit place à un grand sourire quand le billet de dix dollars changea de main.

— Un vendeur de hot-dogs ? Pas de problème.

Cinq minutes plus tard, le taxi s'arrêta le long d'un trottoir, le temps pour Katie de faire son choix auprès du marchand.

— Et maintenant où va-t-on, patron ? demanda le chauffeur.

— Central Park.

— Quel endroit de Central Park ?

— N'importe.

Peu après, Katie et lui firent leurs premiers pas dans le parc arboré où joggers et promeneurs profitaient de la fraîcheur du soir.

— Bon appétit, dit Katie en lui tendant son hot-dog nature, comme il l'avait demandé, celui de la jeune femme étant relevé de moutarde et de cornichons.

La première bouchée le découragea de poursuivre sa mastication et, de son côté, Katie fit la grimace.

— Alors, ne te l'avais-je pas dit ? fit-il avec un sourire.

— C'est vrai qu'ils n'ont pas le même goût que naguère,

quand j'étais si heureuse de me régaler en regardant un match de base-ball.

— Qui avait raison ?

Katie haussa les épaules.

— Toi et ton luxe ! D'accord, ce hot-dog n'est pas terrible mais qu'importe ! Le soleil nous dore doucement la peau, le ciel a des reflets orange magnifiques et nous jouissons d'un environnement magique.

— Heureux que tu aimes Central Park.

Entre deux bouchées, Katie regarda autour d'elle puis le regarda, lui.

— C'est si grand !

— Quatre kilomètres sur huit cents mètres, dit-il.

— Impressionnant.

Katie lécha sa moutarde avec une mimique involontairement érotique mais qui seyait à sa tenue, un short kaki et un T-shirt moulant.

Tout en marchant, ils évoquèrent les films dont certaines scènes avaient le parc pour cadre et, la dernière bouchée de hot-dog avalée, Katie lui offrit l'un des biscuits au chocolat achetés au revendeur de rue.

— Hum, la date de péremption est dépassée de huit mois, dit-il après en avoir examiné l'emballage en cellophane.

D'autorité, il déposa les deux biscuits dans la plus proche boîte à déchets.

— Pourquoi avoir jeté ces biscuits ? demanda Katie, mécontente. Les manger ne nous aurait pas tués, tu sais ! Et tu te rends compte que des gens meurent de faim, dans le monde, faute de nourriture ?

— Ils étaient périmés.

— De quelques mois seulement. Quitte à les jeter, au moins aurions-nous pu les donner à quelqu'un.

Il reprit sa marche en silence, mécontent non pas de la réaction de Katie, mais bien de la sienne, de cette désinvolture avec laquelle il abordait la vie sans se soucier du coût ou de la valeur des choses.

— Quin ?

— Oui...

— Ton genou ? J'ai l'impression qu'il te fait mal...

Il sourit.

— Je boite un peu mais rien de grave. Du reste, le médecin m'a recommandé de marcher chaque jour.

Un silence.

— Je suis bien avec toi, Quin.

Au moins ne lui en voulait-elle pas.

— Moi aussi, Katie.

Le mémorial consacré à John Lennon, qui avait habité non loin de là et dont les cendres avaient été dispersées dans ce parc quarante ans plus tôt, impressionna la jeune femme, de même que la sculpture d'Alice au pays des merveilles, celle d'un groupe d'ours et enfin, le lac où les enfants faisaient voguer des voiliers miniatures.

— Ouf, je suis fourbue, dit Katie peu après.

Ils trouvèrent un banc et s'y assirent.

Allait-il l'enlacer et l'embrasser comme il en mourait d'envie, tant la saveur de ses lèvres lui manquait ?

Quelque chose dans l'expression de la jeune femme l'en dissuada et la conversation dériva sur l'immobilier puis, de nouveau, le silence.

— Quin ?

— Oui...

— Puis-je te poser une question personnelle ?

Une soudaine anxiété l'envahit.

— Je t'écoute, dit-il en s'attendant au pire.

— Tout à l'heure, au lit, j'ai aperçu ces cicatrices sur ton genou.

— Eh oui ! On y a implanté une rotule en acier.

— Je suis désolée pour toi. Comme tu as dû souffrir...

— Je l'avais bien cherché. Me lancer sur une piste noire alors que j'étais en convalescence...

— Les médecins t'ont-ils laissé un espoir de refaire un jour de la compétition ?

— Aucun.

Admettre qu'il ne serait jamais plus le skieur qu'il avait été, et qui plus est, le dire devant Katie, n'était-ce pas déjà remporter une première victoire sur lui-même ?

La jeune femme posa sa main sur son genou.

— Peut-être pourras-tu skier de nouveau, mais cette fois, pour le plaisir ?

— Oui, à condition de ne pas forcer et d'attendre la cicatrisation complète.

— Alors, sois heureux, dit Katie sans retirer sa main de son genou.

Heureux, alors qu'il était à moitié estropié ?

— Le ski était ma vie, ma raison d'être, Katie. La performance me faisait vibrer, et j'aurais tout donné pour gagner un centième de seconde dans un slalom.

Le regard de Katie se teinta de compassion.

— Pourquoi avoir cherché refuge dans le sport de haut niveau ?

Si la question l'embarrassait, elle le força aussi à réfléchir.

— Papa était un dur à cuire qui nous menait, moi et mes aînés, à la baguette. Le ski a été mon échappatoire.

— Tes frères ont réagi autrement, eux.

— Pas tant que ça. Zachary est devenu un crack en mathématiques et Farrell, un inventeur de génie.

Katie eut une légère hésitation.

— Depuis que je travaille avec Farrell, j'ai pu mesurer à quel point il était sensible. N'y a-t-il pas un secret dans sa vie ?

Devait-il parler, se taire ?

— Plus jeune, Farrell était très amoureux d'une camarade de lycée et ce, contre la volonté de papa. Entre celui qui nous rudoyait plus souvent qu'à notre tour, et mon frère aîné, ça a été un long combat ou plutôt, une horrible bataille.

Les souvenirs de ces affrontements lui revinrent en mémoire. Les cris de leur père, la façon dont il tonnait et tempêtait en tapant du poing sur la table.

— Pourquoi ton père était-il si dur ? demanda Katie.

Il eut un geste évasif.

— Peut-être l'as-tu croisé une ou deux fois, au siège ? Il méprisait ceux qui n'étaient pas à son niveau social et qu'il qualifiait de *vulgum pecus*.

— Il m'est en effet arrivé de le croiser, répondit Katie, le regard soudain plus dur, mais continue.

— Papa nous mettait, nous, ses enfants, en garde contre ceux qu'il appelait « les sangsues », quémandeurs, tapeurs, pique-assiette et bien sûr, les femmes qu'il qualifiait de « croqueuses de diamants ».

— Pourquoi tant de hargne envers les femmes ?

— Maman est morte à ma naissance et je crois que papa l'aimait vraiment. Devenu un veuf fortuné, il a sans doute été échaudé par quelques mauvaises expériences car il s'est fermé comme une coquille et c'est de là que date sa misogynie, et son aversion pour Sasha, la fiancée de Farrell.

L'intérêt manifeste de Katie lui donna envie de poursuivre, et ce, d'autant que ce retour en arrière constituait pour lui une forme de thérapie.

— Sasha et Farrell avaient seize ans quand ils sont tombés amoureux l'un de l'autre, au lycée. Mon père n'était pas ravi ravi mais se disait que ces amours de jeunesse n'auraient qu'un temps, ce en quoi il se trompait puisque, après le lycée, Farrell a continué de voir Sasha et lui a offert une bague de fiançailles...

— C'est romantique.

— Farrell *est* romantique. Et comme tu l'as dit justement, très sensible aussi. Mon père désapprouvait ces fiançailles et s'est arrangé pour l'envoyer étudier en Californie. Puis il a convoqué Sasha et lui a dit qu'en restant avec Farrell, elle ruinerait la carrière de ce dernier et que, si elle l'aimait vraiment, alors elle devait disparaître de la vie de son fils.

Voir Katie soudain bouleversée ne manqua pas de l'intriguer.

— C'est horrible ! dit-elle.

— Je dirais plutôt banal. Notre père était un dur à cuire obsédé par la famille et déterminé à garder au « clan » ce qu'il appelait alors « son homogénéité ». Et comme l'espérait mon père, Sasha a préféré rompre avec Farrell plutôt que prendre le risque de gâcher son avenir.

— Farrell était-il au courant de ce qui s'était tramé dans son dos ? demanda Katie.

— Bien sûr que non. Mon père avait bien manigancé son coup,

et Sasha est partie alors que mon frère était déjà en Californie et attendait de ses nouvelles.

— Et, que s'est-il alors passé ?

— Quand Farrell a appris la vérité, Sasha et lui ont renoué. Ils communiquaient par e-mail, par téléphone. Dès leur majorité, ils se sont mariés en envoyant papa au diable.

— Et ils ont enfin pu vivre heureux ?

— Sasha est tombée malade quelques mois plus tard. Cancer du sein. Elle est morte à vingt-cinq ans.

Une expression douloureuse se peignit sur les traits de Katie.

— Je comprends pourquoi Farrell pouvait être parfois si sombre, quand nous avions à travailler ensemble. Il pensait encore à Sasha...

— C'est exactement ça, Katie, et, par ricochet, nous aussi avons eu du chagrin car cette mort était une tragédie. Même papa avait versé une larme... sûrement de crocodile.

— Et Zachary, que pensait-il de la situation ?

Que Katie en parle lui rappela combien elle avait paru plaire à son play-boy de frère, lors du dîner au restaurant, ce qui ne manqua pas de le contrarier.

— La disparition de notre belle-sœur l'avait affecté lui aussi. Peut-être était-ce la raison qui l'aura poussé, par la suite, à multiplier les aventures, à refuser de s'engager avec une femme. Dès que la relation devenait sérieuse, Zach prenait le large.

Les explications de Quin, les manigances visant Sasha, firent écho, chez Katie, à ce qu'elle avait vécu elle-même, naguère, dans le bureau du patriarche.

Quelle ironie !

— Katie ! Que se passe-t-il ? demanda Quin.

Elle eut du mal à parler tant elle était émue.

— Je pensais à Farrell, à Sasha... C'est si triste.

— Oui, mais nous n'y sommes pour rien, n'est-ce pas ?

En ce qui concernait Farrell et Sasha, c'était vrai, mais elle, n'avait-elle pas pris sa part de responsabilité en rompant avec Quin ?

Répéter à Quin les propos tenus par Stone père, ce jour-là, dans ce grand bureau austère, la tenta un instant mais elle sut garder son sang-froid… et son secret.

— Tu as raison, nous n'y sommes pour rien et puis, je n'ai pas à me mêler de tes affaires de famille. Si tu es d'accord, nous cantonnerons notre relation au sexe et au plaisir, sans prise de tête.

Quin eut une étrange façon de la regarder, un peu comme s'il découvrait en elle une femme nouvelle.

— Quelle solennité, Katie. D'accord, cantonnons notre relation au sexe, et permets-moi de te dire que tu fais très bien l'amour. Divinement, même.

— Merci. Toi aussi.

À quoi bon en vouloir à Quin de ne pas correspondre exactement à l'homme de ses vœux, elle-même n'étant en rien la perfection faite femme avec sa manie de vouloir interférer dans la vie d'autrui.

Dans trois semaines, elle reprendrait sa place au siège social, et Quin, le cours de son existence, et leurs trajectoires respectives n'auraient plus l'occasion de se croiser.

Elle se leva.

— Si nous rentrions à l'hôtel ? Je prendrais bien une bonne douche…

Quin eut un sourire de connivence.

— Et moi donc… Surtout avec toi. Dépêchons-nous.

Une chaleur envahit son bas-ventre.

— Te sens-tu de marcher ?

Le regard de Quin se fit plus dur.

— Je ne suis pas encore handicapé, que je sache.

L'excitation d'être bientôt nue dans les bras de ce mâle lui aurait donné des ailes, mais Quin, lui, peinait à la suivre et elle s'immobilisa, navrée.

— Pourquoi t'arrêter en si bon chemin ? demanda-t-il, grimaçant et essoufflé.

Elle noua ses bras autour de son cou, l'embrassa, se mit à pleurer.

— Je suis une idiote ! Tu es encore convalescent, ton genou à peine cicatrisé te fait souffrir et moi, je ne trouve rien de mieux à faire que de te lancer un défi.

Le rire franc de Quin. Son sourire. Ses caresses dans ses cheveux.

— Merci de te soucier de ma santé, Kat, mais je suis bien plus vaillant que tu ne le supposes et puis ne suis-je pas fou de toi ?

Une émotion soudaine la submergea.

— Tu es fou de moi ?

— Bien sûr. Pendant longtemps, j'ai cru que le ski était toute ma vie, mais tu es en train de me faire changer d'avis.

11

Le regard de Katie, mélange de remords, de tendresse, d'attente et d'espoir, eut pour effet de bouleverser Quin.

Pour la première fois peut-être s'ajouta à l'envie physique que lui inspirait cette femme celle de mieux savoir qui elle était, de connaître sa vie, ses secrets petits et grands.

— Rentrons doucement, dit-il, ainsi je ne me fatiguerai pas, et mes médecins n'auront pas à me taper sur les doigts.

C'était dit avec malice et Katie, souriante, lui emboîta le pas après avoir placé sa main dans la sienne.

Une fois à l'hôtel, son impatience s'accrut.

— Ma chambre ou la tienne ?

— La tienne, répondit Katie, car la cabine de douche est plus grande et possède un banc.

Il regarda Katie se dévêtir et fit de même tout en ressentant ce changement intervenu entre eux depuis ses récentes confidences sur Farrell et Sasha.

D'amants impatients à amoureux, la distance était-elle si grande ?

— Pas trop chaude, la douche, dit Katie en retirant sa culotte.

Il ajusta le jet non sans admirer les seins nus, le ventre plat de la jeune femme qui, à présent, entrait dans la cabine.

Quelles fesses de rêve !

Sous la douche, les longs cheveux blond pâle brillèrent de reflets dorés et, seins dressés, dans sa posture cambrée, jamais Katie n'avait été si belle.

— On jurerait que ma présence t'embarrasse, dit-il, taquin.

Katie rougit.

— Je me sens comme l'agnelle qu'on livre au loup.

Ne jouait-elle pas à l'aguicher, à lui faire envie de son corps sublime, puis à reculer pour mieux le tenter ?

— Tourne-toi, dit-il d'une voix émue.

Il lui savonna le dos, le cou, le creux des reins, puis il frotta cette peau souple, pâle par endroits, brunie à d'autres.

Katie si belle et vulnérable à la fois, avec ses hanches rondes, sa taille mince, ses cuisses au galbe impeccable !

Quel homme n'aurait pas voulu garder une telle femme auprès de lui, pour toujours ?

Sa main glissa entre les omoplates et descendit le long de l'épine dorsale, plus bas, toujours plus bas, jusqu'au creux des reins.

Katie écarta les cuisses et il massa son intimité avant de s'accroupir pour enduire de mousse ses fesses rondes, charnues, si belles qu'il aurait pu les croquer vives.

— J'aime... dit-elle.

Et lui donc !

Accroupi, il savonna les jambes puis effleura d'un baiser cette peau si douce.

— Tourne-toi à présent

Katie obéit et il eut devant ses yeux la vision délicieuse de son sexe, coquillage de nacre sur lequel il posa ses lèvres.

— Quin...

— Oh ! Katie, tu es si belle !

— Caresse-moi...

Son doigt suivit le doux sillon qui palpitait sous l'effet du désir.

— C'est si bon ! dit Katie entre deux gémissements. Nous n'allons quand même pas faire l'amour ici, n'est-ce pas ?

— Et pourquoi pas ? dit-il en se levant pour savonner les seins glorieux dont les pointes durcissaient sous ses paumes.

— Quin ! J'ai envie de toi...

Elle le dévisagea durant quelques secondes, la bouche entrouverte, le souffle court, puis elle s'empara de son sexe, le palpa en douceur et s'arrêta au moment précis où il n'allait plus pouvoir se retenir.

— Tu me rends fou ! dit-il.

— Et ça n'est pas fini, dit Katie avec un drôle de sourire.

Mains posées sur ses épaules, elle l'obligea à s'asseoir sur le petit banc puis enjamba sa cuisse, provoquant chez lui un afflux de testostérone.

— Pas de panique, Quin.

Comme elle savait bien exacerber ses sens !

— Te ferais-je de l'effet ? demanda Katie en chevauchant sa cuisse, les yeux rivés sur son sexe en érection qu'elle frôlait du doigt, de temps à autre.

— Tu me rends fou de toi, dit-il, quand il eut recouvré l'usage de la parole

Du bout des lèvres, Katie l'embrassa sur les cils.

— N'ouvre pas les yeux, quoi qu'il arrive, dit-elle.

— Compris.

Ses mains fines s'emparèrent des siennes et les posèrent sur les seins ronds et fermes.

— Masse-les ! commanda-t-elle.

Il les palpa tout en humant la fragrance de cette peau féminine.

Quelle étrange sensation de ne plus rien voir, de s'en remettre au toucher, à la voix, à son sens olfactif.

— Embrasse-les maintenant, demanda Katie.

Il goûta à chacun des seins, léchant et suçant les pointes durcies qui gonflaient sous sa langue.

Une enfance sans lait maternel, sans tendresse, sans baisers, l'aurait-elle conduit, plus tard, à se fermer aux sentiments, aux émotions ?

— Oh Quin, c'est bon, si bon !

Bien sûr que c'était bon, mais il fallait à Katie un mari et non une tête brûlée qui avait failli perdre la vie sur une piste noire et s'en était tiré avec un genou en miettes.

En rompant, deux ans plus tôt, Katie avait sans doute pris une sage décision.

Sur l'extrémité de son sexe, le frottement d'une paume douce lui arracha une plainte.

— Tu aimes ? demanda Katie.

— Oui, mais je n'en peux plus d'attendre, répondit-il tandis que la jeune femme massait son érection et qu'il caressait ses fesses.

— C'est pourtant la part la plus érotique de notre petit jeu, répondit Katie.

— Peut-être, mais j'ai besoin d'être en toi.

— Patience, Quin. Plus nous attendrons et plus le plaisir sera grand.

Délaissant son sexe, Katie enfouit ses doigts dans sa tignasse, massant son cuir chevelu puis sa nuque avec une affectueuse tendresse.

Saurait-il être heureux avec elle ?

— Viens ! dit-il en ouvrant les yeux et en se levant. Viens au lit.

Katie se mit à rire.

— Nous allons mouiller les draps !

Il lui tendit une serviette, en prit une pour son usage propre et entraîna la jeune femme dans la chambre avant de la faire asseoir sur le bord du lit.

Les yeux brillants de désir, Katie suivit chacun de ses gestes quand, déchirant l'étui d'un préservatif, il en gaina son sexe durci par l'attente.

— Tu m'as plu au premier regard, Quin.

— Toi aussi, Katie. Tu portais ce jour-là une robe d'été rose. Tes cheveux étaient en chignon et tu avais des boucles d'oreille, des petites étoiles argentées.

— Incroyable ! Et tu t'en souviens encore ?

— Oui.

Après avoir pris position, il pressa son sexe à l'entrée du sillon nacré et frémit quand un feulement s'échappa des lèvres de Katie.

— Oh ! Quin...

— Tu aimes ?

— Oui...

Il entra profondément en la tenant par les hanches.

— Encore, Quin !

À coups de reins puissants, il entreprit d'aller et de venir sans forcer le rythme, avec une lenteur calculée.

— Je suis heureux que tu aies accepté de venir dans le Maine et...

— Ne parle pas ! Prends-moi... Oui, encore, encore plus fort.

— Je te prends, ma chérie !

Se retenir s'avérait de plus en plus difficile et les cris de Katie, la force avec laquelle elle le serrait contre elle, ne faisaient qu'accroître son désir.

Ses cuisses nouées autour de sa taille, Katie imprimait à leur va-et-vient un rythme qui le poussait à vouloir toujours plus se délivrer en elle.

— Oui, Quin ! Je... Je viens.

Son désir atteignit le point de rupture.

Il se libéra en longs soubresauts, ses muscles aussi tendus que l'était son sexe, les yeux vrillés dans ceux de Katie.

— Oh ! Quin, merci !

Katie s'endormit, le visage au creux de son épaule, et il s'efforça d'oublier que, dans trois semaines, tous deux seraient séparés.

Une insistante sonnerie tira Katie d'un profond sommeil.

— Quin... L'alarme incendie !

Son amant fit taire son portable.

— C'était le réveil. Il est temps de se lever.

— J'avais oublié que nous sommes déjà dimanche et que nous devons rentrer dans le Maine, dit-elle d'un ton boudeur. Dommage car j'aurais bien passé plus de temps au lit, avec un certain P-DG...

Elle voulut se blottir contre Quin mais ce dernier la repoussa en douceur.

— Notre retour est déjà programmé. Désolé !

— Décalons notre voyage jusqu'à cet après-midi.

Quin eut un instant d'hésitation.

— Autant que tu le saches, une alerte ouragan est en cours dans le Maine et il est impératif pour notre avion de partir à l'heure.

— Trouble-fête, va ! dit-elle en gagnant sans enthousiasme la salle de bains.

Non seulement elle était échevelée, mais les cernes sous ses yeux attestaient de son manque de sommeil, et des ébats passionnés qui avaient occupé une bonne partie de la nuit.

Quarante-cinq minutes plus tard, sur le chemin de l'aéroport, Quin fit en sorte de ne pas lui donner la main et elle en fut blessée.

Durant le vol, elle ne put s'empêcher de se creuser les méninges.

Qu'avait-elle dit ou fait qui ait pu faire changer le P-DG d'humeur, surtout après cette nuit délicieuse où ils avaient échangé tant de caresses et de baisers ?

— Quin ?

— Oui…

— Tu m'as beaucoup donné, durant ce week-end, et je t'en remercie.

Un faible sourire et un regard se dérobant au sien.

— Alors tant mieux.

Mme Peterson les attendait avec la jeep sur le petit aérodrome privé des Stone et, après le trajet à travers bois, sous un ciel plombé et menaçant, elle se retrouva comme trois semaines plus tôt, devant la maison qui lui était désormais familière.

Quin sourit à la gouvernante.

— Merci pour tout, madame Peterson. Pourquoi ne rentreriez-vous pas chez vous, à présent ? La météo annonce un ouragan…

— Pas de refus, monsieur Quin. J'ai déjà préparé le repas. Et si j'étais vous, je renforcerais les protections des fenêtres. J'ai vérifié les réserves d'eau et de nourriture. Le générateur a assez de carburant pour fonctionner pendant vingt-quatre heures au moins.

— Katie et moi, nous saurons nous débrouiller, alors, restez chez vous pour les jours à venir, répondit Quin.

Une fois Mme Peterson partie, elle s'approcha de celui qui lui avait si bien fait l'amour, la nuit passée, et dont la soudaine froideur ne manquait pas de la peiner.

Durant le vol, c'était à peine si Quin lui avait adressé la parole, et elle ne pouvait plus mettre, à présent, son attitude sur le compte de la fatigue.

— Quin, vas-tu enfin me dire ce qui se passe ?

Le regard qu'il posa sur elle la dissuada de poursuivre.

— Écoute, Katie, il fait encore beau, alors pourquoi ne profiterais-tu pas du bord de mer avant la venue de l'ouragan ?

Ainsi, elle ne s'était pas trompée, et Quin voulait instaurer entre eux une distance, mais quand quel but ?

— Très bien, alors à plus tard, dit-elle en saisissant son sac et en grimpant l'escalier menant à sa chambre.

Elle se changea, emporta une petite bouteille d'eau minérale, ses lunettes de soleil et prit le chemin en pente qui menait à l'océan.

La vue de cette plage hérissée, ici et là, de rochers noirs couverts d'algues, lui fut un réconfort.

Dans les flaques laissées par la marée, des petits crabes, des bébés langoustes, du plancton et toutes sortes de minuscules créatures excitèrent sa curiosité.

Elle aussi avait été un bébé, naguère, comme ces ravissantes langoustes, et pourtant leurs destins différaient du tout au tout mais, le sien, de destin, était-il donc plus enviable ?

La vision soudaine d'un cuisinier plongeant une langouste adulte dans une marmite d'eau bouillante, lui donna à penser que oui.

Le soleil brillait encore entre les lourds nuages quand elle ôta ses espadrilles et enfouit ses pieds nus dans le sable chaud.

Et ce vent tiède sur sa peau nue...

À la fois heureuse d'avoir si bien fait l'amour avec Quin, et attristée par l'incompréhensible attitude de ce dernier, elle longea l'océan, offrant ses chevilles au clapotis des vagues,

La beauté de la nature l'aida à panser ses plaies, et elle se dit que, si par la suite, Quin persistait à se montrer distant, au moins pourrait-elle venir de temps à autre se ressourcer ici, elle qui, née dans une famille pauvre, n'avait guère eu, plus jeune, l'occasion d'explorer le littoral et les plages du Maine.

— Allez, un peu de courage !

Son pantalon retroussé à mi-mollets, elle s'aventura dans les vaguelettes glacées et mesura la force des courants qui, d'après Quin, pouvaient vous emporter au large.

— Hello ! fit une voix familière.

Surprise, elle se retourna sur Quin.

— Toi ici ? J'aurais pourtant juré que tu fuyais ma compagnie...

— Eh bien, tu me manquais. Depuis quand es-tu ici ?

— Une heure tout au plus, mais dis-moi, le chemin est difficile d'accès, et les médecins t'ont recommandé de ne pas faire d'efforts physiques prolongés.

Quin haussa les épaules.

— J'ai déjà emprunté ce sentier des centaines de fois.

La pensée que Quin puisse faire une chute et se tuer lui fut insupportable.

— Oui, mais tu as désormais une rotule en acier et moins de réflexes que par le passé.

Comment avouer à ce mâle à l'humeur changeante qu'elle était très amoureuse de lui, autant sinon plus qu'avant ?

12

« Moins de réflexes que par le passé... »

Admettre ses faiblesses n'était pas du tout dans les habitudes de Quin.

— Ma santé s'améliore. Fais-moi un peu confiance, Katie.

La jeune femme fit la moue.

— Ce n'est pas du tout le discours que tiennent tes frères. D'après eux, tu as un peu trop tendance à tester tes limites, et avec les résultats que tu sais.

Ne s'était-il pas amendé ?

N'avait-il pas renoncé à ses folies sur les pistes noires ?

— En attendant, c'est toi qui prends des risques, dit-il d'une voix sévère. Te baigner dans l'Atlantique Nord dont la température est à peine de 15° !

Katie ne put retenir un frisson quand l'eau atteignit ses genoux.

— Brrr...

— Je te l'avais dit.

Mains sur les hanches, ses longs cheveux blonds flottant sur ses épaules, son corps offert à la caresse du vent, jamais sans doute Katie n'avait été si belle, et savoir qu'elle repartirait bientôt à Portland le rendit mélancolique.

— Tout à l'heure, je me suis montré distant.

— Et tu ne l'es plus ? fit Katie, ironique.

— Je regrette mon silence, oui. Viens plutôt te réchauffer au soleil et nous parlerons.

Katie obtempéra non sans claquer des dents.

— J'adore cet océan mais... qu'est-ce qu'il est froid !

— Plus qu'en Floride, c'est sûr, dit-il machinalement.

Le regard de Katie se teinta de nostalgie.

— Durant leur vie active, mes parents étaient trop pauvres pour se payer des vacances au soleil. Aujourd'hui, ils sont retraités, et après avoir vendu notre maison de Portland, papa s'est acheté un mobile home en Caroline du Sud, à Myrtle Beach, à vingt minutes à peine de la mer.

— Ta sœur Delanna ne vivait-elle pas avec eux, à Portland ?

— Si, et c'est pourquoi elle est aujourd'hui à la recherche d'une location.

Deux ans plus tôt, déjà, Katie et lui s'étaient violemment disputés à propos de Delanna et de son petit ami, aussi crut-il opportun de changer de sujet.

— L'ouragan annoncé ne va pas tarder, dit-il en désignant l'horizon qui se couvrait de lourds nuages noirs, aussi je crois qu'il serait sage de rentrer.

Tout oublier, serrer dans ses bras cette femme avec qui il avait si bien fait l'amour !

— Que risquons-nous, au juste ? demanda Katie.

— La maison est solidement bâtie mais nul ne peut prévoir les conséquences d'un ouragan. N'aie crainte, je suis là pour te protéger.

Après une hésitation, Katie se blottit entre ses bras.

— Il nous reste trois semaines à passer ensemble, alors ne les gâchons pas, lui dit-elle à l'oreille.

Katie lui plaisait beaucoup, et pas seulement comme maîtresse, une évidence qu'il ne pouvait à présent nier davantage.

— Tu sais, j'ai compris certaines choses, dit-il d'une voix émue.

— Quoi donc ? demanda Katie.

— Eh bien... Je sais pourquoi tu as rompu avec moi. Tu voulais une relation durable, et moi, à l'époque, je refusais d'envisager l'avenir. J'étais trop superficiel à tes yeux, sans doute.

Katie haussa les épaules.

— J'aurais voulu savoir qui se cachait derrière le masque du grand sportif play-boy, et je voulais aussi pouvoir être naturelle avec toi, te confier mes secrets, te raconter ma vie.

— Et qui t'en empêchait ?

— Toi et ta passion pour la compétition. Le ski était ta vraie maîtresse.

Il accusa le coup mais ne se déroba pas.

— J'admets avoir été obsédé par l'envie d'être un champion et d'occuper la première place du podium et puis, patatras... Tu connais la suite.

Katie lui lança un regard de compassion.

— Oui, je la connais, en effet. Peut-être pourras-tu reprendre la compétition un jour ?

Les médecins ne lui avaient laissé aucun espoir à ce sujet-là.

— Je n'ai pas envie de me ridiculiser. Avant, j'aurais sûrement rué dans les brancards mais, aujourd'hui, je peux t'assurer que j'ai changé et c'est pourquoi j'aimerais que, toi et moi, nous nous donnions une seconde chance.

Après avoir contemplé l'horizon, Katie reporta son attention sur lui.

— En somme, je serais ton lot de consolation ?

Était-il donc si peu psychologue que, quoi qu'il dise, ses propos fussent mal interprétés ?

— Je n'ai jamais dit ça et encore moins pensé à toi comme à un « lot de consolation ».

— C'est pourtant bien ce que je ressens en t'écoutant, Quin. Et si ça n'est pas moi, nul doute que des tas de jolies filles seront ravies de se pendre à ton cou.

— Je me moque des autres femmes, Kat, et c'est toi que je veux.

Le regard de la jolie blonde sur lui se fit plus incisif.

— Pour le moment, oui, mais après ? Et puis, tu m'as dit ne pas avoir eu de femme depuis ton accident, alors que ta réputation de don Juan n'est plus à faire.

Il se sentit blessé dans sa fierté.

— Me traiterais-tu de menteur, par hasard ?

— Dix-huit mois sans femme, Quin, comment est-ce possible ? Quand je t'ai connu, tu ne pouvais rester plus de dix-huit heures sans faire l'amour.

— Je te l'ai dit, j'ai changé.

Agacé par l'expression de scepticisme affichée par Katie, il faillit renoncer à s'expliquer davantage, mais cette dernière lui plaisait trop pour qu'il fasse l'impasse sur elle.

— Après l'accident, j'ai passé des mois à l'hôpital. Je me déplaçais avec des béquilles que j'ai dû garder ensuite, durant la convalescence.

— Certaines femmes aiment materner les grands blessés, déclara Katie. Tu aurais très bien pu faire une nouvelle conquête, là-bas, ou même plusieurs...

— Eh bien, ça n'aura pas été le cas. Et j'ai continué à marcher longtemps avec ces béquilles, comme tu as pu le constater aux funérailles de papa, puisque tu avais jugé bon d'y assister.

Katie le regarda gravement.

— Il était normal que je sois présente puisque toi et tes frères m'aviez toujours témoigné de la sympathie, et ce, même si ça signifiait pour moi avoir à te rencontrer de nouveau.

Il se sentit soudain très seul.

— Dans le fond, mieux aurait valu que je meure moi aussi lors de cet accident de la route.

Katie tressaillit.

— Quelle chose horrible à dire, Quin ! Peut-être n'étions-nous plus ensemble mais, quand j'ai su ce qui t'était arrivé, j'ai éprouvé de la peine et de la compassion pour toi.

— Après m'avoir quitté six mois plus tôt...

— Je ne pensais pas que nous pourrions former un couple heureux mais je ne te détestais pas pour autant. Et maintenant, explique-moi plutôt comment un homme tel que toi a pu se passer de femme pendant dix-huit mois.

— N'ai-je pas déjà répondu ?

— De façon incomplète. Faire l'amour a toujours été ton antidote suprême, alors comment justifier ton abstinence ?

Les mots fusèrent de sa bouche.

— Après l'accident, il m'est apparu que tu manquais à ma vie.

Katie eut du mal à contenir son émotion.

Devait-elle se fier à ce que venait de dire Quin, croire en ses belles paroles qui, visiblement, étaient destinées à l'amadouer, à la reconquérir, surtout après la froideur qu'il lui avait témoignée au retour ?

— Que regardes-tu ? demanda Quin.

— Ces lourds nuages noirs, là-bas. J'ai peur de l'ouragan.

Quin hocha la tête.

— Il serait en effet plus sage de rentrer, et le mieux serait que tu t'installes dans ma chambre, au rez-de-chaussée, plutôt que de rester à l'étage, l'endroit le plus exposé de la maison.

Alors qu'ils prenaient déjà le chemin du retour, elle trouva le moyen de plaisanter.

— Dis plutôt que tu cherches à m'attirer dans ton lit. Je suis sûr que tu sers le même discours à toutes les filles qui te plaisent.

Quin la regarda gravement.

— Il y a deux chambres d'amis au rez-de-chaussée et rien ne t'obligera donc à partager mon lit.

— Admets que ta proposition laisse peu de place au doute, surtout après le week-end que nous venons de passer ensemble...

Quin lui sourit.

— Tu crois ? Ma foi, peut-être as-tu raison, après tout...

Sa fierté, ses doutes, ses résolutions firent place à un désir fou pour cet homme dont l'érection, très visible, n'attendait qu'une caresse de sa part.

— Eh bien ! fit Quin, moqueur.

— Aurais-tu un préjugé contre ces jeux d'adultes ? répondit-elle en massant, à travers l'étoffe rugueuse, ce sexe tendu.

— Aucun, ma belle. Laissons de côté ce qui peut nous séparer et faisons-nous plaisir au lit... comme nous savons si bien le faire.

— Quand un homme est capable de me combler autant que toi, pourquoi bouderais-je mon plaisir ?

— Viens plus près ! dit Quin en retirant ses lunettes de soleil, puis en lui ôtant son T-shirt sous lequel elle était nue.

Ses seins durcirent sous la caresse du vent.

— Kat... Tu es belle.

— Et toi... très viril.

Enlacés, ils s'embrassèrent longuement puis Quin ébouriffa ses cheveux avec une tendresse évidente.

— Je suis heureux d'être avec toi.

Et derechef, il l'embrassa avec cette fougue qui la rendait moite de partout.

Jamais aucun autre homme n'avait si bien su exciter ses sens.

— Moi aussi, je suis heureuse, dit-elle en reprenant son souffle.

Pendant que Quin mettait à l'abri, sur le balcon, fauteuils et table, Katie déménagea ses affaires de l'étage au rez-de-chaussée.

La chambre du maître de maison lui plut et la vue du grand lit attisa l'envie qu'elle avait de refaire l'amour.

Plus tard, en cuisine, elle observa Quin préparant le bœuf Stroganoff et la salade César.

— Mme Peterson m'avait mâché la besogne, déclara ce dernier avec une honnêteté qui la toucha.

— Tu ne te fais jamais livrer des repas tout préparés ?

— Ici, au fond des bois ?

— C'est vrai... Quel caméléon tu fais, tantôt vivant en ermite et tantôt arpentant les rues de New York.

— Est-ce un mal ? demanda Quin, en débouchant une bouteille de merlot.

— Non, c'est un charme supplémentaire à ton actif.

Le vin était bon et, tout en savourant sa deuxième gorgée, elle repensa à sa première rencontre avec Quin, quand elle ignorait tout de lui, excepté qu'il était le dernier de la fratrie des Stone.

Comment se serait-elle doutée alors que, après l'accident fatal du père, ce jeune champion de ski prendrait la tête de l'entreprise ?

— Je crois que la tempête approche, dit-elle en reposant son verre.

Dehors, le vent soufflait et gémissait et les lumières de la maison se mirent à vaciller.

— En effet, répondit Quin.

— Crois-tu que nous allons être privés de courant ? demanda-t-elle en s'efforçant de cacher son anxiété.

— C'est possible. Oh ! le générateur se mettra en route automatiquement, mais nul ne peut dire combien de temps durera l'ouragan.

13

L'expression inquiète de Katie incita Quin à prendre la main de la jeune femme dans la sienne.

— Tout ira bien. Calme-toi…

Citadine, la jeune femme avait l'habitude de s'en remettre aux pompiers, aux policiers, aux services d'urgence pour lui venir en aide, tandis qu'ici, isolés comme ils l'étaient, leur seul recours serait de compter sur eux-mêmes.

Il était temps de rassurer sa charmante invitée.

— N'aie crainte, dit-il en posant un baiser sur sa joue si douce, puis en déposant la salade César sur la table.

— Tu dis ça…

— Non, vraiment, tout se passera bien.

Une conversation à bâtons rompus entrecoupée de rires acheva d'alléger l'atmosphère.

S'il avait pris conscience d'une chose essentielle, ces derniers jours, c'était de la complicité qui l'unissait à Katie, et pas seulement au lit.

Quel que fût le sujet de discussion, le lieu, l'heure, tous deux se renvoyaient la balle comme au ping-pong et la plupart du temps, dans la bonne humeur.

— Alors, ce dîner ? demanda-t-il.

— Excellent. Et le bœuf Stroganoff était plus que réussi.

Il servit la tarte aux pommes et regarda Katie avec une émotion qu'il n'aurait jamais pensé ressentir, pour aucune femme.

— Sais-tu qu'avec mes frères, nous avons décidé d'aider les enfants de notre personnel à poursuivre leurs études ?

L'expression de Katie se fit radieuse.

— C'est formidable ! Et si je peux aider, avec les papiers, la rédaction des contrats...

— J'allais te le proposer. Ah, nous avons aussi décidé de créer un fonds de soutien pour nos employés en difficulté.

— Les Stone seraient-ils plus altruistes que je l'aurais supposé ? De quand datent ces décisions ?

— Elles sont récentes et elles te doivent beaucoup. Plus d'une fois, tu m'avais reproché d'être prodigue de mon argent, de le dilapider alors que tant d'autres en manquent.

Katie se leva et vint l'embrasser.

— Je suis fière de toi, Quin, mais j'espère ne pas avoir exagéré mes reproches à ton égard. Tu sais, je n'ai rien d'une donneuse de leçons.

— Tu es charmante et pleine de bon sens. Mon père, paix à son âme, était d'un égoïsme farouche et jamais il n'aurait aidé quiconque, excepté les membres de sa famille. Mes frères et moi avons subi ses méthodes sans jamais les approuver.

— Je t'adore ! dit Katie, avec une spontanéité qui le toucha. Viens, débarrassons la table et puis, allons nous coucher.

Le portable de la jeune femme sonna.

— Excuse-moi.

Katie s'était éloignée mais les échos de sa conversation lui revinrent à l'oreille, et il ne put faire autrement que d'écouter.

Le ton anxieux de sa sœur cadette Delanna suscita une grimace chez Katie.

— De quoi as-tu besoin aujourd'hui ?

— Oh ! voyons, ne le prends pas ainsi. À t'entendre, je n'appelle que pour te réclamer quelque chose.

N'était-ce pas le cas, hélas ?

— Désolée d'avoir froissé ta susceptibilité, Delanna, mais tu ne m'as guère habituée à des actes désintéressés...

Un soupir.

— Katie, je sais que tu m'aides déjà beaucoup, mais voilà,

il me faut d'urgence 200 ou même 300 dollars si tu le pouvais. Promis, juré, je te rembourserai dès que possible.

— Delanna, serais-tu en train de donner de l'argent à Jimmy ?

Un silence.

— Qu'est-ce qui te fait croire que je l'aide ?

— Je connais le bonhomme et sa dépendance à certaines substances. Ça n'est pas demain qu'il changera.

— Jimmy fait tout ce qu'il peut pour s'en sortir, sœurette. Il n'a plus touché à la drogue depuis déjà trois semaines.

— Vraiment ? Dès que tu auras cet argent, ton Jimmy n'aura rien de plus pressé que d'aller s'acheter sa dose.

— Pourquoi es-tu si méchante ?

— Je ne suis pas méchante, mais la façon dont tu te laisses manœuvrer m'exaspère. Tu mérites mieux que ça, et moi, de mon côté, je suis lasse de jouer les banquières.

— Oh ! bien sûr, avec ce que tu gagnes…

— Mais toi aussi, sœurette, tu gagnes ta vie. Ne laisse pas un Jimmy t'entraîner sur un chemin sans issue.

— Je n'aurais jamais dû t'appeler ! répondit Delanna. Tu te crois meilleure que les autres alors que tu manques de compassion, voilà tout.

Le reproche l'atteignit de plein fouet.

Et si Delanna avait raison ?

Penser à sa sœur restée à Portland, menacée par l'ouragan, lui mit des larmes aux yeux.

— Tu auras l'argent bientôt. En attendant, l'ouragan approche, alors prends soin de toi et à plus tard.

La gorge serrée par l'émotion, elle coupa la communication.

Delanna disait-elle vrai en l'accusant de pourfendre les autres sans jamais se remettre en question ?

N'avait-elle pas reproché à Quin son comportement de don Juan, d'enfant prodigue, alors même que le P-DG lui disait avoir changé ?

Après avoir repris ses esprits, elle regagna la cuisine où Quin essuyait la vaisselle.

— Tout va bien, Katie ?

Sachant qu'il désapprouvait l'aide qu'elle pouvait apporter à sa sœur et, par ricochet, à Jimmy, elle s'abstint de lui demander un réconfort dont, pourtant, elle aurait eu le plus grand besoin.

Et puis, comment oublier le jugement que Stone père avait pu porter sur elle, lors de leur entretien passé ?

— Oui, tout va bien. Que dirais-tu d'aller encore un peu dehors, tant qu'il en est temps ?

— Tout ce que tu voudras, Kat, répondit Quin.

Plus tard, assise à ses côtés sur les marches du porche, elle ne put s'empêcher de prendre sa main dans la sienne.

— Et maintenant, que faisons-nous ? demanda Quin d'un ton badin.

Comme s'il n'avait pas encore compris !

— Crois-tu utile que je te donne des précisions ? dit-elle d'une voix rauque.

Le sourire de Quin, dans la pénombre.

— Ma foi, non. Faire l'amour un soir d'ouragan nous changera de la routine.

Il lui mordilla l'oreille.

— Oh oui ! dit-elle, la voix rauque.

— Je peux ? demanda Quin en glissant ses doigts sous l'élastique de son pantalon de jogging.

— Devine...

Les doigts mâles sur sa peau nue.

Quel autre homme aurait su l'émouvoir autant, faire en sorte que sa féminité devienne moite, s'ouvre à sa caresse et fasse exploser ses sens ?

— Encore ? murmura son tentateur.

— Toi, oh toi...

— Mon lit est plus moelleux que ces marches.

Qui se souciait d'un lit !

— As-tu de quoi...

Comme par magie, un préservatif jaillit entre les doigts de Quin.

— Alors prends-moi, dit-elle, le souffle court. Je te veux en moi. Je veux te sentir en moi, comprends-tu...

Pouvait-on être plus explicite ?

Quand ils furent nus, un restant de pudeur l'incita à cacher ses seins et son sexe.

— De quoi as-tu peur, Kate ? Nous sommes seuls et personne ne peut nous voir.

Quin lui fit écarter les cuisses puis la caressa tant et si bien qu'elle se sentit toute moite, délicieusement ouverte à ses doigts.

— Oh Quin… C'est si bon !

— Viens plus près. Voilà…

Ses doigts puissants malaxant ses fesses, la retenant par les hanches.

— Assieds-toi sur ma cuisse, Kate.

— Comment ça ? demanda-t-elle.

— Enjambe-moi. Oui, et frotte-toi à moi à présent.

Alors que Quin la caressait, elle commença à bouger en rythme.

— As-tu remarqué que j'avais grossi ?

— Idiote ! Tu es belle, Kat, si belle que te regarder est un péché…

Elle en oublia sa ligne et se pressa encore davantage contre ce beau mâle.

— Si tu savais comme j'ai envie de toi en moi…

Le rire viril résonna dans la nuit.

— Patience, Kat, et caresse tes seins. Oui, comme ça.

Être traitée comme une call-girl rendait la situation très excitante.

— Tu aimes quand je m'exhibe, c'est ça ?

— À condition que j'en sois le bénéficiaire… Maintenant, ondule un peu des hanches…

Elle en rajouta autant parce qu'elle en avait envie que pour montrer à ce mâle en rut qu'elle aussi connaissait les règles de ce jeu érotique.

— Kate, tu es sublime !

Lui avait-on jamais fait un tel compliment ?

— Oh ! Quin, j'aime être avec toi. J'aime te plaire.

Front contre front, tous deux s'embrassèrent puis elle emmêla ses doigts dans la chevelure de son partenaire, qui la regardait avec des yeux avides.

— Alors, plais-moi encore plus, Kat.

Sous ces frottements lascifs, l'inspiration lui vint.

— Tu es belle, Kat. Je t'aime indécente…

— Seulement indécente ? demanda-t-elle, la tête penchée sur le côté.

— Je t'aime de toutes les façons.

— Alors contente-moi car j'ai terriblement envie de toi.

Et, tout en parlant, elle se caressa les seins puis le ventre.

— Assez ! Tu me rends fou ! fit Quin en lui saisissant les mains.

Et, sans transition, il prit la direction des opérations jusqu'à ce qu'elle laisse échapper une longue plainte de plaisir.

— C'est trop bon ! Oh ! Quin, je n'en peux plus d'attendre.

— Petit démon !

La bouche sèche, elle le regarda gainer son sexe avec le préservatif.

— Oh ! comme j'aime ça... murmura-t-elle en sentant ce sexe mâle la pénétrer.

— Et moi donc !

— Ne t'arrête pas, Quin, surtout ne t'arrête pas.

— Chevauche-moi, plus vite et plus fort !

Elle ne demandait pas mieux, montant et descendant sur lui en faisant danser ses seins.

— Comme ça ? demanda-t-elle, préoccupée de plaire à son partenaire, de lui donner ce qu'il était en droit d'attendre même si, au fond, elle aurait aimé privilégier émotions et sentiments.

— Oui, Kat, oui ! répondit Quin en respirant plus vite et plus fort.

Ses pieds nus posés sur la marche de l'escalier, elle appela le plaisir de ses vœux.

Jouir !

Il lui aurait suffi d'un déclic pour y parvenir mais elle se retint, désireuse de faire durer l'émotion qui ne cessait de monter en elle.

— Caresse-moi encore, demanda-t-elle, offrant ses seins aux mains viriles.

— Petit démon ! fit encore Quin avec un sourire.

Sous les doigts impatients de son amant, une plainte lui échappa, qui fit écho à celle que poussa une chouette, dans la forêt voisine.

Le vent avait forci et Quin, son visage enfoui entre ses seins, sa bouche avide de sa chair tendre, continuait de lui donner du plaisir.

— Kat, j'ai tellement envie de toi !

Elle saisit entre ses paumes ce visage masculin, le caressa longuement.

— Moi aussi, j'ai envie de toi, mon bel étalon.

Et laisse-moi espérer qu'un jour, nos cœurs seront enfin à l'unisson...

Car elle aimait cet homme, oui.

— Katie !

Agrippant ses hanches, Quin entra en elle encore plus intensément, lui arrachant une longue plainte de plaisir qui se mua en feulement d'orgasme.

— Oh ! je viens, je viens !

Elle bascula sur le côté tandis que Quin la prenait avec encore plus de force et bientôt, tous deux ne formèrent qu'un seul être, un seul souffle.

— Quin !

— Katie !

D'une ultime poussée, il se libéra et elle savoura jusqu'à la dernière seconde les soubresauts de ce mâle qui avait si bien su lui faire l'amour.

14

Encore secoué de frissons, Quin sourit à Kate.

— Que dirais-tu d'aller dormir ?

Voir la jolie blonde évoluer nue, ses fesses adorables battant l'amble, fut pour lui le plus délicieux des spectacles.

Pourrait-il seulement se passer d'elle, dans trois semaines ?

Quand, sa douche prise, Katie sortit de la salle de bains dans un pyjama de soie blanche, son allure de collégienne sage ne fit que renforcer son érection.

Et que feras-tu quand elle ne sera plus auprès de toi ?

Outre le départ prochain de Katie et l'ouragan qui allait bientôt sévir, l'éventualité que l'accident dans lequel son père avait trouvé la mort, et lui perdu son genou, eût pu être provoqué par des concurrents, continuait d'agiter ses méninges et de lui faire envisager le pire.

Refroidi par ces pensées lugubres, il prit à son tour sa douche puis, en peignoir, gagna la chambre douillettement éclairée par les lampes de chevet.

Katie leva sur lui un regard lumineux.

— Déjà ? Tu as fait vite.

Le peignoir tomba sur le parquet.

— Pourquoi faire attendre une jolie fille ? dit-il en se glissant sous les draps.

Mais sa fatigue était telle qu'il sombra presque aussitôt dans le sommeil.

Quin s'éveilla un peu avant l'aube.

Le vent avait nettement forci depuis la veille et, sans nul doute, l'ouragan approchait, ce que confirma le site météo de son portable.

En dépit de ses efforts pour ne pas réveiller Katie, celle-ci ouvrit les yeux.

— Que se passe-t-il, Quin ?

— Rien de grave. Rendors-toi.

Dès qu'il ferait jour, il s'emploierait à protéger de son mieux les fenêtres de la maison, surtout celles de l'étage qui étaient les plus exposées.

Une fois levés, Katie et lui firent du café et il alluma le téléviseur.

Alors que, d'habitude, les ouragans tropicaux perdaient de leur vigueur en remontant vers le nord, celui-ci était annoncé comme très virulent par la météo du Maine.

Pas de chance...

— Reste-t-il du temps avant la catastrophe ? demanda Katie.

— Le gros de l'ouragan devrait nous atteindre en fin d'après-midi et durant la nuit.

La voyant faire une grimace, il tenta de la rassurer.

— Une grande fille comme toi ne peut avoir peur, n'est-ce pas ? Et puis, je suis là.

— Je sais, Quin, mais l'atmosphère est oppressante. Déjà hier soir, quand le vent s'était levé, je me sentais bizarre...

Plaisanter contribuerait peut-être à détendre la jeune femme ?

— Donc, plus question de promenade sur le promontoire, face à un océan déchaîné ?

— Idiot !

Au moins riait-elle et c'était bien le but recherché.

— Nous allons nous organiser au mieux jusqu'à ce soir. As-tu du travail en cours ?

— Deux rapports urgents que je dois relire.

— Alors, mets-toi au travail. Quand tu auras terminé, voudrais-tu remplir les baignoires et les lavabos d'eau ? Nous pourrons toujours la faire bouillir plus tard, l'essentiel étant d'avoir de la réserve.

— La situation est à ce point sérieuse, Quin ?

— Il faut être préparé. Les voitures sont à l'abri dans le garage et il me reste à inspecter les fermetures des portes et des fenêtres.

— Que puis-je faire pour aider ?

Il eut une pensée pour l'inévitable coupure de courant qui accompagnerait l'ouragan.

— Rester calme. Ne pas paniquer…

Katie et lui s'embrassèrent longuement, puis, comme à regret, la jeune femme grimpa l'escalier en lui adressant un signe de la main.

Une fois seul, il composa le numéro de Farrell.

— Ah, Quin !

— Comment allez-vous, à Portland ?

— L'ouragan approche, alors on fait le gros dos. L'usine et les bureaux sont fermés depuis hier soir.

— Zach ?

— Je viens d'avoir de ses nouvelles. Il se prépare lui aussi. Et comment va Katie ?

— Elle tient le coup.

Un silence.

— Dis-lui de m'appeler, déclara Farrell. Son efficacité et sa présence me manquent. Je compte sur toi pour ne pas l'effaroucher, n'est-ce pas ?

Le sous-entendu l'agaça.

— Je ne suis pas un ogre, alors, n'aie crainte, je ne vais pas la manger, *ta* Katie.

— La manger, non, mais tu pourrais avoir d'autres tentations.

— Que veux-tu dire ? Où veux-tu en venir ?

— Tu m'as compris, Quin, n'est-ce pas ? Katie est l'un de nos meilleurs éléments et de sa présence dépend beaucoup le succès de Stone River Outdoors, alors ne joue pas avec elle.

L'amertume lui vint en bouche.

— Je ne joue pas avec Katie et puis, figure-toi qu'elle est importante *aussi* pour moi, et pas seulement sur un strict plan professionnel.

Jamais sans doute n'avait-il parlé ainsi à son aîné.

— Quin, es-tu sérieux ?

— J'ai pour Katie des sentiments sincères et je ne joue pas avec elle, que ça soit dit.

— Très bien, répondit Farrell. Et bonne chance à vous deux.

Une fois la communication coupée, il ne sut s'il devait en vouloir à son frère de cette mise en garde ou, au contraire, lui en être reconnaissant.

Quin avait longtemps cru que le ski était sa seule passion et voilà que, depuis ses retrouvailles avec Katie, ses certitudes s'effritaient et de nouvelles perspectives pointaient à l'horizon.

En attendant l'arrivée de l'ouragan baptisé « Figaro » par les météorologues, il sortit sous un ciel plombé et une lumière jaunâtre.

Marcher lui fit du bien.

L'océan était agité, menaçant.

Il revint sur ses pas, grignota quelques noix de cajou puis inspecta l'extérieur de la maison et notamment les fenêtres sans protection.

Des panneaux de contreplaqué que Farrell avait destinécvs à sa propre maison feraient d'excellents volets et, en dépit d'un genou douloureux, il achemina sur une brouette le matériau à pied d'œuvre puis plaqua une échelle double sur la façade est, la plus exposée.

La tête blonde de Katie apparut à une fenêtre de l'étage.

— Que fais-tu ?

Ses explications firent froncer les sourcils de la jeune femme.

— Avec ton genou, pas question de rester perché sur cette échelle, Quin ! J'arrive.

Voir une Katie en short grimper les échelons fut pour lui un spectacle particulièrement émouvant.

Muscles bandés par l'effort, transpirant sous la chaleur moite annonciatrice de cataclysme, il hissa la première plaque et la maintint en place tandis que son « aide » la fixait à l'aide de clous sur la fenêtre.

Une fois la plaque assujettie à son support, l'échelle fut déplacée et l'opération renouvelée.

Katie transpirait autant que lui et tous deux entrecoupèrent le travail de pauses durant lesquelles ils burent abondamment.

— Il fait si chaud ! dit-elle.

— Si nous gardons ce rythme, nous aurons bientôt fini et tu pourras profiter de la climatisation intérieure, du moins tant que le courant ne sera pas coupé.

Confronté au regard inquiet de Katie, il lui caressa la cuisse d'un geste très tendre.

— Tout ira bien, Katie. Quoi qu'il arrive, je te protégerai.

— Je sais, Quin, dit-elle, avec dans la voix une ferveur qui le remplit de joie.

15

Katie descendit de l'échelle en se félicitant de n'avoir à déplorer que quelques échardes et un doigt à moitié écrasé.

— Dis-moi que c'est enfin terminé, Quin.

— Oui, tu viens de poser la dernière plaque, assura le maître des lieux.

— Et cette fenêtre au second étage qui est sans protection ? demanda-t-elle, soucieuse.

Quin lui caressa la joue.

— Je n'ai plus de contreplaqué alors à Dieu va !, et espérons que l'ouragan ne soufflera pas trop fort.

Qu'aurait-elle pu ajouter ?

— As-tu faim ? demanda Quin.

— Je pourrais avaler une platée de spaghettis tellement j'ai sollicité mes muscles.

— Va pour les spaghettis, répondit Quin. En cas de coupure d'électricité, nous pourrons achever la cuisson au propane.

Ce fut Quin qui se chargea de la préparation du repas et, une fois repus, tous deux filèrent sous la douche où leur double désir ne fit que croître.

Faire l'amour la détendit si bien que, à bout de forces, elle s'endormit dans les bras virils de son amant et se réveilla avant lui, en fin d'après-midi.

Le bulletin météo doucha son optimisme car, après avoir causé de gros dégâts à Cade Cod, l'ouragan tropical se dirigeait désormais vers Bar Harbor et leur maison.

Alors qu'elle commençait les préparatifs du dîner, Quin vint la rejoindre, plus sexy que jamais avec sa barbe naissante et ce T-shirt couvrant un torse impressionnant.

— Bonjour, toi !

Dehors, la nuit n'allait pas tarder, aussi suggéra-t-elle de renoncer au barbecue mais Quin insista et, pendant qu'il s'affairait sur le porche, elle prépara la salade en y ajoutant des petits croûtons grillés puis, les nerfs noués par l'attente, elle consulta de nouveau la météo sur son portable.

L'ouragan n'avait pas faibli et se dirigeait droit sur eux, ce que confirmaient les rafales de vent toujours plus fortes.

Jamais elle n'avait ressenti un tel malaise et, sans Quin, qui sait si elle n'aurait pas perdu la tête.

Le dîner fut morose.

Le vent hurlait en passant dans les moindres interstices de la maison et soudain, l'obscurité se fit.

Pendant que Quin allumait une bougie, elle s'obligea à garder son calme.

— N'est-ce pas romantique ? dit Quin en la prenant dans ses bras, ce qui fit naître sur le mur opposé un ballet d'ombres chinoises.

— C'est ça, moque-toi !

— Mais je suis sérieux, Kat.

Savoir que, dans trois semaines, Quin et elle ne se reverraient peut-être plus contribua à attiser ses regrets.

Un fracas de tonnerre et l'arrivée d'une pluie diluvienne apportèrent une touche dramatique à ce qui aurait pu être une soirée en amoureux.

La météo n'avait rien de rassurant.

L'ouragan « Figaro » progressait avec des vents à plus de cent dix kilomètres/heure et ils risquaient, d'un moment à l'autre, d'être privé de réseau et donc, de communication avec le monde extérieur.

— J'ai un peu peur, dit-elle.

— Tout le monde a peur dans un cas pareil, dit Quin, mais je t'assure que la maison est solide.

Après dîner, trop nerveuse pour rester assise, elle arpenta les pièces sans oublier, à chacun de ses allers-retours, de lorgner

Quin, sexy comme jamais avec ses lunettes à monture d'écaille, et qui lisait à la lueur d'une bougie.

— Tranquillise-toi, Kat...

Installant son tapis de yoga dans le couloir, elle chercha une posture apaisante en s'efforçant de ne plus écouter les hurlements du vent mais peine perdue.

Et Quin si tranquille, alors même que la flamme de sa bougie vacillait sous l'effet des courants d'air !

Elle se planta mains sur les hanches devant lui.

— Je vais prendre une douche. Ça me fera du bien.

Et elle partit seule vers la salle de bains, à l'étage.

Ce vent !

La pluie martelant la toiture...

À la lumière de sa lampe électrique, elle laissa son corps endolori se détendre sous le jet bienfaisant puis, en peignoir elle alla retrouver Quin au salon.

Orné d'une photo de skieur, le livre qu'il lisait éveilla sa curiosité.

— C'est donc bien intéressant ?

Après avoir marqué la page, Quin la regarda dans les yeux.

— Très. La biographie d'un champion suisse de légende.

— L'ouragan menace, la maison pourrait s'écrouler sur nous et toi, tu lis comme si de rien n'était !

— Je te croyais plus flegmatique.

— Ne joue pas sur les mots, s'il te plaît. Je suis assez énervée comme ça avec ce typhon qui approche.

— Ouragan tropical.

— Typhon ou ouragan, qu'importe puisque le résultat est le même.

— Calme-toi, Katie. Moi aussi, cette situation me pèse et plus que tu ne le penses.

Disait-il vrai ?

Elle ne fut pas longue à se décider.

— Puisque tu lis, je vais faire de même mais, pour cela, il me faut aller chercher mes verres de contact laissés dans la salle de bains.

Car, et elle s'était bien gardée jusqu'à présent de l'avouer à Quin, elle aussi souffrait d'une légère myopie.

L'ouragan gagnait en violence et savoir Katie à l'étage rendait Quin anxieux.

Déjà, tout à l'heure, quand elle était allée prendre sa douche, il avait hésité à la laisser partir et, s'il s'y était résigné, c'était pour ne pas l'affoler plus que nécessaire.

Katie !

Elle comptait désormais beaucoup pour lui, et beaucoup plus qu'il ne l'aurait imaginé.

Pourvu que le toit tienne bon !

À peine venait-il de formuler ce vœu qu'un grand fracas se fit entendre à l'étage, suivi d'un cri poussé par Katie.

Faisant fi de son genou blessé, il se précipita dans l'escalier sans souci de la douleur.

À l'étage, une grosse branche arrachée par la tempête à un arbre voisin avait fracassé la seule fenêtre non protégée. La pluie s'engouffrait à verse par cette brèche et le parquet était déjà inondé.

À genoux parmi les éclats de verre, Katie se tenait le bras, un masque douloureux déformant ses traits.

— Katie, es-tu blessée ? Réponds-moi !

— Je saigne beaucoup. Cette fenêtre qui a explosé...

Il déchira son propre T-shirt pour épancher le sang sur le bras blessé de la jeune femme.

— Aïe ! Oh ! j'ai mal...

Un gros éclat de verre avait pénétré de plusieurs centimètres à l'intérieur des chairs.

— Ne te fais pas de souci, je m'occuperai de toi en bas. Viens, descendons.

Katie eut un geste vers la fenêtre fracassée, la branche protubérante, le verre épars, le parquet inondé.

— Il faut faire quelque chose sinon tu vas avoir des gros dégâts et...

— Je me moque des dégâts, Katie, car c'est toi et toi seule qui comptes.

Il voulut la porter pour descendre l'escalier mais son genou flancha, aussi changea-t-il d'idée.

— Tu vas t'appuyer sur mon épaule gauche, d'accord. Marche par marche, lentement...

— D'accord, répondit Katie en réprimant une grimace de douleur.

La descente lui parut durer une éternité, surtout à la lueur de la torche électrique, mais ils arrivèrent enfin au rez-de-chaussée et il installa Katie dans un fauteuil.

— Ne bouge plus. Je vais chercher de quoi te désinfecter.

Quand il revint, Katie transpirait de douleur.

— C'est grave ? demanda-t-elle.

— Non, mais il va falloir retirer l'éclat si nous voulons éviter une infection.

Katie jeta un rapide coup d'œil à la blessure.

— Je... J'ai peur de m'évanouir.

— Un peu plus et cette branche t'aurait atteinte. Le plus gros est passé, Katie, alors tiens bon.

— J'ai mal.

Quand, avec mille précautions, il voulut dégager le morceau de verre du bras de Katie, la jeune femme poussa un cri.

— N'y touche plus, Quin !

Plus ils attendraient, et plus la plaie risquait de s'infecter, sans compter qu'il n'avait pas le nécessaire pour poser des points de suture.

— Très bien. Je vais désinfecter le pourtour de la blessure.

Katie le regarda déboucher le flacon qu'il était allé rechercher.

— De l'alcool ?

— Non, de l'eau oxygénée. Ça ne pique pas.

— Vas-y, dit-elle entre ses dents serrées.

La plaie se mit à mousser sous l'action de l'eau oxygénée, et Katie fit une nouvelle grimace.

— C'est signe que le produit agit, dit-il, rassurant.

— Il faut retirer l'éclat de verre, n'est-ce pas ?

— J'en ai bien peur, dit-il en caressant les cheveux de la jeune femme. Alors, toi ou moi ?

16

Katie s'en voulait de montrer ses faiblesses mais la vue du sang – surtout le sien – était pour elle difficilement supportable.

— Retire l'éclat, dit-elle.

Quin embrassa son front.

— Tu auras un peu mal mais, promis, ça ne durera pas longtemps. Surtout, ne bouge pas. Une fois l'éclat retiré, j'appuierai durant deux ou trois minutes sur la plaie pour stopper l'hémorragie.

— Bien.

— Et comme je n'ai pas de quoi te poser des points de suture, j'appliquerai un pansement très serré jusqu'à ce que tu puisses consulter un médecin.

Autrement dit, pas avant quelques jours…

— Et si la plaie s'infecte ?

— Plus nous attendrons et plus le risque augmente, dit Quin, mais je ne retirerai l'éclat qu'à ton signal…

Ah, pouvoir disparaître et ne plus penser à ce vent terrifiant…

— La pluie a dû inonder l'étage et peut-être devrais-tu tenter de réparer tant bien que mal cette fenêtre ?

— Il y a plus urgent, Kate.

— Allons-y, mais tiens-moi la main.

— J'ai besoin de mes dix doigts. Ferme les yeux ou tourne la tête.

Face à celui qui avait subi plusieurs opérations douloureuses, sa faiblesse lui fit honte.

— Je ferai mon possible pour ne pas bouger.

Quin disposa la lampe torche de façon à éclairer la plaie.

— Prête ?

— Oui.

— Je commence. Ne bouge pas… Courage !

La douleur lui tirait des larmes mais elle résista à l'envie de hurler.

— Alors ? demanda-t-elle d'une voix haletante.

— L'éclat sort mais je fais attention à ne pas agrandir la plaie.

— Oh Quin, j'ai mal…

— Voilà, fini !

Alors que la douleur refluait, elle osa regarder son bras ensanglanté sur lequel Quin venait de poser une compresse de fortune.

— Merci pour ton aide. Sans toi, je me demande bien ce que j'aurais fait.

— Nous avons été courageux tous les deux, toi en maîtrisant ta douleur et ta peur, et moi en te faisant mal pour te faire du bien.

Elle sourit crânement non sans jeter un regard à l'éclat de verre qui venait de lui être retiré.

— Bah, ça n'était pas une si rude épreuve.

Quin la prit dans ses bras.

— Tu es ma Katie. Katie courageuse…

Comme elle aimait être cajolée par cet homme !

— Je me sens mieux, dit-elle en esquissant un sourire.

L'état de sa plaie parut satisfaire Quin.

— Le saignement a presque cessé. Bon, je désinfecte. Attention, ça piquera un peu…

L'eau oxygénée crépita sur la plaie et Quin appliqua un pansement adhésif faisant office de suture.

— Merci, dit-elle encore.

— As-tu moins mal ?

— Oui, beaucoup moins.

Grâce à toi, Quin…

Que serait-elle devenue sans son intervention ?

Quin l'embrassa.

— Allons nous coucher, Kate. Nous en avons bien besoin.

— Et cette fenêtre béante, à l'étage ?

— Je m'en occuperai quand je t'aurai mise au lit.

— Non, je viens avec toi et je t'attendrai en bas des marches car la tête me tourne encore un peu.

— Tu es encore faible...

— N'insiste pas.

Quin alla chercher une bâche, du ruban adhésif et des chiffons avant de grimper à l'étage.

— Alors ? demanda-t-elle d'en bas.

— Une vraie piscine, Kate. Si tu te sens de parcourir quelques brasses.

Elle n'eut pas le cœur à rire et attendit que Quin eût fini.

— Voilà, la bâche est en place et la pluie ne peut plus pénétrer à l'intérieur, dit-il en redescendant.

La réparation de fortune avait atténué le grondement de la tempête et elle poussa un soupir soulagé.

— Tu as bien travaillé.

— Du provisoire. Et toi, ton bras ?

— J'ai mal mais c'est supportable.

— Cette blessure va t'élancer pendant la nuit et il serait bon que tu prennes un antidouleur.

Elle aurait été sotte de refuser.

Quin lui fit avaler son comprimé avec une part de gâteau et un verre de lait.

— Comme tu t'occupes bien de moi, dit-elle, touchée.

— Et maintenant, au lit ! déclara Quin en l'accompagnant dans la chambre.

Épuisée, elle ne tarda pas à s'endormir en pensant à lui.

Quin éteignit la lampe à accus qui éclairait le visage de Katie.

Les yeux clos, elle n'avait jamais été plus émouvante...

Une fois nu, il se glissa entre les draps en prenant soin de ne pas effleurer le bras blessé de la jeune femme qu'il enlaça avec délicatesse.

— Je t'aime, murmura-t-il.

L'ouragan lui avait fait prendre conscience que Katie comptait pour lui, la question étant de savoir si ses sentiments pour elle étaient partagés.

Le sommeil le prit et quand il se réveilla, la pluie avait cessé, et son réveil marquait sept heures.

Katie dormait encore.

Il repoussa l'envie de rester au lit, s'habilla puis sortit constater les dégâts.

Le ciel se dégageait lentement et, partout, un spectacle de désolation s'offrait à ses yeux.

Encombrée d'arbres arrachés par l'ouragan, la route ne serait pas praticable avant longtemps et le petit aérodrome privé des Stone ne devait guère être plus reluisant.

Le générateur démarra sans anicroche et il put rétablir le courant, au moins pour un temps, avant d'aller retrouver Katie qui, réveillée par le moteur du générateur, le regardait avec des yeux ensommeillés.

— Désolé pour le bruit mais c'était ça ou pas d'électricité du tout, lui dit-il.

— Tu as bien fait. Viens me voir...

Il s'approcha et Katie lui tendit les bras.

Peu après, tous deux partageaient un long, délicieux baiser.

— Ton bras à présent. Montre-moi...

Une fois le pansement retiré, la plaie n'était certes pas belle à voir mais au moins semblait-elle en voie de cicatrisation.

— Ça ira.

— Les dégâts, dehors ?

— Considérables. La forêt est dévastée, la route coupée. Nous ne pourrons pas partir d'ici avant longtemps car l'aérodrome est sûrement impraticable.

— Nous tiendrons bon, fit Katie, le regard un peu las.

Avait-elle des sentiments pour lui comme il en avait pour elle, ou bien tirerait-elle un trait sur leur relation dès que tout serait redevenu normal ?

Veiller sur Katie, s'assurer que sa blessure n'allait pas s'infecter et œuvrer pour les sortir au plus vite de ce guêpier, autant de priorités qui suffiraient à sa peine pour le temps présent.

La journée parut bien longue à Katie.

Après avoir lavé du linge puis déjeuné avec Quin de spaghettis et d'une salade, elle n'avait cessé de penser à lui, à ce que cet homme représentait pour elle.

— Je pars déblayer les abords de la maison ainsi que la route privée menant à l'aérodrome, annonça Quin après avoir bu son café.

Elle l'embrassa puis le regarda s'éloigner non sans émotion.

Vers 13 heures, la climatisation avait cessé de fonctionner en même temps que le générateur, et une chaleur moite avait envahie la maison tandis qu'elle s'astreignait à nettoyer, à l'étage, ce qui ressemblait fort à une scène de crime.

La fenêtre fracassée, les débris végétaux, le sang et le verre brisé maculant le sol lui firent revivre le cauchemar de la veille et ce fut en frissonnant qu'elle vint à bout de sa tâche.

Dans quelques jours, Quin et elle n'auraient plus aucune raison de rester ensemble, les dossiers en souffrance étant désormais à jour, et sa vie reprendrait comme avant.

Épuisée, elle alla s'allonger sur le canapé, en bas.

Les mots assénés par le patriarche des Stone, dans ce grand bureau de Portland, résonnaient toujours à ses oreilles mais n'était-il pas temps de tourner la page et de s'accorder une chance de bonheur avec le cadet de ses fils ?

Hélas, en dépit de la tendresse amoureuse que lui témoignait Quin, le doute la rongeait, et une petite voix murmurait à son oreille qu'elle n'était peut-être pour lui qu'un pis-aller, une solution de remplacement après l'accident dont il avait été victime et qui lui interdisait à jamais de reprendre la compétition.

— Hello, Kate !

Cette voix mâle...

— Bonjour, Quin. Je somnolais...

— Perdue dans tes pensées ?

— Oui, en quelque sorte. Et toi, alors ? Comment se présente la situation ?

Une grimace.

— J'ai commencé à déblayer la route et j'ai pu sortir la jeep.

— C'est un bon début.

— En effet. Avec un peu de chance, je vais pouvoir tronçonner tous ces végétaux qui empêchent le passage et qui doivent joncher la piste d'atterrissage.

— Crois-tu que tes frères pourraient venir à notre secours en hélicoptère ?

— Je l'espère. Nous le saurons bientôt.

Réfléchir ne lui prit qu'une seconde.

— Je viens avec toi. Je veux t'aider.

— Avec ton bras blessé ?

— Et toi, alors, avec ton genou ? Et puis, tu me manques trop…

17

Quin ruisselait sous le soleil brûlant.

— Mère Nature ne nous aura pas fait de cadeau, dit-il à Katie.

— Au moins l'ouragan est-il passé, répondit-elle tout en jetant sur le bas-côté des débris de branchages.

Depuis leur départ de la maison, près de trois cents mètres de route avaient pu être déblayés mais il restait encore fort à faire, et il ignorait dans quel état se trouvait l'aérodrome.

À 17 heures, épuisé autant que l'était Katie, il donna le signal du retour.

— Suppose que tes frères aient l'intention de nous secourir en hélicoptère mais ne puissent pas trouver à se poser ? déclara Katie, soucieuse.

Il se voulut rassurant.

— Farrell et Zachary ont sûrement déjà beaucoup à faire à Portland et puis, ils savent que nous avons des provisions.

— C'est vrai, répondit-elle.

— Si, ce week-end, l'électricité n'est toujours pas rétablie dans la région, mes frères viendront à la rescousse, n'aie crainte.

Une fois à la maison, une douche froide les revigora et, sur le réchaud à propane, il prépara une dînette de haricots et de jambon en boîte, accompagnée de ce qui restait du gâteau de Mme Peterson.

Pourquoi diantre Katie avait-elle rompu leur relation, deux ans plus tôt ?

Il lui en avait voulu et s'était bien juré de tenir la jeune femme à distance, mais aujourd'hui qu'ils étaient redevenus amants, pourquoi ne lui proposerait-il pas de partager sa vie ?

Seulement, voudrait-elle de lui ?

— Katie ?

— Oui ?

— Je... J'ai terriblement envie de te faire l'amour.

Cette rougeur soudaine.

— Il est à peine 20 heures, Quin.

— Et alors ? Ne sommes-nous pas libres de faire ce que bon nous semble ?

Katie se laissa emmener par Quin dans la chambre et ce fut à la lueur des bougies, dans une ambiance romantique à souhait, que tous deux se déshabillèrent, les yeux dans les yeux.

Je t'aime, je t'aime tant, Quin...

Elle n'osait dire tout haut ce que lui soufflait son esprit enfiévré, mais qui sait, un jour peut-être entendrait-elle Quin lui glisser à l'oreille les mots tant espérés ?

— Prends-moi... dit-elle d'une voix rauque. Doucement, oui, j'aime tes mains sur me seins.

— Katie !

Donner à Quin autant de gages de désir qu'il lui en donnait en retour, n'était-ce pas là le summum de la volupté ?

Quand il entra en elle, sa fatigue céda la place à la volupté, tant elle était heureuse.

Protégée entre les bras puissants, elle fut enfin en paix avec elle-même.

— Continue, Quin, ne t'arrête pas, cria-t-elle, les cuisses nouées autour de sa taille mince et musclée.

C'était si bon !

La vague de plaisir déferla, lente et puissante, puis ce fut au tour de Quin de se libérer, de laisser éclater en elle toute sa vitalité virile.

Elle s'endormit alors, repue, confiante, comme un chaton qui a bu son lait.

Le lendemain, Katie eut la mauvaise surprise de découvrir que la pluie était de retour. Bientôt, ce fut le déluge entrecoupé d'éclairs et de tonnerre.

Impossible dans ces conditions de continuer de désencombrer la route.

Et l'air maussade de Quin n'annonçait rien de bon.

— Si seulement nous avions pu consulter les prévisions météo, déclara ce dernier en tapant du poing droit dans sa paume gauche.

Car, faute de batterie, leurs portables étaient inutilisables.

Subir l'orage et la mauvaise humeur du maître des lieux, en plus de sa douleur au bras, lui sembla un fardeau bien lourd à porter.

— Tu sais quoi ? Je vais finir de nettoyer en haut et toi, tu devrais aussi te trouver une occupation. N'as-tu pas dans tes archives certains papiers ayant appartenu à ton père et que tu voulais trier ?

Une lueur d'intérêt éclaira le visage du P-DG.

— En effet, au moins dix cartons.

— L'occasion ou jamais de faire du rangement. Et quand j'en aurai terminé en haut, je préparerai des sandwichs avec le restant de pain et de jambon.

— Faisons comme ça, dit Quin, et surtout gare à ton bras.

— Et toi, à ton genou.

Quin fronça les sourcils.

— Que veux-tu qu'il m'arrive dans le garage ? Mais je serai prudent.

Sur cette joue qui piquait un peu, elle posa un baiser.

— Je tiens à toi, Quin.

Alors qu'elle espérait l'entendre dire à son tour que lui aussi tenait à elle et que leur relation lui importait, Quin se contenta d'un petit sourire et disparut.

Une fois dans le garage, Quin tira d'une étagère les cartons renfermant dossiers et archives ayant appartenu à son père.

Trier ces vieux papiers était une corvée mais il avait besoin d'un dérivatif à ses pensées qui, toutes, le ramenaient à Katie, à ce qu'elle représentait désormais pour lui, et aussi à la difficulté qu'il éprouvait à lui faire part de ses sentiments.

Un des cartons contenait des doubles de factures et l'autre, les talons des chèques et les registres de comptes de son père.

Après s'être occupé des factures, il s'attela aux documents comptables et financiers, heureux de constater que, en dépit des efforts de la veille, lors du déblayage de la route, sa jambe se portait bien et son genou aussi.

Ses frères avaient eu raison de lui imposer ce repos forcé, le prix à payer pour un rétablissement complet après les opérations subies.

Installé à une table, il commença à parcourir les livres de comptes de son père, qui avait tout conservé, même une facture de teinturier datant de 1991.

Après deux heures de vérifications, il se leva pour boire un verre d'eau et il eut, une fois encore, une pensée émue pour Katie.

Quand se déciderait-il à lui dire une fois pour toutes qu'il l'aimait d'amour ?

Avec un soupir, il se remit au travail.

Son père avait émis des paiements à son club de golf, à un fabricant de voiliers de luxe, à un concessionnaire d'automobiles anglaises, à un tailleur réputé, autant de cages dorées où le patriarche aimait s'enfermer.

Et Katie qui lui reprochait de jeter son argent par les fenêtres...

Un talon d'un chèque adressé à la jeune femme deux ans plus tôt, en fait un peu avant qu'elle ne rompe avec lui, le mit en alerte.

Katie Duncan. 100 000 $

L'écriture était celle de son père, indiscutablement.

Pendant quelques secondes, son cerveau fonctionna au ralenti tant la désillusion était grande.

Katie...

À l'époque, il lui avait reproché d'aider financièrement sa sœur dont le petit ami devait entrer en cure de désintoxication, et Katie avait réagi violemment en le traitant d'insensible, ce qu'il n'était bien sûr pas.

Elle ne lui avait pas demandé d'argent mais peut-être aurait-elle espéré qu'il lui en propose ?

Au cours d'une violente dispute, elle lui avait reproché de parler de ce qu'il ne connaissait pas, lui qui était issu d'une famille riche et n'avait jamais manqué de rien...

Quelques jours après, Katie avait mis fin à leur relation et aujourd'hui, au vu de ce talon de chèque, les pires soupçons l'envahirent.

Katie était allée voir son père pour lui demander de l'argent !

Connaissant le patriarche, sa pingrerie et son insistance à privilégier la responsabilité individuelle, la nécessité pour chacun de se tirer d'affaire seul, l'entretien n'avait pas dû être de tout repos.

Qu'avait donc pu dire ou faire Katie pour fléchir son père et le convaincre de lui signer un chèque d'un tel montant ?

Les pires hypothèses lui traversèrent l'esprit.

Katie, comment as-tu pu...

Jolie comme elle l'était, il pouvait admettre que son père, rigoriste et moraliste mais homme, se fût senti attiré par la jeune femme.

Avait-elle déployé ses charmes, fait assaut de féminité afin d'inciter le vieux grigou à sortir son chéquier ?

Pris d'une soudaine rage, il balaya de la main les documents épars et laissa échapper un chapelet de jurons.

Katie chantonnait en travaillant.

La pluie avait cessé, le soleil venait de refaire son apparition, et son bras lui faisait nettement moins mal que la veille.

Alors qu'elle descendait chercher un rouleau de papier absorbant au rez-de-chaussée, Quin se dressa devant elle, furieux, en brandissant un registre comptable.

— Voudrais-tu m'expliquer ce que ça signifie ?

— Tu m'as fait peur !

— Eh bien, réponds ! insista Quin, le doigt posé sur l'une des lignes du registre où figuraient son nom et la somme de 100 000 $.

Tout s'écroula soudain.

— J'espérais que tu ne t'en apercevrais jamais.

— Alors tu reconnais avoir touché ce chèque de mon père ?

Elle se mit à pleurer.

— Je suis navrée, Quin, vraiment navrée. Oui, ton père m'avait bien remis ce chèque mais...

— Enfin, Katie, si tu avais à ce point besoin d'argent, pourquoi ne pas m'en avoir demandé à moi ? Avais-tu donc si peur d'un refus de ma part ?

Elle rougit du malentendu.

— Mais non, voyons !

Quin la fusilla du regard.

— Tu te fiches de moi, Katie ! Veux-tu me faire croire que mon père t'a remis un chèque de cette somme-là juste pour tes beaux yeux ?

Des coups frappés à la porte d'entrée l'empêchèrent de répondre.

— Je vais voir, dit Quin en maîtrisant mal sa colère.

Peu après, Farrell et Zachary firent leur apparition.

— Nous nous faisions un sang d'encre à votre sujet ! dirent ces derniers.

Elle s'approcha de Farrell.

— Nous étions sans portables, dit-elle d'un ton d'excuse, et c'est ce qui explique que nous n'ayons pas pu communiquer avec vous.

Quin regardait ses frères avec méfiance.

— Les voies d'accès sont coupées, et l'aérodrome sûrement inutilisable, alors comment êtes-vous venus jusqu'ici ?

— Par la mer, en vedette rapide, dit Farrell.

— Il ne reste plus qu'à rentrer à Portland, déclara Zachary.

L'intérêt des deux frères se porta soudain sur son bras bandé.

— Que vous est-il arrivé, Katie ? demanda Farrell.

— Un bobo mais Quin a pris soin de moi. Au fait, vous devez avoir faim ?

— Oui, grimper la colline n'a pas été de tout repos, répondit Farrell.

La gêne manifeste entre Quin et elle était assez perceptible pour que les nouveaux venus leur jettent des regards curieux, aussi décida-t-elle de battre en retraite.

— J'avais préparé des sandwichs et ils sont pour vous. Moi, pendant ce temps, j'en profiterai pour boucler mes sacs car j'ai hâte de rentrer à Portland.

Après lui avoir adressé un regard venimeux, Quin entraîna ses frères à la cuisine, ce qui lui permit d'aller reprendre ses affaires dans la chambre du bas, et de regagner l'étage pour faire croire qu'elle y avait toujours dormi.

Une demi-heure plus tard, elle descendit l'escalier avec ses bagages et retrouva Quin et les deux frères prêts à partir.

Quitter la maison où elle avait vécu tant d'heures heureuses fut pour elle une sensation étrange.

— Où avez-vous mouillé l'ancre ? demanda-t-elle tandis qu'ils enjambaient des troncs brisés, des branches éparses, sur le chemin menant à la mer.

— Dans la baie. Un petit dinghy nous conduira à bord, répondit Farrell.

Et le regard accusateur de Quin sur elle...

Qu'il ait pu la croire vénale, peut-être même disposée à faire usage de son corps pour arriver à ses fins, l'empêcherait à jamais de revenir vers lui.

18

En proie à une colère mêlée de frustration, Quin choisit d'aller rejoindre ses frères dans la cabine avant de la vedette pendant que Katie, elle, restait sur le pont arrière, au soleil.

Katie !

Ah, cette blessure d'amour-propre…

Deux ans plus tôt, quand elle avait mis un terme à leur relation, jamais il ne l'aurait imaginée vénale.

Et pourtant…

Le voyage lui parut durer une éternité.

Enfin, l'arrivée au port.

Farrell proposa de déposer Katie chez elle, puis de se rendre avec lui et Zach à la fabrique afin de faire le bilan des dégâts, ce qu'il accepta aussitôt.

Vingt minutes plus tard, Katie prit congé de leur trio et ses frères eurent la délicatesse de ne pas le questionner sur l'évidente froideur qu'elle lui avait témoignée.

La vue du siège social de Stone River Outdoors ravagé par l'ouragan lui serra le cœur et, pendant deux bonnes heures, lui et ses frères inspectèrent les lieux et firent le compte des dégâts.

— Et maintenant, allons manger quelques crabes et langoustes, déclara Farrell.

Ils finirent par dénicher un restaurant encore en état de recevoir la clientèle dans une ville dévastée par l'ouragan.

Tout en décortiquant son crabe, Farrell attaqua bille en tête.

— Bon, frérot, vas-tu enfin nous dire quelle mouche a piqué Katie ? Et t'a piqué aussi ?

Il serra les poings.

— Ce matin, j'ai examiné la comptabilité de notre père. Six mois avant l'accident, Katie lui avait extorqué je ne sais comment 100 000 $ pour aider le petit ami toxicomane de sa sœur. Je suis certain qu'elle n'a jamais remboursé...

Farrell et Zachary le regardèrent avec stupeur.

— Impossible, dit l'aîné de ses frères.

— Je t'assure que si. Je te montrerai le talon du chèque.

— Non, Quin, déclara Farrell, je ne peux croire que notre Katie soit tombée si bas. Fière comme elle est, elle n'aurait jamais accepté de l'aide de la part de notre père, surtout pour une tierce personne.

— Et pourtant ! Du reste, elle l'a reconnu avant votre arrivée. Elle aurait gardé le secret pour ne pas me faire de la peine.

Zachary fronça les sourcils.

— Qui était donc Katie pour toi, à l'époque ?

Farrell intervint.

— Quin et Katie avaient une relation très intime mais personne, au bureau, n'était au courant.

Zachary tressaillit.

— C'était donc ça ! Mais, dans ce cas, si Katie et Quin formaient un couple, pourquoi ne pas avoir demandé l'argent à lui, plutôt qu'à papa ?

Il prit la parole.

— À l'époque, je lui reprochais déjà de se laisser dépouiller par une famille pique-assiette mais, si elle m'avait demandé mon aide financière, je la lui aurais donnée.

Farrell commanda une nouvelle tournée de bières.

— En somme, Katie ne t'avait pas demandé d'argent, il y a deux ans ?

— Non, mais elle insistait pour aider sa sœur, ce à quoi j'avais répondu qu'elle se laissait gruger et qu'elle était idiote. J'ignore encore ce que Katie et papa ont bien pu se dire, à l'époque. J'étais fou d'elle mais elle n'a pas eu confiance en moi. Elle me jugeait dépensier et égoïste.

— Quand a-t-elle rompu avec toi ? demanda Zachary.

— Quelque temps avant cette entrevue avec papa.

Zachary haussa les épaules.

— Tout ça me paraît confus, Quin. Papa était un pingre, un homme dur et pas du tout altruiste, alors, faire don d'une telle somme à une employée...

C'était bien là toute la question.

— Le chèque existe, Zach, et rédigé de la main de papa avec mention dans sa comptabilité.

— Ni Zachary ni moi ne mettons ta parole en doute, déclara Farrell.

Alors que tous trois buvaient leurs bières, le visage de son frère aîné s'illumina soudain.

— Vous vous souvenez comment papa avait procédé avec Sasha, n'est-ce pas ? Intimidations, insultes pour lui faire perdre la face et nous empêcher de nous marier... Eh bien, supposez qu'il ait agi de même avec Katie.

— Papa ignorait que Katie et moi étions liés, dit-il.

— Notre père avait des antennes et il a fort bien pu être au courant, pour vous deux. Supposons qu'il ait proposé 100 000 $ à Katie pour qu'elle cesse de te voir ?

Il en avait presque la nausée et, voyant qu'il était sur le point d'exploser, Farrell lui tapota le bras.

— J'ai dit « supposons », frérot. Donc, Katie accepte le chèque non pour elle mais pour aider sa sœur et le petit ami de celle-ci.

— Elle aurait agi ainsi pour ne pas avoir à réclamer la somme à Quin ? demanda Zachary.

— C'est possible, fit Farrell.

— Pour moi, ça ne change rien, dit-il avec force. Katie m'a menti sur toute la ligne. Et j'ignore encore ce qui a bien pu se passer entre elle et papa.

Farrell reposa son verre.

— Je connais Katie depuis longtemps et j'ai du mal à croire en sa duplicité.

— Balivernes ! Elle m'a menti, et c'est bien la preuve, justement, de sa duplicité.

Zachary, le « matheux » de leur fratrie, l'expert financier qui assurait la prospérité de leur entreprise, hocha la tête.

— Je pense à une autre hypothèse... Et si Katie n'avait jamais touché le chèque de papa ? Après tout, si nous avons la preuve que le chèque a bien existé, rien ne permet de dire que les 100 000 $ ont été décaissés.

L'espoir lui revint.

— Peut-être, oui, après tout. Il faudrait vérifier. Consulter les relevés de papa à compter de la date où le chèque avait été émis.

— Eh bien, nous allons le savoir tout de suite, dit Zachary en affichant, sur son portable, l'historique des comptes de Stone River Outdoors. Quel mois était-ce, Quin ?

— Avril.

L'examen dura quelques minutes puis Zachary releva la tête, un sourire aux lèvres.

— Vous savez quoi ? Ce chèque n'a jamais été encaissé par le bénéficiaire.

Entre joie et soulagement, l'émotion nouant sa gorge, il dut s'y reprendre à deux fois avant de pouvoir articuler.

— Es-tu sûr ?

— Certain, car les comptes de papa ont été arrêtés à sa mort, par le notaire.

— Alors, Katie ne m'aurait pas trahi ?

— Bien sûr que non ! Et si elle a choisi de ne rien te dire des pressions que lui faisait subir papa, c'était pour te protéger, preuve qu'elle avait des sentiments pour toi.

— Vous croyez vraiment que…

— Katie est une chic fille, dit Farrell, et tu devrais te donner des gifles pour l'avoir si mal considérée et si mal traitée.

— Papa pouvait être monstrueux, déclara à son tour Zachary. Quand Farrell et Sasha se fréquentaient, il n'avait pas hésité à faire du chantage à cette dernière, souviens-toi.

— C'est vrai, dit-il, en proie aux remords.

Farrell lui asséna une tape sur l'épaule.

— Tu n'as plus qu'à aller faire des excuses à Katie, frérot.

Une interrogation continuait de le torturer.

— Si elle n'avait rien à se reprocher, pourquoi rompre avec moi ?

Zachary se gratta la joue.

— Sans doute pour des raisons qui n'avaient rien à voir avec le chèque ou avec notre père. À toi de le lui demander.

Farrell porta le coup de grâce.

— Après la façon dont tu as traité Katie, après ces insinuations, ne t'attends pas à ce qu'elle te tombe dans les bras, voire qu'elle t'adresse encore la parole...

Essuyer un ouragan de cette violence, dans une maison isolée au fond des bois, avait été pour Katie une expérience terrifiante mais, au moins s'était-elle sentie protégée par Quin.

Maintenant que le danger était passé, sa peur *physique* avait disparu mais le chagrin, lui, ne faisait que croître en elle.

Comment Quin avait-il pu la croire assez vénale pour empocher 100 000 $, ni vu ni connu ?

Ce dernier était-il donc aveugle au point de la méjuger et de ne pas comprendre qu'elle n'avait agi que dans son intérêt à lui, pour le protéger des manigances d'un patriarche qui refusait les mésalliances ?

Était-elle décidément trop naïve pour vouloir, telle l'orpheline Polyanna, héroïne de ses lectures de jeunesse, encore croire en un monde où tout serait bien et beau ?

Quand tu aimes, tu te donnes entièrement et c'est là ta faiblesse...

Après ce week-end à New York, après avoir refait l'amour et de quelle façon fougueuse avec son ex-amant, elle avait voulu croire qu'une union durable entre eux était possible, puisqu'aussi bien le destin venait de leur accorder une seconde chance, et elle s'était trompée.

En soi, ce chèque importait peu et n'était que l'arbre cachant la forêt, car le plus triste dans cette sordide affaire restait la réaction furieuse de Quin, qui l'avait condamnée sans même lui accorder le bénéfice du doute, preuve qu'il ne lui faisait pas du tout confiance.

Ce qu'elle pouvait penser, ressentir, ses rêves secrets, ses goûts, Quin n'en avait cure, et son comportement récent l'avait révélé tel qu'en lui-même, arrogant et intransigeant et, surtout, aveugle à la vérité d'une femme sincère.

Quelques heures après avoir quitté son amant et les frères de ce dernier, elle avait pris des nouvelles de sa famille et, une fois rassurée sur le sort des uns et des autres, elle s'était décidée à venir en aide aux habitants de Portland en détresse.

Son ardeur à se dévouer aux autres avait été appréciée par l'équipe de bénévoles à laquelle elle appartenait désormais, et quand elle servait des repas chauds aux sinistrés, son chagrin s'estompait et elle se sentait utile.

Deux heures chaque jour, elle faisait la lecture aux enfants parqués dans des dortoirs de fortune, et les voir rire ou sourire était pour elle la plus belle des récompenses.

Quand Farrell l'appela à la rescousse, elle se rendit à la fabrique en partie dévastée par l'ouragan, où les équipes remettaient en état les lignes de communication, notamment les réseaux informatiques.

— Heureux de pouvoir compter sur vous, Katie, lui dit l'aîné des Stone, les yeux cernés de fatigue.

— C'est naturel...

Elle avait envisagé le pire, autrement dit, une rencontre frontale avec Quin, mais le P-DG n'était pas là, sans doute parti en Europe dévaler quelques pistes noires avec le désir de se surpasser, quitte à se rompre une fois de plus les os.

De retour chez elle, dans ce lit trop grand, elle ne put retenir ses larmes et envisagea de démissionner de Stone River Outdoors.

Au cours de son existence, Quin avait affronté bien des obstacles, gagné bien des courses difficiles, mais obtenir le pardon de Kate lui apparut comme la plus difficile des épreuves.

Et si elle ne lui pardonnait pas ?

Si, comme tout le laissait supposer, les chances d'obtenir sa mansuétude étaient proches de zéro ?

Quel stupide imbécile de l'avoir accusée comme il l'avait fait, d'avoir même pu supposer qu'une femme comme elle puisse être vénale !

L'arrivée de ses frères dans la maison des bois, au moment où Katie enregistrait ses propos et blêmissait sous l'insulte, l'avait empêché d'avoir une franche explication avec la jeune femme, et tout laissait supposer qu'il était désormais trop tard.

Dix jours déjà étaient passés quand il se présenta au domicile de la jeune femme.

Entre ses doigts fébriles, une simple enveloppe et, dans son cœur, la certitude de faire le bon choix.

Sa main frémit quand il pressa la sonnette.

Katie allait-elle ouvrir ?

— Quin... Tu as mauvaise mine.

La froideur du ton n'altéra pas la joie éprouvée à revoir cette si jolie blonde.

— Et toi, Kate, tu es radieuse.

Un silence qui lui fit mal.

— Pourquoi être venu, Quin ? Farrell ne t'a-t-il pas transmis mes remerciements pour le retour de ma voiture ?

Car, dès la réouverture des routes, il avait chargé un homme de confiance d'aller rechercher le véhicule de Katie resté sur place.

— Si, bien sûr, mais je suis là pour te dire combien je regrette mes propos de l'autre jour.

— Tes propos, Quin ? Veux-tu dire ces accusations me dépeignant sous les traits d'une femme intéressée, une traîtresse cupide ?

Et les traits de Katie reflétèrent une vive émotion.

— J'ai réagi sans réfléchir, dit-il, sans une once de rationalité. T'entendre admettre que tu étais au courant de l'existence de ce chèque m'avait rendu fou.

— Fou, oui ! Tu étais prêt à tout. Un véritable dément.

Les yeux baissés, il lui tendit l'enveloppe qu'il tenait à la main.

— Pour toi.

Katie fit un pas en arrière.

— Qu'est-ce encore ? Un mandat d'arrêt contre moi ?

— Ouvre et tu verras.

Les voisins mettant le nez à leur fenêtre, Katie soupira.

— Ne nous donnons pas en spectacle. Entre, mais pas plus de quelques minutes.

La première manche était gagnée et il en restait encore quelques-unes à remporter avant le verdict final.

Une fois la porte refermée, Katie s'assit et ouvrit l'enveloppe.

— Peux-tu m'expliquer ce que...

Battre le fer tant qu'il était chaud.

— Je t'ai acheté un piano. Tu le recevras demain. Et j'ai joint l'adresse de deux femmes musiciennes, à Portland, qui donnent des cours aux adultes.

Katie eut du mal à regarder Quin dans les yeux tant elle se sentait émue.

— Je... Je ne comprends pas. Ce piano...

— Eh bien, c'est ma manière de te demander pardon.

Au moins avait-il pris conscience de l'énormité de son accusation envers elle.

Un silence.

— Katie, je t'aime. Je t'aime d'amour.

Le sang qui lui montait à la tête.

— Tu m'aimes ?

— Oui, du plus profond de mon être. J'avais décidé de me déclarer à toi lors d'un voyage sur la Riviera ou dans les Caraïbes, et puis l'ouragan a tout gâché.

Un nouvel espoir l'envahit.

— Est-ce l'ouragan ou la découverte de ce chèque qui t'aura fait perdre la tête ? Tu aurais pu me parler, Quin. Me demander de m'expliquer...

— J'ai eu peur, Kate.

— Toi l'intrépide, toujours prêt à te rompre les os lors d'une descente périlleuse, tu as eu peur ?

— Eh bien, oui. Peur de découvrir ce qui s'était tramé entre toi et mon père.

— Imbécile !

— Je sais. Comment aurais-je pu me douter que ce chèque, tu ne l'avais jamais encaissé ?

Elle défia Quin du regard.

— En me le demandant, tout simplement.

— Mes frères sont arrivés au mauvais moment.

Accuser les gens et venir s'excuser ensuite, n'était-ce pas trop facile ?

— Dans le fond, qu'attends-tu de moi aujourd'hui ?

— Que tu me pardonnes ? Que tu acceptes mon amour...

— Et le ski, Quin ? Ce goût de l'exploit sportif qui supplantait tout à tes yeux ?

— Je ne ferai plus de compétition et j'ai envie de fonder une famille.

Une joie intense l'envahit.

— Dois-je te croire, Quin Stone ? Es-tu vraiment prêt pour une relation sérieuse et durable ?

Le regard mâle sur elle se fit plus intense.

— Je suis prêt et je t'aime d'amour, Katie Duncan. Te souviens-tu de notre visite au musée, à New York ?

— Les *Jeunes filles au piano*, d'Auguste Renoir ! Et c'est ce qui explique... l'enveloppe ?

— Exactement. Tu m'avais parlé de ton enfance, du piano qui se trouvait chez ta petite voisine... Et le soir même, tu m'as accueilli dans ton lit.

L'émotion lui serrait la gorge.

— Je n'ai pas oublié.

Quin lui prit la main et embrassa ses doigts.

— Je ferai tout pour que tu me pardonnes, Kate. Comment ai-je pu croire que tu t'étais laissé acheter par mon père ? J'aurais dû comprendre plus tôt que, comme il l'avait fait avec Sasha, papa tenait à t'éloigner de moi.

— Quand j'ai eu cet entretien avec ton père, dit-elle d'un ton grave, ma décision de te quitter était déjà prise.

— Alors papa n'y est pour rien ? C'est moi qui ne te convenais plus ?

Elle caressa ce visage viril et fiévreux.

— Sans doute aurais-je dû avoir le courage d'aborder avec toi ce qui me poussait à partir. En fait, j'attendais de toi un comportement que tu ne pouvais alors avoir. Je te voulais autre que tu n'étais, et bien sûr, c'était folie de ma part.

— Pourquoi ne pas m'avoir parlé, Kate ?

— Par peur sans doute. Par souci de te ménager, aussi, alors, en désespoir de cause, j'ai décidé de rompre.

— Rompre, alors que nous faisions si bien l'amour, que nous allions si bien ensemble ?

— À l'époque, nous avions encore bien peu en commun. Par la

suite, les choses ont changé, évolué, jusqu'à ce que tu découvres l'existence de ce fameux chèque que je n'avais pourtant jamais encaissé.

Quin lui prit la main et sa chaleur se communiqua à elle.

— Un malentendu, Kate. Je n'aurais jamais dû douter de toi et, connaissant mon père, j'aurais dû deviner qu'il avait tout fait pour nous séparer, y compris en tentant de t'acheter.

Elle ne put s'empêcher de sourire.

— Un malentendu, soit. Et sans l'arrivée de tes frères, peut-être aurions-nous pu avoir une explication qui aurait évité bien des déchirements.

Quin la prit dans ses bras.

— Une seule question compte désormais pour moi, Kate. M'aimes-tu, oui ou non ?

Une boule d'émotion obstruait sa gorge.

— Bien sûr que je t'aime ! dit-elle enfin d'une voix sourde.

Quin l'enlaça.

— Tu es tout pour moi, Kate. Et si tu me pardonnes jamais ma réaction stupide et cruelle, je te jure que je passerai le restant de mes jours à te prouver que nous sommes faits l'un pour l'autre.

L'étau d'angoisse se desserra, et la parole lui fut plus facile.

— Es-tu sincère ? Oui, je vois que tu l'es. J'ai douté de toi, Quin, et j'ai eu tort.

— Kate, ma chérie !

— Quin, je t'aime. Je t'adore...

Un long baiser les unit dans un même souffle.

— Tu seras ma femme, Kate ?

— Oui.

— Alors, tu ne peux refuser le solitaire que je veux t'offrir, le plus gros que le bijoutier aura à nous proposer et qui témoignera de notre amour.

La tête posée sur l'épaule de l'homme qui l'étreignait, elle respira avec délice son odeur de mâle.

— Je porterai ta bague avec joie, Quin, et maintenant, que dirais-tu d'aller étrenner notre future chambre conjugale ?

— Es-tu sérieuse, Kate ?

— Plus que je ne l'ai jamais été, mon chéri.

[illegible] que le [illegible]
[illegible] jamais
[illegible]

[illegible]

[illegible] de [illegible]

[illegible]

[illegible]

— [illegible]

[illegible]

— Je [illegible] bien.

[illegible] pour [illegible] et Kate,
[illegible]

[illegible]

— [illegible] que je [illegible] d'une voix [illegible].

[illegible]

[illegible] de [illegible] plus facile
[illegible]

[illegible]

[illegible]

[illegible]

[illegible]

— Alors [illegible] que [illegible]
[illegible] nous [illegible]
[illegible]

[illegible] de l'hôpital [illegible]
[illegible]

[illegible] Quant [illegible] que
[illegible] chambre [illegible]

[illegible]

— [illegible]

JANICE MAYNARD

Un nouveau départ à deux

INTÉGRALE

LES HÉRITIERS DE STONE RIVER

Traduction française de

EDOUARD DIAZ

SAGAS

HARLEQUIN

Titre original :
UPSTAIRS DOWNSTAIRS TEMPTATION

Ce roman a déjà été publié en 2021.

1

Farrell Stone détestait demander de l'aide. Il le faisait rarement dans ses affaires, et encore moins souvent dans sa vie privée. Il traçait sa propre voie. Il s'occupait de ses propres affaires, et il ne se mêlait pas de celles d'autrui.

Hélas, son assistante administrative, Katie, se mêlait absolument de tout... Et c'est ainsi qu'il s'était retrouvé acculé à cet étrange entretien avec sa jeune protégée.

La femme assise en silence en face de lui, de l'autre côté de sa table de travail, était mince et pas très grande. À peine 1,53 m. Ses cheveux épais et luisants étaient coupés en un dégradé très court qui soulignait son menton pointu.

Ses yeux immenses frangés de longs cils paraissaient trop grands pour son visage. L'expression qu'il lisait dans leurs profondeurs féminines était un mélange à parts égales de crainte et d'espoir. Au fond des iris noisette, il voyait briller des paillettes d'or et d'émeraude.

Sans être belle dans le sens traditionnel du terme, elle était étrangement captivante. Farrell se sentait irrésistiblement attiré par sa douce féminité, son aura presque palpable de vulnérabilité. Elle était exactement le type de femme qu'il trouvait sexuellement attirante. Et la réponse physique qu'il ressentait à cet instant l'alarma au plus haut point.

Il s'était entraîné à ignorer son désir sexuel. Et le moment était mal choisi pour rompre avec cette habitude.

Bien que native de cette région du Maine, Ivy Danby avait vécu l'essentiel de ces deux dernières décennies à Charleston, en Caroline du Sud. Son CV, que Farrell tenait dans sa main à cet instant, était si mince qu'il en était presque inexistant. Elle avait terminé le lycée, occupé une poignée d'emplois. S'était mariée. Puis, plus rien. Mais le bébé endormi qu'elle portait dans ses bras expliquait peut-être le reste.

Reposant l'unique feuillet sur la table, Farrell toussota.

— Madame Danby, dit-il enfin, je vous remercie de vous être déplacée pour cet entretien, mais...

Coupant court à sa fin de non-recevoir polie, elle se pencha vivement vers lui, le faisant sursauter.

— Quoi que vous ayez besoin que je fasse, je le ferai ! assura-t-elle d'une voix vibrante de désespoir. J'apprendrai.

Elle soutenait son regard sans ciller, comme si sa seule détermination pouvait le plier à sa volonté.

Il appréciait cette assurance, mais, avec chaque minute qui s'écoulait, il se sentait plus certain qu'il n'avait pas besoin dans sa vie des complications qu'engendrerait une relation romantique avec une employée.

Elle avait une voix de gorge un peu grave, douce comme le miel. « Quoi que vous ayez besoin que je fasse... » Il n'y avait là aucun sous-entendu sexuel, bien entendu. C'était seulement la libido de Farrell qui y ajoutait des sous-titres.

C'était surprenant chez lui, et cela l'irritait. Il n'était pas vraiment prêt pour une telle conversation, mais, apparemment, la destinée venait de frapper à sa porte.

— Je n'ai pas publié d'offre d'emploi pour ce job, vous le comprenez, n'est-ce pas ? fit-il observer en soupirant.

— Oui, bien sûr, assura-t-elle. Mais Katie, votre assistante administrative, a apparemment appris qu'un poste va bientôt se libérer. Et elle sait aussi que j'ai besoin de travailler. En ce moment, je partage un appartement avec sa sœur.

— Mon assistante administrative est désormais ma belle-sœur, précisa Farrell en portant deux doigts à son front, s'efforçant de refouler la migraine qu'il sentait venir. Mon frère Quin et elle se sont mariés il y a trois mois de cela.

— Et elle vient encore à son travail chaque jour ? s'enquit-elle, visiblement étonnée.

— Je suppose que Quin s'attendait à ce qu'elle démissionne, répondit Farrell, qui trouvait cette question un peu étrange. Mais Katie est une personne très indépendante. Elle adore diriger le département R & D, et, pour être honnête, je ne sais pas ce que je ferais sans elle.

— Je ne l'ai rencontrée qu'une seule fois, observa Ivy Danby, et nous avons eu une conversation merveilleuse. Katie est une femme étonnante.

— Cela, c'est bien vrai, convint Farrell.

Il hésita un instant, avant de poursuivre :

— Je n'irai pas par quatre chemins, madame Danby. Le problème, c'est que le poste en question est au milieu de nulle part, près de la frontière canadienne.

— Oh ! fit-elle, tressaillant visiblement.

Farrell était un ingénieur. Un inventeur. Depuis toujours, il travaillait ici même, à Portland, dans son laboratoire ultramoderne parfaitement équipé. Toutefois, au cours de ces deux dernières années, il avait vu ses meilleures idées, les plus innovantes, apparaître sur le marché avant qu'il n'ait eu le temps de les faire breveter.

Ce n'était peut-être que de la paranoïa, mais l'hypothèse de l'espionnage industriel ne pouvait pas non plus être écartée.

— Mes frères et moi avons tous des maisons là-bas, sur la côte nord, l'informa-t-il. Sur ma propriété, j'ai construit moi-même, un petit labo et un bungalow pour les invités. Dès que ce sera possible, j'ai l'intention de me rendre là-bas pour continuer mon travail.

— Serait-il indiscret de vous demander pourquoi ?

— Certains aspects de mes recherches sont hautement confidentiels. J'ai décidé de devenir plus vigilant pour protéger mes brevets. En outre, j'aime me retrouver seul. C'est dans la solitude que je travaille le mieux.

— Dans ce cas, pourquoi Katie pense-t-elle que vous avez besoin d'engager une personne pour vous aider ?

— J'ai tendance, lorsque je travaille sur un projet, à oublier tout le reste, expliqua-t-il, réprimant une grimace. Il m'est arrivé de travailler trente-six heures de suite sans manger et sans dormir lorsque je tiens une idée. J'ai besoin d'une personne qui gère la maison et qui prépare les repas. Et surtout, d'une personne discrète et digne de confiance.

Une étrange lueur traversa le regard de son interlocutrice. Une expression sombre, qui le laissa tout surpris.

— Je sais me taire, monsieur Stone. Je sais garder des secrets.

Farrell lui posa enfin la question qui l'intriguait :

— Et vous, Ivy ? Pourquoi accepteriez-vous un tel emploi ? Là-bas, dans le Nord, nous avons Internet et la télévision, mais rien d'autre. Pas même une épicerie à proximité.

Était-ce son imagination, ou l'avait-il vue serrer plus fort son bébé ? Pour la première fois, elle paraissait agitée. Anxieuse.

— Je dois être totalement honnête avec vous, déclara-t-elle d'une voix capiteuse qui le troubla inexplicablement.

— Oui, bien sûr. Allez-y, je vous en prie.

— Je suis désespérée, monsieur Stone, dit-elle d'une voix tremblante, les yeux brillants de larmes retenues. Mon mari est décédé il y a quelques mois de cela, et il ne m'a rien laissé. Aucune assurance-vie. Rien. La maison a été vendue et l'argent est parti ailleurs. Je n'ai plus de parents, et pas d'autre famille. J'ai besoin d'un emploi qui me permette de garder Dolly avec moi.

— Dolly ?

— Dorothy Alice Danby, précisa-t-elle, caressant tendrement la tête de son bébé. Je sais que c'est un peu long, alors, je l'appelle Dolly tout simplement.

Ivy marqua une pause, le dévisageant avec une intensité désarmante, avant d'ajouter :

— Je sais que vous ne vous souvenez pas de moi au temps de notre enfance, mais nous étions ensemble à l'école communale. En revanche, tout le monde à Portland connaît votre famille – votre père, vos frères Zachary et Quinten. Votre entreprise d'équipements de randonnée, Stone River Outdoors, procure de bons emplois à des centaines de personnes. Tout ce que je vous demande, c'est une opportunité. Je n'ai pas peur du travail, et mon bébé fait encore deux longues siestes chaque jour. J'ai même un porte-bébé, et je peux la garder sur mon dos en faisant la cuisine ou le ménage. Si vous m'engagez, je vous jure que vous ne le regretterez pas.

Farrell songea avec une pointe de mélancolie qu'il le regrettait déjà. Il n'avait que trop de complications dans sa vie sans devoir s'en ajouter d'autres. Et, à première vue, Ivy Danby, avec son sex-appeal candide et sa toute petite fille représentait toute une montagne de complications.

Réprimant un soupir, il reconnut sa défaite.

— Vos arguments sont extrêmement convaincants, Ivy, mais sachez que je me souviens très bien de vous. Nous étions ensemble au CM2, dans la classe de Mme Hansard. Vous aviez des couettes. Votre table était dans la rangée à côté de la mienne, deux places derrière moi. Cette année-là je vous ai offert une carte pour la Saint-Valentin. Une carte que j'avais confectionnée moi-même.

— Oh ! fit-elle, ouvrant de grands yeux. Alors, vous vous souvenez !

— Accordez-moi vingt-quatre heures de réflexion. Je vous appellerai demain pour vous informer de ma décision.

Il lut sur son visage qu'elle désirait sa réponse maintenant. Tout de suite. Mais elle ravala la protestation qui montait à ses lèvres et se composa un sourire un peu vacillant.

— Je comprends, murmura-t-elle. Merci de m'avoir reçue.

Sitôt que sa visiteuse se fut retirée, Farrell pressa le bouton de l'intercom et aboya un ordre. Un instant plus tard, Katie Duncan Stone apparut sur le seuil de son bureau. Blonde aux yeux bleus, Katie était à la fois ravissante et compétente. Elle était aussi très entêtée dans sa détermination à aider les gens, qu'ils le méritent ou non.

— Crois-tu que ce soit une bonne idée, Katie ? gronda-t-il en croisant les bras. Une jeune maman avec un bébé ?

— Ne sois pas si sexiste, Farrell Stone, répliqua-t-elle en s'installant dans le confortable fauteuil qu'Ivy venait tout juste de libérer. Les jeunes mamans aussi peuvent travailler.

— Oui, si elles ont accès à un système de garde d'enfants, répondit-il, encore hanté par le regard noisette d'Ivy, et très tenté de dire oui à sa demande. Mais ma maison se trouve au fond des bois, sur le bord d'une falaise surplombant l'océan.

— Il y a cent ans, argua Katie, il n'y avait pas de gardes d'enfants, et cela n'empêchait pas les jeunes mamans de travailler dur. C'est toujours possible aujourd'hui.

— Pourquoi cela te tient-il tant à cœur ? s'enquit-il.

Son frère Quin l'avait averti que Katie ne pouvait pas s'empêcher de vouloir sauver l'humanité tout entière, sans oublier de nombreux animaux. Katie avait un cœur d'or.

— J'ai rencontré Ivy l'autre jour, en rendant visite à ma sœur à Kimball Street. Et, au cours de cette conversation, j'ai découvert qu'Ivy et toi aviez été dans la même école.

— À l'école *communale*, précisa Farrell en soupirant. Ce n'est pas vraiment une référence sérieuse.

Mais sa nouvelle belle-sœur n'entendait pas le laisser s'en tirer à si bon compte, et elle ajouta :

— Ivy est arrivée en ville sans rien, Farrell. Ni meubles ni affaires personnelles. Elle avait deux valises, un berceau pliant et un sac à langer. Rien d'autre. Ne trouves-tu pas cela un peu étrange ?

— Peut-être, et peut-être pas.

— Elle souffre, Farrell. Et elle est seule. Tu es particulièrement bien placé pour le comprendre. Perdre son conjoint change totalement le monde d'une personne.

Farrell accepta cette pique avec stoïcisme. Personne d'autre que Katie n'aurait eu l'audace de réveiller ce passé. Sept ans s'étaient écoulés depuis le décès de Sasha. Même ses propres frères n'oseraient pas s'aventurer sur ce terrain.

— Carton rouge, marmonna-t-il. Parlons d'autre chose.

Katie se leva pour déposer un baiser sur sa joue.

— Toi et moi sommes de la même famille, désormais, rappela-t-elle. Cela me donne le droit de me mêler de tes affaires. Mais, dans ce cas précis, c'est une supplique, Farrell. Ivy Danby a besoin d'un nouveau départ. Elle a besoin d'un foyer. De se sentir en sécurité. Elle a exactement besoin de ce que tu as à offrir. Donne-lui sa chance, s'il te plaît.

Dix jours après cet embarrassant entretien au siège de Stone River Outdoors, à Portland, Ivy roulait en direction du nord dans une luxueuse berline pilotée d'une main experte par Katie Stone elle-même.

À sa grande stupéfaction, le grand patron l'avait appelée. Au cours d'une très brève conversation sans chaleur, il lui avait proposé ce fameux poste, accompagné d'un salaire mirobolant. Katie lui avait téléphoné peu de temps après pour lui donner tous les détails. Ayant occupé le poste d'assistante administrative, Katie savait exactement ce que ce travail allait exiger d'Ivy. Elle savait aussi qu'elle n'avait pas de voiture, pas de meubles et aucun argent.

Mais Katie avait une solution pour chaque problème. Arguant qu'elle avait besoin de connaître la maison de son mari, désormais aussi la sienne, il était tout à fait logique qu'Ivy et Dolly soient du voyage pour s'installer dans leur nouveau logis.

Jusque-là, le voyage s'était avéré agréable. Dolly babillait et jouait, sanglée dans son siège à l'arrière. Lorsque la petite fille commença à s'agiter, Katie fit halte dans une aire de repos. Ivy put préparer un biberon, et libérer Dolly de son siège d'enfant pour qu'elle le déguste confortablement.

Elles abaissèrent les vitres pour profiter de l'agréable brise, et, le regard perdu dans l'espace, Katie murmura :

— Moi aussi, j'aimerais devenir maman. Mais je ne suis pas sûre que mon mari y soit prêt.

— Vous n'êtes pas mariée depuis très longtemps, observa Ivy en caressant tendrement la tête de Dolly. Cela viendra.

— Je sais, répondit Katie. Mais la fameuse horloge biologique me dit de me presser. Comment avez-vous su qu'il était temps pour vous d'avoir un enfant ?

Ivy se figea, ses yeux fixés sur sa fille.

— Je ne l'avais pas prévu, reconnut-elle. C'est arrivé.

— Eh bien, je suppose que vous êtes l'une des chanceuses.

— Probablement, oui, répondit Ivy, la gorge serrée.

Elle laissa le silence s'étirer entre elles. Elle devait absolument éviter de craquer. Verser des larmes sur son passé, à ce stade, pourrait lui coûter son précieux job.

— Elle en a eu assez, dit-elle, retirant gentiment la tétine de la bouche du bébé, qui fit encore quelques bruits de succion, avant de laisser retomber sa tête. Nous pouvons repartir.

— Je donnerais tout pour être aussi jeune et aussi innocente, fit remarquer Katie en souriant.

Dolly fut rapidement sanglée dans son siège pour bébé, et, bientôt, elles roulaient à nouveau vers le nord. Depuis très longtemps, Ivy gardait un contrôle sévère sur ses émotions, mais, ce jour-là, elle avait de bonnes raisons de sourire. Elle était en route vers un emploi et un logement, ainsi qu'un salaire qui lui permettrait de faire vivre sa petite famille. Et, par cette douce journée d'automne, avec ce soleil qui brillait de tous ses feux dans un ciel d'azur infini, elle sentit une minuscule étincelle d'espoir renaître en elle.

Les bouleaux, les chênes et les érables composaient un tableau fantastique de couleurs vibrantes, rouges éclatants, jaunes intenses, explosions orangées sans compter toutes les nuances de brun. Cette saison, Mère Nature s'était surpassée.

L'année prochaine, peut-être, Ivy aurait l'opportunité et les moyens financiers d'explorer cette région avec sa fille. Cette perspective lui faisait l'effet d'un rêve fantastique.

Elle fit un effort pour se ressaisir. Le chagrin l'avait privée de tous ses espoirs, de tous ses rêves, mais tout cela, c'était du passé. Elle reconstruisait sa vie. Elle se réinventait. Rien n'était impossible si elle continuait à croire en Ivy Danby.

Le fait de devoir sa bonne fortune à Farrell Stone donnait à réfléchir. Elle l'appréciait. Et même beaucoup. Un homme honorable, séduisant et sexy malgré ses manières bourrues.

Elle avait sincèrement cru que les expériences qu'elle avait vécues avaient annihilé à tout jamais sa féminité. Mais, lorsqu'elle était assise en face de Farrell, dans son bureau, elle s'était surprise à désirer davantage qu'un job. Peut-être un sourire. Un rire partagé.

Elle allait devoir faire très attention à ne pas se ridiculiser.

Katie restait concentrée sur sa conduite, et elles avaient dépassé Bangor et Bar Harbor. À Ellsworth, elles tournèrent enfin sur la petite route qui conduisait à Stone River.

Ici, les quelques automobilistes étaient des locaux. Le paysage était une succession d'épaisses forêts et de terres agricoles, d'étangs paisibles et de lacs, un décor pastoral qui contribua grandement à ramener la paix dans l'esprit d'Ivy.

— Nous ne sommes plus très loin, observa Katie, jetant un coup d'œil à la pendule de bord. Sentez-vous déjà l'océan ?

— En fait, oui, répondit Ivy. J'ai vécu si longtemps à Charleston que je reconnais la brise marine, même si, ici, il fait moins chaud et l'air est moins humide.

— C'est juste derrière ces arbres, là-bas, indiqua Katie. Plus au nord on arriverait à la réserve naturelle de Moose Horn. Et, plus loin, bien sûr, c'est la frontière canadienne.

Ivy n'était jamais allée aussi loin vers le nord de l'État du Maine, mais, dans le bureau de Farrell, elle avait remarqué des photos aériennes de trois demeures spectaculaires bâties sur des promontoires rocheux surplombant l'océan, chacune d'elles reflétant le caractère de son propriétaire.

Presque deux siècles auparavant, un ancêtre des Stone avait acquis une énorme étendue de terres vierges, et il avait donné son nom à la petite rivière qui serpentait à travers sa propriété. Les générations suivantes avaient vendu une bonne partie des terres, mais les frères Stone étaient aujourd'hui encore propriétaires de plusieurs milliers d'hectares. Ils protégeaient leur vie privée. L'entreprise qui avait fait d'eux des milliardaires était née ici, dans ce paradis forestier.

Ivy ne craignait pas la solitude de ce lieu, ni son éloignement. Pour elle, ils représentaient la sécurité. Une opportunité d'être enfin elle-même.

Katie tourna sur la route privée donnant accès à la propriété des Stone, composa le code de la grille et repartit. Elles roulèrent une dizaine de kilomètres sur une route goudronnée parfaitement entretenue.

Dolly commençait à se réveiller lorsqu'elles arrivèrent en vue de la maison de Farrell. En chemin, elles avaient dépassé les embranchements conduisant aux résidences que Zachary et Quin avaient fait bâtir sur le même domaine.

— Je vous montrerai notre maison un autre jour, déclara Katie. Vous devez avoir hâte de vous installer. Désirez-vous parler avec Farrell à la grande maison, ou préférez-vous que je vous conduise directement au bungalow ?

— Au bungalow, s'il vous plaît.

Elles contournèrent la magnifique résidence de Farrell, et Ivy tendit le cou pour mieux la voir. C'était une immense construction dans le style traditionnel de la Nouvelle-Angleterre, aux bardeaux de bois peints en bleu, avec des encadrements blancs. Les nombreuses fenêtres s'ouvraient presque toutes sur des vues de l'océan.

Au-delà de la résidence de Farrell, plus avant dans la forêt, se dressait un petit bungalow joli comme une maison de poupée, aux murs de rondins grossièrement équarris. Et, lorsque Ivy descendit de la voiture, une odeur de bois fraîchement scié vint caresser ses narines.

— C'est ici chez vous, l'informa Katie, mettant pied à terre à son tour. Pensez-vous que Dolly et vous vous y sentirez bien ?

— Qui ne se sentirait pas bien, ici ? répondit Ivy avec un rire incrédule. C'est parfait.

L'intérieur était même plus joli que l'extérieur. Un peu moins de 100 m^2, avec deux chambres confortables séparées par une salle de bains commune, une cuisine compacte mais parfaitement équipée, et un charmant salon meublé d'un sofa et de deux fauteuils assortis, et doté d'une vraie cheminée.

Quelqu'un – peut-être Farrell – avait entassé une petite pile de bûches près de l'âtre, ainsi que du petit bois d'allumage.

Des larmes brûlantes montèrent à ses paupières, et Ivy les refoula à force de volonté. Katie ne comprendrait pas, et Ivy n'avait pas envie de l'expliquer. Pas maintenant. Pas aujourd'hui. Et peut-être jamais.

— Qui a pensé à nous apporter ce berceau ? s'enquit Ivy. Est-ce vous, Katie ?

— Non, c'est Farrell qui en a eu l'idée. Il a suggéré que vous laissiez votre berceau pliant chez lui. Ainsi, Dolly pourra faire sa sieste où que vous soyez. Farrell pense en ingénieur. Toujours à étudier et à calculer.

— C'était très attentionné de sa part, commenta Ivy.

En réalité, cette merveilleuse prévenance en disait long au sujet de l'homme qu'il était. Ivy avait la gorge nouée d'émotion, et elle s'efforçait de n'en rien laisser paraître.

Dolly commençait à s'agiter, et Ivy alla ouvrir la portière arrière de la voiture de Katie.

— Ne pleure pas, mon bébé. Je sais que tu as envie de respirer l'air de la forêt.

— Regardez son expression, fit Katie en riant. Je crois qu'elle se plaît déjà, ici.

Et c'était vrai. Les pleurs avaient instantanément cessé, et, à présent, Dolly mâchonnait son poing d'un air satisfait.

Ivy prit une profonde inspiration, et elle fit de son mieux pour se composer une façade sereine avant de déclarer :

— Je ne voudrais pas vous retenir trop longtemps, Katie. Vous avez déjà fait énormément pour moi. Si cela ne vous dérange pas, pourrions-nous aller jusqu'à l'autre maison, afin que votre beau-frère puisse me montrer les lieux, et me donner ses instructions pour le travail ?

2

Farrell se sentait nerveux. Cette émotion était si inhabituelle chez lui qu'il se demanda si ce ne serait pas plutôt la faim ou la fatigue.

Mais, non. C'était bien de la nervosité.

C'était peut-être parce qu'il avait bouleversé sa vie professionnelle. Peut-être craignait-il que ce nouvel environnement de travail ne soit pas aussi propice à la créativité que son ancien labo à Portland.

Ou peut-être s'inquiétait-il encore de la possibilité d'être victime d'espionnage industriel. Était-ce cela ? Avait-il peur de se faire voler une autre invention ?

Il était un homme mesuré, en pensées et en actions. Ni aussi intrépide que son plus jeune frère, ni aussi insouciant que son frère cadet. Farrell était l'aîné. Le frère responsable.

Une seule conclusion s'imposait : ce qui le rendait nerveux, c'était l'idée qu'Ivy Danby allait s'installer chez lui.

Mais pas *avec* lui, raisonna-t-il pour se rassurer, planté devant l'immense baie vitrée face à l'océan.

Ivy préparerait ses repas et s'occuperait du ménage. Elle et sa fille *ne seraient pas* des invitées vivant sous son toit. Elles avaient leurs propres quartiers.

Lesquels, hélas, se trouvaient aussi sur sa propriété.

Farrell avait aperçu la voiture de Katie dans l'allée un peu plus tôt. À l'évidence, elle montrait le bungalow à Ivy et l'aidait à s'installer. Elles seraient là d'une minute à l'autre.

Lorsqu'il entendit enfin le carillon de l'entrée, il prit une profonde inspiration, espérant que son malaise n'était pas trop évident, et il alla ouvrir la porte.

— Bonjour, dit-il. Entrez, je vous en prie.

Dolly le dévisagea comme si elle voyait un extraterrestre. Et d'abord, que savait-il des enfants ? Rien. Zéro.

Alors, il se concentra sur les deux femmes adultes :

— Avez-vous fait bon voyage ?

— Aucun problème, assura Katie. Une agréable promenade.

— Parfait. Parfait.

— J'ai les deux derniers cartons de tes dossiers dans le coffre de ma voiture, l'informa Katie en lui lançant un regard curieux. Je crois que tu as tout ce qu'il te faut, maintenant.

Durant ces quatre derniers jours, ses deux frères et Katie l'avaient aidé à déménager son laboratoire, car personne, hormis sa famille proche, n'avait été mis au courant de ces changements. Il se demandait encore si tout cela avait été réellement nécessaire, mais le temps le dirait.

Katie dissipa la gêne de cet instant en prenant le contrôle de la situation.

— Et si je jouais un peu avec ce petit bout de chou pendant que vous parlez, tous les deux ? suggéra-t-elle.

Lorsqu'elle eut quitté la pièce, Ivy le dévisagea de ses yeux immenses. Farrell toussota pour s'éclaircir la voix.

— Je suppose que nous pouvons commencer par la cuisine.

— Oui, bien sûr, répondit Ivy d'un ton neutre.

Il lui montra le réfrigérateur, le cellier, lui expliqua l'organisation des placards, des détails que n'importe quelle femme intelligente aurait pu deviner toute seule.

— Je ne suis pas difficile à contenter, conclut-il avec un haussement d'épaules dégagé. Je règle la cafetière chaque soir pour que mon café soit prêt à mon lever, et vous n'avez pas à vous en inquiéter. Je travaille généralement de 6 heures à 8 heures, puis je m'accorde une pause pour le petit déjeuner. J'aime tout, sauf les flocons d'avoine. Pas d'avoine, s'il vous plaît.

— L'avoine est excellente pour le cœur, fit-elle remarquer, esquissant un sourire pour la première fois.

— Mon cœur se porte bien, grogna-t-il. Pas d'avoine.

— Oui, monsieur Stone, j'ai compris. Pas d'avoine.

— Et vous devez absolument m'appeler « Farrell ».

— Pourquoi ? s'enquit-elle en sourcillant.

— Parce qu'il n'y aura que nous deux ici, répondit-il, frustré par son entêtement. Et parce que nous nous connaissons depuis des années, bon sang !

— Nous sommes *trois*, ici, corrigea Ivy d'un ton désapprobateur. Et je ne veux pas que vous profériez des jurons en présence d'une enfant impressionnable. Si c'est un problème pour vous, vous pouvez me licencier tout de suite.

— Parlez-vous sérieusement ? répliqua-t-il, incrédule. Bon sang ! Ce que vous pouvez être collet monté !

— Cela fait deux fois, observa-t-elle d'un ton guindé.

En toute honnêteté, il n'avait même pas remarqué qu'il employait des jurons, et il se sentit rougir.

— Je ferai attention en présence de votre fille, grogna-t-il.

— Avez-vous un tempérament coléreux, Farrell ?

Il la dévisagea une seconde. *Coléreux ?* Personne ne l'avait jamais décrit ainsi de toute sa vie. Têtu, peut-être, mais sûrement pas coléreux.

Réprimant sa frustration, il répondit d'un ton posé :

— Je vous assure, Ivy, que la plupart des gens me considèrent comme une personne facile à vivre. Il m'arrive de m'immerger totalement dans mes projets, et j'oublierai peut-être quelquefois votre présence. Mais vous et moi aurons une relation de travail sereine, je vous le jure.

Aussi longtemps qu'il réussirait à prétendre qu'elle n'était pas la femme la plus fascinante qu'il ait jamais rencontrée.

— Et maintenant, conclut-il, je vais aller parler avec ma belle-sœur, et vous laisser vous familiariser avec la cuisine.

Il trouva Katie sous le porche en train de montrer à Dolly les écureuils qui jouaient à l'orée du jardin.

— Nous restons à l'ombre, dit-elle en lui adressant un sourire. Je doute que Miss Dolly ait pensé à emporter de la crème solaire.

— Quelle est l'histoire d'Ivy ? s'enquit-il en baissant la voix. Depuis quand son mari est-il décédé ? A-t-il connu sa fille ? Que s'est-il passé ?

— Sa vie privée ne nous regarde pas, Farrell, rappela Katie, cessant de sourire. Ce qui est certain, c'est qu'elle n'ira pas parler de *ton* travail à qui que ce soit. D'après Delanna, elle traverse une période difficile, mais elle était bouleversée, et elle est restée vague sur les détails. Le fait est que tu lui offres une chance de reconstruire sa vie.

— Comment va ta sœur ? s'enquit-il. N'est-elle pas furieuse contre toi pour lui avoir enlevé sa colocataire ?

— Elle s'en remettra, assura Katie. Elle trouvera une autre coloc. À présent qu'elle a plaqué son minable de petit ami, Delanna s'en sort très bien. Elle ne m'emprunte même plus de l'argent. Je suis très fière d'elle.

Katie caressa les cheveux fins du bébé avant d'ajouter :

— Aimerais-tu la tenir dans tes bras ! Elle est si mignonne !

Farrell tendit ses bras d'un geste automatique, et il découvrit que Dolly était plus légère qu'elle n'en avait l'air. Son petit corps était tiède et dodu, et sa peau douce avait une bonne odeur de bébé. Au creux de sa poitrine, son cœur fit un bond. Il n'avait jamais souffert de n'être pas papa. Ce n'était pas dans ses projets. Mais, le temps d'un instant, il eut pitié de ce pauvre type qui n'avait pas pu voir sa fille grandir.

— Merci, Katie, dit-il avec un sourire reconnaissant.

— Merci pour quoi ?

— Pour avoir conduit Ivy jusqu'ici et pour l'avoir aidée à s'installer. Mais, surtout, pour avoir rendu Quin heureux.

— Ton frère t'a-t-il dit que nous allons au ski en décembre ? Juste une petite virée à Aspen pour l'aider à retrouver toute son énergie. Et beaucoup de nuits devant la cheminée avec un bon grog bien chaud, et...

— Épargne-moi le récit de tes prouesses sexuelles avec mon frère, coupa-t-il, levant une main pour l'arrêter.

— Comment sais-tu de quoi j'allais te parler ? ironisa-t-elle.

— Tu sais, Katie, dit Farrell en riant, l'idée de travailler dans ce contexte assez peu orthodoxe commence à me plaire. Qui sait ? Je pourrais avoir quelques idées brillantes.

— Je l'espère pour toi, répondit Katie. Stone River Outdoors en a besoin. Ces dernières années ont été difficiles.

— C'est vrai, convint-il.

Il replaça le bébé dans les bras de Katie, qui lui adressa un regard mélancolique, comme si elle sentait combien il lui était difficile d'établir des liens avec le bébé.

— Qu'as-tu fait d'Ivy ? s'enquit-elle.

— Elle est dans la cuisine, à essayer de trouver ses marques. Je suis sûr qu'elle ne tardera pas à venir nous rejoindre.

Ivy ouvrit le gigantesque réfrigérateur intégré dans le mur pour examiner l'intérieur, qu'elle trouva généreusement garni. Malgré l'isolement de sa propriété, Farrell pouvait apparemment se faire livrer facilement toutes les nécessités.

La cuisine était aussi fabuleuse que le reste de la maison. Ivy était bonne cuisinière. Avec un mari exigeant à nourrir durant des années, elle avait dû apprendre. Préparer les repas ici ne lui poserait aucun problème.

Elle savait déjà que la famille Stone était riche, mais la réalité de leur fortune la laissait ébahie.

D'autant plus que cette propriété était la *résidence secondaire* de Farrell. Il possédait un grand appartement à Portland, probablement plus luxueux que cette maison.

Pour sa part, Ivy désirait uniquement offrir une vie décente à sa fille et garder un toit au-dessus de leurs têtes. Si Farrell avait besoin de travailler dans un laboratoire secret au fin fond des bois, elle était déterminée à se rendre indispensable à ses yeux.

La porte de la cuisine pivota sur ses gonds, et l'objet de ses pensées entra d'un pas dégagé. Il avait tout du mâle dominant. Masculin. Puissant. Magnifique. Katie suivait sur ses talons, Dolly dans ses bras.

— Tout va bien ? s'enquit Farrell en souriant.

— Même mieux que cela, répondit Ivy, prenant Dolly des bras de Katie. Cette cuisine est extraordinaire. Mais quelles autres tâches ménagères attendez-vous de moi ?

— Je peux répondre à cette question, intervint Katie. Les hommes n'ont aucune idée de ces choses-là. Farrell reçoit des invités au moins une fois par mois, principalement des relations d'affaires. Les deux étages supérieurs comptent quatre suites chacun. Vous serez probablement appelée à vous occuper de quelques détails lorsqu'elles seront utilisées, mais vous n'aurez pas à vous y attaquer sérieusement avant le départ des invités.

— Après chaque réception importante, je fais généralement appel à un service de nettoyage, précisa Farrell. Ivy n'aura pas à se charger des gros travaux. D'après notre accord, ses fonctions ne concernent que la cuisine et *un peu* de ménage.

— Je peux le faire, objecta Ivy.

— Non, coupa Farrell. C'est à moi de décider. Pas à vous.

— Comme il vous plaira, marmonna-t-elle. C'est votre argent. Libre à vous de le gaspiller.

Farrell était un homme imposant. Sa taille et son évidente force physique auraient pu l'inquiéter si elle ne l'avait pas trouvé aussi fascinant. En outre, lui-même ne semblait pas faire grand cas de sa propre force.

Debout près de cette force de la nature, Katie, qui était plutôt grande pour une femme, paraissait minuscule.

Ses cheveux bruns, assez longs pour lui donner un air détendu et suffisamment courts pour rester dans son rôle de patron, étaient striés de caramel et d'or, une combinaison que beaucoup de femmes auraient payé une fortune pour imiter.

Ses yeux d'un vert fascinant étaient également pailletés d'or. C'étaient les yeux d'un homme qui avait une profonde connaissance de la vie. Un homme sérieux. Posé. Peu enclin à se laisser aller à des caprices.

Ivy en était soulagée. Elle détestait les surprises.

— Je dois filer, déclara Katie en consultant sa montre. Je dois être de retour à Portland avant 18 heures.

Katie serra Ivy dans ses bras et déposa un baiser sur le front de Dolly. Ivy ressentit un instant de panique devant le départ imminent de sa bienfaitrice, mais elle se ressaisit.

— Merci pour toute l'aide que vous nous avez apportée, Katie, dit-elle. Je vous en suis très reconnaissante.

— Pas de problème, assura Katie. J'adore venir ici. Quin et moi pourrions bien revenir bientôt. Nous nous reverrons à ce moment-là.

En hôte parfait, Farrell quitta la cuisine pour raccompagner sa belle-sœur jusqu'à sa voiture. Mais peut-être l'aidait-il seulement à décharger les cartons de dossiers que Katie avait mentionnés. Ivy traînailla dans la cuisine, réfléchissant à ce qu'elle pourrait préparer pour dîner. Ce premier repas risquait d'être compliqué par son manque de familiarité avec les lieux. Elle retourna donc dans le cellier et examina le contenu du congélateur pour avoir une meilleure idée des provisions à leur disposition.

Farrell réapparut un instant plus tard, ses cheveux décoiffés par la brise qui soufflait à l'extérieur.

— Pourquoi Dolly et vous ne profitez-vous pas du reste de l'après-midi pour vous familiariser avec votre nouvel environnement ? suggéra-t-il. Je me chargerai moi-même du dîner, ce soir.

— Non, Farrell ! protesta Ivy. Vous m'avez engagée pour un certain travail. J'apprécie votre sens de l'hospitalité, mais je préparerai moi-même le dîner. 18 heures, cela vous va ?

— Je sens que vous et moi allons nous accrocher occasionnellement, lâchat-il d'un ton désapprobateur.

— Je n'ai pas besoin de votre charité, répliqua-t-elle. Je tiens à gagner ma vie en travaillant.

— Pourtant, votre CV ne mentionnait aucun emploi depuis dix ans. Aimeriez-vous m'expliquer ce détail ?

Ivy prit une profonde inspiration. Elle ne s'était pas attendue à cette riposte. Malgré tous ses efforts pour afficher une attitude sereine, elle sentit qu'elle s'était mise à trembler.

Bats-toi, Ivy. Ne te laisse pas gagner par le désespoir. Bats-toi pour Dolly et pour toi-même.

— Je n'ai rien à expliquer, répondit-elle, la gorge serrée. Avez-vous changé d'avis à mon sujet ?

Une série d'émotions traversa le regard de Farrell. Surprise. Inquiétude. Frustration.

— La place est à vous, grogna-t-il. Je ne reviens jamais sur une promesse. Mais j'attends aussi de mes employés qu'ils écoutent mes suggestions.

— Vous voulez dire vos *ordres* ? répliqua-t-elle.

Elle regretta ces paroles sitôt qu'elles eurent franchi ses lèvres, et elle ajouta précipitamment :

— Je vous demande pardon. Je sais que je dois vous faire une horrible première impression. J'apprécie la considération dont vous avez fait preuve avec moi. Dolly a besoin d'une sieste, et je crois que cela me ferait du bien, à moi aussi. Dites-moi seulement à quelle heure je dois revenir pour le dîner.

Penché au-dessus de l'évier, Farrell vit sa nouvelle employée s'éloigner en direction du bungalow, à une trentaine de mètres de la maison. Son nouveau labo occupait une structure similaire, un peu plus loin sur la droite.

Il avait quelques heures devant lui avant de devoir s'occuper du dîner, mais, pour une raison mystérieuse, il n'avait pas envie d'aller s'enfermer dans son labo.

C'était un environnement de travail idéal. Outre le laboratoire lui-même, il comportait un bel espace de bureau, mais aujourd'hui, il ne se sentait pas dans son assiette. Il allait peut-être avoir besoin d'un peu de temps pour s'adapter.

Au lieu de cela, il sortit sous le porche et porta les deux cartons que Katie lui avait rapportés de Portland à l'intérieur de la maison. Il tria tous ses dossiers sur l'îlot central de la cuisine, en se demandant pour la énième fois comment quelqu'un avait pu avoir accès à ses projets les plus confidentiels.

S'agissait-il de cybercriminalité ? Ou quelqu'un s'était-il simplement introduit dans ses locaux pour photographier ses documents ? Pour ses croquis initiaux, il utilisait souvent des feuilles de papier. Lorsqu'il était satisfait de l'idée générale, et là seulement, il passait à l'informatique. Il changeait fréquemment ses mots de passe, et Zachary était le seul à les connaître. De plus, il préférait les mémoriser que les noter.

Dans l'opinion de Farrell, Stone River Outdoors prenait toutes les précautions raisonnables pour protéger sa propriété intellectuelle. Et néanmoins, ses deux dernières réalisations innovantes s'étaient retrouvées sur le marché avant même qu'il n'ait eu le temps d'y mettre les dernières touches. Les imposteurs, en outre, avaient fait du mauvais travail. Leurs produits étaient minables, et ils avaient reçu un accueil froid du public.

Il demeurait que Farrell avait travaillé durant des mois pour rien. Dans un an ou deux, il pourrait mettre sur le marché ses propres versions. Mais l'excitation de la nouveauté se serait envolée.

Il rangea soigneusement les dossiers triés dans les cartons.

Le lendemain, il les emporterait au labo. Entre-temps, il devait se faire à l'idée de la présence d'Ivy dans sa vie. Le deuil de cette jeune femme était un douloureux rappel de celle qu'il avait perdue, lui aussi.

Pourrait-il continuer à la voir tous les jours sans penser constamment à Sasha ? Il s'était dit qu'il était guéri de son chagrin.

Mais son cœur, hélas, avait son propre agenda.

3

Dolly s'endormit dans son nouveau berceau comme s'il avait toujours été le sien. Ivy remerciait le ciel que son bébé s'adapte aussi facilement. La courte vie de sa fille avait été pour le moins mouvementée. Une toute petite enfant pouvait-elle intérioriser ces expériences à un niveau plus profond ?

Son bébé était-elle marquée pour la vie ?

Et Ivy, l'était-elle aussi ?

Elle refoula fermement ces idées noires. C'était un exercice mental qu'elle maîtrisait à la perfection. Au lieu de ressasser le passé, elle emporta le moniteur pour bébé dans la seconde chambre et l'installa sur la commode.

Le lit l'attirait irrésistiblement. La fatigue – mentale et physique – était son lot quotidien depuis quelque temps. Prendre soin d'un bébé est un travail épuisant, mais la plupart des mamans ont quelqu'un pour les aider. Un mari. D'autres membres de la famille. Et toutes les nouvelles mamans n'ont pas eu à lutter contre la culpabilité et le regret.

Ivy ôta son jean et son léger pull de coton, et elle se glissa sous la couette. Jamais elle n'avait dormi dans un lit aussi doux. Un matelas parfait, des draps de haute qualité et une couette de duvet d'oie. Le rêve absolu.

La famille Stone était habituée à ce qui se fait de meilleur. Ce bungalow que Farrell avait construit dans les bois était un palais en miniature, luxueux dans chaque détail.

Meubles sur mesure. Bois précieux. Toiles originales sur les murs. Ce bungalow jouait avec le thème rustique, mais chaque détail en était exquis.

Ivy ferma les paupières, et elle songea à Farrell Stone…

Elle se réveilla en sursaut une heure et demie plus tard, son cœur battant à tout rompre, en proie à une soudaine panique. *Dolly*. Elle se redressa vivement dans le lit pour jeter un coup d'œil au moniteur pour bébé, et elle poussa un soupir de soulagement. Sur l'écran, elle vit que sa fille venait de se réveiller de sa sieste, et qu'elle jouait avec ses petits orteils en babillant. C'était ce son qui avait réveillé Ivy.

Tout allait bien. Le bébé et elle étaient en sécurité. Il allait lui falloir un peu de temps pour s'en convaincre. Elle s'habilla rapidement et prépara un biberon avant que Dolly ne fasse une grosse colère. Sa fille tolérait mal d'avoir l'estomac vide.

Et, comme il fallait s'y attendre, Dolly se mit à hurler dès qu'elle ouvrit la porte entre les deux chambres. Ivy la souleva dans ses bras, et elle lui sourit.

— Ne sois pas si impatiente, mon cœur, dit-elle en s'installant dans le ravissant fauteuil à bascule, sa fille serrée contre son sein. Maman va te donner ton biberon.

Dolly était encore trop jeune pour tenir toute seule son biberon, mais elle tendit ses mains potelées pour s'en saisir.

Ivy ne se lasserait jamais de voir sa fille la regarder avec cette expression d'étonnement candide dans ses grands yeux.

— Je t'aime, ma douce petite fille, murmura-t-elle. Je crois que nous allons être heureuses, ici.

Si la perspective de leur sécurité financière et d'un logement confortable était sa principale raison d'espérer, une petite voix lui chuchotait que ces retrouvailles avec Farrell, aujourd'hui adulte et formidablement séduisant, seraient un bonus supplémentaire.

À 17 h 45, Ivy vérifia le contenu de son sac à langer, puis elle jeta un dernier coup d'œil à son reflet dans le miroir. Elle n'avait pas changé de vêtements. Même jean délavé. Même pull de coton rose. Farrell portait une tenue décontractée lorsqu'elle l'avait rencontré. Elle doutait sincèrement qu'il s'habille pour dîner dans sa retraite au fond des bois.

L'image que lui renvoyait le miroir montrait les effets des

épreuves qu'elle venait de traverser. Elle était trop mince. Mais ce problème serait facilement réglé, à présent qu'elle s'était posée. Ses cheveux, qui retombaient autrefois jusqu'à ses épaules, atteignaient à peine son menton. Mais c'était un changement positif. Débarrassée du poids de cette chevelure, elle se sentait plus libre. Et cette coiffure serait plus facile à entretenir avec un bébé qui réclamait toute son attention.

Elle se recoiffa du bout des doigts, passa une touche de gloss rouge cerise sur ses lèvres, puis, chargée du bébé et du sac à langer, elle se mit en chemin vers la grande maison.

Par temps de pluie ou de neige, ce sentier pourrait s'avérer délicat avec un bébé dans les bras, mais, ce jour-là, il faisait un temps magnifique, et ce fut une promenade agréable.

Farrell ne lui avait pas remis de clé, mais la porte n'était pas verrouillée. Il devait penser que personne ne viendrait lui voler ses idées dans ce coin perdu.

Elle entra par une petite porte donnant sur un vestibule parfaitement ordonné où il rangeait ses bottes, ses cirés et son matériel de pêche. S'engageant dans un couloir, elle dépassa la buanderie et une petite chambre d'invités, et arriva enfin dans la cuisine. Elle aurait pu la trouver rien qu'en suivant les délicieuses odeurs qui en provenaient. Et, tout à coup, elle se rendit compte qu'elle mourait de faim. Katie et elle s'étaient arrêtées à un fast-food sur la route, mais c'était des heures plus tôt.

Lorsqu'elle entra, Farrell releva la tête.

— Ah, vous voilà, dit-il. J'étais sur le point d'aller voir comment allaient ces demoiselles.

— Nous sommes là, et nous nous portons à merveille. Cette sieste nous a fait le plus grand bien.

Le sourire de Farrell, cordial et sincère, fit bondir le cœur d'Ivy. Cela faisait tellement longtemps qu'elle n'avait pas éprouvé une émotion aussi agréable qu'elle resta ébahie par la vague de désir qui déferlait sur elle à cet instant.

C'était normal, se dit-elle. Farrell Stone était un homme extrêmement séduisant. Lorsqu'il se détourna d'elle pour recommencer à beurrer d'épaisses tartines de pain, elle en profita pour l'observer.

Elle avait bien fait de ne pas se changer. Lui aussi portait le même jean. Son pull vert mousse était tendu sur ses larges épaules, et il avait remonté les manches jusqu'aux coudes. Ses grandes mains hâlées se mouvaient avec précision.

— Ce sera bientôt prêt, assura-t-il, glissant le plat de tranches de pain dans le four.

Il marqua une pause, avant d'ajouter :

— J'ai commandé une chaise haute pour Dolly, tout à l'heure. On nous la livre dès demain. Pardonnez-moi de ne pas y avoir pensé plus tôt. Ma seule excuse, c'est que je ne suis pas habitué à avoir des bébés dans la maison.

— Vous n'étiez pas obligé de faire cela, protesta-t-elle. Ces chaises sont chères. Mais je vous rembourserai avec mon premier chèque, bien entendu.

— Non, répondit-il en lui lançant un regard sévère. Pas question. Tout ce dont Dolly et vous aurez besoin durant votre séjour ici sera compté comme frais professionnels. De la même façon qu'un ordinateur ou une imprimante. M'assurer que vous vous sentez bien, ici, fait partie de mes responsabilités. C'est moi qui vous ai éloignées de la civilisation, et le moins que je puisse faire, c'est veiller à ce que votre séjour ici soit aussi agréable que possible.

Après cela, il n'y avait plus rien à dire. Ivy accorda toute son attention à Dolly. Elle aurait bien proposé de l'aider, mais la table était déjà dressée dans le coin du petit déjeuner.

Un instant plus tard, ils étaient assis devant des assiettes fumantes de pâtes cheveux d'ange à la bolognaise, saupoudrées de parmesan fraîchement râpé et accompagnées de pain grillé frotté d'ail.

Dolly assise sur son genou, Ivy goûta une première bouchée.

— Je suis impressionnée, dit-elle. C'est délicieux.

— Ne concluez pas trop vite, répondit-il en riant. C'est Mme Peterson qui avait préparé la sauce et l'avait laissée au réfrigérateur. Tout ce que j'ai eu à faire, c'est la mettre à réchauffer et jeter quelques pâtes dans l'eau bouillante. N'importe quel idiot aurait pu s'en charger.

— Mme Peterson ?

— La gouvernante de Quin. Elle a offert d'approvisionner ma cuisine et le bungalow dès qu'elle a appris que vous alliez travailler ici. D'ailleurs, si vous avez un jour des questions et que je suis trop immergé dans mon travail pour vous répondre, elle m'a demandé de vous dire que vous pouviez l'appeler à tout moment.

Ils continuèrent leur repas un instant, mais le silence rendait Ivy nerveuse, et ce fut elle qui reprit la parole :

— Parlez-moi de vos frères, suggéra-t-elle. Je crois qu'ils sont plus jeunes que vous, n'est-ce pas ?

Farrell se leva et remplit leurs deux verres avec un vin rouge de Californie.

— C'est juste, convint-il. Nés à deux ans d'intervalle les uns des autres. Vous et moi avons le même âge, bien sûr. Ensuite viennent Zachary, puis Quin.

— Et c'est Quin qui a participé aux Jeux olympiques ?

— Oui. Quin était un skieur de classe mondiale jusqu'à cet accident dans lequel notre père a trouvé la mort.

— J'ai lu un article au sujet de cet accident dans la version en ligne du journal de Portland, murmura-t-elle.

— Quin était dans la voiture, lui aussi, et sa jambe fracturée a nécessité plusieurs opérations et une longue période de rééducation. Aujourd'hui, il marche normalement, mais le ski de compétition fait partie du passé, pour lui.

— C'est affreux. Il a dû être dévasté.

— On peut le dire, oui. Nous vivons tous des épisodes qui changent nos vies. Heureusement pour Quin, Katie est apparue dans la sienne et l'a aidé à rassembler les morceaux. Mon petit frère est un nouvel homme, aujourd'hui. Un homme meilleur, même. Le ski consumait toute sa vie. Il est plus équilibré, à présent. En paix avec le monde.

— Et Zachary ?

— Zachary collectionne les conquêtes. Je doute qu'une femme puisse jamais le domestiquer.

Ivy brûlait de questionner Farrell au sujet de son épouse défunte. Elle savait qu'il était veuf… mais rien de plus. Mais, en s'aventurant sur le terrain personnel avec lui, elle s'exposerait à devoir répondre à des questions concernant son propre passé. Et cela, elle ne pouvait pas se le permettre. Alors, elle savoura ses pâtes et fit taire sa curiosité.

Hélas, son patron était curieux, lui aussi.

— Je sais que vous avez quitté Portland il y a très longtemps, observa-t-il. Qu'est-ce qui a incité votre famille à partir s'installer en Caroline du Sud ?

Ivy réprima un soupir de soulagement. C'était une question à laquelle elle pouvait répondre sans danger.

— Mon père était un pêcheur de langoustes du Maine, mais il avait des tantes et des oncles dans le Sud. Par le biais de ces relations, on lui a offert un poste de capitaine sur un bateau qui emmenait des touristes pêcher à la journée. Maman détestait les hivers froids du Nord, et nous avons fait nos bagages. Moi, j'avais douze ans, et l'idée de ne plus voir mes amis ne m'enchantait guère. Mais tout s'est bien passé.

Ivy sentait qu'il s'apprêtait à lui poser d'autres questions, alors elle changea précipitamment de sujet.

— Rentrerez-vous à la maison pour vos repas, ou dois-je vous les apporter dans votre laboratoire ? Cela ne me dérange pas du tout, je vous assure. Je me souviens que vous m'avez dit que, lorsque vous êtes immergé dans votre travail, vous oubliez tout le reste.

— Non, répondit-il, ce serait trop vous déranger. Pourquoi ne pas convenir d'un compromis ? J'ai un petit réfrigérateur dans mon nouveau bureau. Si vous me préparez un sandwich chaque matin pour le déjeuner, je l'emporterai avec moi. Ensuite, je mettrai un point d'honneur à rentrer à la maison pour le dîner à 18 h 30 précises. Cela vous convient-il ?

Ivy réfléchit rapidement. En temps normal, elle couchait Dolly à 19 heures. Mais, avec une petite sieste, elle tiendrait bien jusqu'à 20 heures, ce qui lui laisserait le temps de nettoyer la cuisine. Farrell Stone faisait des efforts visibles pour rendre son séjour agréable. C'était à elle de s'adapter à ses rythmes de vie, pas à lui.

— Bien sûr, répondit-elle. Et, si je prépare des plats qui ne sont pas à votre goût, n'hésitez pas à me le signaler. Je tiens à ce que vous soyez satisfait.

Elle le vit tressaillir, et il se leva brusquement. Craignant qu'il n'ait mal compris ses paroles, elle se sentit rougir, mais elle fit de son mieux pour prétendre que tout allait bien, durant les longues minutes qu'il fallut à Farrell pour sortir la crème glacée du congélateur et servir le dessert.

Lorsqu'il revint s'asseoir, le moment était passé. Tout du moins, elle l'espérait.

Elle avala sa crème glacée rapidement.

— Merci pour ce dîner, dit-elle en posant sa cuiller. Si cela ne vous fait rien, Dolly et moi allons nous coucher tôt, ce soir. Votre petit déjeuner sera prêt demain matin à 8 heures.

— Détendez-vous, Ivy, dit-il en la dévisageant d'un air impassible. Vous n'êtes pas à l'usine. Ici, on ne pointe pas.

— Oui, je le sais. Mais vous me payez pour mes services.

Ivy réprima un soupir. Une nouvelle fois, sa réponse avait pu lui paraître ambiguë. Repoussant sa chaise, elle se leva. Elle se sentait nerveuse et désemparée.

— Verriez-vous un inconvénient à ce que Dolly et moi rentrions au bungalow ?

— Bien sûr que non. Reposez-vous bien. Ici, à la maison, je ne ferme la porte à clé que lorsque je m'absente. Nous sommes parfaitement en sécurité. Mais, par précaution, je vais vous remettre des clés pour le bungalow. Il est toujours difficile de dormir dans un endroit inconnu, au début. Vous vous sentirez mieux si vous donnez un tour de clé.

Sur ces mots, il alla poser les deux bols vides dans l'évier, puis il ouvrit un tiroir et lui tendit un trousseau de clés.

— Tenez, celles-ci sont à vous.

Ivy les prit, et, en serrant les clés aux arêtes dures dans sa paume, elle dut reconnaître qu'elle avait franchi un énorme obstacle. Le passé était le passé. Elle ne permettrait à personne de la définir par rapport à ce qui lui était arrivé.

Serrant sa petite fille contre elle, le seul trésor qu'elle ait au monde, elle leva les yeux vers Farrell, et elle lui sourit. Elle ne devait pas se laisser terrasser par ses émotions. Pas avant de pouvoir le faire en privé.

— Merci, murmura-t-elle, la gorge serrée.

Il l'observa attentivement, ses yeux d'émeraude et d'ambre l'analysant, ébauchant des hypothèses, s'efforçant de comprendre ses réticences. Puis, il hocha la tête.

— Tout le plaisir est pour moi, Ivy.

Elle soutint son regard aussi longtemps qu'elle en fut capable, puis, marmonnant un vague « Bonsoir », elle s'enfuit dans la nuit automnale du Maine. Dolly s'était endormie contre son épaule malgré la fraîcheur du soir. La lune n'était pas levée, et elle devait veiller à ne pas trébucher sur le sentier. Des milliards d'étoiles scintillaient dans le ciel, si belles mais si lointaines... Ivy se sentait minuscule.

Elle avait un ardent besoin de paix. De bonheur. Les rêves qu'elle caressait n'avaient rien d'extraordinaire. La vie lui avait donné de précieuses leçons.

Alors qu'elle commençait à sentir le vent frisquet sur sa peau, elles arrivèrent au bungalow, et Ivy referma la porte à clé derrière elle. C'était peut-être puéril de sa part, mais elle jeta un coup d'œil dans chaque pièce et dans chaque placard, pour s'assurer que Dolly et elle étaient seules.

Certaines gens ne croyaient pas aux monstres, mais Ivy savait par expérience qu'ils existaient.

Cette journée avait été trop longue pour qu'elle donne son bain à Dolly. Au lieu de cela, Ivy la déshabilla, changea sa couche et la vêtit d'une grenouillère propre. Ensuite, elle prépara un biberon et alla jeter un coup d'œil dans la chambre qui ferait office de nursery.

Les draps du berceau étaient imprimés de minuscules animaux de cirque. Dans les tiroirs, elle trouva d'autres draps et une profusion d'articles pour bébé, ainsi qu'un sac de shopping d'un magasin de luxe, aux poignées de raphia nouées par un ruban argenté.

Dolly toujours dans ses bras, Ivy se pencha pour examiner son contenu. Un petit mot était attaché à la poignée :

« Je n'ai pas d'enfants à moi, alors, permettez-moi de gâter Dolly. Votre amie, Katie. »

La gorge serrée d'émotion, Ivy étala le contenu du sac sur le berceau. Elle ne savait plus si elle devait rire ou pleurer. Personne ne lui avait offert de présents lorsque son bébé était né, et la générosité de Katie la laissait sans voix.

Katie avait acheté une douzaine de tenues pour Dolly, une moitié dans sa taille actuelle, et l'autre une taille au-dessus. C'étaient des vêtements pour bébé très haut de gamme et vraiment adorables. Quelques articles roses, mais d'autres arborant des couleurs éclatantes. Et même un cardigan miniature d'un grand couturier.

Ivy prit une profonde inspiration. Ces largesses avaient un goût de charité. Et elle détestait qu'on ait pitié d'elle. Mais Katie ignorait tout des détails de sa vie. Elle savait seulement que Dolly était un bébé, qu'elle serait bientôt trop grande pour ses vêtements et qu'il lui en faudrait de nouveaux.

En outre, Katie avait épousé l'un des frères Stone, qui étaient tous riches à millions. Elle avait les moyens.

Sans plus y réfléchir, Ivy lui envoya un texto.

Je viens de trouver les tenues de bébé ! Vous êtes trop gentille. Dolly et moi vous remercions beaucoup…

À ce stade, Dolly refusa d'attendre plus longtemps son repas, et Ivy s'installa dans le fauteuil à bascule. L'un de ses instants favoris de la journée, c'était lorsqu'elle voyait les merveilleux cils de Dolly s'abaisser sur ses joues veloutées.

Plus tard, lorsqu'elle se glissa dans son lit et qu'elle éteignit la lumière, la pièce fut plongée dans de profondes ténèbres. Quelque part, elle entendit un craquement de bois.

Rien de sinistre. Seulement un nouvel environnement.

Et, voguant entre veille et sommeil, une image revenait dans sa mémoire. Farrell Stone. Un homme qu'elle connaissait littéralement depuis son enfance. Mais ces souvenirs pouvaient être trompeurs. Qui savait quel genre de personne il était devenu entre-temps ? Elle se souvenait d'un garçon tranquille. Un bon élève.

Ces souvenirs lointains étaient rapidement remplacés par des impressions nouvelles. Son patron était un adulte. Grand. Fort. Impressionnant. Il faisait battre son cœur plus vite.

Qu'allait-elle faire, grands dieux ?

4

Farrell avait rêvé de Sasha. Il courait dans les couloirs de l'hôpital, cherchant fiévreusement sa chambre. Puis le docteur aux yeux tristes l'informait qu'elle n'était plus...

Il se réveilla en sursaut. Son cœur battait très fort, et il fit un effort pour se ressaisir. Il croyait avoir fait la paix avec ce sentiment de deuil. Sept ans déjà... N'était-ce pas suffisant ?

Le réveil allait sonner dans quinze minutes. Autant se lever tout de suite. Il avala, coup sur coup, deux tasses de café noir et bien fort, et son cerveau retrouva sa lucidité. Son troisième café, il l'emporta au labo dans une thermos. Dehors, le gazouillis des oiseaux et le murmure du vent dans les feuillages apaisèrent son malaise, et il se mit en marche à pas lents, sentant ses membres se dégourdir et revenir à la vie.

Il avait toujours aimé travailler à Portland, mais il devait reconnaître que ce nouvel arrangement avait quelques attraits supplémentaires. Après le décès de leur père, ses frères et lui, qui n'occupaient jusque-là que des emplois à mi-temps, avaient dû endosser les responsabilités de la direction de Stone River Outdoors. Depuis, il ne leur restait plus beaucoup de temps pour flâner.

Leur père avait été un homme dur, mais généralement juste, qui avait dû élever seul ses enfants après le décès de son épouse. Lorsque ses fils avaient atteint la vingtaine, et qu'ils parcouraient le monde de fête en fête, il ne leur avait jamais fait aucun reproche.

Bien sûr, Farrell avait suivi une autre voie. Il s'était marié jeune avec sa chère Sasha. Il avait été un jeune veuf. Après cela, il avait consacré toute son énergie à la recherche et au développement de nouvelles technologies pour Stone River Outdoors. L'entreprise que leur arrière-grand-père avait fondée avait connu une croissance absolument phénoménale.

Aujourd'hui, Quin dirigeait l'ensemble, et Zachary gérait les finances. Ce qui laissait Farrell libre pour créer.

Dans son nouvel environnement il était libéré de ses vieilles routines quotidiennes. C'était un nouvel espace, mais, grâce à son esprit méthodique, à peine une demi-heure plus tard, il était totalement absorbé dans son tout dernier projet.

Lorsqu'il reprit contact avec la réalité, il jeta un coup d'œil à sa montre, et il réprima un juron. Presque 11 heures.

Or, il avait demandé à Ivy d'avoir le petit déjeuner prêt à 8 heures. Était-elle frustrée ? Furieuse ? Les deux ?

Il savait qu'il n'était pas facile à vivre. Mais il n'avait pas envie de mourir de faim. Ou de se nourrir de sandwichs au beurre de cacahuètes. Il avait besoin d'elle. Il lui promettrait de s'amender. De mieux respecter ses efforts.

Lorsqu'il se précipita dans la cuisine, il trouva Ivy et Dolly attablées devant l'îlot central. Ivy portait un corsage de coton blanc tout simple, et le même jean que la veille. Il reconnaissait la déchirure à l'un des genoux. Ivy avait trouvé un ensemble de bols miniatures multicolores dans un placard, qui servaient à présenter des sauces pour les apéritifs. Dolly en tenait un dans sa main gauche, et un autre dans sa main droite. Le reste était étalé devant elle sur le granit.

— Navré d'être en retard, s'excusa Farrell. Demain, je serai à l'heure, je vous le promets.

— C'est votre maison et votre repas, répondit Ivy d'un ton neutre. Vous avez le droit de manger à l'heure qu'il vous plaît.

— Je ne voulais pas compliquer votre travail.

— Mon travail consiste à vous préparer des repas lorsque vous le souhaitez, dit-elle en se levant, le bébé dans ses bras. Le bacon est encore présentable, et je vais simplement faire frire d'autres œufs. J'en ai déjà jeté quelques-uns en vous attendant.

— Ne craigniez-vous pas que je vous reproche ce gaspillage de nourriture ? plaisanta-t-il.

Ivy devint toute pâle, et elle recula jusqu'à l'autre bout de la cuisine. Le temps d'un instant, Farrell eut l'impression de jouer dans une pièce dont il ne connaissait pas le texte. Un instant plus tôt, il avait été affamé, mais à présent, son appétit avait disparu.

— Nous devons parler, vous et moi, déclara-t-il d'une voix lente. Pour quel genre d'homme me prenez-vous ?

Elle esquissa un haussement d'épaules fataliste, tenant le bébé serré contre elle comme un bouclier.

— Je ne vous connais pas du tout, fit-elle remarquer.

— En tout cas, je ne vous ferai jamais de reproches si j'arrive en retard et que les œufs sont froids. Est-ce clair ?

— D'accord, répondit-elle en se détendant un peu. J'ai compris. Alors, voulez-vous que je fasse frire d'autres œufs ?

Farrell se sentait ridicule. Il était tenté de lui répondre d'oublier ce fichu petit déjeuner, mais il avait peur de la contrarier. Ivy Danby était fragile. Elle ne manquait pas de courage ni de détermination, mais elle avait survécu à *quelque chose*. Les indices qu'il commençait à accumuler dans ce sens l'inquiétaient.

Devrait-il insister pour connaître la vérité, ou bien la laisser guérir toute seule de ses blessures ? Il y réfléchissait encore lorsqu'elle répéta :

— Alors, Farrell, voulez-vous d'autres œufs ?

— Non, répondit-il en soupirant. Je vais me préparer un sandwich, et avancer mon déjeuner.

Il hésita une seconde, avant d'ajouter :

— Je n'ai peut-être pas été entièrement honnête avec vous. Je ne vous houspillerai jamais pour des œufs froids, mais il peut m'arriver de me sentir frustré. Si vous m'entendez hurler, ce ne sera pas parce que je suis mécontent de vous.

Cette fois-ci, elle le dévisagea avec une telle intensité qu'il sentit ses cheveux se dresser sur sa nuque. Ce regard de femme fixé sur lui le troublait profondément. Était-elle toujours aussi sérieuse ? Aussi concentrée ?

— Voulez-vous dire que vous êtes coléreux ? s'enquit-elle.

En toute autre situation, il aurait pu s'agir d'une question innocente. Mais pas pour Ivy, il le sentait d'instinct.

— Tout le monde se met en colère à un moment ou un autre, ne croyez-vous pas ? répondit-il d'un ton léger.

— Pas moi, fit-elle après une seconde de réflexion. Mais je suppose que c'est vrai pour la plupart des gens.

— Il existe plusieurs variétés de colère, observa-t-il d'une voix douce. Certaines personnes évacuent leur frustration en criant, mais cela ne signifie rien. Ils ne sont pas dangereux.

Il la vit tressaillir au mot « dangereux ». Et il nota également qu'elle faisait de son mieux pour dissimuler cette réaction.

Trop tard, Ivy.

— Je comprends, assura-t-elle.

Ces deux mots étaient le plus gros mensonge qu'elle lui ait débité jusqu'alors. Il allait devoir faire preuve de beaucoup de douceur avec elle. Sasha lui avait dit un jour que veiller sur les autres était le langage de son amour. Mais, cela, c'était seulement pour elle, son épouse. Pas pour les autres femmes. Sasha avait été forte et indépendante, avant que le cancer n'ait raison d'elle. Il toussota, un peu gêné.

— Pourquoi n'explorez-vous pas un peu la maison pour vous familiariser avec les lieux ? suggéra-t-il. Faites comme chez vous. Aucune pièce n'est hors limites. Quant à moi, je vais me préparer un sandwich et retourner au labo.

Pour la première fois, il vit apparaître une expression amusée sur son visage en cœur. Avec ses cheveux courts et ses grands yeux, elle paraissait bien plus jeune que son âge.

— Si je vous laisse préparer vous-même votre sandwich, j'aurai manqué trois de vos repas, observa-t-elle. Prenez plutôt Dolly dans vos bras, et je m'en chargerai moi-même.

Avant qu'il n'ait eu le temps de protester, il serrait la petite fille contre sa poitrine, et il respirait sa douce fragrance de lotion et cette indéfinissable odeur de bébé.

— Quel âge a-t-elle ? s'enquit-il.

Il aurait pu le deviner à peu de chose près, mais, soudain, il tenait à le savoir avec précision. Ivy et sa petite fille étaient un mystère qui l'obsédait.

Cette expression concentrée réapparut instantanément sur le ravissant visage d'Ivy, et elle se détourna de lui pour aller ouvrir le réfrigérateur, et en sortir des tranches de bœuf rôti et de gruyère suisse.

— Sept mois, répondit-elle sans le regarder.

— Son père a-t-il eu le temps de la connaître avant son décès ? s'enquit-il, effleurant le bras du bébé d'une caresse.

— Ne faites pas cela ! gronda-t-elle en pivotant vers lui.

— Quoi donc ? s'étonna-t-il.

— N'essayez pas de m'analyser, moi ou ma vie, ou Dolly. Je suis ici pour faire un travail. Rien de plus. Vous et moi ne sommes pas des amis, Farrell.

— Alors c'est vrai, vous avez un caractère explosif, Ivy, remarqua-t-il en riant, se sentant soudain plus détendu. C'est vrai, non ? Ce n'est pas un crime.

Elle le dévisagea d'un air ébahi. Se connaissait-elle réellement si mal ? Ou avait-elle refoulé si longtemps ses émotions naturelles qu'elle en avait oublié ce que l'on ressent lorsqu'on les exprime librement, qu'elles soient positives ou négatives ?

— Pardonnez-moi d'avoir été indiscret, s'excusa-t-il. Je vais emmener Miss Dolly sous le porche pour lui montrer l'océan pendant que vous vous travaillez.

Ivy se sentait nerveuse en préparant le déjeuner de Farrell. Comment pouvait-elle s'être montrée aussi brutale avec lui ? Il la payait une fortune pour un volume de travail modeste. Elle aurait dû être à l'affût de ses moindres désirs, au lieu de lui parler durement.

C'était peut-être que les jours où elle devait surveiller ses moindres gestes et son langage en présence des hommes étaient derrière elle. Elle était une femme adulte, avec ses propres idées, sa propre façon de faire les choses. Mais elle avait encore un peu de mal à assimiler cette nouvelle liberté.

Elle ajouta des tranches de tomate fraîche et une feuille de laitue craquante sur l'épais sandwich, puis elle couvrit le tout avec une seconde tranche de pain. Comme elle n'avait pas encore *réellement* fait la cuisine, elle se devait, au moins, de faire de ce déjeuner une œuvre d'art. Elle lava une pomme qu'elle plaça dans un sac de papier brun trouvé dans un placard, y ajouta quelques serviettes de papier, puis elle y glissa le sandwich enveloppé dans de la cellophane.

Farrell choisirait lui-même sa boisson. Le réfrigérateur était bien garni, et elle ignorait ses préférences.

Lorsque le déjeuner fut prêt et que la cuisine eut retrouvé son aspect impeccable, elle alla jusqu'à une fenêtre pour observer Farrell et sa fille.

Il parlait à Dolly, lui indiquait l'océan. Ivy n'entendait pas distinctement ses paroles, mais son langage corporel lui disait ce qu'elle avait besoin de savoir. Le bébé était en sécurité, perchée sur son bras gauche. Elle levait son petit visage vers lui, et elle souriait. Elle était heureuse. Satisfaite. Et, face à ce tableau, Ivy se sentit profondément soulagée.

On dit que les chiens et les bébés sont d'excellents juges des caractères. Si cela était vrai, Farrell Stone venait de passer l'examen haut la main. Mais Ivy n'accordait pas sa confiance aussi facilement. Elle avait appris à ses dépens que les gens peuvent présenter au monde une façade trompeuse.

Aujourd'hui encore, elle avait honte de la naïveté avec laquelle elle s'était laissé abuser. Ses bévues et ses erreurs la hanteraient durant tout le reste de sa vie. Et elle allait veiller à ce que Dolly ne soit jamais aussi vulnérable qu'elle.

Farrell éclata soudain de rire, et il déposa un baiser au sommet de la tête du bébé. Cette manifestation d'affection imprévue l'étonna et lui serra le cœur. Il était tellement parfait avec Dolly, tellement naturel… Était-il vraiment le genre d'homme qu'il semblait être ?

Comme il lui tournait le dos, elle pouvait l'observer tout à loisir. De larges épaules. Un torse d'athlète. La chemise Henley qu'il portait soulignait une musculature puissante. Farrell Stone était intensément masculin. Ivy frissonna sous l'effet d'un sentiment qu'elle préférait ne pas nommer.

Le désir était comme une espèce en voie de disparition. Elle le reconnaissait. Pouvait même être tentée. Mais une femme intelligente doit savoir garder ses distances.

Farrell avait dû sentir qu'il était observé, car il se retourna et lui adressa un salut amical, puis il lui fit signe de sortir les rejoindre. Elle s'y résolut sans aucun enthousiasme, notant qu'il faisait plus doux que tout à l'heure, lorsque Dolly et elle avaient quitté le bungalow.

— Votre déjeuner est prêt, l'informa-t-elle d'une voix douce.

Dolly ne fit aucun geste pour réclamer les bras de sa mère. Apparemment, elle était fascinée par son nouvel ami. Jusque-là, l'univers de Dolly avait été entièrement centré sur sa maman. Connaître d'autres adultes lui serait bénéfique.

— Merci, répondit Farrell, son regard fixé sur les trois bateaux qui dansaient sur les vagues, au large, leurs voiles d'un blanc éclatant se détachant sur l'azur du ciel.

— Pratiquez-vous la voile ? s'enquit Ivy.

— Oui, convint-il en se tournant vers elle. Pourquoi ? Avez-vous envie d'essayer ? Je me ferais un plaisir de vous initier.

Ignorant sa proposition, elle poussa un soupir.

— Je suis sincèrement désolée de vous avoir dit que nous ne sommes pas des amis. Ce n'était pas gentil de ma part.

— Je crois aux secondes chances, Ivy Danby, répondit-il en lui adressant un sourire d'un blanc éclatant qui la laissa sans voix. Et si nous reprenions tout au début, vous et moi ? Je m'appelle Farrell, et je suis très heureux que vous soyez ici avec moi, au fond des bois du Maine.

— C'est vrai ? s'enquit-elle d'un air un peu dubitatif. Lors de notre entretien dans votre bureau, j'ai eu l'impression que vous m'engagiez parce qu'on vous avait forcé la main.

Elle le vit rougir, comme si sa question l'avait embarrassé. Mais c'était impossible, bien sûr. Les hommes comme Farrell avaient une inébranlable confiance en eux-mêmes.

— Il est vrai que je préfère travailler dans la solitude, reconnut-il. Si je vous ai donné l'impression que vous n'étiez pas la bienvenue, je vous en demande pardon.

— Je ne suis pas une invitée, Farrell, rappela-t-elle en riant. Et je n'ai pas du tout ce sentiment-là. Vous m'avez offert un endroit fabuleux pour vivre, et vous avez acheté un berceau pour ma fille. J'ai une dette envers vous.

— Absolument pas ! s'insurgea-t-il. Nous sommes des associés égaux dans cet arrangement, Ivy. Votre contribution dans ce plan est importante. Je veux que vous le compreniez.

— Vous êtes sérieux, n'est-ce pas ? murmura-t-elle, scrutant les profondeurs vertes pailletées d'ambre de ses yeux.

Pouvait-elle le croire sur parole ? L'oserait-elle ?

— Je n'ai jamais été plus sérieux, assura-t-il. J'ai sans doute mes défauts, mais je me considère comme un homme de parole.

Ivy le dévisagea intensément. Ils étaient si près l'un de l'autre qu'elle distinguait une minuscule coupure sur son menton, qu'il avait dû se faire en se rasant ce matin-là.

— Recommencer tout au début est une bonne idée, déclara-t-elle en lui tendant sa main droite. Serrons-nous la main.

Elle regretta aussitôt ces derniers mots. Désirait-elle vraiment toucher cet homme. Son subconscient disait *oui*.

Quand Farrell referma sa grande main autour de la sienne, Ivy cessa de respirer, et elle espéra qu'il ne l'avait pas remarqué. Cette étreinte ferme et tiède scellait leur accord, mais elle était aussi porteuse d'autres promesses.

Une avalanche de sentiments inextricablement mêlés déferla sur elle. Soulagement qu'il ne lui ait pas tenu rigueur des paroles acerbes qu'elle lui avait lancées plus tôt. Ébahissement à l'idée qu'une simple poignée de main puisse transformer ses genoux en gelée.

Farrell lui faisait-il un tel effet parce qu'il s'était montré affectueux avec sa fille ? Ou bien était-ce *elle* qui désirait encore désespérément croire que les hommes de bien existaient ? Était-elle à ce point pathétique ?

Leur poignée de main se termina trop tôt. Farrell la lâcha le premier. Son regard ne dévoilait rien quand il lui tendit le bébé, déclarant qu'il devait retourner au travail.

— Bien sûr, répondit-elle, refoulant la souffrance que lui causait une telle hâte de la quitter.

Il était ici pour se concentrer sur ses nouvelles créations. Il était normal qu'il ait hâte de regagner son laboratoire. Le plus merveilleux, c'était qu'elle ne s'était pas crispée lorsqu'il lui avait serré la main. Sa force ne l'avait pas du tout effrayée. Peut-être faisait-elle quelques progrès ?

5

Farrell savait, lorsque c'était nécessaire, se concentrer sur une tâche au milieu des distractions. C'était même l'une des qualités qui avaient fait sa réussite. Créer – inventer – nécessitait un environnement tranquille et de l'*espace*.

Ici, dans le nord du Maine, il disposait de l'un et de l'autre en abondance. Le silence l'aidait à réfléchir. La beauté naturelle qui l'entourait apaisait son âme.

En toute logique, il devrait pouvoir se concentrer sur ses objectifs mieux qu'à tout autre moment par le passé. Pour un créateur, ce nouvel environnement était un paradis. Loin du siège de Portland, il n'aurait plus à s'inquiéter que cette mystérieuse personne lui vole ses idées. Il était loin des sentiers battus, et les habitants de la région savaient repérer un intrus à des kilomètres de distance.

Et cependant, il se surprenait trop souvent planté devant la fenêtre à contempler la forêt, son esprit voguant dans toutes les directions mais revenant toujours à Ivy.

Elle était ici depuis trois semaines, et ils étaient tombés dans une sorte de routine. Désormais, il arrivait toujours à l'heure pour le petit déjeuner, et la table était toujours servie lorsqu'il rentrait de son laboratoire à 8 heures précises.

Ivy était bonne cuisinière. Excellente, même. Dans sa cuisine inondée de soleil où flottait la bonne odeur du bacon, il dégustait ses œufs ou ses pancakes tout seul, car elle déjeunait plus tôt, à l'heure où le bébé se réveillait.

Au dîner, il en allait différemment. Il avait insisté pour qu'Ivy dîne avec lui. La chaise haute pour bébé qu'il avait commandée avait été livrée, et ils prenaient leur repas ensemble – homme, femme et bébé – confortablement installés dans le coin repas de la cuisine.

En une occasion, lorsque Ivy avait essayé de le servir dans la salle à manger de réception, à la table dressée pour une seule personne, avec porcelaine fine et couverts en argent, il avait levé les yeux au ciel, et emporté assiette et couverts dans la cuisine. Elle n'avait plus insisté.

Farrell ne lui avait plus posé la moindre question au sujet de son défunt mari. Ivy et lui avaient conclu un accord tacite. Il évitait de lui poser des questions personnelles, et elle le nourrissait. Pour le moment, cette approche fonctionnait.

Ce qui le tracassait le plus, c'était qu'il restait convaincu d'être moralement tenu de découvrir la vérité au sujet de son passé, et de l'aider si possible.

En vérité, il n'en avait pas du tout envie, et cela faisait peut-être de lui un sale égoïste. Après le décès de Sasha, il s'était juré de ne plus jamais devenir aussi proche d'une autre femme. La douleur d'avoir perdu son amour d'adolescence avait fait de lui une coquille vide.

Avec le temps, la vie avait repris son cours. Le drame de Sasha s'était estompé dans les brumes du souvenir. Le temps, semble-t-il, guérit toutes les blessures. Peu à peu, il avait recommencé à vivre. Et, sous bien des aspects, sa vie s'était avérée plutôt satisfaisante.

Mais pour ce qui était de l'intimité… Non, merci. Lorsque son désir sexuel le tracassait trop, il voyageait. Il trouvait une femme aussi amoureuse de la solitude que lui, et ils s'accordaient ensemble une satisfaction strictement physique. Ce n'était pas l'idéal, mais c'était tout ce qu'il désirait.

Ivy lui faisait peur, parce qu'elle l'attirait irrésistiblement. Parce qu'elle était tellement… *réelle*. Il désirait la protéger, et il la désirait… dans son lit.

En s'intéressant trop à son passé, à sa vie, il créerait trop de liens avec elle. Il franchirait la ligne rouge. Et pas seulement celle des convenances entre un patron et son employée, mais aussi celle de ses limites personnelles.

Il n'avait pas suffisamment d'énergie émotionnelle en lui pour offrir à une femme ce dont elle avait besoin.

Mais le problème n'était peut-être pas là. C'était peut-être simplement qu'il ne voulait plus jamais se sentir à ce point vulnérable. Il connaissait la douleur de la perte d'un être cher. Il refusait d'affronter cette souffrance une nouvelle fois.

Ivy aimait son travail. Dolly et elle s'adaptaient bien à leur nouvel environnement – même s'il lui avait fallu un jour ou deux pour être à l'aise dans la fabuleuse cuisine de Farrell.

Un vendredi matin, elle eut la surprise de voir arriver Katie juste après le petit déjeuner. Farrell et elle avaient parlé durant une heure des activités de la société, puis Katie avait rendu visite à Ivy dans son bungalow.

Face à cette ravissante femme blonde, Ivy se sentait inadéquate de toutes les manières possibles. Katie ne le faisait pas exprès, bien sûr, mais elle était superbe. Très sûre d'elle. Ivre de bonheur comme peut l'être une jeune mariée. Elle gérait les affaires courantes à Portland pendant que Farrell travaillait ici, au fond des bois.

Katie la supplia de la laisser jouer avec le bébé, et Ivy alla la sortir du berceau et la changer.

— Comment a t elle pu tant grandir en si peu de temps ? s'exclama Katie lorsque Ivy revint dans la cuisine avec Dolly.

— Elle est en bonne santé, et elle et heureuse, ici, répondit Ivy en souriant.

— Et vous ? s'enquit Katie, scrutant son visage.

— Moi aussi, assura Ivy en rougissant. Tout va bien.

— Farrell pense que vous êtes une fabuleuse cuisinière.

— Je me réjouis qu'il soit de cet avis.

— Vous vous entendez bien, tous les deux ?

— Nous avons eu un accrochage ou deux, les premiers jours. Mais nous nous comprenons l'un l'autre, à présent.

— C'est bien. Je... Heu... J'ai besoin de parler avec vous d'un certain sujet, mais vous devez me promettre de garder votre calme, d'accord ?

— Voilà un début de conversation assez peu rassurant,

commenta Ivy, soudain nerveuse. Est-ce Farrell ? A-t-il changé d'avis, et est-il trop lâche pour me le dire lui-même ?

— Farrell Stone est l'homme le plus courageux que je connaisse, répondit Katie en riant. À part mon mari, bien sûr. Et il n'a pas changé d'avis. Mais vous vous souvenez que je vous avais dit qu'il lui arrive souvent de recevoir des invités ?

— Oui, je m'en souviens.

— Eh bien, Farrell et moi avons travaillé dur pour organiser cet événement, mais nous n'avons su qu'hier qu'il aurait vraiment lieu. Stone River Outdoors espère conclure des partenariats avec des entreprises à l'international, afin d'étendre ses débouchés commerciaux.

— Je vois, dit Ivy d'une voix soigneusement contrôlée.

— Nous allons accueillir de très grosses pointures de l'industrie pour une espèce de « sommet », ici, chez Farrell. Un fabricant de montres suisse, un célèbre organisateur de safaris de Namibie, sans compter deux tour-opérateurs des Îles Vierges. Nous avons également un couple qui organise des randonnées touristiques en Toscane. Farrell, Quin et Zachary essaieront de les convaincre d'utiliser les produits Stone River Outdoors, et, en échange, nous ferons la promotion de nos partenaires.

— Cela signifie beaucoup de repas à cuisiner.

— Pas exactement, corrigea Katie d'un air coupable. Nous allons faire venir un chef professionnel pour le week-end. Farrell souhaite que *vous* soyez son hôtesse. Ma sœur a accepté de venir, pour servir de nounou à Dolly. Ici, au bungalow, naturellement. De cette façon, vous n'aurez pas à vous inquiéter pour elle.

— Delanna ? protesta Ivy. Oh non ! Cela ne marchera pas.

— Je serai là à chaque instant, la rassura Katie. Sauf la nuit, bien sûr. Quin et moi dormirons chez nous.

— Et Zachary ? A-t-il une partenaire attitrée ?

— Zachary est l'exemple même de l'éternel célibataire. Il va là où le vent le mène. Mais, pour être juste… il voyage beaucoup moins depuis le décès de M. Stone. Zachary est le génie financier de l'entreprise. C'est grâce à lui que nous sommes encore solvables. Il sera là, lui aussi, mais il dormira dans sa propre maison.

— Lorsque vous m'aviez parlé de ce job, à Portland, j'avais

supposé qu'il ne s'agirait que d'un dîner occasionnel, marmonna Ivy. Je ne suis pas la personne qu'il vous faut. En outre, je ne possède pas la garde-robe nécessaire.

Reposant Dolly sur un seul bras, Katie fouilla dans son coûteux sac de cuir, et elle en tira plusieurs catalogues.

— Nous allons régler tout de suite ce problème, déclara-t-elle. J'ai préparé une liste de tout ce dont vous aurez besoin. Farrell réglera ces achats, bien sûr. Si vous n'aimez pas les couleurs ou les styles que j'ai choisis, n'hésitez pas à me le signaler. Nous serons livrés sous vingt-quatre heures, ce qui nous donnera le temps de faire des échanges si nécessaire.

Katie lui tendit les catalogues, et Ivy passa en revue les pages qu'elle avait marquées, flottant dans une sorte de transe. Farrell n'avait pas exagéré l'efficacité de Katie. Son assistante administrative organisait tout avec la précision d'un général en campagne. Il y avait là des pantalons et des chemisiers d'une élégance raffinée, des négligés de haute couture. Un trio de robes de cocktail. De confortables vêtements de randonnée.

— Je ne peux pas, déclara Ivy, les yeux brillants de larmes retenues, effrayée par ce monde qu'elle ne connaissait pas.

— Mais si, Ivy, assura Katie en souriant. Vous le pouvez.

— Mais je ne suis pas comme vous, gémit Ivy, indiquant les catalogues. Je n'ai jamais porté des vêtements aussi luxueux.

— Vous l'ignorez peut-être, mais, avant mon mariage, je vivais dans une famille modeste. Je *travaillais* pour les frères Stone, c'était tout. Aujourd'hui, je fais partie de la famille. Il ne m'a pas été facile de m'habituer à leur style de vie, mais ce n'est pas aussi difficile que cela en a l'air. J'adore être choyée.

— Je ne connais même pas vraiment votre sœur, observa Ivy, changeant d'approche.

— Vous avez cohabité avec elle.

— Seulement quelques jours. Elle avait besoin d'une colocataire.

— Elle adore déjà Dolly. Et, même si ma sœur peut être un peu fofolle quelquefois, elle est formidable avec les enfants. De plus, comme je vous l'ai déjà dit, je serai là à chaque seconde. Vous n'avez aucune raison de vous inquiéter.

— Pourquoi ne pouvez-vous pas être l'hôtesse ?

— Parce que Farrell désire que ce soit *vous*, expliqua Katie avec un sourire satisfait. Je suis une jeune mariée. Mon mari et moi rentrerons chez nous chaque soir. Ce sera vous qui gérerez les urgences qui pourraient surgir pendant la nuit.

— La nuit ? répéta Ivy, ouvrant de grands yeux.

— Ai-je oublié de le mentionner ? s'enquit Katie, prenant un air coupable pour la première fois. Farrell souhaite que vous dormiez dans l'une des chambres des invités.

— Pourquoi ne me l'a-t-il pas demandé lui-même ? s'étonna Ivy. Cela ne lui ressemble pas du tout.

— Il vous juge intelligente et capable, et il pense que vous serez la personne idéale pour mettre ses invités à l'aise.

Après cela, Ivy vit la situation lui échapper. Katie avait été longtemps l'assistante de Farrell. En toute logique, c'était elle qui aurait dû organiser ce week-end. Il semblait absurde d'attendre d'Ivy qu'elle intervienne sans aucune préparation dans une situation à haut risque, en prétendant être une habituée de cette sphère sociale.

Au déjeuner, Farrell eut aussi son mot à dire.

— Merci, Ivy. Katie m'informe qu'elle vous a expliqué la situation. Nous avons à peine une semaine pour tout préparer, mais Katie et Quin viendront jeudi matin pour nous aider avec les derniers détails. Zachary se chargera de louer les limousines pour aller accueillir nos invités à l'aéroport de Portland vendredi, et les accompagner jusqu'ici.

Ivy fixa tour à tour son patron et la femme à qui elle devait cet emploi extrêmement bien rémunéré. Sans qu'elle comprenne pourquoi, l'un et l'autre semblaient convaincus qu'Ivy était parfaitement capable de gérer cet événement extraordinaire. Tous deux avaient cru en elle lorsqu'elle avait touché le fond, et qu'elle ne savait pas comment sa fille et elle allaient survivre.

Elle avait déjà une dette envers eux. Comment aurait-elle pu refuser de leur rendre ce service ?

— Je ferai de mon mieux pour vous aider, répondit-elle. À une condition.

— Ah ? fit Farrell, étonné. Et laquelle ?

— C'est moi qui me chargerai de coucher Dolly, le soir. Cela ne me prendra pas longtemps. Je ne voudrais pas que ma fille s'imagine que je l'ai abandonnée.

— C'est normal, répondit Katie. D'ailleurs, Quin et moi serons encore là à cette heure de la soirée. Ne vous faites aucun souci.

Farrell commençait déjà à douter de sa décision. Il était vrai qu'il avait besoin d'une hôtesse pour le week-end, mais Katie avait déjà tenu ce rôle par le passé, et elle l'aurait fait à nouveau s'il le lui avait demandé. Mais, sans trop savoir pourquoi, il sentait qu'Ivy ajouterait un important élément à cet événement. Elle était pratique et flexible. Et, si certains aspects de ce « sommet » ne fonctionnaient pas, elle l'en informerait honnêtement.

À cet instant précis, elle avait l'air mal à l'aise. Katie lui avait déjà fourni une avalanche d'informations, et ce n'était pas fini. Attendait-il trop de sa part ?

Il n'avait pas encore répondu à cette question lorsque Ivy se leva et commença à débarrasser la table.

— Je peux me charger de cela, intervint Katie en se levant à son tour. La salade de poulet était délicieuse, Ivy. Farrell, tu peux retourner à ton travail, et Ivy peut coucher Dolly pour qu'elle fasse sa sieste. Je m'occupe du reste.

Lorsque Ivy se fut retirée, Dolly dans les bras, Farrell se tourna vers Katie.

— Était-elle à l'aise avec ce rôle d'hôtesse ? s'enquit-il.

— Pas vraiment, reconnut Katie. J'ai dû déployer des trésors d'éloquence. Mais je pense que tu as raison. Elle sera un atout précieux pour ce week-end.

Après le déjeuner, lorsque Katie fut rentrée chez elle, Farrell retourna travailler dans son laboratoire, mais il avait l'esprit ailleurs. Ce nouveau projet était très prometteur, mais Ivy restait une énigme pour lui, et cela l'agaçait.

Cette dernière semaine, il s'était surpris à plusieurs reprises à l'observer lorsqu'elle n'en était pas consciente. Les douces rondeurs de sa poitrine. La courbe délicieuse de ses hanches. L'étincelle espiègle dans ses yeux lorsqu'elle riait.

Il se leva brusquement, poussant un soupir de frustration. Il n'arrivait pas à travailler, aujourd'hui. Il valait mieux faire une pause, et, en même temps, satisfaire sa curiosité.

Il alla frapper à la porte du bungalow, et, en attendant qu'elle vienne ouvrir, il examina la jolie construction de bois bâtie pour servir d'annexe à leurs trois maisons. Un jour, peut-être, les enfants de Quin et de Katie viendraient s'y reposer entre deux semestres à l'université. Ou peut-être y viendraient-ils pour leur lune de miel. C'était un nid douillet.

Il frappa une seconde fois, et la porte s'ouvrit d'un coup.

— Ah, c'est vous, Farrell, dit Ivy, visiblement surprise. Avez-vous besoin de moi ?

Il craignit soudain d'être tombé au mauvais moment. Ses yeux étaient gonflés de sommeil, comme s'il l'avait réveillée.

— Je suis désolé, s'excusa-t-il, Vous faisiez la sieste.

Il tournait déjà les talons lorsqu'elle l'arrêta d'une voix douce, un peu voilée, incroyablement sexy.

— Entrez, Farrell. J'avais besoin de me lever, de toute façon.

— Dolly est-elle réveillée ?

— Pas encore. Elle dormira encore presque une heure.

Ils firent quelques pas ensemble dans le salon, et Ivy alla se pelotonner dans un fauteuil recouvert de velours vert. Farrell s'assit en face d'elle sur le sofa, puis il suggéra :

— Et si j'allumais un feu ? Il a fait gris et froid, aujourd'hui.

— Ce serait merveilleux.

Elle l'observait d'un œil soupçonneux, et ce n'était pas très étonnant, car même lui se rendait compte qu'il se comportait de façon bizarre. Conscient de son regard dans son dos, il disposa du bois d'allumage et quelques bûches dans l'âtre. Quelques pommes de pin trempées dans le kérosène, une feuille de journal et une ou deux allumettes firent le reste.

— Voilà, dit-il lorsque les flammes claires montèrent dans l'âtre. Aviez-vous déjà allumé la cheminée ?

— J'ai essayé une fois ou deux, mais je ne suis pas douée.

— C'est une question de pratique, assura-t-il en se rasseyant sur le sofa avec un soupir de contentement.

— Ne devriez-vous pas être en train de mettre au point des inventions ?

— Si, reconnut-il en riant. Mais je suis un peu bloqué, ces temps derniers. Cela arrive quelquefois.

— Puis-je vous demander sur quoi vous travaillez, en ce moment ?

— Oui, bien sûr. C'est une radiobalise activée par le mouvement, à l'usage des skieurs accidentés ou des grimpeurs en difficulté en montagne. C'est un outil d'alerte plus fiable qu'un téléphone portable, car émettant sur plusieurs fréquences.

— Impressionnant.

— Cela le sera peut-être un jour, répondit-il avec un haussement d'épaules nonchalant. Si je parviens à terminer mon prototype.

— Pourquoi m'avoir demandé d'être votre hôtesse, ce week-end ? s'enquit-elle sans le regarder.

Farrell se figea. Il ne s'était pas attendu à une telle question.

— Euh… C'est-à-dire…

Elle riva son regard dans le sien, et dit d'un ton sévère :

— La vérité, s'il vous plaît.

6

Ivy n'arrivait pas à croire qu'elle avait enfin trouvé le courage de lui poser la question qui lui brûlait les lèvres.

Le visage de Farrell arborait une expression indéfinissable. Il lui lança un long regard, puis il se leva pour aller tisonner le feu. Lorsque les flammes brillèrent à sa satisfaction, il se retourna face à elle.

— Disons que mes motivations étaient diverses et variées.

Il était difficile de rester concentrée face à un spécimen d'homme aussi magnifique. Farrell exerçait une profession intellectuelle, mais il passait visiblement beaucoup de temps dans la nature. Les mèches dorées dans ses cheveux étaient d'origine naturelle, et sa musculature était celle d'un athlète.

Elle avait fait quelques recherches en ligne, au sujet des frères Stone. Quin, le mari de Katie, avait été champion olympique de ski. Elle avait vu des photos de Zachary en train de participer à une course de dromadaires au Maroc, riant comme s'il n'avait aucun souci. Farrell, quant à lui, semblait avoir tout fait, et arpenté le monde entier. Il avait peut-être trop souffert pour rester au Maine, suite à son veuvage, ou, alors, il adorait escalader des pics et planer au-dessus des glaciers.

— Diverses et variées ? répéta-t-elle. Drôle de réponse.

— D'accord, grogna-t-il. J'ai pensé que cela vous distrairait.

— Attendez, fit-elle, fronçant les sourcils. Depuis quand ai-je besoin d'être distraite ?

— *Tout le monde* a besoin de se détendre occasionnellement, Ivy. Et j'ai entendu dire que les jeunes mamans se sentent parfois dépassées par les demandes du bébé, et qu'elles ont besoin de fréquenter d'autres adultes.

— Je n'ai pas besoin d'être *maternée*, se défendit-elle. Je suis parfaitement capable de m'occuper de moi-même.

— Oui, naturellement, convint-il d'un ton irrité. Mais j'ai aussi pensé que vous pourriez être un très bon atout, ce week-end, parce que vous n'avez aucun lien avec Stone River Outdoors. J'espérais que vous pourriez nous apporter une vision nouvelle. Nous désirons organiser d'autres week-ends de travail similaires. Vous pourrez nous offrir vos commentaires sur certains détails que nous ne remarquons pas à cause de notre trop grande proximité avec le sujet. J'aimerais entendre votre opinion, lorsque ce premier week-end sera terminé.

— Oh ! fit-elle, soudain embarrassée. Cela, c'est différent. Je le ferai avec plaisir.

— J'en doute un peu, remarqua-t-il, esquissant un sourire. Mais vous l'acceptez parce que vous êtes un peu curieuse.

— Je l'accepte parce que vous êtes mon patron.

— Je vois, dit-il, cessant de sourire.

Il se leva brusquement, et alla jusqu'à la porte, avant d'ajouter :

— Dans ce cas, n'en parlons plus. Katie se chargera de tout. Excusez-moi d'avoir abusé de votre temps.

— Attendez ! s'exclama-t-elle en le rattrapant sur le seuil, atterrée par le tour qu'avait pris cette conversation.

Lorsqu'elle posa sa main sur son bras, elle sentit tout l'air s'échapper d'un seul coup de ses poumons. Avant que Farrell n'entre dans sa vie, elle n'avait pas touché un autre homme que son mari depuis plus de dix ans. Le bras de Farrell était musclé, tiède, suffisamment fort pour secourir une femme en cas de besoin. Dans son souvenir, aucun des garçons qu'elle avait connus à l'université ne lui avait fait un tel effet.

— Je suis désolée, s'excusa-t-elle, s'obligeant à reculer d'un pas. Vous avez raison. J'étais curieuse. Et, même si cette opportunité que vous m'offriez me fait peur, je suis honorée que vous l'ayez fait.

— Je ne veux pas de votre gratitude, grogna-t-il, s'adossant à la porte. Je ne vous comprends pas, Ivy, mais j'essaie. Je ne suis pas votre ennemi.

— Non, murmura-t-elle, c'est vrai. Je sais que vous ne l'êtes pas.

— Avez-vous envie d'en parler ?

Son regard d'émeraude était direct et sincère, suggérant qu'il avait deviné au moins une partie de la vérité. Dans ses yeux, elle lisait la compassion. La bonté. La prudence.

Elle désirait… lui raconter tout ce qui lui était arrivé. Elle le désirait désespérément. Mais elle avait trop honte.

— Non, répondit-elle. Pas aujourd'hui. Peut-être jamais. Mais c'est gentil à vous de me l'avoir proposé.

— Je vous parlerai de Sasha un jour, si vous avez envie de savoir, déclara-t-il brusquement. Il ne s'agit pas d'un échange. Ma tragédie est plus ancienne que la vôtre. Je n'attends pas de vous que vous mettiez votre âme à nu devant moi.

Tragédie n'était pas le bon terme dans son cas, mais elle ne pouvait pas le lui expliquer.

— Pourquoi pas maintenant ? suggéra-t-elle. Parlez-moi de Sasha maintenant. Si vous avez le temps, bien sûr.

— Je ne parle pas d'elle très souvent, reconnut-il en se détendant visiblement. Mais *vous*, vous comprendrez.

— Dans ce cas, asseyez-vous, suggéra-t-elle d'une voix douce. Je serai sage comme une image.

— Ne faites pas de promesses que vous ne pourriez pas tenir, murmura Farrell, effleurant sa joue d'une douce caresse.

Ivy comprit qu'ils étaient arrivés à une croisée des chemins. Elle avait baissé sa garde, et, sans qu'elle en soit consciente, Farrell s'était fait une place dans son cœur.

— Comment vous êtes-vous rencontrés ? s'enquit-elle lorsqu'ils eurent regagné leurs sièges.

Le feu brûlait joyeusement dans la cheminée, et il faisait doux dans la pièce. Ivy le vit pousser un profond soupir. Visiblement, la tragédie qu'il avait vécue ne lui semblait pas aussi lointaine qu'il le prétendait.

— Nous nous sommes connus au lycée, répondit-il. Très vite, nous avons su qu'il ne s'agissait pas d'une amourette, et que nous nous aimions pour la vie. Mais Sasha était issue d'un milieu moins privilégié que nous, et mon père est intervenu. Il m'a envoyé dans une université de la côte Ouest, et il a tout fait pour détourner Sasha de moi.

— Et qu'avez-vous fait ?

— Nous avons attendu, elle et moi. J'ai décroché mon diplôme, et, à ce stade, Sasha et moi étions majeurs. Mon père ne pouvait plus rien faire pour nous séparer. Avec le temps, mon père s'est pris d'affection pour Sasha, et nous avons vécu trois merveilleuses années.

Il hocha lentement la tête, le regard perdu dans l'espace, avant d'ajouter :

— Des années incroyables. Puis, un jour, son médecin lui a annoncé qu'elle souffrait d'une forme très agressive du cancer du sein. Onze mois plus tard, elle s'est éteinte, serrant ma main dans la sienne.

— Je suis désolée, Farrell, murmura-t-elle, profondément émue par cette histoire d'amour pathétique.

Il secoua la tête, comme pour chasser ces souvenirs d'un douloureux passé, avant de poursuivre :

— Vous savez probablement ce qu'on ressent. J'ignore si la mort de votre mari a été soudaine, ou si vous avez eu comme moi le temps de faire vos adieux. Mais la mort de l'autre est toujours terrible. Une porte se referme, et quels que soient vos efforts, vous ne reverrez jamais la personne aimée.

— Je le sais, oui. D'une certaine façon. Mais mon expérience a été très différente de la vôtre.

— La mort a toujours des visages différents, observa-t-il.

— Vous avez perdu le plus grand amour de votre vie.

— Oui. C'est vrai.

Elle baissa les yeux un instant, incapable de le regarder en face, avant de déclarer d'une voix à peine audible :

— Ce n'est pas mon cas. Je ne porte pas le deuil comme vous l'avez fait durant toutes ces années.

Farrell s'efforça de dissimuler sa stupéfaction. Que disait-elle ? Parler de Sasha n'avait pas été aussi douloureux qu'il s'y était attendu. Surtout avec une personne ayant vécu une expérience similaire. Puisque Ivy était veuve depuis peu, il avait cherché à l'encourager à parler de celui qu'elle avait perdu. Apparemment, il avait fait fausse route. Et, à présent, il ne savait plus quoi lui dire.

Mais, compte tenu de ce qu'il savait au sujet d'Ivy, n'avait-il pas déjà deviné l'existence d'un problème ?

— Je vois, dit-il en toussotant, un peu gêné.

— Non, répliqua-t-elle. Vous ne voyez rien. Et je ne peux pas vous expliquer. Mais je suis heureuse que vous ayez eu une personne comme Sasha dans votre vie. Quoi qu'il arrive, désormais, personne ne pourra vous l'enlever.

— Je ne trahirais jamais votre confiance, assura-t-il d'une voix lente. Il n'est pas sain de garder ces choses en soi.

— Première année de psychologie ? observa-t-elle d'un ton moqueur.

— Non, répondit Farrell après un instant de réflexion. Expérience personnelle. Après le décès de Sasha, j'ai dû suivre une psychothérapie pour renouer avec mes émotions. J'ai été élevé dans la croyance qu'un homme ne geint pas, et, surtout, qu'il ne doit pas pleurer. Mais je crois que j'étais au bord de la rupture. C'est Zachary qui m'a enfin convaincu de consulter. Je lui dois beaucoup. À lui, et aussi à Quin.

Soudain, ils entendirent les pleurs de Dolly dans le moniteur. Farrell se leva d'un bond, soulagé par ce sauvetage providentiel. Que lui avait-il pris d'aborder un tel sujet ?

— Elle est réveillée, remarqua-t-il. Je devrais retourner au labo. Inutile de me raccompagner à la porte.

Durant le restant de l'après-midi, il travailla distraitement sur son projet. Et la partie de son cerveau restée libre ne cessait d'analyser la situation d'Ivy.

Elle refusait le deuil ? Pour Farrell, le déni n'était pas un concept inconnu. Toutes les étapes du chagrin lui étaient familières. Il les avait toutes traversées à des degrés divers.

Était-elle encore en état de choc ? Lors de leur premier entretien, elle lui avait déclaré que son mari était décédé *quelques mois plus tôt*. Trois mois ? Six ? Neuf ? Lorsqu'il lui avait demandé si son papa avait eu le temps de connaître Dolly, Ivy avait précipitamment mis fin à la conversation.

Heureusement, Katie et Quin devaient venir dîner ce soir-là. Sinon, qu'aurait-il bien pu dire à Ivy lorsqu'il la reverrait ?

En réalité, la soirée se déroula dans une ambiance totalement détendue. Ivy avait préparé un délicieux repas – bœuf Stroganov, salade d'épinards et pain maison – et Dolly joua tranquillement avec des cuillers, perchée sur sa chaise haute pendant que les adultes bavardaient.

— Dolly est une petite fille très intelligente, fit remarquer Quin, qui semblait particulièrement charmé par le bébé.

— Vous venez de devenir mon nouveau meilleur ami, dit Ivy en riant. Complimenter l'enfant d'une femme est une manière sûre de vous gagner des bons points.

— Mais c'est vrai ! protesta Quin. Marche-t-elle déjà ?

— Pas encore. Peut-être dans huit ou dix semaines. Ou plus tard – qui sait ? Entre huit et quinze mois, paraît-il.

— Quin a eu un développement physique spectaculaire, déclara Katie, qui aidait Ivy à servir la tarte aux pommes à la crème glacée du dessert. C'est ce qu'il m'a dit, en tout cas.

— Il a dit cela ? ironisa Farrell. Vous devriez prendre les propos de mon petit frère avec des pincettes. Un jour, il s'est fracturé un poignet rien qu'en tombant de son lit. Quin n'était pas exactement un prodige de l'athlétisme.

Pendant que Quin et Katie se chamaillaient en riant au sujet de ses exploits de jeunesse, Farrell tourna son regard vers Ivy, et il vit qu'elle contemplait les deux autres, un sourire aux lèvres.

Il était subjugué. Comment avait-il pu penser qu'elle n'était pas une beauté dans le sens conventionnel du mot ? La joie illuminait son visage. Son sourire transformait son expression, d'ordinaire si sérieuse, animait ses traits délicats, leur conférant une énergie nouvelle.

Cette métamorphose inattendue lui coupait le souffle. Ivy, cette femme complexe, l'attirait irrésistiblement. En lui parlant de Sasha, il avait satisfait un besoin qu'il ignorait avoir jusque-là. D'autres gens essayaient de vous consoler. Ivy écoutait, tout simplement.

Alors que Katie et Quin poursuivaient leur prétendue querelle, Ivy se joignit à la conversation, les faisant rire avec son humour et son esprit vif. Farrell comprit soudain qu'il voyait enfin la femme qu'elle était réellement, derrière son masque de prudence.

Ce tout premier jour, dans son bureau, il avait eu devant lui une femme fragile malmenée par la vie. Une personne qui avait touché le fond. Une jeune maman, perdue et effrayée.

Katie devait l'avoir vu, elle aussi. Et, étant la femme qu'elle était, Katie avait décidé qu'Ivy devait devenir la nouvelle collaboratrice de Farrell. Pas dans son intérêt personnel, mais dans celui d'Ivy.

Quel événement, ou quelle personne, avaient bien pu transformer la jeune femme vibrante et assurée qu'elle avait dû être en cette ombre d'elle-même ?

Il avait quelques idées à ce sujet, et toutes le rendaient malade. Mais, avant de se laisser aller à des conclusions hâtives, il allait devoir gagner sa confiance. Elle se détendait chaque jour un peu plus. Rien ne pressait.

Mais qu'allait-il faire du reste ? De la réticente attirance qu'elle exerçait sur lui ? Il soupçonnait qu'elle était mutuelle, mais il ne pouvait pas en être sûr. Et même si cela avait été une certitude, Ivy était trop fragile en ce moment.

Les autres finirent par remarquer qu'il ne participait pas à leurs plaisanteries. Quin prit une expression outrée.

— Même mon propre frère ne se précipite pas à ma défense, se plaignit-il d'un ton théâtral. Dis-lui, Farrell ! Dis à Ivy que j'étais un surdoué, au collège et au lycée.

— Bof, fit Farrell, souriant à Ivy. Quin était fort en sports.

Le sourire qu'elle lui décocha exprimait une douceur infinie, une simplicité totale. Mais il lui fit l'effet d'un coup de poing au plexus.

— C'est aussi ce que j'ai entendu dire, répondit-elle.

Peut-être par gentillesse, elle changea alors de sujet :

— Vous deux êtes l'aîné et le benjamin, dit-elle. Quelle est la place de Zachary dans vos relations familiales ?

Suivit une fraction de seconde de silence total. Farrell et Quin échangèrent un regard. Quin esquissa un sourire.

— Euh…, fit-il, Zachary est ce que l'on pourrait appeler le chéri de ces dames.

— Je t'en prie, ne sois pas ridicule, protesta Katie. Ne l'écoutez pas, Ivy. Zachary est un homme merveilleux. Un parfait gentleman. Il est vrai qu'il sort beaucoup, mais ce n'est pas un crime, que je sache.

— Une fille dans chaque port, dit Quin en se levant pour remplir leurs verres. C'est l'image qui vient à l'esprit.

— Aura-t-il une petite amie avec lui, lorsqu'il arrivera ici ?

— Pas cette fois-ci, répondit Katie. Ce week-end sera un important événement professionnel. Les petites amies de mon beau-frère ne savent même pas épeler le mot « affaires ».

— Qui est la mauvaise langue, à présent ? ironisa Farrell.

— Je n'aurais pas dû dire cela, convint Katie, l'air coupable. Vous apprécierez Zachary, Ivy. C'est un homme adorable.

— Et, qui sait ? intervint Quin. Il aura peut-être le coup de foudre pour Ivy. Rencontrer une vraie femme lui ferait le plus grand bien.

Farrell se figea. À sa grande stupéfaction, une brûlante jalousie s'était emparée de lui.

— Ivy a perdu son mari récemment, grogna-t-il. Cette conversation est déplacée.

Un grand silence se fit dans la pièce. Ivy se sentait mortifiée, et elle fusilla Farrell du regard.

— Ils ne faisaient que plaisanter, le tança-t-elle.

Elle se tourna vers les deux autres, avant d'ajouter :

— Ce dîner a été merveilleux. À présent, si vous voulez bien m'excuser, je dois ramener Dolly au bungalow et la préparer pour la nuit.

— Oh ! ne partez pas encore ! protesta Katie. Ne pouvez-vous pas la coucher dans le berceau pliable ? Et la ramener au bungalow plus tard ? Je vous donnerai un coup de main.

Ivy hésita visiblement.

— Je suis désolé, Ivy, s'excusa Quin avec une expression de chien battu. Je ne le ferai plus, je vous le jure.

Mais Farrell avait atteint ses limites, et il intervint :

— La journée a été longue, et je suis sûr qu'Ivy est fatiguée.

Dès qu'il eut prononcé ces mots, il comprit qu'elle pouvait s'imaginer qu'il cherchait à se débarrasser d'elle.

Ivy devint écarlate. Katie lui lança un regard ébahi, et elle tapota gentiment le bras d'Ivy.

— Si cela ne vous gêne pas, je vais vous raccompagner, et nous bavarderons entre filles, dit-elle en soulevant Dolly hors de sa chaise. Je ne me lasse pas de cette petite chérie.

Dès que les deux femmes furent sorties, Quin dévisagea Farrell d'un air désapprobateur.

— Quel est ton problème, Farrell ?

— Je n'en sais rien, grogna-t-il, sentant venir une migraine. Et si nous passions à un autre sujet ?

— Tu t'es comporté comme un âne, insista Quin. D'abord, tu embarrasses Ivy devant tout le monde, et ensuite tu la jettes dehors. Cette attitude ne t'aidera pas à fidéliser ton personnel.

— Assez, Quin ! gronda Farrell. Je sais que tu nages dans un bonheur sirupeux, mais ce n'est pas le cas de nous tous.

Son frère le dévisagea d'un air surpris, puis il lui sourit.

— Farrell, cela fait si longtemps que tu ne t'étais plus intéressé à une femme que je n'y avais même pas pensé. C'est cela, n'est-ce pas ? Tu as le béguin pour la douce petite Ivy Danby, et cela te rend fou. Ayant moi-même frôlé récemment le désastre romantique, je compatis avec toi.

— Je ne m'intéresse pas à Ivy Danby de cette façon, protesta Farrell d'un ton qui manquait de conviction.

— Tu devrais peut-être t'abstenir, observa Quin en soupirant. Tu es bien placé pour savoir qu'il faut du temps pour guérir le chagrin. L'heure n'est pas venue pour toi, et tu en souffrirais. Ou alors, c'est elle que tu ferais souffrir.

— Tu délires, marmonna Farrell. Je suppose que c'est l'un des effets des relations sexuelles régulières.

Le mariage est une merveilleuse institution, convint Quin en souriant d'un air satisfait. *Comment ai-je pu attendre aussi longtemps pour l'essayer ?*

7

Ivy se sentait humiliée, blessée par le comportement de Farrell lors de leur dîner impromptu de ce vendredi. Katie et Quin devaient rentrer à Portland samedi matin, et elle ne parvenait pas à décider si elle devait se réjouir de ce départ ou s'en inquiéter.

Leur présence la dispensait de s'adresser directement à Farrell. Mais, après leur départ, le plus facile serait d'éviter son patron, tout simplement.

Lorsqu'il lui avait parlé de Sasha, elle avait cru sentir *quelque chose* entre eux. Une proximité née d'expériences communes ? Mais si ce lien fugitif entre eux avait existé, il avait disparu.

Farrell regrettait peut-être de s'être montré aussi candide avec elle. Les hommes ne dévoilent pas leurs sentiments facilement. Il lui avait assuré qu'il n'attendait pas d'elle qu'elle se confie à lui en retour, mais elle soupçonnait que ce n'était pas vrai.

Il éprouvait de la curiosité pour elle. Pour son passé. Ivy appréciait Farrell, et même beaucoup. Mais pas suffisamment pour lui dévoiler le plus sombre de ses secrets. L'histoire que Farrell lui avait racontée, celle d'un homme et d'une femme qui s'aimaient depuis l'adolescence et qui avaient été séparés par la mort, était une jolie fable, tendre et touchante.

Ivy n'avait rien d'aussi innocent à lui raconter.

Tout le reste du week-end, et durant les jours qui suivirent, elle s'employa méthodiquement à remettre la maison de Farrell en ordre. Ce n'était pas une tâche titanesque. À son arrivée, tout était déjà parfait. Mais un petit coup d'aspirateur ne faisait jamais de mal.

Chaque matin, elle lui préparait son petit déjeuner sans le moindre retard. Il en allait de même à midi, et, chaque soir, elle veillait à lui cuisiner un dîner convenable. Ce qu'elle ne faisait plus, en revanche, c'était prendre ses repas avec lui. Elle s'inventait des excuses, et il faisait mine de la croire.

Lorsqu'il rentrait à la grande maison, son visage était un masque de pierre. Ses yeux d'émeraude ne souriaient plus. Il ne la taquinait plus avec ses remarques. Sans trop savoir comment cela s'était produit, ils avaient échoué sur deux versants opposés d'un énorme précipice.

Par bonheur, Dolly était généralement souriante. Sa fille était un bébé merveilleux. Ivy savait qu'elle avait beaucoup de chance. Ce job aurait été beaucoup plus difficile si elle avait dû s'occuper d'un bébé grincheux.

Comme Katie l'avait promis, plusieurs paquets furent livrés à la maison, tous adressés à Ivy. Et, les jours suivants, à l'heure de la sieste, Ivy essaya sa nouvelle garde-robe devant la glace.

Bien qu'ayant grandi dans un foyer modeste, Katie avait un œil très sûr pour la mode. Ivy, qui avait redouté cette séance de « relooking », commença à se détendre. Le résultat n'était pas mal du tout. Ces nouvelles tenues lui renvoyaient une image positive d'elle-même.

C'était la première fois depuis des années qu'elle portait des vêtements neufs. Face à cette profusion de robes, de pantalons, de chaussures et de bijoux – et même de sous-vêtements – étalée sur le lit, elle ressentait une impatience fiévreuse.

En dépit de leurs différends actuels, elle désirait que Farrell soit fier d'elle. Il avait investi une quantité considérable de temps et d'argent pour que la réception qui s'annonçait soit une réussite. Ivy ferait sa part, elle aussi.

Mardi matin, Ivy reçut un texto de Katie. Le chef qui s'occuperait des repas était une femme, et elle apporterait tout son matériel, mais elle lui avait demandé de prévoir quelques grands plats pour servir. Comme elle en avait pris l'habitude, Ivy coucha Dolly dans le berceau portatif, dans le somptueux bureau de Farrell aux murs couverts de livres et de magnifiques tableaux. Puis, son moniteur pour bébé à la main, elle quitta la pièce sur la pointe des pieds.

Elle se souvenait d'avoir remarqué quelques plats dans l'un des placards de la cuisine. Elle les trouva effectivement, sur la plus haute étagère du dernier placard. Trois grands plats en grès de fabrication artisanale d'une élégance raffinée.

Le problème, c'était qu'Ivy n'était pas très grande, et que le haut des placards était hors de sa portée. Farrell travaillait dans son laboratoire, et il n'était question de le déranger. Surtout pas après ce qui s'était passé entre eux vendredi. Depuis, ils avaient à peine échangé une douzaine de mots

Mais Ivy n'allait pas se laisser arrêter par si peu. Le petit tabouret qu'elle vit dans un coin ne serait pas tout à fait assez haut, mais en ajoutant l'annuaire du téléphone pour gagner quelques centimètres, ce serait parfait.

Farrell ne tenait plus en place, et il n'avait plus de café. Malgré le tumulte de son esprit, son projet avançait. Il avait réussi à séparer les deux versants de sa vie durant quelques heures, mais, à présent, il était impatient de rentrer à la grande maison, dans l'espoir d'y retrouver Ivy.

Il entra sans bruit et se rendit directement à la cuisine. Sur le seuil, il se figea brusquement, et son cœur cessa de battre. Perchée en équilibre précaire sur un annuaire, lui-même posé sur un tabouret, tenant un grand plat à bout de bras, Ivy était sur le point de se rompre le cou.

— Que diable croyez-vous faire ? rugit-il en s'élançant vers elle. Êtes-vous devenue folle ?

Quand il se planta devant elle, les mains tendues vers le plat, Ivy recula vivement et se couvrit le visage avec ses deux mains, tandis que le lourd plat de grès s'écrasait sur le sol.

Farrell sentit un éclat heurter sa cheville, mais il n'y prêta aucune attention. Il ne pensait qu'à la sécurité d'Ivy. La jeune femme avait les yeux vitreux comme si elle était en état de choc, et elle évitait son regard.

Sans un mot de plus, il la prit dans ses bras et la porta le long du couloir jusqu'à sa suite, où se trouvait le plus proche sofa. La suite principale de la maison était immense, et elle comportait un petit salon. Farrell reposa Ivy sur les coussins et s'accroupit devant elle.

— Ivy ? murmura-t-il d'un ton hésitant. Avez-vous cru que j'allais vous frapper ?

— Oui, reconnut-elle dans un souffle, son visage très pâle.

Farrell la dévisagea d'un air abasourdi, puis horrifié. Tout à coup, certaines pièces du puzzle se mettaient en place.

Il avait la bouche sèche, et le cerveau en ébullition.

Ces grands yeux noisette s'emplirent de larmes. Peu à peu, celles-ci commencèrent à rouler sur ses joues. Et le fait que ses pleurs soient totalement silencieux ne faisait que les rendre plus pathétiques.

Même s'il craignait de la bouleverser encore davantage, il ne pouvait pas rester sans rien faire. Alors, il se leva prudemment et s'assit près d'elle sur le sofa, lui entourant les épaules de son bras d'un geste qu'il voulait réconfortant.

Si elle avait reculé à ce contact, ou si elle avait paru gênée par cette proximité, il l'aurait relâchée immédiatement. Mais Ivy se blottit contre lui, et elle enfouit son visage contre son épaule. Ses larmes silencieuses devinrent des sanglots qui secouèrent son corps délicat.

L'une de ses mains étreignit le tissu de sa chemise, juste au-dessus de son cœur, comme si elle se cramponnait à une planche de salut dans la tempête.

La gorge serrée, en proie à une émotion qu'il préférait ne pas analyser, il la serra doucement contre lui. Désormais, il ne pouvait plus douter qu'il la désirait à en mourir. Malgré tous ses efforts pour se contrôler, ses courbes féminines éveillaient en lui un désir presque douloureux. Mais il n'était pas obligé de le lui montrer. Et ce qui était certain, c'était qu'il n'avait aucune envie de se laisser entraîner dans une relation qui mettrait sa vie sens dessus dessous, et qui le ferait souffrir.

Mais, même s'il s'efforçait consciemment de garder ses distances avec elle, il savait qu'il était déjà trop tard.

Au bout d'un long moment, les larmes d'Ivy se tarirent. Il était fort probable qu'elles couvaient depuis longtemps. Et il s'aperçut alors qu'il était en train de lui caresser les cheveux. Cette folie devait cesser.

— Je suis désolée, s'excusa-t-elle avec un soupir tremblant.

Lorsqu'elle esquissa un geste pour se lever, il la relâcha instantanément.

— Je dois aller jeter un coup d'œil au bébé, expliqua-t-elle.

— Elle dort paisiblement, observa-t-il, désignant l'écran du moniteur pour bébé. Parlez-moi, Ivy. Et, si cela vous gêne, vous pourriez peut-être parler à Katie ?

Ivy essuya ses larmes d'un revers de main impatient, puis elle baissa la tête.

— Ce n'est pas exactement ce que vous pensez, assura-t-elle, encore visiblement bouleversée.

— Votre mari ne se montrait pas violent avec vous ? gronda-t-il, incapable de contenir son indignation.

Ivy avait dû le sentir, elle aussi. Lorsqu'elle reprit la parole, son visage ne montrait quasiment aucune émotion.

— C'est une longue histoire, éluda-t-elle.

Farrell comprit qu'il devait faire un choix. Il pouvait trouver une excuse pour retourner à son labo. Il savait qu'Ivy n'émettrait aucune protestation. Peut-être même s'en réjouirait-elle. Tous deux resteraient cantonnés dans une relation patron-employée.

Sa seconde possibilité serait d'essayer de l'aider. Et de s'ouvrir ainsi à une relation plus profonde entre eux. Une relation, qui, au moins de son côté, avait le potentiel d'évoluer vers quelque chose de plus grand.

Il fuyait toute forme d'intimité depuis sept longues années. Aujourd'hui, il vivait une existence sereine. Plus d'abîmes de désespoir, mais plus de sommets de félicité non plus.

Était-il bien prudent de laisser Ivy entrer dans sa vie ? Elle s'était déjà taillé une place importante dans son cœur. Pouvait-il se risquer davantage ? Il toussota pour s'éclaircir la voix, et il déclara :

— Je vous écoute, Ivy. J'ai tout mon temps.

Il crut un instant qu'elle allait verser de nouvelles larmes. Mais elle les refoula visiblement, et elle redressa le front.

— Richard était dix ans plus âgé que moi, déclara-t-elle d'une voix douce. Il était professeur d'économie à l'université où j'étais étudiante. Il n'était pas mon professeur, mais nous nous étions rencontrés en quelques occasions. Lorsque mes parents ont trouvé la mort dans un accident de bateau, au cours de mon dernier semestre, c'est lui qui s'est occupé de toutes les formalités afin que je puisse obtenir mon diplôme.

— Pourquoi a-t-il fait cela ?

— À l'époque, j'ai pensé qu'il le faisait par pure gentillesse. J'étais dévastée de chagrin. J'étais fille unique, et je me suis retrouvée seule au monde. Richard s'est rendu indispensable.

— Et que s'est-il passé ensuite ?

Ces dernières années, j'ai un peu lu sur le sujet et j'ai vu une thérapeute. Aujourd'hui, je comprends qu'il avait profité de ma vulnérabilité pour m'amadouer. Il l'avait fait très progressivement, et je ne m'en suis pas rendu compte tout de suite. Je n'ai pas compris qu'il m'éloignait habilement de toutes les personnes qui auraient pu représenter un lien avec mes parents décédés. Il a fait la même chose avec mes amies étudiantes. Lorsque j'y pensais, j'en concluais simplement que mes amies et moi nous étions éloignées en entrant dans le monde du travail. Bientôt, Richard était le seul élément constant dans ma vie.

— C'était un prédateur, déclara Farrell, faisant de son mieux pour ravaler sa colère afin de ne pas la bouleverser davantage.

— Nous avons dîné ensemble en quelques occasions, et avons eu de longues conversations dans son bureau, poursuivit-elle d'une voix qui tremblait un peu. Un jour, il m'a embrassée. Quatre mois plus tard, nous étions mariés.

— Est-ce alors qu'il a commencé à vous frapper ?

Il était indigné pour elle, mais, à sa surprise, elle sourit. C'était un sourire triste, mais elle souriait.

— Ce que Richard aimait réellement, c'était le contrôle. Il désirait tout contrôler dans son environnement d'une manière obsessionnelle. Tout devait être rangé à sa façon, et il vérifiait tous les jours l'organisation des placards et du réfrigérateur. Je devais obéir à tous ses caprices, et c'était ce que je faisais. Parce qu'il avait tant fait pour moi.

— Quand avez-vous compris que vous aviez un problème ?

— Deux ans après la mort de mes parents, j'avais fait mon deuil, et mon chagrin était enfin devenu supportable. Pour moi, c'était comme si je sortais d'un épais brouillard. Et, lorsque j'ai recommencé à penser à l'avenir, j'ai compris que j'étais sur la voie de la guérison, et qu'il était temps de me trouver un emploi.

— Qu'aviez-vous étudié, à l'université ?

— Éducation préscolaire pour la petite enfance, précisa-t-elle. J'ai rédigé des lettres de demande d'emploi, et, à l'automne, j'ai eu quelques entretiens avec des directrices d'école. Je n'en ai rien dit à Richard parce que je désirais lui faire la surprise.

— Avez-vous trouvé un poste ?

— Plusieurs directrices m'ont rappelée pour un second entretien, mais, avant que je n'aie pu m'y rendre, Richard a tout découvert. Il était furieux. Pas seulement irrité que j'aie fait ces démarches sans le consulter, mais réellement fou de rage. D'abord, j'ai été trop choquée pour réagir, mais lorsque j'ai eu l'audace de protester, il m'a giflée si fort que j'ai été projetée contre le mur.

— Mon Dieu, Ivy ! murmura-t-il, le cœur serré.

— C'est la seule fois où cela se soit produit, assura-t-elle, et il s'est excusé aussitôt. Mais il a insisté, disant que notre vie de famille serait plus harmonieuse si je restais à la maison. D'après lui, il gagnait largement assez d'argent pour nous faire vivre confortablement.

— Avec un salaire de professeur ?

— Il avait un second emploi, expliqua-t-elle. En fait, il restait souvent absent deux ou trois jours pour ses affaires. Je me demandais comment il conciliait ces voyages avec son poste à l'université, mais je ne lui ai jamais posé la question. J'avais appris très tôt qu'il n'aimait pas avoir à s'expliquer.

— Alors, vous n'avez jamais enseigné ? s'étonna Farrell.

— Non. Je m'étais convaincue que ce n'était pas grave. Qu'il était normal qu'il soit irrité. Que j'aurais dû l'informer que je cherchais un emploi. Je savais que certains hommes étaient très fiers de pouvoir dispenser leur épouse de travailler. Ce n'était pas la vie que j'aurais choisie, mais je savais que les couples doivent accepter quelques compromis.

— Mais Richard n'était pas un homme de compromis, n'est-ce pas ? gronda Farrell, les dents serrées.

Ivy s'effondra soudain dans le fauteuil face au sofa, comme si ses jambes ne la portaient plus, et elle resta plusieurs secondes la tête baissée. Farrell s'abstint de tout commentaire. C'était peut-être l'unique chance qu'il aurait jamais d'entendre Ivy se confier à lui, et il ne voulait pas la gâcher.

Elle paraissait si petite, si fragile ! Il ne pouvait qu'imaginer ce qu'elle avait enduré. Une femme devait être très forte pour ressortir indemne d'une telle situation.

— J'étais tellement embarrassée, répondit-elle d'une voix à peine audible. J'avais tellement honte !

— Pourquoi, Ivy ? s'enquit-il. Ce n'était pas votre faute.

Elle lui fit bravement face. Avec son visage en forme de cœur, son menton pointu et ses cheveux courts, elle avait l'air beaucoup plus jeune que ses trente-deux ans.

— Je ne l'ai pas quitté, dit-elle d'une voix brisée. J'ai laissé passer trois années. Puis cinq, puis six. Il avait placé un traceur GPS sur mon téléphone. C'était lui qui décidait du montant de mon argent de poche. Comme je n'avais pas le droit de travailler, j'inventais des subterfuges. Je confectionnais des tartes et des gâteaux pour les voisins, et je cachais l'argent que cela me rapportait.

— Parce que vous aviez l'intention de partir un jour ?

— Peut-être inconsciemment. Mais, pour commencer, cet argent m'a servi à payer les services d'une thérapeute. Avec son aide, j'ai enfin compris que la gratitude que je croyais lui devoir pour m'avoir sauvée après la mort de mes parents était un marché de dupes. Sa gentillesse n'avait été qu'une technique pour me dominer. Je ne lui devais rien.

— La pilule a dû être amère, remarqua Farrell.

— Oui, convint-elle, visiblement soulagée. Je n'étais pas sûre que vous compreniez. Je me sentais stupide, ignorante. J'avais laissé un quasi-psychopathe prendre le contrôle de ma vie. Cette thérapie, qui a duré dix-huit mois, m'a fait comprendre la réalité de ce qui m'était arrivé. Mais, le plus difficile, cela a été de me pardonner moi-même.

— Et ensuite ?

— J'ai informé ma thérapeute que je désirais le quitter. Elle était inquiète pour ma sécurité physique. Il ne m'avait frappée qu'une seule fois, mais je le savais capable de violence.

Farrell savait déjà qu'il n'avait pas entendu le pire. Il sentit son cœur se serrer, mais il garda une expression sereine pour lui poser la question qui lui brûlait les lèvres :

— Alors ? Avez-vous fini par le quitter ?

— Il avait dû se douter de quelque chose. Je faisais de mon mieux pour avoir l'air *normale*, mais, un soir, en rentrant de l'un de ses voyages, il...

Elle s'interrompit, puis elle lui adressa un regard qui le bouleversa jusqu'au tréfonds de son être, avant de balbutier :

— Je vous épargnerai les détails, mais il a saboté ma pilule anticonceptionnelle.

8

Ivy…

Face au regard de pitié qu'elle voyait dans les yeux de Farrell, elle décida de lui montrer qu'elle avait survécu. Et même prospéré.

— Cela a été un choc, coupa-t-elle, mais cela m'a convaincue que notre mariage était fini.

— Et alors, vous l'avez quitté ?

— Non, murmura-t-elle, se rappelant l'angoisse qu'elle avait ressentie. J'ai découvert que j'étais enceinte.

Avant que Farrell n'ait pu ajouter un mot, elle jeta un coup d'œil au moniteur pour bébé, et déclara, soulagée :

— Dolly est réveillée. Je devrais aller la lever.

Et, là-dessus, elle quitta précipitamment la pièce.

S'approchant du berceau, elle souleva sa précieuse enfant dans ses bras, la serrant si fort que le bébé protesta.

— Pardon, ma chérie, murmura-t-elle, au bord des larmes.

Mais elle résista. Elle ne pleurerait pas. Pas maintenant. Le pire était derrière elles. En racontant son histoire à Farrell, tout du moins dans les grandes lignes, elle avait le sentiment d'avoir mis fin à un horrible cauchemar.

Elle se sentait épuisée, mais étrangement sereine.

C'était sûrement lâche de sa part, mais elle sortit par la porte de derrière, et fila tout droit jusqu'à son bungalow. *Son* bungalow. Elle avait déjà la sensation d'y être chez elle. Combien de temps Farrell souhaiterait-il encore travailler ici, près de la frontière canadienne ? Deux mois ? Trois, peut-être ? Que ferait Ivy lorsqu'il n'aurait plus besoin d'elle ?

La routine du bébé occupa son après-midi, lui donnant une impression de normalité. Dolly rampait déjà depuis quelque temps, mais, aujourd'hui, elle eut l'intrépidité de se saisir du bord du sofa, et de se hausser sur un genou.

— Sois prudente, bout de chou, murmura-t-elle, se demandant si sa fille marcherait à Noël. Ne va pas trop vite !

Elle comprit aussitôt que penser aux fêtes de fin d'année avait été une erreur. Farrell retournerait probablement à Portland pour Noël. Permettrait-il à sa gouvernante et à sa fille de rester sur la propriété ?

Ivy avait désespérément besoin de stabilité pour son enfant. De tradition. De continuité. L'idée de passer l'hiver ici, dans la forêt du Maine, lui semblait idyllique. Bien sûr, sans Farrell, tout serait moins intéressant. Ivy en était venue à compter sur son humour bon enfant, son rire grave, son sourire follement sexy.

Il ne lui était pas indifférent.

Pendant que Dolly faisait sa sieste, elle confectionna une fournée de cookies aux pépites de chocolat. Elle les apporterait à Farrell, en gage de paix. Ou pour le remercier. Peu de gens s'intéressaient à ce qu'avait été la vie d'Ivy.

La présence de Farrell, son écoute pleine de compassion lui avaient fait l'effet d'un baume. Même si Ivy se sentait désespérément attirée vers lui, elle craignait que ce sentiment ne soit à sens unique. Par moments, il lui avait semblé sentir *quelque chose* passer entre eux. Mais ce n'était peut-être que l'effet de son imagination survoltée.

Elle rougissait encore au souvenir du mouvement de recul qu'elle avait eu malgré elle au moment où il avait tenté de l'empêcher de tomber. Un instinct de survie atavique avait fait soudain déclencher ses vieux mécanismes de défense.

Elle n'avait pas dit toute la vérité à Farrell. Désormais, ce n'était peut-être plus aussi important.

Tout à coup, elle se souvint du plat cassé sur le sol de la cuisine. Elle aurait dû nettoyer ce désastre depuis longtemps. Mais il était déjà l'heure de s'atteler à la préparation du dîner.

Après avoir emballé les cookies encore chauds, Ivy souleva le bébé dans ses bras, et elle se mit en chemin vers la grande maison. Lorsqu'elle entra dans la cuisine, elle la trouva impeccable. Aucune trace nulle part du plat cassé. Le reste des plats était aligné sur le plan de travail

Ivy y posa ses cookies, puis elle partit à la recherche de son patron. Elle n'était pas lâche. Elle n'avait rien fait de mal.

Elle trouva Farrell sous le porche, en train de remplacer une partie de la balustrade. Lorsqu'elle sortit de la maison, il releva les yeux vers elle. Une onde mystérieuse passa entre eux, un mélange de désir et d'embarras.

— J'ai apporté des cookies tout chauds, annonça-t-elle, installant Dolly sur sa hanche. Si vous avez faim...

Il se redressa et s'étira paresseusement, et Ivy le contempla, incapable de détourner son regard de lui. Il était parfait. Grand. Fort. Intelligent. Les muscles de ses bras et de son torse tendaient le tissu de sa chemise de jersey gris.

Tout à coup, ses jambes tremblantes ne la soutenaient presque plus. Ce qu'elle éprouvait pour lui était bien davantage qu'une simple attirance. *Elle le désirait.* C'était une idée troublante. Farrell Stone était le dernier homme au monde dont elle aurait dû s'enticher.

Farrell avait tant perdu... Il avait dû affronter une tristesse dévastatrice. Pour lui, le bagage émotionnel qu'Ivy charriait avec elle devait être totalement décourageant.

Ils dégustèrent les cookies ensemble dans la cuisine, accompagnés d'un verre de lait. Leurs mains se frôlaient occasionnellement lorsqu'ils choisissaient un nouveau cookie ou qu'ils se passaient le plat. Ivy se demanda s'il éprouvait comme elle ce sentiment d'intimité. Pour Ivy, hélas, c'était un tableau beaucoup *trop* intime, *trop* parfait, pour sa tranquillité d'esprit.

Pour dissiper sa gêne, elle entra dans le cellier pour passer en revue les provisions, et commencer à réfléchir au dîner.

— Oubliez le dîner, dit Farrell, juste derrière son épaule.

Lorsqu'elle se retourna vers lui et le surprit en train de croquer un quatrième cookie d'un air coupable.

— Un homme adulte ne peut pas vivre uniquement de sucre, rappela-t-elle alors qu'il léchait avec délices les dernières traces de chocolat sur ses doigts.

— Faux, répliqua-t-il en souriant. Il peut.

Tout à coup, Ivy avait la gorge sèche. Elle imaginait Farrell au lit avec une femme, traçant un chemin de baisers depuis son ventre jusqu'à…

Rougissant jusqu'aux oreilles, Ivy referma précipitamment la porte du cellier, et elle toussota pour s'éclaircir la voix.

— Eh bien, pas moi, rétorqua-t-elle. À quoi songiez-vous ?

— J'ai commandé des pizzas, répondit-il d'un ton détaché.

— Vous plaisantez, n'est-ce pas ? Ne sommes-nous pas au moins à trente kilomètres de la pizzeria la plus proche ?

— Presque quarante, précisa-t-il. Mais vous seriez étonnée de la motivation suscitée par un pourboire de cent dollars.

— Vous n'étiez pas obligé de faire cela, marmonna-t-elle, sachant qu'il l'avait fait pour elle. J'aurais très bien pu préparer le dîner.

Farrell effleura sa joue brûlante du bout de ses doigts, puis il prit Dolly des bras de sa mère pour la serrer contre lui.

— Nous avons tous besoin d'une soirée en toute simplicité, dit-il. Sans aucun souci. Ce sera amusant, vous verrez. Et rien à nettoyer après. N'est-ce pas une bonne idée ?

Son sourire n'était aucunement suggestif, mais Ivy sentit son cœur s'emballer.

— Si, si, bredouilla-t-elle. Ce sera parfait.

— J'ignorais vos goûts, alors, j'en ai commandé deux sortes.

— Farrell…

— Oui, Ivy ? répondit-il en se figeant.

— Vous n'avez pas à vous sentir désolé pour moi, déclara-t-elle d'un trait. C'est totalement inutile. Je vais très bien.

Ses yeux verts pailletés d'or vinrent se river sur elle, et elle le vit hésiter à son tour. Mais cela ne dura qu'une seconde.

— La vérité, Ivy, c'est que votre fragilité émotionnelle est la seule raison qui m'empêche de vous embrasser tout de suite. Alors, je crois qu'il vaut beaucoup mieux que je me sente désolé pour vous. C'est plus sûr.

— Vous désirez *m'embrasser* ? balbutia-t-elle en rougissant.

— Oui, reconnut-il en chatouillant le ventre de sa fille. Je meurs d'envie de vous embrasser.

Si la situation avait été différente, Farrell aurait éclaté de rire face à son expression ébahie.

— Vous ai-je choquée ? s'enquit-il.

— Heu... Je...

— Pourquoi trouvez-vous cela si difficile à croire ?

— Je ne suis pas belle, répondit-elle. Les hommes comme vous et vos frères ne sortez qu'avec des femmes ravissantes. C'est la règle d'or de tous les milliardaires.

— Vous *êtes* ravissante, assura-t-il, touché par sa candeur. Vous n'avez pas un physique de modèle de haute couture, mais vous êtes encore plus belle que cela. Vous avez un visage très intéressant, et un corps si sexy que je n'en dors plus la nuit. Et votre sourire, hélas trop rare, illumine toute une pièce. Je vous trouve absolument charmante, Ivy Danby. Et je ne sais pas trop ce que je devrais faire à ce sujet.

Le carillon de l'entrée tinta au même instant, évitant à Ivy d'avoir à répondre à cette dernière remarque.

— Dolly et moi allons réceptionner la pizza, dit-il en sortant une liasse de billets de sa poche. Et si vous mettiez la table ?

Lorsqu'il réapparut, chargé du bébé qui commençait à s'agiter et de deux grandes boîtes à pizza. Ivy n'osait plus le regarder en face.

— Je vais reprendre Dolly, dit-elle tendant ses bras.

Pendant l'échange, la main de Farrell effleura le côté d'un sein. Ce contact purement accidentel lui coupa le souffle.

Peut-être désirait-il Ivy depuis le tout premier jour. Était-ce parce qu'elle avait besoin d'être sauvée, et qu'il se sentait l'âme d'un héros ? Ou cette attirance était-elle plus viscérale ?

Ils mangèrent dans un silence presque complet. Dolly était la seule à babiller joyeusement. La présence du bébé arrangeait bien Farrell, car elle lui permettait de concentrer son regard sur un point. Et Ivy suivait son exemple.

Pourquoi lui avait-il déclaré qu'il désirait l'embrasser ? À présent qu'il l'avait dit, il ne pensait plus à rien d'autre.

Elle portait ses vieux vêtements – un jean délavé, et un confortable pull couleur cannelle. Cette couleur lui allait bien. Elle soulignait l'éclat de sa peau.

— Une autre part de pizza ? proposa-t-il.

— Non, merci. Je n'en puis plus.

Il rassembla les parts restantes dans une seule boîte, qu'il plaça dans le réfrigérateur avant de revenir s'asseoir en face d'elle à la table.

— Puis-je vous poser une question ?

— Oui, répondit-elle, visiblement inquiète.

— Pourriez-vous coucher Dolly ici ? Vous et moi n'avons pas terminé notre conversation, tout à l'heure. J'aimerais entendre le reste de votre histoire.

— Ce n'est pas important, marmonna-t-elle, pâlissant visiblement.

Si cela avait été vrai, il n'aurait peut-être pas insisté. Mais il soupçonnait qu'Ivy avait besoin d'évacuer ce poison de son système. De priver ses souvenirs de leur pouvoir de nuisance.

Il connaissait le problème. Des années plus tôt, lorsqu'il avait enfin été capable de penser à Sasha sereinement, sans utiliser toute son énergie à prétendre que ces souvenirs n'étaient pas réels, sa guérison avait commencé.

Ivy avait souffert. Elle souffrait encore. L'aider n'était peut-être pas son affaire, mais elle n'avait que lui, ici.

— S'il vous plaît ? murmura-t-il.

Le silence qui suivit dura une bonne minute, durant laquelle Ivy évita soigneusement son regard. Puis elle se leva en soupirant, et elle acquiesça.

— Soit, mais je vais devoir aller chercher son pyjama et une ou deux petites choses.

— Pas de problème, assura-t-il. Dolly et moi nous distrairons l'un l'autre jusqu'à votre retour.

Lorsque Ivy sortit de la cuisine, Farrell souleva le bébé hors de la chaise haute, et il l'emporta jusque dans sa chambre.

— Que dirais-tu de jouer avec une brosse à dents toute neuve ? suggéra-t-il.

Au bungalow, Ivy rassembla rapidement tout ce dont elle avait besoin pour le couchage de Dolly, et, une vingtaine de minutes plus tard, elle était de retour dans la grande maison. La cuisine était déserte. Suivant le son de la voix de Farrell, elle le trouva dans sa chambre assis sur le lit immense avec Dolly. Sa fille jouait en babillant avec... une brosse à dents ?

— N'ayez aucune inquiétude, la rassura-t-il. Elle est neuve.

Ce qu'elle voyait aurait dû être une scène familiale. Mais ce n'était pas le cas. Farrell n'était pas le papa du bébé, profitant d'un peu de temps privilégié avec sa fille à la fin d'une longue journée. Il avait l'ait d'un grand félin paresseusement allongé sur son flanc. Une mèche de cheveux pendait sur son front. Dolly avait dû l'empoigner pour la tirer. Cette torture était l'un de ses jeux favoris.

Ivy s'arrêta à quelques pas du lit. C'était un immense lit à baldaquin finement sculpté, et le somptueux couvre-lit bleu roi avait dû coûter une fortune. Ivy ne sortait pas beaucoup, mais elle feuilletait fréquemment les catalogues. Chaque détail dans cette suite suggérait la fortune et la sophistication.

Sa salle de bains, qu'elle nettoyait chaque semaine, disposait de tous les luxes possibles et imaginables. Du sol de marbre et des porte-serviettes chauffés à la douche épicurienne, c'était l'univers d'un homme fortuné.

— Je vais reprendre Dolly maintenant, si vous voulez bien, dit-elle en toussotant d'un air embarrassé.

— Je vous cède la place, répondit-il en souriant. Pour une aussi petite personne, Dolly a énormément de personnalité.

Ivy parvint à récupérer sa fille sans trop s'approcher du grand félin sauvage, avant de répondre :

— C'est vrai, convint-elle. Certains jours, il m'arrive de regretter qu'elle grandisse aussi vite.

— Et si vous veniez me rejoindre au salon, lorsque vous en aurez terminé ici ?

C'était dit très poliment, mais il lui rappelait qu'elle lui avait promis de terminer de lui raconter l'histoire de sa vie. Ivy réprima un soupir. Pourquoi avait-elle accepté ?

Elle changea Dolly et lui enfila son pyjama en lui chantant une comptine, luttant contre une vague inquiétude. Cette routine familière du coucher était aussi importante pour la maman que pour la petite fille. Ce soir, elles étaient toutes deux privées de ce moment de sérénité. Lorsque Dolly se fut endormie, elle sortit de la pièce sur la pointe des pieds, et elle s'arrêta un instant dans la salle de bains pour se passer de l'eau sur le visage et se rafraîchir un peu. Elle aurait pu se changer dans l'une de ses tenues neuves, mais celles-ci étaient réservées pour le week-end à venir. De plus, elle ne voulait pas que Farrell aille s'imaginer qu'elle se mettait en frais pour lui.

Elle ne croyait toujours pas qu'il ait envie de l'embrasser. Il avait probablement dit cela dans le seul but de flatter son ego. C'était gentil de sa part, mais peu crédible. Elle était prête à parier qu'il aimait encore sa défunte épouse.

Lorsqu'elle fit enfin son entrée dans le salon, il faisait totalement nuit, dehors. Une pluie fine s'était mise à tomber, et l'air avait beaucoup fraîchi. Farrell avait allumé un feu dans la cheminée, et les bûches craquaient joyeusement dans les flammes claires, créant une ambiance très chaleureuse.

Le plafonnier était éteint, mais plusieurs lampes d'ambiance étaient allumées çà et là dans la pièce, et il avait tiré deux fauteuils devant l'âtre. Sur la petite table entre eux, elle vit une bouteille de vin et deux verres.

— S'est-elle endormie ? s'enquit Farrell, relevant la tête à son entrée.

— Elle dort profondément, oui. J'ai beaucoup de chance, j'en suis consciente. Dolly est un bébé facile à vivre.

— C'est vrai, convint-il. Certaines de nos employées reprenant le travail après leur congé de maternité ont l'air hagard. Être privées de sommeil nuit après nuit doit être une épreuve redoutable.

Ivy prit place dans l'un des confortables fauteuils, et, exhalant un soupir, elle se débarrassa prestement de ses chaussures et replia ses jambes sous elle.

— Puis-je poser une question personnelle ? s'enquit-elle.

Une lueur fugitive traversa son regard, mais il acquiesça.

— Oui, naturellement.

— Pourquoi avez-vous bâti une maison aussi immense uniquement pour vous ? Je sais que vous recevez beaucoup, mais, est-ce la seule raison ?

— Sasha la désirait ainsi, répondit-il d'une voix à peine audible, ses yeux verts fixés sur les flammes. Nous projetions d'y élever une ribambelle d'enfants. Sasha était une excellente artiste amateur. Un jour, alors qu'elle était déjà malade, elle a dessiné cette maison, exactement telle qu'elle est aujourd'hui. Puis elle m'a dit sur le ton de la plaisanterie que, si elle ne s'en sortait pas, je devrais construire tout de même la maison telle qu'elle l'avait dessinée.

— Elle ne parlait pas sérieusement ?

— Non. C'était seulement sa façon à elle de se distraire durant les journées pénibles. Mais, ce qu'elle dessinait, c'était toujours uniquement l'extérieur de la maison. Elle ajoutait qu'une telle maison méritait de se dresser au sommet d'une falaise, face à l'océan. Après sa mort, je l'ai bâtie selon ses spécifications. Une façon de faire mon deuil, je suppose.

Il haussa les épaules d'un air fataliste, avant d'ajouter :

— J'aime à croire qu'elle le sait.

Ivy sentit sa gorge se serrer, et sa vue se brouilla de larmes. Elle ne pouvait même pas imaginer être aimée à ce point.

— Je suis navrée si ma question vous a attristé, s'excusa-t-elle d'une voix étranglée. J'étais seulement curieuse.

— Je vais bien, assura-t-il. Tout cela s'est passé il y a très longtemps.

9

Le silence entre eux devenait embarrassant. Farrell s'en voulait d'avoir amené Sasha dans la conversation. Pourquoi avait-il fait cela ? Il lui aurait suffi de répondre qu'il avait besoin de beaucoup d'espace pour recevoir ses hôtes, et Ivy n'aurait jamais su la différence.

Peut-être espérait-il en invoquant le fantôme de Sasha qu'elle l'empêcherait de faire une bêtise ?

— Voulez-vous un verre de vin ? proposa-t-il d'un ton gêné.

Il se sentait dangereusement déstabilisé. Avec ce temps frisquet à l'extérieur, et ce cocon douillet qu'il avait créé à l'intérieur, cette conversation prenait soudain un tour plus intime qu'il ne l'avait prévu.

— Volontiers, répondit Ivy.

Il déboucha la bouteille de vin français et remplit leurs deux verres.

— À votre santé, dit-il en lui tendant le premier.

Elle goûta son vin du bout des lèvres, et elle plissa le nez.

— Je ne suis pas une autorité en vins, reconnut-elle. Parlez-moi de celui-ci. Je suppose qu'il est très cher ?

— C'est un vin de la vallée du Rhône, expliqua-t-il. Certaines bouteilles atteignent des prix astronomiques, mais ce vin est d'un cépage un peu plus modeste. Comment le décririez-vous ? Faites-moi part de votre première réaction.

— C'est un vin vif, charpenté, avec une pointe d'arôme de myrtilles. Ai-je raison ?

— Bravo, la félicita-t-il, levant son verre. Mais ne vous croyez pas obligée de finir votre verre. Je ne serai pas vexé.

— Ce vin est très bon, opina-t-elle. Je ne bois pas souvent, mais, si vous le permettez, je vais siroter ce verre avec plaisir.

— Comme il vous plaira. Lorsque nos invités internationaux seront arrivés, nous aurons le choix entre une large variété de cépages. Vous pourrez les goûter tous à votre satisfaction.

Ensuite, le pesant silence s'étira à nouveau entre eux.

Farrell termina son vin et se servit un second verre.

— Quand Dolly s'est réveillée de sa sieste du matin, vous m'avez laissé en plan, observa-t-il prudemment. Vous désiriez quitter votre mari, mais vous avez découvert que vous étiez enceinte. Que s'est-il passé ensuite ?

Ivy lui décocha un regard en coin qui aurait pu signifier n'importe quoi, puis elle reposa son verre à moitié vide.

— Je sais aujourd'hui qu'il l'avait fait délibérément, dit-elle. Il pensait que si j'étais enceinte, je ne le quitterais pas.

— Pourquoi croirait-il une chose pareille ?

— Parce qu'il savait combien la famille est importante pour moi. Après leur mort, mes parents m'avaient affreusement manqué. Richard était persuadé que je tiendrais à ce que mon enfant connaisse son père.

— Avait-il raison de le croire ?

— Peut-être pendant un certain temps. Mais j'ai vite compris qu'il essaierait de contrôler la vie de notre bébé comme il avait contrôlé la mienne. Dès lors, j'ai décidé de m'en tenir à mon plan initial.

— Alors, qu'avez-vous fait ?

Ivy se leva brusquement, et elle alla se planter devant le feu, tendant ses mains vers les flammes. Lorsqu'elle se tourna à nouveau face à lui, son expression s'était assombrie.

— Je n'avais pas compté sur les nausées matinales, répondit-elle. Violentes. Incessantes. Avant même que mon ventre ne commence à s'arrondir, j'avais perdu huit kilos. Et, lorsque je n'étais pas en train de vomir, je me sentais si mal que j'étais incapable de sortir de mon lit.

— Et que faisait votre mari ?

— Il avait recommencé à voyager, répondit-elle avec un rire amer. Il restait absent deux ou trois nuits de suite. J'avais à peine la force de m'alimenter. Mais lui, au moins, il était sûr que je serais trop faible pour le quitter. Hélas, il avait raison. Ma fille n'était pas encore née, et je lui faisais déjà courir un danger. J'avais l'impression de n'être bonne à rien.

— Vous êtes trop dure avec vous-même, observa-t-il. Vous surviviez, un jour à la fois. C'était déjà beaucoup.

— Oui, peut-être.

— La naissance du bébé s'est-elle avérée aussi pénible que votre grossesse ?

— Par bonheur, non, répondit-elle en riant doucement. Il semblerait que j'aie des hanches faites pour la maternité. J'étais heureuse, à l'hôpital. Tout le monde était gentil avec moi, et j'avais Dolly. Elle était un miracle de perfection, et je priais le ciel pour que l'ADN de Richard ne lui nuise pas.

— Comment a-t-il réagi en devenant papa ?

— C'était très étrange. On aurait dit que cela lui était indifférent. C'était *moi* qu'il désirait contrôler. Dolly était secondaire pour lui. En général, il se contentait de l'ignorer.

Farrell était tenté de s'arrêter là. Ivy allait bien. Le bébé allait bien. Et le mari n'était pas intéressé. C'était le moment idéal pour conclure cette histoire. Mais cela n'expliquait pas pourquoi Ivy avait échoué à Portland, seule et sans un sou.

Il sentait combien il lui coûtait de lui raconter cette histoire. L'avait-elle déjà confiée à d'autres avant lui ? La tragédie qu'il avait lui-même vécue appartenait à un passé lointain, alors que les jours sombres qu'Ivy décrivait étaient relativement récents. L'aidait-il en lui demandant de lui raconter cette histoire sordide, ou la faisait-il souffrir encore davantage ?

— Votre mari était-il à la maison lorsque vous êtes rentrée de l'hôpital ? s'enquit Farrell. Ou est-il venu vous chercher ?

— Ni l'un ni l'autre, répondit-elle en soupirant. Il avait laissé une enveloppe dans ma chambre d'hôpital, contenant tout juste la somme suffisante pour que je rentre en taxi. C'était tout à fait lui. Il s'opposait à ce que je travaille, mais il me donnait juste assez d'argent pour un achat précis. Et il lui arrivait souvent de vérifier les notes d'épicerie.

— Attendez une minute, intervint-il. Même moi, je sais qu'un hôpital ne vous laisse pas partir avec un bébé sans qu'un siège adapté ait été installé dans la voiture.

— Cela a été une autre indignité qu'il m'a fait subir. On m'a obligée à voir une assistante sociale, qui m'a posé toutes sortes de questions embarrassantes. À la réflexion, j'aurais peut-être pu lui demander de m'aider à quitter Richard, mais je venais d'accoucher. J'étais épuisée et faible. Le moment était mal choisi. En tout cas, c'est ce que je me suis dit. J'ai menti à cette femme. Je lui ai dit qu'une amie passait me chercher avec une voiture équipée d'un siège pour bébé.

— Mais, en réalité, vous êtes rentrée en taxi.

— Oui. Dans un sens, j'ai eu de la chance. Richard essayait toujours de m'isoler, mais avec les années j'avais sympathisé avec quelques voisines sans qu'il le sache, et des personnes compatissantes m'apportaient des repas et des présents pour le bébé – que je devais cacher, bien sûr. Lorsque Richard est rentré à la maison, Dolly était déjà âgée d'une semaine.

— À ce moment-là ; n'a-t-il pas créé des liens avec elle ? Après tout, elle était sa chair et son sang.

— Non. Au lieu de cela, il se plaignait si Dolly pleurait, et il insistait pour que je continue à lui préparer ses repas, et que je me charge de toutes mes corvées habituelles. Il avait compris, je crois, que je retrouvais peu à peu mes forces. Et que j'apprenais à m'occuper du bébé toute seule.

— Il se sentait menacé...

— Probablement, convint-elle. Il devait sentir que je n'avais pas renoncé à mon projet de le quitter, qu'il avait déjoué presque un an plus tôt en s'assurant que je serais enceinte. Dans la maison, l'atmosphère était tendue, mais j'ai fait de mon mieux pour que Dolly n'en souffre pas. Avec elle, je m'efforçais de rester toujours calme, concentrée.

Ivy s'interrompit, comme si chaque parole lui coûtait un effort. Farrell retenait son souffle, et il se leva pour aller la rejoindre devant le feu.

— Vous n'êtes pas obligée de m'en dire davantage, Ivy, murmura-t-il. Je n'avais pas l'intention de vous mettre mal à l'aise. J'ai eu l'arrogance de croire que vous deviez vous confier à moi, que cela vous soulagerait. Au lieu de cela, je comprends que cela vous déchire. Je le lis sur votre visage.

— Votre instinct ne vous a pas trompé, Farrell, reconnut-elle avec un sourire d'une étrange douceur. Je suis heureuse que vous compreniez ce que sont le chagrin et la perte. Ce qui m'est arrivé a fait de moi la personne que je suis aujourd'hui, et je ne peux pas l'oublier. Vous avoir raconté mon histoire ne me fait pas souffrir davantage que les rêves que je fais la nuit.

Elle marqua une pause, avant d'ajouter :

— Je ne suis plus la femme que j'étais avant de le quitter. J'ai appris à faire confiance à mon instinct. La peur ne gouverne plus ma vie, aujourd'hui. Ce séjour dans le Maine en votre compagnie m'a apporté la paix, m'a aidée à guérir. Pour moi, c'est plus qu'un emploi. C'est un recommencement.

— J'admire votre résilience, répondit-il en effleurant sa joue d'une caresse. Vous avez réussi à partir avec votre bébé.

— Pas exactement.

— Ah, bon ?

— Les nouvelles mamans sont censées s'abstenir de relations sexuelles jusqu'à leur visite médicale, six semaines après l'accouchement, mais Richard m'a prise de force. Suite à cela, j'ai développé une terrible infection, et j'ai dû être à nouveau hospitalisée.

Sa voix tremblait, et, n'y tenant plus, Farrell s'avança pour la prendre dans ses bras, et il la serra simplement contre lui. Son corps enregistrait le fait qu'une femme follement désirable était blottie tout contre lui, mais il le fit taire.

— Ivy, dit-il d'une voix douce, c'est un véritable miracle que vous soyez ici avec moi à cet instant.

— Oui, je le sais, murmura-t-elle, reposant sa joue contre son torse. Le médecin m'a dit que j'aurais pu mourir. C'est à Dolly que je dois d'avoir trouvé la force de guérir et de rentrer à la maison.

— Qui s'était occupé de Dolly entre-temps ? s'enquit-il, glissant ses doigts dans la soie de ses cheveux.

— Je l'ignore, répondit-elle. Richard a refusé de me le dire. Je l'avais laissée avec lui parce que je n'avais pas d'autre choix, et cette idée me torturait.

— Regardez-la, Ivy. Elle est parfaite. Ce qu'elle a vécu n'a eu aucun effet durable sur elle. Dolly est une petite fille heureuse.

— Merci de me dire cela, dit-elle en reniflant.

— Et donc, dès que vous avez repris des forces, vous l'avez quitté, n'est-ce pas ?

Ivy s'écarta un peu pour lever ses yeux vers les siens. Ses longs cils étaient encore humides de larmes, mais ses joues avaient repris des couleurs.

— Vous ne renoncez pas, observa-t-elle avec un petit sourire triste. Mais vous n'y êtes pas encore.

— Alors quoi ? Que s'est-il passé ?

— Dix jours après ma sortie de l'hôpital, Richard a souffert d'une crise cardiaque foudroyante. Les secouristes m'ont dit que la mort avait été instantanée.

— Mon Dieu, Ivy ! s'exclama-t-il d'un air horrifié. Quand est-ce arrivé ? Il y a cinq ou six mois ?

— Cinq mois et demi, précisa-t-elle. J'ai utilisé les cartes de crédit que j'avais trouvées dans son portefeuille pour régler l'enterrement. Comme j'ignorais qui j'aurais pu contacter, Dolly et moi avons assisté seules à la cérémonie. Après cela, je me suis sentie coupable, mais surtout soulagée. Richard ne pourrait jamais plus me faire de mal.

— Dieu merci.

— J'ai commencé à vider la maison pour pouvoir la vendre. Je ne voulais pas élever ma fille dans ce lieu où je n'avais que des mauvais souvenirs. La vente a été conclue rapidement, et Dolly et moi avons emménagé dans un appartement près de l'université. J'ai acheté une poussette, et nous faisions des promenades l'après-midi. Je savais que j'allais devoir chercher un emploi, mais je désirais d'abord profiter d'un peu de temps avec mon bébé.

— Richard avait-il une assurance-vie ?

— Oui, mais je n'en étais pas la bénéficiaire. J'ai découvert que Richard ne voyageait pas du tout pour ses affaires. Il avait vécu sous un nom d'emprunt dans une ville voisine. Il y avait une autre épouse, et deux autres enfants.

Farrell la dévisagea, stupéfait par ce qu'il entendait, tandis qu'elle poursuivait :

— L'*autre femme* ignorait mon existence comme moi la sienne. Après la disparition de son mari, elle avait engagé un détective privé, et c'est lui qui m'a retrouvée. Richard avait laissé un testament basique, et c'était *elle* la bénéficiaire. Ils m'ont tout pris. Le compte courant, les cartes de crédit, la somme qu'avait rapportée la vente de la maison. Tout. Cette femme a même exigé que je lui rembourse les sommes que j'avais déjà dépensées pour les funérailles et pour vivre. Heureusement pour moi, un juge est intervenu, et il m'a accordé cinq mille dollars parce que, selon lui, j'étais une innocente victime.

— Alors, comment êtes-vous rentrée à Portland ?

— J'étais abonnée depuis longtemps à la version en ligne du journal de Portland, et j'ai eu envie de retourner sur les lieux de mon enfance, là où j'avais été heureuse. La sœur de Katie avait placé une annonce, car elle cherchait une colocataire. Je l'ai lue, et j'ai aussitôt pris ma décision. J'ai acheté un billet d'avion, et je suis partie vers le nord. Je ne disposais que d'une petite somme, et je savais que je devais la faire durer.

— Et... c'est tout ?

— Oui, répondit-elle en sourcillant. N'est-ce pas suffisant ?

Son apparente indignation le fit sourire. Il lui releva gentiment le menton pour plonger son regard tout au fond du sien, émerveillé par son courage, par sa force.

— Ivy Danby, vous êtes la femme la plus extraordinaire que j'aie jamais rencontrée, murmura-t-il. Vous avez souffert, mais vous n'êtes pas brisée.

Il n'avait pas consciemment décidé ce qui se passa ensuite, mais aucune force au monde n'aurait pu l'empêcher d'exprimer ce qu'il ressentait à cet instant... Ce que son histoire avait déclenché en lui.

Il l'embrassa avec une douceur infinie, s'efforçant de lui communiquer toute l'admiration qu'il ressentait pour elle.

Mais ce baiser n'avait jamais fait partie de son plan.

Lorsque leurs lèvres se rencontrèrent, Ivy cessa de respirer.

Ou alors c'était lui, mais ce détail n'avait aucune importance. À cet instant, leurs âmes avaient fusionné. Il avait confié à cette femme des détails de sa vie avec Sasha qu'il n'avait jamais révélés à personne d'autre. Et, de son propre aveu, Ivy n'avait jamais eu d'autre confident que lui.

Leurs tragédies respectives avaient fait exploser toutes les barrières des conventions sociales, éliminé les habituelles étapes de rigueur dans une relation. D'un seul coup, ils étaient profondément liés l'un à l'autre.

Comment était-ce arrivé ? Gémissant son nom, Farrell commença à s'écarter d'elle, une réaction automatique déclenchée par sa peur de l'intimité. Lorsque Ivy s'avança d'autant pour prolonger leur baiser, son innocent plaisir acheva de le séduire. Il eut la sensation d'être emporté par un courant dangereux.

Comme un océan d'apparence sereine peut dissimuler des courants violents sous sa surface, Ivy lui avait semblé ne représenter aucun danger. Jusqu'à cet instant. La fringale désespérée qu'il ressentait n'était pas seulement due à sa longue abstinence. C'était *elle* qu'il désirait. Pas n'importe quelle femme. Ivy s'était glissée dans son cœur sans qu'il en soit même conscient. Il était perdu.

Recueillant son ravissant visage entre ses mains, il fit de son mieux pour maîtriser son désir. Le récit qu'elle lui avait fait de sa vie l'avait indigné. Il avait mal pour elle. Il était déterminé à lui montrer à quel point elle était merveilleuse.

Il l'embrassa avec plus de passion encore, et elle noua ses bras délicats autour de son cou. Ses petits seins pressaient contre son torse, et il ne put s'empêcher de la serrer plus fort contre lui, ses mains sur ses hanches.

Son érection presque douloureuse ne souffrait plus aucune attente. Il brûlait d'entrer en elle et de lui donner du plaisir, de leur procurer à l'un et à l'autre ce dont ils avaient tant besoin. Un sofa se trouvait à proximité, et même son lit n'était qu'à quelques pas, au bout du couloir.

— Ivy, murmura-t-il, je vous désire.

— Moi aussi, Farrell, répondit-elle dans un souffle.

Elle déposa une pluie de baisers sur son menton, sur son nez, sur ses sourcils, puis, enfin, elle revint à ses lèvres. Sa timide tentative de prendre l'initiative déclencha une tempête dans son cœur. Et, lorsqu'elle l'embrassa à pleine bouche, imitant le baiser qu'il lui avait donné plus tôt, Farrell eut l'impression que ses genoux se transformaient en gelée.

— Attendez ! gémit-il d'une voix rauque, essayant désespérément de reprendre le contrôle de la situation. Je n'avais jamais prévu que ceci se produirait.

Ivy recula si brusquement qu'elle faillit trébucher. En voyant son expression dévastée, Farrell comprit qu'elle s'était peut-être méprise sur le sens de ses paroles.

— Je vous désire, assura-t-il. Cela, c'est vrai. Mais nous devons être sûrs. Et vous devez comprendre quelques règles de base.

Pour la première fois, elle ne paraissait plus ni jeune ni innocente. Dans ses yeux noisette, il lisait la trace de chacun des coups douloureux que lui avait portés la vie. Il y vit la résignation, l'acceptation indifférente d'une réalité.

— Non, Farrell, répliqua-t-elle. C'est vous qui devez comprendre. J'ai cessé de croire aux contes de fées depuis longtemps. Vous êtes le prince du château, et je suis la souillon qui essaie de survivre.

Elle marqua une pause, avant d'ajouter, sa respiration un peu haletante :

— J'ignore ce que vous désirez à cet instant, mais je ne me fais aucune illusion. L'idée de faire l'amour avec vous me semble-t-elle intéressante ? Bien sûr que oui. Mais vous n'avez pas à vous inquiéter. Tout ce qui compte pour moi dans cette vie, c'est ma fille et son bonheur. Je n'ai pas besoin d'un homme pour me choyer ou pour me protéger. Mon ogre à moi est mort. Faites l'amour avec moi, ou pas. Mais ayez la courtoisie de comprendre que je ne suis pas une gamine naïve. Je suis lucide. Je l'ai toujours été.

— Voilà un beau discours, observa-t-il d'un ton douloureux. Rien de tout ceci n'était facile pour moi non plus.

— J'aime que tout soit clair, répondit Ivy, haussant les épaules.

— Alors, que pensez-vous de cela ? Je vous désire, mais je ne veux pas vous désirer.

Il la vit tressaillir, ce qui le fit instantanément se sentir comme la pire espèce de bon à rien. Elle releva le front et le regarda bien en face avec une tranquille dignité.

— Cela, je le savais déjà, Farrell, déclara-t-elle. Vous êtes encore amoureux de votre défunte épouse.

Ce n'était pas vrai, songea-t-il. Ce n'était *plus* vrai. Tout du moins, pas dans le sens où Ivy l'interprétait. Mais il était peut-être préférable pour eux deux de se contenter de ce mensonge.

Ivy le dévisagea un instant d'un air dévasté, tandis qu'il s'efforçait de trouver une réponse, puis elle tourna les talons et s'éloigna.

— Il est temps que je ramène Dolly au bungalow, lança-t-elle par-dessus son épaule. Bonne nuit, Farrell. Merci pour le vin, et pour l'oreille attentive.

10

Ivy n'avait jamais ressenti une telle avalanche d'émotions dans un temps aussi court. Parler de Richard à Farrell avait été difficile. Extrêmement douloureux. Elle portait encore en elle la honte, la culpabilité d'avoir été en partie responsable d'avoir gâché dix années de sa vie.

Mais cela n'était rien, comparé à l'extase qu'elle avait ressentie lorsque Farrell Stone l'avait passionnément embrassée. Avant, bien sûr, de lui faire une remarque condescendante, comme s'il s'adressait à une adolescente idiote quémandant quelques miettes de son affection.

Elle l'entendit marcher derrière elle, et elle hâta le pas.

— Attendez, Ivy ! Attendez, bon sang !

— Je n'ai pas besoin que vous livriez mes batailles à ma place, ni que vous vous sentiez responsable pour moi, gronda-t-elle en pivotant face à lui. Je n'ai pas besoin de vous. Pour faire l'amour, oui, d'accord. Mais, même pour cela, je peux trouver quelqu'un d'autre.

Il la dévisagea un instant d'un regard brûlant, les lèvres serrées, puis il poussa un soupir.

— Il pleut, observa-t-il. Je vais vous escorter, Dolly et vous, jusqu'au bungalow.

— *M'escorter ?* répéta-t-elle d'un ton sarcastique. Sommes-nous en 1840 ? Je suis parfaitement capable de me mouiller toute seule sous la pluie.

Farrell saisit fermement son poignet, et il l'attira tout contre lui. La chaleur de son grand corps lui coupa le souffle.

— J'imagine très bien la scène, dit-il d'une voix rauque, la dévisageant d'un regard intense. Une peau d'ivoire. Des seins petits mais parfaits, aux pointes comme des framboises, faits sur mesure pour mes mains.

Ces paroles l'hypnotisaient. Une douce chaleur envahit son ventre, et elle serra les genoux dans un geste inconscient.

— Arrêtez ! le supplia-t-elle.

— Arrêter quoi ?

Sans attendre sa réponse, il glissa ses doigts dans ses cheveux, et sa bouche descendit lentement vers la sienne.

— Oubliez tout ce que j'ai dit, murmura-t-il. On accorde trop d'importance aux mots. Ceci est tout ce qui compte.

Ce fut un long baiser, brûlant, passionné. Ivy fondit littéralement dans ses bras. C'était embarrassant. Où était sa fierté, son respect d'elle-même ? Elle aurait dû le gifler.

Mais elle sentait le corps de Farrell tout contre elle, si parfaitement masculin. Si délicieusement ardent. Ses mains légères parcouraient son corps, la faisant frissonner. Elle était tentée de se blottir dans ses bras et de nouer ses jambes autour de sa taille. Un torrent de feu circulait à présent dans ses veines, enivrant, douloureux.

S'il la libérait maintenant, elle le supplierait. Elle le savait.

Mais Farrell ne semblait pas pressé de cesser de l'embrasser. Il butinait son cou, mordillait les lobes de ses oreilles. Il glissait une jambe entre les siennes.

Elle et lui étaient entièrement habillés. Sa vertu ne courait aucun risque. Pour le moment. Mais elle se mourait de désir.

Lorsqu'il la relâcha enfin, il haletait.

— Je ne veux pas me disputer avec vous, grogna-t-il.

— Soyez honnête, répliqua-t-elle. M'avez-vous demandé de dormir dans la grande maison pendant votre week-end d'affaires pour faire l'amour avec moi ?

— Absolument pas ! assura-t-il d'un air indigné. Pourquoi songerais-je à vous séduire devant une douzaine d'invités ?

— Oh ! fit-elle, un peu déçue. Je n'avais pas pensé à cela.

— Je vous l'ai demandé pour deux raisons. D'abord, j'ai besoin d'une hôtesse officielle, et j'ai pensé que vous, en tant qu'acteur extérieur, pourriez m'offrir une perspective originale sur la meilleure façon de présenter notre société à nos invités. J'espérais aussi que ce week-end vous distrairait, mais ce n'était qu'un bonus supplémentaire.

— Je comprends. Je vous demande pardon.

— Allez chercher le bébé. Nous finirons ceci au bungalow.

« Nous finirons ceci au bungalow. »

Tout en rassemblant les affaires du bébé, Ivy réfléchissait à ces paroles. Faisait-il allusion à leur conversation, ou à cette autre chose qu'ils avaient commencée ?

Dolly n'était pas contente qu'on l'ait réveillée. Ivy la prit dans ses bras et tapota son petit dos tiède, en murmurant :

— Je te laisserai bientôt te rendormir, ma chérie.

Ce n'est qu'alors qu'elle se rendit compte qu'elle aurait dû enfiler sa veste d'abord. Tant pis. Elle ne gèlerait pas en marchant sur une aussi courte distance. Mais Dolly aurait besoin d'être enveloppée dans une couverture.

Farrell l'attendait dans le couloir.

— Pleut-il encore ? s'enquit-elle.

— Assez fort, oui. Si vous me passez Dolly, vous pourrez porter le parapluie pour nous abriter.

— Vous n'êtes pas obligé de venir avec moi, fit-elle remarquer, serrant le bébé plus fort contre elle.

— J'aimerais vous accompagner, Ivy. Si vous le permettez.

— C'est votre bungalow.

— Mais c'est votre espace privé, rappela-t-il, déposant un baiser sur son front. Je n'y ferai pas intrusion sans invitation.

— Heu... Vous êtes invité, répondit-elle sans enthousiasme.

— Merci, Ivy, murmura-t-il, lui adressant un regard brûlant.

Dans le vestibule, ils enfilèrent des bottes en caoutchouc et des cirés. La pluie légère de tout à l'heure s'était transformée en déluge.

— Faites attention où vous mettez les pieds en marchant, conseilla-t-il. Passez-moi Dolly, s'il vous plaît. Je la porterai.

Lorsqu'ils ouvrirent la porte, une rafale de vent apporta jusqu'à eux des senteurs d'automne et de terre mouillée. La violence de la tempête semblait refléter le tumulte de ses émotions lorsque Ivy se mit en marche dans la nuit noire...

Farrell s'amusait beaucoup. Cette promenade sous la pluie battante, Dolly serrée tout contre sa poitrine, lui donnait la sensation d'être réellement vivant. Et, à cet instant, il comprit que, même s'il avait fait le deuil de Sasha, il se permettait encore très rarement de faire quoi que ce soit pour *s'amuser*.

Était-il devenu un vieux grincheux obsédé par le travail ? Ses frères et ses employés ne faisaient-ils que le tolérer ? Espéraient-ils sans le lui dire qu'il se détendrait un jour ?

Ivy déverrouilla la porte du bungalow et ôta ses vêtements de pluie avant de déclarer :

— Je vais coucher Dolly. Profitez-en pour vous sécher. Vous auriez dû porter un parapluie, vous aussi.

— Je ne me faisais pas assez confiance pour porter Dolly d'un seul bras, dit-il en lui tendant le bébé. Je ne fondrai pas.

Ivy scruta son visage. Durant un bref instant, il crut qu'elle s'apprêtait à lui répondre. Mais elle demeura silencieuse. Et elle le laissa simplement planté là, dans ses habits trempés, avec le sentiment que son univers s'écroulait autour de lui.

Lorsqu'elle eut disparu, il se débarrassa de ses bottes. Même ses chaussettes étaient trempées. Ce qu'il lui aurait fallu, à cet instant précis, c'était une bonne boisson chaude.

Il explorait les placards lorsque Ivy revint dans la cuisine.

— Avez-vous des petits chamallows quelque part ? s'enquit-il. Je nous ai préparé du chocolat chaud.

— C'est votre jour de chance, répondit-elle en ouvrant un placard qu'il n'avait pas encore exploré. Je suppose que Mme Peterson, qui a approvisionné la cuisine, connaît parfaitement les goûts des frères Stone.

Il remplit deux grandes tasses de chocolat fumant, et ajouta une poignée de petits chamallows à la sienne.

— En voulez-vous aussi ? proposa-t-il.

— Du chocolat, oui, mais je vais passer les chamallows. Trop de sucre est mauvais pour la santé.

— Une petite douceur de temps à autre ne fait pas de mal, observa-t-il d'une voix douce, fixant sa silhouette délicate.

Il porta les deux tasses jusqu'à la table, et il lui fit signe de s'asseoir, puis il sirota une première gorgée.

Il recula aussitôt, réprimant un juron, et Ivy le dévisagea.

— Vous vous êtes brûlé, n'est-ce pas ?

— Peut-être, convint-il, laissant son regard glisser sur ses cheveux courts ébouriffés, ses yeux noisette et ses douces lèvres sans aucun maquillage. Quin est le plus intrépide d'entre nous, mais je prends aussi quelques risques.

— Est-ce ce que je suis pour vous ? s'enquit-elle, rougissant jusqu'aux oreilles. Un risque ? Ce n'est pas très flatteur.

Farrell avait souvent assisté à des soirées huppées, où des top-modèles très légèrement vêtues se mêlaient à la foule des invités. Mais il n'avait jamais éprouvé avec aucune d'elles ce besoin de conquérir, de posséder.

Mais, c'était exactement ce qu'il ressentait avec Ivy.

— Je ne sais pas vraiment ce que nous sommes, reconnut-il. Sommes-nous obligés de donner un nom à cette situation ? De l'analyser ?

Elle sirota prudemment son chocolat. Quand elle reposa sa tasse, un peu de mousse adhérait à sa lèvre supérieure. Sans plus y réfléchir, Farrell se pencha et l'en débarrassa d'un petit coup de lange gourmand.

— Je ne vous avais pas bien compris, au début, observa-t-elle d'un air surpris. Je vous prenais pour un scientifique sérieux, dévoué à son travail. Mais vous êtes un rebelle, n'est-ce pas ? Un hédoniste. Un coquin.

— Ne peut-on pas être tout cela à la fois, remarqua-t-il avec un lent sourire. N'ai-je pas le droit d'avoir envie de dormir avec une femme fascinante durant mon temps libre ?

— J'espère que vous ne dormirez pas trop, répliqua-t-elle en posant sa main fine sur la sienne, un sourire timide aux lèvres. Sûrement, nous pouvons faire mieux.

Il sentit son cœur s'emballer, et il entremêla ses doigts aux siens, avant de murmurer :

— Ne jouez pas avec moi, femme. J'ai besoin d'une réponse sans aucune ambiguïté. Voulez-vous faire l'amour avec moi ? Ici ? Ce soir ?

— Oui, confirma-t-elle en souriant. Les soirs de pluie excitent toujours mon imagination. Mais nous ne devrions pas perdre de temps, car *qui-vous-savez* se réveille tôt.

Farrell la suivit dans la chambre. Compte tenu de sa douloureuse érection, il se demanda s'il aurait la force de se montrer doux avec elle. Pourtant, il le devait. Ivy n'avait déjà que trop subi la violence des hommes durant sa courte vie.

Lorsqu'ils arrivèrent près du lit, il la vit hésiter.

— N'ayez pas peur de moi, Ivy.

— Je n'ai pas peur, assura-t-elle, visiblement nerveuse. Je crains seulement de vous décevoir. Richard m'a laissée traumatisée. J'ai honte de mon corps, et je n'ai jamais...

Elle s'interrompit, une expression anxieuse sur son visage, et Farrell prit sa main dans la sienne.

— Vous n'avez jamais fait l'amour avec un autre homme que votre mari ? suggéra-t-il. C'est cela ?

— Oui, confirma-t-elle, rougissant d'embarras.

— Alors, voici quelques règles de base. Dans cette chambre, il n'y a que nous deux. Pas de Richard. Pas de Sasha. Pas de passé douloureux pour nous torturer. Quoi qu'il puisse se passer entre nous, ce sera parce que nous le désirons. J'ai l'intention de vous faire l'amour avec toute mon âme, Ivy. J'espère que vous ferez de même.

Elle scruta attentivement son visage, comme si elle y cherchait la preuve de sa sincérité. Puis, enfin, elle sourit.

— D'accord, murmura-t-elle.

Il la sentit tout de même tressaillir lorsqu'il fit passer son petit haut par-dessus sa tête. Cette réaction l'ennuya un peu, mais il continua à la déshabiller avec des gestes lents. Lorsqu'elle fut nue, il écarta les couvertures du lit.

— Couchez-vous, Ivy, murmura-t-il. Ne prenez pas froid.

— Mais, ne devrais-je pas...

— Non, coupa-t-il, devinant ses pensées. Je m'en charge.

Il se déshabilla prestement à son tour, et, lorsqu'il fit glisser son boxer sur ses jambes, Ivy ouvrit de grands yeux, contemplant son sexe en érection avec une expression de fascination très gratifiante pour son ego. À la différence d'une multitude d'autres femmes, Ivy ne prétendait pas être ce qu'elle n'était pas. Elle était comme un jeune cygne, toute petite, douce et vulnérable aux dangers du monde.

— Faites-moi une petite place, dit-il d'une voix douce. Je vais vous tenir chaud, je vous le promets.

Ivy se blottit immédiatement contre son corps nu, et il décida que c'était un bon signe.

— Je me sens bien, dit-elle en soupirant.

— Moi aussi, murmura-t-il, laissant glisser ses mains sur son derrière lisse et ferme.

Il brûlait de désir, mais il était déterminé à contrôler sa propre libido, à penser d'abord au plaisir d'Ivy.

— Je rêvais de cet instant depuis longtemps, avoua-t-il.

— Vraiment ? s'étonna-t-elle, se redressant sur un coude.

— Bien sûr. C'est ce que font les hommes, vous savez.

— Les femmes aussi, reconnut-elle. Mais vous ne me l'avez jamais montré. Pourquoi ?

— Je n'étais pas certain que cela soit convenable. Vous travaillez pour moi. Je ne voulais pas profiter de vous.

Il hésita une seconde, avant d'ajouter :

— Et, pour être honnête, je me sens toujours coupable.

— Ne dites pas d'absurdités, le tança-t-elle en se blottissant à nouveau contre lui. Cet emploi que vous m'avez procuré est temporaire, nous le savons tous deux. Le moment venu, vous retournerez au siège de Stone River Outdoors, et je retournerai à Portland pour chercher une nouvelle place. Tout va bien, Farrell. De plus, n'avions-nous pas convenu de nous concentrer uniquement sur cette chambre, ce lit, cette nuit ?

— Vous avez raison, c'est vrai, convint-il, déposant un doux baiser sur le sommet de sa tête.

— Puis-je vous poser une question ?

Il entendait une note étrange dans sa voix, mais, comme il ne pouvait pas voir son visage, il fut incapable de l'analyser.

— Oui, bien sûr, répondit-il. Tout ce que vous voudrez.

— J'aimerais explorer votre corps, dit-elle en effleurant son torse d'une caresse. Je voudrais découvrir ce qui vous plaît, ce que vous désirez ? Cela ne vous dérange pas ?

Farrell ne savait plus s'il devait rire ou pleurer. L'innocente requête d'Ivy avait transformé son sang en torrent de lave rugissant. Serait-il à la hauteur de l'expérience que lui proposait cette femme sans expérience aucune ? Ne comprenait-elle pas le pouvoir qu'elle détenait ?

— Pas du tout, mentit-il. Je suis tout à vous.

Elle commença par s'agenouiller à son côté. Ses seins étaient petits, mais parfaits. Mais, lorsqu'il essaya de la toucher, Ivy protesta :

— Ne faites pas ça. Placez vos mains derrière votre nuque.

Son désir atteignait une intensité fiévreuse, mais il obéit.

— Soyez douce avec moi, la supplia-t-il.

— J'adore votre corps, dit-elle d'une voix douce, effleurant délicatement ses tempes. Si différent du mien !

Lorsqu'elle se pencha pour placer ses deux mains sur son torse, son souffle tiède contre sa joue, il sentit qu'il tremblait.

L'expression de concentration totale sur son joli visage le charmait, le séduisait. Elle était si adorable, si précieuse...

Lorsqu'elle laissa glisser son doigt sur son sternum, il dut se mordre la lèvre pour s'empêcher de gémir. Ses hanches furent l'étape suivante de son exploration érotique. Puis elle se plaça entre ses jambes, lui écartant les cuisses pour s'installer confortablement. Le corps de Farrell passa instantanément en alerte rouge.

Au début, elle se contenta d'observer. Aucun contact physique. Son sexe en érection semblait la fasciner. Puis elle tendit sa main pour recueillir une goutte de liquide séminal du bout d'un doigt, qu'elle porta à ses lèvres.

— Connaissez-vous votre goût ? s'enquit-elle.

— Non, répondit-il d'une voix étranglée. Et vous ?

— Je vais bientôt le connaître.

Lorsqu'elle le prit dans sa bouche, il se mit à trembler comme sous l'effet d'une fièvre tropicale. Alors même qu'il était ostensiblement en contrôle, son innocente délectation eut raison de sa résistance.

Étouffant un gémissement, il explosa dans un orgasme éblouissant, se couvrant ainsi de ridicule. Visiblement surprise, elle se redressa et s'essuya les lèvres.

— Tout va bien ? s'enquit-elle.

— Je suis désolé, Ivy, grogna-t-il, se sentant devenir écarlate. Avec vous, je perds tout contrôle de moi-même.

— Je ne vous crois pas, dit-elle, fronçant ses jolis sourcils.

— Je suis un homme adulte de trente-deux ans, rappela-t-il en se redressant, appuyé sur ses coudes. Ce genre de chose ne m'était plus arrivé depuis mon adolescence. Je vous désire passionnément, Ivy. Ne le comprenez-vous pas ?

Elle quitta vivement le lit et enfila un peignoir. Lorsqu'elle eut attaché la ceinture, si serrée que même Houdini n'aurait pu défaire le nœud, elle recula contre la commode.

— Vous devriez aller vous nettoyer, déclara-t-elle. Vous trouverez des serviettes dans le placard de la salle de bains.

Pour le seul plaisir de la provoquer, Farrell se leva à son tour et alla se planter face à elle, nu comme un ver. Il aurait juré qu'elle désirait désespérément détourner les yeux. Mais son Ivy était une femme vaillante.

— N'aimez-vous pas ce que vous voyez ? la taquina-t-il, alors que son érection retrouvait toute sa vigueur.

— Vous êtes un bel homme, je le reconnais, dit-elle, ouvrant de grands yeux.

— Mais ?

— Vous êtes arrogant. Et autoritaire. Et je ne suis plus certaine d'avoir envie de faire l'amour avec vous.

— Oh ! vraiment ? ironisa-t-il. Je pense que vous mentez.

— Et moi, répliqua-t-elle avec une expression outragée comique, je pense que vous êtes un Néandertal obsédé.

— Ne bougez pas, dit-il.

Il ne lui fallut qu'un rapide aller-retour à la salle de bains pour se sentir prêt à reprendre là où ils s'étaient arrêtés.

Lorsqu'il retourna dans la chambre, Ivy était toujours à l'abri derrière son armure de tissu-éponge. Apparemment, elle était trop fière pour lui laisser penser qu'elle avait peur.

Et cela convenait parfaitement à Farrell.

Il la prit dans ses bras et écrasa sa bouche sur la sienne en un baiser dominateur, avant de murmurer, tout contre ses lèvres :

— Dernière chance, Ivy Danby. À présent, c'est mon tour. Me désirez-vous, oui ou non ?

11

Ivy était encore en état de choc. Avait-elle excité la passion de Farrell au point qu'il ne se contrôlait plus ? C'était ce qu'il désirait lui faire croire. Mais cela lui semblait assez improbable.

Lorsqu'il la serra dans ses bras et qu'il l'embrassa comme si elle était son ultime chance de salut, elle eut l'impression que ses jambes ne la soutenaient plus. Le contact de sa peau masculine contre la sienne était la plus étrange et la plus délicieuse sensation qu'elle ait jamais éprouvée.

Le corps de Farrell était une merveille. Il avait la musculature d'un homme dans la force de l'âge, acquise par le travail physique. Elle savait qu'il avait les moyens d'embaucher tous les ouvriers dont il aurait besoin, mais elle l'avait souvent vu se charger lui-même de travaux pénibles à l'extérieur de la maison.

— Je vous ai posé une question, Ivy.

— Ne cessez pas de m'embrasser, le supplia-t-elle.

— Vous devez d'abord admettre que vous me désirez, murmura-t-il, glissant une main entre ses jambes pour immiscer deux doigts en elle, la faisant gémir. Vous êtes humide et brûlante, ma douce. Votre corps ne ment pas. Mais j'ai besoin de vous l'entendre dire.

À présent, c'était Ivy qui vacillait au bord de l'orgasme. Elle frissonnait de tout son corps. Elle brûlait de désir. Elle était impatiente de le sentir en elle.

— Je vous en supplie, faites-moi l'amour, Farrell. Je vous désire. Je veux que...

— Je me charge de la suite, mon cœur, l'interrompit-il, plaçant sa main sur sa bouche.

Détacher la ceinture du peignoir s'avéra plus long qu'il ne l'avait prévu, mais, enfin, elle fut à nouveau nue devant lui. Il la souleva dans ses bras, la porta jusqu'au lit en quelques enjambées, et ils basculèrent ensemble sur le matelas.

Ivy frissonnait, et il tira les couvertures sur leurs deux corps avant de dévorer son cou de baisers. Il avait envie de lui donner du plaisir de toutes les manières imaginables, mais cela devrait attendre. Ce soir, la position du missionnaire devrait leur suffire. Il ne fallait pas la brusquer. Il sentait instinctivement que, pour Ivy, partager son lit avec lui était un grand saut dans l'inconnu. Il ne ferait rien qui puisse lui laisser des regrets.

Sous le drap, sa main droite trouva la douceur de soie de son ventre plat, et elle continua à descendre jusqu'au centre de sa féminité, pour effleurer son clitoris. En entendant Iris gémir, Farrell frissonna de la tête aux pieds. Son corps lui criait déjà son besoin de satisfaction immédiate.

Puis il se figea. Il avait *oublié* un détail.

— Je suis désolé, Ivy, gémit-il. J'ai laissé mes préservatifs dans la poche de mon pantalon.

Ivy rouvrit les yeux, comme si elle sortait d'un rêve.

— Dépêchez-vous, répondit-elle dans un souffle.

Cette réponse le galvanisa. Il ne lui fallut qu'un instant pour réparer son oubli et retourner à ses côtés, et une poignée de secondes pour enfiler la protection sur sa douloureuse érection. Puis il reprit ses caresses là où il les avait interrompues. Elle était humide et brûlante, prête pour lui.

Il la serra plus fort contre lui et l'embrassa avec une sorte de désespoir, avant de murmurer :

— Êtes-vous prête, Ivy ? Je veux que cet instant soit aussi inoubliable pour vous que pour moi.

— Si vous me faites attendre une seconde de plus, j'empoisonnerai vos pancakes, gémit-elle contre sa bouche.

Ce trait d'humour en plein milieu de ce moment de passion désespérée lui arracha un sourire. Ivy était unique.

Puisant au fond de ses réserves de self-control, il se positionna entre ses jambes, et, en dépit de ses supplications, il se contenta d'abord d'effleurer sa chair palpitante du bout de son érection.

Puis il entra très lentement en elle, centimètre par centimètre, prolongeant cette douce torture jusqu'à ce qu'il sente sa chaleur féminine l'envelopper sur toute sa longueur.

Lorsqu'il posa ses lèvres sur la colonne de son cou, il sentit son pouls battre sous la peau d'ivoire tiède.

— Votre corps est une perfection, Ivy, murmura-t-il en frissonnant tout contre elle. Pour mon plaisir et pour le vôtre.

Elle ne répondit pas. Avait-il lu le doute dans ses yeux ?

Ce serait donc à lui de le prouver. Il pinça délicatement les pointes de ses seins, et il la vit rosir. Sa peau était humide et tiède, son corps souple épousait étroitement le sien.

— Farrell...

Sa voix sensuelle, son regard chaviré, le transportèrent de joie, et il se mit alors en action. En deux vigoureux coups de reins, il acheva d'entrer en elle. Ivy cria son nom et creusa les reins pour aller à sa rencontre, ses petites mains se crispèrent sur ses épaules, ses ongles griffèrent fiévreusement sa peau.

Lorsqu'il glissa sa main entre eux pour augmenter la sensation, elle explosa dans un orgasme qui sembla se prolonger à l'infini. Alors seulement, lorsqu'il fut certain qu'elle avait savouré chaque seconde de son plaisir, il s'autorisa à accélérer ses coups de boutoir, aveuglé par la passion, sourd à toute raison.

Au bout du compte, il avait remis entre ses mains fines une partie de lui-même. C'était une idée terrifiante, mais il était trop tard pour revenir en arrière. Ivy lui avait volé son refus obstiné de vivre pleinement sa vie. Ou c'était peut-être lui qui lui avait fait don de la personne qu'il était réellement, comme une offrande. Il n'était pas impossible que cet échange ait été involontaire, tant pour l'un que pour l'autre.

Mais, ce qui était fait était fait.

Il ferma les yeux, et il s'endormit.

Ivy se réveilla dans l'obscurité, cherchant ce qui avait bien pu la tirer de son sommeil. Par habitude, elle jeta un coup d'œil au moniteur pour bébé. Dolly dormait paisiblement. Puis elle commença à comprendre. Le son qui l'avait réveillée était le doux ronflement de l'homme de taille imposante qui dormait près d'elle.

Ivy ferma les yeux, et elle cessa de respirer. Qu'avait-elle fait ? Inviter Farrell Stone dans son lit équivalait à faire entrer un loup dans une bergerie

Elle effleura son front d'une caresse. Dans son sommeil, il était tout aussi masculin, mais il semblait plus accessible.

Un bras pesant, posé juste sous ses seins, la clouait contre le matelas. Ils étaient blottis l'un contre l'autre comme des amants de longue date, pas comme des inconnus partageant une brève aventure.

C'était sûrement parce qu'elle s'était sentie seule, et qu'elle avait désespérément besoin d'un contact social. Rien de plus. Et Farrell avait eu besoin de rompre son long jeûne sexuel.

Elle devait se garder d'attacher trop d'importance à cet épisode. Mais, entre-temps, comme elle se délectait de l'avoir pour elle seule, blotti tout contre elle ! Sa fragrance, un mélange de peau masculine tiède et de senteurs boisées, s'était imprégnée entre les draps.

Peut-être ne devrait-elle plus les laver.

Le réveil indiquait qu'il était plus de 4 heures du matin. Dans une heure et demie, Dolly allait se réveiller. Elle se dégagea doucement de l'étreinte de Farrell pour une rapide visite à la salle de bains. Lorsqu'elle retourna dans la chambre, son amant était à moitié réveillé, et il avait déjà remarqué son absence.

— Revenez au lit, marmonna-t-il d'une voix ensommeillée.

— C'est ce que je m'apprêtais à faire, assura-t-elle.

Elle se débarrassa de son peignoir et se glissa sous les couvertures, et, aussitôt, Farrell l'attira à lui. Tout en lui mordillant le cou, il murmura :

— Encore, Ivy ?

— Oui, répondit-elle dans un soupir. Oh ! oui !

Ce fut effectivement Dolly qui fut la cause de son réveil suivant. Le réveil n'avait pas sonné, mais elle entendait le babil matinal de sa fille sur le moniteur pour bébé.

Ivy s'étira voluptueusement. Lorsqu'elle se tourna de l'autre côté du lit, elle constata que Farrell n'était plus là. Mais il lui avait laissé un mot. Un mot bref et impersonnel.

Chère Ivy,

Je dois retourner dans mon labo. Ne vous faites aucun souci pour le petit déjeuner. J'ai chipé une banane dans votre cuisine. À plus tard.

Farrell.

Ivy fronça les sourcils. *À plus tard ?* Que voulait-il dire ? Certes, elle avait peu d'expérience des lendemains de nuits de passion, mais ce message laconique n'était pas exactement une déclaration d'amour.

Mais, bien sûr, Farrell et elle ne s'étaient fait aucune promesse d'amour éternel. Il avait besoin de sexe. Elle désirait se sentir à nouveau normale. Avoir fait l'amour avec un homme comme Farrell signifiait qu'elle était réellement sur la voie de la guérison.

Tous deux avaient obtenu ce qu'ils désiraient. Elle n'avait aucune raison de se sentir triste ou abandonnée. Cette journée n'était pas différente de celle de la veille. La vie continuait.

Elle allait simplement ignorer ce vague à l'âme qu'elle ressentait. Ce n'était pas une réaction acceptable pour elle.

Comme Dolly jouait encore tranquillement avec son ours en peluche, Ivy s'habilla rapidement et prépara un biberon avant de se rendre dans la chambre du bébé.

Farrell était peut-être parti sans fanfare, mais Dolly fut visiblement heureuse de revoir sa maman. C'était gratifiant.

Ivy changea les couches du bébé et l'habilla avec l'une des jolies barboteuses que Katie leur avait offertes. Puis, elle s'installa dans le fauteuil à bascule pour lui donner le biberon. Dolly commençait à manger des bananes écrasées aux céréales et d'autres nourritures simples, mais Ivy prenait encore plaisir à lui donner le biberon matin et soir.

Lorsque Dolly fut rassasiée, Ivy comprit qu'elle ne pouvait pas retarder plus longtemps le moment de retourner à la grande maison.

Farrell l'avait dispensée de lui préparer le petit déjeuner, mais il pourrait bien revenir à l'heure du déjeuner, car il n'avait pas emporté de sandwich. Ivy décida de préparer une soupe de légumes. C'était encore une autre journée fraîche et brumeuse. Une bonne soupe serait d'actualité.

Elle devait admettre qu'elle se sentait nerveuse. Comment était-elle censée se comporter avec Farrell, ce matin ? Lui suffirait-il simplement de prendre exemple sur lui ? Le temps d'un court instant, elle fut tentée d'aller le voir à son labo. Mais c'était une idée folle, et elle y renonça aussitôt.

Ils n'avaient pas cette sorte de relation. D'ailleurs, même si Farrell et elle avaient été un vrai couple, il lui avait déclaré en plusieurs occasions que, lorsqu'il travaillait sur un projet, il avait besoin d'une concentration totale. Il n'apprécierait pas d'être dérangé.

L'heure du déjeuner passa sans qu'il donne signe de vie. Par précaution, elle laissa la soupe à feu doux sur un coin de la plaque. Elle déjeuna elle-même et nourrit le bébé, puis elle la coucha dans son berceau pliant pour sa sieste.

Toujours aucune nouvelle de Farrell.

À 14 heures, son téléphone tinta, annonçant qu'elle avait reçu un texto. Le message de Farrell était aussi concis que le mot qu'il lui avait laissé sur l'oreiller :

> Ivy, j'ai dû retourner à Portland pour régler une affaire urgente. J'y suis en ce moment. Je rentrerai demain matin avec Katie et Quin. Farrell.

Elle fixa le téléphone dans sa main, le cœur serré. Farrell était-il réellement parti pour régler une affaire urgente, ou parce qu'il tenait à ce que tout soit clair entre eux ? Pour lui dire que ce qui s'était passé cette nuit n'était pas très important ? Craignait-il qu'elle se fasse de fausses idées ?

Ou, pire encore, avait-il l'impression d'avoir trahi la seule femme à qui il ait donné son cœur, sa défunte épouse ? S'était-il senti coupable en se réveillant ce matin ?

La maison vide et ces réflexions déprimantes firent s'évaporer toute la joie de cette journée. Elle avait été si heureuse, ici… Un nouveau job. Un nouvel ami. Car Farrell *était* son ami, en dépit de tout ce qui s'était passé.

Mais Farrell ne la considérait peut-être pas comme telle.

Allait-elle devoir partir ? Si une seule nuit dans le lit d'Ivy lui avait fait aussi peur, il leur deviendrait peut-être impossible de cohabiter.

L'idée de retourner à Portland lui brisait le cœur. Elle adorait cette retraite nordique de Farrell. Certaines femmes rêvaient peut-être de restaurants et de vie nocturne, mais Ivy n'avait jamais vraiment connu ce genre d'existence. Pour elle, ce refuge privé était un paradis. Si elle avait gardé ses distances avec Farrell, sa situation n'aurait pas été compromise.

Et, à présent, pour avoir perdu le contrôle de ses émotions, elle allait peut-être perdre son emploi et son logement, et elle allait devoir repartir de zéro. Encore une fois.

Pour chasser ces idées noires, elle effectua un dernier tour d'inspection du premier et du second étage, mais tout était en ordre. Les chambres que Farrell réservait à ses invités étaient ravissantes. Chacune d'elles était décorée dans des tons différents, certaines avec vue sur l'océan, d'autres sur la forêt, mais toutes étaient luxueuses dans le moindre détail.

Elle se sentait à la fois excitée et nerveuse à l'idée de la réception qui devait avoir lieu le week-end suivant. Katie serait là pour l'aider avec les noms des gens et d'autres détails, et c'était rassurant.

Mais, pourquoi Farrell était-il retourné à Portland ?

Qu'est-ce que cela signifiait ?

Elle prit instantanément une décision. Farrell n'aurait aucune raison de regretter d'avoir partagé son lit. Elle lui déclarerait que ses émotions n'avaient pas fait partie de l'équation, et qu'ils pouvaient garder la même relation que par le passé. Une prudente amitié.

Le mercredi s'étira, interminable, et Ivy savait pourquoi. Farrell n'était pas là pour communiquer sa passion, son énergie à la maison. Il lui manquait.

Bien sûr, c'était un problème. Mais elle le résoudrait.

Dolly et elle passèrent ensemble un après-midi et une soirée agréables. Ivy se coucha tôt. Les quatre jours à venir allaient être éprouvants, et elle avait besoin de se reposer. Mais son sommeil fut peuplé de rêves sombres, dérangeants. Et Farrell tenait le rôle principal dans chacun d'eux.

Jeudi matin, elle se rendit à la grande maison de bonne heure.

Katie – et non pas Farrell – lui avait envoyé un texto pour l'avertir que Farrell, Quin et elle arriveraient avant midi, et pour lui demander de leur préparer un déjeuner léger.

C'était son travail, bien sûr, et cela ne la dérangeait pas du tout. Elle fit cuire des escalopes de poulet au gril et prépara une salade de pâtes. Dans le cellier, elle trouva quelques pommes qui avaient besoin d'être consommées. Elle les pela, les découpa en tranches et prépara une tarte.

Bientôt, une délicieuse odeur flotta dans la cuisine.

Vers 10 heures, le soleil avait percé entre les nuages, dissipant le brouillant matinal. C'était probablement une chance pour les invités du week-end. Tout le monde n'aimait pas comme Ivy regarder tomber la pluie.

Juste avant midi, elle entendit des claquements de portière. Elle alla se poster à la fenêtre, et elle vit les trois adultes descendre de deux voitures. Elle avait rarement l'occasion d'observer Farrell sans qu'il la voie. Il avait l'air encore plus grand que dans son souvenir. À cet instant, il riait aux propos de l'un des autres, et il avait l'air beaucoup plus jeune qu'il ne l'était vraiment. C'était probablement cet homme-là que Sasha avait connu.

Lorsqu'ils entrèrent dans la cuisine, Ivy les accueillit avec un sourire.

— Pile à l'heure, remarqua-t-elle. J'espère que vous avez faim, tous les trois.

— Nous nous sommes levés trop tôt, ce matin, se plaignit Quin, avant de s'étirer paresseusement. Je meurs de faim.

— Moi aussi, convint Katie, serrant brièvement Ivy dans ses bras. Tout cela sent si bon ! Puis-je vous aider ?

Ivy ne manqua pas de noter que Farrell ne disait rien. Il examinait la pile de courrier dans ses mains. C'était peut-être son excuse pour ignorer la femme avec qui il avait tout récemment fait l'amour.

— Si vous pouviez vous charger des boissons des hommes, répondit-elle en sortant trois assiettes et en commençant à servir le repas, tout le reste est prêt.

— Où est votre assiette ? s'enquit Katie, étonnée.

— J'ai déjeuné plus tôt, mentit-elle. Dolly était réveillée depuis l'aube, et j'ai eu trop faim pour attendre.

Katie ne parut pas convaincue, mais elle n'insista pas.

Lorsqu'elle eut servi tout le monde, Ivy quitta discrètement la cuisine, et elle alla se réfugier dans le bureau. Dolly dormait encore dans son berceau pliant.

Ivy s'installa dans un confortable fauteuil, et adossée au cuir elle ferma les yeux. Elle désirait Farrell à en mourir, et elle souffrait de constater qu'il l'évitait. Avait-elle tout gâché en faisant l'amour avec lui ? En cédant à cette folie qui s'était emparée d'eux, une relation physique apparemment inévitable ?

Farrell avait été si bon pour elle. Il était si incroyablement sexy. Comment s'étonner qu'elle soit tombée amoureuse de lui ?

Cette nuit qu'ils avaient partagée, ses douces caresses, le plaisir qu'il lui avait donné, avaient été des expériences inoubliables, qu'elle ne savait pas elle-même désirer.

Avec Farrell, elle se sentait entière.

12

Confiant à Katie le soin d'installer chacun dans ses quartiers, Farrell les quitta sous un prétexte quelconque, et partit à la recherche d'Ivy. Il se sentait affreusement coupable. Comment allait-il bien pouvoir lui expliquer son comportement ?

Il lui fallut quelques minutes pour la retrouver. C'est lorsqu'il entrouvrit sans bruit la porte du bureau qu'il les vit – le bébé endormi et sa maman... aussi endormie que lui. Ou, en tout cas, c'était ce qu'il semblait.

Farrell entra sur la pointe des pieds et referma doucement la porte derrière lui. Adossé au vantail, il contempla la mère et la fille, et il sentit son cœur se serrer.

Ivy n'était pas consciente de sa présence. Pas encore. Peut-être était-elle très fatiguée, ou le bruit du ventilateur avait couvert celui de son arrivée.

Trente heures s'étaient écoulées depuis qu'il avait quitté le lit d'Ivy, le matin précédent. Une éternité.

Dans la cuisine, un peu plus tôt, il s'était comporté comme un idiot. Au premier regard qu'il avait posé sur Ivy, il avait eu le souffle coupé, et faire semblant de lire ce fichu courrier était tout ce qu'il avait trouvé pour dissimuler son trouble.

Ivy méritait qu'il lui présente au moins des excuses.

En même temps, s'il ne projetait pas de répéter leurs ébats sexuels, le mieux serait de prétendre que tout était normal. Mais en serait-il capable ? Pourrait-il se comporter comme si partager le lit d'Ivy Danby n'avait pas été pour lui la plus merveilleuse expérience de ces sept dernières années ?

Plusieurs longues minutes s'écoulèrent ainsi. Comme Ivy n'avait toujours pas bougé, il décida que la Destinée lui envoyait un signal : *Ne regarde jamais en arrière.*

Et, malgré les protestations de sa conscience et de son cœur, il tourna le bouton de la porte dans son dos et il ressortit du bureau aussi silencieusement qu'il y était entré.

— Je crois que c'est tout, déclara Katie, son bloc-notes à l'ancienne et son crayon à la main. Le traiteur arrivera ici à 8 heures du matin. Elle m'a envoyé tous les menus du week-end pour approbation. Nous avons une personne végane, une autre allergique aux arachides et deux qui requièrent des menus sans gluten. Je pense que nous sommes fin prêts.

— N'est-elle pas extraordinaire ? remarqua Quin, déposant un doux baiser sur la joue de son épouse.

— Katie a été mon assistante administrative longtemps avant de devenir ton épouse, rappela Farrell en riant. Je suis parfaitement conscient de ses talents.

— Pas de tous, répliqua Quin en lui mordillant le lobe de l'oreille.

— On se calme ! le rabroua Katie avec un sourire qui annulait la portée de ses paroles. Ceci est une réunion de travail, Quin. Essaie de rester adulte.

— Oui, madame, répondit Quin d'un air faussement contrit.

— Puisque vous avez la situation sous contrôle, les tourtereaux, dit Farrell, je crois que je vais filer au labo. Dès que le chaos aura commencé, je vais devoir tout abandonner jusqu'à lundi.

— Où en sommes-nous avec le prototype de radiobalise ? s'enquit Quin. Y a-t-il eu de nouvelles fuites d'information ?

— Pas que je sache. Cela signifie qu'il y a de fortes chances pour que le labo de Portland ait réellement été compromis.

— Zachary essaie de trouver un expert pour une analyse complète de tous les ordinateurs de travail, assura Quin.

— Cela semble être une tâche titanesque, observa Katie. Si tout va bien, ici, je vote pour que tu continues à travailler à distance jusqu'à ce que nous ayons le fin mot de cette histoire.

— Ce qui m'inquiète, marmonna Farrell, c'est que nous ne le saurons peut-être *jamais* avec certitude.

— Si un espion industriel, ou un hacker, sévit à Stone River Outdoors, déclara Quin, marchant de long en large dans la cuisine, nous le démasquerons. Un point, c'est tout.

— J'aimerais le croire, convint Farrell. Mais la police n'a pas assez de personnel pour s'en occuper. Le suspect dans l'accident de voiture dont papa et toi avez été victimes est mort. C'était un toxicomane, un vagabond, et il n'y a aucune preuve que cet accident ait un lien avec le vol de mes designs, ou qu'il s'agisse d'autre chose qu'un simple accident.

— Alors, c'est tout ? gronda Quin. On passe à autre chose ?

— Non, répondit Farrell. Si Zachary et toi êtes d'accord, j'aimerais que nous engagions un détective privé.

— Cela va nous coûter une fortune, grommela Quin.

— Mais ce sera de l'argent bien dépensé, non ?

— Oui, tu as raison. Tu peux compter sur mon vote.

— Engager un détective est une excellente idée, opina Katie en rassemblant ses affaires. Mais, pour le moment, nous avons d'autres chats à fouetter. Rentrons à la maison, Quin.

Elle se tourna vers Farrell, avant d'ajouter :

— Nous serons de retour demain matin à 7 heures. Et, pour Ivy ?

— Quoi, Ivy ? fit Farrell, s'efforçant d'adopter un ton léger.

— Je me demandais si tu l'avais mise au courant de tous les détails. Ou préfères-tu que je le fasse moi-même ?

— Je suis sûr qu'elle appréciera toute l'aide que tu pourras lui offrir, répondit Farrell. Je pense qu'elle doit être dans le bureau avec le bébé. Dolly est généralement réveillée à cette heure-ci. Va donc les voir.

Lorsque Farrell eut quitté la pièce à grands pas, Katie se tourna vers Quin.

— Tu ne trouves pas que c'était bizarre ?

— Bizarre comment ?

— Je ne sais pas, dit-elle, le front barré d'un pli de perplexité. Ils se sont à peine adressé la parole, depuis notre arrivée, J'aurais pensé qu'après tout ce temps, Farrell se sentirait à l'aise avec Ivy, et vice versa.

— Katie, la tança gentiment Quin, cela ne nous regarde pas. C'est déjà toi qui l'as convaincu d'engager Ivy. Je pense que tu en as assez fait.

— C'était la solution idéale, insista-t-elle.

— Peut-être. Mais notre Farrell est un ermite endurci. La perte de Sasha, il y a toutes ces années, l'a transformé. Il *aime* être seul. La présence d'une gouvernante et d'un nourrisson dans sa maison a peut-être éprouvé sa patience.

Ivy, qui avait entendu chaque mot de cette conversation, s'immobilisa sur le seuil. Ses joues étaient devenues brûlantes, et elle avait la nausée. Était-ce vrai ? Farrell avait-il décidé qu'il préférait se nourrir de sandwichs plutôt que de les avoir constamment dans ses jambes, Dolly et elle ?

Regrettait-il d'avoir fait l'amour avec elle ?

Soudain, elle souffrait le martyre.

Une demi-heure plus tôt, alors qu'elle somnolait près du berceau pliant, dans le bureau, Farrell était entré sans bruit. Avec cet instinct qu'ont les jeunes mamans, elle s'était réveillée en sursaut, et, retenant son souffle, elle avait attendu qu'il parle pour ouvrir les yeux. Mais il était simplement resté là à les regarder. À quoi pouvait-il penser ?

Il était peut-être venu lui annoncer que ce prochain week-end marquerait la fin de sa mission. Qu'il avait décidé qu'il n'avait plus besoin d'une gouvernante. Si c'était le cas, pourquoi ne l'avait-il pas fait ?

Il n'était sûrement pas venu pour parler de leur coup de folie temporaire. Ils étaient deux adultes. Célibataires. Disponibles. Ils n'avaient rien fait qui soit scandaleux.

Chacun désirait l'autre, avait besoin de l'autre.

Dolly gloussa bruyamment à cet instant, ce qui signifiait qu'Ivy ne pouvait plus cacher plus longtemps sa présence dans le couloir. En outre, le moment était mal choisi pour analyser les raisons qu'avait pu avoir Farrell pour faire l'amour avec elle avant de la laisser froidement tomber.

Ivy toussota, et, tapotant sa joue en feu, elle entra d'un pas alerte dans la cuisine.

— Ai-je entendu mon nom ? s'enquit-elle d'un ton guilleret.

Katie avait l'air accablée. Mais Quin prit la situation en main comme un vrai professionnel :

— Katie me disait qu'elle devait vous procurer toutes les informations nécessaires, concernant nos invités. Les détails de dernière minute, enfin vous voyez.

— Oui, naturellement, répondit Ivy. J'ai besoin de savoir ce que vous attendez tous de moi, durant ce week-end.

Katie lui prit Dolly des bras, puis elle la repassa à Quin.

— Prends son manteau dans le couloir, et promène-la sous le porche durant quelques minutes, veux-tu ? Ivy et moi avons à réfléchir ensemble.

Dès que Quin fut sorti avec Dolly, Ivy se percha sur l'un des tabourets devant l'îlot central.

— Expliquez-moi tout.

— D'accord, répondit Katie, poussant son bloc-notes jaune vers elle. Pourriez-vous prendre des photos de ces quelques pages avec votre téléphone ? Ces notes vous aideront à vous souvenir des noms. La seconde page concerne les particularités diététiques de chacun, mais le traiteur sait déjà tout cela.

— Votre beau-frère me paie un salaire généreux, observa Ivy. J'aurais très bien pu me charger de la cuisine.

— N'y pensez même pas. Farrell a été très clair à ce sujet. Il a besoin de vous en tant qu'hôtesse.

— Je n'ai jamais fait rien de semblable. Mon mari ne recevait jamais personne.

— C'est la première fois que vous mentionnez votre mari devant moi, remarqua Katie d'une voix douce. Comment vous en sortez-vous ? Tout va bien ?

— Oui, ça va, répondit Ivy. Ce n'était pas un mariage heureux.

— Oh ! fit Katie, ouvrant de grands yeux. Je ne savais pas.

— Vous ne pouviez pas le savoir. Je ne l'avais même pas dit à votre sœur lorsqu'elle cherchait une colocataire. J'essayais encore d'assimiler que Richard était mort, et ce que cela signifiait pour Dolly et moi. Je suppose que c'est toujours le cas.

— Que diriez-vous si je vous accompagnais à votre bungalow ? proposa Katie en souriant. Nous pourrions choisir ensemble les tenues que vous porterez à chacun des événements du week-end.

— Mille fois oui ! répondit Ivy avec un soupir de soulagement. C'était un sujet qui me tracassait.

— Je vais informer Quin que je serai chez vous.

— Ne vous en voudra-t-il pas de l'obliger à garder Dolly ?

— Pas du tout, assura Katie. Et si Dolly est aussi mignonne et aussi charmante qu'à son habitude, elle donnera peut-être quelques idées à mon mari.

Quinze minutes plus tard, Ivy déverrouillait la porte du bungalow. Katie entra sur ses talons et parcourut l'intérieur d'un regard curieux.

— J'aime beaucoup la façon dont vous l'avez arrangé.

— Si c'est une manière polie de dire que des jouets traînent partout, c'est vrai, ironisa Ivy.

— C'est ce que j'appelle un chaos organisé. J'adore.

Elles allèrent jusqu'à la chambre, que, par bonheur, Ivy avait laissée propre et bien rangée ce matin-là.

— J'ai tout accroché sur des cintres, et défroissé les articles qui en avaient besoin, mais, il y en avait tant...

— Ceci sera parfait pour le déjeuner de demain, déclara Katie, passant en revue les vêtements. On dit que la première impression est la plus durable.

La tenue que Katie indiquait était un tailleur-pantalon noir très sophistiqué, accompagné d'un débardeur de satin bleu sarcelle et de bijoux assortis. Le collier et les boucles d'oreilles seuls auraient englouti son salaire d'une semaine.

Les ballerines de cuir noir portaient la marque d'un grand bottier. Toute cette opulence la laissait sans voix.

— Et après le déjeuner ? s'enquit-elle.

— Les frères Stone ont prévu une petite randonnée de cinq kilomètres. Rien de bien fatigant. Leur but est de montrer cette propriété dont ils sont si fiers, et, par la même occasion, démontrer la qualité de quelques-uns de nos meilleurs équipements de sport d'extérieur. Vous avez peut-être remarqué que je vous ai commandé des chaussures de randonnée, et des pantalons à séchage ultrarapide. Et vous avez plusieurs choix de hauts.

— Je ne m'étonne plus que Farrell ait décidé de faire appel à un traiteur. Après cette marche forcée, ils auront faim.

— Sûrement, convint Ivy, examinant une nouvelle tenue. J'adore celle-ci. Elle sera parfaite pour demain soir. Les hommes ont prévu quelques cocktails face à l'océan, puis un dîner formel.

La robe, que Katie avait choisie sur catalogue, était dotée de manches trois quarts et d'un col rond, et l'ourlet s'arrêtait juste au-dessus du genou. Mais, lorsque Ivy l'avait essayée quelques jours auparavant, la soie cramoisie moulait son corps d'une telle façon que chacune de ses courbes, si modestes soient-elles, devenait une provocation.

— Elle est très... rouge, observa-t-elle d'un ton hésitant.

— Bien sûr, répondit Katie en riant. Et elle s'harmonise parfaitement avec votre teint. Elle est vraiment très sage.

— Peut-être en avez-vous une autre moins... ajustée ?

— Du rouge pour demain soir, décréta Katie. Aucun doute possible. Relevez fièrement la tête, et soyez fabuleuse.

— Je ne crois pas que « fabuleuse » fasse partie de mon répertoire.

— Cela fait partie du répertoire de toutes les femmes, insista Katie. Mais, quelquefois, nous nous laissons aller à croire les critiques. Celles des autres et les nôtres. Vous êtes une femme adorable, Ivy. Je suis navrée que votre mariage ait été malheureux.

— Je vous raconterai peut-être un jour, dit Ivy, haussant les épaules. Ce qui est sûr, c'est que Richard ne m'aurait jamais permis de sortir vêtue d'une robe pareille. Mais, aujourd'hui, c'est moi qui prends mes propres décisions.

— Raison de plus pour briller. Vous commencez une nouvelle vie, Ivy. Quelle qu'en ait été la raison, à l'origine, c'est une opportunité d'avancer.

— Je commence à comprendre pourquoi vous étiez la personne idéale pour sortir Quin de sa déprime. Je ne m'étonne pas qu'il soit tombé amoureux de vous.

— Je n'ai aucun mérite, assura Katie. Je lui ai seulement donné une petite poussée. Quin a dû gérer tout seul l'interruption de sa carrière de skieur de classe internationale. Il lui a fallu du temps pour faire son deuil. Je suis fière de lui.

Ivy l'enviait un peu. Katie était visiblement pleine d'assurance *avant* d'avoir rencontré Quin. Katie travaillait pour Farrell en tant que directrice du service Recherche et Développement depuis plusieurs années déjà. Mais, aujourd'hui, elle était littéralement rayonnante, comme seule peut l'être une femme qui se sait aimée.

— Très bien, conclut Ivy. Nous avons choisi la garde-robe du vendredi. Mais, et la suite ? J'étais loin de me douter que nous aurions autant d'opportunités de nous changer.

— Ce haut et ce pantalon pour samedi matin, dit Katie en se tournant à nouveau vers le placard. Encore quelques vêtements de plein air pour l'après-midi, et la robe bleu roi pour le samedi soir.

Rapidement, avec l'aide de Katie, Ivy organisa ses tenues dans l'ordre où elle en aurait besoin. Même si elle n'était pas encore tout à fait débarrassée de son appréhension, Ivy était impatiente de porter ces fabuleux vêtements.

Leur tâche accomplie, elles partirent à la recherche de Quin. Elles le trouvèrent dans la cuisine, où il permettait à Dolly de sortir toutes les casseroles du placard du bas.

— Quin, ton frère doit accueillir des hôtes importants demain matin, le gronda-t-elle. Es-tu devenu fou ?

— Dolly en avait envie, répondit-il avec un sourire lumineux. Qu'y puis-je ? Elle me mène par le bout du nez.

— Ne vous faites aucun souci, intervint Ivy, plus amusée que Katie par cette situation. Je rangerai tout après elle.

Quin devenait rapidement l'un de ses personnages préférés dans cette famille. Son côté malicieux, son humour charmant, rendaient sa compagnie très agréable. Tout l'opposé de son trop solennel grand frère.

— Nous allons ranger tout de suite, insista Katie. Désolée, Dolly, mais ce week-end est important. Nous allons tous devoir être très sages.

Ivy vit le bloc-notes sur le plan de travail, et, jetant un coup d'œil à la première page, elle fronça les sourcils.

— Pourquoi m'a-t-on réservé la chambre rose ? C'est la plus belle de toute la maison. Face à l'océan, un lit immense, elle aurait dû revenir à l'un de nos hôtes. Je peux dormir ailleurs.

Katie et Quin échangèrent un regard, puis Katie lui sourit.

— Nous n'utilisons que six des huit chambres du premier étage, expliqua-t-elle. Quin tenait à ce que vous soyez convenablement logée. Les autres invités seront aussi très bien traités, je vous le promets.

— Nous sommes dans la maison de Farrell, intervint Quin, qui laissait Dolly se livrer à son jeu favori, consistant à tirer les cheveux des gens. C'est lui qui décide de tout.

— Mais... Cela n'a aucun sens !

Le couple se consulta une nouvelle fois du regard, et ce fut Quin qui reprit la parole :

— Mon frère vous apprécie beaucoup, Ivy. C'est lui qui a pris ces dispositions. À votre place, je me garderais bien de protester.

— Très bien, répondit Ivy, visiblement peu convaincue, en lui prenant Dolly des bras. Je crains d'avoir abusé de votre temps, vous devriez rentrer vous reposer. À quelle heure serez-vous de retour pour dîner ?

— À vrai dire, mon mari a proposé de me préparer un dîner romantique pour deux, ce soir, répondit Katie, reposant sa tête sur l'épaule de Quin. Farrell et vous serez tout seuls.

13

Portant Dolly dans ses bras, Ivy sortit sous le porche pour dire au revoir au jeune couple. Quin et Katie montèrent dans leur voiture, et ils disparurent au bout de l'allée. Ivy avait perdu sa dernière ligne de défense. Elle était seule avec Farrell jusqu'au lendemain matin.

Luttant contre une vague inquiétude, Ivy passa en revue les options qui lui restaient ouvertes. Ce qui était sûr, c'était que Farrell et elle avaient besoin d'avoir une franche discussion avant l'arrivée des invités. Mais comment ?

Calant le bébé sur sa hanche, elle sortit son téléphone pour envoyer un texto à son patron.

Pour quelle heure souhaitez-vous que je prépare le dîner ce soir ?

Voilà, c'était fait. Simple et direct. Aucun motif caché. Vingt minutes passèrent sans que Farrell ne réponde à son texto. Et, lorsqu'il le fit, sa réponse n'était pas rassurante :

Je vais me préparer un sandwich. Mon travail avance bien. Profitez de la soirée pour vous détendre avec Dolly.

Ivy fronça les sourcils, s'efforçant de lire entre les lignes de ce message. Farrell l'évitait. Pas d'autre explication possible. Ce week-end à venir s'annonçait mal, mais, à part forcer une confrontation avec lui, que pouvait-elle faire ?

Cette impasse lui rappela un problème auquel elle pensait depuis quelque temps. Dolly et elle avaient besoin d'un moyen de transport fiable. Rien de luxueux. Si Katie pouvait lui indiquer où elle pouvait trouver un véhicule d'occasion, Ivy avait assez d'argent pour en verser un acompte.

Sans plus attendre, elle envoya un texto à Katie à cet effet. Puis, se sentant un peu coupable, elle en envoya un second :

Rien ne presse pour la voiture. Nous en reparlerons plus tard.

Katie lui envoya une brève réponse amicale.

Après cela, Ivy se sentit un peu désœuvrée. La maison était impeccable. Le patron n'avait pas envie de dîner. Il ne lui restait plus qu'à se détendre avec Dolly… Et, plus tard, ce soir, potasser sa liste des invités du week-end.

Comme elle avait faim, et qu'elle ne souhaitait pas se retrouver nez à nez avec Farrell plus tard, elle installa Dolly sur sa chaise haute, elle plaça quelques victuailles dans un panier d'osier. Elle mangerait les restes du repas de midi sitôt de retour au bungalow, et plus tard dans la soirée, un peu de fromage et quelques fruits feraient très bien l'affaire.

Elle se débrouilla pour se charger à la fois du panier et de sa fille, mais, en arrivant au bungalow, elle était à bout de souffle, même si ce n'était qu'une courte distance.

Avant d'ouvrir, elle s'arrêta pour reprendre sa respiration et tourna son regard en direction de la forêt. Elle apercevait le toit du labo de Farrell entre les arbres. Comment réagirait-il si elle se présentait tout simplement sur le pas de sa porte ?

Elle n'était pas assez courageuse pour le vérifier.

Avoir quartier libre durant une bonne partie de l'après-midi et toute la soirée aurait dû être une divine surprise, mais le reste de la journée s'écoula avec une lenteur désespérante. Les bébés sont des êtres merveilleux, mais avec Dolly, la conversation était à sens unique.

Comme Dolly avait manqué l'une de ses deux siestes, ce jour-là, Ivy put la coucher vers 19 h 30. La pauvre petite somnolait déjà lorsqu'elle lui enfila son pyjama. Laissant Dolly profondément endormie dans son berceau, Ivy prit une douche, se lava les cheveux et les sécha. Le T-shirt et le pantalon de jogging qu'elle enfila dataient de ses années d'université. Elle regarda distraitement un film, et elle était sur le point de se coucher lorsqu'elle entendit qu'on frappait doucement à la porte. Ce visiteur ne pouvait être que Farrell.

Son cœur battait la chamade. Elle aurait pu l'ignorer, bien sûr. Les lumières des pièces de façade étaient éteintes. Farrell penserait qu'elle dormait.

Hélas, aucune force au monde n'aurait pu arrêter ses pas. Quel qu'en fût le prix, elle désirait le voir.

Lorsqu'elle ouvrit la porte, les traits de son visage disparaissaient dans l'obscurité.

— Puis-je entrer ? s'enquit-il.

— Oui, bien sûr, répondit-elle après une seconde d'hésitation.

Il la suivit à l'intérieur, et attendit en silence pendant qu'elle allumait une ou deux lampes, créant un éclairage intime. Mais, lorsqu'elle se retourna face à lui, il la saisit par un poignet pour l'attirer à lui, et il enfouit son visage au creux de son épaule.

— Je vous demande pardon, Ivy, gémit-il.

Sa souffrance était bien réelle, et, la vue brouillée de larmes d'émotion, elle glissa ses doigts dans ses cheveux.

— Tout va bien, murmura-t-elle.

— Tout ne va pas bien du tout, répliqua-t-il en relevant brusquement la tête. J'ai fait l'amour avec vous, et, ensuite, j'ai disparu.

À tout autre moment, son indignation aurait pu la faire rire. Mais pas aujourd'hui. Elle aurait pu lui demander pourquoi il lui faisait ses excuses, mais elle le savait déjà.

— Vous avez eu le sentiment d'avoir trahi votre épouse. Et je devine que vous avez réagi ainsi chaque fois que vous êtes devenu intime avec une femme, ces sept dernières années.

— Cela a été vrai autrefois, reconnut-il en soupirant. Mais plus maintenant, à moins que cela ne soit inconscient. Mercredi matin, je n'ai pas quitté votre lit à cause de Sasha.

— Alors pour quelle raison, Farrell ? Et pourquoi aviez-vous ce comportement bizarre aujourd'hui, lorsque Katie, Quin et vous êtes arrivés ?

Il se laissa tomber dans un fauteuil, fixant le sol à ses pieds. Lorsqu'il releva enfin les yeux vers elle, l'expression qu'elle lut sur son visage lui fit comprendre que les contes de fées qu'elle avait pu se laisser aller à imaginer étaient morts et enterrés. Sans aucun espoir de retour.

— Je suis parti parce qu'en me réveillant près de vous, j'ai trouvé cela tout naturel. Parfaitement approprié. Mais je ne peux pas faire cela, Ivy. Je ne peux pas.

— Vous ne pouvez pas vous réveiller près de moi ? répéta-t-elle, perplexe. J'ai peur de ne pas vous comprendre.

— Je ne peux pas m'attacher à vous, répondit-il en se remettant debout, les mains au fond de ses poches, tout son corps rigide. Pas de cette façon. Alors, avoir eu des relations sexuelles avec vous a été une obscénité.

— Ce n'est pas l'impression que j'en ai retirée, remarqua-t-elle s'efforçant de sourire malgré sa souffrance.

— Ce n'est pas une plaisanterie, insista-t-il d'un air sombre. La perte de Sasha a failli me briser. Je me suis juré de ne jamais plus m'attacher à une femme. J'ai perdu mon épouse, mon père, et j'ai failli perdre Quin. Je ne veux plus jamais avoir à affronter une telle douleur. Un lien s'est créé entre nous deux, je n'essaierai pas de le nier. Mais je n'en veux pas. Et je ne veux pas non plus vous faire souffrir.

— Mais ?

— Mais je vous désire malgré moi, et ce désir me dévore. Que diable vais-je pouvoir faire à ce sujet ?

— Ce n'était qu'une rencontre sexuelle, marmonna-t-elle.

— Non, ce n'est pas vrai, répliqua-t-il, rivant son regard dans le sien comme s'il voyait clair dans son mensonge. Je suppose que vous cherchiez à vous assurer que vous étiez toujours une femme désirable. Ou peut-être que vous pouviez encore éprouver du désir. Je crois que nous avons tous deux trouvé la réponse à cette question.

— Et vous ? s'enquit-elle dans un souffle, se cramponnant au dossier d'une chaise pour éviter de s'effondrer. S'il ne s'agissait pas seulement de sexe, qu'est-ce que c'était, pour vous ?

— J'avais besoin de vous, précisa-t-il d'une voix sans timbre. Désespérément besoin. Je ne m'étais pas approché d'une femme depuis presque un an. Avec la mort de mon père et les blessures de Quin, sans compter tous les problèmes au travail, je m'étais isolé émotionnellement. J'essayais de me dire que j'étais de taille à gérer toutes les situations, mais c'était faux. Parce que, dès votre arrivée, j'ai commencé à désirer davantage. J'avais besoin d'un lien.

Et cependant, vous étiez totalement sincère lorsque vous m'avez déclaré que vous ne *vouliez pas* me désirer.

— Je sais, convint-il, le regard morne. Je suis une catastrophe, ne trouvez-vous pas ? Vous devriez me fuir.

À ce stade, Ivy tremblait de tous ses membres. Sa peau était glacée. L'instant était crucial. Pas seulement pour elle, mais pour Farrell aussi. La direction qu'ils prendraient, à compter de cet instant, laisserait des traces permanentes dans leurs vies à tous les deux.

— Voilà la situation, dit-elle, s'efforçant de s'exprimer d'un ton calme, raisonnable. J'ai traversé une mauvaise période, mais, aujourd'hui, je vais bien. Ou, en tout cas, je progresse dans la bonne direction. Un jour, peut-être, je rencontrerai un homme qui aura les mêmes désirs que moi, mais, à l'évidence, ce n'est pas vous. J'ai besoin de cet emploi jusqu'à ce que j'aie économisé assez pour trouver un autre endroit pour vivre. Vous avez tort de croire que vous vous servez de moi, ou que vous me faites souffrir. Je sais ce que je désire. Le sexe sans promesses de lendemain ne me fait pas peur.

— Cela, j'en doute sérieusement, répliqua-t-il, la gardant sous le feu de son regard.

— C'est la vérité, insista-t-elle. Comme je vous l'ai déjà dit, je ne suis pas une fleur fragile et innocente. Dans ma vie, j'ai connu le bon et le mauvais, et je peux vous affirmer que le sexe avec Farrell Stone appartient à la première catégorie. Mais je respecte vos limites. Vous n'avez pas à vous inquiéter pour moi. J'ai vécu dix ans mariée à un homme qui ne m'aimait pas. J'ai trop de respect pour moi-même pour me placer deux fois dans la même situation.

— Vous auriez dû devenir avocate, marmonna-t-il d'un air résigné. Je ne suis pas certain de comprendre la place que j'occupe dans votre argument.

— Je vous pardonne de vous être enfuis, déclara-t-elle, lui tendant sa main d'un air magnanime.

— Je ne me suis pas enfui, corrigea-t-il, souriant pour la première fois. J'ai effectué un repli stratégique.

Lorsqu'il ne fit aucun geste pour prendre sa main, elle la retira précipitamment. Cette histoire de sexe sans promesses n'allait pas s'avérer facile.

— Je ne peux pas entrer en compétition avec votre douce Sasha, Farrell. Je n'essaierais jamais de faire cela. Que désirez-vous, exactement ?

— Vous savez ce que je désire, répondit-il d'un ton douloureux.

— Et pourtant, vous êtes là-bas, et je suis ici, observa-t-elle. Je ne veux pas que vous vous sentiez responsable de moi, Farrell. Ce n'est pas ce que j'attends de vous. J'ai seulement besoin d'un job, et de votre corps ultra-sexy. Cela vous va ?

— Le jour où je vous ai rencontrée pour la première fois, j'ai cru que vous étiez une personne douce et timide, murmura-t-il en s'approchant d'elle à pas lents. Je me trompais complètement, n'est-ce pas ?

— Je ne sais pas, murmura-t-elle, effleurant le contour de ses lèvres du bout d'un doigt. Quel est votre avis ? Ai-je l'air douce et timide ?

— Je ne suis pas certain d'être de taille à manipuler une bombe telle que vous, Ivy Danby.

— Faites de votre mieux. Vous êtes un grand garçon.

Farrell avait perdu le contrôle de la situation à l'instant où il avait frappé à la porte d'Ivy. Le petit bungalow l'avait attiré comme un aimant. Il lui avait été impossible de ne pas y courir. Pourtant, il avait résisté. Il avait passé deux heures à explorer la boîte où il rangeait les affaires de Sasha, des objets dont il n'avait jamais osé se défaire, de peur de perdre le dernier lien qui le rattachait à sa défunte épouse. Son parfum imprégnait encore son foulard de soie, mais il ne parvenait plus à se rappeler ses traits avec précision.

Après sept années, Sasha était réellement partie.

Pour être honnête, Farrell le savait déjà depuis longtemps, et il l'avait accepté. Ce qu'il n'avait toujours pas accepté, c'était sa solitude. Une solitude qu'il avait choisie. Parce qu'il ne supporterait pas de perdre quelqu'un d'autre.

Il emporta Ivy dans ses bras, et il la déposa gentiment sur le lit. Farrell se débattait dans un maelström de confusion et de brûlant désir. Un homme dans son état ne devrait jamais être autorisé à prendre des décisions.

Le plafonnier était éteint. La seule lumière dans la chambre provenait d'une petite lampe posée sur la table de chevet. Dans les yeux immenses d'Ivy, il lisait un mélange d'appréhension et de voluptueuse anticipation. Le léger T-shirt qu'elle portait adhérait à ses seins, attirant irrésistiblement le regard vers leurs pointes durcies. Le pantalon de jersey léger qui lui servait de pyjama gainait des cuisses minces et fermes. Un derrière rond. Une taille étroite.

Il devrait peut-être lui parler, dire quelque chose. Mais les mots refusaient de se former. Comment expliquerait-il à Ivy quelque chose qu'il n'avait pas encore compris lui-même ?

Il se débarrassa rapidement de tous ses vêtements et tira quelques préservatifs de la poche de son jean. Lorsqu'elle les vit, il aurait pu jurer qu'elle rougissait.

Par bonheur, elle resta silencieuse. Tout à l'heure, sa voix de gorge capiteuse l'avait enveloppé comme une coulée de miel, l'empêchant de réfléchir correctement.

— Poussez-vous un peu, Ivy.

Le lit n'était pas aussi grand que le sien, et il en était le seul responsable. Lorsqu'il avait meublé ce bungalow, il n'avait pas l'intention d'y dormir lui-même.

— Farrell ? murmura Ivy, posant sa main sur sa cuisse sous les couvertures.

Les bouts de ses doigts touchaient presque son sexe. Était-ce intentionnel ? Essayait-elle de le rendre fou ?

— Oui ? balbutia-t-il.

— Avant toute chose, puis-je vous poser une question ?

Farrell ferma les yeux. Lorsqu'il répondit, sa voix n'était qu'une sorte de croassement :

— Oui, bien sûr.

— Katie m'a informée que vous comptez me réserver la

magnifique chambre avec vue sur l'océan, au premier étage. Je vous remercie de cette attention, mais je préférerais dormir dans la petite chambre à l'arrière de la maison. Offrez plutôt la plus belle chambre à l'un de vos invités.

— Vous allez travailler très dur, ce week-end, et je...

Elle l'arrêta, posant sa main délicate sur sa bouche. Son sourire provoqua une sorte de vertige en lui.

— Vous ne m'avez pas écoutée, Farrell. Ce que je désire, c'est dormir avec vous chaque nuit. Si vous êtes soucieux des apparences, je m'installerai avec plaisir dans l'une des chambres d'amis, mais, j'espérais que vous et moi pourrions...

Le reste de sa phrase mourut sur ses lèvres, peut-être parce qu'il n'avait pas encore dit un mot.

Le cerveau de Farrell cessa de fonctionner, analysant la requête qu'elle lui faisait, et il fit de son mieux pour dissimuler la réaction enthousiaste de son corps.

— Ce serait bien, répondit-il.

— *Bien ?* répéta-t-elle en le dévisageant. C'est tout ? C'est beaucoup d'embarras pour quelque chose de bien.

Cette pique n'était pas injustifiée, et il posa sa main sur la sienne. Sur la petite main féminine qui reposait sur sa cuisse.

— Caressez-moi, supplia-t-il, saisissant son bras pour le placer en travers de son ventre dur. Oui, mille fois oui, je désire que vous dormiez dans ma suite pendant le week-end. Mais, à cet instant précis, tout ce que je désire, c'est vous.

Lorsqu'elle referma ses doigts délicats autour de son érection, il l'entendit gémir. Ou, était-ce lui ? Peut-être avaient-ils gémi ensemble. Il n'était plus sûr de rien.

Elle avait dû comprendre la profondeur de son désespoir, car elle changea de position dans le lit, et, reposant sa joue sur son torse, elle exhala un soupir.

— Monsieur Stone, vous avez un corps absolument superbe. J'adore le fait qu'il soit si différent du mien.

Et, sur ces mots, elle entreprit d'explorer chacune de ses zones érogènes, déchaînant une alerte rouge dans sa libido masculine, une frénésie des sens.

Il allait s'en plaindre lorsqu'elle abandonna soudain son

érection palpitante. Mais cette punition amenait avec elle sa propre récompense, car Ivy posa d'abord ses lèvres sur ses chevilles, puis elle remonta lentement, contournant son pubis pour déposer une pluie de baisers sur ses abdominaux, sur son torse, sur son cou, sur son menton.

Puis elle le chevaucha, et, recueillant ses joues entre ses mains, elle l'embrassa sur la bouche.

Farrell tremblait comme s'il était pris de fièvre. Il serrait ses hanches entre ses mains se délectant du contact de ses rondeurs fermes. La bouche brûlante d'Ivy l'avait transporté dans un autre univers.

Leurs deux corps étaient étroitement soudés l'un à l'autre. Elle était drapée sur lui comme la plus parfaite, la plus sensuelle des couvertures.

Mais, déjà, il désirait davantage. Il en avait *besoin*, sous peine d'exploser en une combustion spontanée.

— Ivy ? chuchota-t-il. Pouvons-nous le faire maintenant ? S'il vous plaît ?

Elle s'écarta un peu se lui, et elle lui sourit. Un sourire de chat devant un canari qui illumina son visage, et qui l'aurait fait rire si son érection douloureuse le lui avait permis.

— Naturellement, Farrell. Qu'attendez-vous donc ?

Il l'écarta avec une hâte maladroite et tendit la main vers la protection. Il ne lui fallut qu'une milliseconde pour décider.

— Vous... dessus, dit-il d'une voix étranglée. Vite.

— Oui, monsieur.

La manœuvre aurait peut-être été plus facile si elle n'avait pas essayé assez maladroitement de l'aider, mais, enfin, ils furent parfaitement alignés, et il murmura d'une voix rauque de désir :

— Regardez-moi.

Presque avec timidité, ses yeux se levèrent vers les siens.

— Je vous regarde.

— Je ne veux pas que vous ayez de regrets.

C'étaient les paroles les plus sincères qu'il ait jamais prononcées, puisées tout au fond de son âme. Et le doux sourire d'Ivy fut comme une absolution.

— Je ne regretterai rien, Farrell, assura-t-elle. Sincèrement.

14

Ivy savait qu'elle allait au-devant d'un chagrin d'amour. Et cependant, elle continuait dans cette voie. Lorsqu'il entra en elle, elle ferma les yeux, tout entière concentrée sur la sensation divine de cette douce invasion. Centimètre par centimètre, il l'emplit complétement, et la fit sienne.

C'était une expérience enivrante et terrifiante tout à la fois. Pour elle, c'était une découverte, un éblouissement. Richard lui avait volé tant de choses ! À présent, enfin, elle avait trouvé l'élu de son cœur. Elle aimait Farrell Stone. Plus qu'elle n'aurait cru possible d'aimer un autre homme.

Mais il n'était pas à elle, et elle ne pouvait pas le garder.

Dans ce lit si confortable, il lui fit l'amour avec une telle passion, une telle tendresse qu'elle était au bord des larmes. Une avalanche de sentiments confus déferlait sur elle, la secouant jusqu'au tréfonds de son âme.

Telle une plume emportée par le vent, Ivy voguait vers une destination inconnue. Là-bas, de l'autre côté, c'était la tragédie qui l'attendait. C'était une certitude. Elle était suffisamment intelligente pour le savoir.

Et cependant, rien n'aurait pu la convaincre de renoncer à ces prochains jours d'émerveillement et de joie.

Sans aucun avertissement, Farrell se positionna au-dessus d'elle, et il s'enfonça profondément dans sa féminité brûlante, la faisant gémir de délices, ondulant sous lui tandis qu'une vague de plaisir infini envahissait peu à peu tout son corps.

Elle désirait faire durer ce plaisir. Savourer ces instants d'intimité totale où il était tout à elle, où elle n'avait pas à le partager avec un fantôme, ou même avec une foule d'invités.

Mais c'était trop bon. Farrell connaissait déjà parfaitement son corps, et elle sentait approcher un orgasme monumental.

Lorsqu'il posa sa bouche juste sous son oreille pour lui chuchoter des mots tendres, Ivy cessa de lutter. Un cri monta de sa gorge, et elle bascula dans un abîme de plaisir infini.

Puis, enfin, elle se détendit dans ses bras.

Ils s'endormirent tous deux.

Ivy rouvrit les yeux vers 2 heures du matin. Assis sur le bord du matelas, Farrell s'étirait.

— Qu'est-ce qui vous tracasse ? s'enquit-elle.

— Rien, assura-t-il en se penchant pour l'embrasser. Mais je viens tout juste d'avoir une idée pour mon projet de radiobalise. Je ne compte pas me sauver, je vous le jure.

Elle lui rendit son sourire, trop satisfaite, trop heureuse pour le contredire en quoi que ce soit.

— Je vous crois, Farrell. Allez-y. C'est votre dernière chance de travailler avant lundi, n'est-ce pas ?

— Vraiment, vous ne m'en voulez pas ?

— Pas du tout, dit-elle en prenant sa main pour la porter tendrement à sa joue. Faites ce que vous avez à faire. Moi, je vais me rendormir. Je vous verrai demain matin.

Farrell se sentait comme ivre. Il venait de passer quatre heures dans son labo, à peaufiner les derniers détails de son invention. Les idées avaient jailli en succession si rapide qu'il peinait à les noter toutes.

Il aurait préféré ne pas quitter le lit d'Ivy, mais il savait par expérience que l'inspiration se manifeste souvent dans les moments les plus incommodes. Cette nuit, la création avait été pour lui une expérience transcendantale. Son esprit était en feu. Il bouillonnait d'énergie.

Après s'être douché et changé, il avait fait une petite sieste dans l'un des fauteuils de son bureau, et, à présent, il était porté par l'énergie de trois tasses de café qu'il s'était accordées pour saluer le lever du jour. Katie et Quin arrivèrent pile à l'heure avec des visages ensommeillés. Delanna, la sœur de Katie, les accompagnait.

— Où sont Ivy Danby et le bébé ? s'enquit la jeune femme en venant le saluer. Je suis prête à me mettre au travail. Ma sœur m'a dit que les invités allaient bientôt arriver.

— Quin et moi allons accueillir la responsable du traiteur, et l'aider à tout mettre en place, déclara Katie. Farrell, pourquoi n'emmènes-tu pas Delanna au bungalow ?

Habitué à être « géré » par son assistante ultra-efficace, Farrell n'opposa aucune résistance. Et, de plus, le bungalow était justement l'endroit où il avait le plus envie d'être.

— Oui, bien sûr, répondit-il. Venez, Delanna, suivez-moi.

Au bungalow, Delanna retrouva son ancienne colocataire avec une joie sincère.

— Merci d'être venue, dit Ivy, J'espère que mon départ précipité ne vous a pas causé trop de gêne. Avez-vous trouvé une autre colocataire ?

— Oui, confirma Delanna. Une fille super. Et, pour ne rien gâcher, une excellente cuisinière. Ne vous inquiétez pas, Ivy. Tout finit toujours par s'arranger.

Farrell n'était pas certain que ce soit toujours vrai, mais il se garda bien de la contredire. La sœur de Katie était un esprit libre.

Lorsque Ivy eut terminé sa routine du lever de Dolly, et qu'elle eut confié le bébé à sa nouvelle baby-sitter, Farrell l'entraîna un peu à l'écart.

— Vous êtes ravissante, murmura-t-il.

Il était très tenté de l'embrasser, mais il savait qu'elle objecterait, compte tenu de la situation. Ivy portait un pantalon noir très ajusté et une veste également noire. Son chemisier de soie était du même bleu que l'océan sous le ciel des tropiques.

— Merci, répondit-elle avec un sourire qui manquait de conviction. J'avoue que je me sens nerveuse. Au lieu des ballerines qui devaient correspondre à cet ensemble, j'ai choisi de porter des talons hauts. Me sentir plus grande me donne de l'assurance.

— Soyez simplement vous-même, Ivy. J'ai seulement besoin que vous analysiez la façon dont nous conduisons cette réunion.

Prenez note de tout ce que nous devrions changer ou supprimer, selon vous. Vos remarques nous seront précieuses plus tard, au moment de l'évaluation.

— À vous entendre, cela paraît facile, observa-t-elle. Mais ce sera ma première réception de milliardaires. Je ne saurai pas quoi leur dire.

— *Moi aussi*, je suis un milliardaire, rappela-t-il avec un sourire coquin. Et, la nuit passée, vous étiez très à l'aise avec moi. Vous me criiez même votre approbation.

Ivy se sentit rougir jusqu'aux oreilles, et elle jeta un coup d'œil affolé autour d'elle. Par bonheur, Delanna n'était plus dans la pièce, et elle n'avait pas entendu ces remarques.

— Détendez-vous, dit Farrell en riant. Votre ancienne coloc est sortie avec Dolly pour écouter les oiseaux.

— Oh ! fit Ivy, soulagée. Mais ce n'était pas drôle.

— Moi, j'ai trouvé cela assez amusant, répliqua-t-il, déposant un baiser sur sa joue en évitant de la décoiffer. Votre parfum est divin. Devons-nous prendre votre valise ?

— Je le ferai cet après-midi, en rentrant pour me changer. Nous devrions retourner à la maison, maintenant.

En rentrant du bungalow, ils constatèrent que l'équipe du traiteur avait pris le contrôle de la cuisine de la grande maison. Katie et Quin avaient été bannis dans le grand hall d'entrée, et les premières limousines commençaient à remonter l'allée, Zachary à la tête du cortège.

La demi-heure qui suivit fut un moment de chaos contrôlé. Lorsque toutes les présentations furent faites, les trois frères – épaulés par Katie et Ivy – entreprirent de conduire chacun des couples d'invités à sa chambre.

Farrell ne quittait pas des yeux Ivy, curieux de voir comment elle réagirait aux divers groupes. Mais il n'aurait pas dû s'inquiéter. Ivy se mêlait aux invités avec un naturel parfait, bavardant avec les uns et les autres, écoutant et offrant son aide en cas de besoin.

La vaste salle à manger, que Farrell n'utilisait que pour des occasions comme celle-ci, était déjà prête pour le déjeuner. Lorsque le traiteur – une femme souriante d'une trentaine d'années – lui donna le feu vert, les invités avaient eu le temps de se rafraîchir. Farrell était optimiste, quant aux résultats de ce week-end. Ses frères, Katie et lui vérifièrent une dernière fois les dossiers d'information qu'ils distribueraient après le repas.

Chaque dossier, à la couverture bleu marine frappée du logo de Stone River Outdoors, contenait de magnifiques images sur papier glacé des tout nouveaux produits de l'entreprise qu'ils espéraient voir adoptés par les entreprises de leurs invités.

Lorsque Farrell arriva dans la salle à manger, à 11 h 30, tout le monde était déjà là, et Ivy bavardait gaiement avec l'unique invité « célibataire » du groupe. Farrell s'arrêta derrière la porte entrouverte pour écouter sans vergogne leur conversation.

— Je suis sérieuse ! assurait Ivy en riant. Quand Farrell m'a informée qu'un fabricant de montres suisse allait venir, j'avais imaginé un vieil homme voûté avec une longue barbe blanche et des petites lunettes cerclées d'or. Vous ne correspondez pas du tout à cette image.

— J'espère ne pas vous avoir déçue, *mademoiselle*, répondit Lucas Bain, prenant sa main pour la porter à ses lèvres avec une élégance tout européenne.

Farrell enrageait. Bain était célibataire, sophistiqué et grand voyageur, et il était à la tête d'une fortune colossale. Il était aussi grand collectionneur de cœurs féminins – tous brisés tôt ou tard. Jusqu'à cet instant, Farrell n'avait jamais pensé qu'Ivy puisse être vulnérable au charme suave de Lucas Bain.

Ce baisemain la fit rougir. Les femmes adoraient ce genre de simagrées. L'inquiétude de Farrell monta d'un cran.

— Je crois que nos deux places sont par ici, près de la fenêtre, dit-elle. Et vous parlez français ? Je m'attendais à entendre un accent allemand.

— Notre pays a quatre langues nationales, expliqua Lucas. Dans ma région, on parle surtout français.

Leur conversation continuait, mais Farrell dut abandonner son poste d'observation pour s'occuper des autres invités. Par bonheur, les Italiens étaient accompagnés de leurs deux filles, de ravissantes jumelles âgées de dix-neuf ans, et leur présence rééquilibrerait un peu la situation.

Farrell ne pouvait pas décemment insister pour être assis près de son amante. Ses frères, Katie, Ivy et lui étaient dispersés autour de la table. Lorsque tout le monde eut pris sa place, marquée d'une étiquette calligraphiée, il prit la parole :

— Nous sommes ravis que vous soyez tous venus, dit-il. Nous espérons que ce week-end sera pour vous un agréable moment de détente... Un moment où nous pourrons tous apprendre à nous connaître, et qui, nous l'espérons, conduira à de futures fructueuses collaborations.

Il leva son verre de vin, avant d'ajouter :

— À nos futures entreprises. Qu'elles prospèrent dans chacun de nos pays.

Ivy adressa un sourire lumineux à Farrell. Elle n'était peut-être pas entièrement objective, mais, pour elle, Farrell était de loin l'homme le plus impressionnant dans cette pièce. Il possédait une autorité naturelle, et, lorsqu'il voulait s'en donner la peine, une attitude chaleureuse qui faisait que les gens se sentaient à l'aise dans sa fabuleuse maison.

Entre-temps, Lucas Bain, assis à sa droite, s'efforçait de monopoliser son attention. Il était bel homme, probablement *trop* bel homme. Un peu imbu de lui-même. À la première occasion, elle se tourna vers les invités à sa gauche, un couple de Namibiens, tous deux grands et aux manières réservées, qui parlaient avec un délicieux accent africain. Leur société de safari était l'une des plus importantes entreprises touristiques du continent, avec une clientèle principalement européenne.

Le déjeuner terminé, le planning de la journée prévoyait une heure de quartier libre avant les activités de l'après-midi. Zachary prit Ivy à l'écart dans le couloir.

— Je tiens à vous remercier pour tout ce que vous avez fait pour mon frère.

Ivy réfléchit une seconde à cette déclaration, et elle décida qu'il était impossible qu'il sache qu'ils avaient fait l'amour.

— En réalité, c'est moi qui devrais remercier les frères Stone. J'étais au bout du rouleau. J'avais besoin d'un emploi. Katie s'est portée garante pour moi. Votre entreprise me paie généreusement pour mon aide.

— Tout de même, observa Zachary, savoir que vous étiez là pour veiller sur Farrell nous a beaucoup rassurés.

— Votre frère est un homme adulte, fit remarquer Ivy. Il n'avait pas besoin d'une baby-sitter.

— Ce n'est pas ce que je voulais dire, assura Zachary, baissant la voix. Il a perdu son épouse il y a quelques années de cela, et il en a beaucoup souffert. Nous adorons Farrell, mais nous craignons toujours de le voir disparaître dans son fichu laboratoire pour ne jamais plus en ressortir. J'ai toujours admiré mon grand frère, et je voudrais qu'il renoue avec le bonheur. En attendant, nous sommes contents de savoir qu'il mange bien et que quelqu'un veille sur lui.

— Ivy, les interrompit Katie, voulez-vous bien m'aider avec les snacks ?

Si leurs invités internationaux avaient droit à du temps de loisirs, le reste du groupe restait constamment occupé. Quin marcherait en tête lors de la randonnée qu'ils avaient prévue. Ses frères et lui avaient fourni des sacs à dos neufs à tous les marcheurs, ainsi que des bouteilles d'eau.

Lorsque les provisions furent prêtes, y compris le jus d'oranges fraîchement pressées et les barres de céréales, Ivy courut au bungalow pour se changer et récupérer sa valise. Elle avait soigneusement plié ses vêtements neufs, et elle n'allait pas très loin. À son arrivée, Delanna lisait un roman, et Dolly faisait une sieste.

— Je serai de retour à 20 heures pour la coucher, promit Ivy.

— En plein milieu de votre banquet ? s'étonna Delanna.

— Je suis sûre que je ne leur manquerai pas.

En rentrant à la grande maison, Ivy était en nage. Avoir choisi la plus petite chambre, au premier étage, était une décision logique. D'ailleurs, elle était à peine moins « désirable » que les autres. L'ameublement et le décor étaient même ravissants.

Elle se sentait un peu empruntée dans sa tenue de randonnée toute neuve. L'étiquette du prix, sur la chemise, lui avait coupé le souffle. Pour la famille Stone, rien n'était trop beau. Et, apparemment, pour elle non plus.

Il avait été convenu que tout le monde se retrouverait devant la maison à 14 h 30. Ivy arriva seulement trois minutes avant l'heure. Farrell fronça les sourcils, mais elle le défia du regard, et elle lui tourna le dos. Ce n'était pas lui qui jonglait avec deux résidences et un bébé. Sans mentionner un évident manque d'expérience en matière de mondanités.

Le groupe se mit en marche à travers la forêt avec enthousiasme. Chacun des visiteurs des Stone avait voyagé à travers le monde, et tous étaient familiers des challenges physiques de haut niveau. Le couple d'Italiens, approchant la soixantaine, avait fait fortune dans le commerce des vins. Leur nouvelle entreprise d'organisation de randonnées en Toscane n'était, d'après eux, qu'un hobby pour leur retraite. Mais Katie avait confié à Ivy que ce hobby à lui seul leur procurait un revenu à sept chiffres.

Il en allait de même avec le couple d'Irlandais expatriés, qui organisait des séjours éco-touristiques dans les îles Vierges britanniques.

Seul Lucas Bain demeurait un mystère. Il avait fait le tour du monde, lui aussi. Il avait skié avec Quin, et participé à des courses de formule 1 avec Zachary. Farrell et lui avaient escaladé ensemble des sommets dans les Alpes.

Même les deux jeunes filles italiennes avaient plus d'expérience du monde qu'Ivy. L'une d'elles avait déjà commencé une carrière internationale de modèle, et l'autre s'apprêtait à entrer à l'université au printemps suivant, pour faire des études de médecine.

Ivy constata avec soulagement qu'elle gardait le pas avec le groupe. Même si ce genre de randonnée ne faisait pas partie de ses habitudes, elle avait fait énormément d'exercice après la naissance de Dolly, et elle était en forme.

Le sentier serpentait à travers la forêt, puis la pente devint plus raide, et ils arrivèrent à un promontoire surplombant l'océan. Une brise légère soufflait du large, séchant la transpiration sur tous les fronts. Le groupe s'était arrêté pour se désaltérer à l'endroit même où l'ancêtre des frères Stone avait pris possession de son immense domaine. Quin leur raconta brièvement, et avec beaucoup d'humour, l'histoire de la famille Stone.

— Je sais que vous êtes tous fatigués, mais vous vous réveillerez probablement tôt demain matin. Je vous recommande le lever du soleil. Nous sommes l'État le plus à l'est du pays, et le soleil se lève plus tôt ici que chez nos autres concitoyens. Mon aïeul disait souvent que c'était pour cette raison que Stone River Outdoors avait prospéré.

Katie et Ivy étaient ensemble, un peu à l'écart du groupe, écoutant et observant les autres. Katie soupira.

— Ne trouvez-vous pas que mon mari est merveilleux ?

— C'est vrai, convint Ivy en riant. Mais Quin a aussi beaucoup de chance de vous avoir rencontrée. Vous êtes un couple parfait.

— Je l'espère, répondit Katie. Je m'inquiète quelquefois qu'il se lasse de moi. Sa vie n'a été qu'une suite d'aventures. Pour un célibataire avec des ressources illimitées, le monde est un catalogue de plaisirs et d'expériences. Pensez-vous qu'il se fera à la vie domestique ?

— N'était-ce pas vous qui m'aviez conseillé d'ignorer les questions financières ? rappela Ivy. D'être simplement fabuleuse ? Vous aurez une vie merveilleuse ensemble. Quin vous adore. Il a besoin de vous.

Ce qui n'était pas du tout le cas pour Farrell et elle. Farrell la désirait physiquement. Il n'avait aucune envie de commencer une vraie relation avec elle. Il avait été très clair à ce sujet. Même si son cœur en souffrait, elle était déterminée à profiter pleinement de son séjour dans le Maine. Ce bonheur ne durerait pas toujours.

Dans le brouhaha qui suivit le discours de Quin, Ivy s'avança jusqu'au bord de la petite falaise, face à l'océan. Elle avait vécu toute sa vie sur la côte, et cette immensité l'avait toujours fascinée. Elle savait que quitter Farrell serait une épreuve, mais elle était plus forte aujourd'hui qu'à la mort de ses parents. Ivy ne serait plus jamais aussi vulnérable.

Sa fille et elle étaient une famille. Ivy désirait lui offrir ici, dans le Maine, le genre d'enfance qui avait été la sienne. Cet État était vaste. Elle pourrait facilement éviter Farrell.

Elle l'observa du coin de l'œil un instant. Le soleil accrochait des reflets d'or bruni dans ses cheveux, et la brise portait jusqu'à elle son rire masculin. Il était comme une étoile, très loin, hors de sa portée. Bien sûr, il était aussi un homme de chair et de sang, mais les milliardaires n'épousent pas des veuves pauvres déjà mères de famille.

Si elle se répétait cette vérité suffisamment souvent, elle finirait peut-être par y croire.

15

Appuyé à la balustrade de la terrasse de sa maison, ce samedi après-midi, Farrell sirotait une tasse de café, perdu dans ses pensées. Même l'azur parfait d'un ciel sans nuages ne dissipait pas son humeur mélancolique. Certaines parties de ce week-end avaient pris des directions fâcheuses, mais c'était personnel. Aucun rapport avec les affaires.

Pour Stone River Outdoors, ce week-end de travail avait été un succès. Soucieux de clore ces journées dans la bonne humeur, au lieu du dîner formel qui avait été prévu, ses frères et lui avaient installé des tables sous le porche pour profiter du temps presque idyllique.

Zachary avait allumé deux barbecues à gaz pour servir à leurs hôtes des hamburgers de bison et du poulet. Le personnel du traiteur avait préparé un assortiment de gourmandises pour les accompagner, qui avaient été servies au grand air. Quin, lui, s'était chargé d'allumer un grand feu de camp sous les étoiles après le dîner. Les très distingués hôtes de Farrell offrirent un accueil enthousiaste à cette soirée très américaine.

La nuit était bien avancée lorsqu'ils se séparèrent. Tout le monde était épuisé. Ivy, qui s'était éclipsée pour aller coucher Dolly, était revenue comme promis. Mais, même alors, elle avait esquivé toutes les tentatives de Farrell de lui parler en privé. Plus tôt, elle lui avait déclaré qu'elle désirait dormir avec lui. Au lieu de cela, alors que les jumelles italiennes se retiraient, elle s'était excusée, et elle était montée avec elles, prétextant qu'elle allait les aider à trouver un programme de télévision. Mais elle n'était jamais revenue.

Ivy avait peut-être changé d'avis.

Ce matin, le petit déjeuner s'était déroulé dans une ambiance festive. Le groupe avait resserré ses liens, ce qui était, au moins en partie, le but de l'opération.

Au cours d'une séance de brainstorming de deux heures, animée avant l'heure du déjeuner par Zachary, Quin et Farrell, le groupe avait discuté des moyens par lesquels ils pouvaient jeter les bases de relations d'affaires mutuellement profitables entre tous ses membres.

Ivy n'y avait pas assisté, ce qui lui convenait très bien.

Mais elle était bien présente au repas de midi, lorsque Lucas Bain s'installa à côté d'elle, déployant tout son charme européen. Farrell ignorait à quel point elle était sensible à sa cour persistante, mais, dans cette situation, tout était possible.

Durant l'expédition de l'après-midi – une sortie en kayak de mer –, Ivy avait partagé un kayak avec Lucas, qui s'était déclaré ravi de lui enseigner les rudiments de ce sport.

Farrell avait partagé *son* embarcation avec l'une des ravissantes jumelles italiennes. C'était une jeune fille rieuse, charmante, et très intéressée par ce nouveau sport. Quin l'avait taquiné discrètement au sujet de cette adorable compagnie, mais Farrell ne s'intéressait pas du tout à cette adolescente de dix-neuf ans. Il n'avait d'yeux que pour Ivy.

Voilà ce qui arrivait, lorsqu'un homme mélangeait les affaires et le plaisir.

Ce soir, ce serait un dîner formel. Il allait devoir se raser et enfiler son plus beau smoking. Mais il avait pris une décision. Ivy serait placée à côté de lui.

Il se retourna pour rentrer dans la maison, et il cessa de respirer. Ivy était à quelques pas de lui, et elle l'observait.

— Étiez-vous là depuis longtemps ? s'enquit-il.

— Un moment, convint-elle en rougissant. J'adore vous regarder. Dans le soleil, vos cheveux ont des reflets dorés. Nous sommes restés tellement occupés que nous n'avons pas eu beaucoup d'occasions de parler ensemble. Avez-vous progressé dans vos recherches ? Je sais que vous dormez peu.

Il inhala profondément sa fragrance féminine, et, soudain, il retrouva tout son optimisme. Ivy l'apaisait. Il savait qu'il l'embarrasserait en le lui disant, mais sa voix teintée d'accent du Sud était pour lui le son le plus sexy du monde.

C'était peut-être à cause de cette voix qu'il l'avait engagée.

Il reposa sa tasse sur la balustrade, résistant bravement à son envie de la serrer dans ses bras et de la couvrir de baisers. Une douzaine de personnes se trouvaient à proximité, et il se devait de faire preuve de discrétion.

— Ce week-end est une réussite, dit-il, au lieu de lui exprimer ce qu'il avait réellement sur le cœur. Merci pour tout ce que vous avez fait.

— Heureuse d'avoir été utile. Ces gens sont très amusants.

Cet après-midi-là, il faisait très doux, et Ivy portait un autre des ensembles que Katie avait choisis avec elle. La robe de coton turquoise à pois jaunes découvrait ses jolis bras et soulignait la finesse de sa taille.

Avec ses cheveux courts et ses traits délicats, elle était toute douceur et innocence. Mais, seul avec elle, au lit, Farrell avait découvert une tout autre facette de sa très sage Ivy. Lorsqu'il lui faisait l'amour, elle était le feu et la chaleur. Elle était forte et sensuelle. Chacune de leurs rencontres était plus éblouissante que la précédente… ce qui lui laissait un peu d'espoir pour cette nuit à venir.

— Viendrez-vous dans ma chambre, plus tard ? murmura-t-il d'une voix à peine audible.

Ils se tenaient épaule contre épaule, face à l'océan. N'y tenant plus, il toucha sa main, laissant glisser ses doigts sur son poignet délicat, et, à ce simple contact, son corps prit feu.

— Viendrez-vous ? insista-t-il. Vous avez disparu, hier soir.

— C'était… embarrassant. De plus, il était très tard.

— Je comprends, assura-t-il en souriant. Mais, si cela vous convient mieux, je peux très bien venir dans la vôtre.

— Non, répondit-elle aussitôt. C'est mon espace privé. C'est moi qui viendrai chez vous.

— Oh ! oui, soyez-en sûre, dit-il en se rapprochant d'elle. Je vais m'en assurer.

— Farrell ! gémit Ivy, jetant un regard affolé autour d'elle.

— Détendez-vous, murmura-t-il Je ne vous placerai jamais dans une position embarrassante, je vous le jure.

Serrant doucement sa main, il s'éloigna de trois pas en lui décochant un sourire de *bad boy*, avant d'ajouter :

— Mais, derrière une porte close, la promesse ne tient plus.

Il la taquinait, mais le feu qu'elle voyait brûler dans son regard lui coupa le souffle. Elle avait déclaré à Farrell qu'elle désirait partager son lit, mais, depuis l'arrivée des invités de son « patron », elle avait gardé ses distances avec lui. Il ne fallait pas que les gens aillent se faire des idées fausses, et surtout pas la famille de Farrell.

Elle brûlait d'être avec lui, mais ce que Farrell et elle avaient partagé dans l'intimité ne regardait qu'eux. Et cela ne durerait que le temps de cet interlude dans la forêt du Maine. Aucun avenir radieux ne les attendait. Mais ce moment qu'ils vivaient ensemble n'en était pas moins spécial.

Ivy sentait le vent dans ses cheveux. Ses vêtements neufs ne lui semblaient plus aussi étrangers. Elle n'avait plus le sentiment d'être une petite fille jouant à se déguiser en dame. Katie avait vu juste. Cette élégante garde-robe lui avait insufflé une nouvelle confiance en elle-même.

Leurs riches invités l'avaient surprise de bien des façons. Ivy avait pensé qu'ils seraient des personnages arrogants, exigeant un traitement préférentiel et des signes de respect.

Au lieu de cela, ils avaient tous été charmants, et d'une simplicité désarmante. Il demeurait que, lorsque Farrell avait mentionné le prix de deux montres que la société de Lucas venait de vendre, elle avait failli s'étrangler.

— Je devrais probablement aller me changer, observa-t-elle.

Il y avait de la mélancolie dans sa voix. Ces instants avec lui étaient précieux. La nuit passée, si elle n'était pas allée rejoindre Farrell dans sa chambre, c'était par pure lâcheté. Mais elle ne commettrait pas deux fois la même erreur.

— Alors, dîner à 19 heures ? s'enquit-il en lui lançant un

regard qui la fit fondre instantanément. J'aimerais pouvoir sauter ce stupide dîner et vous emmener directement dans ma chambre. Cela fait presque quarante-huit heures, Ivy. Pourquoi me torturez-vous ainsi ?

Elle allait lui lancer une réplique ironique lorsqu'elle lut dans son regard qu'il ne plaisantait pas. Que pouvait répondre une femme à une telle déclaration ?

— Je... vous désire, moi aussi, avoua-t-elle dans un souffle.

Elle vit le sang affluer aux joues de Farrell. Une lueur d'incendie brillait au fond de son regard.

— Rentrez vite dans la maison, Ivy. S'il vous plaît. Avant que je ne commette une folie.

Farrell avait hâte que ce week-end soit terminé. Mais il devait tenir jusqu'au déjeuner du dimanche avant de pouvoir prendre congé de ses nombreux invités. Après ces jours bénis de paix et de tranquillité avec Ivy et Dolly pour seule compagnie, la présence de ces visiteurs, pourtant charmants, commençait à lui sembler pesante.

Il importait peu que, du point de vue des affaires de Stone River Outdoors, ce week-end ait été un succès total. Ou que ses invités aient été intelligents, charmants et coopératifs. Il avait envie d'être seul avec Ivy.

Tandis que le groupe s'installait à table, pour le dîner, il garda les yeux fixés sur la porte, guettant son arrivée.

Déjà, le champagne coulait à flots. Ce soir, l'ambiance était à la fête. Sur la table couverte d'une magnifique nappe de lin d'Irlande, porcelaine fine et cristal composaient un décor somptueux. Katie avait fait livrer des fleurs fraîches, qui illuminaient toute la pièce de leurs couleurs éclatantes. C'était un décor magique, et Farrell songea que sa maison n'avait jamais été aussi belle. Puis Ivy entra enfin dans la pièce, Farrell se désintéressa instantanément du décor.

— Bonté divine ! chuchota-t-il.

Katie, qui se tenait à proximité, devait l'avoir entendu, car elle esquissa un sourire satisfait.

— J'ai bien travaillé, n'est-ce pas ?

— Je n'en suis pas aussi sûr, marmonna-t-il, suivant du regard

Lucas Bain, qui se dirigeait tout droit vers Ivy. Nous devons trouver un moyen d'éloigner ce satyre suisse d'elle.

— Allons, le gronda Katie. Lucas est un gentleman charmant, et Ivy une femme adulte. Elle peut décider par elle-même qui l'intéresse – ou pas.

— Ceci devait être un week-end de *travail*, grogna-t-il.

— Ne sois pas absurde. Notre travail est terminé. Ivy a bien le droit de s'amuser un peu, ce soir. Elle a vécu quelques mois difficiles. Si Lucas s'intéresse à elle, où est le mal ?

Et, sur ces mots, Katie s'éloigna pour bavarder avec l'un des invités. Farrell resta là à se morfondre, mais il était incapable de mettre un pied devant l'autre pour aller rejoindre Ivy. Il ne pouvait que l'observer de loin. Ivy. Son Ivy. Douce, modeste, délicieuse Ivy, toujours belle à ses yeux quels que soient les vêtements qu'elle portait.

Malheureusement pour la paix de son esprit, sa tenue, ce soir, aurait damné un saint. Si le corsage de sa robe écarlate et sa longueur étaient plutôt sage, sa coupe mettait en valeur ses petits seins tout en soulignant la finesse de sa taille et son adorable derrière rond.

Et ces jambes, ces jambes...

Il avala le reste de sa coupe de champagne d'un trait, espérant soulager sa gorge sèche. Il ne contrôlait son érection naissante qu'à la seule force de sa volonté.

À vrai dire, cette robe rouge n'avait rien d'obscène. Mais, pour un homme comme lui, déjà torturé par le désir, c'était comme agiter un chiffon rouge devant un taureau furieux.

Trois heures, songea-t-il. Encore trois heures, et tout le monde montera se coucher. Tous, à l'exception de son Ivy.

Le repas fut exquis. Les invités se perdirent en compliments. La responsable du traiteur rayonnait. La tablée bruissait de conversations intéressantes. S'il avait fallu qualifier cette soirée, le mot juste aurait été « parfaite ».

Mais Farrell avait seulement hâte qu'elle soit terminée.

Au dessert, consistant en de généreuses parts de tarte aux noix de pécan nappées de crème fraîche, Farrell n'en pouvait plus. Il se voyait en train d'enduire le corps nu d'Ivy de cette crème, puis le parcourir avec sa bouche des pieds à la tête.

Mais, alors même qu'il était dévoré de désir, un doute subsistait. Il se rapprochait trop d'Ivy. Il ne pouvait pas se permettre de s'attacher... ou d'espérer davantage. S'il perdait une autre personne qui lui était chère, il serait détruit. Aucune relation ne justifiait une telle souffrance. Il avait réussi à se convaincre qu'il pouvait risquer une relation physique sans complications. Mais... Et s'il s'était trompé ?

Il desserra sa cravate, se disant que personne n'était jamais mort de privation sexuelle. Puis, soudain, il se leva, bien décidé à débloquer la situation.

Ivy était assise entre le mari irlandais et le fabricant de montres suisse. Farrell n'avait pas eu le temps de faire l'échange des cartes qui marquaient la place de chacun, et, *une nouvelle fois*, il n'était pas assis près d'Ivy.

— Puis-je vous demander de m'accompagner un instant dans mon bureau ? s'enquit-il d'une voix suave. J'ai besoin de votre aide. Cela ne prendra pas longtemps.

Ivy se leva et le suivit. Mais, dans le couloir, elle lui adressa un regard scrutateur.

— Qu'y a-t-il ?

Farrell réfléchit intensément. Il avait besoin d'un endroit tranquille. Saisissant Ivy par le poignet, il l'entraîna jusqu'à son bureau. Une fois à l'intérieur, il verrouilla la porte derrière eux. Puis, lentement, il la repoussa jusqu'au mur.

— Cette robe, grommela-t-il.

— Quel est le problème ? s'étonna-t-elle, baissant les yeux vers son corsage. Ai-je taché ma robe ? J'espère que non. Cette soie ne supporte que le nettoyage à sec.

— Votre robe n'est pas tachée, marmonna-t-il, posant ses mains à plat sur le mur de part et d'autre de sa tête, son regard fixé sur ses lèvres de corail. J'ai envie de vous embrasser.

Ivy ouvrit de grands yeux, comme si elle venait seulement de comprendre le véritable motif de cet aparté.

— Je croyais que nous patienterions jusqu'à plus tard.

— Impossible, fit-il d'un ton bourru. Cette robe...

Il tendit lentement sa main pour recueillir un sein dans sa paume. Lui laissa le temps de dire non... de le repousser.

Au lieu de cela, elle lui sourit.

— Patience, Farrell. Tout vient à point à qui sait attendre.

— Qui a dit cela ? répliqua-t-il, appuyant son front contre le sien. Et si nous filions discrètement jusqu'au bungalow ?

— Dolly et Delanna sont là-bas, rappela Ivy.

— C'est incroyable, gémit-il. Je suis sûrement le seul homme au monde qui, même après s'être bâti une forteresse de solitude au fin fond des forêts du Maine, ne dispose même pas d'un coin tranquille pour embrasser une fille.

— Je suis une femme, Farrell, corrigea Ivy en posant ses lèvres sur les siennes.

Ce fut un lent baiser d'une douceur infinie, mais un baiser torride, incendiaire, qui déclencha un torrent de feu dans son sang. Il la serra étroitement contre lui, si fort qu'il avait l'impression de sentir son cœur battre tout contre le sien.

Glissant ses mains derrière elle, il releva l'ourlet de sa robe sur ses hanches. La peau de ses cuisses était plus douce que la soie. Lorsque ses doigts trouvèrent le string de dentelle noire, il cessa de respirer. Déshabiller Ivy plus tard allait être un régal. Il brûlait de le faire immédiatement, mais il se fit violence pour conserver un semblant de self-control.

Ses mains étaient posées sur ses fesses fermes, mais elles restèrent immobiles.

Il aurait tout donné pour la dévorer de baisers, mais, au lieu de cela, ils regagnèrent bientôt la salle à manger. Depuis son arrivée dans sa retraite océane, Ivy s'était véritablement épanouie. L'homme qui la ferait sienne aurait gagné un trésor. Mais ce ne serait pas lui, songea Farrell. Très bientôt, il allait devoir prendre des décisions difficiles.

— Savez-vous combien vous êtes spéciale, Ivy ? dit-il, posant ses lèvres sur son cou délicat. Je vous ai observée, ce week-end. Les gens vous adorent. Ils se confient à vous. Stone River Outdoors vous doit beaucoup.

— Merci, murmura Ivy, caressant son dos à travers sa chemise. J'ai passé un très bon moment.

Elle poussa un soupir, avant d'ajouter :

— Nous devons retourner avec les autres, vous le savez.

— Oui, vous avez raison, convint-il, serrant une dernière fois sa chair ferme avec délices. C'est bien dommage.

Ivy lui décocha ce sourire que les femmes utilisaient depuis la nuit des âges pour calmer les hommes pressés.

– Ne soyez pas impatient, Farrell. Nous avons toute la nuit.

16

Ivy n'était pas très douée pour la dissimulation. L'unique fois où elle avait essayé de sécher l'école pour aller à la plage, ses parents l'avaient découvert, et elle avait été privée de sorties durant un mois. Ivy était une fille *sage*.

Mais qu'y avait-elle gagné ? Si elle n'avait pas été aussi anxieuse de faire plaisir à tout le monde, elle aurait peut-être mis Richard à la porte bien plus tôt. Mais elle avait essayé de suivre les règles. De faire fonctionner son mariage.

Avec le recul, elle comprenait que cela n'avait jamais été un mariage du tout. Elle avait été prisonnière des mensonges de Richard, de son propre chagrin, et, au bout du compte, de sa crainte de se retrouver seule.

Elle ne répéterait pas ces erreurs. Et, d'ailleurs, Farrell lui avait clairement signifié qu'il était incapable de s'engager dans une relation. Ivy appréciait son honnêteté.

Aujourd'hui, Dolly et elle étaient une famille. Ce qui pourrait se produire avec Farrell ne serait jamais qu'un bref et agréable épisode dans sa vie. Sa vraie mission était d'offrir à sa fille une enfance stable et sûre, un foyer heureux.

Mais, cette nuit…

Ivy tapota ses joues pâles devant le miroir de la salle de bains. Il lui suffirait de descendre nonchalamment l'escalier, comme si elle allait simplement se verser un verre de lait dans la cuisine. Les vêtements de nuit que Katie avait choisis pour elle étaient à la fois élégants et très sexy. La chemise de nuit de satin noir glissait sur sa peau comme une caresse, aussi confortable que la nudité totale, mais infiniment plus provocante. Elle était fendue quasiment jusqu'au nombril sur le devant, et jusqu'au bas des reins dans son dos. Avec chaque mouvement de son corps, elle était un appel au sexe.

Le déshabillé assorti était tout aussi luxueux, mais beaucoup plus soucieux des bienséances. Certainement assez pudique pour pouvoir croiser l'un des invités sans que l'un ou l'autre en soit gêné. Elle serra fermement la ceinture.

Mais Ivy avait eu tort de s'inquiéter. La maison était silencieuse lorsqu'elle descendit le grand escalier sur la pointe des pieds, et qu'elle suivit le couloir conduisant à la chambre de Farrell. Personne en vue. La porte de Farrell était entrouverte. Elle frappa quelques coups discrets, et elle entra.

Un grand feu brûlait dans la cheminée. Les couvertures du lit monumental étaient tirées. Farrell se tenait devant l'âtre, uniquement vêtu d'un pantalon de pyjama de jersey bleu marine porté bas sur ses hanches, qui laissait peu de place à l'imagination.

Ivy se figea et prit une profonde inspiration. Ses jambes ne la portaient plus, et elle dut s'appuyer à l'une des colonnes du lit pour garder son équilibre.

— C'est... très cosy, chez vous, dit-elle, faute de mieux.

— Venez près du feu, suggéra-t-il. Je vous offre un verre ?

— Non, merci.

À cette heure tardive, l'alcool lui ferait tourner la tête, et elle ne voulait surtout rien manquer de ce qui allait suivre.

Soudain, elle comprenait, le cœur serré, qu'elle s'était trompée en pensant que cet interlude avec Farrell ne portait pas à conséquence. Qu'elle en avait envie, et que c'était tout à fait naturel. Que lorsque cette parenthèse se refermerait, et qu'ils s'en iraient chacun de leur côté, elle se souviendrait avec tendresse de ces moments qu'ils avaient partagés. Elle avait cru qu'elle se satisferait d'avoir connu et aimé Farrell Stone, ne serait-ce que durant un bref laps de temps.

Mais la réalité était tout autre. Partir en laissant derrière elle cette maison – cet homme compliqué, chaleureux, généreux, cet homme extraordinaire – la détruirait.

Farrell avait dû remarquer un changement dans son expression, car il cessa de sourire.

— Qu'y a-t-il, Ivy ?

— Rien, assura-t-elle, la gorge serrée, le cœur battant à tout rompre. Je me sens seulement nerveuse.

— Détendez-vous, murmura-t-il en s'approchant pour se placer derrière elle, nouant ses bras puissants autour de sa taille. Cette nuit nous appartient. Aucune pression. Seulement du désir.

Il reposa son menton sur le sommet de sa tête, et, dénouant prestement la ceinture de son déshabillé, il ajouta :

— Tout à l'heure, dans cette robe rouge, vous étiez fabuleuse. Mais j'aime encore davantage ce que je vois maintenant. Un présent que je meurs d'envie de déballer.

Conquise par sa force et sa douceur, elle acheva d'ôter le léger déshabillé elle-même et le jeta dans un fauteuil. Dès lors, les paroles devinrent inutiles. L'un et l'autre étaient restés adultes à cent pour cent durant tout ce week-end, concentrés sur leurs rôles d'hôtes, travaillant avec application pour que l'événement soit un succès.

Il était grand temps qu'ils se fassent plaisir.

Farrell la souleva dans ses bras et la porta jusqu'au lit. Il n'était plus l'hôte parfait, mais un homme libéré des contraintes des conventions sociales. Il était fabuleux en smoking, mais elle préférait cette version moins civilisée de lui.

Elle brûlait de lui avouer qu'elle l'aimait. Mais, cela ferait-il une différence ? La croirait-il ? Ou répondrait-il qu'elle sortait tout juste d'un autre mariage, et qu'il était trop tôt ?

Et il se sentirait peut-être obligé de la remettre gentiment à sa place, de lui rappeler que son cœur appartenait à sa chère Sasha, aujourd'hui et pour toujours.

Ne connaissant la réponse à aucune de ces questions, elle se tut. L'incertitude était préférable à un humiliant rejet, aussi gentil soit-il.

L'impatience de Farrell l'enchantait. Elle se sentait spéciale. Désirée. Désirable.

Bien qu'il l'ait complimentée sur l'élégance de son déshabillé, il entreprit aussitôt de le lui ôter, puis son pantalon de pyjama alla rejoindre sa lingerie fine sur le tapis. Lorsqu'ils furent tous deux nus, il tira les couvertures sur eux, et il l'attira contre la chaleur de son corps. Une chaleur torride. L'étreinte de ses bras vigoureux autour d'elle était une sensation divine.

Elle laissa glisser ses mains sur son large dos, effleurant les muscles puissants du bout des doigts, et, enfouissant son visage au creux de son épaule, elle avoua d'une voix douce :

— J'étais jalouse de la jeune fille italienne dans votre kayak.

— Dans ce cas, nous sommes à égalité, répondit-il avec un rire grave. J'étais furieux contre mon frère pour vous avoir proposé de vous initier à ce sport.

Farrell regretta ces paroles sitôt qu'elles eurent franchi ses lèvres. Son aveu révélait un niveau d'investissement dans cette relation qu'il n'était pas encore prêt à reconnaître.

— Parlez-vous sérieusement ? murmura-t-elle en s'écartant pour le dévisager, son doux visage éclairé par les flammes.

— Oui, confirma-t-il, haussant les épaules. Nous étions tous censés prendre à notre bord l'un des invités. Puis, certains d'entre eux ont préféré partager leur kayak avec leur épouse, et, tout à coup, Zachary s'est retrouvé avec vous.

— Zachary est merveilleux, mais il n'est pas Farrell Stone.

— Que dois-je comprendre par là ?

— Il est séduisant et très drôle, mais *vous*, vous êtes davantage comme moi. Vous avez besoin de peu pour être heureux. C'est tout du moins mon impression. Ai-je tort ?

Sa clairvoyance le laissa ébahi. Elle le comprenait.

— Zachary a toujours eu beaucoup de succès auprès des dames.

— Ce serait aussi vrai pour vous si vous n'aviez pas cette attitude grognonne, cette façon de vous isoler.

Elle lui offrit un sourire espiègle, avant d'ajouter :

— Mais je vous aime bien quand même, parce que vous avez d'autres *qualités* que je trouve intéressantes.

Lorsque sa main fine se referma autour de son érection pour la parcourir lentement sur toute sa longueur, il cessa de respirer.

— Vous travaillez dur, alors que vous êtes milliardaire, murmura-t-elle en empoignant fermement son sexe, l'amenant tout au bord de la folie. Vous êtes gentil, même si, à mon avis, vous n'aimez pas qu'on vous décrive de cette façon. Et vous m'avez offert l'opportunité de remettre ma vie sur les rails avec ce job.

— Je ne veux pas de votre gratitude, répliqua-t-il, un peu plus fort qu'il n'en avait eu l'intention. Ce que nous sommes à cet instant, ici, dans ce lit, n'a rien à voir avec la gentillesse ou avec la gratitude. Je vous désire, Ivy. J'ai besoin de vous. Comprenez-vous ce que j'essaie de vous dire ?

— Oui, répondit-elle d'une voix douce. Je comprends.

Il tendit sa main vers la table de chevet, puis il se protégea, et la souleva pour la placer à califourchon sur lui.

— Je suis tout à vous, Ivy. Dites-moi ce que vous désirez.

La pénombre intime qui entourait le lit ne l'empêchait pas de voir le visage de son amante. Ses adorables cheveux courts étaient un peu ébouriffés, et ses joues avaient la couleur des roses. Son Ivy apprenait à devenir hardie, mais sa timidité naturelle transparaissait encore. Lorsqu'elle se redressa sur un genou pour aligner leurs deux corps, il se figea, le souffle coupé, attendant l'instant divin de la jonction. Attendant. Attendant ardemment.

Son corps accepta facilement la plus solide érection qu'il ait éprouvée de toute sa vie. Il agrippa ses hanches rondes, l'immobilisant pendant qu'il entrait en elle, la vue brouillée de larmes d'émotion. C'était un bonheur. Un bonheur absolu.

Il n'avait jamais cru se sentir à nouveau aussi proche d'une femme. Et cela le terrifiait. Il se sentait vulnérable.

Posant ses mains menues sur ses épaules, Ivy se pencha pour l'embrasser. Ce changement de position déclencha des sensations qui leur coupèrent le souffle, à l'un et à l'autre.

— Je vous désire, murmura-t-elle tout contre sa bouche. Aussi longtemps que cela durera, et je ne demanderai pas davantage. Alors, Farrell, faites-moi l'amour encore et encore. Avec douceur. Avec passion. Comme il vous plaira. J'ai de nombreuses années vides à rattraper. Et j'ai aussi besoin de vous.

À ce stade, il perdit tout contrôle. Il la fit basculer sur le matelas pour se positionner au-dessus d'elle, et il la prit avec une joie sauvage jusqu'à la libération finale.

Dans le silence qui suivit, on n'entendit plus que les battements précipités de leurs deux cœurs. C'était peut-être le moment idéal pour une sorte de confession, songea Farrell. Sûrement, elle avait dû comprendre que l'interdiction de tout lien émotionnel avec une femme qu'il s'imposait était, au mieux, fragile ? Mais sa peur le poussa à se taire. Réprimant un bâillement, il déposa un baiser sur son épaule.

— Avez-vous sommeil, Ivy ? murmura-t-il. La journée a été longue.

— Oui, répondit-elle en bâillant à son tour derrière sa main. Je crois que je vais remonter dans ma chambre, maintenant.

— Pourquoi feriez-vous une chose pareille ? s'insurgea-t-il. Il est 2 heures du matin. Restez ici, Ivy. Restez avec moi.

— Je préfère ne pas prendre de risques avec nos invités, répondit-elle en lui tapotant la joue comme elle l'aurait fait avec un petit garçon désobéissant. Je me sentirai mieux dans ma propre chambre.

Lorsqu'elle quitta le lit, et qu'elle se pencha pour ramasser ses affaires, il eut droit au fabuleux spectacle de son merveilleux derrière rond. Farrell en eut le souffle coupé, mais ce bonheur ne dura qu'une seconde.

— Je peux faire en sorte que vous vous sentiez mieux ici, fit-il remarquer, sans chercher à cacher sa déception.

Ivy acheva de nouer la ceinture de son déshabillé, et elle lui offrit un sourire de douce lassitude.

— Je vous verrai demain matin, Farrell. Tâchez de dormir.

Ivy avait dormi comme une souche, et elle se réveilla fraîche et dispose après cinq heures de sommeil. La nuit passée avait rallumé en elle la flamme de l'espoir, même si c'était peut-être déraisonnable. Farrell s'était montré si tendre, si doux ! Sûrement qu'un homme ne pouvait pas faire l'amour de cette façon sans ressentir *quelque chose*, n'est-ce pas ?

La matinée s'écoula rapidement. Après le petit déjeuner, les invités remontèrent dans leurs chambres pour faire leurs bagages. Les trois frères Stone se relayèrent pour transporter toutes ces affaires dans le grand hall d'entrée. Les limousines devaient se présenter à la propriété à 14 heures précises, pour ramener tout le monde à Portland. Zachary, Quin, Katie et Delanna repartiraient en même temps.

Bientôt, Farrell, Ivy et Dolly seraient à nouveau seuls.

Ivy se languissait de Dolly, même si sa fille s'était beaucoup amusée avec Delanna, qui avait été une baby-sitter parfaite. Dolly l'adorait visiblement.

Après le déjeuner, pendant que les frères Stone se réunissaient pour une dernière brève séance de planning, Katie et Ivy aidèrent le traiteur à tout remballer. Cette femme avait fait quotidiennement le voyage depuis Bar Harbor, matin et soir, et Ivy espérait qu'elle avait été généreusement rémunérée pour ses services.

Lorsque la cuisine fut impeccable, Katie disparut pour aller participer à la réunion, et Ivy monta dans sa chambre pour ranger ses propres affaires, qu'elle descendit ensuite dans le vestibule à l'arrière de la maison. Ce soir, elle retournerait à son propre lit dans le bungalow. Ce que Farrell, comptait faire était pour elle un mystère.

Peu de temps après, tout le groupe se rassembla sous le porche pour se faire leurs adieux. Des liens s'étaient créés entre toutes ces personnes. Ivy les appréciait tous. Delanna était là aussi, Dolly dans ses bras, profitant au maximum de ses derniers câlins.

À la grande surprise d'Ivy, Lucas l'agrippa fermement par les épaules, et le baiser qu'il déposa sur ses lèvres était plus qu'amical. Lorsqu'il la relâcha, il n'y avait pas la moindre trace de repentir dans son regard.

— Lorsque vous viendrez en Suisse, mademoiselle, vous devez me rendre visite, et je vous emmènerai dîner dans le meilleur restaurant du monde.

— Je n'y manquerai pas, assura-t-elle en lui rendant son sourire, flattée malgré elle par ce discours flamboyant.

Quin et Katie, qui l'avaient rejointe, éclatèrent de rire.

— Je crois que vous vous êtes fait un grand ami, plaisanta Quin.

— Pas de sarcasmes, Quin, le tança Katie, prenant Ivy par le bras. Je sais que vous économisez de l'argent pour vous acheter une voiture, Ivy. Quin et moi nous sommes souvenus que ma vieille berline dort depuis longtemps dans le garage de notre maison, de l'autre côté des bois, à ramasser de la poussière. Prenez-la si elle est à votre goût. Elle a beaucoup de kilomètres au compteur, mais c'est une très bonne voiture.

— Vous ne pouvez pas me faire cadeau d'une voiture ! protesta Ivy. Je vous la paierai.

— Pas question, décréta Quin. J'ai déjà plus de véhicules qu'il ne m'en faut, et je viens d'acheter une Land Rover toute neuve à Katie le mois dernier. Vous nous rendriez un grand service en acceptant la voiture.

Sur ces mots, il sortit un trousseau de clés de sa poche, et le tendit à Ivy avant s'ajouter :

— Elle est toute à vous. Farrell vous aidera pour tous les documents nécessaires.

Farrell, qui arrivait dans leur direction, entendit les derniers mots de Quin, et il fronça les sourcils.

— Pourquoi Ivy aurait-elle besoin d'une voiture ?

— Une femme doit pouvoir être indépendante, rappela Katie, fixant l'homme qui était à la fois son beau-frère et son patron d'un air désapprobateur. Ivy et Dolly ont besoin d'un moyen de transport sûr et fiable.

— J'ai plus que suffisamment de véhicules, répliqua Farrell, se tournant vers Ivy. Si vous aviez besoin d'emprunter une voiture, il vous suffisait de demander.

— Je leur ai dit que je souhaitais *acheter* une voiture, observa Ivy. Ils me proposent l'ancienne voiture de Katie.

— Prenez l'une des miennes, alors. Gratuitement.

— J'apprécie votre offre, répondit-elle, comprenant qu'il était sérieux. Mais, comme je suis votre employée, il serait peut-être moins compliqué de m'adresser à Katie et à Quin.

— Moins compliqué ? répéta-t-il, visiblement en colère.

Elle soutint tranquillement son regard, le défiant de faire un esclandre. Personne ne savait que Farrell et elle étaient amants, et elle préférait que cela reste ainsi.

— Et si nous changions de sujet ? suggéra-t-elle. Vos hôtes sont prêts pour le départ.

Farrell s'éloigna à grands pas et alla se planter à l'autre bout du porche. Katie et Quin le suivirent d'un regard ébahi.

— Qu'est-ce qui lui prend ? s'étonna Quin, se tournant vers Ivy. Il était furieux, et je n'avais pourtant rien fait.

Katie, elle, fixait Ivy comme si son cerveau effectuait des calculs, et qu'elle trouvait peut-être les réponses appropriées.

— Qui sait ? répondit Ivy en leur adressant un grand sourire, espérant détourner les soupçons de Katie. Votre frère est un peu grincheux quelquefois. À présent, si vous voulez bien m'excuser, je dois encore dire au revoir à quelques personnes.

Elle bavarda un instant avec le couple namibien, puis les parents des jumelles italiennes et elle échangèrent leurs adresses e-mail. Les limousines de location étaient déjà alignées devant les marches du porche, mais personne ne semblait pressé de rentrer à Portland.

Zachary fit signe aux chauffeurs de commencer à charger les bagages. Ivy s'approcha et offrit d'aider à porter une valise ou deux, mais Zachary secoua la tête.

— Ce n'est pas nécessaire, dit-il avec un sourire presque identique à celui de son frère. Mais merci de l'avoir proposé.

Le plus jeune des chauffeurs, essayant peut-être d'impressionner les jumelles italiennes, se chargea de trois valises à la fois, deux dans ses mains, et la troisième sous son bras. Lorsqu'il se tourna pour descendre les marches du porche, le coin de l'une des valises heurta la hanche d'Ivy. Elle recula instinctivement pour faire de la place au jeune homme, mais son pied ne rencontra que le vide.

Elle tenta désespérément de retrouver son équilibre, mais il était déjà trop tard. Le monde se mit à tourbillonner follement, et elle dégringola dans l'escalier.

17

Farrell avait hâte que tous ces gens soient partis pour avoir à nouveau sa maison toute à lui. Alors qu'il raccompagnait quelques personnes vers les limousines, il entendit quelqu'un crier. Il pivota sur les talons, juste à temps pour voir Ivy rouler dans l'escalier du porche.

Son cœur cessa de battre, et la terreur le cloua sur place.

Morte. Elle pourrait être morte.

Tout le monde se précipita en même temps. À l'exception de Farrell. Il essaya de bouger, mais il était comme paralysé.

Zachary arriva près d'Ivy le premier. C'est seulement en voyant qu'Ivy parlait à son frère que Farrell retrouva la force de descendre les marches.

Quelqu'un proposa d'appeler une ambulance, mais Farrell repoussa cette suggestion, s'agenouillant près de son amante.

— Inutile, dit-il d'un air bourru. Il leur faudrait une heure pour arriver jusqu'ici.

— Il a raison, confirma Zachary, se penchant pour examiner de plus près l'écorchure sur la joue d'Ivy, d'où coulait un petit filet de sang. J'ai reçu une formation de secouriste. Nous allons évaluer son état avant de prendre une décision.

— Attendez, protesta Ivy. Je vais bien. J'ai été maladroite, et j'aurai sûrement quelques bleus, mais ce n'est rien de grave.

— C'est à nous d'en juger, répliqua Farrell d'un ton qui n'admettait aucune contestation.

Sous le regard inquiet de Quin et de Katie, qui échangeaient des chuchotements, Farrell et Zachary palpèrent ses bras et ses jambes pour s'assurer qu'il n'y avait pas de fractures. Puis, Farrell la souleva dans ses bras et la porta avec précaution à l'intérieur de la maison. Il ne s'arrêta que lorsqu'ils furent arrivés dans la suite principale, pour la déposer doucement sur le lit. Le lit sur lequel ils s'étaient aimés la nuit précédente.

Zachary prit son pouls, examina ses pupilles, lui posa quelques questions, mais Ivy répondit d'une voix ferme :

— Je me suis égratigné la joue sur le coin d'une marche, mais je n'ai même pas une migraine. C'est ma hanche qui a souffert le plus. Avec un simple analgésique, tout ira bien. J'ai besoin de retourner auprès de Dolly pour libérer Delanna.

— Quin est parti avec le groupe, car certains d'entre eux ont des avions à prendre, l'informa Farrell, mais Katie est là pour s'occuper du bébé. Restez immobile, bon sang !

— Je connais mon propre corps, répliqua-t-elle en le fusillant du regard. Je ne suis pas gravement blessée.

— Peut-être pas, répondit Zachary d'un ton prudent. Mais nous devons nous assurer que vous n'êtes pas en état de choc. Farrell, tu vas rester avec elle. Je vais chercher de quoi nettoyer cette plaie.

Un silence assourdissant suivit son départ. Ivy refusait de le regarder, et Farrell était incapable de prononcer les mots qui lui brûlaient les lèvres. Il ressentait une vague nausée, et il aurait préféré se trouver à des kilomètres de là. L'image d'Ivy en train de tomber revenait en boucle dans sa mémoire.

Zachary réapparut peu après. Il nettoya la joue d'Ivy, puis il étala une pommade antiseptique sur la plaie avant de la recouvrir d'un pansement adhésif.

— Merci, Zachary, dit-elle en souriant. Cela va aller, je vous assure.

Farrell fixait obstinément le lit, le cœur serré. Pourquoi fallait-il qu'Ivy ait l'air si minuscule, tellement vulnérable ? Que signifiaient ces sentiments confus qui se bousculaient dans son cœur ? Il n'était pas amoureux d'Ivy. Il s'inquiétait pour elle, c'était tout.

— Nous allons vous laisser vous reposer, déclara-t-il soudain. Mon frère et moi allons rejoindre Katie et décider d'un plan.

Dans la cuisine, les trois adultes tinrent un bref conciliabule, et Katie demanda :

— Dolly doit faire sa sieste d'après-midi. Que puis-je faire ?

— Couche-la dans le bureau, et apporte-moi le moniteur. Ensuite, Zach et toi pourrez filer et essayer de rattraper le reste du groupe. Quin va avoir besoin d'aide à Portland pour tout organiser, car nos invités ne sont pas tous descendus dans le même hôtel.

— Très bien, répondit Zachary. De plus, je crois me souvenir que l'un d'eux ne reprend l'avion que demain.

— Il me semble que c'est Lucas, affirma Katie, Dolly serrée contre sa poitrine. Je vais coucher ce bout de chou et dire au revoir à Ivy. Zachary, avertis-moi quand tu seras prêt à partir.

— Disons quinze minutes ? suggéra-t-il.

— Je te retrouverai devant la maison.

— Crois-tu vraiment qu'Ivy soit hors de danger ? s'enquit Farrell, s'adressant à Zachary.

— Elle assure que c'est seulement sa joue, et je n'ai vu aucun signe inquiétant. Mais surveille-la bien durant les quelques heures à suivre, d'accord ?

— Tu peux parier là-dessus.

Ivy ouvrit les yeux en entendant le craquement de la porte de la chambre, et elle poussa un soupir de soulagement en reconnaissant Katie. Farrell se comportait de façon bizarre, et elle n'avait pas la force de se demander pourquoi à cet instant précis. Tout son corps était endolori.

— Dolly fait sa sieste, murmura Katie en s'asseyant sur le bord du matelas. Farrell a récupéré le moniteur pour bébé. Zachary et moi allons maintenant nous mettre en route pour Portland afin d'aider Quin là-bas.

— Je suis désolée d'avoir perturbé vos plans pour rien.

— Tomber dans un escalier, ce n'est pas exactement rien, observa Katie. Êtes-vous sûre de ne pas vouloir vous faire examiner à l'hôpital ?

— Tout à fait certaine, assura Ivy. Je suis tout endolorie, mais je n'ai aucune blessure grave. Je ne mettrais jamais ma vie en danger. Je suis une maman, et Dolly a besoin de moi.

— Alors, je vais y aller, dit Katie en se levant. La réaction de

Farrell, dans toute cette situation, m'a laissée perplexe. Est-ce que lui et vous... heu...

— Farrell est seulement mon patron, l'interrompit Ivy précipitamment. D'ailleurs, vous le connaissez. Cet homme est une énigme. N'essayez pas de l'analyser. Vous n'y gagneriez que frustration.

— Vous avez peut-être raison.

— Nous devons partir, lança Zachary à l'autre bout du couloir. À bientôt, Ivy.

Lorsque la maison redevint silencieuse, Ivy se leva. Farrell devait être dehors, à faire ses adieux aux autres. Dans la salle de bains, elle contempla son image dans le miroir, et elle soupira. Ses cheveux étaient tout ébouriffés, et elle était trop pâle, sans même mentionner sa joue blessée. À son retour dans la chambre, cinq minutes plus tard, elle trouva Farrell adossé à l'une des colonnes du lit, les bras croisés.

— Je vous avais dit de rester au lit, bougonna-t-il.

— J'ai dû utiliser la salle de bains, répliqua-t-elle. Je n'ai pas besoin de nounou, Farrell, mais merci de vous être inquiété.

— Vous devriez vous reposer. Je surveillerai moi-même le moniteur pour bébé.

— Ce n'est pas nécessaire, assura-t-elle.

Quelque chose préoccupait Farrell, elle le sentait. Il avait l'air en colère. Mais pourquoi ?

— Vous devriez retourner dans votre labo, lui dit-elle en s'approchant pour poser une main sur son épaule. Je sais que vous brûlez d'envie de vous remettre au travail sur votre projet. Je vais bien, je vous assure. J'ai trouvé un médicament dans votre pharmacie, et, dès qu'il aura fait effet, je serai presque comme neuve.

Elle reposa sa tête contre son torse, avant de murmurer :

— Ce week-end a été très amusant, mais je suis heureuse que tout le monde soit reparti.

Elle sentit son grand corps se crisper, puis il se dégagea de son étreinte et se dirigea vers la porte.

— Vous avez raison, dit-il sans la regarder. J'ai besoin de

travailler. Mais je veux que vous m'envoyiez un texto toutes les trente minutes pour m'informer de ce que vous faites.

Tout à coup, elle comprit qu'elle était en train de le perdre, même si elle ne s'expliquait pas pourquoi.

— D'accord, répondit-elle d'une voix soigneusement contrôlée. Aimeriez-vous venir dîner au bungalow, ce soir ? Rien de très compliqué. Et lorsque Dolly dormira, nous pourrions... nous détendre.

Farrell ne se retourna même pas.

— Je travaillerai probablement tard, l'informa-t-il. Et il reste quelques plats à réchauffer dans le réfrigérateur. Je vous verrai demain. N'oubliez pas les textos.

Consternée, Ivy se dirigea tout droit vers la porte.

Trois heures plus tard, elle n'avait toujours pas compris ce qui s'était passé. Elle se sentait tout endolorie par sa chute, mais ce n'était rien, comparé aux souffrances de son cœur.

Comme promis, elle envoya un texto à Farrell toutes les demi-heures pour lui faire savoir qu'elle était vivante. Cet humour noir cadrait parfaitement avec son état d'esprit.

La nuit précédente, Farrell lui avait fait l'amour comme s'il ne voulait jamais la laisser partir. Aujourd'hui, il supportait à peine de poser les yeux sur elle. Ses brusques changements d'humeur la mettaient en rage. Et ils la blessaient, aussi, mais elle préférait se concentrer sur sa colère. Elle aimait cet homme insupportable – avec une sorte de désespoir, il fallait bien le reconnaître. Si elle trouvait le courage de le lui avouer, et qu'il la repoussait, elle n'aurait d'autre choix que partir.

Farrell n'essayait même pas de dormir. Il faisait les cent pas dans son petit labo, cherchant une issue à cette situation. Il n'était pas amoureux d'Ivy. La terreur qu'il avait ressentie lorsqu'il l'avait vue basculer dans l'escalier n'était rien de plus que de l'inquiétude pour une amie. Pour une employée.

L'idée qu'il était *peut-être* en train de devenir trop proche d'elle acheva de le galvaniser. Il ne *pouvait pas* se permettre de perdre une personne chère une seconde fois. S'il existait la moindre chance qu'il soit en train de tomber amoureux d'Ivy, il devait immédiatement mettre un terme à cette folie.

Mais, dans un recoin de sa conscience, il savait qu'il se mentait à lui-même. Et il avait honte de sa lâcheté. Avec chaque jour qui passait, Ivy devenait plus chère à son cœur. Il l'aimait, bien sûr. Comment aurait-il pu en être autrement ?

Mais il avait été brillant dans son déni de la vérité.

Sa chute dans l'escalier lui avait révélé la profondeur de son amour, mais aussi l'impossibilité de lui avouer ses sentiments.

Il désirait son corps délectable. Cela, au moins, était vrai. Mais il n'était pas trop tard pour s'empêcher de commettre une terrible erreur.

Chaque instant qu'il avait passé au lit avec Ivy lui avait procuré un plaisir exquis. Mais il demeurait qu'il avait déjà réussi à se passer de sexe par le passé. Et même durant de nombreux mois. Il pouvait se nier ce plaisir. Il n'avait pas d'autre choix.

Il devait la laisser partir...

Ivy avait dormi comme un loir. Lundi matin, le jour se leva sur une aube grise, fraîche et venteuse. Comme si le temps était resté ensoleillé pour le seul bénéfice de leurs visiteurs internationaux, et que, la fête finie, Mère Nature faisait une grosse colère.

Delanna avait été une nounou merveilleuse pour Dolly, mais, à présent, un joyeux désordre régnait dans le bungalow. Ignorant ses courbatures, Ivy fit deux lessives et se lança dans un grand ménage tandis que Dolly, assise sur le sol, jouait joyeusement avec quelques casseroles.

À 10 heures 30, elle décida de se rendre à la grande maison pour préparer le déjeuner. Elle ignorait ce qu'il restait des provisions, mais elle pouvait peut-être faire mieux que de réchauffer les restes de la veille.

Il ne pleuvait pas encore, mais elle prit soin d'emmitoufler sa fille dans une couverture pour leur courte marche.

— Viens, ma chérie, dit-elle en soulevant Dolly dans ses bras. Nous allons faire une promenade.

Il lui sembla étrange de retrouver la maison silencieuse après toute l'agitation du week-end, mais cette paix retrouvée était très agréable. Ce serait l'occasion de réfléchir.

Dolly bien calée sur sa hanche, elle se dirigea vers la cuisine. Sur l'îlot central, appuyée contre une banane, elle trouva une enveloppe adressée à son nom. Elle reconnut l'écriture énergique de Farrell.

Elle eut le pressentiment qu'elle n'allait pas aimer ce qu'elle contenait. Si Farrell avait une requête particulière, pourquoi ne lui avait-il pas envoyé un texto ?

Elle installa Dolly dans sa chaise haute avec une poignée de céréales et ouvrit l'enveloppe avec des mains tremblantes.

Ivy,

À présent que les visiteurs du week-end sont partis, et que mon projet entre dans ses dernières phases, je pense qu'il vaut mieux que vous retourniez à Portland. Comme cette échéance arrive plus tôt que vous ne l'aviez prévu, vous trouverez ci-joint un chèque incluant des indemnités de licenciement, ainsi qu'une lettre de recommandation.

Je compte rentrer à la maison à 14 heures. Je vous aiderai à faire vos bagages, et je vous ramènerai à Portland dans mon SUV afin de pouvoir transporter la chaise haute et le berceau pliant du bébé. N'hésitez pas à envoyer un texto à Katie si vous avez besoin de quoi que ce soit là-bas.

F.

Ivy fixa la feuille de papier dans sa main, s'efforçant d'assimiler ce qu'elle lisait. « *Plus tôt que vous ne l'aviez prévu. Indemnités de licenciement.* »

Et pas même son nom en entier. Seulement « F. »

Elle se sentait malade. Trahie. En état de choc. Farrell l'avait prévenue dès le début qu'il ne permettrait pas à ses sentiments d'entrer en ligne de compte dans leur relation. Ce n'était pas sa faute si elle ne l'avait pas cru.

La colère l'aurait aidée. Elle essayait de se mettre en colère. Elle désirait être en colère, comme elle l'avait été par le passé. Mais elle n'en avait pas la force. Son corps était endolori, couvert d'ecchymoses, et, à présent, son esprit souffrait encore davantage.

Farrell avait-il craint qu'elle s'attache trop à lui, et qu'elle devienne exigeante ? Avait-il décidé qu'il valait mieux couper court à leur brève liaison avant que les choses s'enveniment ?

Un flot de larmes brûlait derrière ses paupières, mais elle refusa de les laisser couler.

Tous les chèques de salaire qu'elle avait reçus étaient encore dans son sac, au bungalow. Celui qu'elle tenait dans sa main, comprenant ses indemnités de licenciement, était d'un montant humiliant, mais elle n'avait pas les moyens de le déchirer et de laisser les morceaux sur le plan de travail.

Alors, elle fit ce que chaque survivante avait toujours fait. Elle souleva son bébé dans ses bras et elle se mit en marche.

Farrell marchait de long en large comme un fauve en cage, dans son bureau de Portland. Ses frères et Katie, assis à proximité, l'observaient, et la compassion qu'il lisait dans leur regard l'horripilait. C'était cette même expression qu'avaient les gens quand ils s'adressaient à lui après le décès de Sasha. À l'époque, déjà, il détestait cela, et c'était toujours vrai aujourd'hui. Ces regards signifiaient que sa vie était fichue. Détruite. Finie.

Durant cinq longues semaines, il avait cherché sans relâche Ivy et Dolly dans toute la ville. En vain. Elles s'étaient volatilisées. Au bord du désespoir, il avait fini par admettre qu'il avait besoin d'aide. Alors, il avait rassemblé sa famille, et il leur avait tout raconté.

— Lorsqu'elle a eu cet accident dans l'escalier, dit-il d'une voix brisée, se rappelant ce jour terrible, j'ai soudain compris que j'étais en train de tomber amoureux d'elle, et j'ai eu peur.

— Et donc, observa Quin en soupirant, tu as décidé de te débarrasser d'elle.

— Je ne supportais pas l'idée de perdre quelqu'un d'autre. Ivy aurait pu mourir en tombant sur ces marches.

— Mais elle n'est pas morte, remarqua Zachary. Et maintenant, tu l'as tout de même perdue.

Farrell prit une profonde inspiration. Zachary avait raison. Il avait commis une terrible erreur, et il devait la réparer.

— Tu dois m'aider à la retrouver, dit-il d'un ton pressant. Elle n'a même pas emporté toutes les affaires du bébé.

— En tant que femme, observa Katie en allant se planter devant la fenêtre, je ne peux qu'imaginer ce qu'elle vit à l'heure actuelle. Une femme comme Ivy ne se donne pas à un homme facilement. Je pense qu'elle t'aimait, Farrell. Mais, la connaissant, elle aura gardé ses sentiments pour elle, car elle est persuadée que tu es encore amoureux de Sasha.

— Pourquoi croirait-elle une chose pareille ? s'écria Farrell, saisi de panique.

— Parce que c'était ce que nous croyions tous, répondit Quin d'une voix douce. Avant l'arrivée d'Ivy, tu n'avais pas eu de relation sérieuse avec une femme depuis sept ans. Ivy n'avait aucun moyen de savoir que tu avais des sentiments pour elle. Tu ne le lui as jamais dit toi-même, et, surtout, tu l'as renvoyée.

— Nous la retrouverons, affirma Zachary. Quelle zone as-tu couverte jusqu'ici ?

— J'ai commencé dans la région de Charleston. Deux semaines d'enquête avec un détective privé. Tout ce que nous avons appris, c'est qu'elle n'était pas rentrée en Caroline du Nord depuis son départ pour Portland, lorsqu'elle a loué cet appartement avec Delanna. Alors, j'ai ratissé tous les ensembles d'appartements de la ville, et un copain du service des cartes grises a essayé de tracer la plaque d'immatriculation de la voiture que tu lui avais offerte.

— Réfléchissez ! intervint Katie en se retournant vers les trois hommes. Ivy préfère probablement recevoir une contravention plutôt que de prendre le risque que Farrell puisse retrouver sa trace. Elle n'aura sûrement pas fait changer la carte grise.

Cette évidence acheva de démoraliser Farrell.

— Alors, que pouvons-nous faire ? gémit-il. Le pays est vaste. Où commencer à chercher ?

— Bar Harbor, dit Katie, une nouvelle lueur d'espoir dans son regard. Lorsque j'ai conduit Ivy et Dolly chez toi, la première fois, nous avons dépassé le croisement de la route de Bar Harbor, et Ivy m'a dit qu'elle avait toujours désiré passer un peu de temps là-bas. Sa famille avait visité Acadia avec elle lorsqu'elle était enfant, et Ivy était fascinée par le parc de cette ville.

— C'est une idée qui en vaut bien une autre, opina Quin.

Assis dans le fauteuil de Farrell, Zachary prenait des notes, et il arborait une expression sérieuse, bien différente de la façade d'insouciance qu'il présentait habituellement au reste du monde.

— Ce sera compliqué, dit-il, mais je pourrais demander à un ami se tracer son numéro de sécurité sociale.

— Cela ne fonctionnera pas, déclara Katie. Si une femme souhaite se cacher, elle choisira un job qui paie en cash.

— Alors, concentrons-nous sur Bar Harbor, décida Farrell. Si nécessaire, je vendrai une partie de mes actions dans la société pour financer les recherches.

— Ne dis pas d'âneries, grand frère, rétorqua Quin. Et ne nous insulte pas. Si Ivy compte tellement pour toi, nous te soutiendrons tous. À cent pour cent.

18

Après dix jours de recherches dans la région de Bar Harbor, Farrell se sentait épuisé. Depuis plusieurs semaines, il dormait à peine trois ou quatre heures par nuit. Il était dévoré de honte et de regret. L'idée qu'Ivy en soit réduite à s'épuiser au travail pour survivre, seule avec son enfant, était pour lui une véritable torture.

Il aimait cette femme têtue et précieuse, et il ne le lui avait jamais avoué. Il avait permis à sa peur de l'éloigner de lui. Il devait la retrouver. Il avait besoin de s'excuser de ce qu'il avait fait. De lui dire ce qu'il ressentait. Et, quoi qu'elle décide, il la supplierait de lui pardonner.

En disparaissant, elle avait laissé derrière elle le berceau. La chaise haute. Tous les luxueux vêtements de haute couture que Katie l'avait aidée à choisir.

La femme qui était venue se réfugier dans le Maine, fuyant le souvenir d'un mariage catastrophique, avait quitté la maison de Farrell avec les vêtements qu'elle portait sur le dos, et quasiment rien d'autre.

Parce qu'il l'avait blessée. Gravement.

À présent, au moins, il allait pouvoir réparer ses erreurs. Du moins, il l'espérait. Fidèles à leur parole, Zachary, Quin et Katie consacraient tout leur temps et tous leurs efforts à retrouver une femme qui ne souhaitait pas qu'on la retrouve.

Même dans une relativement petite communauté telle que Bar Harbor, ces recherches avaient pris du temps.

À présent, c'était à lui d'agir. Depuis sa voiture de location anonyme, Farrell surveillait le petit motel un peu délabré. Il avait choisi cette approche discrète pour éviter qu'Ivy le repère, et qu'elle s'enfuie une nouvelle fois.

Le Summer's Beauty n'était certes pas un établissement de luxe. Dans les années 1950, c'était probablement un motel pour vacanciers de passage. Aujourd'hui hors des circuits touristiques, il s'étiolait lentement et se confondait avec la colline environnante.

La berline que Katie avait offerte à Ivy était garée devant l'unité 7E. Farrell savait que sa quête ne faisait que commencer, et il pria silencieusement pour qu'un dieu bienveillant prenne pitié de lui et intervienne en sa faveur.

Il était 18 h 15 à sa montre. Suffisamment tôt pour que Dolly ne soit pas encore endormie. Suffisamment tard pour que celles qui avaient conquis son cœur aient déjà dîné.

Farrell, lui, avait perdu tout appétit depuis des semaines. Empochant ses clés et son téléphone, il descendit de la voiture. La vingtaine de pas qui le séparaient de la porte verte à la peinture écaillée lui firent l'effet d'un marathon. Que pouvait-il lui dire pour réparer le mal qu'il avait fait ?

Ou, pire encore... Et si les mots pour cela n'existaient pas ?

Ivy tressaillit lorsqu'on frappa à sa porte. Depuis qu'elle s'était installée dans ce motel, ce n'était pas la première fois qu'un ivrogne se trompait de chambre.

Elle alla jeter un coup d'œil dans le judas, et elle s'adossa aussitôt au vantail, réprimant un gémissement, Dolly serrée contre sa poitrine. Comment était-ce possible ?

Elle demeura parfaitement immobile, son cœur battant à tout rompre, sa bouche sèche.

— Je sais que vous êtes là, Ivy, dit Farrell, frappant de nouveau à la porte. Ouvrez-moi.

Comment pouvait-il le savoir ? Bien sûr, la voiture de Katie était garée devant sa porte. Ivy avait toujours l'intention de la lui payer, mais les dépenses courantes épuisaient ses maigres réserves à une vitesse inquiétante.

Dolly choisit cet instant pour se mettre à babiller, ce qu'elle faisait de plus en plus souvent, ces temps-ci. Ivy était très fière des progrès de sa fille, mais le moment était mal choisi pour les exprimer.

— Chut, mon cœur ! dit-elle à voix basse.

Dehors, ce fut le silence durant une minute. Puis deux. Puis trois. Farrell avait peut-être renoncé ?

Que sa première réaction à cette éventualité ait été une profonde déception prouvait qu'elle avait un grave problème.

Si elle jetait un nouveau coup d'œil dans le judas, se rendrait-il compte qu'elle l'observait ? Elle devait absolument vérifier s'il était toujours là.

Écarter les rideaux n'était pas une option non plus. Le Farrell qu'elle connaissait s'en apercevrait immédiatement.

S'il n'était pas encore parti.

Avant qu'elle n'ait eu le temps de se décider, une carte de visite de carton blanc fut glissée sous sa porte. C'était celle de Farrell, naturellement. Au dos, on avait griffonné quatre mots : « Je vous demande pardon. »

Un flot de larmes monta à ses paupières. Tout cela n'avait pas grande importance sur le long terme, au fond. Mais, puisqu'il ne comptait pas partir, elle allait devoir l'affronter.

Il lui suffirait de rester sereine une vingtaine de minutes au maximum. Il aurait soulagé sa conscience. Elle lui aurait pardonné. Et chacun repartirait de son côté.

Pourrait-elle le supporter ? Il lui avait tant manqué qu'elle ne finissait par s'endormir que parce qu'elle était épuisée. Et elle rêvait de lui chaque nuit.

Elle avait quitté le bungalow pour ce logement temporaire presque sept semaines plus tôt. Dès qu'elle aurait accumulé un pécule suffisant pour la caution et pour le premier et le dernier mois du loyer, elle louerait un joli appartement à Portland. Elle trouverait plus facilement un emploi décent là-bas, dans une ville plus grande et moins dépendante de la saison touristique.

Elle n'était pas seule au monde. Elle avait noué des liens d'amitié avec Katie et avec Delanna. Un jour, peut-être, elles pourraient constituer le noyau de son nouveau cercle d'amis. Mais, pour le moment, elle ne les avait pas encore contactées, ni l'une ni l'autre, de crainte que Farrell n'apprenne où elle était. Bien sûr, cette situation ne devait pas trop le préoccuper, puisqu'il lui avait fallu si longtemps pour se présenter à sa porte. Pourquoi était-il ici ?

Tout au fond de son cœur, elle le savait. Farrell était un homme décent, et il savait qu'il l'avait blessée. C'était tout ce qu'elle était disposée à admettre... Aucune raison qu'il sache ce qu'elle ressentait réellement. Absolument aucune.

On frappa de nouveau. Plus fort, cette fois-ci.

— Ouvrez-moi, Ivy !

Elle jeta un coup d'œil à sa tenue, espérant que son jean blanchi par les lavages et son T-shirt bleu marine à manches longues ne lui donnaient pas l'air trop négligé. On était à des années-lumière de la garde-robe qu'elle avait portée à la réception du week-end. Elle avait même une tache de banane écrasée sur sa manche.

Cendrillon était de retour à la case départ.

Avant de manquer de courage, elle recoiffa ses cheveux courts du bout des doigts, et elle ouvrit la porte en grand.

— Bonjour, Farrell. Qu'est-ce qui vous amène ici ?

Farrell avait été à deux doigts de renoncer. Si Ivy refusait de le voir, était-il *obligé* de partir ? Ou pouvait-il essayer de se racheter d'une façon ou d'une autre ? Il se débattait encore avec cette épineuse question lorsqu'elle apparut devant lui.

— Ivy...

Les mots lui manquèrent. Elle s'écarta et le laissa entrer.

La chambre du motel était sinistre, mais Ivy était aussi belle que dans son souvenir, et même davantage. Les mêmes yeux noisette au regard circonspect. Le petit menton pointu. Les lèvres de corail dépourvues de tout maquillage qui l'avaient embrassé, et qui lui avaient rendu la joie de vivre. Il aurait tout donné pour pouvoir la serrer dans ses bras et ne jamais plus la laisser repartir.

Mais même un aveugle aurait senti la profondeur du gouffre qui les séparait.

— Vous retrouver n'a pas été facile, fit-il observer.

— J'étais à une heure à peine de chez vous, rappela-t-elle.

— Ne faites pas l'innocente. Vous vous êtes cachée au milieu de la foule. Je vous ai cherchée à Charleston durant deux semaines. Et aussi aux quatre coins de Portland. Vous n'avez pas changé la carte grise de la voiture, bon sang !

Il avait élevé la voix, et il vit le visage d'Ivy se fermer.

— Je suis navrée de vous avoir causé tant de désagréments,

Farrell, répondit-elle d'un ton froid. Mais je ne vois pas ce que cela a à voir avec moi.

— Pourrions-nous nous asseoir, s'il vous plaît ? suggéra-t-il, tournant son regard vers les lits jumeaux recouverts de dessus-de-lit du même vert bilieux que la porte.

— Si vous voulez, répondit-elle, haussant les épaules.

Dolly le fixait d'un air méfiant. Cette gosse avait-elle oublié les nombreuses fois où il avait joué avec elle ? Où il lui avait chanté des chansons jusqu'à ce qu'elle s'endorme ?

Un silence pesant s'était installé dans la pièce. Par où allait-il bien pouvoir commencer ?

Ivy jeta un coup d'œil à sa montre.

Farrell décida alors d'aller droit au but.

— Je ne suis plus amoureux de Sasha, déclara-t-il. Je le jure. Elle a été mon premier amour et je vénérerai toujours sa mémoire, mais elle fait partie de mon passé.

— D'accord, dit-elle, visiblement étonnée.

À l'évidence, cette femme obstinée ne comptait pas lui faciliter la tâche. Au fond, il ne pouvait pas l'en blâmer. Alors, il prit une profonde inspiration, et il poursuivit :

— Je suis désolé de vous avoir licenciée. C'était lâche de ma part. Et c'était injuste.

Il la vit tressaillir, mais elle se reprit vite.

— Je comprends, dit-elle. Pas de problème.

— S'il vous plaît, rentrez avec moi ! supplia-t-il.

Cette fois-ci, ses beaux yeux lancèrent des éclairs.

— Non, je vous remercie, répondit-elle d'un ton exagérément poli. Dolly et moi nous débrouillons très bien.

— Avez-vous même trouvé un emploi ? s'enquit-il d'un ton désespéré. Nous avons essayé de tracer votre numéro de sécurité sociale, et nous n'avons rien trouvé.

— *Nous ?* répéta-t-elle, fronçant les sourcils. Qui, *nous ?*

— Zachary, Kate et Quin, naturellement. J'avais besoin d'aide pour vous retrouver. Alors, je leur ai tout raconté.

— Non ! s'écria-t-elle, paniquée.

— Pas les détails intimes, bien sûr, la rassura-t-il. Mais suffisamment pour qu'ils aient une idée de l'urgence de ma situation.

— Quelle urgence ? coupa-t-elle.

— Je leur ai dit que je vous aimais, mais que je vous avais très mal traitée, et qu'à cause de mes actions, vous étiez partie.

Ivy devint si pâle qu'il crut qu'elle allait s'évanouir. L'écorchure sur sa joue, bien qu'en partie cicatrisée, était encore visible, et elle était beaucoup trop mince. Mangeait-elle suffisamment ?

— C'est vrai, mais j'ai trouvé un autre emploi depuis.

— Que faites-vous ?

— Je suis serveuse dans un bar, six soirs par semaine, de 21 heures jusqu'à 1 heure du matin. Ma voisine vient me garder Dolly, et elle regarde la télévision dans ma chambre pendant qu'elle dort. Au bar, les pourboires sont décents, et je lui donne une partie de ce que je gagne pour la dédommager.

Cela signifiait qu'elle marchait seule dans les rues en pleine nuit, exposée au danger, songea-t-il, épouvanté.

Et tout cela à cause de lui.

— Alors, quand dormez-vous ? s'enquit-il, le cœur serré.

— De 2 heures à 7 heures, lorsque Dolly se réveille, précisa-t-elle. Et aussi durant ses siestes. Cela nous convient.

Farrell promena son regard autour de lui, notant l'affreux papier peint orange et or et la moquette usée jusqu'à la corde et tachée. Il avait envie de pleurer, et il l'aurait fait s'il avait pensé qu'Ivy le prendrait en pitié.

Mais pourquoi lui pardonnerait-elle ce qu'il avait fait ? Au moins, son détestable mari lui avait assuré un toit. Farrell, lui, l'avait jetée à la rue.

— Avez-vous entendu ce que je vous disais tout à l'heure ?

— À quel sujet ?

— J'ai avoué à Katie et à Quin que je vous aimais.

— Mais vous ne me l'aviez jamais dit, à moi, remarqua-t-elle d'une voix mal assurée.

Il vit de grosses larmes rouler sur ses joues, jusque sur la tête du bébé, et, s'agenouillant près du lit, il s'empara de sa main libre pour l'embrasser avant de la porter à sa joue.

— Je vous aime, Ivy Danby. Vous avez fait irruption dans mon univers, non pas comme une comète flamboyante, mais comme une lune discrète que l'on remarque à peine. Au début, je notais à peine votre présence, puis j'ai commencé à vous chercher du regard. Constamment.

— Vous n'êtes pas très doué pour la métaphore, observa-t-elle, souriant entre ses larmes. Contentez-vous d'inventer.

Il leva son regard vers elle, lui montrant sans honte les affreuses nuits d'agonie qu'il avait endurées, son profond regret, son inébranlable espoir.

— Je vous adore, Ivy. Je l'ai su lorsque nous avons fait l'amour, cette dernière nuit, mais je croyais pouvoir ignorer mes émotions. Puis vous êtes tombée dans ce maudit escalier, et j'ai soudain compris que j'avais failli vous perdre. Et cette idée m'a terrifié. Je ne voulais surtout pas ressentir à nouveau cette souffrance. Alors, je vous ai repoussée.

Il reposa sa joue sur sa cuisse, avant de murmurer :

— Je suis sincèrement désolé, mon amour. Plus que vous ne le saurez jamais. Pourrez-vous me pardonner un jour ?

Des doigts délicats se glissèrent dans ses cheveux, et son cœur cessa de battre. Fit un bond. Recommença à battre comme s'il allait bondir hors de sa poitrine.

Ivy exhala un soupir tremblant, qui eut pour effet immédiat d'ajouter des braises sur le feu de sa passion.

— Je vous pardonne, Farrell. Je suis sincère. Et, même, je vous comprends. Mais je ne peux pas remplacer votre Sasha.

Farrell se leva brusquement, et il prit le bébé des bras d'Ivy. Puis il ramassa les jouets favoris de Dolly sur la commode, et reposa le bébé et ses jouets dans le berceau pliant flambant neuf.

— Accorde-moi dix minutes, Dolly, s'il te plaît. Si tu es sage, tu auras un poney pour ton cinquième anniversaire.

Par chance, le bébé était d'excellente humeur, et elle ne broncha pas. Farrell se retourna vers Ivy, et, saisissant ses mains glacées dans les siennes, il la fit se lever.

— Écoutez-moi, Ivy, dit-il, plongeant son regard tout au fond de ses magnifiques yeux noisette. Vous n'êtes la remplaçante de personne. Vous ne le serez jamais. Vous n'êtes pas un prix de consolation. Vous êtes forte et brave, indomptable et vulnérable à la fois. J'aime tout chez vous. Lorsque vous vous êtes trouvée dans une situation tragique, vous vous êtes battue, et vous avez réussi à survivre avec votre bébé alors que tout était contre vous.

Il la vit secouer lentement la tête. Rien dans son expression n'indiquait qu'elle l'ait entendu, ou qu'elle ait cru un seul mot de ce qu'il lui avait dit.

— Je n'ai pas besoin que vous me sauviez, Farrell. Je me suis sauvée toute seule. J'aurai bientôt quitté ce motel. J'ai déjà plusieurs entretiens d'embauche sur mon calendrier. J'ai des projets d'avenir, pour moi et pour Dolly. J'ai aimé faire l'amour avec vous. Beaucoup. Mais ma vie est ailleurs.

— Ne me mentez pas, mon cœur. J'étais là. Vous m'avez offert votre précieux corps, et vous avez conquis le mien. Nous étions ensemble, dans tous les sens du terme. Vous êtes mon avenir, Ivy. Je ne peux pas vivre sans vous. Je ne le supporterai pas. S'il le faut, je louerai la chambre voisine de la vôtre, et je vous attendrai toutes les nuits, jusqu'à ce que vous veniez à moi. Vous êtes mon avenir, Ivy. J'ignorais que ce serait ainsi, et je sais bien que je ne vous mérite pas, mais, si vous m'accordez une nouvelle chance, vous n'aurez plus jamais aucune raison de douter de moi.

À ce stade, il était à bout de souffle. À bout d'arguments.

Seules leurs mains se touchaient.

Les yeux immenses d'Ivy scrutaient son visage. Il ignorait ce qu'elle y voyait. Il avait vécu dans une telle angoisse, ces quelques dernières semaines, qu'il n'était plus le même homme.

— Ivy ?

Elle leva lentement ses mains pour les poser sur ses joues, effleura la barbe naissante sur son menton et caressa son front, avant de murmurer :

— Vous êtes sincère, n'est-ce pas ?

— Oui, assura-t-il, espérant qu'elle le comprendrait. Je n'ai jamais rien ressenti de tel avant vous. J'étais un très jeune homme lorsque j'ai rencontré Sasha. Nous étions jeunes et naïfs, ignorants des épreuves du monde réel. Mais vous et moi avons connu l'enfer, et nous en sommes revenus. Nous avons passé le test. Personne ne sait ce que l'avenir lui réserve, mais je vous aimerai chaque jour que nous vivrons sur cette terre, et j'espère que ces jours seront innombrables.

Elle renifla, et s'essuya le nez sur sa coûteuse chemise de coton égyptien, avant de remarquer d'une voix tremblante :

— J'ignorais que les ingénieurs pouvaient être poètes.

Puis elle noua ses bras autour de son cou et se blottit étroitement contre lui, avant de murmurer :

— Je vous aime, moi aussi. Quasiment depuis le début. Et il n'est pas question que je vous laisse partir, moi non plus.

Cet aveu le fit frissonner, et une immense vague de soulagement déferla sur lui. Ils demeurèrent ainsi, dans les bras l'un de l'autre, durant un temps interminable, comprenant qu'ils avaient failli se perdre l'un l'autre. Puis, n'y tenant plus, Farrell posa ses lèvres sur les siennes. Et il l'embrassa jusqu'à ce qu'ils soient tous deux tout étourdis.

— Tu es mon univers, Ivy, murmura-t-il effleurant sa joue d'une caresse. Toi et Dolly.

— Et tu es l'homme le plus merveilleux que j'aie jamais rencontré, répondit-elle, ses yeux brillant comme des étoiles. Si tu le veux bien, j'aimerais devenir ton épouse.

— Est-ce une proposition ? s'enquit-il en riant.

La femme dans ses bras lui adressa un regard qui fit instantanément fondre la glace qui emprisonnait son cœur.

— Ramène-moi à la maison, Farrell. À ton bungalow au fond des bois. Là où commencent tous les contes de fées. Et nous serons heureux, et aurons beaucoup d'enfants.

– Sois-en sûre, mon amour. Cela, tu peux y compter.

JANICE MAYNARD

Un play-boy énigmatique

INTÉGRALE

LES HÉRITIERS DE STONE RIVER

Traduction française de

PEGGY SASTRE

SAGAS

HARLEQUIN

Titre original :
SECRETS OF A PLAYBOY

Ce roman a déjà été publié en 2021.

1

— Cet étage est interdit au public.

Zachary Stone était assailli par l'agacement. Devait-il ajouter un accès à badge dans l'ascenseur ? Ce n'était pas la première fois que quelqu'un errait là où il n'aurait pas dû. La boutique de Stone River Outdoors était au rez-de-chaussée, il n'y avait donc aucune raison pour qu'un client se rende au septième étage. Mais les humains étaient parfois de bien curieuses créatures...

À l'autre bout du couloir, la femme s'arrêta devant la photo panoramique du Thunder Hole prise dans le parc national d'Acadia.

— Madame ? insista Zachary avant de se diriger vers elle.

Son entreprise était victime d'espionnage industriel depuis plusieurs années, il devait donc redoubler de prudence.

— Madame ! Vous n'avez rien à faire ici.

Enfin, la femme se tourna pour lui faire face. Elle était grande et élancée. Ses cheveux étaient noirs, noir de jais. Et follement ondulés. Était-ce naturel ? Peut-être.

Des yeux aux cils longs et épais le toisèrent. Son visage était fin, le menton pointé vers lui. Des lunettes avec de légères montures noires lui donnaient un air studieux. Quand il se rapprocha, il put voir la couleur inhabituelle de ses iris. Presque lavande. Il se souvint avoir lu quelque part que la célèbre actrice Elizabeth Taylor avait les yeux violets. Ceux de cette femme étaient plus proches de la pervenche. Ou peut-être que leur teinte changeait selon la lumière et les vêtements qu'elle portait.

L'inconnue semblait confiante et détendue. Son mécontentement manifeste n'avait eu visiblement aucun effet sur elle.

Zachary avait beau jouer à domicile, cela ne lui donnait aucun avantage. Du moins aucun qu'il pouvait détecter. Il articula un nouvel avertissement :

— Les visiteurs ne sont pas autorisés à cet étage. Je vous prie de redescendre.

La femme le scruta de la tête aux pieds.

— J'ai un rendez-vous.

Cette voix.

Son ton grave et rauque harponna quelque chose dans son ventre et lui rappela qu'il ne s'était pas adonné au sexe récréatif depuis... Pff, bien trop longtemps apparemment. Si la simple rencontre avec une inconnue suffisait pour le démanger autant, alors oui, il était sacrément en manque.

Il finit par appréhender les mots qu'elle venait de prononcer, puis il fronça les sourcils.

— Un rendez-vous ?

Soudain, les choses déroulèrent leur logique.

— Vous êtes...

Elle l'interrompit.

— Frances Wickersham.

— Frances Wickersham ? Tous vos courriers étaient signés F. Wickersham.

Il fronça les sourcils de plus belle.

Elle haussa les épaules sans se départir de sa décontraction.

— Dans mon domaine professionnel, c'est mieux si mes clients n'ont pas d'idées préconçues.

— Ah.

Il était déstabilisé et il n'aimait pas ça. En général, et en particulier face à quelqu'un qu'il allait embaucher.

— Bon, s'agaça-t-il, allons dans mon bureau.

Il la conduisit dans le couloir vers le bureau en enfilade dont il avait hérité à la mort de son père. Lorsque M. Stone, premier du nom, était en vie, toutes les décisions se prenaient ici, dans cette suite spacieuse décorée de boiseries en merisier sombre et aussi pleine de meubles traditionnels que la boutique d'un antiquaire.

Zachary avait tout détruit, jusqu'aux montants des portes, et tout reconstruit. Désormais, les couleurs étaient plus claires et les meubles danois lui apaisaient l'esprit, tout comme le plancher en bois brut pâle.

De l'air ! De la lumière ! De l'espace !

Il attendit que son invitée se soit assise puis prit place derrière son bureau de directeur financier.

— Merci d'avoir fait tout ce chemin jusqu'à nous, dit-il en espérant reprendre le contrôle de la situation.

— C'est tout naturel. Pas de souci.

D'un geste gracieux, Frances Wickersham posa sa serviette en cuir souple sur la chaise à côté d'elle, ainsi que son imperméable. Le vêtement était un trench-coat noir. Classique. Coûteux.

En dessous, elle portait un pantalon en laine noir et un fin col roulé en cachemire gris. Ses mains étaient longues et nues, à l'exception d'un seul anneau sur son annulaire droit. Un cercle en or tressé à l'allure celtique.

Sans son manteau, ses courbes féminines étaient absolument à tomber.

— Alors, ajouta-t-il. Vous acceptez toutes les conditions ?

Un sourire fit légèrement trembler ses lèvres.

— Je suis là, non ?

Elle fouilla dans sa mallette et en sortit un contrat.

— Tout ce dont nous avons discuté par e-mail a été inclus. Avec vos frères et vos avocats, vous n'avez plus qu'à le passer en revue. Et si tout est satisfaisant, je peux commencer lundi.

Zachary saisit le contrat et le regarda rapidement avant de le mettre de côté. Il connaissait ses dispositions par cœur. Pour une somme rondelette, Stone River Outdoors, l'entreprise de matériel d'activités de plein air qu'il dirigeait avec ses frères, venait d'embaucher une pirate informatique professionnelle pour fouiller les ordinateurs de ses collaborateurs et voir si l'un d'entre eux volait de l'argent ou des informations confidentielles.

À la lumière du jour, toute cette histoire lui semblait vaguement ridicule. Mais là encore, la situation ne lui donnait pas vraiment d'autre choix.

Assise tranquillement, F. Wickersham cataloguait son bureau du regard.

— C'est bien, dit-elle. Moderne, mais pas froid. On respire et ça reste chaleureux. Tu as fait du bon boulot, je te reconnais bien là. Tu as le chic pour sortir des sentiers battus.

Il sourit, satisfait de ses louanges, bien qu'il ne les comprît pas vraiment. Et pourquoi ce passage immédiat au tutoiement ? Il savait que les geeks avaient des mœurs plutôt relâchées, mais quand même…

Il décida de ne pas en prendre ombrage.

— Qu'est-ce qui te fait dire que c'était mon idée ? Mon boulot ?

Elle finit de parcourir les lieux environnants et posa à nouveau son regard bleu-violet sur lui.

— Tu as toujours dit que les Scandinaves étaient des génies. Et ton mémoire de fin d'études portait sur le fondateur d'IKEA. À une époque, tu voulais créer le même type d'entreprise pour le marché du luxe. Mais je suppose que ton histoire familiale y a fait obstacle.

Ses yeux s'écarquillèrent. Ses doigts se crispèrent sur les bras de sa chaise.

— Pardon, mais qui es-tu ?

Ses lèvres se courbèrent en un sourire ironique.

— Tu ne te souviens vraiment pas du tout de moi, n'est-ce pas, Zachary ? Bon, je pense que je dois bien le prendre, j'étais une sacrée pimbêche à l'époque. Mieux vaut que tu m'aies oubliée.

Il la regarda, bouche bée.

— Frannie ? C'est toi ?

Deux heures plus tard, Zachary gara sa voiture devant la belle maison classique à deux étages de son frère Quinten et essaya de se convaincre qu'il n'était pas nerveux. Bien sûr qu'il ne l'était pas… ou si peu.

Il avait proposé de venir chercher Frances à son hôtel et de l'accompagner au dîner, mais elle avait préféré prendre un taxi. Zachary en était heureux. Il ne lui restait plus qu'à assimiler que Frances Wickersham était en fait Frannie. Sa meilleure ennemie.

Un rapide coup d'œil à sa montre lui dit qu'il ne pouvait rester éternellement dans l'allée comme un idiot. Heureusement, il y aurait ce soir quatre autres adultes pour l'épauler dans la conversation. En vérité, Zachary ne savait pas quoi dire à Frannie. Pas depuis qu'elle était devenue une femme… Et quelle femme !

À bien y réfléchir, même à quatorze ans il aurait eu du mal à gagner une joute spirituelle avec elle… Alors maintenant qu'elle en avait trente, et lui trente et un, c'était peine perdue.

Ils ne s'étaient plus vus depuis plus d'une décennie… depuis qu'ils étaient tous les deux sortis diplômés du prestigieux pensionnat du Connecticut pour étudiants surdoués où Zachary avait été détenu pendant les quatre plus longues années de sa vie.

Frannie avait également été pensionnaire là-bas, mais contrairement à Zachary, elle n'avait pas passé tout son temps à essayer de s'échapper. Elle lui avait d'ailleurs donné l'impression d'avoir réellement apprécié l'expérience.

Il ouvrit la portière et se précipita vers le porche. Le mois de novembre à Portland était, comme à son habitude, pluvieux et sordide. Katie, la femme de Quin, lui ouvrit la porte avant même qu'il ait tendu la main vers la sonnette.

— Te voilà enfin, dit-elle. Entre.

— Suis-je en retard ?

Il la suivit dans le couloir menant vers la salle à manger.

— Non, mais la cuisinière a un enfant malade. Je lui ai dit que cela ne nous dérangeait pas de nous mettre à table plus tôt.

— Ah.

Ils entrèrent et Zachary prit une inspiration. Frannie était déjà là. À discuter avec sa famille comme si elle les connaissait depuis des années.

Elle leva les yeux et rencontra son regard à travers la pièce. Leur étrange connexion était-elle le fruit de son imagination ? Il regarda autour de lui pour voir si quelqu'un d'autre l'avait remarqué. Apparemment non. Peut-être qu'il travaillait vraiment trop et avait besoin de mettre en pause son cerveau surchauffé… Tous les convives prirent place autour de la table dressée de manière classique et un plat de salade fut servi.

Zachary agita une main.

— Je suppose que vous vous êtes tous présentés à Frances ?

Farrell hocha la tête.

— En effet. Mais nous ne faisions que commencer, alors

n'hésite pas à combler les blancs. Comme le fait que tu sois ami intime avec une hackeuse professionnelle.

— C'est aller un peu vite en besogne, corrigea Zachary. J'ai connu Frannie au lycée. Je ne savais pas qui elle était lorsque nous l'avons engagée.

Frannie lui fit un sourire ironique.

— Tu m'as appelée Frances il y a une seconde.

— Je suis désolé, dit-il en roulant des yeux. Tu préférerais F. Wickersham ?

Elle lui fit une grimace.

— Non, en fait, ça ne me dérange pas d'être Frannie avec des gens que je connais, a-t-elle dit. C'est plus décontracté.

La fiancée de Farrell, Ivy, haussa un sourcil.

— Il n'y a rien de mal à ce que Frances utilise une initiale. Les femmes, dans les domaines dominés par les hommes, doivent se battre deux fois plus pour être reconnues. J'aurais fait la même chose à sa place.

Quin tendit la main pour attraper la vinaigrette.

— Je suis tellement impressionné par vos références, Frannie. Vous devez être un génie. D'ailleurs, comment Zachary vous a-t-il dénichée ?

— Je ne l'ai pas vraiment dénichée, protesta Zachary. J'ai parlé à un ami chasseur de têtes à Washington qui m'a dit que F. Wickersham était le meilleur profil sur le marché. Rapide, discret et toujours efficace. Je ne vois pas qui j'aurais pu trouver d'autre et encore moins, de meilleur.

Le sourire de Frances avait quelque chose d'arrogant.

— Oui, je ne vais pas le contredire. Sans compter que c'était très rigolo de jouer ce petit tour à Zachary. J'ai lu quelques articles sur lui au fil des ans dans les magazines people. Ah, le cadet Stone et son harem toujours renouvelé ! Même au lycée où le quotient nerd était élevé, Zachary Stone était le roi. Toutes les filles étaient amoureuses de lui et tous les garçons l'enviaient.

Zachary sentit son cou devenir chaud.

— Pas toutes les filles, marmonna-t-il.

— Attends une minute, dit Farrell, le regard fixé sur son visage.

Tu es *la* Frannie qui lui était passée devant pour cette bourse à Oxford ? Il était si énervé !

Frannie fit la moue.

— Oui, je n'ai jamais compris pourquoi ça l'avait autant dérangé.

Elle épingla Zachary de son regard interrogateur.

— Tu voulais étudier à l'étranger ?

— Non, dit-il, essayant de ne pas paraître rancunier. Je voulais aller dans une école où on s'amusait bien. Mais je voulais gagner cette bourse, c'est clair.

Tout le monde éclata de rire sauf Zachary. Il réussit quand même à esquisser un sourire, mais au fond de lui, il se souvint de ce qu'il avait ressenti, à dix-sept ans, après avoir été battu par une fille… une fois de plus. Et toujours par la même fille, par-dessus le marché. Le monde avait beau le voir comme un séducteur macho et sûr de lui, avec Frannie, il avait toujours douté de lui-même.

— Pauvre Zachary, dit Farrell. Il n'a jamais voulu aller dans cette école, c'est notre père qui a insisté. Il était tellement impressionné d'avoir engendré un enfant avec 170 de QI qu'il voulait voir jusqu'où Zachary était capable d'aller.

Quinten renâcla.

— Et tout ce que notre frère voulait, c'était jouer au football et sortir avec toutes les filles de Portland !

Zachary pria ardemment pour que la conversation prenne une autre direction quand la cuisinière apporta le plat principal, du poulet rôti et de la courge sautée. Mais ce fut peine perdue.

Katie poursuivit l'embarrassant interrogatoire.

— Alors, ce lycée, Frannie ? Racontez-nous un peu !

Frannie lança un regard triste à Zachary.

— Oh ! il n'y a pas grand-chose à en dire, vous savez. Avec Zachary, nous étions des partenaires de laboratoire, des camarades de projet, si vous voulez.

— Allez, ça suffit, l'épisode souvenirs, dit fermement Zachary. Frannie, et si tu nous disais plutôt comment tu comptes t'y prendre pour mener ton enquête à Stone River Outdoors ?

— Bien sûr.

Elle finit une bouchée de poulet et porta sa serviette à sa bouche pour tamponner ses belles lèvres.

— Je vais commencer par les endroits les moins susceptibles d'avoir un problème. Le service commercial. Les postes subalternes. Ceux que je peux fouiller assez rapidement.

Ivy se pencha en avant.

— Et personne ne saura que vous fouinez ?

— Non, déclara Frannie, sûre d'elle. Vos bureaux ferment à 17 heures. J'arriverai tous les soirs à 19 heures et je travaillerai jusqu'à minuit.

Zachary hocha la tête.

— Le seul employé qui doit être mis au parfum est notre veilleur de nuit. Mais il travaille à SRO depuis vingt-cinq ans. Et nous avons effectué une vérification approfondie de ses antécédents. Il n'y a pas de problème avec Stanley.

Farrell se pencha en arrière sur sa chaise.

— Que se passera-t-il si nous nous trompons ?

Frannie fronça les sourcils.

— Que voulez-vous dire ?

— Eh bien, si nous n'arrivons pas à trouver la moindre preuve que quelqu'un ait réellement fait quelque chose de malveillant. C'est sûr que certains de mes designs sont apparus sur le marché alors que je travaillais encore dessus. Les produits n'étaient pas très bons. Sauf qu'il est toujours possible que deux personnes aient la même idée en même temps. Dans tous les cas, j'ai déménagé mon laboratoire chez moi jusqu'à ce que nous puissions en être parfaitement sûrs.

Zachary lança un coup d'œil à Frannie.

— Farrell est notre gourou de la recherche et du développement, lui expliqua-t-il. Katie dirige son département depuis des années, mais plus récemment, elle a épousé Quinten.

Frannie gloussa.

— Ce n'est pas du tout déroutant. Je ne me mets donc pas en chasse que d'idées volées ?

Zachary secoua la tête.

— Non, c'est pire que ça. Notre père a été tué dans un accident de voiture suspect. Quinten était avec lui.

Les yeux de Frannie s'écarquillèrent.

— Sérieusement ?

— Oui.

Quinten haussa les épaules.

— L'accident m'a bousillé une jambe, mais je vais bien maintenant. Et Katie, ma douce épouse, s'occupe de moi comme d'un pacha.

Frannie semblait perplexe.

— Vous pensez donc que l'accident de voiture aurait pu être une tentative d'assassinat ? Pourquoi ?

Zachary prit la parole.

— En vérité, nous ne savons pas quoi penser. Mais la coïncidence entre l'accident et les idées volées de Farrell ne nous dit rien qui vaille. Nous serons très heureux que tu ne trouves rien de louche, vraiment. Ton embauche est une police d'assurance. On couvre nos arrières.

— Je ne suis pas bon marché, déclara Frannie sans détour. Je ne veux pas vous faire perdre de l'argent. Nous n'avons encore rien signé. Tout ce que vous m'avez décrit ne peut être qu'une simple coïncidence.

Ivy rit doucement.

— Je suis sûr que les frères Stone apprécient votre désarmante franchise, mais ce sera de l'argent bien dépensé pour notre tranquillité d'esprit. Farrell et moi planifions un mariage à Noël. Je me sentirai beaucoup mieux à l'idée de partir en lune de miel si tout est réglé dans l'entreprise.

Frannie acquiesça.

— Et le reste d'entre vous ?

Farrell leva son pouce.

— J'en suis.

Katie leva son verre à vin.

— Moi aussi.

— Et moi.

Quinten sourit en saisissant un petit pain.

Frances Wickersham se tourna sur son siège et jeta un regard calme et déterminé à Zachary.

— Et toi, Zachary ?

Frannie regarda Zachary calmement, en essayant de camoufler le fait que sa simple présence dans la pièce l'avait transformée en une adolescente débordant d'hormones et d'émotions. Son pouls battait des records de vitesse et sa bouche était sèche. Zachary Stone réussissait l'exploit d'être à la fois le même garçon qu'elle avait connu autrefois, tout en étant à des années-lumière de celui qui peuplait ses souvenirs.

Sa stupéfiante beauté s'était bonifiée avec l'âge, mais ses traits parfaits et son sourire éclatant n'étaient pas moins époustouflants aujourd'hui qu'ils ne l'étaient quand il avait seize ans. Le fait qu'il ait acquis une réputation de play-boy au fil des ans ne l'avait pas surprise. C'était un homme qui aimait les femmes. Et que les femmes aimaient.

Frannie devait rester sur ses gardes. Elle ne pouvait pas être aspirée dans son orbite. La tendresse résiduelle qu'elle ressentait pour Zach était dangereuse. Bien trop dangereuse.

Ce n'était pas par hasard qu'elle était une louve solitaire. Sa vie était plus facile ainsi, avec moins de risques de voir son cœur piétiné ou ses sentiments meurtris.

Les cheveux épais de Zachary brillaient sous la chaude lumière du lustre. Sa peau était perpétuellement dorée, soit à cause de tout le temps qu'il passait en plein air, soit parce qu'il avait une poignée de gènes méditerranéens quelque part dans son ADN. Comme ses frères, il était grand, svelte et athlétique. Lorsqu'ils étaient au lycée, il n'avait qu'une envie : revenir à Portland pour faire du sport avec Farrell et Quinten.

Malheureusement, l'école pour surdoués du Connecticut préférait les microscopes et les ordinateurs aux ballons et aux terrains de football. Zachary avait été forcé de trouver un débouché pour son énergie dans le sport en salle. Voire en chambre.

Frannie avait laissé son esprit divaguer, mais elle savait que Zachary n'avait pas répondu à sa question.

— Zachary ? demanda-t-elle enfin. Tu es partant ?

Il semblait indécis, ce qui n'augurait rien de bon. Dépenser une telle somme quand un des partenaires commerciaux n'était pas à 100 % derrière le projet pouvait être annonciateur de conflits. Sans compter que son hésitation la blessait.

Il finit par lui faire un rapide signe de la tête.

— Je ne pense pas que nous ayons le choix. Les deux dernières années ont été difficiles. La blessure de Quinten. La mort de notre père. Le fait d'avoir dû apprendre à diriger l'entreprise à trois. Nous ne pouvons pas nous permettre de perdre ce que nous nous sommes démenés à préserver.

— Alors c'est parti, ajouta-t-elle. Je vais retourner chaque petit caillou jusqu'à ce que nous sachions ce qu'il en est avec certitude. Soit Stone River Outdoors est en danger, soit vous n'avez rien à craindre. J'aurai la réponse d'une manière ou d'une autre.

Le sujet de conversation changea, ce qui permit à Frannie de terminer son repas en silence et d'assister au jeu entre les autres adultes dans la pièce. Voir la dynamique familiale de ses yeux était d'un grand secours pour le travail qu'elle s'apprêtait à effectuer, mais elle en savait déjà beaucoup sur les parties impliquées. Jamais elle n'acceptait un emploi sans bétonner sa documentation. Le qui, le quoi et le comment, elle les avait toujours sur le bout des doigts. L'une de ses compétences consistait à savoir dénicher des secrets. Sa curiosité n'avait rien d'un vilain défaut, c'était son gagne-pain.

Jusqu'à présent, ses recherches lui avaient révélé que les Stone ressemblaient à n'importe quelle autre famille riche. Qui avait eu ses hauts et ses bas. Elle savait pour les prix de Quinten dans les compétitions de ski, la blessure qui l'avait forcé à abandonner la vie qu'il aimait. Sa femme, Katie, était une employée de longue date de l'entreprise, extrêmement loyale, qui était tombée amoureuse du plus jeune frère Stone. Leur mariage avait été célébré au début de l'année.

Frannie savait également que Farrell était devenu tragiquement veuf au milieu de sa vingtaine et avait passé les huit années précédentes seul. Ivy Danby, menue et espiègle, venait de rentrer dans sa vie - avec son bébé - et, de toute évidence, avait réussi à domestiquer l'ingénieur bourru. Et l'amour lui avait offert une seconde chance.

Curieusement, Zachary était plus difficile à cerner, malgré leur histoire commune et les tonnes d'informations que Frannie avait trouvées sur Internet.

Zachary était une énigme. Au lycée, il était brillant mais avait du *mal à se concentrer*, comme le disaient ses bulletins. Son cerveau était aussi tranchant qu'un rasoir, mais il préférait qu'on le connaisse pour ses mauvais tours et son hédonisme. Zachary n'était jamais aussi heureux qu'au milieu d'un groupe, où toutes les têtes étaient en général tournées vers lui.

S'il avait continué ses études à Harvard, il n'avait pas poussé jusqu'au doctorat, au grand dam de son père. Mais Zachary avait-il abandonné en cours de route par défiance envers lui, ou tout simplement parce qu'il en avait assez ?

Dans tous les cas, il était parfaitement logique qu'il soit désormais le directeur financier de Stone River Outdoors. Ses frères lui faisaient confiance pour gérer les entrées et les sorties d'argent. Mais son petit doigt lui disait que ce n'était pas là un travail qui l'enthousiasmait. Et encore moins qui mettait son intelligence hors du commun à l'épreuve.

Depuis qu'il avait terminé ses études, Zachary avait parcouru le monde. De long en large. Ses exploits faisaient les choux gras de la presse à scandale. Il aurait pu devenir sportif de haut niveau, comme Quinten avec le ski, mais Zachary préférait les défis temporaires en bonne compagnie. L'exploration de territoires reculés dans la forêt amazonienne. Des courses de chameaux dans les températures infernales du Sahara. Il s'était même essayé à l'exploration spatiale commerciale.

Zachary Stone était un homme brillant qui avait perpétuellement besoin de stimulation.

Frannie le savait mieux que personne.

Et puis il y avait les femmes. Des tonnes. Le nom de Zachary Stone avait été attaché à un certain nombre de mannequins et de personnalités publiques. Mais jamais aucune qui l'ait fait s'approcher d'un autel. Contrairement à ses frères aîné et cadet, le Stone du milieu vaquait à sa vie en célibataire endurci.

Frannie ne savait pas quoi penser de cela.

Lorsque la cuisinière servit le café et une tarte Tatin pour le dessert, Katie insista pour que la jeune femme rentre chez elle et s'occupe de son enfant malade. Ivy se leva et commença à rassembler des assiettes.

— Je vais t'aider avec le ménage, Katie.

Frannie les rejoignit.

— Moi aussi.

Katie secoua la tête.

— Oh non, tu es notre invitée ce soir !

— Allez, je vous en prie.

Frannie désigna les trois frères qui s'étaient rassemblés à un bout de la table et se disputaient sur des résultats sportifs.

— Vous n'allez quand même pas me laisser toute seule avec ça !

Les deux femmes éclatèrent de rire et acceptèrent de laisser Frannie participer à ce qui semblait être un rituel féminin dans cette famille. Elle avait hâte d'en savoir plus sur ces femmes et sur l'homme qui avait été son béguin d'adolescente.

Une fois la cuisine impeccable et le lave-vaisselle démarré, Frannie s'appuya contre le comptoir et sourit.

— Alors dites-moi. Qu'est-ce que ça fait d'apprivoiser l'un des frères Stone ?

Katie soupira.

— Ce n'est pas pour les petites natures. Je travaille pour l'un et je suis mariée à un autre. C'est une fratrie de trois hommes qui a été élevée par un père célibataire. Mais tu dois le savoir.

— Parce que leur mère est morte jeune, non ?

Ivy hocha la tête.

— Oui. C'est probablement un euphémisme que de dire qu'ils ont manqué d'une figure féminine dans leur vie. Ils sont arrogants et têtus et ne veulent absolument pas accepter la moindre limite. Reste qu'ils peuvent être étonnamment doux et prévenants sous leur couche épaisse de testostérone.

— Ce sont même parfois des minous, acquiesça Katie. Mais ne fais jamais l'erreur de penser que tu pourrais les mener par le bout du nez. Ils détestent être manipulés.

Frannie hocha la tête.

— Même adolescent, Zachary avait cette incroyable confiance en lui. Je l'enviais, pour être honnête. Il m'a fallu des années pour me sentir bien dans ma peau.

Ivy sourit.

— Je ne pense pas que ce soit facile pour une femme d'être

vue comme un génie. Je suppose que tu n'as pas trop d'amies, n'est-ce pas ?

— C'est vrai, la plupart de mes amis sont des hommes. Mais je suppose que c'est parce que je suis un vrai garçon manqué. Je préfère la science au maquillage et à la mode. Sur le plan de l'éternel féminin, je suis une patate.

La porte de la cuisine s'ouvrit et Zachary entra.

— Ne sois pas si dure avec toi-même, Frannie. Tu étais mignonne comme peut l'être un petit animal sauvage.

Il sourit à Katie et Ivy.

— Elle avait toujours une salopette en velours côtelé trop grande. Soit vert sapin, soit bleu nuit. Qu'elle associait à des T-shirts de groupes de rock improbables.

Frannie resta bouche bée.

— Non, tu t'en souviens ?

— Nous avons passé beaucoup de temps ensemble, Bestiole. Et j'ai une sacrée bonne mémoire.

Katie haussa un sourcil.

— Bestiole ?

Zachary prit une bière dans le frigo et la décapsula.

— Tout le monde à Glenderry avait un surnom, moi y compris.

— On ne les choisissait pas, précisa Frannie dans un souffle. D'autres élèves, généralement plus vieux, nous les distribuaient comme des bonbons toxiques quand on franchissait les portes du lycée. Et ensuite, ils nous collaient aux basques jusqu'à la remise du diplôme. Évidemment, si vous étiez populaire comme Zachary, ils étaient plutôt cool. N'est-ce pas, Stoner ?

Il haussa les épaules, une lumière dans les yeux.

— Les bestioles peuvent être mignonnes, tu sais, comme les coccinelles, par exemple.

Katie secoua lentement la tête.

— Je parie que tu détestais ce surnom, Frannie.

— On ne peut rien te cacher, confirma-t-elle.

Reste que Zachary ne l'avait jamais dit avec méchanceté.

— Mais regarde-toi, Frannie. Tu es grande et belle et tu es brillante ! Que sont devenus les gamins stupides du lycée qui se moquaient de toi ? La réussite est la meilleure des vengeances !

Frannie n'avait effectivement jamais eu d'amies proches, principalement par choix, mais Ivy et Katie lui avaient tapé dans l'œil. Dans d'autres circonstances, elle aurait peut-être aimé mieux les connaître.

— Merci, Ivy, déclara Frannie. C'est vrai que j'ai fait du chemin depuis Glenderry. La plupart des gens gardent des souvenirs désagréables de l'adolescence. Les miens ne sont pas si mauvais. C'était mieux que d'être coincée dans une école publique ordinaire et de ne pas pouvoir étudier tout ce que je voulais. À Glenderry, il n'y avait pas de limites à la connaissance.

Katie secoua lentement la tête.

— Je suis contente que vous ayez eu cette chance, avec Zachary.

Il soupira.

— Moi, je ne peux pas en dire autant. Glenderry a été un enfer. Tout ce que je voulais, c'était être un garçon normal.

Frannie lui sourit.

— Arrête ton char, Zachary. Tu n'as jamais été quelqu'un de normal.

2

Zachary n'arrivait pas à se décider. Devait-il se sentir insulté ou amusé que tout le monde dans la pièce ait éclaté de rire ? À cause de lui.

— Très drôle, marmonna-t-il. Vous êtes tous exclus de ma liste de Noël.

Frannie se mordit la lèvre, essayant clairement d'étouffer d'autres rires.

— Je suis désolée, Zach. Je n'ai pas pu résister.

Farrell grimaça.

— Oups.

— Qu'est-ce qui ne va pas ? demanda Frannie.

Quin lui tapota le bras.

— Nous te protégerons.

— De quoi ?

Katie soupira lourdement.

— Zachary *déteste* qu'on raccourcisse son prénom.

— Mais non, vous vous fichez de moi !

Frannie le regarda.

— C'est vrai ?

Zachary haussa les épaules.

— J'ai décidé à l'université que Zachary avait plus de gravité. Personne ne m'a appelé Zach depuis au moins dix ans.

— Oh.

Elle cligna des yeux.

— Désolée.

— Tu n'as pas à l'être, dit-il doucement en l'attirant dans le couloir pour un moment d'intimité. Je t'ai appelé Frannie alors que tu es à l'évidence une Frances maintenant. Nous sommes tous les deux des adultes. Sérieux. Matures. Nous avons fait un sacré bout de chemin, Frances Wickersham. Mais je veux toujours croire que cette fille douce est quelque part. Je l'aimais beaucoup.

Ses yeux étaient immenses, leur couleur plus profonde, plus sombre.

— Et moi, j'aimais beaucoup Zach, dit-elle. Mais je pense qu'il faut laisser le passé où il est si je me mets à travailler pour ton entreprise.

— Nous sommes de vieux amis, Frannie. C'est vrai que je ne le savais pas quand je t'ai embauchée, mais est-ce si important ? Nous avions beaucoup de choses en commun à l'époque. Et Glenderry a contribué à faire de nous ce que nous sommes aujourd'hui.

— Tu aimes la personne que tu es devenue ? demanda-t-elle, avec une lueur de méfiance dans son expression.

La question n'aurait pas pu toucher plus juste. Il était peut-être un génie, mais Frannie était trop intelligente pour croire aux balivernes qu'il servait à d'autres.

— Peut-être, avoua-t-il à contrecœur. J'ai dû me calmer ces dernières années. Mes frères ont eu besoin de moi.

— Tu as donc abandonné le harem et les tours du monde ?

— On pourrait le dire comme ça.

— Est-ce que ça te manque ?

— Quelle partie ?

Il laissa traîner les deux mots pour le plaisir de faire rougir Frannie.

— Maintenant que tu m'y fais penser, c'est vrai que je suis au milieu du désert...

Frannie bafouilla et fit marche arrière.

— Ta vie amoureuse ne me regarde pas. Je devrais rentrer à l'hôtel.

Elle sortit son téléphone de sa poche et tapota sur son écran pour commander un taxi.

Zachary saisit l'appareil et le tint au-dessus de sa tête, ignorant son air renfrogné.

— La Frannie que je connaissais était très près de ses sous.

Pourquoi encore payer un taxi alors que je peux te déposer à ton hôtel en rentrant chez moi ? Ou mieux encore…

— Mieux encore, quoi ? dit-elle, n'essayant même pas de récupérer son téléphone.

Il la gratifia du meilleur sourire qu'il avait en réserve. Un sourire non carnassier, simplement charmeur et réconfortant.

— Sur le chemin, nous pourrions nous arrêter pour boire un verre. Je serais ravi que tu me racontes ce que tu as fait de ta vie depuis la dernière fois que nous nous sommes vus.

Son expression était un mélange de perplexité et d'excitation.

— Cela pourrait être amusant, admit-elle. D'accord, je te laisse me raccompagner.

— Super.

Il lui rendit son téléphone.

— J'adore ma famille, mais je n'aurais aucun problème à m'éclipser sans les saluer. Qu'est-ce que tu en dis ?

Frannie leva les yeux au ciel.

— Que tu es un sacré malpoli.

Lorsqu'ils revinrent à la cuisine, les quatre autres adultes cherchaient manifestement à faire croire qu'ils n'avaient pas tendu l'oreille pour les espionner.

Frannie sourit à Katie et Quin. Quin avait un bras enroulé autour de la taille de sa femme.

— Merci de m'avoir invitée ce soir, déclara Frannie. Le repas était super et ce fut un plaisir de faire votre connaissance !

Quin hocha la tête.

— Plaisir partagé ! Reviens quand tu veux, surtout si tu restes dans les parages un certain temps.

— Merci, ça me plairait beaucoup.

Frannie se tourna vers Farrell et Ivy.

— Félicitations pour votre prochain mariage. J'ai toujours adoré les cérémonies d'hiver.

Ivy appuya sa tête sur l'épaule de Farrell.

— Si tu es toujours parmi nous, tu es la bienvenue.

Frannie secoua la tête.

— C'est adorable de votre part, mais je ne crois pas que ma mission me prendra plus de quatre ou cinq semaines. J'espère prendre des vacances après avoir terminé avec le service informatique, sans compter que j'ai un autre gros contrat qui commence en janvier.

— Eh bien, dit Ivy. L'offre reste sur la table !

À ces mots, tout le monde prit le chemin de la sortie. Farrell et Ivy partaient également. La fille d'Ivy, Dolly, était avec une baby-sitter et Ivy voulait rentrer chez elle.

Dans la voiture, Zachary éteignit la radio et régla ses phares. La pluie s'était arrêtée, mais l'air était épais et lourd. Le brouillard réduisait la visibilité à seulement quelques mètres. À côté de lui, Frannie était silencieuse. Comme lorsqu'ils étaient adolescents. Elle n'aimait pas les bavardages, la conversation pour ne rien dire… Ce qui ne le dérangeait pas le moins du monde. Parler avec une femme comme Frannie n'était jamais ennuyeux.

Le bar qu'il avait en tête était simple et chaleureux. Parfois, le week-end, un musicien de jazz se produisait en solitaire. Ce n'était pas le genre d'endroit où il emmenait ses conquêtes, plutôt ses amis.

Après avoir trouvé une place de stationnement dans la rue, il se glissa hors du véhicule pour aller ouvrir la porte de sa passagère. Mais Frannie ne l'avait pas attendu. Elle remonta son col.

— Brrr… C'est glacial par chez vous. La température est descendue depuis tout à l'heure, non ?

— On dirait, oui, confirma-t-il.

Il mit une main sous son coude et l'escorta jusqu'à l'entrée du bar.

À l'intérieur du Dante, ils furent accueillis par une atmosphère conviviale. Le barman les salua d'un signe de la tête.

— C'est poussif ce soir ! Faites votre choix, quelqu'un sera à vous dans une minute.

Frannie se débarrassa de son manteau et prit place sur une banquette à l'écart de la salle principale.

— Quel endroit cool. J'ai l'impression qu'Hemingway pourrait débarquer d'une minute à l'autre.

— Je pensais bien que ce bar allait te plaire.

Zachary quitta également son pardessus.

Une jeune femme vint prendre leur commande.

— Du café chaud ou quelque chose de plus costaud ? Avec le temps qu'il fait ce soir, ce n'est pas moi qui vais vous juger.

— Frannie ?

Il sourit à son invitée, se sentant inexplicablement calme et détendu. Tant qu'il ne s'attardait pas sur la forme de ses seins sous son pull moulant, il pouvait oublier que F. Wickersham était une femme. Ou presque.

Frannie jeta un œil à la carte des boissons.

— Un daïquiri fraise sans alcool, s'il vous plaît.

— C'est moi qui conduis, dit Zachary à la serveuse. Alors je vais opter pour le café. Avec un doigt de Baileys dans le premier, cela ne me fera pas de mal.

Quand ils furent de nouveau seuls, il étudia son visage.

— Tu ne bois pas ?

Elle haussa les épaules, ses longs doigts déchiquetant nerveusement une serviette en papier.

— Non, ça m'endort, je n'aime pas ça. J'ai essayé à l'université, mais l'alcool mondain n'est vraiment pas mon fort. D'autant plus que je préfère garder toute ma tête. Ma colocataire a failli être violée lors d'une fête, alors ça m'a dégrisée d'un coup, si tu me passes l'expression. Je travaille beaucoup avec les hommes. Mieux vaut rester vigilante.

Il se tut, comprenant qu'il n'avait aucune idée de ce à quoi pouvait ressembler le quotidien d'une femme au XXIe siècle. Tout était censé être égalitaire, mais c'était une vaste blague. À part sur le plan salarial, le sexe féminin serait toujours physiquement à la merci du masculin, plus grand et plus fort.

Son estomac se retourna à l'idée qu'un abruti pouvait essayer de profiter d'une femme comme Frannie. Des échos du passé le dérangeaient.

— Si tu veux le fond de ma pensée, je n'aime pas savoir que tu travailles seule la nuit dans nos locaux.

Elle lui fit un sourire ironique, puis remercia la serveuse quand son cocktail arriva. Elle en but une gorgée.

— Je fais ce travail depuis très longtemps, Zach. Ne t'inquiète pas. Je sais me débrouiller.

Ce n'était pas le moment d'aborder un tel sujet. Ni même son rôle. Il n'était ni son frère, ni son père, ni même un amant. Le fait que son entreprise l'engage ne lui donnait aucun droit sur Frances Wickersham.

Il changea donc de sujet à contrecœur.

— Parle-moi de l'université, poursuivit-il. Oxford était à la hauteur de tes rêves ?

Frannie lui fit un large sourire. La joie qu'il lisait sur son visage la faisait passer de belle à sublime.

— Oh oui, Zach ! dit-elle dans un souffle. J'aurais aimé que tu puisses toi aussi y aller. Les lieux débordent d'histoire et de respect pour le savoir. Mon Dieu, tu y aurais été comme un coq en pâte. J'ai dû me pincer chaque matin. J'ai tellement aimé ces années. Tellement que j'ai sérieusement envisagé de m'installer définitivement en Angleterre.

— Mais…

Il avala le café chaud avec précaution, satisfait de son arôme et du réconfort sucré de la liqueur.

Elle grimaça.

— Mes parents auraient été fous de rage. J'étais déjà une déception pour eux, alors j'ai abandonné l'idée.

Zachary la regarda bouche bée.

— Tu es brillante et surqualifiée à tous points de vue, comment peux-tu être une déception pour qui que ce soit ?

Elle haussa les épaules.

— Ils sont tous les deux médecins. J'ai refusé de faire médecine. Ils pensent que mon travail n'est guère plus qu'un passe-temps enfantin.

— Aïe.

— Ouais.

Elle joua avec la paille dans son verre.

Le sursaut d'exaltation qu'elle avait manifesté lorsqu'il avait parlé d'Oxford s'était rapidement estompé. Il regrettait que la conversation ait abordé le sujet épineux des parents.

— Tu as des frères et sœurs ? Je suis désolé mais je ne m'en souviens pas.

— Nan. Juste moi. C'est beaucoup de pression pour un enfant unique.

— Je ne peux qu'imaginer. Alors, qu'as-tu étudié là-bas ?

— J'ai fait une double licence en informatique et mathématiques. Mais j'ai également suivi une tonne de cours facultatifs parce que c'était génial. Tu imagines, étudier *Les Contes de Canterbury* et arpenter réellement Canterbury ? J'étais ivre de savoir et d'apprentissages. Ce furent les quatre meilleures années de ma vie.

— Et tu n'as pas voulu faire carrière dans la recherche ?

— J'y ai réfléchi. Mais j'étais prête à laisser ma marque dans le monde. Ça te paraît orgueilleux ?

Elle ne lui donna pas l'occasion de répondre.

— Mon premier boulot était une mission pour le gouvernement à Londres. Le gouvernement américain, précisa-t-elle. Plein de trucs top-secrets de partout. Une fois ma mission terminée, mes parents ont voulu que je rentre au bercail. J'avais déjà saisi que le secteur privé payait largement mieux. Je suis donc rentrée chez moi au Massachusetts, j'ai passé du temps avec mes parents et j'ai rapidement trouvé un emploi dans une énorme entreprise de sécurité.

— Je suis impressionné.

— J'aime ce que je fais. Je n'ai pas à me soucier des factures.

— C'est plus que ça, je te connais. En vérité, je suis comme toi. Battre le système est ce qui te fait te lever le matin. Tu adores le piratage. Tu es shootée à l'adrénaline, n'est-ce pas ?

Elle se pencha en arrière sur son siège, les yeux écarquillés. Son cou se colora de rose.

— Sensationnel. Personne ne m'a jamais dit ça auparavant.

— Ai-je tort ?

Le silence s'étira entre eux.

— Non, dit-elle finalement. Tu ne te trompes pas. Mais je suis fatiguée de parler de moi. Concentrons-nous sur ce bon vieux Zachary Stone.

Frannie se sentait mal à l'aise. Jamais personne n'avait réussi à résumer sa personnalité aussi pertinemment et succinctement. Le fait que Zachary y soit parvenu n'aurait pas dû la surprendre. En un sens, il avait raison lorsqu'il disait être comme elle. Ils partageaient un secret inavouable. Leur agilité mentale était à la fois un don et une malédiction. Seul quelqu'un qui vivait cette expérience dans sa chair pouvait le comprendre.

Le piratage pour Frannie était comme une drogue. Elle avait tout le temps besoin de défis toujours plus grands et plus difficiles pour satisfaire sa faim. Pour le moment, la poussée d'excitation professionnelle qu'elle ressentait venait du fait que quelqu'un ciblait Stone River Outdoors.

Zachary rappela la serveuse.

— Du café nature pour moi cette fois, dit-il. Et tout ce que Madame veut. Il leva un sourcil. Frannie ?

Elle se mordit la lèvre.

— Tu me juges si je demande des nachos ?

Son beau sourire masculin lui fit perdre le souffle un court instant.

— Jamais. J'aime quand une femme a de l'appétit.

Elle cligna des yeux.

Zachary Stone venait-il d'oser un sous-entendu sexuel ? Sûrement pas. Il ne se fatiguerait pas à flirter avec *elle.*

Pour dissiper son émoi, elle changea de sujet.

— Bon, j'ai mis mon âme à nu. À ton tour.

Son visage sembla se peindre d'une expression sombre. Ou peut-être était-ce le produit de son imagination.

— Oh ! ma vie n'a pas été aussi passionnante que la tienne, dit-il en touillant un peu de sucre dans le breuvage fumant que la serveuse venait de déposer sur la table. Je suis allé à Penn State. J'ai trop bu. Trop fait la fête. Je me suis ressaisi les deux dernières années et j'ai obtenu mon diplôme avec les notes que tout le monde attendait d'un génie. J'ai fait un MBA. J'ai pris l'argent que mes grands-parents m'avaient laissé et j'ai fait le tour du monde. Puis papa est mort et Quinten a été blessé et je suis revenu au bercail.

— Tu as été présent pour ta famille. C'est très respectable.

— Je ne sais pas si j'ai fait beaucoup. Veiller au bon ordre des finances ne relève pas non plus de la physique quantique.

— Que voulais-tu faire de ta vie, Zach ? Au lycée, tu as passé beaucoup de temps à faire semblant d'être indifférent à tout. Mais je sais que ce n'est pas vrai.

— Tu crois ?

Son commentaire sardonique contredisait l'éclair d'inquiétude qu'elle lisait dans ses yeux.

— Dis-moi, reprit-elle. On est entre nous. Et je sais bien garder les secrets.

Pendant un instant, elle crut l'avoir atteint, l'homme authentique et complexe sous la façade insouciante. Mais peut-être avait-elle poussé trop fort, car il changea de sujet.

— Je t'aiderais si je pouvais, dit-il. Avec les trucs de sécurité informatique, je veux dire. Mais les ordinateurs n'ont jamais été mon fort. Je sais comment les allumer, mais c'est tout.

— Oh ! arrête ton baratin, dit-elle en fronçant les sourcils.

Il sourit.

— Parce que tu *veux* mon aide ?

— Non, je travaille seule. Mais tu pourras regarder par-dessus mon épaule de temps en temps. Après tout, c'est toi qui payes la note.

— Je te fais confiance, dit-il. Mais pour être honnête, j'espère vraiment que tu ne trouveras rien. Cela me perturberait de découvrir qu'on veut nous faire échouer. Ou du moins nous mettre des bâtons dans les roues. Si nous perdons des parts de marché ou si nous déraillons complètement, nos employés sont ceux qui souffriront le plus. Pour mes frères et moi, je ne me fais pas de souci. Nous avons des investissements et des économies. Mais SRO regorge de postes très bien payés.

— Peut-être que ce n'est rien, dit-elle, essayant d'oublier l'inquiétude qui passait dans ses yeux.

Il secoua lentement la tête.

— J'aimerais pouvoir croire cela.

Les nachos arrivèrent et la conversation se tourna vers des sujets plus légers. Frannie lécha une cuillerée de fromage fondu.

— Tu as de la chance d'être si proche de tes frères et de tes belles-sœurs. J'ai toujours voulu un frère. Mes parents étaient trop concentrés sur leur travail pour essayer le numéro deux. Parfois, je me suis demandé si j'étais un accident, mais j'ai toujours eu peur de poser la question.

— Tu as envisagé de faire ce qu'ils voulaient ? Devenir médecin ?

— Pas vraiment. Mais ce n'était pas une rébellion. La médecine ne m'a jamais vraiment parlé. Si j'avais eu des penchants dans cette direction, je les aurais peut-être poursuivis. Pour être honnête...

Elle le gratifia d'un sourire triste.

— Je suis mieux seule qu'avec des gens.

— Tu aurais pu être universitaire, c'est en général un travail assez solitaire.

Elle haussa les épaules.

— Ennuyeux. Pour moi, en tout cas. J'aime ce que je fais. Beaucoup. Mes parents, beaucoup moins, mais ils ont renoncé à essayer de me changer à ce stade.

— Bien. Tout le monde devrait aimer ce qu'il fait et faire ce qu'il aime.

Il fit une pause, une expression étrange passa sur son visage.

— J'ai une idée.

— Oh ?

— Tu ne veux pas passer les deux prochains jours coincés dans une chambre d'hôtel.

— Quoi ?

— Pourquoi ne pas venir avec moi au nord ? Dans ma résidence secondaire près de l'océan. Je suis sûr que tu vas adorer. Garde la chambre d'hôtel pendant ton absence si c'est plus simple pour toi. De toute façon, cela fait partie des frais que l'on prend en charge. Mais viens avec moi, Frannie. J'aimerais que tu voies ma deuxième maison. S'il te plaît...

Son cerveau devint flou et son corps s'échauffa depuis ses orteils jusqu'à ses joues rouges. Elle le comprenait sûrement mal.

— Tu es en train de me draguer, Zach ?

Il cligna des yeux.

— Qu'est-ce qui te fait dire ça ?

Frannie déglutit.

— Eh bien, tu as pour ainsi dire... une certaine réputation. Ce n'est pas exactement un secret.

Ses lèvres se pincèrent et la main qui reposait sur la table se recroquevilla en un poing.

— Je n'y emmène pas de femmes. C'est un endroit pour la famille et les amis.

Elle l'avait offensé. Et peut-être même blessé. Le regret lui retourna l'estomac.

— Je suis désolée, Zach. Je...

Il leva une main, stoppant net ses excuses trébuchantes.

— Ça ne fait rien. C'était une mauvaise idée.

Il fit signe à la serveuse pour qu'elle lui apporte l'addition.

— Il se fait tard. Je te raccompagne à ton hôtel.

Elle se sentait nulle et confuse. Sans trop réfléchir, elle tendit la main sur la table et la posa sur la sienne. Les doigts de Zach étaient chauds sous les siens.

— Pardon, j'ai mal interprété la situation. Je suis vraiment désolée. Ça me fait du bien de savoir que tu nous considères comme des amis. Si nous pouvions recommencer, Zach, alors oui. J'aimerais beaucoup voir ta maison sur la côte nord.

Pendant un long moment, il resta aussi figé qu'une statue de granit. Puis il expira et ses épaules se détendirent. Son sourire était ironique.

— Je le méritais, je suppose. Mais je te promets de bien me tenir. Juré craché.

Frannie n'était pas connue pour prendre des risques avec le sexe opposé. Les hommes l'avaient déçue à maintes reprises. Ce qui ne l'empêcha pas de dire :

— Je te fais confiance, Zach. Sinon je n'aurais pas dit oui.

Elle retira sa main, troublée par le plaisir que lui avait donné ce rapide contact.

— Tu as de quoi crapahuter dans tes affaires ?

— Pas vraiment, j'ai un manteau et des bottes habillées.

— Dans ce cas, on va devoir faire une descente dans le magasin, dit-il en souriant. Je vais envoyer un texto à Stanley pour lui faire savoir que nous allons bientôt débarquer, histoire qu'il n'appelle pas la police.

Vingt minutes plus tard, ils s'arrêtaient devant Stone River Outdoors. Les vitrines étaient spacieuses et attrayantes.

L'immeuble se trouvait dans un quartier chic. En sortant de la voiture, Frannie frissonna. Un vent glacial de fin de soirée s'était levé, sifflant dans les rues du centre-ville.

Zachary les fit entrer dans la boutique en un clin d'œil.

— Je ne vais pas allumer en grand, précisa-t-il. Il me semble qu'on y voit suffisamment avec l'éclairage de la rue. Tu veux bien aller te chercher un pantalon et un haut là-bas ? Tout ce qui pourrait aller pour passer du temps à l'extérieur. Je vais m'occuper des chaussures. Quelle est ta pointure ?

— 42, dit-elle, grimaçant intérieurement. Elle n'avait jamais été le genre de minuscules femmes que les hommes semblaient si ardemment désirer.

— C'est comme si c'était fait.

Une fois Zachary disparu de l'autre côté du magasin, elle arpenta les rayons de pulls, de leggings et de tout le reste. Elle jeta son dévolu sur un T-shirt tunisien violet et un pantalon de randonnée gris. Quand elle se retourna pour chercher les cabines d'essayage, Zachary se dirigeait vers elle en portant une parka sur son épaule et trois boîtes à chaussures dans ses bras.

Il lui fit signe de traverser le magasin.

— Essaye par-dessus tes vêtements. Ou alors, prends plusieurs tailles du même article. Tu pourras les remettre plus tard.

— Je préfère essayer comme il faut, si cela ne te dérange pas d'attendre.

Les cabines n'étaient pas fermées. Zachary posa son barda sur le banc à l'intérieur.

— Prends ton temps. Je vais envoyer un SMS à mon manager pour lui faire savoir que j'ai fait une descente dans son stock.

— D'accord.

Frannie attendit qu'il sorte du petit espace. Puis tourna le loquet. Elle ne pensait pas qu'il s'immiscerait, mais comme elle était sur le point de se déshabiller, elle ne voulait pas prendre de risques.

En quelques minutes, elle avait tout essayé, y compris la paire de bottes qu'elle préférait. Le haut et le pantalon lui allaient. Les bottes semblaient un peu grandes, mais avec des chaussettes épaisses de randonnée, le problème serait résolu.

Lorsqu'elle sortit de la cabine, elle trouva Zachary qui traînait à proximité.

— Alors ? demanda-t-il.

Ils se tenaient tous les deux dans la pénombre d'un magasin bien après son heure de fermeture. Quelques instants auparavant, elle était à moitié nue. D'un point de vue ou d'un autre, c'était résolument une expérience étrange. Elle s'éclaircit la gorge.

— J'aime le haut et le pantalon. La boîte à chaussures sur le dessus est la paire que je préfère. Mais j'aurai besoin de chaussettes.

Zachary fouilla dans la poche de sa veste et agita un petit paquet en plastique transparent.

— C'est déjà prévu !

Elle le suivit alors qu'il replaçait les deux paires de bottes qu'elle n'avait pas choisies.

— Tu sais faire marcher la caisse ? demanda-t-elle. J'ai ma carte de crédit.

Il s'arrêta si soudainement qu'elle faillit lui rentrer dedans. Quand il se retourna, il fronça les sourcils.

— Ne sois pas ridicule. C'est moi qui rince.

— Je n'accepte généralement pas les cadeaux d'un client.

— Est-ce une règle ?

Elle secoua lentement la tête.

— Non. Plutôt une ligne directrice.

Zachary sourit.

— Bien. Parce que tu sais à quel point je déteste enfreindre les règles.

Frannie ne put résister et éclata de rire.

— Arrête, toutes les règles qui sont passées à ta portée, tu les as enfreintes. Tu as dû être collé tous les jours pendant un mois lorsque nous étions en première.

Il haussa les épaules. Son expression masculine était magnifique.

— C'était pendant ma phase rebelle. Ils me donnaient des pages et des pages de problèmes de calcul comme punition. Personne ne semblait comprendre que j'adorais ça.

— Eh bien, dit-elle, impassible, c'était une école pour enfants surdoués, pas pour enseignants surdoués.

Zachary s'esclaffa à son tour.

— J'avais oublié à quel point tu es sarcastique. J'adorais cet humour. J'avais le même. Je me demande si c'est toujours le cas.

— Qui sait…

Même dans la semi-obscurité, elle vit l'éclair de désir qui zébra son regard.

— Serais-tu en train de me draguer, Frances Wickersham ?

Les battements de son cœur s'accélérèrent.

— Pas encore, Zach. Mais tu ne perds rien pour attendre.

3

Zachary se réveilla le samedi matin avec un sourire aux lèvres, malgré le fait qu'il n'ait pas beaucoup dormi la nuit précédente. Il était toujours incrédule d'avoir invité Frances Wickersham pour une escapade d'un week-end sur un coup de tête. Et encore plus incrédule qu'elle ait accepté.

F. Wickersham était une énigme. Elle n'était certainement pas la fille effacée et timide dont il se souvenait. Elle était une femme adulte. Affirmée. Indépendante. Et, à son immense surprise, sexy comme l'enfer.

Il n'avait jamais été du genre à aimer le type académique et studieux. Il sortait avec des femmes aux gros seins et à la forte personnalité. D'après son expérience, ces femmes connaissaient la chanson. Elles sortaient avec des hommes riches pour leurs avantages, et quand l'aventure se finissait tout le monde reprenait joyeusement le cours de sa vie. Aucun problème à cela.

À sa connaissance, Zachary n'avait jamais brisé le cœur d'une femme. C'était un ami généreux et un amant encore plus attentif. Personne ne s'était encore plaint. Son casier amoureux était vierge et il n'avait que des notes cinq étoiles dans tous les domaines.

Qu'aucune de ses relations n'ait duré plus de trois ou quatre semaines n'avait jamais posé de souci à quiconque. Surtout qu'il jouait cartes sur table dès le départ : il était là pour l'adrénaline, pas pour le mariage et les enfants. Toujours ouvert, toujours honnête. Et certaines femmes savaient apprécier cela chez un homme.

Mais aujourd'hui, il était sur le point de se lancer dans une « amitié » qui pouvait le mener en territoire inconnu. Frannie l'adulte le fascinait. Il était attiré par son corps de rêve autant que par les défis que lui posait son esprit. Il ne pouvait nier que l'idée de passer deux jours entiers avec Frannie sur la côte nord était... sacrément séduisante.

Lorsqu'il se gara devant l'hôtel, il la trouva prête à l'heure dite. Elle portait ses propres vêtements, mais cette fois sa tenue était décontractée. Un jean délavé mettait en valeur ses longues jambes fuselées et sa taille étroite. Un nouveau col roulé en cachemire, celui-ci bleu marine, étreignait ses courbes à s'en damner.

Zachary déverrouilla le coffre et se précipita à l'extérieur pour ouvrir la portière passager. Frannie jeta son manteau, celui qu'elle portait la veille, sur le siège arrière. Le groom installa sa valise dans le coffre. Puis Zachary gratifia l'employé d'un billet de vingt dollars et ils furent partis.

— Tu as pris un petit déjeuner ? demanda-t-il.

— Non, j'ai eu un mal de chien à me réveiller. J'ai dû repousser la sonnerie du réveil au moins trois fois.

— On prend à emporter, d'accord ?

— Tant qu'ils ont un bon café et beaucoup de glucides à côté, oui.

Trente minutes plus tard, ils étaient sur la route en direction du nord.

Frannie sirotait sa boisson chaude avec un sourire.

— Tu as pris la Porsche pour m'impressionner ?

Il lui lança un coup d'œil latéral.

— Est-ce que ça marche ?

Elle soupira, attrapant l'un des beignets à la cannelle qu'il lui avait conseillés.

— Ça te la couperait d'apprendre que je peux m'en acheter une si j'en ai envie ?

— Absolument pas. J'ai toujours su que tu aurais une brillante carrière. Pourquoi cette question ?

Il la sentit un moment pensive. Elle finit par préciser :

— Tu serais choqué de savoir combien d'hommes se détournent de moi quand ils découvrent que mon compte en banque est plus gros que le leur.

— De petits zizis, si tu veux mon avis, dit-il avec un haussement d'épaules.

Frannie éclata de rire, jusqu'aux larmes. Oh ! comme il aimait la faire rire...

— Tu n'as pas beaucoup changé, n'est-ce pas ? Toujours le même garçon rebelle qui aimait faire le spectacle devant la classe.

— Oui et non, répondit-il. Ma vie est devenue très sérieuse. J'ai perdu mon père. J'ai failli perdre mon frère. Et puis ma belle-sœur est décédée alors que je finissais à peine mes études supérieures. Être adulte, ce n'est pas pour les plus mauviettes.

Frannie toucha rapidement son bras. Un simplement frôlement de sa chemise qui l'électrisa.

— Ce n'était pas une critique, Zach. Le monde a besoin de plus d'humour. Et avoir de l'humour ne veut pas dire être indifférent. Je suis sûre que tu as été un énorme soutien pour tes frères.

— J'espère.

Il chercha un autre beignet.

— Je ne voulais pas plonger si vite dans le mélo. Parlons de toi.

— Non, murmura Frannie. Pourquoi pas de la météo, plutôt ?

Il s'esclaffa.

— Prépare-toi à avoir froid. Et peut-être de la neige. C'est à peu près tout.

— Combien de centimètres de neige ?

Frannie semblait subitement méfiante.

— Je ne sais pas. Quelle importance ? Nous avons un congélateur bien fourni et beaucoup de bois de chauffage pour la cheminée.

— Tu n'as pas peur d'être bloqué ?

— Pas particulièrement. Surtout que nous avons beaucoup de temps à rattraper.

— Oh.

Zachary ne put pas déduire de cette seule syllabe si Frannie était enthousiasmée ou intimidée par ses propos. Il renâcla. La nouvelle Frannie ne semblait pas être le genre de femme à être intimidée par quoi que ce soit.

Le trajet passa rapidement. Ils parlèrent de tout et de rien, mais restèrent aussi longtemps silencieux. Du bon silence, léger et confortable, pas du silence lourd de malaise.

De fait, Zachary se sentait tout à fait à son aise. Ce qui en était presque bizarre. Inhabituel, pour le moins.

Au panneau annonçant Bar Harbor, Zach prit la direction du parc national d'Acadia et rejoignit l'autoroute à deux voies qui menait au nord et à l'est, vers la propriété de la famille Stone. La circulation était fluide en ce jour gris de novembre.

— On est bientôt arrivés, annonça-t-il.

Frannie se redressa sur son siège et inspecta le paysage alentour avec intérêt.

— Je ne peux pas t'imaginer si loin de la civilisation.

— Les gens changent, Frannie.

— Tu crois ?

Elle se tourna sur son siège et le regarda si intensément que ses yeux semblèrent le toucher physiquement.

— Ne va pas non plus t'imaginer je ne sais quoi, murmura-t-il. Mes deux frères ont aussi des propriétés dans la région.

— Mais c'était ton idée, non ? Au début.

— Qu'est-ce qui te fait dire ça ?

La curiosité de Frannie était en train de lui faire regretter son invitation. Il n'avait pas besoin que quelqu'un fouille dans sa psyché.

— Quand nous étions au lycée, un après-midi pluvieux après que nous avions terminé tous nos projets et que nous étions coincés dans la salle d'étude, tu avais juré de quitter un jour l'emprise de ton père. Tu disais que tu étais malade à en crever que des gens veuillent diriger ta vie. Et que tu voulais vivre loin de tout, à respirer l'air pur et courir tout nu dans les bois si l'envie t'en prenait…

— Je disais ça pour te choquer.

— Je sais. Tu adorais titiller mes limites et que je te dise *Zaaaach, arrêêête…*

Les yeux rivés sur la route, il sourit.

— Tu étais si timide et naïve à l'époque. Un rien te choquait. C'était rigolo de t'entendre hululer mon nom.

— En vrai, je me suis toujours demandé pourquoi tu n'avais pas voulu changer de partenaire de laboratoire. J'ai toujours eu l'impression que tu ne pouvais pas me supporter. Comme si je t'irritais la plupart du temps.

Il s'arrêta sur le bord de la route avec un crissement de pneus et un grondement de gravier. Une fois le moteur stoppé et le frein à main enclenché, il se tourna pour lui faire face, posant son bras sur le volant.

— C'était plus qu'une irritation, dit-il, se souvenant d'un coup de toute son angoisse adolescente. Et c'était vraiment tout le temps. J'étais sacrément frustré. J'avais beau me démener, ce n'était jamais suffisant pour te battre. Tu étais la première partout. On m'avait toujours dit que j'étais un génie, mais tu l'étais encore plus que moi. C'était atroce.

Frannie se mordit la lèvre inférieure.

— Oh ! souffla-t-elle. Je suis désolée.

— Tu n'as pas à être désolée, Bestiole. Cela m'a fait travailler plus dur, bien plus dur que je ne l'aurais voulu, en fait. D'ailleurs, si tu n'avais pas existé, j'aurais peut-être abandonné Glenderry. Tu étais la carotte. La drogue. Les démangeaisons sous ma peau.

Elle le regarda, les yeux grands ouverts.

— Je n'ai jamais su que tu ressentais ça.

— Bien sûr que non. Quel adolescent va admettre qu'il est en compétition avec une fille ? Et perdre ?

— On dirait que j'étais davantage une adversaire qu'une amie à tes yeux.

Il perçut qu'il l'avait blessée.

— Il y avait beaucoup de zones grises dans ma vie à l'époque. J'étais un adolescent excité et coincé dans une école où je ne pouvais pas faire ce que je voulais quand je le voulais. J'étais en colère contre mon père et mes frères me manquaient. Tu es probablement la seule personne grâce à laquelle je ne suis pas devenu complètement maboule.

— Eh bien, on ne dirait pas, murmura-t-elle.

Il passa un pouce sur sa joue, à peine un contact, moins d'une fraction de seconde.

— Tu ne devrais jamais avoir à t'excuser d'être brillante, F. Wickersham. J'étais un gamin, j'étais bête.

Elle haussa un sourcil.

— Et maintenant ?

— Qui sait ?

Il étudia son visage. Son front haut. Son menton fin. Ses yeux d'un mélange fascinant de bleu profond et de pourpre riche. Et ses lunettes si mignonnes et sexy.

Fronçant soudainement les sourcils, il tendit la main et les fit glisser de son nez.

— Hé, s'indigna-t-elle. Rends-les-moi !

Il les regarda dans la lumière.

— Frannie ! s'exclama-t-il. Tu es une imposture ! Ce ne sont pas des verres correcteurs !

Elle rougit et son visage afficha une expression à moitié exaspérée et à moitié mortifiée.

— Les gens s'attendent à ce que les femmes intelligentes aient une certaine apparence. C'est déjà une bataille difficile pour qu'on me prenne au sérieux. Les lunettes m'aident.

Sans un autre mot, il les glissa sur ses oreilles et lissa ses cheveux.

— Je m'excuse. Cela ne me regarde pas. Mais sache que tu n'as pas à les porter avec moi. Je te prends très au sérieux. Comme je l'ai toujours fait.

Frannie se renfonça dans son siège, résistant à l'envie de mettre les mains sur ses joues échauffées. Zachary Stone ne lui avait jamais autant parlé de lui… et ils n'étaient pas exactement des inconnus l'un pour l'autre.

Apparemment, c'était un sacré bon acteur. Elle savait qu'il voulait la bourse d'Oxford. Il n'avait jamais caché sa déception quand elle l'avait gagnée et pas lui. Mais tout ce qu'il venait de lui dire ? Des premières nouvelles pour elle.

Parce qu'elle ne savait pas quoi dire, elle resta silencieuse durant tout le reste du voyage. Ce qui ne fut pas long, à peine trente minutes supplémentaires. Ensuite, ils quittèrent l'autoroute et Zach s'avança vers un portail qui s'ouvrit devant la voiture lorsqu'il eut tapé le code. La suite du chemin était une route goudronnée - étroite, mais goudronnée.

— En fait, peut-être que ça ne te plaira même pas, dit Zachary tout de go.

— Comment ça ?

— La maison.

— C'est une cabane rustique dans les bois ou un somptueux château ?

— Ni l'un ni l'autre. Ce n'est pas tant dans les bois qu'entouré de bois. La maison est au bord d'une falaise surplombant l'océan. Enfin, pas une énorme falaise non plus. Tu vas voir. La maison est aussi un peu plus petite que ce qu'ont acheté mes frères. Mais ils ont besoin de place pour les femmes, les enfants et les amis.

— Pas toi ?

Sur son profil, elle crut lire de l'introspection.

— Pas vraiment. Ce n'est pas fait pour moi. Et d'ailleurs, quelle femme me supporterait ? Avec mon esprit de contradiction... Je pose un risque terrible sur un plan conjugal, alors je préfère m'enlever ce genre de préoccupations de la tête.

— Je vois.

Effectivement, elle l'avait vu. Au moins, en partie. Zachary était un caméléon. Il avait beau vouloir que les gens le voient comme un type libre et insouciant, elle était sûre qu'il était en réalité l'exact opposé. Zachary Stone savait cacher son jeu.

Ils tournèrent dans un ultime virage et Frannie eut le souffle coupé.

— Oh ! Zach. C'est si beau.

À première vue, toute sa maison semblait faite de verre. Ce qui était bien sûr impossible, mais le bâtiment frontal faisant face à l'océan n'était qu'une succession de fenêtres. Et sur combien d'étages ? Deux ou trois ? Difficile à dire, car le reflet du soleil dans les baies vitrées l'aveuglait.

Son compagnon de voyage, qui devenait de plus en plus taciturne à chaque minute qui passait, avança sur l'allée circulaire et coupa le moteur. Quand ils ouvrirent les portières, l'odeur de sapin l'assaillit. L'atmosphère avait des senteurs de Noël.

Et aussi les températures... À cette altitude et avec le vent du large, Frannie ressentit immédiatement le besoin d'enfiler son manteau et de le boutonner du cou jusqu'aux genoux.

— Je ne comprends même pas comment tu peux quitter cet endroit, murmura-t-elle, en laissant le soleil réchauffer son visage.

— Si je m'écoutais, je vivrais à l'année ici, dit Zachary. C'est tout ce dont un homme a besoin.

— Ou une femme, corrigea-t-elle. Tu as tellement de chance. Comment as-tu trouvé cet endroit ?

— Le terrain appartient à notre famille depuis plusieurs générations. Une grande partie a été vendue au fil des ans, mais Dieu merci, mes proches ont gardé le littoral.

Il remarqua qu'elle frissonnait.

— Mais rentrons avant que tu te transformes en glaçon. Ne t'inquiète pas pour ton sac. Je vais ressortir le chercher.

Ils montèrent quelques marches et Zach ouvrit la porte d'entrée. Une fois à l'intérieur, elle eut de nouveau le souffle coupé. Peut-être à cause de la maison. Peut-être à cause de l'homme qui se tenait à côté d'elle, épaule contre épaule. Et qui n'était pas loin de l'étourdir.

L'homme en question s'éclaircit la gorge.

— Eh bien, dit-il. Qu'est-ce que tu en penses ? Tu aimes ou tu trouves ça *too much* ?

Elle se retourna pour lui faire face.

— Tu plaisantes ! C'est magnifique, Zach. Vraiment. Je suis tellement impressionnée. Tu peux me faire visiter ?

Le large sourire de Zach lui fit comprendre que ses louanges lui faisaient plaisir. Même s'il devait être parfaitement au courant que sa maison était un chef-d'œuvre architectural.

— C'est comme si c'était fait, répondit-il. Tu veux commencer par ma chambre ?

4

Frannie devint rouge comme une pivoine. Un spectacle qui réjouit Zachary. Il adorait la provoquer. Peut-être qu'il n'aurait pas dû, mais il n'avait pas pu s'en empêcher. Aujourd'hui comme hier, il aimait lui faire perdre l'équilibre. Elle qui semblait si sage et assurée dans sa vie, contrairement à lui...

Frannie enroula ses bras autour de sa taille, ce qui souligna la courbe de ses seins saillant sous son pull.

Sans croiser son regard, elle répondit :

— Oui, bien sûr.

Ils sortirent dans le couloir, et il la conduisit vers sa propre suite, en essayant de se mettre à sa place. À part Katie et Ivy - et une dame qui s'occupait du ménage une fois par mois –, aucune femme n'avait jamais mis les pieds dans sa tanière.

Il venait là pour être seul, pour se détendre, pour se recentrer. La chambre elle-même était presque austère. Seuls un lit king-size, deux petites tables de nuit, un unique fauteuil à côté de la cheminée et un télescope près de la baie vitrée la meublaient. La parure de lit cramoisie était la seule touche de couleur de la pièce. Tout le reste était gris, anthracite et blanc. Tous ses vêtements et effets personnels étaient soigneusement cachés dans un immense dressing attenant.

— Wow, s'exclama Frannie. Je ne sais pas quoi dire. On dirait presque une chambre de chevalier dans un château. Un chevalier richissime qui aurait très bon goût.

— Va voir le reste, dit-il. Le plancher de la salle de bains est chauffé et la douche à l'italienne a trois jets.

Il la suivit de loin alors qu'elle ouvrait les portes et explorait. Ses murmures d'appréciation étaient gratifiants. Il se rendit compte, tout à coup, qu'il avait toujours voulu l'approbation de Frannie Wickersham.

Apparemment, les vieilles habitudes étaient difficiles à perdre...

Quand ils retournèrent dans la chambre, il désigna la baie vitrée.

— Je peux ouvrir cette section centrale par beau temps. J'ajoute un écran moustiquaire en été, pour pouvoir écouter l'océan pendant mon sommeil.

Elle regarda vers la mer, puis lui lança un coup d'œil par-dessus son épaule. Son expression était rêveuse.

— C'est parfait, Zach. On se croirait dans un film.

— Monte sur le lit avec moi.

— Euh, pardon ?

Lorsque sa mâchoire sembla se décrocher, il roula des yeux.

— Tu peux me faire confiance, s'il te plaît, Frannie ? Si j'avais une idée derrière la tête, je te jure que tu serais au courant. Blague à part, installe-toi sur le lit et laisse-moi te montrer quelque chose.

Il tapota l'oreiller.

— Allonge-toi sur le dos.

Elle s'exécuta, mais tout son corps demeura raide comme une bûche, comme si elle s'attendait à ce qu'il lui saute dessus d'un instant à l'autre. Le traitement était sans doute mérité, même si sa réputation était au moins à 50 % exagérée. Dans tous les cas, vu qu'il n'avait jamais encore pris la peine de remettre les pendules à l'heure, cela voulait dire que Frannie avait entendu une ou deux histoires salaces à son propos.

Il tendit la main vers la télécommande cachée dans un tiroir de la table de chevet.

— Regarde.

Lorsqu'il appuya sur le bouton, une section du plafond glissa latéralement et découvrit un large panorama sur le ciel. L'air froid se précipita dans la chambre, mais il attendit quelques minutes pour laisser Frannie profiter du spectacle. Et profiter de celui de sa réaction.

Elle posa les mains sur ses joues, son regard la disait clairement impressionnée.

— Oh mon Dieu ! C'est incroyable. Comment as-tu réussi à concevoir une telle chose ?

— Pas facilement, dit-il avec regret. C'était grotesquement cher. Et j'ai dû faire appel à un de mes amis qui est ingénieur. Mais le défi est réussi.

Il appuya sur le bouton de la télécommande pour les empêcher de geler tous les deux.

Frannie se tourna sur le côté pour lui faire face, appuyant la tête sur sa main.

— Je suis impressionnée, Zach. Vraiment impressionnée. Je devrais peut-être faire appel à toi quand je voudrai me faire construire une maison.

La façon dont elle le regardait noua quelque chose dans sa poitrine.

— Tu n'as pas de maison ?

— Non.

Elle mordit sa lèvre inférieure comme si le sujet l'inquiétait.

— Je voyage presque tout le temps. J'ai donc loué un appartement à Boston. C'est un très bel appartement, cela dit. Après, je suppose que je pourrais vivre n'importe où, mais j'ai grandi à Boston. C'est chez moi.

— Mais tu es rarement chez toi.

— Exactement.

Il étudia ses lèvres. Parfaitement pleines et dessinées. Elles étaient nues, sans même une touche de gloss. Leur couleur était donc naturelle. Délicieuse. Quel goût pouvaient-elles avoir ?

Il cligna des yeux, surpris par sa propre imagination devenue folle. Il ne devait pas penser aux lèvres de Frannie. À leurs pleins, leurs déliés, ni encore moins à leur saveur. Vraiment n'importe quoi.

Mais pourquoi l'avait-il amenée ici, dans sa chambre, sur son lit ? Parce qu'il voulait se vanter de son puits de lumière sophistiqué ? Ou parce que son inconscient avait parlé avant qu'il puisse l'entendre ?

Même si ce n'était pas à proprement parler dans son lit, avoir Frannie sur son lit était… troublant.

Il s'éclaircit la gorge et se décida à changer de sujet.

— Mais tu dois être affamée, non ?

Elle acquiesça.

— Pas loin, mais j'ai une dernière question. Tu te sers vraiment de ce télescope ?

— Bien sûr, dit-il, légèrement offensé qu'elle puisse penser qu'il ne s'agissait que d'un élément de décoration.

— Quelles sont ses spécifications ?

Lui faisait-elle passer un test ?

— C'est un réflecteur Schmidt-Cassegrain de 11 pouces. Je l'ai acheté en Californie directement auprès du fabricant.

Frannie rit doucement.

— La taille ne compte pas, Stoner. Je pensais que tu étais au courant. Dommage qu'il fasse nuageux ce week-end.

Il avait besoin de l'embrasser.

Besoin au-delà de toute raison.

— Alors nous devrons trouver d'autres façons de nous divertir, dit-il d'une voix rauque.

Elle cligna des yeux. Un nouveau flot de rouge-rose teignit ses joues. Sa peau était lisse et sans défaut. Il voulait toucher sa joue, lui caresser la gorge et ne plus arrêter jusqu'à...

— J'ai faim, dit-elle.

Zachary avait faim aussi.

Qu'allait-il faire si elle se penchait et pressait la bouche contre la sienne ?

Il prit une profonde inspiration et hocha la tête, réticent à arrêter le film qui se jouait dans sa tête.

— J'ai des tonnes de bonnes choses dans le congélateur. Je vais te faire à manger.

Frannie glissa hors du lit et redressa ses cheveux d'un geste timide.

— Alors allons-y. Ça fait longtemps que les beignets ont été oubliés.

Quarante-cinq minutes plus tard, Frannie prit place à la table de la salle à manger de Zachary et attendit qu'il serve deux assiettes de poulet piccata au citron, accompagné de riz sauvage et de brocoli.

Zachary avait refusé de la laisser aider. Pendant qu'il jouait au chef, elle avait exploré sa cuisine avec intérêt, notant le contenu de ses armoires et s'émerveillant de son réfrigérateur aussi bien garni.

Pour un célibataire globe-trotter, il était étonnamment paré à toute éventualité...

Une fois le repas commencé, elle voulut le taquiner à ce sujet.

— Donc tu pourrais rester ici pendant au moins un bon mois, non ?

Il hocha la tête avec un calme olympien.

— Peut-être deux, dit-il laconiquement. J'ai un énorme groupe électrogène. Dans la région, mieux vaut savoir être autonomes. Mais ça ne me dérange pas.

— Au contraire, ça te plaît, non ?

Il la fixa du regard.

— Je ne le nie pas. Je ne prétends pas avoir des gènes d'aventurier pour autant, mais je pense qu'un homme devrait pouvoir survivre dans les bois.

— Mais pas uniquement avec une boîte d'allumettes, un arc et des flèches.

Son haussement d'épaules masculin était un spectacle de toute beauté.

— J'aime mon confort. Je coupe mon propre bois de chauffage, mais la nuit, je veux dormir comme un roi.

— Je veux bien te croire.

De fait, alors qu'ils montaient vers la maison, plus tôt, elle avait remarqué plusieurs tas de rondins soigneusement empilés. La large poitrine et les bras musclés de Zachary lui disaient aussi qu'il ne passait pas tout son temps à une table de black jack ou à naviguer avec son yacht, s'il en avait un.

Penser à ses prouesses physiques la fit frémir.

Elle souleva une fourchette piquée de poulet.

— C'est délicieux, Zach. C'est toi qui l'as fait ?

— Oui. Il n'y a pas de restaurant à des kilomètres à la ronde. Je ne t'ai pas dit que j'adorais manger ? Chaque fois que je suis ici, je prépare en général deux ou trois recettes et congèle les restes.

— C'est bien, les hommes qui planifient.

Y avait-il une nuance de flirt dans sa propre voix ? Elle était bien consciente d'être seule avec son béguin d'adolescente. Le garçon dont elle se souvenait était devenu un homme. Un homme fascinant.

La ressentait-il aussi ? Cette étrange tension sensuelle qui s'installait entre eux ?

La dernière partie du repas se dissolut dans le silence. Peut-être avaient-ils épuisé les limites de leur réunion impromptue d'anciens du lycée.

Ou peut-être qu'ils commençaient tous les deux à comprendre que le temps allait être très long jusqu'à leur retour en ville le lendemain soir...

Le repas terminé, Frannie proposa de ranger la cuisine pendant que Zachary allait chercher les bagages pour les porter à l'étage. Elle aimait la maison de Zach. Malgré son luxe ostentatoire, elle s'y sentait bien. Et elle portait si profondément l'empreinte de son propriétaire...

Quand il la rejoignit dans la cuisine, ses joues étaient rouges et ses cheveux ébouriffés.

— J'espérais que nous pourrions faire une randonnée, déclara-t-il. Mais il fait assez froid et le vent se lève.

— Si on reste dans la forêt, je pense que ça ira, non ?

Il sourit paresseusement.

— Est-ce un oui ?

— Je ne me souviens pas avoir entendu une question, dit-elle en le gratifiant d'un sourire espiègle. Mais pour ne rien te cacher, je suis une dure à cuire. J'ai crapahuté dans les Pyrénées en février dernier. Ne crois pas avoir affaire à une débutante.

— D'accord, alors. Ton sac est dans ta chambre. Rendez-vous ici dans trente minutes.

Elle lui tapota la poitrine avec un doigt. Sa poitrine ferme et tellement sexy.

— Vingt, dit-elle, en battant des cils comme le genre de femme qui lui plaisait. Ne me fais pas attendre.

Dans l'intimité de sa chambre, elle grogna. Où avait-elle la tête ? N'avait-elle pas mieux à faire que de flirter avec un célibataire endurci ? Il n'y avait rien pour elle chez Zachary Stone, à moins qu'elle soit prête à une relation aussi sexuellement torride que rapidement périmée.

Dans de telles conditions, elle savait qu'elle ne devait pas s'impliquer avec un homme. Alors pourquoi se sentait-elle si tiraillée ? Elle avait une mission à réaliser pour les frères Stone. Un travail pour lequel elle était la meilleure. Et si elle était aussi intelligente que le suggérait son QI, alors elle ne devait pas se laisser tenter par le délicieux morceau de masculinité qu'était Zachary Stone.

Frannie retourna à la cuisine dix-neuf minutes et dix secondes plus tard. Zachary était déjà là, appuyé contre le comptoir, l'air suffisant.

— Tu as eu du mal à retirer les étiquettes des nouveaux vêtements ? C'est ce qui t'a ralentie ?

Elle le fusilla du regard.

— Pas du tout. J'ai répondu à quelques e-mails professionnels pendant que j'étais là-haut. Et j'en ai aussi profité pour commencer les mots croisés du *New York Times*, que j'ai quasiment terminés.

Il éclata de rire.

— Bravo, Bestiole.

Il leva un sac à dos léger.

— J'ai de l'eau et quelques collations. Direction les bois. Il ne faut pas tarder, les nuages s'alourdissent de minute en minute.

Elle le suivit dehors et grelotta quand l'air froid la frappa au visage. Après la chaleur de la maison de Zachary, le temps semblait encore plus hostile.

— Où allons-nous ? demanda-t-elle. Tu as un parcours en tête ou c'est juste pour se dégourdir les jambes ?

— Il y a une grosse colline à environ un kilomètre. De l'autre côté, on tombe sur une jolie cascade. Elle n'est pas énorme, mais très pittoresque. Je me suis dit que ça pouvait te plaire.

— Alors en route.

Elle s'attendait à ce que Zachary accélère le pas et elle ne fut pas déçue. Au lycée, il avait pratiqué tous les sports que proposait leur établissement. Frannie, par contre, avait évité autant que possible l'activité physique. Elle complexait à cause de ses jambes blanches comme un cachet d'aspirine et de son grand corps dégingandé. Sans parler de sa maladresse. Ces dernières années, cependant, elle avait trouvé des activités qui lui plaisaient. Le yoga. Les cours de vélo spinning. Le running... Elle allait pouvoir suivre Zach. Peut-être.

Une demi-heure plus tard, ils s'arrêtèrent au pied de la colline. Frannie essaya de reprendre son souffle.

— C'est davantage une petite montagne qu'une grosse colline, dit-elle en scrutant le sommet caché par les nuages.

Il lui sourit.

— Tu dis ça probablement parce que tu n'es qu'une infâme citadine.

Elle s'engagea sur le sentier.

— Ne te fais pas d'illusions. Je te mets ta raclée quand tu veux.

Zachary ne perdit pas de temps pour la poursuivre. Il avait des jambes plus longues, mais elle l'avait pris par surprise et avait une longueur d'avance.

Les poumons de Frannie brûlaient. Les muscles de ses cuisses tiraient. La sueur perlait sur son front, malgré la température hivernale. Elle était déterminée à arriver la première au sommet. Le sentier était étroit et ne laissait pas beaucoup de place pour passer à deux. Mais quand elle dut s'arrêter à contrecœur pour se plier en deux et, les mains sur les genoux, essayer de reprendre son souffle, il la doubla avec un sourire diabolique.

— Rendez-vous là-haut !

C'était stupide. Elle n'avait rien à prouver. Mais malheureusement, Zachary Stone n'avait pas son pareil pour la titiller. Elle n'allait pas le laisser gagner.

Au final, ils furent ex aequo. Avait-il ralenti à la dernière minute pour lui faire plaisir ou son sprint final avait-il fait la différence ? Elle ne le saurait jamais, mais ils parvinrent au sommet épaule contre épaule.

Soufflant et haletant, ils s'appuyèrent tous les deux sur des arbres. Frannie se débarrassa rapidement de sa parka, elle mourait de chaud.

La cascade promise était effectivement un délice pour les yeux. Elle jaillissait d'une source souterraine et ondulait sur des rochers recouverts de mousse bordant le sentier du retour en bas de la colline. Quand elle put respirer de nouveau normalement, elle sortit son téléphone et prit quelques photos. La scène était idyllique. Elle pouvait imaginer des fées et des lutins des bois venir ici pour des assemblées secrètes sous la lune.

La paix et la pureté de l'endroit étaient presque tangibles.

Zach prenait toujours appui contre un tronc d'arbre et la regardait.

— Je n'aurais pas cru ça de toi, Frannie. J'ai dû me démener pour conserver mon avance, tu sais.

Elle sourit.

— Tu te souviens de la vieille Frannie. Vers vingt-cinq ans, j'ai compris que je voulais prendre soin de mon corps et rester en forme. Comme mon travail est bien plus cérébral que physique, il a fallu que j'apprenne à aimer l'exercice.

— Je vois ça. Tes efforts ont porté leurs fruits, c'est clair.

Il la regarda de haut en bas sans la moindre gêne.

Frannie tint bon. Elle savait l'effet que pouvait faire sa silhouette. Sans compter que le pantalon de sport et le haut qu'elle avait choisis étaient flatteurs. Mais les compliments de Zachary la troublèrent...

Est-ce qu'elle travaillait pour lui ou est-ce qu'elle jouait un jeu dangereux avec lui ? Pouvait-elle faire les deux ?

Lorsqu'ils eurent avalé une demi-bouteille d'eau et mangé une barre de céréales en silence, elle récupéra sa parka et déclara :

— Je recommence à sentir le froid, nous devrions rentrer. Sans compter qu'il fait nuit plus tôt dans la forêt. Je ne veux pas finir dans l'estomac d'un ours ou d'un loup.

Zachary éclata de rire en rangeant les bouteilles vides dans son sac.

— Il n'y a pas de loups dans le Maine. Quant aux ours, ce sont des ours noirs qui ne sont généralement pas agressifs. Dans tous les cas, je te protégerai.

Elle enfouit ses cheveux sous le col de son manteau.

— Je peux me protéger toute seule, Zach. Les filles peuvent aussi faire ce genre de choses, tu sais.

Quand elle se retourna, il la gratifia d'un sourire mutin.

— Je sais, F. Wickersham, je sais.

À ces mots, il partit en trombe.

Son défi impromptu la fit sursauter, tellement qu'il lui fallut une bonne dizaine de secondes avant que ses pieds coopèrent.

La descente était plus facile pour les poumons, mais plus difficile à d'autres égards. Le chemin était plus dangereux dans cette direction.

— Attends ! cria-t-elle, ayant bien l'intention de le dépasser s'il s'arrêtait.

Mais Zachary ne ralentit pas sa course. Bientôt, il fut hors de sa vue.

Frannie était presque arrivée en bas lorsqu'elle entendit un jappement et un bruit qui ressemblait à un animal se débattant dans les sous-bois. Alarmée, elle accéléra.

— Zach ? Tout va bien ?

Elle le trouva au sol, essayant de s'asseoir. Son visage était pâle. Sa jambe gauche tendue devant lui.

— Qu'est-il arrivé ?

Elle s'agenouilla à ses côtés, tendant la main pour essuyer un filet de sang sur son visage. Quelque chose - un bâton peut-être ? - lui avait tailladé la joue pendant sa chute.

Il grimaça.

— Trébuché sur une racine, bredouilla-t-il, les dents serrées par la douleur. Ma cheville.

Elle s'accroupit et remonta doucement la jambe de son pantalon. Effectivement, la cheville était enflée et devenait violette.

— Ouch, tu crois que c'est cassé ?

Il haussa les épaules.

— Je ne sais pas. J'espère que c'est simplement une mauvaise entorse.

Frannie comprit immédiatement qu'ils étaient en danger. La maison était quasiment à deux kilomètres et une éventuelle assistance encore plus lointaine. Elle ne pouvait pas le laisser seul dans la forêt le temps d'aller appeler les secours et remonter en voiture. Entre l'état de choc et la nuit tombante, il risquait l'hypothermie.

— Nous n'avons pas le choix, dit-elle d'une voix qu'elle espéra la plus calme possible.

— Je sais.

Son expression était résignée.

— Quand nous aurons réussi à nous relever tous les deux, il faudra que tu prennes appui sur moi. On ne va pas marcher vite, mais on y arrivera, je te le promets.

Il frappa du poing sur le sol.

— Je suis un abruti ! Me mettre à courir en descente sur un sentier de montagne ! Qu'est-ce que j'avais derrière la tête ?

— C'est aussi ma faute, Zach. Rien de tout cela ne serait arrivé si j'avais refusé la compétition. Admettons simplement que nous sommes deux adultes qui ont été aussi bêtes que des gamins. Nous avons tous les deux été trop impulsifs.

Son sourire n'exprimait pas sa puissance habituelle.

— Pour tout te dire, murmura-t-il, j'ai une autre idée stupide en tête.

Il s'approcha de son visage.

Elle leva les yeux au ciel et soupira.

— Écoute, si tu veux me mettre mal à l'aise, continue, si cela peut te permettre d'oublier la douleur.

— Pardon, Frannie.

Il avait l'air si misérable.

— Aide-moi à me relever, dit Zachary d'une voix blanche.

— Tu peux te servir de ce bâton comme levier ?

Elle ne pouvait pas le laisser s'appuyer sur son pied gauche. La douleur serait atroce.

— Oui.

Avec sa main droite, il tendit la main et saisit le bâton.

Frannie s'accroupit.

— Mets ton bras autour de mes épaules et accroche-toi. Je vais me lever lentement. Mais avant, donne-moi le sac à dos.

Il se renfrogna.

— Je fais un mètre quatre-vingt-dix et j'approche les cent kilos.

Je porterai le sac. N'oublie pas que toi, tu vas devoir te coltiner une partie de mon poids.

Elle voulait discuter, mais elle savait que c'était inutile. Un Zachary blessé était comme un ours blessé. Imprévisible et dangereux.

— D'accord. Tu es prêt ?

— Oui.

Les soixante secondes suivantes furent des plus difficiles. Son pied allait forcément entrer en contact avec le sol à un moment ou à un autre. Quand l'inévitable se produisit, Zachary jura. Il se mordit la lèvre inférieure si fort qu'il se mit à saigner. S'il avait été blême auparavant, maintenant il était grisâtre.

Frannie le stabilisa lorsqu'ils furent tous les deux debout et lui laissa le temps de s'adapter.

— Ça va ?

Elle savait qu'elle ne devait pas se montrer trop prévenante, au risque de le braquer.

— J'ai connu des jours meilleurs.

La plaisanterie détendit immédiatement l'atmosphère. Ils commencèrent à marcher lentement, chaque pas étant une gageure.

Ils finirent par trouver le bon rythme. Pour la première fois dans sa vie, elle se sentit heureuse d'être grande, mais ils furent tout de même obligés de s'arrêter toutes les quinze minutes. Après la première demi-heure, ses jambes tremblaient de fatigue.

Zachary parlait à peine. Elle avait l'impression qu'il concentrait toute son énergie à se préparer à la douleur. Le silence lui convenait, car elle ne savait pas quoi dire, de toute façon.

Lorsque la nuit tomba, elle alluma l'application lampe de poche de son téléphone et éclaira le sentier à leurs pieds. Ils ne pouvaient pas se permettre un autre accident.

Juste au moment où elle commençait à craindre qu'ils aient pris un mauvais tournant, Zachary soupira profondément.

— Voilà, on y est presque.

— Dieu merci.

Elle ignorait totalement comment il le savait. Après le coucher du soleil, tout dans les bois lui semblait identique. Mais il avait raison. La maison se dessina quelques mètres plus loin.

Quand ils arrivèrent à la porte d'entrée, il expira lourdement.

— Les clés sont dans ma poche droite, grinça-t-il.

Sentant ses joues chaudes et sa respiration étrangement saccadée, elle glissa maladroitement la main gauche dans sa poche droite. La poche était profonde. Elle récupéra enfin les clés.

Mais avant cela, elle perçut la fermeté de sa cuisse et peut-être aussi d'autre chose à travers le tissu. Mais c'était une autre histoire.

— Je les ai, dit-elle.

Zachary s'appuya contre le mur de la maison tandis que Frannie s'occupait de la serrure.

Le pire était derrière eux. En prenant son temps, elle le mena patiemment jusqu'au salon.

Zachary baissa la tête et s'affaissa contre elle.

— Merci, marmonna-t-il.

Ses mots étaient à peine audibles.

Jetant les clés sur la table, elle essaya de le pousser petit à petit pour le faire asseoir sur le canapé.

— Laisse-moi t'installer et après, je vais nous faire un petit quelque chose à manger. Je ne suis pas un cordon-bleu comme toi, mais je maîtrise assez bien les pâtes ou les croque-monsieur, ça te dit ? Ou plutôt un bol de soupe pour nous remettre du froid ?

Elle parlait trop vite. Bien trop vite. Ses mots avaient un débit de mitraillette et trahissaient sa nervosité.

Zach plongea les yeux dans les siens et prit son visage à deux mains.

Les battements de son cœur s'accélérèrent. Le temps sembla se figer.

— Merci, Frannie, murmura-t-il. Du fond de mon cœur. Tu es une femme incroyable.

À ces mots, il l'embrassa jusqu'à en perdre haleine.

5

Zachary était tellement soulagé d'être au chaud et de ne plus avoir à utiliser ses pieds qu'il ne savait pas ce qui venait de lui passer par la tête. Du moins, telle serait la justification dont il se servirait plus tard pour expliquer son baiser.

Oh que les lèvres de Frannie étaient douces ! Et elles portaient encore un soupçon du chocolat des barres de céréales qu'ils avaient grignotées un peu plus tôt.

Qu'est-ce qu'il pouvait avoir mal... Il ne sentait plus ses doigts. L'épuisement pesait sur chacun de ses membres et les rendait durs comme du béton. Ce qui n'avait pas empêché chacune de ses cellules de reprendre vie lorsque sa bouche s'était pressée contre celle de Frannie.

Il ne savait pas si elle lui aurait rendu ou non son baiser, car son cerveau avait vite repris le dessus. Et il s'était redressé.

— Désolé, marmonna-t-il. Je dois délirer.

Officiellement, il était contrit, mort de honte. Officieusement... il était aux anges.

Frannie ne dit pas un mot. Elle toucha ses lèvres avec deux doigts, secoua lentement la tête et se leva.

— Je vais augmenter le chauffage et t'apporter une couverture avant de commencer à faire à manger. Tu crois qu'il faut essayer de t'enlever ta chaussure ?

Zachary n'était pas né de la dernière pluie. Il avait déjà eu des fractures, des points de suture et des commotions cérébrales. Et il avait survécu pour en raconter l'histoire. Mais la pensée que quelqu'un pouvait tirer sur sa cheville en ce moment précis lui retournait l'estomac.

— Non, tant que ce n'est pas une question de vie ou de mort, essaya-t-il de plaisanter. Je ne pense pas que la chaussure change grand-chose et encore moins empire la situation. Mais si tu peux passer par le congélateur et y récupérer un sac de petits pois, tu serais bien aimable.

Elle acquiesça.

— D'accord. Je reviens.

Peu de temps après, il entendit la chaudière s'allumer. Frannie apparut quelques instants plus tard avec une épaisse couverture et les légumes demandés dans les bras. Elle posa doucement le paquet congelé sur sa cheville et étendit la couverture sur lui comme s'il avait quatre-vingt-quinze ans et qu'elle était son infirmière.

C'était drôle ou insultant. Ou les deux.

Il lui attrapa le poignet lorsqu'elle fut à sa portée.

— Je ne suis pas près de mourir, Bestiole. C'est seulement mon pied. Je peux m'occuper seul de ma couverture.

— Bien.

Le mot était à peine audible. Elle tourna les talons, mais il eut le temps de voir qu'elle avait les larmes aux yeux.

— Oh ! Frannie, qu'est-ce qu'il y a ? Je t'ai bouleversée ? Je suis désolé. Vraiment. Viens par ici.

Lorsqu'il lui tira le poignet un peu plus fort, elle perdit l'équilibre et tomba à côté de lui sur le canapé. Son pied fut bousculé dans le processus, mais il ravala un gémissement de douleur. Un bras autour d'elle, il caressa ses cheveux, ravi de sentir ses boucles noires soyeuses s'enrouler autour de ses doigts.

— C'était une sacrée aventure cet après-midi, mais nous l'avons surmontée. Tout va bien se passer.

Frannie recula et le regarda sans qu'il sût décrypter son expression.

— Ta cheville est peut-être cassée. Il neige. Et tu n'as pas de fromage !

Ce dernier mot sortit de sa bouche comme une plainte. Il posa la tête contre son épaule et l'attira doucement contre lui. Son corps commençait à réagir à la présence d'une femme entre ses bras...

Sa si chère Bestiole frissonnait.

Il devait se rendre à l'évidence : son érection n'allait servir à rien. Tant pis, aucun homme n'était jamais mort d'un désir inassouvi, n'est-ce pas ? Le plus grand choc était qu'il s'était laissé exciter par cette femme. Cette voix de son passé. Cette professionnelle hautement qualifiée qui allait aider Stone River Outdoors.

Dans toute l'histoire du monde, il n'y avait sans doute jamais eu de pire moment pour qu'un homme ait envie d'une femme. Qu'importe que Zachary ait envie de la déshabiller et de couvrir son corps de baisers de la tête aux pieds, il allait résister. Il savait qu'il le devait.

Elle renifla et se redressa.

— Je suis désolée. J'ai craqué, ce n'est rien. L'effet du choc. Je vais bien. Vraiment. Tu as besoin de quelque chose avant que j'aille faire à manger ?

Ses cils étaient humides. Les coulures de mascara n'avaient rien fait pour gâter sa beauté.

— Je peux t'aider, tu sais, dit-il d'un ton bourru, stupéfait par le mélange de désir et d'émotion qui obstruait sa gorge. Ça va aller si je reste appuyé contre le comptoir.

Son estomac grogna bruyamment comme pour souligner son argument.

Frannie recula d'un bond.

— Oh non, dit-elle. Ne bouge pas. Je peux gérer, honnêtement. Ce n'était qu'un moment d'égarement, je le jure.

Et elle s'enfuit avant qu'il puisse la convaincre du contraire.

Une fois Frannie partie dans la cuisine, il releva la jambe de son pantalon et examina son pied. Il se servit du canif qu'il avait toujours dans sa poche lorsqu'il partait randonner pour découper lentement l'élastique de sa chaussette. Sa cheville était enflée et gonflée et arborait une douzaine de nuances de bleu et de violet.

Était-ce cassé ? Comment le savoir ? Dans tous les cas, il avait souvent entendu dire qu'une vilaine entorse pouvait parfois être pire qu'une simple fracture.

La frustration l'envahit, exacerbée par la douleur et l'inquiétude pour Frannie. Il l'avait amenée ici pour qu'elle s'amuse, pas pour qu'elle joue les infirmières. Et sans aucun sous-entendu graveleux...

Elle essayait tellement d'être gentille et serviable. Il le savait. Mais quand elle l'avait touché, aussi innocemment que ce soit, son corps était passé directement en état d'alerte sensuelle. Cela n'avait aucun sens. Il avait eu tout le temps du monde lorsqu'ils étaient adolescents à Glenderry pour faire un pas vers Frannie. À l'époque, ils avaient passé des heures ensemble...

Ses sentiments pour Frances Wickersham étaient forts quand ils étaient au lycée, mais aucun n'impliquait de vouloir avoir des relations sexuelles avec elle. À moins qu'il ait été atteint d'une étrange amnésie...

Pourtant, depuis qu'elle était réapparue dans sa vie, c'était comme s'il n'avait eu qu'une seule pensée à son égard : comment la mettre nue le plus vite possible.

Lorsqu'elle entra dans le salon une demi-heure plus tard en portant de la nourriture, sa première impulsion fut de se lever et de l'aider avec son lourd plateau. Bon sang ! Il était coincé... comme une tortue à l'envers sur sa carapace.

Ce sentiment le rendit grincheux et encore plus frustré.

Frannie posa le plateau sur la table basse.

— Je ne savais pas ce que tu voulais boire. Alors j'ai fait du décaféiné. Avec ton pied en si mauvais état, je pense que tu vas déjà avoir du mal à dormir, alors pas besoin d'appeler l'insomnie à la rescousse.

Il eut une vision soudaine.

Frannie, dans son lit, souriante et sexy, essayant de diverses manières de l'aider à dormir.

— Bonne idée, dit-il, espérant qu'elle n'allait pas remarquer l'enrouement significatif de sa voix. Tu n'étais pas obligée de faire ça, Frannie.

Elle lui lança un regard étrange.

— Nous devons tous les deux manger. Cette marche nous a fait dépenser beaucoup de calories. Comme tu n'as pas de fromage, j'ai trouvé du beurre d'arachide dans l'armoire. Et comme il est difficile de rater un sandwich au beurre de cacahuètes, je me suis lancée.

Le regard ironique qu'elle lui lança lui affola le cœur.

— Ne me dis pas que tu ne sais pas cuisiner, Frannie. Cela ne te ressemble pas.

— Oh ! laisse tomber, Zach.

— Tu ne veux pas me dire ce qui s'est passé ?

— Pourquoi penses-tu que quelque chose s'est passé ?

Son expression était mutine.

— La Frannie que je connais aurait extrait onze livres de cuisine de sa bibliothèque et les aurait tous mémorisés en quarante-huit heures.

— Tout dans la vie ne peut pas être appris dans un livre, Zach.

— Allez, raconte, dit-il d'un ton qu'il voulait cajoleur. S'il te plaît. Je veux vraiment savoir.

Elle haussa les épaules.

— Bien. Ce n'est pas un grand secret, de toutes les manières.

Elle s'assit à côté de lui et grignota quelques chips.

— J'ai eu un petit ami pendant ma dernière année à l'université, commença-t-elle enfin. Les choses sont devenues assez sérieuses. Pendant les vacances de printemps, ses parents sont venus lui rendre visite. Ils ont proposé de nous emmener dans un restaurant chic, mais j'ai dit que je cuisinerais pour eux.

Elle lui lança un coup d'œil latéral.

— J'ai peut-être un léger problème à vouloir boxer en dehors de ma catégorie.

Il sourit et leva les mains.

— Alors là, tu me choques.

— Petit malin. Quoi qu'il en soit, notre appartement était lugubre. Minuscule et au troisième étage sans ascenseur. Je voulais vraiment impressionner nos invités. J'ai donc acheté des fleurs, mis de la musique classique et j'ai voulu faire une tourte à la viande.

Il haussa un sourcil.

— Impressionnant.

— Attends, dit-elle d'une voix sombre. Quand nous nous sommes assis à table pour manger, mon copain a plongé son couteau dans le plat. Enfin, dans la tourte, je veux dire. La croûte était encore crue, mais les morceaux de viande étaient durs comme du bois. Encore aujourd'hui, je ne sais pas ce que j'ai mal fait.

— Ses parents étaient sûrement polis.

— Oh ! ils l'étaient, dit-elle. Son père a fait une plaisanterie et sa mère a dit que j'étais trop jolie pour passer mon temps dans la cuisine. Mais mon petit ami...

Elle s'interrompit, ses joues rougissant avec quelque chose qui donna envie à Zach de frapper le petit ami de l'université.

— Quoi, Frannie ? Qu'a fait le crétin ?

— Il m'a hurlé dessus. Devant ses parents. Pour dire que j'avais toujours la tête coincée dans un livre, mais que j'étais une handicapée mentale avec les choses du quotidien.

Un silence pesant s'installa entre eux pendant plusieurs secondes. Puis Zachary lui prit la main.

— Je suis désolée que cela te soit arrivé, Bestiole. Mais dis-moi que tu as largué cet abruti sur-le-champ.

Elle soupira.

— Oh que oui ! Et le meilleur, c'est que sa mère m'a aidée à faire mes valises et son père les a descendues jusqu'à ma voiture. Ils se sont excusés pour leur fils, mais les dégâts étaient irréparables. L'un dans l'autre, je n'ai jamais essayé de cuisiner à nouveau. C'est nul, non ?

— Pas du tout. Mais je te promets, Frannie, avec tout le temps libre dont tu disposeras pendant que tu seras en mission à Portland pour SRO, que je vais t'enseigner les bases. C'est probablement comme faire du vélo. Il ne faut pas s'arrêter à la première chute mais remonter en selle ! Qui plus est, dans ma cuisine, je suis certain que tu feras des merveilles.

Soudain, il réalisa que le plateau ne contenait qu'une assiette et une tasse.

— Et toi, tu ne manges pas ? demanda-t-il en fronçant les sourcils.

Elle se releva et il fut bien impuissant à la retenir.

— Ne t'inquiète pas, je vais manger pendant que je nettoie la cuisine. Crie si tu as besoin de quelque chose.

— Écoute, je crois que ça ira. Mais si tu peux monter dans

mon dressing quand tu auras cinq minutes pour y récupérer des béquilles, ça serait super.

Zachary grinça des dents en regardant Frannie s'éloigner. Elle avait préparé deux sandwichs et du café. À quel point la cuisine pouvait-elle être sale ? Frannie était visiblement mal à l'aise à ses côtés. Peut-être parce qu'elle se rendait compte de ses sentiments et ne les partageait pas.

Dans tous les cas, elle était sur le point de rendre un fier service à Stone River Outdoors. Une seule chose devait occuper son esprit : mettre la main sur un éventuel espionnage industriel. Zachary avait une liste longue comme le bras de femmes qui seraient heureuses de partager son lit.

Frannie n'en faisait pas partie et il ne devait pas vouloir qu'il en soit autrement. Elle n'était pas une femme pour le genre d'homme qu'il était et il n'était pas un homme pour une femme comme elle. Le plus dur était désormais de s'en persuader.

À quoi pouvait ressembler le placard d'un homme riche ? Si Frannie ne se l'était jamais demandé, maintenant elle avait sa réponse. Tout d'abord, c'était énorme. Elle aurait pu facilement y caler un petit pays et avoir encore de la place à revendre.

Et malgré ses préjugés sur les hommes et leur désordre, le placard de Zachary était méticuleusement organisé. Un mur entier était consacré à des équipements sportifs. Des skis. Des casques. Des pagaies de canoë. Une fortune rien que dans cette pièce.

Elle comprit que la plupart de ses costumes d'affaires et ses vêtements habillés devaient dormir dans son appartement de Portland, car elle n'en détecta qu'un ou deux. La majorité des vêtements était des chemises de bûcheron, des gilets, des vestes et des pantalons faits pour les activités de plein air. Et une grande partie, mais pas tous, arborait l'écusson SRO.

Devait-elle résister à l'envie de renifler un T-shirt ? Ou peut-être en voler un pour dormir avec ? Zachary ne le saurait jamais.

Riant silencieusement de ses propres pensées absurdes, elle se mit en quête des béquilles. Après quelques essais infructueux, elle les localisa dans le fond, derrière une collection de combinaisons de plongée et d'équipements de kitesurf. Zach portait-il quelque chose en dessous lorsqu'il s'adonnait à ces activités ? La pensée de son corps nu lui assécha la bouche.

Concentre-toi, Frannie.

Elle sortit les béquilles et referma la porte du dressing derrière elle. La tentation était encore plus forte. Zachary étant coincé sur le canapé, il n'y avait aucun risque qu'il la surprenne en train de farfouiller dans sa vie privée.

Sa chambre était fascinante. Elle l'avait vue plus tôt, bien sûr, mais maintenant elle prenait son temps pour l'explorer. Ses oreillers en plumes étaient luxueux et dodus. Les draps, incroyablement doux.

La seule note personnelle dans toute la pièce était un petit cadre photo reposant sur sa table de nuit. Elle montrait les trois frères Stone à un moment parfait. Ils se tenaient ensemble, chacun avec un bras passé autour de la taille de son voisin, près d'un téléski, et ils levaient leurs bâtons vers le ciel. Chacun avait le visage illuminé d'un énorme sourire. La joie qui transpirait de l'image la fit elle aussi sourire.

Frannie s'assit sur le bord du lit pendant un moment, testant le matelas.

Bien qu'elle ne soit pas experte ès sexualité masculine, elle était quasi certaine que Zachary avait envie de coucher avec elle. Dommage pour lui qu'elle ne soit pas versée dans le genre de transactions physiques entre hommes et femmes où les seuls paramètres qui importaient étaient de savoir si les deux parties appréciaient l'aventure.

À part son petit ami qu'elle avait quitté après sa catastrophe culinaire, elle n'avait eu que deux autres relations semi-sérieuses avec des hommes. L'une avait duré six mois, la plus récente seulement trois.

Elle soupira.

Dans d'autres circonstances, cette escapade de deux jours aurait pu se dérouler très différemment et sans doute aurait-elle pu se laisser tenter par une aventure qu'elle n'avait encore jamais expérimentée. Mais maintenant que Zachary était blessé, le sexe n'était plus d'actualité.

Elle aurait dû être soulagée. Elle ne l'était pas.

À l'évidence, une aventure avec Zachary Stone serait épique. Elle ne pouvait pas imaginer que cet homme fasse preuve de tiédeur dans un seul domaine de son existence. Sa témérité physique n'était plus à prouver.

Mais sur le plan des émotions ? Elle se demanda si quelqu'un au monde le connaissait vraiment. Il était si fermé... Garder les gens à distance était un mode de vie pour lui.

Au lycée, ils avaient été proches, très proches. Assez pour partager espoirs et rêves. Pour discuter et se chamailler. Mais jamais pour s'embrasser. Pour des inconnus, ils auraient pu facilement passer pour frère et sœur. Et ce même si leur relation n'avait jamais rien eu de fraternel...

Un coup d'œil à sa montre lui indiqua qu'elle avait traîné ici assez longtemps. Le pauvre Zach était aussi impuissant qu'un bébé en ce moment. Elle devait redescendre.

Quand elle retourna dans le salon, il lui lança un regard qui lui donna l'impression d'être déshabillée sur place. Un regard qui n'avait rien d'impuissant. Au contraire, il était même carrément dangereux.

Elle déglutit et s'avança vers le canapé.

— Je les ai trouvées, annonça-t-elle en brandissant les béquilles.

Il lui sourit.

— Je pensais que tu t'étais peut-être perdue. Combien de temps faut-il pour localiser une fichue paire de béquilles ? Ma maison n'est pas si grande, quand même !

Son ton semblait subitement virer à l'orage. Elle ne se laissa pas intimider.

— Un peu de respect, mon cher. Je te rappelle que je suis la seule personne ici qui t'empêche de mourir de faim. Sans compter que tu vas avoir besoin de moi pour aller aux toilettes et à la salle de bains.

Tandis qu'elle le regardait avec méfiance, elle vit ses poings se détendre.

— Pardon, je suis désolé. C'est la douleur, elle me met de mauvaise humeur.

Frannie se frappa le front.

— Oh ! des cachets, j'ai complètement oublié ! Je vais t'en chercher, ne bouge pas !

— C'est bon, Frannie, je ne suis pas un vieillard cacochyme. Je peux aller les chercher tout seul.

À ces mots, sans qu'elle ait le temps de protester, Zach récupéra les béquilles et se leva.

Elle le regarda claudiquer, grimaçant, et se diriger vers le couloir menant vers la salle d'eau. Dans certaines maisons, ce type de salle de bains secondaire était minuscule. Pas chez Zach. Elle était spacieuse, il allait pouvoir y manœuvrer seul.

Elle ramassa son assiette vide et le sac de pois décongelés et les rapporta à la cuisine. Peut-être que le dessert adoucirait son humeur grincheuse. Elle avait trouvé des bonbons dans son garde-manger. Après avoir sélectionné trois variétés différentes, elle retourna dans le salon.

Toujours pas de Zachary.

Elle s'avança sur la pointe des pieds dans le couloir. Rien, silence. Et s'il avait eu un malaise ? S'il s'était évanoui alors qu'elle était dans la cuisine ?

Les minutes passèrent. Elle tendit l'oreille et détecta enfin le bruit d'un robinet qui coulait. Vite, elle devait repartir d'où elle venait au risque que Zach la surprenne, réellement, en train de fureter. Et vu son humeur, elle n'avait vraiment pas besoin de ça.

Elle se retourna et sursauta au bruit d'objets qui dégringolaient sur les carreaux de la salle de bains où se trouvait Zach.

Son cœur se mit à battre à toute allure.

— Zach ? Tout va bien ?

Une ribambelle de jurons parvint à ses oreilles, ainsi qu'un fluet :

— C'est rien, c'est rien, je suis juste tombé. C'est bon, je gère.

— Arrête de faire ta tête de mule, lança Frannie en se précipitant vers lui. J'arrive !

6

Il y avait des moments dans la vie où un homme devait ravaler sa fierté. Qu'il le veuille ou non. Zachary savait à quoi il devait ressembler, étendu sur le sol. Sa dignité s'était fait la malle. Avant qu'il puisse crier pour appeler Frannie, la porte de la salle de bains s'ouvrit, manquant lui briser le crâne.

Sa meilleure ennemie tomba à genoux et s'accroupit près de lui.

— Mon Dieu, s'exclama-t-elle, visiblement paniquée, mais qu'est-ce que tu as fait ?

Il désigna du coin de l'œil le petit tapis gris sous le lavabo.

— Une des béquilles, souffla-t-il.

Il se mordit les lèvres en essayant de reprendre sa respiration.

— Une béquille s'est accrochée au tapis et j'ai glissé.

Il s'était cogné la cheville en tombant. La douleur avait été si ardente qu'il avait failli s'évanouir. Il avait l'impression que chaque os de son corps vibrait.

Elle passa les mains sur ses extrémités - comme la plus mignonne des médecins de série télé - et s'attarda sur l'égratignure sur son avant-bras. Puis elle se pencha sur lui et releva une de ses paupières.

— Tes pupilles ont l'air dilatées.

— Frannie…

Maintenant, il soufflait pour une tout autre raison.

— Reste tranquille, dit-elle. Il faut s'assurer que tu n'as rien d'autre de cassé.

Elle releva son autre paupière.

— Est-ce que ta tête te fait mal ? Dis-moi où.

— Frannie…

Malgré sa considérable détresse physique, sa libido était toujours vaillante.

— Frannie…

Il prononça son nom avec plus de force.

Elle fronça les sourcils.

— Quoi ?

— Tes s…

Il s'arrêta net.

— Ta poitrine est sur mon visage. Et pour être clair, je ne me suis pas cogné la tête.

— Oh.

Son visage passa au cramoisi. Elle se rassit sur ses talons, si vite qu'elle faillit perdre l'équilibre.

— Qu'est-ce que tu as cogné en tombant ?

— Je suis tombé sur mes fesses. Mon coude a ripé sur le meuble du lavabo. Tout bien considéré, cela aurait pu être pire.

Elle se mordit la lèvre, sans dire un mot. Et Frannie avait généralement beaucoup à dire.

— Quoi ? À quoi penses-tu ? demanda-t-il.

Sa lèvre inférieure tremblait.

— Je ne pense à rien. J'essaie de ne pas rire.

Il la regarda, indigné.

— Je pourrais être mort et toi, tu ris ?

Elle haleta, essuyant ses joues.

— Oh ! Zach, je suis désolée. Vraiment. Mais j'aurais aimé avoir une vidéo de tout ça.

— Ton inquiétude est touchante, dit-il sèchement.

— Je suis sincèrement inquiète pour toi.

— Oh ! c'est ce que je vois. Je me sens déjà mieux.

Elle lui sourit.

— Tu jures que tu ne t'es pas cogné la tête ?

— Je le jure. Tu veux voir le bleu sur mes fesses ?

— Hum, non.

Elle regarda autour d'elle dans la petite salle de bains comme si elle cherchait une issue. C'était si facile de la déconcerter. Elle était si belle lorsqu'elle était gênée.

Il lui caressa le bras.

— Je sais que tu as entendu des histoires sur moi, Frannie. Mais elles ne sont pas toutes vraies.

— Pourquoi tu me dis cela maintenant ?

— Parce que tu sembles nerveuse en ma compagnie.

— Même si seulement la moitié des ragots est vraie, cela veut quand même dire que tu es un…

Elle s'interrompit, il tenta de poursuivre sa phrase.

— Quoi ? Un ? Un coureur de jupons ? Un collectionneur ?

— Tu pourrais au moins faire semblant de t'en vouloir, murmura-t-elle.

— J'ai vécu ma vie comme je voulais la vivre, Frannie. Je n'ai jamais été malhonnête avec une femme, et j'ai toujours traité mes partenaires avec dignité et respect. Je suis généreux avec mes compagnes et, à ma connaissance, je suis en bons termes avec toutes celles qui ont déjà partagé ma… vie.

— Toutes ?

Il soupira.

— Tu penses qu'il y en a combien ?

Elle leva une épaule et la laissa tomber.

— Je ne sais pas. Cinquante ?

— Bon Dieu, Frannie. Non !

Il s'éclaircit la gorge et ajouta :

— Je ne sais si c'est le meilleur moment pour avoir cette conversation. Est-ce que tu peux m'aider à me lever ?

Le changement de sujet sembla la soulager autant que lui.

— D'accord, mets ton bras autour de moi. Je vais t'aider à te relever.

Il secoua la tête, ayant décidé que c'était un effort qu'il devait faire seul.

— Non, c'est le meilleur moyen de nous étaler tous les deux sur le carrelage. Attrape plutôt mes béquilles et donne-les-moi quand j'aurai réussi à me mettre debout.

Avec les deux mains sur le rebord du lavabo, il se mit en équilibre sur son bon genou et se redressa. Ce fut lent, pas joli, mais il réussit sans se cogner de nouveau la cheville. Il était exténué, le front humide. Il tendit une main.

— Je peux les prendre maintenant.

Frannie lui tendit les béquilles l'une après l'autre.

— Tu fais de la musculation, n'est-ce pas ? Moi, je n'ai pas beaucoup de force dans le haut du corps.

— C'est le cas de beaucoup de femmes, c'est normal. Mais je pourrai te montrer quelques exercices si tu veux.

Son offre était parfaitement innocente, mais Frannie rougit de nouveau. Ce qui fit revenir les pensées de Zachary en eaux troubles. Non, il devait se contenir. Il se l'était promis. Le moment était venu d'aller au lit. Seul.

— Est-ce que cela te dérangerait d'aller me chercher des antalgiques dans la salle de bains de ma chambre ? demanda-t-il. Je suis épuisé. Je vais en prendre deux et essayer de dormir.

Elle écarquilla les yeux.

— Depuis quand tu as ce genre de médicaments chez toi ?

— J'ai été opéré de l'appendicite à l'automne dernier, ils datent de là.

— Oh.

Elle se mordit la lèvre.

— Quoi, Frannie ?

Il pouvait presque voir les rouages tourner dans son cerveau.

— Ce ne sont pas des médicaments anodins. Je préfère rester près de toi dans ce cas.

— À quelle distance ?

— On n'avait pas dit que tu arrêtais de me charrier ?

Son sourire était ironique.

— Désolé, je ne peux pas m'en empêcher. Mais j'arrête si tu arrêtes de me prendre pour un bébé.

— Marché conclu, dit-elle avant de prendre la direction de sa chambre.

Frannie retourna dans la chambre de Zachary pour la deuxième fois de la journée et fouilla dans sa salle de bains où elle mit enfin la main sur la médication demandée. La notice disait de prendre les cachets avec un repas, mais elle était quasi sûre que Zachary ne pouvait rien avaler. Elle redescendit alors dans la cuisine pour lui verser un verre de lait. La brique était loin de sa date de péremption. Zach devait effectivement passer régulièrement dans sa demeure du nord du Maine.

Lorsqu'elle retrouva Zach dans le salon et lui offrit à la fois la pilule et la boisson, il se redressa et murmura ses remerciements. Elle se pencha et lui embrassa la joue.

— Je t'ai aussi pris quelques affaires pour la nuit. Je te pose le sac ici. Appelle-moi si tu as besoin de moi, d'accord ?

Sa peau chauffait du contact avec la mâchoire mal rasée de Zach. Comme tout le reste de son corps.

— Je suis célibataire depuis toujours. Je n'ai besoin d'aucune femme.

Le commentaire sembla sorti de nulle part et la gela sur place. Quelques minutes avaient suffi pour détériorer son humeur. Peut-être à cause de la douleur ? Dans tous les cas, son expression lui fit comprendre qu'il en avait vraiment assez qu'elle le prenne « pour un bébé », comme il l'avait dit.

— Très bien, alors bonne nuit et à demain matin, dit-elle d'une voix dont elle espéra qu'elle ne trahissait pas sa déception ni son désir.

Il l'appela alors qu'elle quittait le salon, mais elle prit la décision de ne pas se retourner. Jouer les indifférents laconiques était probablement sa façon à lui de la tenir à distance. Il le lui avait suffisamment répété… Il n'aimait pas qu'on s'occupe de lui. C'était un grand garçon, qui n'aimait pas qu'on lui dise quoi faire… même si c'était pour son propre bien.

Dans tous les cas, ses sentiments étaient meurtris, mais c'était probablement pour le mieux. Elle était devenue beaucoup trop proche de Zach. Trop vite.

Il fallait peut-être y voir un autre indice. Jeune adulte, il avait fait le choix de passer de Zach à Zachary. Il voulait être le seul maître à bord de sa vie. Ce qui s'appliquait aussi à ses relations. Elle n'avait pas répondu à son baiser, alors il était passé à autre chose. Zachary Stone n'était pas homme à perdre son temps.

Elle soupira. Incapable qu'elle était de passer à autre chose. Elle avait envie de lui, physiquement et émotionnellement, mais la pensée de partager une intimité avec Zach la fit grincer des dents. Mieux valait se contenter du statu quo, peu importe comment son pauvre cœur pouvait tisser des rêveries à la chaîne.

Une fois dans sa chambre, elle dormit sans repos. À 3 heures, son téléphone sonna. C'était Zach, mais elle n'eut pas le temps de répondre qu'il avait déjà raccroché. D'un bond, elle se précipita dans l'escalier et se planta devant la porte entrouverte du salon. Un doux ronflement montant du canapé apaisa la plupart de ses inquiétudes. Mais elle décida quand même d'entrer sur la pointe des pieds.

Il faisait sombre. Zachary avait éteint toutes les lampes. Elle regretta ne pas l'avoir fait pour lui.

Après quelques pas vers le canapé, elle put voir qu'il était nu jusqu'à la taille. Ses orteils s'enroulaient dans le tapis. Ses jambes étaient agitées. Bien sûr, il n'était pas complètement nu, vu qu'il lui était, à n'en pas douter, impossible de retirer son pantalon sans aide.

Dans l'âtre, quelques braises rougeoyaient et permettaient à la pièce de n'être pas plongée dans le noir complet.

Dans la douce lumière du feu de cheminée, son torse était de toute beauté. Il avait l'air beaucoup moins civilisé qu'un directeur financier d'une énorme entreprise. C'était un homme qui ne se laissait pas domestiquer. Qui n'aimait pas être manipulé. Même quand il avait réellement besoin d'aide, il détestait devoir la demander.

Elle espérait que sa cheville allait rapidement cesser de le faire souffrir.

Comme il semblait s'être rendormi, elle décida de ne pas le réveiller. Le matin viendrait bien assez tôt.

Elle recula, résolue à retourner dans son lit chaud et doux, mais une voix masculine rauque et rocailleuse l'arrêta net.

— Frannie. Reviens. S'il te plaît.

Elle grimaça, sachant qu'il ne pouvait pas voir son expression. Quand elle se retourna, elle vit que ses yeux étaient ouverts.

— Ça va ? demanda-t-elle. J'ai vu que tu m'avais appelée, mais je n'ai pas réussi à me réveiller assez vite pour décrocher.

Il leva une main et la balança d'avant en arrière.

— Comme ci comme ça.

— Tu veux une autre pilule ? Je pense que tu peux te permettre une nouvelle prise si tu as vraiment très mal.

— Non, pas tout de suite, ils me rendent pâteux.

Il se redressa et passa ses mains dans ses cheveux.

— Viens t'asseoir avec moi.

Frannie était une femme intelligente. Très intelligente. Elle savait qu'il était l'heure de la sorcellerie, l'heure de la nuit où les défenses tombent, où le monde réel semblait loin et où les gens faisaient parfois des choix stupides.

Elle se pencha sur le bord du canapé, gardant une bonne distance de sécurité entre sa hanche et celle de Zach.

— Tu devrais te rendormir, dit-elle.

— Oui, ne t'inquiète pas.

Il grimaça.

— En fait, je voulais m'excuser pour tout à l'heure, j'ai été cassant.

— Tu souffrais.

— Ce n'est pas une excuse. Je suis vraiment désolé.

— Excuses acceptées.

— Quand tu es montée te coucher, j'ai appelé Quinten. Il va partir à l'aube pour venir nous chercher.

— Super.

— Je l'ai prévenu pour la neige. À Portland, ils n'ont eu que du vent pour le moment.

— Ah.

Il la regarda… si intensément que ses tétons se dressèrent sous son haut de pyjama. Pouvait-il le voir ? Son regard était si dense qu'il lui faisait l'effet d'une caresse tactile.

Il soupira.

— Sur une échelle de un à dix, c'est grave comment si je t'embrasse ?

Elle se figea, à moitié surprise et à moitié pétrifiée de désir.

— Tu m'as déjà embrassée, fit-elle remarquer.

— Ça ne compte pas. C'était un baiser de remerciement. Non prémédité.

Peut-être qu'il n'avait pas beaucoup réfléchi à ce moment après leur randonnée mouvementée à travers les bois, mais cela avait profondément affecté Frannie. Cela lui avait ouvert les yeux sur des possibilités ô combien dangereuses.

— C'était toujours tes lèvres et les miennes. Quelle différence ?

Elle voulait entendre sa réponse. Désespérément.

— La différence, c'est l'intention. Maintenant, j'ai envie de savoir comment tu aimes être embrassée.

La chaleur roula du creux de son ventre jusqu'à ses seins et sa gorge. Nerveusement, elle tira un fil qui dépassait sur son genou.

— J'ai toujours entendu dire que la spontanéité était un plus.

Elle avait l'impression d'être possédée. Que quelqu'un d'autre parlait à sa place. Une femme qu'elle n'était pas, mais dont l'audace n'était pas pour lui déplaire. Était-ce un effet de l'heure des sorcières ?

Il secoua lentement la tête.

— Le problème est que, parfois, un homme ne peut pas dire si la femme veut être embrassée ou non. Tu vois le dilemme ?

Elle pouffa.

— Je n'arrive pas à imaginer une femme qui n'aurait pas envie que tu l'embrasses.

— Est-ce un oui ?

Ses lèvres s'inclinèrent en un sourire affamé, méfiant et audacieux à la fois. Et il s'approcha un petit peu plus d'elle.

Sa gorge se serra au point de lui faire mal.

Qui devait parler ? La sorcière ? La femme raisonnable ?

L'accélération de son rythme cardiaque l'assourdissait. Zach était grand et fort. Quoi de plus normal que de mourir d'envie d'être dans ses bras ? Mais quelque part au fond de son cerveau, elle savait qu'elle paierait cher ces moments de bonheur.

— Zach…

Elle murmura son nom, prise dans une étrange faille spatio-temporelle entre le passé et le présent. Combien de fois avait-elle rêvé qu'il l'embrasse ? Ses fantasmes d'adolescente allaient-ils devenir réalité ?

— Est-ce un oui ? répéta-t-il.

— Zach, soupira-t-elle. Ce serait une erreur monumentale.

7

C'était le problème avec les femmes vraiment intelligentes. Elles savaient comment se défaire d'un homme sans même avoir l'air d'essayer. Bien sûr, elle avait raison. Ce qui ne rendait pas l'érection de Zachary moins insistante. Il était excité, bon sang. Et il ne voulait pas n'importe quelle femme - il avait envie de Frannie. Il ne pouvait pas lui expliquer sa réaction. Il ne voulait pas vraiment l'analyser non plus. Parfois, la vie laissait tomber d'amusantes surprises sur vos genoux.

Sauf que maintenant, Frannie avait tracé une ligne dans le sable. Les affaires d'un côté, le plaisir de l'autre. Zachary savait de quel côté il voulait qu'elle penche.

Frustré et épuisé, il tira le plaid sur ses jambes et se réinstalla dans son lit temporaire. Avec le recul, il aurait dû demander à Frannie de lui apporter un vrai oreiller. Mais elle avait déjà tellement fait. Il n'allait pas lui demander d'aller en chercher un et de le lui porter à nouveau.

Frappant le coussin du canapé pour le rendre plus confortable, il s'installa, équilibrant soigneusement sa cheville. Dès qu'il ferma les yeux, Frannie fut là, avec lui. Il pouvait encore humer le sillage de son parfum subtil. La sensation de sa peau lisse était comme imprimée dans la pulpe de ses doigts.

L'embrasser avait été la meilleure chose qui lui soit arrivée depuis des mois, voire des années. Qui aurait cru que la petite Frannie Wickersham allait devenir une femme intensément féminine avec beaucoup de sex-appeal ?

Le fait qu'elle ne sache rien de ses propres charmes la rendait encore plus exceptionnelle. S'il était honnête avec lui-même, il l'avait amenée dans le nord du Maine dans l'espoir de l'impressionner par sa maison et son cadre. Mais au lieu de cela - parce qu'il l'avait mise au défi avec cette stupide course –, il avait fini claudicant et vulnérable.

Ce n'était pas la meilleure façon de gagner une manche avec Frannie.

Mais pourquoi fallait-il toujours gagner ou perdre ? Ils étaient adultes maintenant. Lui et Frannie n'étaient plus en compétition.

Pourtant, peut-être qu'il l'avait embrassée pour qu'elle oublie sa faiblesse temporaire. Avait-il espéré qu'un intermède romantique effacerait l'image disgracieuse de son corps étalé sur le sol de la salle de bains ? Ce deuxième accident avait été sacrément humiliant.

Oh oui, il voulait impressionner Frannie. C'est ce qu'il avait toujours voulu. Et parce que son maximum n'avait jamais été assez bon, il avait caché ses failles et s'était fait passer pour un type à la confiance illimitée.

Un play-boy. Une tête brûlée. Un homme du monde qui n'avait besoin de personne. Son personnage était une armure confortable qu'il portait depuis longtemps. Frannie était l'une des rares personnes à pouvoir percer sa façade. Ce qui la rendait dangereuse.

C'était pour le moins un point discutable. Ce qui était sûr et certain pour le moment, c'était que Frannie était à l'étage dans la chambre d'amis et lui, coincé sur le canapé.

Il fixa le feu. Voir les flammes danser et crépiter lui fit imaginer ce que ce serait d'inviter Frannie sur le tapis pour lui faire l'amour à la hussarde.

Il était possédé. Il s'agita et gémit. Son fantasme ne faisait qu'empirer les choses.

Les moutons ! Essayer de compter les moutons ! À 4 h 32, il abandonna. Apparemment, il avait dormi juste assez pendant les premières heures de la nuit pour avoir du mal à replonger dans les bras de Morphée. Le cocktail de la douleur physique et de l'imagination érotique était la recette parfaite pour une franche insomnie.

Pendant les trois heures suivantes, il somnola. Sa cheville lui faisait un mal de chien. Il aurait dû prendre davantage de médicaments. Sans compter que le canapé était trop court de dix bons centimètres pour être confortable pendant une nuit entière. La lumière du soleil commençait à abonder dans la pièce à travers les rideaux lorsqu'un texto de Quinten lui annonça qu'il arriverait en milieu de matinée.

Dieu merci. Autant Zachary avait voulu amener Frannie sur la côte nord, autant il voulait maintenant en repartir au plus vite.

Après une laborieuse expédition dans le couloir, il se lava au gant et se mouilla les cheveux pour les rendre plus coopératifs. Puis il alla à la cuisine pour passer ses options en revue. Le sandwich au beurre d'arachide que Frannie lui avait préparé la veille n'était plus qu'un très lointain souvenir pour son estomac.

Il était prudent. Très méticuleux. Il n'avait pas envie de se retrouver une nouvelle fois sur les fesses.

Alors qu'il venait tout juste d'élaborer un plan, Frannie apparut sur le pas de la porte.

— Bonjour, dit-elle doucement.

Le poudrage rose sur ses joues, si familier, lui fit comprendre qu'elle était gênée de la nuit précédente. Il avait prévu d'ignorer ce souvenir. Pour le moment. Sinon, il était capable de sauter complètement le petit déjeuner et de faire quelque chose qui lui causerait des tas d'ennuis.

Elle avait tiré ses cheveux en une queue-de-cheval tumultueuse. Ses yeux étaient brillants, son regard méfiant.

Zachary avait l'impression qu'elle le regardait comme les restes du repas de la veille.

— Si tu peux me casser des œufs, je peux nous faire une brouillade, dit-il. Et je vais sortir du pain à la cannelle du congélateur pour faire des toasts. Si tu veux bien m'assister, le petit déjeuner sera prêt dans vingt minutes.

Elle se glissa à côté de lui.

— Bien sûr.

Puis elle fronça les sourcils.

— Mais que faire si tu tombes sur le bord de la cuisinière et que tu te brûles ? Après réflexion, c'est peut-être une mauvaise idée. J'ai vu des céréales dans le garde-manger. Ça m'ira très bien.

Il comptait jusqu'à dix. On l'avait privé de sommeil, de sexe, et maintenant on voulait le priver de nourriture digne de ce nom. Qu'est-ce qui était le pire ? Il prit une profonde inspiration pour se calmer.

— Je ne vais pas tomber, dit-il en se forçant à sourire. Je maîtrise ces béquilles. Les bols sont dans cette armoire à côté de toi. Il me faut quatre œufs. Prends-en autant que tu veux.

Frannie ne discuta pas. Elle sortit les œufs du réfrigérateur, les cassa dans le bol et les fouetta avec une fourchette. Zachary ajouta du sel, du poivre et un nuage de lait. Il se rendit compte que brouiller des œufs n'était effectivement pas une entreprise facile avec des béquilles, mais maintenant qu'il s'y était engagé, il n'allait pas reculer.

Une fois qu'il comprit comment équilibrer ses béquilles sous ses bras tout en maniant la poêle et la spatule, ses progrès furent manifestes. Quand les œufs furent quasiment prêts, il demanda à Frannie de vérifier les toasts.

— Ça a l'air bien, dit-elle.

Ils purent s'installer pour manger dix secondes avant sa prévision de vingt minutes.

Ce fut un repas tranquille. Mais aujourd'hui, le silence semblait gênant.

Heureusement, il fut vite brisé par le bruit de la porte d'entrée. Une voix forte les salua.

— Vous êtes là ?

Zachary attrapa ses béquilles et se leva rapidement. Ou au moins aussi vite qu'un homme à une jambe pouvait se lever. Quand Quinten apparut dans la cuisine, les frères s'étreignirent.

— Tu as mangé ? demanda Zachary. Je peux préparer plus d'œufs.

— Non, ça va.

Quin posa les yeux sur Frannie.

— Bonjour, madame Wickersham. Désolé d'entendre que vous étiez coincée.

Le sourire qu'elle offrit à Quin était franc et simple. Ce qui irrita Zachary.

— Appelle-moi Frannie, dit-elle. Pas de souci.

Zachary secoua la tête.

— Non, non, non ! Je suis le seul à pouvoir l'appeler Frannie. Tout comme elle est la seule à pouvoir m'appeler Zach.

Quin leva un sourcil, lançant un regard incrédule à son frère.

Frannie intervint.

— Frances me va très bien aussi, ne t'inquiète pas. Nous sommes bien désolés de t'avoir traîné ici si tôt un dimanche matin. Je suis sûr que ta femme n'a pas trop apprécié.

Quin se servit le dernier morceau de pain grillé.

— Non, non, pas de problème. On avait prévu d'aller aider sa sœur à peindre son appartement aujourd'hui.

Il leur lança un regard impassible et haussa les épaules.

— Et comme je déteste la peinture…

— Eh bien, dans ce cas, s'amusa Frannie, tu es le bienvenu.

Quin désigna la table du doigt.

— Mets-toi là, frérot, laisse-moi voir cette cheville.

Lorsque Zachary remonta son pantalon, Quin grimaça théâtralement.

— Ouch, ça a l'air horrible.

Frannie acquiesça.

— Et ça doit même être pire que ça en a l'air. Mais ton frère têtu n'a pas voulu prendre beaucoup de médicaments contre la douleur.

— Ça lui ressemble, dit Quin. Elle est cassée ?

— Je ne pense pas, répondit Zachary en baissant les yeux sur son pied. Ce n'est pas pire qu'hier. Cela doit être un bon signe, non ?

— Peut-être. J'ai appelé mon orthopédiste. Il a dit qu'il pouvait nous voir à 16 h 30 cet après-midi.

— Un dimanche ?

Frannie semblait manifestement estomaquée.

Quin la regarda avec un sourire penaud.

— Oh tu sais, j'appelle par leur prénom une demi-douzaine de médecins depuis mon accident.

— Mais tu vas bien ?

— Tout à fait.

Frannie se mit à empiler les assiettes.

— Laissez-moi m'occuper du lave-vaisselle, ensuite j'en aurai pour cinq minutes pour récupérer mes affaires. Je n'ai pas apporté grand-chose.

— Quin peut gérer la vaisselle, ordonna Zachary. Mais prends ton temps. Nous ne sommes pas pressés.

Lorsque Frannie quitta la pièce, Quinten secoua lentement la tête.

— Qu'est-ce que cette petite fête impromptue ?

— Je voulais montrer à Frannie la maison sur la plage.

— Je crois que je ne t'ai jamais vu amener une femme ici, dit Quin, visiblement perplexe.

— Frannie n'est pas une femme comme tu l'entends. C'est une vieille amie. C'est différent.

Quin prit la vaisselle et la chargea dans le lave-vaisselle.

— Moi, je pense que tu devrais faire attention.

Zachary lui lança un regard noir.

— Qu'est-ce que ça veut dire ? Tu as peur parce qu'elle va travailler pour nous ? Elle est indépendante, ce n'est pas une employée. Nous n'enfreignons aucune règle.

— Je ne parle pas de règles, déclara Quin.

Il s'essuya les mains sur un torchon et appuya sur le bouton du lave-vaisselle qui démarra avec son bruit caractéristique.

— Je n'ai vu Frances que brièvement vendredi, mais même moi, je peux voir qu'elle est différente.

— Différente comment ?

Zachary était sur le point de s'énerver.

— Eh bien...

Quin le rejoignit à la table et se pencha en arrière sur sa chaise, la faisant basculer sur deux jambes.

— Elle n'est pas comme tes copines habituelles. C'est une femme sérieuse et extrêmement intelligente.

— Elle n'est pas intelligente, claqua Zachary. Elle est géniale.

— Je me fiche de l'adjectif. Je me soucie du fait qu'elle peut ne pas comprendre tes règles. Que tu ne fais pas dans le durable.

— Ne te fais pas de bile, ajouta Zachary. Frannie et moi, nous

nous amusons. C'est tout. C'est une réminiscence du passé, cela ne porte pas à conséquence. Je suis sûr qu'elle en est parfaitement consciente.

Debout dans le couloir, Frannie avait tout entendu. Comment allait-elle supporter ce voyage de retour à Portland ? Le malaise était total. Elle détestait penser que Quinten pouvait la prendre pour quelqu'un de vulnérable et qu'il était allé jusqu'à en parler à son frère pour le mettre en garde. Bien sûr qu'elle l'était...

La profondeur de sa déception lui fit comprendre qu'elle avait effectivement laissé la bride un peu trop longue à ses rêveries d'adolescente. Une activité des plus ridicules pour une femme de trente ans.

Elle n'était pas amoureuse de Zachary Stone. Non. Ses seuls sentiments pour lui étaient... Eh bien... Elle se mordit les lèvres. Elle avait une envie folle de savoir ce qu'il pourrait lui faire au lit. Ou à n'importe quel autre endroit, pour peu que cela implique que leurs corps nus soient imbriqués.

Mais il y avait aussi... de l'amitié. Était-ce pathétique ou tendre ? Les hommes et les femmes pouvaient être amis, n'est-ce pas ? Sans compter que sa relation avec Zachary ne datait pas d'hier. Même si le long terme n'était visiblement pas dans ses cordes.

Ses sentiments n'étaient pas blessés. Vraiment, ils ne l'étaient pas.

Pour le prouver, elle ouvrit la porte de la cuisine avec sa hanche et se précipita pour s'annoncer aux frères Stone.

— Je suis prête, on peut y aller quand vous voulez.

À en juger par le regard que les deux hommes lui lancèrent, son ton avait été bien trop guilleret pour être honnête.

Zachary hocha la tête.

— Super alors.

Il jeta un coup d'œil à Quin.

— Tu veux bien t'occuper de ma valise ? Elle est dans ma chambre.

— Comment as-tu pu la monter là-haut ? s'étonna Quinten

Frannie s'esclaffa.

— C'était avant l'accident.

Son rire devait être communicatif, car cela rendit Zachary grincheux de voir Quin rire avec elle.

— Je prendrai aussi tes valises, dit Quin.

Lorsque le plus jeune frère Stone disparut, l'atmosphère dans la cuisine se tendit. Du moins, du côté de Frannie. Après tout, Zach n'avait aucune raison d'être nerveux. À part pour sa cheville blessée.

Il se mit à tapoter des doigts sur la table et, comme s'il avait pu lire dans ses pensées, il déclara :

— Il ne s'est rien passé hier soir. Tu n'as pas à te sentir bizarre.

Elle leva le menton.

— Je ne me sens pas bizarre. Je veux juste retourner dans ma chambre d'hôtel pour pouvoir me détendre.

— Qu'est-ce que ça veut dire ?

Son air renfrogné aurait été hilarant si elle n'avait pas été oppressée par la récente conversation qu'elle avait entendue.

Elle haussa les épaules.

— J'aurais dû refuser quand tu m'as invitée ici. Ma routine habituelle consiste à passer le week-end à élaborer mon plan d'attaque avant de commencer un nouveau travail le lundi. Je ne voudrais pas changer de stratégie avec Stone River Outdoors.

Le froncement de sourcils de Zachary se transforma en confusion.

— C'était du sarcasme ? Que se passe-t-il, Frannie ? Je ne t'ai jamais vue aussi nerveuse. On dirait que tu marches sur des charbons ardents.

Dans un éclair de lucidité, elle comprit que, pour remettre leur relation sur les rails, elle devait agir comme si leur folie du milieu de la nuit ne l'avait pas du tout affectée. Elle devait la remiser pour de bon dans sa mémoire. Et ne pas oublier que Zachary Stone n'était rien d'autre qu'un vieil ami.

Même si, au fond, elle aspirait à ce que Zach soit quelque chose qu'il n'était pas, elle devait faire face à la vérité. Ces retrouvailles ne signifiaient rien pour lui.

Elle devait imiter sa décontraction ou risquer d'en être blessée.

Allait-elle y parvenir ?

En attendant, elle savait qu'elle n'avait qu'une chose à faire pour mettre toutes les chances de son côté : se jeter à corps perdu dans le travail.

8

Zachary grimaça quand le médecin ajusta son pied sur la table glacée.

— Vous pensez que c'est cassé ? demanda-t-il.

Le médecin fit marche arrière vers le mur et lui ordonna :

— Ne bougez pas.

— Ne vous inquiétez pas, je ne vais partir nulle part.

Zachary avait pensé que la douleur s'était atténuée, mais les manipulations du praticien lui indiquaient que non.

Après un bourdonnement de l'appareil de radiologie, le médecin revint réinstaller son pied blessé une fois de plus.

— C'est presque fini.

Le médecin prit un ultime cliché et colla sa tête près de la paroi en plexiglas.

— Vous pouvez retourner à mon bureau. Au bout du couloir, deuxième porte à droite.

Zachary attrapa ses béquilles, se leva et sortit. Ses deux frères étaient assis dans la salle d'attente du médecin. Farrell avait décidé de venir en guise de soutien moral.

Les deux frères Stone sourirent lorsque Zachary ouvrit maladroitement la porte et entra.

— Je pense que ce type est un sadique, déclara Zach.

Quin écarta sa jambe du chemin avant que Zachary trébuche.

— Je me souviens de quelqu'un de très gentil et serviable, pourtant, commenta-t-il.

Farrell gloussa.

— C'est peut-être parce que tu avais tendance à venir le consulter pendant des heures normales de bureau.

— J'aurais pu attendre jusqu'à demain, grommela Zachary. Je n'ai demandé de faveur à personne.

Le médecin d'une quarantaine d'années passa alors la porte.

— J'ai téléchargé les images, dit-il d'un ton vif.

Il alluma une télévision grand écran accrochée au mur et se dirigea vers l'ordinateur installé sur son bureau.

— Regardez.

Même avec un QI largement supérieur à la moyenne, Zachary ne savait pas ce qu'il voyait. Quin avait plus d'expérience que ses frères avec ce genre de chose.

Le médecin sourit.

— La bonne nouvelle, c'est que je ne pense pas que quelque chose soit cassé.

Il désigna une zone sur l'image avec le bout de son stylo.

— Cela pourrait être une minuscule fracture de stress, mais ça pourrait tout aussi bien être une vieille blessure. Dans les deux cas, je veux que vous restiez tranquille une bonne semaine pour permettre à l'enflure de diminuer. Revenez me voir dans une semaine à partir de demain. Nous ferons alors un nouveau bilan.

— Mais je peux toujours utiliser les béquilles, non ?

— Non. Vous devez rester à l'horizontale. Avec le pied surélevé.

Zachary indiqua tacitement à ses frères qu'il avait besoin d'aide.

— Frannie commence à travailler demain. Il faut que je sois là pour l'aider si elle en a besoin.

En vérité, il avait surtout besoin de passer du temps avec elle. Voir comment les choses évoluaient après leur intrigant séjour dans sa maison de campagne. Durant tout le trajet du retour, elle avait été silencieuse et était rentrée à son hôtel comme une voleuse. Quand il l'avait appelée plus tard dans la journée pour lui proposer de dîner, elle avait refusé, prétextant qu'elle était épuisée et voulait se coucher tôt. Il avait bien senti qu'elle mentait.

Pourquoi ? Ne ressentait-elle pas l'attirance qui grésillait entre eux ? Ou peut-être qu'elle l'avait perçue mais ne voulait pas être une énième conquête ? Cette pensée piqua son orgueil et lui fit honte.

Frannie attendrait tout d'un homme... De lui. Et elle lui donnerait tout en retour.

Une sorte d'intimité que Zachary ne voulait ni ne comprenait.

Farrell pencha la tête, fronçant les sourcils.

— D'après ce que j'ai compris, Frances travaille seule. En plus, Quin et moi serons là. Elle n'a pas besoin d'un chaperon. Fais ce que dit le médecin.

Quarante-huit heures plus tard, Zachary aurait pu escalader les murs pour passer son ennui. Il n'avait jamais été du genre à regarder beaucoup la télévision. Il avait quelques films d'action préférés sur DVD, mais les voir ne lui faisait que davantage prendre conscience de son handicap actuel.

Ivy et Katie s'étaient relayées pour lui apporter à manger. Elles étaient bien plus sympathiques et chaleureuses que ses propres frères. Mais lorsque Zachary posa des questions sur Frannie, tout ce qu'il obtint, c'était l'assurance qu'elle avançait vite.

Il lui avait envoyé un texto le dimanche soir pour lui faire savoir que la cheville n'était pas cassée.

Sa réponse avait été courte à l'extrême.

Super.

Et après ça, rien.

Qu'avait-elle fait à part dormir ? Dans la matinée ? Tout l'après-midi ?

La curiosité le consumait. Il voulait tout savoir sur Frances Wickersham. La profondeur de ce manque le fit réfléchir. Pourquoi ? Pourquoi était-il si obsédé par elle ?

Quinten passa lui rendre visite à l'improviste. Zachary en fut heureux, cela brisait la monotonie de son assignation à résidence.

— J'ai apporté une bouteille de vin et du filet mignon, dit-il, en soulevant un sac qui sentait très bon. Je me suis dit que tu devais reprendre des forces.

Il porta une main à son front.

— Sauf si tu prends toujours des analgésiques. Pardon, Zachary, je n'y ai pas pensé.

— Seulement des trucs en vente libre. Et en ce moment, je

me contenterais d'un contact humain. Je crois que je déteste cet appartement.

Quinten apporta la nourriture dans la cuisine, versa deux verres de vin et revint en riant.

— Tu as surenchéri sur trois autres acheteurs parce que tu voulais absolument avoir l'une des meilleures vues de la ville. Et maintenant tu n'en veux plus ?

— Il a trop de murs, déclara Zachary. J'ai besoin de grand air.

— On est en novembre. La météo est pourrie. Qui plus est, tu n'en as pas non plus pour une éternité.

— Sinon, comment ça va à SRO ?

— Tu veux dire comment va Frances Wickersham ?

— Aussi, oui.

Quinten se vautra dans le sofa gris anthracite.

— Pour autant que je sache, elle va bien. Farrell lui a brièvement parlé cet après-midi. Stanley doit s'absenter ce soir. Farrell voulait dire à Frances qu'elle n'avait pas à venir au bureau, mais elle a dit qu'elle avait l'habitude de travailler seule. C'est vraiment une femme très indépendante.

Zachary secoua la tête, fronçant les sourcils.

— C'est ce qu'elle veut que tu penses. De mon point de vue, Frannie est comme un caneton nouveau-né, tout doux, mignon et sans la moindre idée de la dureté du monde.

— Sensationnel.

Quin le regarda fixement, finissant son vin.

— C'est peut-être ce que toi, tu veux croire.

— C'est Farrell qui souffre du complexe de Galaad, pas moi.

— Mais cela ne te dérangerait pas du tout si la charmante Frances Wickersham pensait que tu étais son héros, non ?

Quinten n'avait pas tort. Zachary voulait être le héros de Frannie. Sentir pour une fois qu'il avait le dessus sur elle. Mais il n'allait pas l'avouer à son petit frère.

— Tu es un fieffé abruti.

Quinten pouffa.

— Eh bien, sur cette bonne nouvelle, je m'en vais. Ma chère femme m'attend.

— Allez, insiste, je ne t'en voudrai pas.

— C'est vraiment une belle soupe à la grimace que tu t'es préparée, dis-moi. Bon, en tant que type qui gâchait encore sa vie par les deux bouts il y a peu, je te suggère de faire preuve de patience. C'est un art perdu chez les Stone mâles, mais je te jure que ça peut faire des merveilles.

Le jeudi soir vers 22 heures, Zachary avait atteint pour de bon ses limites. Après la douche et le rasage, il passa un jean et une chemise puis un pull-over. C'était toujours une tannée de mettre et de retirer son pantalon sans se faire mal au pied, mais il était motivé.

Une fois prêt, il commanda un VTC et dit au chauffeur où le déposer, puis il envoya un SMS à Stanley pour lui faire savoir qu'il serait bientôt là.

Le siège de Stone River était enveloppé d'obscurité à son arrivée. Zachary activa son badge pour entrer et monta dans l'ascenseur. Il parcourut tous les étages jusqu'à apercevoir un bureau allumé au cinquième. Il s'avança tranquillement dans le couloir et fit une pause devant la porte ouverte.

Frannie lui tournait le dos. Ses doigts survolaient les touches de l'ordinateur si vite que cela semblait impossible. Ce soir, elle avait lâché ses cheveux. La vue de la riche chute de boucles noir corbeau faisait picoter ses doigts. Il aurait tant voulu les toucher.

Elle portait l'un de ses pulls à col roulé en cachemire. Celui-ci était d'un blanc crème, ce qui contrastait avec ses cheveux et les rendait encore plus beaux.

— Ne crains rien, s'annonça-t-il dit. Ce n'est que moi.

Frannie se retourna si vite qu'elle faillit faire basculer sa chaise de bureau et tomber. Elle mit une main sur sa poitrine.

— Zachary Stone ! Tu m'as fait mourir de peur. Dire « ne crains rien » à quelqu'un, c'est la meilleure façon de lui ficher la trouille !

Elle baissa les yeux sur son pied.

— Que fais-tu ici ? Quin m'a dit que tu étais assigné à résidence avec ordre strict du médecin de rester couché, avec le pied surélevé.

— C'est ce que j'ai fait, grogna-t-il. Quatre jours entiers. J'avais besoin d'une pause. Et en plus, je voulais voir comment tu vas.

Elle désigna son bureau parsemé de dossiers et de papiers.

— Là, je suis sur une employée tire-au-flanc comme pas deux, mais ça n'en fait pas une criminelle.

— Bon à savoir. Comment se déroule l'enquête ?

— Jusqu'ici, tout va bien. Je ferai le premier rapport quand j'aurai fini demain soir.

— En d'autres termes, laisse-moi tranquille.

Elle lui sourit.

— Je n'ai pas dit ça.

Mais c'était vrai qu'elle appréciait sa solitude. Un homme toujours par monts et par vaux comme Zach pouvait-il comprendre cela ?

— Tu m'as manqué.

Elle analysa sa déclaration laconique pour y trouver une signification cachée. Il était beau mais il avait aussi l'air fatigué. Son pull à col en V bleu marine sur une chemise à carreaux soulignait ses larges épaules. Chaque fois qu'elle était près de lui, elle ressentait cette étrange énergie. Comme s'il y avait un lien entre eux capable de produire de l'électricité.

— Cela ne fait que quatre jours. Sans doute un effet de l'ennui.

Ses yeux brillèrent.

— Oui. Je m'ennuie. Mais je parlais de toi, Frannie. Tu m'as manqué. J'ai apprécié le temps que nous avons passé ensemble ce week-end.

De quoi voulait-il parler ? De la randonnée ? Du baiser ? D'autre chose ?

Elle avait eu du temps pour réfléchir à ce qui s'était passé. Plein de temps. Voulait-elle être l'amie platonique de Zachary Stone ? Ou voulait-elle quelque chose de plus profond, de plus excitant ? Une aventure qui risquait - une fois terminée - de signifier la mort de leur amitié récemment ressuscitée ?

La question était intrigante, mais manquait d'une réponse claire.

— Tu m'as manqué aussi, dit-elle, essayant de ne pas lui laisser voir à quel point elle était affectée par sa simple présence dans ce minuscule bureau.

Après un long silence, il s'approcha.

— Tu peux me montrer ce que tu fais ? demanda-t-il.

Elle acquiesça.

— Pour cela, tu dois t'asseoir.

Elle récupéra une petite chaise et la plaça à sa gauche.

En quatre jours, Zachary était devenu plus habile avec les béquilles. Il s'assit sur la chaise, posa les béquilles de côté et hocha la tête.

— L'état de ma cheville s'améliore chaque jour.

— Espérons que cette incursion inopinée dans la vie de tes employés ne va pas te dégoûter.

— Tu ne vas pas me dénoncer, Bestiole, n'est-ce pas ?

Il était si proche que son après-rasage l'enivrait. Ou quelque chose comme ça. Une petite entaille sur sa mâchoire sculptée lui fit comprendre qu'il s'était rasé très récemment. Pour elle ?

— Pas si tu restes tranquille.

Elle se mordit la lèvre et resta le plus immobile possible, essayant de ne pas le toucher. L'espace de travail n'était pas large. Se concentrant sur ce qu'elle faisait de mieux, elle sépara son écran en plusieurs clics.

— Là, en général, j'obtiens le gros lot. Je peux voir chaque site web visité par un utilisateur. Souvent, s'il y a quelque chose de suspect, je suis un fil conducteur et je peux même accéder aux comptes personnels d'un employé s'il les a consultés au bureau. Bien sûr, en général, c'est quelque chose qui exige le mandat d'un juge.

— Tu es sérieuse ?

— Cela dépend du règlement d'une entreprise. Chez SRO, vous exigez que vos employés n'aient absolument aucune utilisation personnelle de leur ordinateur de travail. Ce n'est pas un problème si quelqu'un vérifie ses e-mails sur son téléphone pendant une pause. Mais sur ce poste de travail, il ne devrait y avoir rien d'autre que des activités liées à SRO.

Il se pencha plus près.

— Et ?

— Celui-ci, ça va, jusque-là. Mais le gars du 207 a du porno sur le sien. Non seulement il s'agit d'un usage personnel, mais je crains que quiconque regarde du porno au bureau ne soit pas digne d'y travailler.

— Je suis d'accord, dit-il en secouant la tête.

— Tout cela figurera dans mon rapport de la première semaine.

Il lui toucha la main. Fugacement. Juste pour attirer son attention.

— Je suis tellement impressionné, Frannie. Tu es incroyable.

Ses éloges la mettaient mal à l'aise.

— Oh ! c'est de la routine pour les gens comme moi.

— Peut-être. Mais je doute que tous les informaticiens soient aussi zélés que toi. Tu as toujours adoré résoudre des énigmes.

Le cœur de Frannie battit plus fort dans sa poitrine. La réponse à sa question se trouvait devant elle. Zach était intéressé. Clairement intéressé.

Mais si elle hésitait beaucoup plus longtemps, elle ne pourrait pas profiter de la compagnie de Zachary pendant la durée de son séjour.

Elle avait eu quatre jours pour y réfléchir. Rien d'impulsif dans cette décision. Et si elle faisait le mauvais choix ?

— Zach ?

— Hum ?

Ils étaient si proches qu'elle pouvait sentir son souffle sur sa joue quand il parlait. Elle retourna sa main pour pouvoir lier ses doigts aux siens.

— Tu ne voudrais pas me rejoindre à mon hôtel quand j'aurai fini ?

Il se figea. Chaque muscle de son corps sembla s'être arrêté. Mais ses yeux brillaient de chaleur.

Il déglutit bruyamment.

— Euh, ce soir, ce n'est pas un peu tard ?

Sa témérité commença à s'estomper.

Avait-elle tort ? Il l'avait draguée, pas l'inverse. Avait-elle mal interprété la situation ?

Elle lâcha sa main et fit rouler sa chaise de quelques centimètres vers la droite.

— Tant pis, murmura-t-elle, mortifiée.

Elle n'était décidément pas dans son élément lorsqu'il s'agissait de commencer des relations intimes. Et pour cause. Elle n'en avait jamais saisi les codes.

— En plus, je suis bête, dit-elle, tu devrais rentrer chez toi et surélever ton pied. Sans compter que je n'ai pas encore fini. J'en ai encore probablement encore pour une bonne heure…

Elle savait à peine ce qu'elle disait.

S'il te plaît, mon Dieu, fais-le partir.

Elle se sentait tellement humiliée.

Zachary, qui semblait avoir été dans un coma momentané, se leva d'un bond, trébuchant en attrapant ses béquilles. Puis il se rassit, abandonnant les béquilles à la dernière minute. Il se pencha en avant et glissa une main sous ses cheveux, prenant son visage en coupe.

— Frannie. Tu m'as pris par surprise.

Ses beaux yeux chocolat étaient en feu.

— La réponse est oui. J'aimerais beaucoup ça.

Elle plissa le nez.

— Tu es sûr que tu es un play-boy international ? Sans vouloir t'offenser, tu m'as l'air tout penaud.

Son sourire s'atténua alors qu'il lui caressait la joue du pouce.

— Je sais bien, Frannie. Je sais bien. Mais c'est l'effet que tu me fais. Je ne sais pas comment me comporter avec toi. Une partie de moi veut être cet adolescent qui a passé des heures chaque semaine avec toi, et une autre veut poursuivre cette… attraction. Tu es une femme terriblement fascinante.

Frannie avait suivi des tonnes de cours de science. Mais rien ne pouvait expliquer la façon dont son corps semblait trembler, fondre et être aspiré par le sol en même temps. Elle avait envie de Zach. Désespérément. Envie de le sentir, peau contre peau. Savoir ce qu'elle ressentirait lorsqu'il la pénétrerait et la prendrait sauvagement.

Son cœur battait si fort qu'elle était à bout de souffle.

— Je ne suis pas non plus très claire avec moi-même, avoua-t-elle. Cela ne veut pas dire que nous ne pouvons pas nous amuser.

Il fronça les sourcils.

— Nous amuser ?

— Parce que tu penses qu'on ne va pas s'amuser ?

Le regard de Zach était si torride qu'elle eut l'impression d'être carbonisée sur place.

— Ma chérie, avec moi, je peux t'assurer que l'amusement ne sera pas un vain mot.

Le bas-ventre de Frannie devint aussi chaud et humide qu'une forêt tropicale.

— Je devrais peut-être finir ce que j'ai à faire pendant que tu passes chez toi pour récupérer une brosse à dents.

Il se pencha en avant et l'embrassa.

Un baiser dur. Avide.

— Je m'en fous, de ma brosse à dents, pas question que je sorte de cette pièce sans toi.

— Mais je...

Il l'embrassa à nouveau. Un baiser plus long, plus doux, plus affirmé aussi.

— Ne recule pas maintenant, Frannie. Les choses commencent à devenir intéressantes. De plus, il est minuit moins le quart. Ton travail est terminé.

Ils quittèrent le bâtiment ensemble. La soirée était venteuse, froide et sèche. Elle glissa le menton dans son manteau et regretta de ne pas avoir pensé à prendre des gants. Zachary avait appelé une voiture pendant qu'ils descendaient en ascenseur. Le chauffeur était dans la zone et se présenta moins de cinq minutes plus tard.

Ils entrèrent dans le véhicule. Zach donna ses instructions à l'homme derrière le volant. Frannie était prête à se blottir dans son coin de la banquette arrière, mais son compagnon avait d'autres idées. Il enroula un bras autour d'elle et l'attira contre son épaule.

Comment était-il possible de se sentir autant en sécurité tout en étant si incroyablement excitée ? Tel était l'effet que produisait Zach. Un Zach beau à tomber, compliqué, macho. Elle avait déjà eu des relations physiques auparavant. Mais jamais elle n'avait ressenti un mélange aussi turbulent d'excitation et d'incertitude.

Le célibat était sans risques. Chaque fois qu'elle laissait les gens s'approcher d'elle, elle finissait par être blessée. Son instinct lui disait que Zach avait le pouvoir de la blesser plus que personne d'autre. Elle voulait tellement se rapprocher de lui émotionnellement et lui laisser voir la vraie Frannie. Mais cela signifiait abattre les murs autour de son cœur. Baisser son armure.

Le jeu en valait-il la chandelle ?

À l'hôtel, ils se retrouvèrent seuls dans le hall. La petite boutique de cadeaux était fermée. Zach eut quelques mots avec le concierge. L'homme disparut un instant et revint avec un petit sac en papier. Puis Frannie monta dans l'ascenseur, suivie de Zach. Et les choses se passèrent lentement et beaucoup trop vite à la fois.

Elle essaya de faire une blague, même si sa gorge était aussi sèche que le Sahara.

— Alors, tu as trouvé une brosse à dents finalement ?

Il sourit, ressemblant un bref instant au garçon pour qui elle se pâmait au lycée.

— Des préservatifs, Frannie. Et oui, une brosse à dents.

— Oh.

Elle savait qu'elle rougissait. Elle pouvait sentir la chaleur monter, depuis le cou jusqu'à la racine des cheveux. Zachary devait penser qu'elle était la femme la plus niaise qu'il ait jamais connue. Ce qui n'était pas vrai. Frannie avait parcouru le monde en long et en large. Elle pouvait commander un repas en quatre langues. Il était rare que quoi que ce soit l'intimide.

Mais là, c'était différent. C'était Zach.

Quand ils atteignirent son étage et avancèrent dans le couloir recouvert d'une épaisse moquette, elle fouilla dans son sac pour y trouver sa carte-clé, puis ouvrit la porte de sa chambre. Elle comportait un lit king-size et toutes les commodités habituelles.

— Fais comme chez toi, dit-elle.

Avant que Zachary puisse faire plus que hocher la tête, elle attrapa quelque chose dans sa valise et s'enferma dans la salle de bains. Le pantalon de pyjama en flanelle ne serait pas le meilleur choix pour ce soir. Heureusement, elle avait apporté sa robe préférée. C'était de la soie noire brodée de minuscules dragons rouges. Elle l'avait achetée à Chinatown lors d'une mission qui l'avait emmenée à San Francisco.

Comme elle s'était douchée avant d'aller travailler, elle n'avait qu'à se rafraîchir rapidement et se parer d'une petite touche de son parfum préféré. Quand elle se regarda dans le miroir, elle aima ce qu'elle y vit. La robe noire était sensuelle et flatteuse. Mais ses yeux étaient remplis de méfiance. Elle savait qu'elle avait atteint le point de non-retour.

Lorsqu'elle sortit de la salle de bains, elle trouva Zach allongé dans son lit. Il s'était mis sous les draps, mais il semblait nu. Seule la lampe de chevet brillait à côté de lui.

Son sourire était aussi sensuel qu'une caresse.

Elle joua nerveusement avec le nœud de sa ceinture.

— À ce que je vois, tu es prêt.

Zach hocha lentement la tête.

— Si tu l'es.

Il lui ouvrit alors ses bras.

— Viens ici, Frannie. Laisse-moi te réchauffer.

9

Frannie se délectait de tout ce bonheur. Un lit confortable. Un amant inventif. La promesse d'une longue nuit à venir. Qu'est-ce qu'une femme pouvait demander de plus ?

Des années auparavant, quand elle avait dix, peut-être onze ans, ses austères et sérieux parents avaient eu un coup de folie et accepté d'emmener leur fille unique à la fête foraine.

Frannie se souvenait encore des images, des sons et des odeurs. Surtout, elle se souvenait d'être montée dans une douzaine de manèges, d'avoir mangé de la barbe à papa et de s'être sentie comme au milieu du plus bel endroit de la terre. Impossible de concevoir que, quelques jours plus tard, tout aurait disparu et qu'ils s'installeraient dans une autre ville. Tout aussi provisoirement.

Dans la voiture, sur le chemin du retour, elle s'était assoupie sur le siège arrière, comprenant peut-être pour la première fois de sa vie que certaines expériences étaient magiques justement parce qu'elles étaient rares.

Maintenant, près de deux décennies plus tard, elle était dans une chambre d'hôtel banale mais avait l'impression d'être montée une nouvelle fois au sommet de la grande roue. Rien ne pouvait lui ôter ce sentiment. La magie de l'éphémère.

Zachary s'agita et lui caressa la joue de sa mâchoire qui commençait à picoter.

— C'était incroyable, Bestiole. Tu m'as détruit.

Frannie n'avait pas eu la tête à compter. D'ailleurs, elle se souvenait à peine de ce qui venait de lui arriver depuis deux heures, mais la boîte de préservatifs était désormais largement entamée.

— Nous devrions probablement dormir, dit-elle. Et ta cheville ? Il faut la surélever. Farrell m'a dit que tu retournais chez le médecin lundi. Je ne voudrais pas qu'il t'impose une nouvelle semaine d'immobilisation.

Zachary bâilla et la rapprocha de lui.

— Mon pied va bien. Arrête de t'inquiéter. Dors, Frannie. Détends-toi. Tout va bien, tout est parfait.

Ses mots eurent l'effet escompté. Avoir un homme dans son lit était une nouveauté. Elle aurait pu craindre une insomnie, passée à se ronger les sangs sur la frontière qu'ils venaient de franchir. Mais non, la nuit fut parfaite à tous les points de vue.

Lorsqu'elle se réveilla, elle se sentit rajeunie, bien qu'un peu endolorie par endroits. Ils avaient encore fait l'amour au petit matin. Une première fois de manière lente, somnolente et paresseuse. Une deuxième fois comme la toute première. Affamée, sauvage, à se perdre dans l'amnésie.

Une fois la matinée bien avancée, Frannie se glissa doucement hors du lit et attrapa des sous-vêtements propres dans son sac. Dans la salle de bains, elle enveloppa ses cheveux dans une serviette pour les garder au sec et prit une douche rapide. Elle s'habilla ensuite avec les mêmes vêtements qu'elle avait portés la veille et retourna dans la chambre. Elle y trouva Zach, assis sur le lit, passant ses mains dans ses cheveux.

Il la regarda sans sourire.

— Tu as trop de vêtements, grommela-t-il.

Elle savait qu'elle devait tenir bon. Sinon, il la persuaderait de passer la journée au lit. Aussi délicieux que cela puisse paraître, elle avait peur de se livrer. Sa détermination était fragile. Elle pouvait gérer un peu de plaisir et d'amusement avec Zach. Mais elle devait se souvenir de la promesse qu'elle s'était faite en revenant du Maine. Elle ne pouvait pas tomber amoureuse de Zachary Stone.

— Tu dois rentrer chez toi, dit-elle fermement. Et moi, je dois travailler sur mon rapport.

— Tu as dit que tu serais au siège de SRO du lundi au vendredi soir. Tu n'es pas encore prête à rédiger ton rapport, si ?

— Je le rédige petit à petit tous les jours, dès que j'ai des informations fraîches.

— Tu peux très bien travailler de chez moi, alors. Viens vivre avec moi, Frannie. Pendant que tu es à Portland. Ça va être génial.

Pendant que tu es à Portland.

Six petits mots qui faisaient toute la différence entre fantasme et réalité. Elle s'était engouffrée de son plein gré dans ces eaux troubles.

Prenant une profonde respiration pour convoquer tout son courage et ses maigres talents d'actrice, elle s'assit sur le matelas et se pencha pour l'embrasser du bout des lèvres.

— Hier soir, c'était super, Zach. Mais je ne suis pas en vacances. Je suis ici pour travailler. Et si je nous prenais du café en bas ? Et peut-être des viennoiseries ? Je reviens dans quinze minutes.

— Traduction, bouge tes fesses et prépare-toi à débarrasser le plancher.

— Quelque chose comme ça.

— Tu es une femme sans cœur.

— Pas du tout. Mais je prends mon travail très au sérieux, c'est tout. Et je ne peux pas travailler si tu es dans mes pattes. Ou plutôt dans mes jambes.

— Tu as peur de succomber à la tentation ?

Son sourire arrogant l'amusait.

— Oui, Zach. Tu es très tentant.

Sans un mot de plus, elle attrapa son sac et se dirigea vers le hall. Du peu qu'elle se souvenait de la nuit dernière, elle savait que celle-ci avait été une révélation. Elle ne voulait pas n'être qu'une passade dans la vie de Zachary Stone.

Personne ne la connaissait mieux que lui et personne ne le connaissait mieux qu'elle. Ils étaient les deux moitiés d'un tout. Se reconnecter à lui avait été un ravissement.

Le seul problème, et pas un petit, était le sexe. Pour beaucoup d'hommes, le sexe sans attaches n'était pas un souci. Pour certaines femmes aussi. Mais pas pour Frannie.

Si elle voulait rester dans la vie de Zach comme sa meilleure amie, elle devait se libérer de son attirance physique. Comment ? En l'épuisant. Au bout d'un moment, l'attrait de la nouveauté allait forcément perdre de son lustre. Sur le papier, sa théorie était parfaite. Restait encore à la mettre en application…

Arrivée au bar de l'hôtel, elle commanda du café et des croissants et remonta avec ses victuailles dans l'ascenseur, obnubilée par son projet d'anéantissement du versant sensuel de son histoire avec Zach, au profit d'une amitié à nulle autre pareille.

Comme s'il voulait lui prêter main-forte, Zachary s'était enfin habillé et semblait prêt à vaquer à ses occupations. D'une manière ou d'une autre, malgré ses béquilles, il avait réussi à installer deux chaises et une table devant la fenêtre pour en faire un réjouissant coin petit déjeuner.

— Je suis de retour, dit-elle, grimaçant intérieurement à la note trop joyeuse de sa voix.

Zachary sourit.

— Ça sent super bon.

Ils mangèrent en silence. Le café était chaud et fort, les viennoiseries fraîches et réconfortantes. Le moment était idéal pour poser une question qui l'obsédait depuis qu'elle savait que SRO l'avait embauchée et qu'elle allait revoir Zach.

— Je peux te poser une question indiscrète ? demanda-t-elle.

Il leva vers elle sa tasse de café.

— Ne te gêne pas.

— Je sais que la mort de ton père t'a obligé à jouer un rôle actif à Stone River Outdoors en tant que directeur financier.

— Oui.

— Mais j'ai l'impression que ton travail est plus une responsabilité qu'un défi. Que fais-tu pour exercer ton cerveau, utiliser tous ses capacités ?

Il se renfrogna.

— Pourquoi tu dois toujours faire ça, Frannie ?

— Faire quoi ?

— Même quand nous étions gosses, tu me disais toujours qu'il fallait que je me pousse à fond pour atteindre mon potentiel. Je suis qui je suis. Tout le monde n'est pas aussi intelligent que Frances Wickersham.

Et comme lorsqu'ils étaient gosses, sa tête de lard n'avait pas sa pareille pour la crisper.

— Arrête, Zach. Tu es tout aussi intelligent que moi. Ce que je veux dire, c'est que c'est du gâchis d'avoir un cerveau comme le tien et de ne rien en faire. Certaines personnes te diraient même que c'est un péché. Tu es brillant. Tu joues les play-boys parce que tu es effectivement très beau et séduisant, mais je sais qu'il n'y a pas que ça chez Zachary Stone.

Plus elle déroulait son discours passionné, plus elle voyait Zach se raidir. Lorsqu'elle reprit sa respiration, il lui lança :

— Ça doit être agréable de vivre dans un monde où tu as toutes les réponses, dit-il avec fureur.

Il se leva brusquement, saisit ses béquilles et laissa son café et son croissant entamés sur la table.

— Je te laisse à ton rapport, madame Wickersham. Peut-être qu'avant de nous revoir, il faudrait qu'on se mette d'accord sur un point. Je te laisse ton analyse des ordinateurs et tu me laisses gérer ma vie.

Lorsque la porte claqua derrière lui, Frannie grimaça. Sans le vouloir, elle avait peut-être épuisé leur désir charnel plus vite qu'elle ne l'escomptait. Mais avait-elle aussi tué par là même leur amitié renaissante ?

Peut-être qu'elle n'était pas si intelligente que cela, après tout.

Le samedi après-midi, Frannie avait envoyé son premier rapport par courrier électronique aux frères Stone. Deux d'entre eux avaient répondu. Le troisième, pas du tout.

Le silence de Zachary la rendait triste et nerveuse - et oui, en colère aussi. Elle voulait qu'il soit quelque chose qu'il n'était pas, apparemment.

La semaine suivante se terminait sur Thanksgiving. Une courte semaine. Elle n'avait dit à personne qu'elle prévoyait de travailler pendant les jours fériés. C'était son affaire.

Le samedi soir, elle alla voir un film. Le dimanche, elle prit un brunch dans un restaurant à la mode près de l'hôtel. Passer du temps seule ne l'avait jamais dérangée auparavant. Mais maintenant, chaque fois que son esprit n'était pas occupé, elle pensait à Zachary lui ouvrant les draps de son lit encore et encore. Et à ce qui avait suivi.

Il était facile de confondre une connexion physique avec une intimité émotionnelle. Ce qui avait été cataclysmal pour Frannie, aux yeux de Zach, n'avait été qu'un point supplémentaire dans sa liste de conquêtes. Si elle arrivait à concevoir cette vérité de manière abstraite, son cœur avait toujours du mal à se mettre à la page. Zach avait-il réellement ignoré la magie qui s'était exprimée entre eux ? Qu'importe qu'elle soit aussi éphémère que celle d'une fête foraine !

Elle ne le saurait jamais avec certitude, car elle avait délibérément rompu tous les liens qui commençaient à se former entre eux.

Le lundi soir, elle était de retour au travail. Avec Stanley, l'agent de sécurité, elle avait noué une amitié superficielle. Le monsieur n'était pas un grand orateur, mais ils échangeaient quelques mots ici et là. Des banalités, la plupart du temps, mais elles lui faisaient chaud au cœur. Stanley était un vrai gentil. Et à vrai dire, c'était réconfortant de savoir que quelqu'un d'autre était dans le bâtiment.

Le mercredi soir, elle était tombée sur une piste inquiétante. Elle ne voulait pas en tirer de conclusions trop hâtives, mais les faits étaient là. Des données qu'elle allait vérifier plutôt deux fois qu'une avant de les révéler à la famille Stone. Les accusations étaient trop graves pour être portées sans fondement.

Après avoir éteint l'ordinateur du dernier employé sur sa liste à minuit, le jour de Thanksgiving, elle sortit discrètement du bâtiment. Elle ne voulait pas croiser Stanley et qu'il lui pose des questions sur ses projets pour le week-end prolongé.

Une fois arrivée dans la rue, elle trouva la nuit silencieuse et humide. Juste quelques gouttes pour faire friser ses cheveux. Pas grave, elle n'avait rendez-vous avec personne. Au lieu d'appeler un taxi, elle se décida à marcher. Après de longues heures à rester assise, un peu d'exercice n'allait vraiment pas lui faire de mal.

Elle remonta la capuche de son imperméable, enfouit son téléphone dans une poche intérieure et partit. Les rues vides avaient un air de fête qui se prépare à bas bruit dans le confort et la chaleur des foyers. Noël était dans les starting-blocks.

Depuis longtemps, elle avait compris que sa famille n'avait rien de normal, ne serait-ce que par la taille. Ses deux parents venaient de petites familles. De chaque côté, ses grands-parents étaient décédés depuis longtemps. Chez elle, les repas de Thanksgiving n'avaient jamais rien eu d'exceptionnel.

Et même Noël, d'ailleurs. Ce qui ne posait aucun problème à Frannie, surtout depuis qu'elle était adulte et indépendante.

Elle aimait vivre sa petite vie. Le monde était plein de divertissements. Des livres. Des films. Internet. Elle n'avait jamais compris les gens qui se plaignaient de l'ennui. Comment une personne pouvait-elle s'ennuyer alors qu'il y avait toujours quelque chose à apprendre ?

Pour autant, il y avait de rares jours où sa solitude lui pesait. Oh ! rien de vraiment très lourd non plus. Juste une petite sensation de vide dans la poitrine. L'envie, parfois, que quelqu'un l'attende quelque part...

Quand l'hôtel fut en vue, elle poussa un grand soupir de soulagement. Elle était glacée jusqu'aux os. Soit la température avait baissé, soit elle ne savait vraiment pas comment s'habiller pour le climat de Portland.

La tête baissée, face au vent, elle passa le dernier virage avant sa destination. Puis, soudain, elle entra en collision avec quelque chose de dur et d'inflexible. Un homme, grand et fort comme un arbre. Un homme qu'elle connaissait bien. Quand elle leva les yeux vers lui, elle trouva ses traits fermés, ses lèvres pressées en une mince ligne.

Malgré son langage corporel, son cœur bondit de joie. Elle était tellement contente de le voir.

— Zach, dit-elle, à bout de souffle. Que fais-tu ici ?

Il la prit par le poignet.

— Viens, mets-toi à l'abri, il gèle. Je t'attendais. Tu aurais dû appeler une voiture. C'est une folie de marcher par ce temps.

À l'intérieur de l'hôtel, il l'attira dans un coin du hall à l'abri des regards et des oreilles indiscrètes.

— Assieds-toi, Frannie.

Elle n'aimait pas le ton autoritaire de sa voix, mais elle était fatiguée, alors elle s'assit. Après avoir enlevé son imperméable, elle se lissa les cheveux avec les deux mains. Elle ne voulait pas imaginer à quoi elle ressemblait. Ses cheveux et l'humidité ne faisaient pas bon ménage.

— Je ne comprends pas, Zach. Pourquoi m'attendais-tu ?

Il avait l'air un peu coupable en s'installant sur le siège à côté du sien.

— Stanley a dit qu'il t'avait vue quitter le bâtiment à minuit. J'avais supposé que tu serais partie ce matin pour retrouver ta famille ce week-end. Que se passe-t-il, Frannie ?

Ses sourcils se levèrent.

— Tu m'espionnes ?

— J'ai simplement demandé à Stanley de garder un œil sur toi. Je ne m'en excuserai pas. Une femme seule dans une grande ville étrangère... Des choses peuvent arriver.

Elle soupira.

— Comme tu peux le voir, je vais très bien.

— C'est Thanksgiving demain.

— Et alors ?

Il la regardait comme si elle s'était occupée personnellement de tuer tout un élevage de dindes.

Elle n'avait pas besoin de se justifier. Et surtout pas auprès de lui.

— Je pensais que tu passerais les vacances avec ta famille.

— Il n'y en a pas.

Elle se ravisa.

— Bon, ce n'est pas techniquement vrai, mais nous ne sommes pas proches.

Elle haussa les épaules.

— Mes parents n'aiment pas beaucoup les fêtes. Demain sera une journée normale, l'un des deux la passera à l'hôpital. Ou même les deux, d'ailleurs. Depuis que je suis adulte, ils ne s'empêchent plus de prendre des gardes au même moment. Qui plus est, notre relation est ce que tu pourrais qualifier de tendue, donc je préfère rester ici et continuer à travailler.

— Je n'aime pas ça.

Son expression paternaliste était grotesque.

— Qu'est-ce que tu veux que cela me fasse, Zach ? Je suis une femme adulte. Et si j'apprécie que tu t'inquiètes pour moi, tu n'as pas à le faire. J'ai suivi plusieurs cours d'autodéfense depuis le lycée. Je peux m'occuper de moi.

Il tendit la main et saisit la sienne.

— En fait, je suis désolé qu'on se soit disputés. Tu as le droit de penser ce que tu penses.

Elle plissa le nez, entremêla leurs doigts, immédiatement submergée par la chaleur du désir.

— Moi aussi, confia-t-elle. Mais j'aurais dû garder mes pensées pour moi. Je suis désolée.

— On fait la paix ? demanda-t-il avec un sourire qui la retourna comme une crêpe.

— On fait la paix.

Il caressa du pouce l'intérieur de son poignet.

— Monte dans ta chambre et prépare ton sac. Passe la nuit avec moi, s'il te plaît. Je t'emmènerai au déjeuner de Thanksgiving demain. Quin et Katie viennent d'emménager dans leur nouvelle maison. Ça va être amusant.

— Ou tu pourrais venir me chercher demain matin.

Elle en était de nouveau là. À essayer de croire qu'elle allait pouvoir résister à la tentation.

Le regard de Zach était rempli de détermination et d'une autre émotion qu'elle ne pouvait pas nommer.

— Ne m'oblige pas à mendier, Bestiole. Je te veux dans mon lit ce soir.

Son ventre partit en une longue chute libre jusqu'au rez-de-chaussée. Mais elle n'était pas lâche.

— J'aimerais bien aussi. Tu veux monter avec moi et attendre que je me prépare ?

Il rougit, les yeux fiévreux.

— Vaut mieux pas. Nous pourrions ne jamais partir. J'ai passé les cinq dernières nuits seul dans mon lit, Frannie. Je n'en peux plus. Tu as beaucoup de chance que je ne sois pas exhibitionniste, sinon je te prendrais maintenant, tout de suite, sur cette chaise.

L'image se matérialisa immédiatement dans son esprit.

Et dans le creux de ses reins.

— Oui, tu as sans doute raison, mieux vaut que je monte seule.

— Bonne idée.

Trente minutes plus tard, Zach l'aidait à monter dans sa voiture. Elle lui lança un coup d'œil latéral, remarquant à quel point il avait regagné en mobilité.

— Je suppose que le médecin t'a autorisé à conduire ?

— Tout à fait.

Zachary regarda à gauche et à droite avant de sortir du parking, mais il n'y avait pas de circulation à 1 heure du matin.

— On n'est pas obligés de faire quoi que ce soit ce soir si tu es fatiguée, dit-il.

Il essayait manifestement d'être un gentleman.

Elle posa une main sur sa cuisse.

— Je ne suis pas *du tout* fatiguée.

La voiture eut un soubresaut.

— Ne sois pas idiote, Bestiole. J'ai deux tonnes de métal hurlant sous mes mains. Garde cette pensée pour plus tard.

Elle était curieuse de voir son appartement. Après avoir eu un aperçu de sa résidence secondaire surplombant l'Atlantique, elle se demandait quel genre de nid il s'était construit à Portland. Comme elle l'avait remarqué au siège de SRO, l'espace personnel de quelqu'un en disait beaucoup.

Zachary gara sa voiture sur une place numérotée à l'intérieur d'un parking privé. Lorsqu'ils sortirent, elle attira son attention sur le ciel.

— La pluie a cessé. Est-ce qu'on peut marcher un peu ? J'ai l'impression de déborder d'énergie en ce moment. C'est l'inconvénient de travailler la nuit. J'ai toujours besoin de temps pour me détendre.

— Pour la détente, j'ai une idée, si tu veux, dit-il d'une voix traînante.

— On va y arriver, je le promets. Mais j'ai besoin d'un peu d'exercice.

Elle lui avait involontairement lancé une autre perche pour un commentaire suggestif, mais il ne l'attrapa pas.

— Tout ce que tu veux.

Lorsqu'il prit sa main dans la sienne, Frannie dut se faire une leçon sévère dans sa tête.

Ce n'était pas un conte de fées.

Zachary n'était pas un prince charmant.

Mais il était difficile de ne pas se laisser aller à la fantaisie, malgré la réalité de la vie. Il n'y avait pas de lune. L'homme à côté d'elle voulait faire l'amour, mais il ne voulait pas de l'amour. Et il voulait encore moins se laisser apprivoiser. Mais une fille avait le droit de rêver, non ? S'imaginer vivre dans le bonheur pour toujours n'était pas un crime.

Jusqu'où allaient-ils marcher ? Frannie n'en avait pas la moindre idée. Elle était grande, donc Zach n'avait pas du tout à modifier sa foulée pour elle.

Elle était si heureuse, presque étourdie. Était-elle en train de tomber amoureuse de Zachary Stone ? Cela en avait tout l'air.

Et comment pouvait-il en être autrement ? Il avait été son premier coup de cœur, sa première expérience romantique. Au cours des années, elle avait passé du temps avec d'autres hommes, mais elle savait qu'elle ne les avait pas jugés à leur juste valeur. Ils n'étaient tout simplement pas Zach.

Tous les deux avaient tant en commun : une histoire, des centres d'intérêt, une façon de voir le monde. Mais contrairement à l'adolescent de ses souvenirs, Zachary était un homme maintenant. Fort, sexy, le yang de son yin. Ou peut-être l'inverse. Sa philosophie chinoise était rouillée.

Sans avertissement, le ciel s'ouvrit. La pluie tomba comme si quelqu'un avait essoré un nuage. Frannie glapit et se blottit contre Zachary.

Il la tira dans l'entrée d'un immeuble et passa son manteau autour d'eux deux.

— Peut-être qu'on aurait dû vérifier la météo, Bestiole.

La lumière d'un lampadaire voisin illumina les rideaux de pluie qui se déversaient près d'eux. Frannie trembla en riant alors qu'ils se pressaient sous le minuscule auvent. La seule chose qui les sauvait était le fait que le vent venait de derrière le bâtiment.

— Tu vas regretter de m'avoir ramenée avec toi, dit-elle.

Zach mit son manteau au-dessus de leur tête et, de sa main libre, lui prit le menton et le releva.

— Jamais, Frannie, dit-il.

Il l'embrassa profondément, avec une urgence impossible à ne pas déceler. Ils étaient séparés depuis cinq jours, et cela semblait une éternité.

— Tu m'as manqué, dit-il.

— Pareil de mon côté.

Elle se pencha vers lui, gémissant sans essayer de se contenir. C'était bon, tellement bon. Comme plonger d'une falaise et s'enfoncer dans une mer chaude.

Un émerveillement absurde.

Désespoir et rire. Désir et satisfaction.

Une fin à ses doutes, un début. Peut-être le yin et le yang, après tout. Elle se hissa sur la pointe des pieds, essayant de se rapprocher, de sentir tout de lui.

— Trop de vêtements, marmonna-t-il en passant une main sous plusieurs couches pour trouver son dos nu. Ah, c'est mieux.

La main de Zach était glacée, mais elle choisit de ne pas le signaler. Ses doigts sur sa peau, le long de sa colonne vertébrale, créaient une chaleur particulière.

— Et si on n'attendait pas d'être chez toi ? demanda-t-elle entre deux baisers.

Une voiture de police passa au ralenti, puis les officiers décidèrent vraisemblablement que Zach et Frannie n'étaient pas une menace pour la société et quittèrent la rue.

Zachary gloussa.

— C'est toi le boss. Je ferai ce que tu veux.

— Attends, je mets en balance l'inconvénient majeur d'être trempée et le confort de ton lit…

— Oh ! il est confortable, dit sobrement Zach, ses yeux pleins de désir. Très confortable.

Mère Nature dut avoir pitié d'eux. La pluie ralentit pour devenir une bruine régulière.

— Je suis prête, déclara Frannie. Faisons cela.

Ils déguerpirent à un rythme un peu moins rapide qu'un jogging. La distance de retour à la voiture sembla s'être multipliée.

Même si la pluie avait diminué d'intensité, ils furent tous les deux trempés quand Zachary récupéra son sac dans le coffre et la conduisit à l'intérieur de son immeuble. Ils se frayèrent rapidement un chemin dans le hall et vers l'ascenseur.

Frannie gémit intérieurement lorsqu'elle vit son reflet dans le miroir de la cabine. Elle ressemblait au proverbial chien mouillé.

— Arrête ça, dit Zach.

— Arrête quoi ?

Il la regarda avec un regard chaud, sexy et déterminé.

— Je me fiche que tu sois trempée. Tu es belle, Frannie. De la tête aux pieds.

Elle ne savait pas quoi répondre. Recevoir des compliments n'avait jamais été son point fort. Elle ne doutait pas de sa sincérité, mais ce fut un soulagement lorsque l'ascenseur sonna, signalant leur arrivée à destination. L'appartement de Zach occupait la moitié du dernier étage de l'immeuble. En plein jour, la vue était à n'en pas douter phénoménale.

Pour le moment, ce n'était pas ce qui les intéressait. Les rideaux étaient tirés sur la nuit froide et morne de novembre. Lorsque Zach commença à allumer des lampes, Frannie fut émerveillée. Sa maison sur la côte nord, dans les bois, était moderne, mais ici, il avait choisi un mobilier classique. Beaucoup de tons chauds, du bois et des velours riches.

Devant sa cheminée, un tapis en fausse peau d'ours invitait à toutes sortes de folies.

— J'adore, Zach ! C'est beau et cosy. Très chaleureux.

— Merci.

Il se débarrassa de son manteau et le suspendit sur un perroquet près de l'entrée. Frannie l'imita. Ils étaient encore mouillés. Trop de froid et d'humidité. Les dents de Frannie se mirent à claquer.

Zachary la regarda avec un petit sourire.

— Avant de te voir gelée à mort, j'ai une question. En tant qu'invitée, tu as la priorité pour la douche, bien sûr. Ou, pour gagner du temps, nous pourrions y aller ensemble. Tu choisis.

Elle ne s'y attendait pas. Quand l'horloge avait sonné minuit, elle avait pensé qu'elle retournerait à l'hôtel, passerait son pyjama préféré et se goinfrerait de sucreries et de films de Noël à la télévision. Mais maintenant, elle était là. Dans l'appartement de Zach.

Elle choisissait.

Mais la spontanéité lui faisait peur. Surtout quand il s'agissait d'un homme qui pouvait lui voler son cœur et ne jamais le lui rendre.

Son choix...

Le mot, ce simple mot, passait en boucle dans son esprit, comme un mantra hypnotique.

Son choix fut donc de fouler aux pieds ses doutes et de sauter sans filet.

— Je m'en voudrais de te savoir grelottant dans la pièce à côté, dit-elle en plongeant ses yeux dans les siens. Va pour la douche à deux.

10

En voyant son expression, Frannie se réjouit d'avoir accepté. Il avait dû s'attendre à un refus. L'espace d'un instant, une étincelle de surprise anima son regard. Puis son expression devint impénétrable.

Un homme. Qui désirait une femme.

Affamé. Tendu.

— Viens par là, grogna-t-il.

Il la saisit par le poignet et l'entraîna dans sa chambre. Elle eut juste le temps d'apercevoir son lit immense avant qu'il la conduise dans la salle de bains. Tout ici respirait l'hédonisme et le luxe.

— Wow.

Voilà qui lui coupait la chique.

— Le sol en marbre est chauffé, dit-il en appuyant sur un interrupteur. Enlève tes chaussures, tu verras.

Commencer par se déchausser lui sembla une première étape bénigne et rassurante. Mais lorsqu'elle se retourna, Zach était déjà torse nu.

— Tu as raison, pour le carrelage, dit-elle en faisant comme si elle ne sentait pas ses genoux se dérober.

La suite ressembla à une partie de strip-poker au ralenti. Elle ôta sa montre. Il en fit autant. Elle détacha la chaîne en argent toute simple autour de son cou. Zach vida ses poches : quelques pièces et un stylo. Lorsqu'elle défit la fermeture Éclair de son pantalon noir et qu'elle l'enleva, il ôta le sien et le jeta dans le panier à linge.

Elle était en culotte devant lui.

Zach portait un boxer gris foncé avec des rayures bleu marine. Le tissu soulignait la partie la plus intéressante de son anatomie et ne laissait rien à l'imagination ; ni sa forme ni son excitation.

Frannie sentit son sexe s'humidifier et se gonfler de désir, comme s'il avait attendu ce moment.

Zachary la regardait comme un faucon en vol qui a repéré une souris. Il s'approcha.

— Je peux t'aider à enlever ce pull, Bestiole ?

— Eh bien, je...

Elle perdit le fil de ses pensées lorsqu'il saisit le bas de son chandail en cachemire si doux et le fit passer par-dessus sa tête. Elle se retrouva encore plus décoiffée, mais Zachary ne sembla pas le remarquer.

Il était rouge, et elle aurait juré que ses mains tremblaient.

Il ne lui restait plus que son soutien-gorge. Elle se félicita d'en avoir choisi un joli ce jour-là. Il n'était pas particulièrement sophistiqué, mais le rose poudré lui allait bien au teint. Il posa une main sur chacun de ses seins, qu'il soupesa et pétrit doucement. Il poussa un soupir.

— Heureusement que je ne savais pas à quoi tu ressemblais, nue, quand nous étions ados.

Elle posa la joue contre son torse nu, juste sur son cœur, dont le battement régulier lui donna un sentiment soudain de réconfort absolu. Mais très vite la sensation de leurs deux corps collés se fit plus érotique qu'autre chose. Aucun homme ne lui avait fait le même effet que Zach. Elle avait tant envie de lui qu'elle fut tentée de zapper la douche et de se coller à lui à même le sol de la salle de bains.

Pour une femme qui se targuait d'être réfléchie et intellectuelle, ce soudain besoin irrépressible de tout envoyer valser était pour le moins effrayant.

Elle souligna du doigt une petite cicatrice blanche sur sa clavicule, à peine visible :

— Qu'est-ce que c'est ?

Il rit, et sa poitrine se souleva.

— Farrell avait sept ans et moi cinq. Papa lui avait acheté un fusil à air comprimé pour Noël. Avant qu'il ait eu le temps de lui expliquer les mesures de sécurité, Farrell m'avait déjà tiré dessus, dans le salon. J'ai hurlé comme un putois. Quinten, qui avait trois ans, sanglotait de peur.

Il secoua la tête :

— On n'est pas près d'oublier ce Noël.

Frannie embrassa la petite imperfection, goûtant la saveur salée de sa peau.

— Tu as d'autres cicatrices à me montrer ?

Zachary frissonna et se demanda si ses genoux allaient tenir le choc. En une minute, Frannie était passée de bibliothécaire guindée à femme fatale quasiment irrésistible. Laquelle des deux était la plus redoutable ?

Il enfonça la main dans ses cheveux, cette magnifique crinière de soie noire. Il avait hâte de la voir répandue sur son oreiller. Il en avait rêvé.

— Attends un peu, grommela-t-il.

La lâcher fut réellement douloureux. Il entra dans l'immense cabine de douche et actionna le robinet. Il aimait quand l'eau était brûlante, mais il ferait attention pour Frannie : juste chaude, ça suffirait.

Il se retourna et sa gorge se serra. Frannie était nue. Pendant qu'il réglait la température de l'eau, elle s'était débarrassée de son soutien-gorge et de sa culotte. Mon Dieu, elle était incroyable. Cette peau blanche, translucide, et ces cheveux noir de jais. Elle lui faisait penser à un personnage de conte de fées d'un livre qu'il avait vu chez un ami quand il était petit. La fille qui mangeait la pomme empoisonnée.

Il perdait des neurones à une vitesse alarmante et sentait le désir le consumer. Il se rendit soudain compte qu'il était le seul des deux à ne pas être complètement nu. Avant qu'il ait pu remédier à la situation, Frannie avait posé la main sur son caleçon, les doigts épousant son érection.

Elle sourit, à la fois timide et déterminée.

— J'aime ton corps, Zach. Il est tellement différent du mien.

Elle le caressa avec douceur et fermeté.

Il lâcha une exclamation de surprise.

— J'aime que tu me touches comme ça, réussit-il à dire. Je suppose qu'on est faits l'un pour l'autre.

Elle avait beau ne pas être experte en la matière, elle parvint à le mettre dans un tel état qu'il allait devoir intervenir pour ne pas exploser trop tôt.

— Arrête, dit-il d'une voix rauque.

Il recula, enleva son boxer et lui prit la main.

— Tu aurais une serviette pour mes cheveux ? demanda-t-elle.

— Et si je te les lavais ?

Elle écarquilla les yeux. Il aurait pu tout aussi bien demander : Tiens, et si on dansait à poil sur la terrasse ?

— Toi ?

— Pourquoi pas ? J'ai du bon shampoing. Pas très fille, mais il sent bon.

Il y eut un long silence.

— D'accord.

Il entendit distinctement le doute dans sa voix.

— C'est quoi, le problème, Bestiole ?

Elle haussa les épaules, mal à l'aise.

— Que tu me laves les cheveux, c'est... très intime.

Zachary éclata de rire. Ses épaules tressaillaient et ses yeux se mirent à briller.

Frannie croisa les bras.

— Et pourquoi c'est drôle ?

— Mon Dieu, Frannie. Tu es chez moi, totalement nue, à deux doigts d'entrer dans ma douche, et un petit shampoing entre amis te fait peur ?

— Tu peux rire, répondit-elle en lui lançant un regard noir. Mais tu verras quand ce sera ton tour.

Il secoua la tête, perplexe, pas tout à fait sûr de comprendre.

— Allez, viens. On va attraper froid.

La cabine était immense et équipée de deux pommeaux. Il ouvrit un flacon de gel douche rapporté d'un récent voyage en France. C'était un savon pour homme, mais son parfum épicé aux accents d'orange et de gingembre convenait parfaitement à Frannie.

Impossible pour lui de détourner son attention du corps nu et mouillé de la jeune femme.

— Laisse-moi d'abord te laver, et ensuite le shampoing, fit-il.

— Je peux me laver toute seule.

— Sûrement, mais laisse-moi ce plaisir.

Il fit couler une noix de gel dans sa paume, attendit qu'elle se réchauffe et posa les mains sur sa peau. Par où commencer ?

— Tu te réchauffes ? demanda-t-il en lui savonnant les deux seins.

Le gémissement doux que poussa Frannie lui fit dresser les poils sur les bras.

D'autres choses étaient déjà dressées. Il lui savonna le cou, le ventre jusqu'aux hanches, sans cesser de revenir à la courbe de ses seins. Spectaculaires.

Elle avait les yeux fermés, les bras de chaque côté du corps. Comme si elle lui disait silencieusement qu'il pouvait faire ce qu'il voulait. Cette invitation tacite l'excita de plus belle. Il reprit un peu de gel et descendit jusqu'au creux entre ses cuisses. Lorsqu'il la toucha, elle ouvrit les yeux.

— Déjà ? demanda-t-elle. Tu ne m'as pas encore lavé les cheveux. Je ne t'ai pas touché. C'est un peu prématuré.

Il l'embrassa voluptueusement, les doigts toujours pressés contre les doux replis de son corps.

— Qui a dit que ce serait la seule fois ?

Quelques minutes plus tard, elle jouit sous ses doigts. Ce n'était que le début, il leur restait toute la nuit. Frannie était alanguie par le plaisir lorsqu'il lui lava les cheveux.

— Tu ferais mieux de me laisser faire, dit-elle. T'embête pas avec ça.

Il mourait d'envie d'être à l'intérieur de son corps. Mais il appréciait énormément de prendre ainsi soin d'elle.

— Détends-toi.

Il lui massa le cuir chevelu, faisant bien pénétrer le shampoing dans ses longues mèches ondulées.

— J'y prends beaucoup de plaisir, Bestiole, reprit-il.

Il lui fallut un certain temps pour le rinçage. Lorsque l'eau fut de nouveau claire, il lui donna un long baiser langoureux.

Frannie passa les bras autour de son cou, et les courbes généreuses de sa poitrine pressée contre son torse lui firent perdre un moment la tête.

— Tu pourrais ouvrir un salon, plaisanta-t-elle. Un spa. Les femmes feraient des kilomètres de queue pour venir. Maintenant assieds-toi sur le banc, c'est mon tour de te laver les cheveux. Tu vas voir comme c'est bon.

Zachary ferma les yeux et se convainquit qu'il pouvait tenir encore un peu. Il la sentit faire couler le shampoing sur son crâne. Puis elle se mit à lui frotter le cuir chevelu, autour des oreilles, la nuque, puis de nouveau le sommet du crâne. Sensation érotique. Délices. Chaque fois qu'il ouvrait les yeux, il avait ses seins en ligne de mire.

Il finit par craquer. Il se pencha en avant et happa un de ses deux mamelons couleur framboise entre ses dents, tout en posant les mains sur ses hanches luisantes.

— Tu as un goût exquis, Frannie.

Elle se vengea en lui éclaboussant le visage.

— Tu es censé te détendre, fit-elle mine de se plaindre. Je ne crois pas que tu aies bien compris le principe.

Il se leva, ferma le robinet et essuya de la main l'eau qui lui coulait sur le visage.

— Les hommes n'ont que deux moyens de se détendre. En buvant de l'alcool, ou en faisant ce que je vais te faire maintenant.

Elle eut une micro-expression de surprise avant de rétorquer :

— Des promesses, toujours des promesses...

Puis elle fronça les sourcils.

— Je ne t'ai pas lavé le reste du corps.

— Je suis assez propre comme ça. Sors de là.

Il lui tendit une serviette et en prit une pour lui. Le sol chaud sous leurs pieds était un vrai bonheur. S'il n'avait pas été si dur, il aurait bien été tenté d'y commencer les préliminaires.

Frannie lui jeta un regard en coin.

— Il me faut un certain temps pour me brosser et me sécher les cheveux.

— Oh non !

La voix de Zachary était catégorique.

— C'est hors de question, reprit-il.

Il l'embrassa de nouveau, lentement, en lui faisant bien sentir à quel point il avait envie d'elle.

— Je vais mouiller ton lit.

— J'en achèterai un autre.

— Zaaach.

Elle recommençait. Ce petit cri si féminin qui le faisait sourire. Cette exclamation prolongée qu'il avait entendue si souvent au lycée.

Sa cheville s'était suffisamment remise pour qu'il puisse la prendre dans ses bras. Quand sa serviette glissa et que Frannie eut le réflexe de se protéger, il éclata de rire. Le problème, c'était qu'elle n'avait que deux mains… Il la laissa tomber sur le lit et chercha des préservatifs dans la table de nuit. Pas moyen de se souvenir du nom de la dernière fille qu'il avait mise dans son lit. Cela faisait-il de lui un salaud ? En général, ça se passait plutôt chez elles, en l'occurrence.

Le sexe avec Frannie était différent. Il n'aurait pu expliquer en quoi. C'était comme ça. Elle était encore en train de s'inquiéter des taches d'humidité sur son luxueux couvre-lit damassé lorsque Zachary ouvrit brutalement les draps.

— J'ai envie de toi, Frannie. S'il te plaît. Viens sous les draps.

Elle avait la chair de poule sur les bras et les jambes.

Il finit par avoir gain de cause. Les cheveux de Frannie - ce magnifique nuage sombre et ondulé - s'étalèrent enfin sur l'oreiller. Il sentit comme un coup dans la poitrine. Pour la toute première fois, il se laissa à aller à imaginer une vie où il reviendrait tous les soirs à la maison pour contempler ce spectacle.

Frannie, étourdie de fatigue, était conquise par la douceur du lit de Zachary. Le solide baldaquin en bois de noyer lui donnait l'impression d'être dans la chambre d'un roi. Prisonnière, butin de guerre. Elle gloussa intérieurement à son fantasme.

Zachary tamisa la lumière. Il ne riait plus. Il semblait décidé à savourer sa conquête.

Il n'aurait pas besoin de se battre trop farouchement. L'orgasme qu'il lui avait déjà donné sous la douche avait été un amuse-bouche qui n'avait fait qu'aiguiser son appétit pour la suite.

Son excitation n'empêcha pas Frannie de constater que Zachary Stone avait une sacrée expérience en la matière, et qu'il devait accumuler les conquêtes. Cela ne la choquait pas, et elle n'avait pas l'intention de juger ce qu'un jeune homme viril avait pu faire dans sa vie avec des femmes consentantes. Mais une part d'elle, celle qui avait envie de sentir à sa place, aurait bien voulu penser qu'elle était différente des autres aux yeux de Zach. Elle avait besoin de croire qu'elle était capable de lui donner quelque chose d'unique. La seule chose que ces femmes sans visage voulaient, c'était son corps… et son argent, éventuellement.

Si cette relation avait la moindre chance d'aller quelque part, Frannie voulait être une partenaire, une vraie.

Il se souleva sur un coude. Lorsqu'il se pencha pour embrasser son ventre, sa peau se contracta.

— Ça chatouille, dit-elle, quasiment essoufflée.

— Désolé.

Il ne s'arrêta pas pour autant.

Elle allongea le bras et découvrit une érection tendue et palpitante qui la fascina. Une peau chaude, de velours, autour du membre viril d'un homme qui avait désespérément envie d'elle. Est-ce que toutes les femmes ne méritaient pas un homme affamé d'elles ? Elle-même ne le méritait-elle pas ?

Elle l'enserra doucement, sentit une goutte de liquide sortir de l'extrémité et fit glisser sa main dans cette humidité. Quand Zachary frissonna et poussa un grognement, elle se sentit invincible.

— J'ai envie de toi, murmura-t-elle. Prends-moi, Zach. Je t'en prie.

Il saisit un préservatif sur la table de nuit et l'enfila. Puis il lui écarta les cuisses de ses deux mains chaudes. Et il regarda.

Elle se sentait à découvert. Et encore davantage lorsqu'il souleva une de ses chevilles pour la poser sur son épaule.

— N'aie pas peur, Frannie. Je ne te ferai pas de mal.

Dans cette position, elle était absolument sans défense. Mais cette vulnérabilité ne faisait que l'exciter davantage, et lui confirma que, déjà, elle lui faisait confiance.

Il la pénétra doucement, en lui laissant le temps de s'ajuster à la taille de son membre. Pour l'instant, il était tout-puissant, lui maintenant les cuisses ouvertes tout en excitant son clitoris du pouce. La double stimulation la renvoya vers les sommets en quelques secondes. Des vagues de plaisir électrique se déchaînaient dans son ventre pour se rejoindre au point même où leurs deux corps se rencontraient.

Une décharge de plaisir intense, incroyablement puissante, la secoua. Attends, cria-t-elle. Attends. Elle ne se rendit pas compte que les mots restaient dans sa tête. Elle jouit fort, se perdant en lui.

Zachary se mit à bouger plus vite, plus farouchement. Jamais il ne perdit le contrôle. Il la protégeait, en mesurant ses coups de boutoir, qui chaque fois s'arrêtaient juste avant la frontière de la douleur pour ne lui procurer qu'un plaisir pur.

Elle sentit son esprit se perdre. Elle ne sentait plus, ne voyait plus, ne voulait plus que lui.

Il finit enfin par atteindre ses limites. Il reposa sa jambe sur le matelas, sortit d'elle et embrassa la toison de son sexe. Puis il la pénétra de nouveau et ses va-et-vient avaient une telle intensité qu'on aurait dit qu'il en avait été privé pendant des semaines, des mois, des années.

Frannie perdit toute notion du temps. Le monde se réduisait à ce lit, à cet homme. Au moment de jouir, il prononça son nom comme une prière. Son corps se tendit, fut secoué de spasmes incontrôlables, jusqu'à ce que l'orgasme s'empare de lui.

Il se laissa retomber sur elle de tout son poids.

Ils somnolèrent tous les deux ; la nuit avait pris une dimension un peu irréelle. En sombrant dans le sommeil, elle se souvint que la batterie de son téléphone était presque vide lorsqu'elle avait quitté le siège de Stone River. Cela n'aurait pas eu d'importance si ses parents n'avaient pas risqué de l'appeler, en ce jour férié. Et puis une de ses amies était sur le point d'accoucher. Frannie ne voulait manquer ni l'un ni l'autre.

— Zach ?

Elle le repoussa sur le dos et sourit lorsqu'il grogna dans son sommeil.

— Zach ? Tu as un chargeur de téléphone ? J'ai laissé le mien à l'hôtel.

Il devait être 3 heures du matin. Il avait une excuse pour ne pas réussir à se réveiller. Elle tenta de nouveau sa chance. Cette fois il ouvrit des yeux hagards et se passa une main sur le visage.

— Dans mon bureau. Le grand tiroir. À gauche. Reviens vite.

Elle saisit le plaid en angora posé sur le banc au bout du lit et le drapa autour d'elle avant de sortir de la chambre sur la pointe des pieds. La maison silencieuse était plongée dans l'obscurité. Une minuscule veilleuse dans le couloir éclairait juste assez pour qu'elle ne se cogne pas dans les murs.

Ils étaient passés devant le bureau tout à l'heure, en allant dans la chambre. La porte était entrouverte. Frannie l'ouvrit tout à fait. Demain, peut-être l'explorerait-elle. C'était l'espace privé de Zach, très différent de son bureau à SRO. Ça sentait le cuir et son parfum.

Le bureau était une table élégante, surmontée de piles de papiers. Elle distingua des catalogues, des prospectus de pizzeria et un formulaire fiscal. Zach voyageait beaucoup. Il devait être si occupé qu'il posait tout son courrier ici dans l'idée de le trier plus tard.

Il avait dit le grand tiroir, mais tous lui semblaient aussi grands. Et ils étaient pleins à craquer. Elle dégota une agrafeuse et un vieux BlackBerry, mais pas de chargeur. Il lui avait dit de regarder à gauche, mais elle tenta sa chance de l'autre côté. Lorsqu'elle ouvrit le tiroir en bas à droite, elle découvrit qu'il était aussi ordonné que les autres étaient en bazar.

Prise de curiosité, elle s'empara d'une grosse pile de papiers. Un manuscrit. La page de garde ne portait que quelques mots : *La Vengeance du faucon, par Zachary Stone.*

Sans réfléchir, elle tourna la page et se mit à lire. À la fin de la page quatre, elle se rendit compte qu'elle était en train d'aller trop loin. À première vue, le livre de Zach semblait être un polar, une histoire de mystère ou de crime. C'était encore trop tôt pour être sûre de l'intrigue, et rien ne l'autorisait à aller plus loin. Soigneusement, elle remit les premières pages en place et reposa le manuscrit dans le tiroir.

Zachary écrivait un livre ? Pourquoi ne lui en avait-il rien dit ? Est-ce qu'il pensait que ça ne l'intéresserait pas ? Cela semblait un secret énorme, une omission curieuse en regard de leurs récentes retrouvailles. Elle resta assise au bureau de longues minutes, l'esprit courant la campagne, les doigts malmenant les rebords du plaid. C'était idiot de se sentir blessée pour ça, mais c'était pourtant le cas. Pourquoi ne pas partager un projet si excitant, si personnel ? Cela faisait bien deux semaines que Frannie lui racontait sa vie.

La réponse était à la fois claire et consternante, et, finalement, pas surprenante pour un sou. Zach était une île, un homme à part. Personne ne lui disait quoi faire. Il avait sûrement pensé que Frannie voudrait intervenir. Qu'elle lui proposerait de corriger son manuscrit, ou lui demanderait s'il avait un agent, ou toute autre suggestion enthousiaste.

Elle sentit son cœur se serrer. C'était vrai. Elle avait toujours souhaité pour Zach tout ce qu'il y avait de meilleur. S'il lui avait dit qu'il écrivait, elle l'aurait harcelé de commentaires et de questions. Pour Frannie, cela aurait été la chose la plus normale du monde. Elle et Zach étaient amis, plus qu'amis…

Zach dormait. Il n'allait pas venir la chercher. Soudain, elle se sentit accablée de fatigue, de tristesse et de déception. Le voir après toutes ces années lui avait fait tellement de bien. Cette joie de refaire connaissance. Le bonheur d'évoquer les souvenirs d'autrefois. Lui savait, plus que quiconque sur la planète, comment son cerveau fonctionnait. Il la comprenait. Et elle avait cru que c'était réciproque.

Elle s'était bien trompée. Zachary Stone n'était pas son âme sœur. Ce n'était qu'un type ordinaire, prêt à prendre ce qu'une femme consentante voulait bien lui donner sans rien donner en retour. Elle s'était ouverte à lui, mais lui, non. En outre, elle avait fait des choix pour être avec Zachary, elle avait enfreint la plupart des règles qu'elle s'était données.

Et maintenant, elle était dedans jusqu'au cou.

Luttant contre les larmes, elle se tourna vers la petite table à côté du bureau, ouvrit un tiroir et finit par tomber sur un chargeur. Elle retourna dans la chambre, brancha son téléphone et remonta dans le lit. Zachary se réveilla juste assez pour l'embrasser et l'attirer à lui.

Une demi-heure auparavant, elle était en train de vivre le meilleur moment de sa vie. Mais c'était avant de se rendre compte à quel point cette intimité avait été superficielle. Il ne s'était pas donné à elle. Zach était comme l'iceberg du dicton ; il l'avait laissée voir la toute petite fraction de ce qui sortait de l'eau, mais le principal était bien caché dans les profondeurs.

Heureusement qu'elle était éveillée depuis presque vingt-quatre heures. Elle plongea dans un profond sommeil, et ne se réveilla qu'en entendant son téléphone biper au matin. Elle se leva pour regarder : un petit garçon était né cette nuit. La photo la fit sourire. Puis elle regarda l'heure.

— Zach !

Debout près du lit, elle lui secoua le bras.

— Réveille-toi !

Il ouvrit un œil.

— Dormir, grogna-t-il. Il faut dormir encore.

— C'est Thanksgiving. À quelle heure doit-on être chez ton frère ?

— Midi.

— Il faut encore que je me change. Tu veux que je m'appelle un taxi pour aller à l'hôtel ? Tu pourras passer me chercher.

Il l'attira sur le lit, et profita de sa nudité pour la caresser.

— Ce que je veux, jolie Frannie, c'est que tu reviennes te coucher.

Il l'embrassa langoureusement et elle sentit son cœur prêt à exploser.

Elle était penchée sur le lit selon un drôle d'angle, totalement nue. Zachary était la tentation personnifiée, malgré tout ce qui s'était passé. Si elle s'était écoutée, elle serait revenue sous les draps, lui aurait fait l'amour et aurait prétendu que tout allait bien.

Mais elle lui tapa sur la main.

— Suffit, Zach. Est-ce qu'on est censés apporter quelque chose ?

Il bâilla, s'étira, à mi-chemin entre le mannequin et le bûcheron.

— J'ai acheté un énorme jambon que j'ai fait livrer chez Quin hier. Lui et Katie se chargent de la dinde, de la sauce et des patates douces. Farrell et Ivy apportent les légumes et le dessert.

Elle s'enveloppa de nouveau dans le plaid.

— Tu les as prévenus que tu m'avais invitée ?

— Pas encore. Ils devaient dormir hier soir. Mais ça ira.

— Ça n'ira pas, non. Pour les fêtes, les gens dressent de jolies tables en plaçant les invités à l'avance. Envoie un SMS, s'il te plaît, pour que Katie ne soit pas prise de court quand on arrivera.

Il se mit à rire.

— De toute évidence, tu ne connais pas encore assez bien Katie. C'est la personne la plus organisée que j'aie jamais vue. Mais je vais la prévenir. Arrête de me faire les gros yeux.

Une fois Zachary occupé sur son téléphone, Frannie décida de se changer. Dans le petit sac qu'elle avait apporté, elle prit des sous-vêtements propres, un pantalon en crêpe de laine noir et un chemisier en soie bleu sarcelle. Elle entra dans la salle de bains pour s'habiller. Elle avait sans doute besoin d'une nouvelle douche, mais le temps manquait.

Ses cheveux étaient dans un état catastrophique. Le séchage sur l'oreiller les avait transformés en un nuage de frisottis. Elle se les brossa sans pitié et les releva en un gros chignon à l'arrière de la tête. Des boucles d'oreilles en cristal assorties à son chemisier complétèrent sa tenue. Un peu de maquillage, et le tour fut joué.

Elle ouvrit la porte de la salle de bains.

— Je suis prête.

11

Lorsque Frannie sortit de la salle de bains, Zachary était toujours au lit, profitant des couvertures chaudes et rejouant dans sa tête ce qui s'était passé la veille. Quand il sursauta d'un air coupable, Frannie remarqua sûrement son érection, mais elle n'en laissa rien transparaître.

En réalité, il trouvait même qu'elle se comportait bizarrement.

— Donne-moi dix minutes, dit-il. Et pour info, Katie et Quin sont ravis que tu viennes.

Lorsqu'il fut rasé, habillé et dans la voiture avec Frannie, l'heure limite de midi approchait dangereusement. Mais ils réussirent à arriver devant la nouvelle maison de Quin et Katie avec trois minutes d'avance. Durant tout le trajet, Frannie était restée silencieuse, ce qui était inhabituel. Regrettait-elle la nuit dernière ?

Zachary, lui, était aux anges. Et il était heureux que Frannie partage Thanksgiving avec sa famille.

À vrai dire, la perspective de cette journée l'angoissait depuis longtemps. Deux couples heureux. Un mignon bébé. Et lui au milieu, l'anomalie.

Ce n'était pas qu'il voulait se marier. Pas du tout. Mais c'était agréable d'avoir une femme à son bras aujourd'hui.

Et quelle femme ! Au milieu de l'agitation d'une fête de famille, Frannie avait l'air d'être dans son élément et se précipita pour aider à mettre la table. Même si tout était quasi prêt lorsqu'ils franchirent le seuil de la maison.

Ivy tendit le bébé à Frannie.

— Est-ce que tu peux t'occuper de Dolly, s'il te plaît ? Je vais lui faire faire la sieste un peu plus tôt que d'habitude histoire que les adultes puissent profiter du repas en toute tranquillité.

Zachary faillit éclater de rire en voyant l'expression du visage de Frannie, mais il sut se contenir. Elle tenait la petite Dolly comme si l'enfant était un paquet de dynamite. Et que la mèche était allumée.

Il eut pitié de la femme qui avait, manifestement, une peur des nourrissons aussi grosse que son QI.

— Tu veux que je la prenne ?

— Oh oui !

Frannie lui passa la petite fille avec un soupir de soulagement.

— Ce n'est pas que je n'aime pas les enfants, précisa-t-elle. Mais je n'ai jamais passé beaucoup de temps avec des bébés. J'aurais peur de faire une bêtise.

Il lui lança un regard ironique.

— Tu es bonne dans tout ce que tu entreprends, Bestiole. Les bébés, ce n'est pas de la physique quantique.

— Peut-être.

Elle haussa les épaules et ajouta :

— C'est un point qui n'est pas tranché. Le truc, c'est que je ne pense pas me marier un jour. Et même si cela m'arrivait, je me vois mal avoir des enfants, car mon travail m'emmène partout dans le monde. Je ne serai pas maman, j'en ai fait mon deuil.

— Ce n'est pas justement le but du mariage ? Les compromis ?

Elle lui lança un regard qu'il ne put déchiffrer.

— Que sais-tu des compromis, Zachary Stone ? Le monde tourne à ta guise, à ce que j'en vois.

Ce commentaire étrange et troublant fut le seul moment d'intimité qu'il partagea avec Frannie pendant l'heure et demie qui suivit. Un problème qu'il décida de mettre de côté afin de le régler plus tard.

Le repas fut un énorme succès. Les différents cuisiniers s'étaient surpassés. En plus de la dinde et de la sauce, Katie avait fait la recette de patates douces de sa grand-mère et confectionné des petits pains à vous faire pleurer de plaisir. Ivy, cordon-bleu hors pair, avait quant à elle apporté plusieurs plats aux saveurs de Charleston, car elle y avait vécu de nombreuses années.

Le dessert se composait à la fois de tartes à la citrouille et aux noix de pécan. Tout le monde autour de la table n'en prit que de petites portions. Le repas avait été pantagruélique. Alors qu'il touchait à sa fin, Farrell leva son verre.

— À Stone River Outdoors. J'espère qu'on ne va pas tout louper.

Zachary hocha la tête.

— Puissent les dieux t'entendre.

Quin porta un toast à leur invitée.

— Et à Frannie qui, nous l'espérons, apaisera nos craintes dans un sens ou dans l'autre.

Frannie se racla la gorge.

— Je déteste avoir à parler affaires au milieu d'une si belle tablée, mais il faut que je vous dise que j'avance très vite. Si je travaille un peu plus ce week-end et si mes soupçons sont corrects, je pourrais terminer ma mission d'ici lundi.

Ce fut au tour de Farrell de froncer les sourcils.

— Je n'aime pas ça, Frannie. Le week-end, c'est pour la détente et la famille.

Elle semblait décontenancée. Peut-être n'était-elle pas habituée à ce que quiconque lui dise quoi faire de son temps.

— Dans ce cas, rectifia-t-elle, peut-on envisager que les trois frères Stone soient libres mercredi après-midi ? Je voudrais passer en revue mes conclusions préliminaires avec vous.

Quin se pencha en avant.

— Tu peux au moins nous dire qui a allumé tes voyants au rouge ?

Frannie hésita.

— Hum, je n'aime pas porter d'accusations tant que je ne suis pas sûre.

Quin hocha la tête.

— Compris. Nous allons garder cela secret. Personne ne juge !

— D'accord. Alors si vous voulez vraiment savoir, il semblerait qu'Edward Cordell soit au cœur de vos problèmes.

Zachary secoua la tête.

— Impossible, dit-il catégoriquement. Edward et mon père

étaient meilleurs amis. Edward a travaillé pour SRO pendant trente-cinq ans. Tu fais une grossière erreur.

Tout d'un coup, la pièce devint silencieuse. Zachary comprit que son ton avait été beaucoup trop cassant. Ce que lui confirma le visage de Frannie. Elle était pâle, les yeux baissés et la bouche pincée.

Les quatre autres convives manifestèrent à leur tour divers degrés d'embarras.

Zachary se leva.

— C'est impossible, insista-t-il. Edward m'a appris à faire du canoë. Il a intéressé Quin au ski. Lors du premier mariage de Farrell, c'était Edward le témoin. Tu as tort, Frannie, c'est obligé.

Katie se mit alors à débarrasser la table.

— Allons, dit-elle d'une voix blanche. Ce n'est vraiment pas le jour pour parler boulot, d'autant plus que le match va bientôt commencer.

Frannie était mal à l'aise et en colère. Clairement, Zachary n'avait aucun respect pour ses capacités professionnelles. Il avait rejeté son hypothèse comme si elle était une enfant stupide. Son arrogance lui faisait mal, non seulement parce qu'elle pensait qu'ils s'étaient rapprochés, mais surtout parce que cela signifiait qu'il ne lui faisait pas confiance.

Lorsque les hommes s'éloignèrent dans le salon, Frannie prit Katie à part.

— Merci beaucoup de m'avoir incluse aujourd'hui. Je ne voudrais pas être impolie, mais je sens une migraine qui pointe. Je vais appeler un taxi pour rentrer à l'hôtel.

Elle sortit son téléphone de sa poche et tapota sur l'application de VTC.

— Je suis vraiment désolée, dit Katie. Tu veux emporter quelques restes pour ton dîner ?

— Oh c'est adorable, mais ne t'embête pas, le service en chambre est super. Je ne veux pas faire d'histoires. Tu peux m'excuser auprès des autres tout à l'heure ? Mon chauffeur sera là dans trois minutes.

Katie hocha la tête, mais elle semblait troublée. Sans doute parce qu'elle comprenait la véritable cause de la fuite précipitée de Frannie.

Alors qu'elle repassait dans la cuisine pour récupérer ses affaires, celle-ci tomba sur Zachary. Il posa les deux mains sur ses épaules.

— Quel chauffeur ? demanda-t-il, fronçant les sourcils.

— J'ai mal à la tête. Je rentre à l'hôtel.

— Je te ramène. Ne sois pas stupide.

— Zachary ! dit Katie en lui lançant un regard autoritaire. C'est la décision de Frannie. Arrête d'être si grossier.

Frannie sourit, en espérant que cela soit suffisant pour camoufler sa détresse émotionnelle.

— Mais non, souffla-t-elle. Reste et passe du temps avec ta famille, Zach. Ça va aller. Le repas était délicieux.

— Si c'est ce que tu veux.

Son expression était fermée. Une nouvelle fois, il la rejetait. Et une fois de plus, Frannie se retrouvait devant Zachary Stone et essayait tant bien que mal d'apercevoir ce qu'il y avait à l'intérieur. Mais elle ne voyait rien d'autre qu'un cœur muré.

À l'hôtel, Frannie mit son téléphone portable en mode « Ne pas déranger » et fit de même avec l'appareil de l'hôtel sur la table de chevet. Sa fausse migraine était devenue réalité.

Elle dormit cinq heures d'affilée. Quand elle se réveilla, il faisait nuit. Ce n'était pas le pire Thanksgiving qu'elle ait connu, mais ce n'était pas le meilleur non plus.

Lorsqu'elle saisit son téléphone, elle y trouva pas moins de vingt-deux SMS, chacun plus agacé que le précédent.

Tout allait pour le mieux dans le meilleur des mondes. Elle ne voulait pas voir Zachary Stone, elle ne voulait pas lui parler et surtout, elle ne voulait plus jamais coucher avec lui.

L'homme était expert pour parvenir à ses fins. Il valait mieux ne pas lui donner une seule occasion de tester sa volonté.

Peut-être qu'elle n'aurait jamais dû accepter ce travail en sachant qu'elle reverrait Zachary...

Elle avait toujours eu un faible pour lui. Et elle avait toujours été faible en sa compagnie. À treize ou à trente ans, rien n'avait vraiment changé.

Mais le pire de tout était peut-être de devoir admettre qu'elle était en train de tomber amoureuse de lui…

Elle avait mal, mais elle devait se rappeler qu'elle n'avait pas le cœur réellement brisé. Elle avait eu les meilleures notes possibles en anatomie à l'université, alors elle savait que l'organe logé dans sa poitrine était plus fort qu'il n'y paraissait pour le moment.

Il y avait cependant certaines choses que les manuels scolaires ne pouvaient ni prévoir ni expliquer. Frances Wickersham aimait Zachary Stone parce qu'il était la seule personne au monde capable de la comprendre et de l'aimer exactement comme elle était.

Le seul problème ? Il s'en fichait. Pour lui, elle ne représentait qu'un moment de plaisir au lit, une agréable promenade dans le passé.

Il n'était pas amoureux d'elle, et après l'épisode du déjeuner, elle devait comprendre qu'il ne le serait jamais.

Quand elle se réveilla le lendemain matin, son mal de tête avait disparu. Son chagrin d'amour lui faisait toujours mal. Elle se rappela que Quin avait donné son week-end à Stanley. Un autre gardien allait être en poste aujourd'hui. Parfait, même si l'homme avait été probablement informé de la mission de Frannie, rien ne disait qu'il allait faire de rapport à Zachary.

Frannie décida donc de tenter sa chance. Elle n'était pas fan de la chasse aux bonnes affaires du Black Friday et elle en avait assez de rester assise à ne rien faire dans sa chambre d'hôtel. Le siège étant fermé pour le week-end prolongé, il n'y avait aucune raison réelle d'attendre la soirée.

Le ciel était ensoleillé et la température approchait les 5 °C, alors elle choisit d'y aller à pied. Les rues étaient remplies de gens décontractés aux bras chargés de sacs. Des employés de la ville se démenaient pour installer les premières décorations de Noël.

La journée était festive, mais l'humeur de Frannie était sombre. Elle était parfaitement satisfaite de sa vie jusqu'à son arrivée à Portland. Certes, elle pouvait parfois se sentir seule, mais cela ne durait jamais très longtemps. Elle savait toujours comment chasser le blues. Avec du travail. Toujours plus de travail.

Quand elle atteint le bâtiment de SRO, elle se servit de sa carte-clé pour entrer et rejoindre son poste. Les bureaux, vides, étaient silencieux. Le calme la rasséréna. Elle n'avait pas fini d'analyser tous les ordinateurs du bâtiment, mais comme elle était tombée sur ce qui semblait être une piste importante dans son enquête, elle allait repartir de là.

Si la piste ne menait finalement nulle part, elle serait la première à être heureuse de le reconnaître. Et d'admettre que Zach avait raison. Malheureusement, Frannie avait bien peur que les frères Stone ne soient pas au bout de leurs surprises. Et pas de celles qui font plaisir.

La matinée et l'après-midi filèrent. Plus elle plongeait dans la vie numérique d'Edward Cordell, plus elle en dénichait. Une histoire troublante commençait à se dessiner, et une grande partie impliquait la famille Stone. D'une manière ou d'une autre, elle allait devoir trouver un moyen de convaincre Zachary que sa loyauté aveugle était déplacée. Ce qui ne serait pas chose facile.

À 17 heures, elle décida qu'il était temps d'arrêter. Elle éteignit l'ordinateur et restaura soigneusement l'espace de travail d'Edward tel qu'elle l'avait trouvé.

Elle ramassa son manteau et son sac et éteignit les lumières. Quand elle se retourna pour partir, Zachary se tenait dans l'embrasure de la porte. Elle sursauta et mit une main sur sa poitrine.

— Tu es fou, j'aurais pu avoir une crise cardiaque ! Depuis quand es-tu là ?

Son expression était sombre.

— Depuis que tu ne réponds pas à mes textos. Cela ne te ressemble pas, Frannie, alors je me suis inquiété. J'ai vérifié auprès du gardien qui m'a dit que tu étais là depuis ce matin.

— C'est parce que tu m'as énervée hier, Zach. Pire, tu m'as blessée. Et je n'avais donc effectivement pas très envie de te parler.

Les angles de son visage s'adoucirent.

— Je suis désolé. Mais je pense toujours que tu suis une fausse piste avec Edward. Il ne nous ferait jamais de mal.

Elle prit une profonde inspiration, serra les poings, compta jusqu'à dix et changea de sujet.

— Qu'est-ce qui t'amène ici, sinon ?

Il haussa les épaules.

— Je me disais qu'on pouvait sortir dîner.

Et voilà, elle était là de nouveau. La tentation. Comment pouvait-elle à la fois avoir tellement envie de Zach quand elle savait qu'elle n'avait qu'une chose à faire : fuir le plus vite et le plus loin possible.

— Les restaurants seront bondés ce soir, bredouilla-t-elle. En plus, je suis épuisée, je pense que je vais me coucher tôt.

— C'est ennuyeux, Bestiole. On peut faire mieux que ça.

Il attrapa sa main, la porta à ses lèvres. Quand il embrassa chaque doigt et grignota son petit doigt, elle sut qu'elle était perdue.

— Zach...

Il leva la tête.

— Quoi ?

— Si je trouve la source des problèmes de SRO, je serai bientôt partie. Je ne sais pas si je veux me lier davantage.

Il prit sa joue en coupe, le regard concentré.

— Nous sommes déjà liés, Frannie.

— Et que se passera-t-il quand il sera temps pour moi de partir ?

C'était à peu près la question la plus claire qu'elle pouvait lui poser pour savoir si ces « liens » entre eux n'étaient ou non que du sexe sans lendemain. Mais la clarté était difficile à obtenir quand quelqu'un comme Zachary Stone taquinait ses mamelons.

Il la gratifia d'un large sourire.

— Je suis un fervent partisan du *carpe diem* et j'avance en marchant. Nous n'avons pas à nous soucier de l'avenir, n'est-ce pas ? Il prend généralement soin de lui-même.

Son cœur se serra. Elle était planificatrice. À chaque étape de sa vie. Ne pas penser au lendemain avec Zach représentait un risque énorme. Mais quelle était l'autre option ? Plus de Zach du tout ?

Non, la perspective était intolérable. Elle devait donc, pour une fois dans sa vie, faire preuve de témérité.

— Très bien, murmura-t-elle. On va chez toi ou chez moi ?

Il ne prit même pas un quart de seconde pour lui répondre :

— L'hôtel est plus proche.

Elle aurait pu jurer qu'une flamme minuscule brûlait dans ses beaux yeux.

Le trajet vers l'hôtel fut sans doute le plus rapide de l'histoire. Par un heureux hasard, ils se retrouvèrent seuls dans l'ascenseur. Lorsque la porte se referma, Zach se tourna vers elle et grogna, claquant la bouche contre la sienne, agrippant ses hanches assez fort pour lui laisser une ecchymose.

— Tu me rends fou, Frannie.

— *Idem*, haleta-t-elle.

Arrivés à son étage, ils eurent à peine le temps de sortir de la cabine et d'entrer dans la chambre que leurs bouches étaient une nouvelle fois scellées l'une à l'autre.

Il la souleva, la forçant à enrouler les bras autour de son cou. Elle haleta quand il se débattit mais il réussit à faire glisser sa culotte le long de ses jambes et à jeter le morceau de tissu soyeux de côté. Puis il passa le bras sur le bureau intégré et la posa doucement sur le bord. Seule la télévision à écran plat était restée sur la commode. Tout le reste était éparpillé sur le sol.

Frannie portait des bottes en cuir noires et une jupe lui arrivant au-dessus des genoux en tricot gris. En haut, elle portait un pull en maille torsadée noir et gris boutonné sur le devant. Enfin, elle ne le portait plus depuis déjà un petit moment.

Zachary fit glisser sa jupe sur ses hanches et ouvrit sa braguette. Il ne s'arrêta que le temps de saisir un préservatif avant de la retourner et de la tirer vers lui.

Quand il la pénétra, Frannie gémit. Elle voulut lui faire face et lui déboutonner sa chemise, mais Zach était un homme sauvage qui ne se laissait pas dompter. Alors elle se laissa faire, pour en retirer un plaisir qui l'effraya par son intensité. Son corps et son cœur s'embrasaient et l'incendie lui faisait tout oublier. La montée vers l'orgasme fut aussi rapide que tellurique.

Au loin, très loin, elle crut entendre Zach hurler sa jouissance. Puis il se colla à son dos et enfouit la tête dans sa nuque avant de murmurer :

— Tu me rends fou, Bestiole. Tellement fou. Tu n'es pas une femme, tu es une drogue dure.

12

Reprenant contact avec le sol et la réalité, Frannie fouilla le visage de Zach dans l'espoir de comprendre ce qu'il avait bien voulu dire. Mais tout ce qu'elle trouva, c'est qu'il était pleinement satisfait de la situation actuelle.

Se penchant vers lui, elle bâilla.

— Tu as des affaires pour la nuit dans la voiture ?

Un rire retentit dans sa poitrine.

— Malheureusement non. Quand je suis parti de chez moi, je n'avais pas prévu...

Il n'eut pas besoin de terminer sa phrase, cette fois-ci aucune ambiguïté ne planait. Ils avaient tous les deux été pris de court par l'orage sensuel qui s'était abattu sur eux.

— Tu veux passer chez toi pendant que je me douche ?

Il lui tira doucement les cheveux pour lui renverser la tête et l'embrasser paresseusement.

— Ou tu pourrais venir chez moi.

Il avait raison. L'hôtel était cossu, mais il ne soutenait pas la comparaison avec l'appartement de Zach.

— Ça marche. Donne-moi dix minutes pour me rafraîchir.

Frannie avait fait le choix du déni, pour essayer de suivre la philosophie de Zach à la lettre. *Carpe diem*. Vivre dans l'instant... Pour l'instant, le week-end s'annonçait paresseux et elle n'avait pas la moindre envie d'être intelligente. Autrement dit, de garder ses distances.

Il lui fallait aussi éviter de penser au danger qui l'attendait dans l'appartement de Zach. Ce stupide manuscrit qui se moquait d'elle en lui rappelant qu'il n'était pas l'homme sans complications qu'il prétendait être.

Après un rapide passage dans la salle de bains, elle se saisit du plus petit de ses deux sacs et y fourra un jean et un pull en coton moelleux, et quelques produits de beauté nécessaires pour passer la nuit. Et plus si affinités ?

Elle détestait l'incertitude.

Quand elle fut prête, Zachary porta son sac à la voiture. Une fois qu'ils furent arrivés à son appartement, Zach alluma la cheminée et alla ouvrir une bouteille de vin.

— Je reviens, dit-il.

À son retour, il s'était changé. Il portait désormais un pantalon de jogging et un vieux T-shirt Harvard bleu marine et blanc qui se tendait sur ses pectoraux puissants.

Frannie aurait voulu elle aussi une tenue plus confortable, mais elle n'y avait pas pensé. Les vêtements qu'elle avait mis dans son sac étaient pour le lendemain.

Zach se laissa tomber à côté d'elle sur le canapé et lui caressa le genou.

— Si tu veux te mettre à l'aise, j'ai un peignoir. Je m'en sers rarement, il est propre comme un sou neuf. Tu le trouveras sur le crochet derrière la porte de la salle de bains.

Son imagination s'emballa. Être nue sous le peignoir de Zachary invitait à toutes sortes de perversions. En même temps, ce n'était pas comme si ses vêtements avaient un jour empêché Zach de faire quoi que ce soit. Et pas plus tard que ce soir en sortant de l'ascenseur de l'hôtel...

— Merci, dit-elle. Je crois que je vais suivre ton conseil.

Dans la salle de bains, elle ne put s'empêcher de penser à la douche qu'elle avait prise dans cette même pièce avec l'homme de la maison. Son dernier orgasme était peut-être aussi récent que tonitruant, cela ne m'empêcha pas de ressentir l'appel du désir pulser entre ses jambes. L'avait-il transformée en femme insatiable ?

Frannie avait toujours aimé le sexe, même le sexe en solo. Mais tout ce qu'elle avait vécu avant Zach lui semblait désormais tellement... tiède. Les grandes envolées charnelles, l'ivresse de la passion l'avaient toujours laissée perplexe. Aujourd'hui, elle les vivait dans sa chair.

Quand elle retourna dans le salon, Zach avait éteint les lampes et récupéré une grande couverture qu'il avait étalée sur le canapé. Il tapota le coussin près de lui.

— Tu viens ? Il y a un marathon *Star Wars* qui va bientôt commencer. Ça te dit ?

— Sympa, dit-elle avec prudence.

Elle était bonne en statistiques, entre autres. Les probabilités qu'ils réussissent à laisser passer le premier film sans se jeter l'un sur l'autre étaient au mieux minimes.

Elle se recroquevilla contre lui, une joue pressée sur sa cage thoracique que le T-shirt rendait terriblement confortable. Ils posèrent leurs pieds sur la table basse. Ces quatre pieds, deux masculins, deux féminins, exposaient leurs différences. Frannie était grande et ses pieds étaient plus longs que ceux de la moyenne des femmes. Mais à côté de ceux de Zach, ils semblaient minuscules.

Il lui ébouriffa tendrement les cheveux alors que la musique du générique culte se faisait entendre.

— À quoi penses-tu, Bestiole ? J'entends les rouages de ta cervelle tourner.

Elle haussa les épaules.

— J'admirais tes pieds.

Manifestement surpris, il éclata de rire.

— Sérieusement ?

— Sérieusement. Ils sont sexy.

Il remua les orteils.

— Si tu aimes une des parties de mon corps, je suis content.

Elle se retint de lui dire qu'il y avait d'autres parties de son corps qui lui plaisaient encore plus, mais le diable avait déjà été bien trop tenté pour la soirée.

Ils restèrent silencieux pendant les quarante-cinq premières minutes du film.

L'odeur de Zach avait suffi à faire monter en Frannie une bouffée de plaisir. Dans ses bras, elle se sentait à sa place. Mais lui, à quoi pensait-il ? Un pincement de regret vint troubler sa satisfaction.

Elle avait tant donné d'elle-même, s'était livrée autant qu'une femme pouvait le faire. Est-ce que cela avait été une énorme erreur de lui donner un tel pouvoir sur son bonheur ?

Lui aussi semblait détendu. Il se mit à lui caresser la clavicule, là où son décolleté s'était entrouvert. Sa main gauche tenait toujours la télécommande, mais le bras qu'il avait passé sur son épaule était libre.

C'était une caresse plutôt innocente, qui ne s'aventurait même pas vers sa poitrine... Mais déjà, elle avait trop chaud dans son peignoir.

Frannie essaya de rester immobile. De ne pas faire de bruit. Lorsqu'il lui embrassa la tempe, elle laissa échapper un tout petit gémissement. Elle murmura son nom, peut-être trop bas pour qu'il entende.

Zach éteignit le son et laissa tomber la télécommande. Avec douceur, il l'allongea sur le dos et se plaça au-dessus d'elle. Leur baiser commença doucement mais il ne tarda pas à s'enflammer. Lorsqu'il défit la ceinture de son peignoir et en ouvrit les deux pans, il poussa une exclamation.

— Tu peux me dire d'arrêter, chuchota-t-il, les yeux fixés sur ses seins.

Elle posa les deux mains de chaque côté de son visage. Elle aimait tant la façon dont ses yeux s'assombrissaient et ses joues rosissaient quand il avait envie d'elle.

— N'arrête pas.

Après ça, tout devint flou et sembla se passer au ralenti. Peut-être Zach essayait-il de compenser leur rapport si expéditif dans sa chambre d'hôtel. Elle ne s'en était pas plainte, mais ça aussi, c'était très bon. Délicieux.

Il lui saisit les poignets et lui leva les bras au-dessus de la tête.

— Reste comme ça.

Les mains de Zach sur ses seins étaient douces et chaudes. Il passa une langue langoureuse sur ses mamelons, jusqu'à ce qu'ils se tendent au point de faire mal.

Enfin, au moment où elle crut ne plus pouvoir le supporter, il revint vers sa bouche et lui donna un long baiser appuyé et passionné.

Ils étaient collés l'un à l'autre et elle sentait la poussée rigide de son érection contre son ventre.

— Déshabille-toi, supplia-t-elle.

Ils n'avaient pas beaucoup de temps. Le monde s'imposerait à eux bien trop tôt.

— C'est trop bon.

Il avait chuchoté ces mots tout en lui déposant de petits baisers et des coups de langue dans le cou. Il lui mordilla l'oreille. Elle poussa un petit cri.

Elle était tellement prête à l'accueillir que ses hanches tentaient de se soulever, mais Zach l'écrasait de tout son poids, et c'était bon. Elle était sans défense, et elle aimait ça. Elle l'aimait.

Comment faire autrement ? Hélas, elle avait tellement peur que pour lui, ce ne soit qu'une passade.

Il connaissait aussi intimement son esprit que son corps. Aucun autre homme n'avait été si parfait. Non, pas parfait, c'était trop demander. Mais parfait pour elle. Elle avait envie de le lui dire. Il avait gardé tant de ses secrets à elle, au fil des années.

Et maintenant que c'était si important, elle avait peur.

S'il rejetait son amour, elle serait dévastée.

Mais elle ne le saurait jamais, parce qu'elle ne s'autoriserait pas autre chose que ce nouvel interlude.

Il se leva enfin et ôta ses vêtements à toute vitesse. À quoi ressemblerait une vie où ce genre d'instants se reproduiraient tous les soirs ? Où elle partagerait tous les aspects de sa vie ?

Elle n'eut pas le temps de poursuivre ce fantasme qu'il était déjà sur elle, en elle, haletant son nom.

Il la prit tout doucement, avec de longs coups de reins qui leur donnaient à tous les deux un maximum de plaisir. Il avait fermé les yeux. Était-ce important pour lui que ce soit Frannie qui lui offre son corps ? Ou n'était-elle qu'une femme accueillante parmi d'autres ?

Comme s'il avait lu dans ses pensées, il grogna cinq mots tout simples.

— Tu comptes pour moi, Frannie.

Était-ce vrai ? Il ne lui avait pas fait confiance pour l'entreprise, ni pour ce qu'elle avait découvert. Comment le croire maintenant ?

Cette phrase n'aurait pas dû tant l'affecter. Pourtant, sa manière de la prononcer lui donna une lueur d'espoir. Ils partageaient un passé, ce n'était pas rien. Pouvait-il envisager qu'elle fasse aussi partie de son avenir ?

Et moi, je t'aime, Zach.

Elle n'osa pas. Un curieux mélange de souffrance émotionnelle et d'extase physique la plongea dans une totale confusion. Elle passa les bras autour de sa taille et sentit la chaleur que dégageait sa peau. C'était là qu'hommes et femmes se rejoignaient.

Toutes les différences entre eux s'effacèrent au moment où il se donna à elle, en l'aimant de toutes ses forces avec son corps tout en gardant jalousement cette part de lui qui lui appartenait et qu'il ne partageait pas.

Lorsque ce fut terminé, repus et ensommeillés, ils abandonnèrent le canapé et se rendirent dans la chambre. Après une douche platonique et rapide, ils se glissèrent entre les draps en soupirant à l'unisson.

Alors que Zach tendait la main pour éteindre, Frannie posa la sienne sur sa poitrine.

— Attends, dit-elle. J'ai une confession à faire.

Avoir fait intrusion dans son intimité lui pesait et elle ne pouvait plus le supporter. Même si elle n'avait pas fouiné intentionnellement, le résultat était le même. Elle avait appris que Zach avait des secrets, qu'il ne lui révélait qu'une partie de lui-même. Peut-être que le lui dire était une erreur, mais elle devait savoir. Elle s'excuserait et verrait ensuite s'il était prêt à la laisser entrer dans sa tête et dans son cœur, pas seulement dans son lit.

Il roula sur le côté, calant sa tête d'une main.

— Intrigant. Est-ce une position coquine que tu voudrais essayer ?

Elle grimaça, s'asseyant en tailleur.

— L'autre jour, quand j'étais ici, tu m'as laissé emprunter un chargeur de téléphone. En le cherchant dans ton bureau, je suis tombée sur un manuscrit. Ton manuscrit.

Le visage de Zach devint livide. Il se glissa contre la tête de lit et croisa les bras sur sa poitrine.

— Est-ce que tu l'as lu ?

— Seulement les quatre premières pages. Puis j'ai compris que je ne devais pas faire ça, alors je me suis arrêtée. Mais pourquoi ne m'en as-tu jamais parlé ? Un roman, Zach ! C'est tellement excitant.

Il resta un long moment silencieux, comme si sa mâchoire était subitement faite de pierre.

— Il n'y a rien à dire.

Son cœur se serra, bien qu'elle eût prédit cette réaction.

— Tu plaisantes, j'espère ?

Elle fronça les sourcils.

— C'est incroyable. Tu as toujours été meilleur que moi à l'écrit au lycée. Mais un roman ? Je suis tellement impressionnée ! J'ai un ami agent littéraire à New York qui serait prêt à y jeter un œil, j'en suis sûre. Ou peut-être en as-tu déjà un ?

Les mots trébuchaient en sortant de sa bouche. Elle savait pertinemment qu'ils étaient inutiles. Elle essayait désespérément de l'atteindre, mais elle était maladroite.

— Arrête, Frannie.

Il était sec. Lointain.

— Je ne comprends pas. C'est énorme. Et quel accomplissement ! Il est fini, n'est-ce pas ? Tu en as commencé un deuxième ?

Elle était tellement concentrée sur son envie de le percer à jour qu'elle avait oublié à quel point il pouvait être têtu.

Il se frotta le front du revers de la main.

— Ce livre a été une passade, un délire. Depuis l'accident de mon père, je n'ai pas eu le temps de faire mumuse, crois-moi. Oublie-le, Frannie. Je sais ce que je suis et ce que je ne suis pas.

Les mots se déversèrent comme un torrent. Leur signification n'aurait pas pu être plus claire. *Laisse-moi tranquille, Frannie. Ne te mêle pas de mes affaires.* Avait-il vraiment envie d'écrire ? Ou est-ce que ce roman n'était qu'un exemple d'une longue série de passions éphémères ?

En faisait-elle partie, elle aussi ?

— Je croyais que nous commencions à vivre quelque chose de spécial, Zach. Que savoir ce que je ressens pour toi t'importait. Mais je constate que tu me caches toujours qui tu es vraiment.

— C'est ton opinion, Bestiole. Pas la mienne.

Ses mots étaient saccadés. Secs.

— Super, changeons de sujet alors.

S'il ne pouvait pas gérer le personnel, il pouvait au moins s'occuper des affaires en cours. Elle ajouta :

— Je vais passer le reste du week-end au siège. Avec la réunion de mercredi, peut-être qu'il faudrait que tu viennes avec moi demain, j'ai des éléments à te montrer. Je pense que tu conviendras ensuite que le vieil ami de ta famille n'est pas celui que tu crois.

Le regard de Zach, de mécontent, se fit glacial.

— Demain, non, j'avais prévu des trucs. Je vais faire du canoë avec un ami dans le Minnesota.

— En novembre ? Mais tu vas geler !

— Ne t'inquiète pas, je le fais chaque année.

Elle se redressa.

— Zach, on parle de l'entreprise de ta famille, là. Quelqu'un a essayé de vous blesser professionnellement et physiquement. C'est important. Tu ne peux pas annuler ou décaler ?

Il ne lui répondit pas directement.

— Je serai de retour pour la réunion de mercredi, c'est le mieux que je puisse faire.

Frannie ne s'attendait pas à ce que la nuit se déroule ainsi. Au lieu d'être enlacés et épuisés par le plaisir, ils étaient désormais tournés chacun de leur côté du lit, un gouffre invisible et profond entre eux.

Peut-être était-ce sa faute… en partie.

Parce qu'elle avait eu besoin de se connecter avec lui, elle avait en réalité déchiré quelque chose de fragile. En voulant savoir qui il était vraiment, elle avait déniché et exposé la vérité de leur relation.

Ce n'était pas aussi important, pas aussi fort qu'elle l'avait imaginé.

Son estomac se serra sous l'effet du regret et du désespoir. Incapable de dormir, elle se releva et alla récupérer ses vêtements.

— Je pense que c'est mieux si je retourne à l'hôtel, dit-elle, ses mots à peine audibles.

— Si c'est ce que tu veux.

Son silence de pierre tandis qu'elle rassemblait ses affaires lui fit plus de mal qu'elle ne le pensait possible. Une fois passés son jean et son pull, et ses vêtements de ville rangés dans son sac, elle prit la direction de la porte d'entrée.

— Tu veux que je te ramène ? demanda Zach. Il est tard.

La dernière chose dont elle avait envie était bien de se retrouver enfermée dans une voiture avec lui, écrasée par le silence.

— Non, dit-elle laconiquement. Je suis une grande fille, je vais me débrouiller. Au revoir, Zach.

Jusqu'à ce qu'elle retrouve la rue, elle espéra qu'il se précipiterait pour la retenir. Qu'il lui dirait quel idiot il avait été. Qu'il lui ferait une déclaration d'amour enflammée. Mais non. Le bruit sec de la grande porte vitrée de l'immeuble se refermant derrière elle sonna le glas de ses rêves.

Son béguin du lycée, son égal intellectuel, son amant le plus extraordinaire n'était pas intéressé par ce que Frances Wickersham avait à offrir.

Frannie dormit d'un sommeil léger, suffisamment pour n'avoir aucun mal à se lever quand son réveil sonna à 8 h 30. Son cœur avait beau être comme un morceau de glace dans sa poitrine, elle refusait de pleurer pour Zach. Leur histoire avait été agréable le temps qu'elle avait duré. Le plus tôt elle quitterait Portland pour reprendre une vie normale, le mieux ce serait.

À cette fin, elle s'habilla et prit la direction du siège de SRO. Elle n'avait pas demandé à Zach à quelle heure était son vol. L'imaginer dans un avion, penser à la distance qui s'étirait entre eux lui nouait l'estomac.

Même s'ils allaient se revoir lors de la réunion du mercredi, leur relation était bel et bien terminée.

Le travail allait une nouvelle fois l'aider à oublier son chagrin. Elle retourna au bureau d'Edward Cordell et continua à compiler des notes pour le dossier qu'elle avait élaboré.

Les heures passèrent. Elle avait oublié de prendre quoi que ce soit pour le déjeuner. Cela n'avait pas d'importance. Elle n'avait pas faim, de toute façon.

Pour terminer son travail, il ne lui fallait plus que vérifier les ordinateurs de deux employés sur sa liste. Cela allait sans doute lui prendre jusqu'à la réunion, puis peut-être un jour ou deux de plus.

Si tout allait bien, elle allait pouvoir rentrer chez elle dans une semaine.

Elle espérait toujours que Zachary accepte d'examiner les preuves et en vienne à changer d'avis. Et même si elle ne voulait pas l'admettre, elle espérait aussi qu'il change d'avis sur leur vie personnelle.

Quand elle entendit un bruit de pas dans le couloir, son cœur s'accéléra. Il n'avait pas pris son avion, après tout. Ses espoirs n'étaient pas aussi vains qu'elle le craignait...

Alors qu'elle se tournait pour lui faire face, elle sentit quelque chose de dur entrer en collision avec sa tête.

Puis un rideau noir s'abattit sur le monde.

Zachary était d'humeur si maussade qu'il remercia le ciel de ne croiser personne dans le parking. Dans le cas contraire, il aurait peut-être effrayé ses voisins.

Il jeta ses sacs à l'arrière de sa voiture et sortit en trombe. Il n'arrêtait pas de se repasser le film de la dispute avec Frannie. Il était furieux. Le souvenir de son visage quand elle était partie faisait pulser une douleur brute dans sa poitrine.

Le seul bon côté de l'affaire, c'était qu'il n'y avait personne dans les rues. Perdu dans ses pensées, il avait pris machinalement la direction du siège de SRO, bien que le bâtiment ne soit pas techniquement sur son itinéraire pour l'aéroport.

Est-ce que Frannie était là ? Pourquoi s'en souciait-il ? Il avait sa propre vie à vivre. Il s'était bien débrouillé sans Frannie depuis une douzaine d'années. Il n'avait plus besoin d'elle maintenant. Il n'avait besoin d'aucune femme.

En réalité, il avait peur. Peur d'apprécier la compagnie de Frannie pour autre chose que le plaisir des sens qu'il pouvait en tirer. Cette peur était ce qui l'avait poussé à la rejeter.

Peur de l'échec. Peur de la décevoir elle, et lui-même.

Même le fait de récuser ses conclusions était une réaction à la peur. Si tous les problèmes venaient d'Edward, alors Zach avait mis sa famille dans de sales draps. S'il était aussi intelligent que le disaient les tests de QI, pourquoi n'avait-il rien soupçonné ?

Alors qu'il s'approchait de la rampe d'accès à l'autoroute, un vilain pressentiment l'envahit. Quelque chose n'allait pas. La sensation était si lourde, convaincante, qu'il dut s'arrêter sur la bande d'arrêt d'urgence et mettre sa tête entre ses mains.

Est-ce qu'il partait pour passer du temps avec son ami ou parce qu'il avait quelque chose à prouver ?

La sensation de danger persistait. Il soupira. Il avait passé une nuit blanche, c'était tout. Il était fatigué, voilà. Le stress était une réaction naturelle dans ces cas-là. La bonne vieille adrénaline qu'il ne connaissait que trop bien.

Subitement, il se souvint de la seule autre fois où il avait connu une prémonition aussi prégnante. C'était au lycée. Une nuit, alors que Frannie rentrait dans son dortoir, deux garçons ivres avaient tenté de l'agresser sexuellement. Zachary était arrivé à la dernière seconde, après l'avoir cherchée partout.

La scène lui revint à l'esprit comme si elle se déroulait devant ses yeux. Fou de rage, il avait battu les deux garçons avec ses poings jusqu'à ce qu'ils s'effondrent au sol. Frannie avait finalement réussi à l'éloigner, craignant pour leur sécurité à tous les deux. Les bagarres sur le campus étaient strictement interdites.

Naturellement, Frannie avait été très choquée. Bouleversée, même. Ils s'étaient enfermés dans une salle de classe vide et étaient restés à parler jusqu'à l'aube.

Il n'avait pas pensé à cette nuit depuis des années.

Jusqu'à maintenant.

Le nuage noir revint le harceler. Cette fois-ci, il décida de faire demi-tour et de retourner au siège, sans la moindre considération pour le code de la route et les limitations de vitesse.

Le soleil était bas dans le ciel. Il se gara sur sa place réservée avec un crissement de pneus et se précipita vers la porte d'entrée. Son badge fut refusé et un voyant rouge autoritaire lui barra l'accès aux bureaux. Quel idiot, il l'avait inséré à l'envers ! Le second essai fut concluant.

Frannie pouvait être n'importe où dans le bâtiment. Mais son instinct et ce qu'elle lui avait dit de son travail lui indiquèrent le chemin à emprunter - celui du bureau d'Edward Cordell. Lorsqu'il arriva devant la porte, il la trouva verrouillée. Bizarre. Heureusement, son badge lui donnait accès à tous les bureaux.

Lorsqu'il entra, son cœur bondit dans sa poitrine. Frannie gisait sur le sol, comme un vieux sac froissé. L'ordinateur avait disparu.

Hors d'haleine, il s'accroupit à côté d'elle et prononça son nom une douzaine de fois.

Elle ne répondit pas.

Il passa soigneusement les mains sur son corps. Sa peau était chaude. Elle n'était pas morte. Mais elle était inconsciente. Et ses joues étaient anormalement livides.

Il ne lui fallut pas plus de quelques secondes pour en identifier la cause. Ses cheveux, ses si beaux cheveux, baignaient dans une mare de sang.

— Oh mon Dieu, non, Frannie !

Son estomac se noua de colère et d'impuissance. En composant le numéro des secours, il regretta amèrement leur dispute et sa réaction quand elle lui avait dit avoir trouvé son manuscrit. Comment pouvait-il être aussi lâche ? Comment avait-il pu vouloir garder ses distances avec Frannie, la seule femme qui avait toujours cru en lui ?

L'évidence le frappa. Toute cette peur, cette lâcheté n'avaient qu'une seule signification : il l'aimait. Et il n'allait peut-être jamais pouvoir le lui dire.

— Ne la laisse pas mourir, murmura-t-il dans une prière désespérée.

Il posa son front sur celui de Frannie et s'accrocha à sa main comme s'il s'agissait de sa bouée de sauvetage.

— Tiens bon, Bestiole. Je t'en prie, tiens bon. J'ai encore tant à vivre avec toi.

13

Frannie somnolait.

Des odeurs inconnues lui firent froncer le nez. Lorsqu'elle essaya de bouger, elle grogna sous l'effet de la douleur. Si c'était une migraine, alors c'était la mère de toutes les migraines.

Plus facile de garder les yeux fermés...

Elle ne savait pas où elle était. Ni pourquoi elle souffrait autant.

De vagues souvenirs se glissèrent dans sa conscience mais s'éloignèrent avant qu'elle puisse réellement se concentrer. Sa bouche était sèche et pâteuse.

— Est-ce que je peux... ?

Les mots se formèrent à peine. Quelqu'un pouvait-il seulement l'entendre ?

Elle devait peut-être réessayer d'ouvrir les yeux. Cette fois, la tentative fut un peu plus fructueuse. Elle réussit à voir une horloge sur le mur, mais elle n'avait aucune idée de la date précise.

Ou même si c'était le jour ou la nuit. Précautionneusement, elle tourna la tête, inspirant brusquement quand un couteau poignarda l'arrière de son crâne.

Doux Jésus.

Un de ses bras était attaché à quelque chose. Était-elle à l'hôpital ?

Quand elle tourna la tête, elle devina Zach qui se tenait à son chevet. Il semblait endormi. Ses cils noirs gisaient comme des ombres sur ses joues bronzées. Son menton était couvert d'une barbe de plusieurs jours. Elle ne l'avait encore jamais vu aussi négligé.

Sa joue reposait sur le bord du matelas. Une de ses mains tenait la sienne. Il était courbé dans ce qui devait être une position terriblement inconfortable.

Elle voulait soulever sa main et lui caresser les cheveux, mais son cerveau ne parvint pas à effectuer le mouvement souhaité. Et son cœur ne voulait pas non plus lâcher ses doigts.

Lentement, sans bouger à nouveau la tête, elle parcourut la pièce du regard. Oui. Certainement un hôpital. Quand elle essaya de comprendre la raison de sa présence, l'explosion dans sa cervelle la convainquit de laisser tomber. Penser était trop dur.

Le besoin en eau devint intense.

— Zach, gémit-elle.

Son nom ressemblait à peine à un mot, mais il l'entendit. Il leva la tête et se redressa sur sa chaise.

— Frannie ? Tu es réveillée ?

Elle acquiesça lentement.

— Soif.

— Bien sûr.

Il se déplaça rapidement, saisit un pichet rose et versa de l'eau dans un verre. Puis il y ajouta une paille coudée. Quand il porta la paille à ses lèvres, elle put entendre la glace se craqueler dans sa petite tasse en plastique. Elle but lentement. Jamais de l'eau du robinet ne lui avait semblé si délicieuse.

— Super, merci, gémit-elle.

L'effort eut raison de ses maigres forces. Elle secoua la tête et ferma les yeux.

Lorsqu'elle se réveilla une nouvelle fois, Katie avait remplacé Zach. Le fait qu'il soit parti la rendit triste, mais elle essaya de ne rien laisser paraître.

— Quel jour sommes-nous ? demanda-t-elle, les mots comme du gravier dans sa gorge.

Katie lui caressa la main.

— Mardi, répondit laconiquement Katie. Tu as sans doute mal à la gorge parce qu'on t'a mis un tube dans la trachée pendant un certain temps. Mais ça va aller.

— D'accord.

Katie lui servit de l'eau sans même lui demander. Frannie réussit à en avaler davantage.

Elle n'allait pas poser de questions sur Zach. Non, elle n'allait pas le faire.

Le sourire de Katie était tendre.

— Zach est resté ici jour et nuit. Farrell l'a finalement convaincu de sortir pour faire le tour du pâté de maisons. Il reviendra bientôt. Est-ce que je peux t'apporter autre chose ? À manger ?

L'idée même suffit à lui soulever le cœur. Elle grimaça.

— Non, merci.

Elle essaya de bouger, mais fut assaillie de douleurs. Son corps et sa tête semblaient peser des tonnes et être recouverts de débris tranchants.

— Je peux rentrer chez moi ? réussit-elle à articuler péniblement.

— Pas encore, ma chérie. Tu te détends et tu nous laisses prendre soin de toi.

Frannie s'assoupit de nouveau. Elle n'avait jamais connu une telle fatigue.

Lorsqu'elle refit surface, Zachary était de retour, mais il ne dormait pas. Son regard était fixé sur son visage.

— Tu t'es rasé, dit-elle.

Son rire sembla rouillé.

— J'étais une belle épave tout à l'heure. J'avais besoin d'une bonne douche.

— Tu peux me ramener à l'hôtel ?

Il se figea.

— Tu te souviens de l'hôtel ?

Elle fronça les sourcils. Est-ce qu'elle se le rappelait réellement ? Essayer de reconstituer ses souvenirs lui donnait envie de pleurer.

— Je ne sais pas.

Elle sentit une larme couler sur sa joue.

Zachary avait l'air consterné.

— Tant pis, dit-il rapidement. Peu importe.

Il l'embrassa sur la joue et lissa ses cheveux.

— Tu m'as fait peur, Bestiole.

— Qu'est-ce qui ne va pas avec ma tête ?

Il fronça les sourcils.

— Tu es tombée. Sur le dos. Tu avais besoin de quelques points de suture et les médecins pensent que tu pourrais avoir une fissure du cuir chevelu, mais ne t'inquiète pas, tu vas vite guérir.

— Je suis contente que tu sois là, dit-elle.

Elle était bien trop fragile et anéantie pour ne pas être honnête.

L'expression de Zachary était confuse, difficile à interpréter.

— Je n'ai nulle part ailleurs où aller, murmura-t-il. Là où tu es, je suis.

Elle enroula les doigts autour des siens.

— Je crois me souvenir de ton appartement. Tu peux m'emmener là-bas, non ?

Sa gorge s'enflamma de plus belle lorsqu'elle déglutit.

— Je le ferais si je pouvais, ma Bestiole, mais le médecin veut te garder encore au moins un jour de plus. Le temps que tu manges de nouveau des aliments solides et que tous tes examens soient normaux. Ce n'est pas si grave. Je ne bouge pas.

Une jolie femme entra alors dans la pièce, vêtue d'une blouse blanche et d'un pantalon noir.

— Je suis le Dr Maroney, dit-elle. Nous nous connaissons bien, vous et moi, madame Wickersham, mais je suppose que je ne vous évoque rien. C'est normal, vous avez subi un sacré traumatisme et les médicaments sont là pour vous détendre. Mais je suis contente de vous voir toute guillerette.

— Je ne me sens pas guillerette.

Frannie grimaça.

Le médecin éclata de rire.

— Je suis sûre que non, mais vous allez bien. C'est mon métier, vous pouvez me faire confiance.

La femme tourna la tête vers Zachary.

— Monsieur, c'est l'heure.

Zach secoua nerveusement la tête.

— C'est le premier jour où elle reprend ses esprits. Vous ne pensez pas qu'il faut encore attendre un peu ?

Frannie les regarda l'un après l'autre.

— Quelqu'un peut me donner les sous-titres ? Je ne comprends rien à ce que vous racontez.

Le médecin tira une chaise et se mit face à sa patiente.

— On vous a agressée, Frances. C'est pourquoi vous êtes ici. La police doit vous interroger.

Le cœur de Frannie se mit à battre de plus en plus fort.

— La police ?

L'un des moniteurs émit un bip.

— Vous voyez ! cria Zachary. C'est trop tôt.

— Arrête, ne hausse pas la voix contre mon médecin, dit Frannie, embarrassée.

Le Dr Maroney sourit.

— Il est inquiet pour vous. Mais vous êtes forte, Frances. Vous avez pris un sale coup sur la tête, mais vous êtes encore des nôtres. C'est un motif de célébration.

— Et la police ?

Le médecin hésita.

— Vous souvenez-vous de ce que vous faites dans la vie, madame Wickersham ?

— Vous pouvez m'appeler Frances. Je suis...

Frannie fouilla dans son cerveau.

— Je travaille avec des ordinateurs. Je suis...

Sa tête lui faisait un mal de chien.

— Je suis hackeuse.

— Oui.

Le médecin hocha la tête en signe d'approbation.

— Et où travailliez-vous récemment ?

Frannie jeta un coup d'œil à Zach.

— Je travaillais pour lui, non ?

Le médecin continua doucement :

— Je veux que vous essayiez de vous souvenir de samedi dernier. C'était il y a moins d'une semaine. Vous êtes allée dans les bureaux de Stone River Outdoors, la société que M. Stone possède avec ses frères.

L'anxiété monta dans sa poitrine.

— Samedi dernier était une mauvaise journée, murmura Frannie.

— Pourquoi ?

— Eh bien, je...

Frannie ferma les yeux et se souvint.

— Zach était parti, dit-elle d'un ton lourd. Dans un avion.

— D'accord, mais vous vous souvenez de ce que vous avez fait dans la soirée, quand vous êtes allée travailler ?

— Oui. C'est vrai, je suis allée travailler. Je faisais des progrès dans l'affaire.

— Et ce qui est arrivé ?

Frannie se sentait subitement frigorifiée.

— J'ai entendu un bruit derrière moi. Je pensais que Zach avait peut-être changé d'avis. Mais avant que je puisse me retourner, quelque chose ou quelqu'un m'a frappé à l'arrière de la tête.

Elle se mit à trembler.

— C'est bon ? Je ne veux plus parler.

Zachary se précipita dans le hall, furieux. Il fixa le détective qui écoutait à la porte.

— J'espère que vous avez obtenu ce dont vous aviez besoin. Elle ne se souvient de rien. Et vous venez de lui faire vivre un enfer.

La vérité était que Zachary lui-même en était responsable. Il s'était éloigné d'elle, avec l'intention de monter dans ce fichu avion. Il ne se pardonnerait jamais.

Le médecin les rejoignit.

— Mme Wickersham n'aura pas à recommencer. Mais la police avait besoin de sa déclaration.

— Jamais de la vie, marmonna Zachary.

Il frappa son poing contre le mur, voyant le visage de Frannie se dessiner dans son esprit lorsqu'elle avait dit *Zach était parti. Je pensais qu'il avait peut-être changé d'avis.*

Il l'avait abandonnée. Il lui avait dit qu'il se fichait de son enquête. Il avait remis en question sa sagacité.

Pire encore, il l'avait repoussée lorsqu'elle avait voulu parler de son livre, lorsqu'elle avait essayé de se connecter à tout ce qu'il gardait caché. Le *lui* qu'il n'avait jamais montré à personne d'autre.

Il était un abruti et il ne méritait sûrement pas d'avoir Frances Wickersham dans sa vie.

Mais il l'aimait et il refusait d'abandonner. Il mettrait ses émotions à nu devant elle si cela pouvait arranger les choses.

Soixante-douze heures plus tard, Zachary ramena Frannie chez lui. La trouvant très stressée, le médecin avait préféré la garder encore quelques jours en observation en raison de ce qui se passait avec Edward Cordell. Ivy était allée à l'hôtel quelques heures plus tôt, avait récupéré les affaires de la jeune femme et payé la note. Il n'y avait aucune raison pour que Frannie ne reste pas avec Zach.

La famille se réunissait quelques heures plus tard pour entendre le rapport qu'elle devait faire. La police avait procédé à quelques arrestations. Frannie avait insisté pour l'aider dans l'enquête. Après tout, personne ne connaissait la situation mieux qu'elle.

Zachary l'installa sur le canapé au beau milieu de couvertures et de coussin moelleux, avec tout un stock de collations à proximité. Frannie secoua la tête avec un sourire ironique.

— Je pense que c'est un peu exagéré, mais merci.

— Comment te sens-tu aujourd'hui ? demanda-t-il. Et n'essaye pas de me la faire à l'envers, Bestiole. Je te connais comme si je t'avais faite.

Elle refusa de s'allonger, mais elle ramassa ses jambes sous elle et se pelotonna sous un plaid en laine afghane qui lui allait parfaitement au teint.

— Beaucoup mieux. Sérieusement. Le mal de tête est maintenant gérable et j'ai récupéré quasiment toute mon énergie.

— Si tu veux quand même repousser la réunion de ce soir, tout le monde comprendra, tu sais.

— Non, je suis prête. Qui plus est, une fois tout cela terminé, mon travail aussi sera terminé et je pourrai rentrer chez moi.

Son estomac se serra.

— Peut-être.

Elle croisa les bras sur sa poitrine, pencha la tête et le regarda.

— Tu agis bizarrement. Qu'est-ce qui se passe ?

Il avança vers elle et s'assit sur la table basse pour qu'ils soient genoux contre genoux.

— Je sais que j'aurais pu choisir un autre moment, mais cela ne peut pas attendre. Je t'aime, Frannie.

Elle cligna des yeux et secoua lentement la tête.

— Non, arrête. Tu ne m'aimes pas, tu te sens coupable car j'ai été blessée dans les locaux de SRO. Mais ne t'inquiète pas, je ne vais pas porter plainte.

La neutralité de sa réponse le heurta, mais il garda son sang-froid, car il méritait tout ce que Frannie pouvait lui faire endurer. Mais le moment était trop important pour la laisser changer de sujet.

— Même avant de te voir dans ce lit, inconsciente, j'ai compris.

— Compris quoi ?

— Que je t'aimais.

Elle se pinça les lèvres.

— Je peux te poser une question ?

— Tout ce que tu veux.

— Ils m'ont dit que c'était toi qui m'avais trouvée et appelé les secours. Comment est-ce possible si tu étais dans un avion ?

Repenser à cette soirée le fit frissonner.

— J'étais quasiment arrivé à l'aéroport, précisa-t-il. Et j'ai été assailli par un horrible pressentiment. Comme cette nuit à Glenderry, quand ces deux garçons t'avaient coincée. J'ai fait demi-tour et j'ai roulé comme un dératé jusqu'au siège, mais il était trop tard.

Elle lui tapota la main.

— Peut-être pas. La police pense que mon agresseur était probablement encore dans le bâtiment. Quand il t'a entendu, cela a dû l'effrayer. Tu m'as sauvé la vie.

La voix de Zach se brisa.

— Je pensais que tu étais morte. Il y avait tellement de sang, tu ne bougeais plus...

— Je suis désolée que tu aies eu à vivre cela.

— Oh ! ne t'excuse pas, tu n'as rien fait de mal.

Frannie soupira, comme si elle était en train de se dégonfler.

— C'est fini, Zach. Tout est fini. Je vais bien. Tout va bien.

Sauf que non, tout n'allait pas bien.

Il avait dit à Frannie qu'il l'aimait et elle l'avait ignoré comme si sa déclaration était sans importance ni conséquence. Comme il l'avait repoussée lorsqu'elle avait tendu une main vers lui et voulu connaître le vrai Zachary Stone...

Malgré ce qu'elle avait prétendu, Frannie était faible. La preuve : elle s'était profondément endormie quelques minutes après la fin trop précoce de leur conversation. Sa sieste avait duré plus de deux heures. Pendant ce temps, Zachary avait réfléchi en faisant les cent pas dans son appartement.

Il fallait qu'elle le croie. Il l'aimait et, aussi effrayant que cela puisse être, il ne voulait plus lui cacher qui il était réellement. Sans compter qu'il ne pouvait pas la laisser quitter Portland et prendre le risque de ne plus jamais la revoir.

Ses frères et belles-sœurs arrivèrent sur les coups de 17 heures. Dolly était avec une nourrice. Katie et Ivy avaient préparé des amuse-gueules pour le repas du soir, comprenant sans doute que Frannie ne serait pas encore d'attaque pour rester assise à la table de la salle à manger pendant de longues heures.

Au début du repas, la conversation resta banale et légère. Mais Frannie aborda rapidement le sujet qui les avait tous amenés ici.

Du regard, elle passa en revue le groupe, un sourire aux lèvres.

— Ce n'était pas tout à fait comme cela que j'imaginais rendre mon rapport, mais voilà.

Farrell leva une main.

— Avant de commencer, et je pense que je parle au nom de nous tous, j'aimerais dire à quel point nous sommes heureux que tu sois sortie de l'hôpital. Tu nous as fait peur, Frances.

— Eh bien, ça va, dit-elle gaiement. Malheureusement, votre paranoïa était bien fondée, je crains que cela ne fasse plus aucun doute maintenant.

Quin fronça les sourcils.

— Et c'est vraiment Edward Cordell, le coupable ?

— Oui, mais il avait de l'aide. Son petit-fils de vingt-quatre ans était impliqué. Le règlement de SRO stipule que les e-mails personnels sont interdits sur les ordinateurs de l'entreprise. Edward respectait cette règle… ou presque. À deux reprises avant que vous commenciez à remarquer des bizarreries et avant l'accident de voiture, Edward a envoyé un message à son petit-fils depuis son poste de travail. Après avoir découvert cela, j'ai pu pirater son compte de messagerie personnel, et tout était là.

— Mais pourquoi ? demanda Katie.

— D'après ce que j'ai pu voir, continua Frannie, Cordell nourrissait une rancune depuis plusieurs décennies à l'encontre de M. Stone, votre père. Il avait été son meilleur ami, mais Edward avait l'impression d'avoir été floué dans une affaire qu'ils avaient montée tous les deux au début des années 1970. Edward a ensuite commencé à se servir de son petit-fils comme d'une caisse de résonance. Petit à petit, le petit-fils s'est persuadé qu'Edward méritait davantage que sa retraite et ils ont élaboré un plan pour détruire Stone River Outdoors en guise de vengeance.

Farrell était pâle comme un linge.

— Et l'accident de voiture ?

— Une fois ces preuves obtenues, j'ai discuté avec le détective que vous aviez engagé. Notre hypothèse, c'est que le petit-fils a payé un drogué pour simplement provoquer l'accident et que les choses ont dégénéré.

— Et mes créations volées ?

— J'ai trouvé des photographies numériques. Apparemment, Edward était dans ton bureau à un moment donné, il a vu un carnet de croquis et a pris quelques photos avec son téléphone. Il les a données à son petit-fils, qui les a diffusées sur une demi-douzaine de sites web interlopes et a trouvé un acheteur. Comme vous le savez tous maintenant, la police a arrêté les deux hommes. Le petit-fils a joué la provocation, en disant qu'il n'était pas au bout de ses projets pour SRO. Mais Edward s'est excusé dans sa déposition. Il dit qu'il n'a pas su contrôler son amertume, qu'il a créé un monstre.

Ivy se prit le visage dans les mains.

— C'est terrible. Trois frères ont perdu leur père et maintenant, ces deux-là passeront probablement le reste de leur vie en prison. C'est comme une tragédie grecque. Et même pire encore, car l'histoire touche des gens que j'aime.

Zachary se leva et fit les cent pas. Il se sentait terriblement nerveux. Dans une tragédie grecque, il n'y avait jamais de place pour le bonheur, l'amour et la romance. Il devait réécrire la fin de cette maudite pièce, mais comment s'y prendre ?

Farrell se leva.

— Bon, je pense qu'il est temps pour nous tous de rentrer

chez nous et de laisser la convalescente se reposer. Et de nous reposer aussi par la même occasion, car nous avons tous vécu des journées éprouvantes.

Frannie secoua la tête.

— Je vais bien. Je ne suis pas contre un peu de compagnie.

Zachary comprit parfaitement le sous-entendu. Elle ne voulait pas être seule avec lui. Heureusement pour son programme de réécriture des tragédies, la famille se décida quand même à rentrer chez elle.

Frannie s'étira.

— Je dors ici ce soir, Zach. Ce canapé est super confortable et j'aime être près de la cheminée.

Il la regarda et haussa les épaules.

— D'accord, si c'est ce que tu veux.

Frannie se sentait atrocement mal. Si elle en avait eu la possibilité, elle aurait passé la nuit à l'hôtel, mais sa chambre avait été vidée et payée. Sans compter que ni Zachary ni aucun de ses proches ne lui auraient permis une telle solitude.

Leur sollicitude était touchante, mais Frannie désirait plus que tout se retrouver seule. Cela lui brisait le cœur de se rappeler comment elle avait été mise sur la touche et comment Zach avait rejeté son amour. Même s'il ne l'avait pas dit explicitement.

Sa récente déclaration était plus que suspecte. Elle avait beau vouloir ardemment croire à sa sincérité, elle devait aussi se rendre à l'évidence et faire face à une vérité aussi froide que désagréable : ses mots avaient été dictés par la culpabilité et le remords.

Zachary la fixa.

— Je vais me coucher, dit-il d'une voix blanche. Si tu as besoin de quoi que ce soit, tu sais où est ma chambre.

— Merci, murmura-t-elle avant de le regarder partir et d'aller faire sa toilette dans la salle d'eau au bout du couloir.

Quand elle retourna dans le salon, toutes les lampes étaient éteintes, à l'exception de celle qu'elle pouvait atteindre à côté du canapé. Zachary avait rangé et sorti un drap-housse épais pour couvrir les coussins du canapé, ainsi qu'un oreiller supplémentaire. Sa couverture avait été soigneusement repliée.

Sur la table basse, bien en évidence, une pile épaisse de pages imprimées et reliées était posée.

Le livre de Zach.

Son cœur fit un bond dans sa poitrine et ses jambes cédèrent sous le coup de l'émotion. Elle s'assit et ramassa le manuscrit en laissant de côté l'enveloppe qui l'accompagnait. Elle ne voulait plus perdre de temps et commença sa lecture.

Cinquante pages plus tard, des larmes roulèrent sur ses joues. C'était bon. Tellement bon. Brillant, même. Le début de son thriller était si habile qu'elle aurait pu rester éveillée toute la nuit pour le terminer d'une traite.

Mais il était tard et ses réserves d'énergie étaient épuisées.

À contrecœur, elle ramassa l'enveloppe. À l'intérieur, sur un morceau de papier plié en quatre, elle reconnut l'écriture de Zach. Son message était aussi laconique que bouleversant :

Je t'aime, Bestiole. Tu es mon potentiel.

Son cœur se serra. Sa poitrine lui faisait mal. Elle voulait tellement le croire. Pourquoi lui avait-il laissé son livre à lire ? Était-ce une offrande de paix ou quelque chose de plus ?

Oui, il lui avait déjà dit qu'il l'aimait. Mais ils avaient tous les deux été soumis à une pression et à un stress énormes. La situation était sans précédent.

Pendant des années, même au lycée, Zachary avait refusé de révéler sa vraie personnalité. Ou peut-être qu'il n'avait jamais compris ce qu'il avait à offrir... Qu'il n'avait jamais réellement cru à son propre potentiel.

L'idée qu'il pouvait exprimer des remords ou de la culpabilité et confondre ces émotions avec l'amour la déchirait de part en part.

Pour en avoir le cœur net, il n'y avait qu'une seule chose à faire. Quelque chose de risqué.

Sur ses jambes flageolantes, elle remonta le couloir jusqu'à la chambre de Zach et se tint silencieusement dans l'embrasure de la porte. Sa lampe de chevet éclairait la tête de son lit d'une lumière douce et chaude. Le reste de la pièce était plongé dans l'obscurité.

Frannie vit qu'il ne dormait pas. Il était simplement allongé sur le dos avec un bras replié derrière sa tête. Ses yeux grands ouverts fixaient le plafond. Il était nu au-dessus du drap qu'il avait tiré jusqu'à sa taille.

— Zach.

Elle s'appuya contre le cadre de la porte.

Il se redressa dans son lit, ses cheveux en bataille.

Elle grimaça.

— Je suis désolée, je ne voulais pas te déranger.

— Aucun problème, bredouilla-t-il. Je ne dormais pas, je réfléchissais.

Frannie fit quelques pas de plus vers le lit mais s'arrêta au milieu de la pièce.

— Tu réfléchissais à quoi ?

Le visage de Zach était affligé de chagrin. Il n'y avait pas d'autres mots pour décrire l'angoisse qu'elle lisait en lui.

— Au fait que j'ai tout raté avec toi. Dans tous les sens. En tant qu'ami, en tant qu'amant, en tant qu'être humain.

— Tu es qui tu es, Zach. Et je t'aime... J'aime tout de toi.

D'un geste, il repoussa le drap, se leva et réduisit la distance entre eux. La façon dont il l'attira contre son corps nu et chaud avant d'enfouir le visage dans ses cheveux lui donna envie de pleurer.

— Je t'aime aussi, Frannie, dit-il d'une voix rauque, presque austère. Je le jure sur la tombe de ma mère.

Elle lui caressa le dos.

— L'amour ne suffit pas toujours. Comment cela pourrait-il fonctionner, Zach ? Tu as deux maisons incroyables, une entreprise florissante et un patrimoine vieux de plusieurs décennies. Une famille qui te tient à cœur et qui compte sur toi. Mon travail m'emmène partout dans le monde...

Il passa un bras sous ses cuisses et la porta sur le canapé près de la cheminée.

— J'y ai pensé aussi, Bestiole. J'ai déjà parlé à mes frères, et ils m'ont chacun donné leur bénédiction. Je vais embaucher quelqu'un pour me remplacer en tant que directeur financier. Il y a beaucoup d'hommes et de femmes dignes de confiance et passionnés par notre projet.

Elle le dévisagea.

— Mais pourquoi ?

— Ce poste n'est pas ma passion, voilà pourquoi. Je veux parcourir le monde avec ma femme, si elle veut de moi.

Il l'embrassa tendrement.

— À quoi sert d'être riche si on ne peut pas dépenser son argent pour faire quelque chose de grand ? On pourra revenir dans le Maine à tout moment, mais je veux vivre où tu vis, ma chérie. Frannie, je t'adore. Et si jamais tu veux être maman, je pourrai être un papa au foyer.

Son cœur allait exploser de bonheur.

— Tu es sérieux ?

Elle n'arrivait toujours pas à y croire.

— Terriblement, mon amour. Voilà pourquoi je t'ai laissé le livre. Pour que tu saches que tout ce que je te promets est bien au-delà du sérieux. Personne d'autre n'en a lu ne serait-ce qu'un paragraphe. C'est profondément personnel pour moi. Mais à partir de maintenant, tout ce que j'ai est à toi. Corps et âme. Cœur et esprit. Jusqu'à ce que la mort nous sépare.

Des larmes mouillèrent son visage. Des larmes de joie que Zach but avidement.

Elle posa la joue sur son torse. Leurs deux cœurs battaient à l'unisson.

— Tu veux me faire l'amour ? dit-elle dans un souffle.

Il secoua la tête, l'air peiné.

— Tu sais ce qu'a dit le médecin. Repos total pendant au moins une autre semaine.

— Personne n'est là pour me surveiller, protesta-t-elle en tendant la main vers son impressionnante érection.

Zachary grogna et la repoussa.

— J'en ai autant envie que toi, tu le vois bien, mais il faut être raisonnable. Je vais te garder contre moi pendant que tu te reposes, mon amour. Je te promets que je ne te ferai plus jamais de mal. Tu es à moi, Frances. Ton corps magnifique, ton cœur généreux et bienveillant, ton cerveau incroyablement fascinant.

Il l'installa sous les couvertures et se glissa à côté d'elle.

— Dors, ma si douce. Demain est un autre jour.

Épilogue

Réveillon de Noël

Frannie se tenait dans le salon joliment décoré de Quin et Katie et se demandait si elle arrêterait un jour de sourire. La plaie à l'arrière de sa tête était complètement guérie, à part quelques petites douleurs occasionnelles. Au matin, Katie lui avait offert les services d'un salon de beauté haut de gamme où la coiffeuse avait soigneusement lavé et séché ses cheveux longs et épais, avant de les épingler savamment à l'arrière de sa tête pour que des boucles tombent en cascade sur ses épaules.

Elle était entourée de guirlandes tressées et de bouquets de conifères dont l'odeur fraîche lui rappelait sa première escapade avec Zachary sur la côte nord. Dans un coin de la pièce, un fabuleux sapin de Noël ajoutait sa note festive à l'ensemble.

Devant la cheminée, un pasteur vêtu de blanc félicitait Ivy et Farrell, sur le point de prononcer leurs vœux, accompagnés de Katie et Quin comme seuls témoins.

Le cœur de Frannie débordait. Elle n'avait jamais été aussi heureuse.

Elle jeta un rapide coup d'œil à l'homme à ses côtés. Zachary Stone en smoking, tenant un bébé, était le plus beau spectacle qu'elle ait vu de toute sa vie. Sa mission consistait à calmer Dolly pendant la courte cérémonie, puis de la redonner à ses parents devenus officiellement mari et femme.

Zachary surprit le regard de Frannie et sourit.

— Je t'aime, murmura-t-elle.

Son hochement de tête rapide et la façon dont il attrapa sa main et la serra furent plus signifiants que des mots. Son fiancé ressentait la même chose.

Au troisième doigt de sa main gauche, elle portait l'énorme et parfaite émeraude qu'il lui avait offerte pour sceller leurs fiançailles. La pierre, sertie dans un anneau de platine, était entourée de minuscules diamants.

Ils avaient envisagé un mariage pour la Saint-Valentin, après la fin de sa mission de janvier. Mais elle pouvait parfaitement se passer d'une grande cérémonie. Un passage à la mairie un de ces jours la comblerait tout autant.

La cérémonie terminée, toute l'assistance applaudit le nouveau couple. Zach remit le bébé à sa maman et à son papa adoptif.

Pendant que tout le monde était occupé, Zachary attira Frannie sous le gui et l'embrassa longuement et profondément.

Quand il releva la tête, ses yeux étaient humides.

— Tu es ma meilleure amie, Frannie Wickersham. Mon amour. Tu seras ma femme pour toujours. Je t'adore.

Elle l'embrassa en retour, étourdie par tout ce que l'avenir lui réservait.

— Tu valais la peine d'attendre, Stoner. Vraiment, tu valais la peine.